4

W0336014

RETOUR À LA VILLA AUX ÉTOFFES

De la même autrice :
La Villa aux étoffes, 2020
Les Filles de la villa aux étoffes, 2020
L'Héritage de la villa aux étoffes, 2021

Titre original : *Rückkehr in die Tuchvilla*, by Anne Jacobs
© 2020 by Blanvalet Verlag, a division of Penguin Random House Verlagsgruppe GmbH, München, Germany
Traduit de l'allemand par Corinna Gepner

Édition française publiée par :
© Charleston, une marque des éditions Leduc, 2021
10, place des Cinq-Martyrs-du-Lycée-Buffon
75015 Paris – France
www.editionscharleston.fr

ISBN : 978-2-36812-695-0
Maquette : Patrick Leleux PAO

Pour suivre notre actualité, rejoignez-nous sur Facebook (Éditions.Charleston), sur Twitter (@LillyCharleston) et sur Instagram (@LillyCharleston) !

Charleston s'engage pour une fabrication éco-responsable ! Amoureux des livres, nous sommes soucieux de l'impact de notre passion et choisissons nos imprimeurs avec la plus grande attention pour que nos ouvrages soient imprimés sur du papier issu de forêts gérées durablement.

Anne Jacobs

RETOUR À LA VILLA AUX ÉTOFFES

Tome 4

Roman

Traduit de l'allemand
par Corinna Gepner

CHARLESTON

Les habitants de la villa aux étoffes

LA FAMILLE MELZER

Johann Melzer (1852-1919), fondateur de l'usine textile Melzer

Alicia Melzer (1858-), née von Maydorn, veuve de Johann Melzer

LES ENFANTS DE JOHANN ET ALICIA MELZER ET LEUR FAMILLE

Paul Melzer (1888-), fils de Johann et Alicia Melzer

Marie Melzer (1896-), née Hofgartner, femme de Paul Melzer, fille de Jacob Burkard et de Luise Hofgartner

Leopold, dit Leo (1916-), fils de Paul et Marie Melzer

Dorothea, dite Dodo (1916-), fille de Paul et Marie Melzer

Kurt, dit Kurti (1926-), fils de Paul et Marie Melzer

Elisabeth Winkler, dite Lisa (1893-), née Melzer, ex-épouse von Hagemann, fille de Johann et Alicia Melzer

Sebastian Winkler (1887-), second mari de Lisa Winkler

Johann (1925-), fils de Sebastian et Lisa Winkler

Hanno (1927-), fils de Sebastian et Lisa Winkler

Charlotte (1929-), fille de Sebastian et Lisa Winkler

Katharina Scherer, dite Kitty (1895-), née Melzer, veuve d'Alfons Bräuer, fille de Johann et Alicia Melzer

Alfons Bräuer (1886-1917), premier mari de Kitty Scherer

Henni (1916-), fille d'Alfons Bräuer et de Kitty Scherer

Robert Scherer (1888-), second mari de Kitty Scherer

AUTRES MEMBRES DE LA FAMILLE

Gertrude Bräuer (1869-), veuve d'Edgar Bräuer

Tilly von Klippstein (1896-), née Bräuer, fille d'Edgar et Gertrude Bräuer

Ernst von Klippstein (1891-), époux de Tilly von Klippstein

Elvira von Maydorn (1860-), belle-sœur d'Alicia Melzer, veuve de Rudolf von Maydorn

LES DOMESTIQUES DE LA VILLA AUX ÉTOFFES

Fanny Brunnenmayer (1863-), cuisinière

Else Bogner (1873-), bonne

Maria Jordan (1882-1925), femme de chambre

Hanna Weber (1905-), bonne à tout faire

Humbert Sedlmayer (1896-), domestique

Gertie Koch (1902-), femme de chambre

Christian Torberg (1916-), jardinier

Gustav Bliefert (1889-), jardinier

Augusta Bliefert (1893-), ancienne bonne

Liesel Bliefert (1913-), fille de cuisine, fille d'Augusta Bliefert

Maxl (1914-), fils de Gustav et Augusta Bliefert

Hansl (1922-), fils de Gustav et Augusta Bliefert

Fritz (1926-), fils de Gustav et Augusta Bliefert

PREMIÈRE PARTIE

1

Mars 1930

FANNY BRUNNENMAYER ARRÊTA UN INSTANT de malaxer sa pâte pour écouter le vacarme causé par les coups de marteau venant de l'annexe.

— V'là que ça recommence, grommela-t-elle. Je croyais qu'ils en avaient fini de taper comme ça.

— Sûrement pas, répliqua Gertie, qui buvait un café au lait assise à la table de la cuisine. Y a deux fenêtres qui sont pas étanches et la salle de bains lui plaît toujours pas, à Mme Elisabeth.

Deux ans plus tôt, on avait entamé la construction d'une aile de deux étages à l'arrière de la villa aux étoffes afin qu'Elisabeth, la fille aînée des Melzer, et son époux Sebastian Winkler puissent s'y installer avec leurs trois enfants et leurs domestiques. Salon et chambres étaient achevés, de même que les logements des domestiques sous les toits. La cuisine, en revanche, demeurait dans le bâtiment principal, ainsi que la salle à manger. C'était là que la famille prenait ses repas en commun et, avant de donner son accord pour les travaux, Alicia Melzer avait insisté pour qu'il continue d'en être ainsi. Mais, comme à l'accoutumée, même après l'emménagement il restait mille et une choses à effectuer. Récemment, Elisabeth avait dit en soupirant que cette maison était en passe de devenir un chantier permanent.

La Brunnenmayer secoua la tête et se remit à travailler sa pâte pour les spaetzle. Avec quatre adultes et cinq enfants, il en fallait une grosse quantité. Sans oublier les domestiques, eux aussi dotés d'un solide appétit. Pour les maîtres, elle avait prévu un goulasch de bœuf en plat principal. Le personnel, lui, se contenterait d'une sauce au lard en accompagnement des pâtes. À la villa, l'heure était aux économies. Les temps étaient plus que difficiles. Après la défaite, l'Allemagne n'avait pas réussi à remonter durablement la pente – la faute au montant élevé de réparations qu'elle était contrainte de payer aux vainqueurs.

— Qu'est-ce qu'elle veut comme salle de bains, Mme Elisabeth ? demanda Else, que cette discussion avait arrachée à son somme.

Depuis un an ou deux, la vieille bonne avait pris l'habitude, une fois son travail achevé, de s'endormir à la table de la cuisine, le menton dans la main.

— Ce que veut Madame ? s'écria Gertie en éclatant de rire. Un truc dingue. C'est Robert qui lui a fourré cette idée dans la tête. Elle veut une douche.

La cuisinière arrêta un instant de remuer la pâte pour ménager son bras. Elle comptait désormais 67 printemps, mais évitait de penser à la retraite. Sans son travail, avait-elle dit un jour, son existence n'aurait plus de sens. Aussi était-elle résolue à continuer – si Dieu le voulait bien – jusqu'à ce qu'elle tombe morte sur place. Si possible après avoir eu le temps de préparer un de ses admirables menus à cinq plats qui lui vaudrait les éloges de ses maîtres. Alors elle s'estimerait satisfaite et répondrait sans maugréer à l'invitation de l'homme à la faux. Mais rien ne pressait…

— C'est quoi une douche ? s'enquit Else.

Gertie s'était levée précipitamment pour rincer une tache de café sur sa jupe sombre. Depuis qu'elle était devenue la femme de chambre d'Elisabeth, elle prenait soin de sa tenue. La plupart du temps, elle portait du noir, parfois du bleu foncé avec un col blanc en dentelle. Elle coiffait ses cheveux blonds en chignon et avait adopté les chaussures à talon afin de paraître un peu plus grande.

— Avec la douche, t'as l'eau qui sort par en haut, ça vient d'Amérique.

— Par en haut ? s'exclama Else, surprise. Comme si on était sous la pluie ?

— Exactement, gloussa Gertie. T'as qu'à te mettre toute nue dans le parc et t'auras ta douche toi aussi.

Else, qui n'avait jamais ôté son corset pendant la journée, si ce n'est à l'hôpital, devint rouge comme une tomate.

— Ah, Gertie, répliqua-t-elle avec un geste de dénégation. Toi et tes blagues stupides !

Entre-temps, Fanny Brunnenmayer s'était assise pour battre la pâte à l'aide d'une cuillère, ce qui la faisait transpirer.

— Viens par ici, Liesel ! lança-t-elle à la jeune fille, qui était en train d'ajouter deux briquettes dans le fourneau afin de mettre à bouillir l'eau pour les spaetzle.

— J'arrive, madame Brunnenmayer !

Cela faisait deux ans que Liesel, la fille d'Augusta, travaillait en cuisine à la villa. Elle était vive, comprenait au quart de tour et voyait d'elle-même ce qu'il y avait à faire, si bien qu'il était rarement nécessaire de lui donner des instructions. Elle n'avait pas l'ambition de Gertie. Docile, aimable, jamais curieuse, elle était douée d'une bonne mémoire et observait la façon dont on préparait les plats. De toute sa longue carrière, la Brunnenmayer n'avait jamais eu de fille de cuisine aussi habile. À l'exception de la jeune Marie Hofgartner, bien sûr, qui était devenue par la suite la femme de Paul Melzer. Marie était différente des autres, cela se voyait immédiatement, on sentait qu'elle avait l'étoffe d'une dame alors qu'elle n'était encore qu'une pauvre orpheline.

— Tiens, Liesel, continue à battre la pâte, dit la Brunnenmayer en plaçant la lourde terrine devant la jeune fille. Vas-y franchement, qu'elle soit bien légère. Et vérifie si elle est assez salée.

Liesel prit une petite cuillère et préleva un peu de pâte. Lors de son premier jour de travail à la villa, elle avait appris que, pour goûter les plats, on se servait d'une cuillère et non de ses doigts.

— C'est très bien, dit-elle.

La cuisinière hocha la tête avec satisfaction. Elle le savait, elle ne se trompait jamais dans ses assaisonnements, mais elle voulait que Liesel apprenne. Elle éprouvait grand plaisir à lui enseigner toutes sortes de choses parce qu'elle espérait secrètement que celle-ci lui succède un jour à la villa.

Gertie s'en était aperçue et, quoique ayant été promue femme de chambre, elle en éprouvait de la contrariété.

— Vu comment que tu frappes la pâte, Liesel, fit-elle remarquer sur un ton acerbe, on croirait que t'es fâchée. Ce serait-y pas contre Christian par hasard ?

— Christian ? Et pourquoi ce serait lui ? répliqua Liesel, gênée, en replaçant sous sa coiffe une mèche qui en avait glissé.

Gertie eut un rire de moquerie, ravie de la voir rougir.

— Bah, tout le monde sait qu'il y a quelque chose entre vous, répondit-elle. Le Christian, je le vois venir à deux kilomètres contre le vent. Dès qu'il t'aperçoit, il a l'air tout énamouré.

— T'as rien de mieux à faire qu'à bayer aux corneilles, Gertie ? intervint Fanny Brunnenmayer. Je croyais que Mme Elisabeth elle pouvait plus se passer de toi.

Vexée, Gertie repoussa sa tasse vide et se leva.

— Pour sûr qu'elle peut plus se passer de moi, rétorqua-t-elle. Elle me l'a encore redit hier. Si je suis là, c'est que j'ai du repassage à faire plus tard et je voulais pas que vous laissiez le feu s'éteindre.

— T'aurais pu t'épargner cette peine, grommela la cuisinière. Y a aucun risque que le feu s'éteigne dans ma cuisine.

Gertie se dirigea avec une lenteur ostensible vers l'escalier de service. Elle avait laissé sa tasse sur la table ; Liesel n'aurait qu'à la mettre dans l'évier.

— Au fait, dit-elle incidemment, elle est où, Hanna ? Je l'ai pas vue de la journée.

Fanny Brunnenmayer se leva de sa chaise pour inspecter le goulasch, qu'elle avait placé sur le côté du fourneau pour le garder au chaud. Ses premiers pas furent un peu laborieux, ses jambes lui causaient du souci : quand elle restait longtemps debout, elles avaient tendance à enfler.

— Où tu veux qu'elle soit ? répliqua-t-elle en prenant une cuillère en bois. Dans la salle à manger, en train d'aider Humbert à mettre la table.

— Ouais, y en a des amoureux à la villa, railla Gertie. Humbert et Hanna, et v'là maintenant Liesel et Christian. Va falloir faire attention qu'ils nous refilent pas la maladie, hein, Else ?

On entendit un choc sourd. La tête d'Else avait glissé de sa main et heurté la table.

— Fiche-moi le camp d'ici ! pesta la cuisinière.

Gertie obtempéra et remonta l'escalier en toute hâte.

— Pourquoi elle peut pas fermer son clapet ? grogna la Brunnenmayer, agacée. Dans le temps, c'était une gentille fille, la Gertie. Mais depuis qu'elle est femme de chambre, elle me rappelle de plus en plus Maria Jordan. Paix à son âme, la pauvre. Même si c'était une vraie plaie.

Liesel n'avait pas gardé grand souvenir de l'ex-femme de chambre. À l'époque où la Jordan avait connu une mort affreuse, elle n'était encore qu'une petite fille. Son mari, un individu à la dérive, l'avait assassinée. D'après ce qu'on savait, il était toujours en prison à expier son acte horrible.

— Je crois que la Gertie, elle est pas heureuse ici, répondit Liesel. Le soir, elle va à un cours où elle apprend à taper à la machine.

Voilà qui était nouveau, pourtant la Brunnenmayer était au courant de tout ce qui concernait la domesticité. Alors comme ça la Gertie projetait de travailler dans un bureau ? Elle qui avait réussi à se hisser au rang de femme de chambre ? Sans doute faisait-elle partie de ces gens qui n'étaient jamais satisfaits.

— C'est une honte, grogna-t-elle.

Debout devant le fourneau avec un grand couteau et la planche en bois, elle attendait que l'eau bouille pour y faire glisser les pâtes. Entendant un bruit de pas précipités en direction de la cuisine, elle ravala ce qu'elle s'apprêtait à ajouter.

— Jésus Marie, v'là la Rosa qu'arrive avec les enfants, lança-t-elle à Liesel. Veille à ce qu'ils s'approchent pas trop du fourneau pendant que je verse les spaetzle, il est brûlant.

— Je m'en occupe, madame Brunnenmayer !

La jeune fille eut juste le temps de lui donner la pâte. La porte s'ouvrit à la volée, laissant passage à la bande de galopins.

À la villa aux étoffes, les enfants des maîtres n'avaient pas toujours eu le droit de passer du temps en cuisine avec les domestiques, ainsi que le rappelait parfois Alicia Melzer. Et, à l'époque où elle avait sévi à la villa, la gouvernante Serafina von Dobern avait strictement interdit aux petits d'y entrer. Les habitudes n'avaient changé qu'au moment où Elisabeth Winkler, l'aînée des filles Melzer, avait eu son troisième. Quant à Marie, sa belle-sœur, elle ne trouvait rien à redire à ce que Kurt, son petit dernier adoré, âgé de 4 ans, prenne ses aises à la cuisine avec ses cousins Johann et Hanno.

— Soooif ! brailla Johann, 5 ans, qui fut le premier à arriver vers la table. Du jus de pomme, Brunni. S'il te plaît !

En grandissant, Johann était devenu rouquin, ce qui, dans un premier temps, avait effrayé sa mère. Depuis, elle s'y était accoutumée. Surtout parce que son aîné se distinguait par sa robustesse physique et son caractère énergique. Kurt, qui était un enfant menu, suivait son cousin comme son ombre. Tous deux étaient inséparables, si bien que Kurt passait fréquemment la nuit chez sa tante Lisa, dans le bâtiment annexe. Il préférait dormir chez Johann plutôt qu'auprès de ses frère et sœur Dodo et Leo, bien plus âgés que lui.

Johann et Kurt furent suivis de Rosa Knickbein, la bonne d'enfants, une personne rondelette, toujours aimable. Elle tenait par la main Hanno, 3 ans. Rosa rentrait d'une promenade avec les petits dans le parc et, comme de juste, ceux-ci avaient insisté pour faire un crochet par la cuisine avant de remonter se changer et se laver les mains.

— D'accord pour le jus de pomme, répondit la cuisinière. Mais pas plus d'un demi-verre, sinon vous aurez l'estomac trop plein pour manger les spaetzle.

Cet argument n'était pas très convaincant, mais la Brunnenmayer ne voulait pas avoir d'ennuis avec les maîtres. Elle leur servit donc à chacun un demi-verre de jus de pomme. Pas plus, pas moins.

— J'ai un trèèèès gros estomac, grogna Johann en renversant par mégarde la tasse vide laissée par Gertie tandis qu'il désignait son ventre imposant.

— Le mien est encore plus gros ! s'écria Kurt en ouvrant grand les bras.

Réveillée par le bruit, Else eut juste le temps d'éloigner le pichet de jus de pomme.

— C'est des spaetzle, Brunni ?

Johann allongea le cou – avec son couteau, la cuisinière avait fait prestement glisser la pâte dans l'eau bouillante.

— Non, des moineaux, rétorqua-t-elle. Vous les verrez sautiller quand ils seront dans vos assiettes.

Kurti voulut savoir s'ils pouvaient aussi chanter sur les assiettes.

— Ce que t'es bête, répliqua Johann. Les moineaux chantent pas, ils pépient.

— Pip, pip ! jubila Hanno, assis sur les genoux de Rosa.

La bonne d'enfants lui donna son verre pour éviter qu'il ne le renverse.

— Toi aussi, t'es un petit moineau, dit Johann à son frère avec un gentil sourire. Un dégoûtant petit moineau.

— Nooon ! se fâcha Hanno. Je suis pas dégoûtant !

Il avait appris très tôt le mot « non ». Il avait vite compris qu'il lui faudrait s'imposer face à son frère et à son cousin, tous deux plus âgés que lui. Désormais, il lançait son « Nooon » à la moindre occasion, même quand il n'avait pas compris de quoi il était question. Mieux valait prévenir que guérir.

Pendant ce temps, on s'activait aux fourneaux. Liesel sortit les premiers « moineaux » de la casserole et les plaça dans un des plats en porcelaine fine, tandis que la cuisinière continuait à verser la pâte dans l'eau bouillante. Humbert apparut dans le couloir pour enfiler la veste bleu foncé à boutons dorés qu'il portait pour servir à table. Après son incursion sur la scène des cabarets berlinois, il était rentré tout repentant à la villa aux étoffes, où on lui avait donné avec joie la place de domestique qui venait de se libérer. Il était lié par une profonde amitié à Hanna, que Marie Melzer avait recueillie à la villa après le grave accident dont la jeune fille avait été victime à l'usine. Ils étaient tous les deux comme frère et sœur, même si certaines mauvaises langues voulaient y voir autre chose.

— Hanna, verse le bouillon de bœuf dans deux des jolies saucières, ordonna la cuisinière. Et rajoute du persil coupé, il est sur la petite planche là-bas.

Hanna s'exécuta promptement. C'était une douce et aimable créature, jamais il ne lui serait venu à l'esprit de penser que, puisqu'elle occupait les fonctions de bonne, elle n'avait pas à aider à la cuisine. Elle était partout où l'on avait besoin d'elle. Elle s'occupait des enfants, apportait à sa chère maîtresse Alicia son remède contre la migraine et battait les tapis avec Else.

— Allez, on se dépêche, lança Rosa. Termine ton verre, Kurti, il est temps de remonter.

Les trois gamins sortirent en râlant avec leur bonne pour regagner leur chambre. Se laver les mains, se changer, se peigner – ils détestaient à l'unanimité ce rituel parfaitement superflu, mais la grand-maman Alicia était très stricte sur ce point et veillait à ce que ses petits-enfants soient bien habillés et aient les mains propres quand on se mettait à table. C'était ce qu'elle avait connu dans sa jeunesse, ce qu'elle avait perpétué avec ses propres enfants et même si, depuis, l'époque et les comportements avaient changé, elle tenait à conserver cette belle tradition.

Humbert déposa les soupières dans le monte-plats. En dépit d'une blessure de guerre à la main droite, il faisait le service avec plus d'élégance et de précision que n'en avaient jamais montré ses prédécesseurs. Mais, lorsqu'un orage approchait, la panique le prenait, il était submergé par le souvenir des tranchées et du déluge d'acier auxquels ses camarades et lui avaient été soumis au front. À ces moments-là, il lui arrivait souvent de chercher refuge sous la table de la cuisine et de se retrouver dans l'incapacité de faire son travail. La guerre, à laquelle il avait été contraint de prendre part, avait laissé des traces chez ce tempérament sensible, comme chez beaucoup d'autres d'ailleurs.

Pendant qu'il montait à la salle à manger, Fanny Brunnenmayer fit glisser les derniers spaetzle dans la casserole, puis se mit à faire revenir les dés de lard et les oignons dans la poêle pour préparer la sauce. Gertie réapparut pour prendre son déjeuner avec les autres domestiques. En entrant, elle fit la grimace.

— Pouh, qu'est-ce que ça sent mauvais ! Il enfume toute la cuisine, ce lard.

— Si ça lui plaît pas à la dame, elle a qu'à manger à la buanderie, rétorqua la cuisinière.

— Je disais ça comme ça, dit Gertie sur un ton conciliant tout en s'asseyant à sa place. Parce que ensuite Madame me dira encore que mes vêtements sentent la cuisine.

— Y a pire que l'odeur de ma bonne sauce au lard.

Liesel avait sorti le dessert du réfrigérateur afin que Humbert puisse le monter le moment venu. Un entremets composé d'un mélange de fromage blanc et de crème, accompagné d'une compote de cerise mise en bocaux l'année précédente. La Brunnenmayer en avait réservé quelques parts à l'intention des domestiques. Quant à la compote, ils n'en auraient que si les maîtres ne la finissaient pas, ce qui était assez peu probable : les cerises étaient très appréciées, notamment des trois petits. Et si, par chance, il en restait, Rosa se chargerait sans doute de la terminer. Elle mangeait avec ses maîtres parce qu'elle avait la petite Charlotte, 12 mois, sur les genoux et qu'elle était chargée de surveiller Hanno.

Quand tout fut prêt, Hanna et Liesel sortirent les assiettes et les couverts et mirent la table pour les domestiques. Else se leva et alla chercher les verres pour le jus de pomme. Christian entra alors par la porte qui donnait sur la cour afin de se joindre à eux pour le déjeuner. Quelques années plus tôt, il avait été l'employé de l'infortunée Maria Jordan, qui possédait alors un commerce rue de la Montagne de lait. Après la terrible fin de sa patronne, il avait travaillé un temps dans la petite entreprise maraîchère de Gustav Bliefert, où il avait rencontré Liesel, dont il s'était immédiatement épris. L'adolescent blond et frêle d'autrefois était devenu un beau jeune homme, travailler la terre lui avait donné des épaules larges et des bras musclés, et plus d'une fille lui faisait les yeux doux. Mais Christian ne pensait qu'à Liesel, surtout depuis que Paul Melzer lui avait offert un emploi de jardinier à la villa. Il avait emménagé dans la petite maison occupée auparavant par les Bliefert, qu'il avait retapée avec amour et savoir-faire. À présent, tous se demandaient avec curiosité s'il viendrait à Liesel l'envie de s'y installer avec lui. Nul ne savait si le jeune jardinier l'avait demandée en mariage, car il était resté très timide. Il était facilement pris d'embarras et se montrait peu bavard. Après un rapide « Bon appétit tout le monde », il alla s'asseoir en silence à sa place, tout au bout de la longue table. Une fois installé, il tourna des yeux énamourés vers la Liesel, qui posait sur la table la lourde poêle contenant la sauce au lard.

— Bien le bonjour, Christian, lui lança Gertie. Les rideaux à fleurs que t'as mis à la fenêtre de la chambre à coucher sont très jolis. Ça lui plaira à ta femme.

Les oreilles de Christian devinrent cramoisies et la Liesel remua la sauce de sa cuillère en bois avec tant d'énergie que quelques éclaboussures giclèrent en direction de Gertie.

— Mais fais donc attention ! cria celle-ci en ôtant une petite tache de sa manche. Cette robe est toute propre, je l'ai mise ce matin.

— Pardon, pardon, répondit la jeune fille avec malice, c'est que je suis très maladroite.

Ils commencèrent à manger. Seul Humbert manquait à l'appel, il les rejoindrait plus tard, quand on n'aurait plus besoin de lui à l'étage. Gertie monopolisait la conversation, racontait en se donnant de grands airs que M. Winkler, l'époux de Mme Elisabeth, s'inquiétait beaucoup pour l'avenir de l'Allemagne.

— Y a de nouveau un gouvernement qu'a dû démissionner parce qu'ils ont pas réussi à se mettre d'accord entre eux au Parlement.

Autour de la table, personne ne se montra inquiet de cette nouvelle. Else remit une cuillerée de sauce sur ses spaetzle, Hanna se servit tranquillement du jus de pomme. Changements de gouvernement et dissensions au Reichstag faisaient partie du quotidien de la république de Weimar. Bien plus graves étaient les défilés des communistes et du parti national-socialiste. Les Casques d'acier – une organisation nationaliste d'anciens combattants créée à la toute fin de la guerre – étaient aussi très redoutés, car ils portaient l'uniforme et maniaient la matraque. Quand deux groupes antagonistes se croisaient, c'était l'horreur. On se cognait dessus par principe et gare à celui qui avait le malheur de se trouver là : il n'était pas rare qu'il atterrisse à l'hôpital, les membres brisés et le crâne en sang.

— Au temps de l'empereur, c'était pas comme ça, fit remarquer Else. Il veillait à maintenir l'ordre et la justice. Mais avec la république, on n'est plus en sécurité.

Personne ne la contredit. La république de Weimar comptait peu de partisans convaincus à la villa aux étoffes, que ce soit parmi les domestiques ou les maîtres. C'était surtout Paul Melzer, le directeur de l'usine familiale, qui ne l'appréciait pas. On le savait par Rosa et Humbert, qui entendaient une grande partie de ce qui se disait dans les étages supérieurs.

« Ça ne peut pas continuer ainsi ! s'était récemment écrié Monsieur. On se refuse à prendre certaines décisions pourtant urgentes parce qu'on ne veut pas donner à ses adversaires l'occasion d'un succès politique. »

Le seul à défendre la République était Sebastian Winkler, que Gertie appelait volontiers « l'époux de Mme Elisabeth ». Cependant lui non plus n'était pas satisfait, parce que les communistes ne disposaient pas de la majorité au Parlement.

— Pourquoi on s'excite comme ça ? demanda la Brunnenmayer sur un ton peu amène en raclant les restes de sauce dans la poêle. On a toujours fini par trouver une solution, non ?

Sa remarque mit un terme à la discussion politique. Hanna rapporta que Leo, désormais âgé de 14 ans, prenait des cours au conservatoire avec une célèbre pianiste russe et que sa sœur Dodo scrutait chaque jour le journal dans l'espoir d'y lire un article sur l'aviation.

— Elle a un album où elle colle tout ce qu'elle peut dégoter sur les avions. Elle pense qu'à ça.

— C'est pas normal qu'une femme vole dans un avion, commenta Else avec réprobation en se curant les dents. C'est réservé aux hommes.

Gertie s'apprêtait à la contredire, mais à cet instant, Humbert redescendit dans la cuisine. Et, à la stupéfaction de tous, il posa sur la table un reste de compote de cerise.

— Doux Jésus ! s'écria la Brunnenmayer. C'est-y que les maîtres auraient pas aimé ma compote ?

— Si, si, la rassura Humbert en souriant. Mais Johann a renversé un des beaux verres à vin et sa grand-mère l'a privé de dessert.

— Pauvre bout de chou, soupira Hanna. Il est si mignon, mais il a trop d'énergie.

Fanny Brunnenmayer, qui avait la haute main sur ce qui se passait dans la cuisine, promena son regard sur ses compagnons de tablée et prit une décision.

— C'est Christian qu'aura la compote. C'est lui qui travaille le plus dur, alors il faut lui donner du dessert. Tiens, Christian, régale-toi.

Le jeune homme fut gêné de ce traitement de faveur. Cependant il ne pouvait refuser. Il n'osa pas non plus offrir sa part à la Liesel.

Entre-temps, Humbert avait pris place à la table. Hanna lui servit une portion de pâtes accompagnée de sauce – plat que le domestique, qui n'était pas un gros mangeur, n'appréciait pas outre mesure. Avec un soupir, il fouilla dans la poche de son gilet.

— Tiens, dit-il en sortant une enveloppe qu'il tendit à Hanna. C'est Monsieur qui me l'a donnée. Elle est arrivée ce matin à l'usine. C'est pour toi.

— Pour moi ? se récria Hanna, incrédule. Il doit y avoir une erreur.

— Hé, s'exclama Gertie, qui ouvrait toujours grands ses yeux et ses oreilles quand il y avait quelque chose d'intéressant à apprendre. Ça doit être Alfons Dinter qui t'a écrit, celui qui travaille au service d'impression. Ça fait des années qu'il rêve à notre Hanna.

La jeune fille ne prêta aucune attention à ses ragots, tout occupée qu'elle était à déchiffrer le nom de l'expéditeur en remuant silencieusement les lèvres. Fanny Brunnenmayer la vit soudain pâlir et crut lire un nom sur ses lèvres. *Grigori.*

2

— Tu vois, tante Lisa, s'écria Dodo tout excitée, Messerschmitt continue malgré tout de construire le M.20. Ils ont apporté des améliorations décisives à l'empennage, c'est ce qui est écrit.

Assise sur le canapé avec la petite Charlotte sur les genoux, Elisabeth Winkler était en train de donner de la bouillie de semoule à sa fille. L'enfant ouvrait la bouche avec avidité et, à chaque cuillerée, elle agitait ses bras dodus. Marie avait déjà fait observer à plusieurs reprises à sa belle-sœur qu'elle la nourrissait trop. La fillette aimait particulièrement les desserts sucrés, or Lisa n'avait pas le cœur d'en priver son unique fille.

— Tu m'écoutes, tante Lisa ? insista Dodo. Le M.20 est un avion de transport, il est fabriqué ici, à Augsbourg, par la Bayerische Flugzeugwerke. Il peut accueillir dix passagers. C'est génial, tu ne trouves pas ?

— Il n'y en a pas un qui s'est écrasé dernièrement ? demanda Lisa, distraite.

Elle veillait à ce que Charlotte, qui semblait avoir décidé de manger seule, ne lui fasse pas tomber la cuillère des mains.

— Oui, c'était il y a deux ans, lors du premier vol, reconnut Dodo. L'empennage s'était cassé. Mais maintenant ça n'arrivera plus et c'est pour ça que la Deutsche Lufthansa veut en acheter trois. Tu te rends compte ? Bientôt on pourra voyager dans un avion. Quand je serai pilote, je vous emmènerai en Amérique, tante Lisa.

Tout en parlant, elle découpait un article de l'*Augsburger Neuesten Nachrichten,* qu'elle collerait dans le cahier où elle gardait tout ce qui avait trait à l'aviation.

— Attends, Dodo, lança Lisa. Sebastian n'a pas encore lu le journal, tu récupéreras l'article dans la soirée.

Sa nièce laissa tomber ses ciseaux avec un soupir.

— Oncle Sebastian n'aura sûrement rien contre.

— Ça dépend de ce qu'il y a au verso.

Les sourcils froncés, Dodo tourna la page.

— Les avis de décès, c'est tout. Oncle Sebastian ne les lit pas, j'imagine.

— Bon, dans ce cas tu peux y aller.

Elisabeth racla l'assiette pour récupérer le reste de bouillie, le donna à Charlotte et lui essuya la bouche avec son bavoir. Puis elle posa sa fille par terre et celle-ci se mit à marcher dans le salon d'un pas mal assuré. Dans sa petite robe blanche à volants elle avait l'air d'un ange potelé avec des boucles d'or.

Dodo avait eu 14 ans en février. Elle était grande pour son âge, mais son corps mince et élancé ne montrait pas encore de formes féminines, ce dont l'adolescente se déclarait ravie. Ses cheveux blond clair ondulés étaient coupés à la garçonne, coiffure qui lui allait admirablement et s'accordait bien avec sa façon d'être.

Elle venait de découper le précieux article quand Hanna entra dans le salon.

— Dodo, il faut que tu descendes voir ta grand-mère, s'il te plaît. Elle veut faire une petite promenade dans le parc et a besoin de compagnie.

Dodo fit la grimace. Les promenades avec la grand-maman l'ennuyaient profondément. On était obligé de marcher à une allure d'escargot et il était impossible de lui parler d'avions. Quand Dodo abordait le sujet, elle s'entendait répondre qu'une jeune fille devait s'intéresser aux jolis vêtements et aux bonnes manières requises en société.

— Leo pourrait l'accompagner, non ?

— Ton frère doit travailler son piano. Mme Obramova veut qu'il participe à un concert au conservatoire.

— Il trouve toujours un prétexte pour se défiler, maugréa Dodo.

Résignée, elle prit le précieux article de journal et donna les ciseaux à Hanna afin que celle-ci les remette à leur place.

— Ah oui, ajouta Hanna en se tournant vers Elisabeth. Excusez-moi, Madame, j'ai failli oublier : Mme Grünling vous attend en bas dans le vestibule.

— Voyons, Hanna, répondit Lisa sur un ton de reproche. Pourquoi ne l'as-tu pas dit tout de suite ? Fais-la monter et demande à la cuisine qu'on nous serve du thé et des biscuits. Pas trop fort, le thé, sinon Serafina aura des palpitations.

Hanna ramassa l'assiette et la cuillère, remit les ciseaux dans le tiroir et sortit de la pièce en hâte. Dodo se montra tout à coup très pressée, elle aussi ; elle n'avait pas grande envie de voir Mme Grünling, ex-Serafina von Dobern. Leur ancienne gouvernante lui avait laissé un très mauvais souvenir.

— Je vous souhaite un agréable moment, tante Lisa, dit-elle sur le pas de la porte. Fais attention, elle pourrait te mordre.

— Petite insolente, va ! répliqua Elisabeth en riant.

Elle se leva du canapé pour attraper sa cadette qui tripotait de ses doigts poisseux la commode Biedermeier bien cirée. Elle lui donna une des peluches qui traînaient et Charlotte, qui avait commencé par renâcler, finit par serrer tendrement son nounours blanc sur son cœur. Elisabeth la contempla avec émotion, pleine de gratitude à l'égard du destin qui, après de multiples aléas, avait enfin comblé ses vœux. Sebastian était un époux et un père aimant, à qui elle avait donné trois enfants en bonne santé, et ils vivaient tous en sécurité au sein de la villa aux étoffes. Elle était même devenue le personnage central de la famille. Marie passait toute la journée à son atelier de mode et sa mère, désormais âgée, était ravie que sa fille la décharge de l'organisation des tâches domestiques. On avait besoin d'elle à la villa, on l'aimait, et cet amour elle le manifestait à son tour à son entourage.

Depuis peu, elle avait recommencé à voir son amie d'enfance Serafina, née von Sontheim et veuve du commandant von Dobern. À la mort de son époux, Serafina avait connu des temps difficiles, sa mère et elle s'étaient retrouvées presque sans ressources, si bien que la jeune femme avait été contrainte de se faire employer comme gouvernante.

Ses principes éducatifs sévères, hérités de la tradition prussienne, avaient laissé des souvenirs exécrables aux jumeaux et eu raison de son amitié avec Elisabeth. Refusant que Serafina lui dicte sa conduite, celle-ci avait obtenu son renvoi. À la suite de cela, elles avaient rompu tout contact pendant plusieurs années.

Lisa avait pensé qu'elle n'aurait plus l'occasion de la revoir à la villa, mais le sort en avait décidé autrement. L'ancienne employée des Melzer avait accepté une place de gouvernante chez l'avocat Grünling et il n'avait pas fallu longtemps pour qu'elle devienne sa femme. Ils n'avaient pas d'enfants, mais ne paraissaient pas malheureux. Grünling, qui avait ses frasques de jeunesse derrière lui, laissait volontiers Serafina gouverner, il était même ravi qu'elle organise sa vie et l'ait ramené d'une main ferme sur le chemin de la vertu. À présent qu'elle était son épouse, Serafina avait employé toute sa ténacité à reconquérir son ancien statut social et avait repris contact avec son ex-amie Lisa. Pour elle, il s'agissait surtout de renouer avec la famille Melzer, qui jouissait d'une grande considération et tenait une place importante dans la bonne société d'Augsbourg. Comme, de son côté, Elisabeth était satisfaite de son sort et qu'elle n'était pas rancunière, les deux femmes s'étaient expliquées et Serafina avait été invitée par deux fois déjà à prendre le thé à la villa. En revanche, Elisabeth avait refusé d'aller la voir chez elle.

— Ma chère, ma bonne Lisa ! s'écria Serafina sur un ton théâtral en entrant dans la pièce. Tu as l'air dans une forme éblouissante ! Et regardez-moi cet adorable petit ange ! Seigneur, on la croirait peinte par Raphaël. Rose et potelée, tout le portrait de sa maman !

Serafina avait toujours été encline à mêler des piques à ses compliments, mais Lisa avait décidé de les ignorer. Certes, elle avait sevré Charlotte à peine deux mois plus tôt et était encore bien en chair. Mais, au cours des mois à venir, elle avait la ferme intention de perdre ses quelques kilos superflus. Elle accepta donc avec patience l'accolade de son amie. En revanche, Charlotte se mit à hurler dès que Serafina lui caressa la joue de ses doigts froids.

— Comme c'est gentil de venir me voir, Serafina. Désolée, Lottchen se montre un peu timide ces derniers temps. Assieds-toi dans ce fauteuil, je t'en prie, prends le chien en peluche et pose-le sur le canapé. Ah, tiens, voilà l'anneau de dentition, je me demandais où il était passé.

Avec un sourire indulgent, Serafina jeta la peluche et l'anneau sur le canapé et passa la main sur le coussin du fauteuil avant de s'asseoir. Depuis qu'elle était Mme Grünling, elle portait des tenues modernes et coûteuses et avait pris un peu d'embonpoint, ce qui lui allait bien. La gouvernante maigre et sèche d'autrefois, toujours vêtue de gris, n'était plus qu'un lointain souvenir. Désormais, elle avait l'allure d'une dame fortunée qui laisse paraître ses origines aristocratiques.

— Ce salon est un vrai paradis pour les enfants, poursuivit Serafina. La petite Hanna ne fait donc jamais le ménage ici ?

— Hanna n'est pas sous mes ordres, Finchen. Elle fait partie du personnel de ma belle-sœur. La bonne d'enfants est dans le parc avec les petits, répliqua Elisabeth, agacée d'avoir à se justifier du désordre qui régnait dans la pièce.

Heureusement, Hanna entra à ce moment-là avec le thé et mit la table.

— Je suis désolée que vous ayez dû attendre, madame Grünling, dit-elle avec gêne, ce qui lui valut un sourire d'une indulgence condescendante.

— Ça m'aura au moins donné l'occasion d'admirer les magnifiques tableaux exposés dans le hall, ma chère Lisa, reprit Serafina. La mère de ta belle-sœur était vraiment une artiste exceptionnelle ! Encore faut-il aimer, bien sûr. C'est très courageux à Paul de les avoir accrochés à cet endroit.

— Marie est très fière de sa mère, répliqua Elisabeth, solidaire de sa belle-sœur.

En son for intérieur, toutefois, elle jugeait certaines de ces œuvres très excentriques. Marie elle-même en avait confié quelques-unes qu'elle ne voulait pas mettre sous les yeux des enfants au musée de la ville à titre de prêt permanent. D'autres, moins choquantes, étaient exposées dans des endroits plus discrets tels que le bureau ou la chambre à coucher de Paul et de Marie. Alicia avait catégoriquement refusé qu'on en mette dans la salle à manger. En revanche, Paul avait emporté trois tableaux à l'usine : ils trônaient désormais dans son bureau.

Hanna servit le thé, posa une assiette de biscuits sur la table et repartit avec Charlotte.

— Tu mènes une existence si tranquille à la villa avec tes adorables enfants, fit remarquer Serafina en mélangeant de la crème à son thé sucré. J'avais espéré te voir à la Société des arts. Il y avait un vernissage qui t'aurait intéressée.

— Tu sais bien que je ne sors plus que rarement, répliqua Elisabeth. J'ai perdu tout goût pour la vie mondaine, je n'aime pas ces conversations vides de sens, ces manières affectées, ce cirque inutile. Il y a des choses plus importantes.

— Assurément, ma chère. Tu as un époux merveilleux, qui n'a que mépris pour les mondanités et préfère s'occuper de sa famille. Et avec tout ça il trouve encore le temps d'aider les malheureux qui ont perdu leur emploi. C'est un idéaliste, ton Sebastian. Espérons que son engagement au parti communiste ne lui vaudra pas d'ennuis.

— Sûrement pas, rétorqua Lisa en se penchant pour pousser l'assiette de biscuits vers son ancienne amie. Sebastian est tout à fait conscient de ses responsabilités familiales.

— J'en suis persuadée, répondit Serafina avec un air qui démentait ses propos. Rends-toi compte, hier, mon cher Albert m'a raconté qu'il avait vu ton mari à l'un de ces horribles défilés de l'Union des combattants du front rouge. Il est passé en courant à côté des policiers avec une banderole.

Elle s'interrompit pour prendre une gorgée de thé et déclara qu'il était délicieux. Lisa ne l'écoutait plus que d'une oreille, bouleversée d'apprendre que Sebastian s'était joint à l'une de ces dangereuses manifestations. Seigneur, il lui avait pourtant promis de ne jamais le faire !

— Mais c'est totalement impossible, Serafina, répondit-elle enfin.

— J'ai tout de suite dit à Albert qu'il avait dû se tromper. Ce qui ne serait pas étonnant, étant donné la façon dont Sebastian s'habille et se comporte, on dirait un ouvrier. C'est un homme qui a des principes, ma chérie, on ne saurait trop l'en féliciter.

Décidément, Serafina n'avait pas changé, elle était toujours aussi douée pour trouver les points sensibles et remuer le couteau dans la plaie. La décision de Sebastian de démissionner de son poste de comptable pour travailler comme simple ouvrier à l'atelier de tissage avait provoqué à l'époque de graves dissensions avec Paul. Désormais, on disait en ville que le beau-frère du directeur de l'usine s'habillait comme un ouvrier. Sebastian ne prenait aucune part aux activités mondaines, en revanche il était membre du Parti communiste allemand et siégeait au comité d'entreprise où il ne cessait de formuler des revendications irréalisables supposées améliorer la vie des ouvriers. Il représentait pour Paul une source de contrariété permanente. Alicia avait déclaré avec affliction qu'il fallait s'attendre à ce genre de chose quand on se mariait en dessous de son rang. Seule Marie avait défendu l'idée qu'on ne pouvait pas contraindre un homme tel que Sebastian à mener une vie pour laquelle il n'était pas fait. Il n'y résisterait pas. Elisabeth partageait son point de vue. Elle aimait son mari et le défendait bec et ongles contre tous ceux qui le critiquaient.

— Notre monde serait meilleur, répondit-elle avec une grande conviction, si chacun de nous obéissait aux idéaux de fraternité et de désintéressement. Tout comme l'a dit notre Seigneur Jésus-Christ dans son sermon sur la montagne. À cet égard, le communisme est une pensée profondément chrétienne !

C'était en ces termes que Sebastian lui avait un jour expliqué les liens entre le communisme et le christianisme. Elle l'avait écouté avec attention afin de pouvoir opposer cet argument à ses détracteurs quand la nécessité s'en ferait sentir. Après tout, nul ne pouvait trouver à redire au sermon sur la montagne. Son objection ne lui attira malheureusement qu'un sourire dédaigneux, ce qui l'agaça encore plus et réactiva en elle d'anciennes réactions qui n'avaient rien d'amical. Quand il le fallait, Elisabeth était capable de cogner.

— Qui aurait pu croire qu'un jour nous nous retrouverions toutes les deux heureuses et mariées, en train de prendre le thé ensemble, dit-elle avec une gaieté feinte. Dernièrement, Paul a dit que, depuis son mariage avec toi, l'avocat Grünling était devenu un autre homme.

Serafina parut ravie du compliment, elle avait travaillé dur à reconquérir son rang. La rumeur avait couru que ses débuts avaient été difficiles. Grünling n'était pas du tout satisfait de sa gouvernante et avait même songé à se séparer de la mégère. Mais Serafina semblait avoir su convaincre son employeur de ses qualités, notamment érotiques – là aussi, les ragots allaient bon train.

— Ce que ton frère a dit est très juste, Lisa. Au fond de son cœur, mon Albert est un homme bon et tendre. Il avait simplement besoin d'avoir à son côté une personne fiable qui permette à ses heureuses dispositions de s'épanouir.

Elle prit un des biscuits aux noisettes d'un geste maniéré et le porta à sa bouche. Avec un sourire, Lisa lui décocha sa flèche.

— Paul pense même que ton Albert est devenu un peu trop gentil pour continuer à assurer le suivi juridique des affaires de l'usine. Comme tu le sais, un avocat doit pouvoir défendre avec énergie la position de son client.

Au moment où Serafina mordit dans le biscuit, il y eut un craquement sourd.

— Oh, Finchen ! s'écria Elisabeth avec effroi. J'espère que tu ne t'es pas fait mal ? Ces noisettes sont parfois dures quand elles sortent du four.

Serafina ne répondit pas. Elle mâchonna un peu, sortit un mouchoir de son sac et se détourna pour qu'Elisabeth ne puisse voir ce qu'elle faisait. Apparemment, elle recrachait sa bouchée.

— Dur comme de la pierre, marmonna-t-elle en s'essuyant les lèvres. Il est inconfevable que le perfonnel ferve fe venre de fose.

— Je suis navrée, Finchen !

Elisabeth était sincèrement effrayée par cet incident, mais sa compassion restait limitée. Elle resservit du thé à son invitée, promit de réprimander la cuisinière et l'exhorta à ne pas laisser cette mésaventure lui gâcher ce bel après-midi.

— Veux-tu faire un tour à la salle de bains ? Elle n'est pas encore tout à fait terminée, mais il y a une grande glace et un lavabo en marbre.

Serafina refusa.

— Ve dois hélaf partir, répondit-elle. V'ai encore quelques vivites à faire et puis ve ne veux pas te diftraire plus longtemps de tes devoirs domeftiques.

— Bien sûr.

Elisabeth acquiesça d'un signe de tête hypocrite sans faire mine de la retenir.

— On se reverra peut-être un de ces jours, ajouta-t-elle avec froideur.

— Affurément, ma fère… Et fe que Paul a dit à propos d'Albert, f'était pour plaivanter, n'est-fe pas ?

— Oh, non, il était on ne peut plus sérieux.

Ce n'était pas tout à fait vrai, car Paul avait tenu ces propos sur un ton mi-sérieux mi-amusé. Mais, en dépit du petit incident, Elisabeth n'était pas disposée à reculer. Serafina s'était montrée trop brutale dans sa manière d'exploiter et d'attiser ses craintes.

Beaucoup plus pâle qu'à son arrivée, la visiteuse articula un faible adieu et se dirigea vers la porte.

— Hanna ! Mme Grünling souhaiterait s'en aller !

Ce fut Gertie qui répondit à son appel. Elle salua leur invitée d'une génuflexion polie et la raccompagna jusque dans le vestibule du bâtiment principal, où elle l'aida à remettre son manteau. Puis elle revint dans le salon des Winkler afin de débarrasser la table.

— Doux Jésus, déplora-t-elle en secouant la tête, cette pauvre Mme Grünling ! Elle a perdu une dent. En haut à droite.

— Comme c'est fâcheux, répondit Lisa avec un air innocent. De toute façon elle a de fausses dents, le dentiste pourra sûrement faire quelque chose. Et dis à Mme Brunnenmayer que ses biscuits sont un peu durs.

— Bien, Madame.

Elisabeth se leva et s'approcha de la fenêtre pour voir où se trouvaient Rosa et les deux garçons. Qu'est-ce qu'ils pouvaient bien fabriquer ? Cela faisait un bon moment qu'ils étaient dans le parc. C'était une journée ensoleillée, le printemps était déjà dans l'air et des îlots de crocus violets et de narcisses jaunes avaient surgi sur les pelouses. Cependant il faisait encore frais et, sous les buissons de genévrier, le sol était recouvert de gelée blanche – un vestige de la nuit. En ouvrant les battants de la fenêtre, elle entendit des cris et des exclamations. Grands dieux ! Mais c'était Sebastian qui jouait au ballon avec les garçons. Quelle idée ! Pourvu qu'Alicia ne les voie pas, elle considérait le football comme une activité réservée aux ouvriers et au bas peuple ! Christian était de la partie, ainsi que Fritz, le plus jeune fils d'Augusta, qui avait 6 ans. Comme ils se démenaient ! Les gamins ne cessaient de tomber, si bien que leurs pantalons étaient complètement crottés. La tenue de Sebastian était elle aussi dans un état lamentable, ce qui ne l'empêchait pas d'essayer de prendre le ballon à Christian. Ces gaillards étaient de grands enfants.

Elisabeth vit avec soulagement que Rosa avait Hanno dans les bras et refusait de lâcher le gamin, qui gigotait tant et plus. Elle mourait de peur qu'il veuille prendre part à cette turbulente mêlée.

— Rosa ! lança Elisabeth. Remonte avec Hanno ! Et dis aux autres qu'il est l'heure de rentrer.

En entendant sa voix, Sebastian leva les yeux et la salua joyeusement. Puis il claqua dans ses mains et déclara que la partie était terminée. Lisa referma la fenêtre. Ils avaient une petite heure pour faire leur toilette et se changer avant de se rendre dans la salle à manger. Les membres de la famille prenaient leurs repas ensemble et Alicia n'aimait pas avoir à attendre.

Hanna s'occupa de préparer le bain, Gertie était en charge de la garde-robe.

Lorsque le gong de la salle à manger retentit, Sebastian enfila rapidement la veste d'intérieur grise que sa femme lui avait achetée. C'était un compromis qui trouvait grâce aux yeux d'Alicia, car son beau-fils refusait de se présenter en complet pour les repas, comme il était d'usage à la villa aux étoffes. Il trouvait déjà assez pénible que, au début de leur mariage, Lisa lui ait fait porter les costumes de son père, dans lesquels il s'était senti très mal à l'aise. Il lui avait objecté alors qu'il ne voulait pas renier ses origines et ses convictions. Sans quoi il n'aurait plus osé se regarder dans la glace.

Pendant que Rosa et Hanna accompagnaient les enfants dans la salle à manger, Elisabeth se tourna vers son mari. Depuis la visite de Serafina, une question lui brûlait les lèvres.

— Dis-moi, chéri, aurais-tu, il y a quelque temps, pris part à un défilé de ton parti en brandissant une banderole ?

Incapable de mentir, Sebastian afficha aussitôt un air coupable.

— C'était pour rendre service, répondit-il avec gêne. Je suis passé dans la rue au moment où ils défilaient. Un ami qui était dans le cortège m'a interpellé pour me dire qu'il avait terriblement mal au bras et me demander si je voulais bien le relayer un petit moment pour porter sa banderole. Tu comprendras que je n'aie pas voulu refuser.

— Et qu'était-il écrit dessus ?

Sebastian haussa les épaules avec un sourire embarrassé.

— Je crois que c'était : « Le pouvoir à ceux qui travaillent. » Mais je te le jure, Lisa, je la lui ai rendue quelques rues plus loin.

— Oh, Sebastian, répliqua Elisabeth sur un ton de reproche. Je t'avais pourtant prié de ne jamais prendre part à ce genre de défilé. Tu sais à quel point j'ai peur pour toi.

Il l'enlaça avec tendresse et l'embrassa sur le front.

— Essaie de comprendre, chérie. Il pourrait bientôt y avoir de nouvelles élections au Reichstag. Nous devons montrer que nous sommes forts et bien présents. Les autres le font aussi.

— Non, Sebastian, je ne veux surtout pas que tu…

Elle fut interrompue par le gong de la salle à manger. Sebastian en profita pour la prendre par la main et l'entraîner en direction du bâtiment principal.

— Viens, il ne faut pas les faire attendre.

3

— DOCTEUR, VOUS AURIEZ UN INSTANT ?

Tilly von Klippstein s'arrêta dans le couloir et jeta un coup d'œil dans la chambre, dont la porte était ouverte. La vieille dame frêle qui occupait le lit du milieu avait la main levée, telle une écolière qui demande timidement la parole. On était en train de desservir le déjeuner.

— Le docteur est occupé, madame Kannebäcker, la réprimanda l'infirmière Martha. Les médecins de l'hôpital ne sont pas à votre service !

Tilly entra sans prêter attention à la réponse désagréable de Martha. La pièce comportait quatre lits, placés très près les uns des autres. À gauche une fenêtre, à droite le mur avec le lavabo. À côté de la porte, deux chaises en bois pour les visiteurs – les seuls meubles de la pièce. Les sacs et les valises contenant les affaires des patients avaient été glissés sous les lits.

— Qu'y a-t-il, madame Kannebäcker ? s'enquit Tilly. Vous avez mal ?

La vieille femme répondit par la négative. Elle avait de graves problèmes cardiaques et respirait avec difficulté, mais elle ne se plaignait jamais. Seuls ses grands yeux bleu clair, qui donnaient à son visage émacié un air de désarroi enfantin, trahissaient ses souffrances. Tilly avait bavardé un peu avec elle à plusieurs reprises, ce qui avait fait du bien à sa patiente.

— Je voulais vous dire quelque chose, docteur, chuchota-t-elle en faisant signe à Tilly d'approcher.

La jeune femme eut une seconde d'hésitation. On l'avait appelée au sujet d'un patient amené plus tôt dans la matinée avec un traumatisme crânien. Il avait été traité par un de ses collègues, le Dr Heinermann, mais il semblait y avoir un problème. Elle décida néanmoins de consacrer quelques instants à Mme Kannebäcker avant de se rendre dans le service des patients masculins. Le lit de gauche était vide, la malade qui l'occupait était morte au matin. Dans les deux autres lits se trouvaient des paysannes qui s'étaient blessées en travaillant.

— Que vouliez-vous me dire, madame Kannebäcker ?

Tilly se pencha vers la vieille femme et lui prit la main. Elle était fraîche, on sentait chacun des os sous la peau fripée.

— Vous savez, docteur, dit tout bas Mme Kannebäcker, ça ne me fait rien. Vous comprenez ? Je n'ai pas peur de la mort.

Tilly n'ignorait pas la gravité de son état, mais ses paroles ne lui en causèrent pas moins de l'affliction. Elle avait beau travailler depuis cinq ans dans cet hôpital de Schwabing, elle ne parvenait toujours pas à rester sereine face à la mort.

— Voyons, madame Kannebäcker, répondit-elle sur un ton d'encouragement, qui parle de mourir ? Si vous êtes ici, c'est pour vous rétablir, n'est-ce pas ?

La vieille femme secoua la tête avec obstination et lui sourit comme si elle savait très bien ce qui l'attendait. Sans doute avait-elle raison, mais cela, Tilly le garda pour elle.

— Je suis contente que ce soit la fin, dit-elle doucement. À quoi bon continuer à vivre ? Mon cher époux et les deux garçons sont partis depuis si longtemps, ils m'ont laissée seule…

Elle avait raconté à Tilly que son mari et ses deux fils étaient morts à la guerre. Le mari dès le début des combats, les fils peu après ; ils venaient tout juste d'avoir 18 ans. Ils étaient morts le même jour, comme s'ils s'étaient mis d'accord. L'un en Russie, l'autre en France. La mère était restée seule et, après la guerre, la faillite de la droguerie de son époux l'avait privée de ressources.

— Mais vous devez bien avoir des amis ou des parents, non ? insista Tilly, désemparée. Il existe toujours une raison de continuer à vivre, madame Kannebäcker.

Du lit voisin s'élevèrent les ronflements sonores d'une des paysannes. Dans le couloir, on entendait cliqueter la vaisselle que l'on sortait des chambres pour la placer sur un chariot avant de la rapporter à la cuisine.

— Il n'y a personne, répondit la vieille femme. J'ai travaillé dix ans à l'usine. L'équipe du soir. L'équipe du matin. Par deux fois j'ai perdu mon travail, je mangeais à la soupe populaire et, l'hiver, je brûlais les meubles du salon pour me chauffer. Parfois, la voisine venait me prêter un œuf ou une tasse de farine. C'est tout. En dehors de ça j'étais seule. Mais j'avais les souvenirs, c'est avec eux que j'ai vécu. Tu as été gâtée par la vie, que je me disais. Maintenant, tu as ta part de malheur.

Elle avait eu du mal à articuler les dernières phrases. Le souffle court, elle se tut. Tilly répondit en lui pressant la main que le malheur ne durerait pas éternellement et qu'elle connaîtrait de nouveau des temps meilleurs. La patiente acquiesça d'un signe de tête et sortit son autre main de sous la couverture.

— Je voudrais vous faire un cadeau, docteur, chuchota-t-elle. Vous êtes une si bonne personne et vous m'avez écoutée.

Elle ouvrit le poing : sur sa paume brillait un objet doré. Déconcertée, Tilly distingua un petit pendentif en pierre rouge accroché à une fine chaîne en or.

— Ce n'est pas possible, madame Kannebäcker, répondit-elle tout bas. Je n'ai pas le droit d'accepter des cadeaux de mes patients.

— Prenez-la, je vous en prie ! Quand je serai morte, on me l'arrachera du cou. Mais moi, je veux que ce soit vous qui l'ayez. Mon mari me l'a offerte pour nos fiançailles. Elle vous portera chance.

Tilly était navrée de ne pouvoir satisfaire le souhait de la vieille femme, mais la direction de l'hôpital était très stricte sur ce point, cela aurait pu lui coûter sa place. Heureusement, à cet instant la porte s'ouvrit dans un mouvement brusque et la silhouette trapue de l'infirmière apparut sur le seuil.

— Madame von Klippstein, on vous demande au service des patients masculins, dit-elle sèchement en restant à la porte.

— J'arrive, infirmière Martha.

Tilly se pencha sur sa patiente, lui caressa le front et promit de revenir la voir plus tard. Puis elle passa devant l'infirmière et monta rapidement l'escalier qui conduisait au département des hommes.

Le travail à l'hôpital n'était pas facile. En dehors d'elle, il y avait deux autres médecins femmes, arrivées un an plus tôt, leur thèse en poche. L'une d'elles était la fille du chirurgien en chef. À l'époque, Tilly avait renoncé à s'engager dans un doctorat. Elle avait jugé plus important de travailler et d'aider les malades que de chercher à obtenir un titre. À présent, elle regrettait sa décision, car les infirmières notamment ne lui accordaient pas la considération voulue. Elles fonctionnaient sur la base d'une hiérarchie très stricte, se montraient impitoyables dans les secteurs dont elles avaient la charge et se permettaient même de donner des ordres aux jeunes médecins. Avec ceux qui étaient plus âgés, en revanche, ou les médecins-chefs, elles faisaient preuve d'obligeance, courbaient l'échine et rivalisaient pour obtenir leurs faveurs. Parce que c'étaient des hommes. Parfois, une jeune et jolie infirmière parvenait à mettre le grappin sur l'un d'eux et à l'épouser. Mais c'était rare. Le plus souvent, il s'agissait de brèves liaisons, presque toujours malheureuses, dont on parlait sous cape.

Une femme en blouse de médecin, c'était suspect, cela éveillait leur jalousie. Il était difficile de s'imposer face à elles. En cinq ans, Tilly n'y était parvenue qu'en de rares occasions, qui lui avaient valu l'animosité de la plupart des infirmières, dont cette Martha.

Un regard sur la grande horloge murale apprit à la jeune femme qu'il était 3 heures de l'après-midi, son service s'achevait dans une demi-heure. Pas étonnant qu'elle se sente si fatiguée. Elle était sur le pont depuis le début de la matinée, enchaînant les visites aux patients, et avait également dû se rendre aux urgences, dont elle partageait la responsabilité avec un collègue. Une heure plus tôt, un jeune homme souffrant d'un traumatisme crânien y avait été admis et confié aux soins du Dr Heinermann. Cependant celui-ci semblait avoir des doutes et l'avait fait appeler.

Quand Tilly arriva, le médecin était en train d'examiner son patient.

— Il a des troubles de la vision et souffre de vertiges, expliqua-t-il sèchement.

— Est-ce qu'on lui a fait une radio ?

— Bien sûr. Le résultat a été négatif. Il s'agit sans doute des suites de la commotion cérébrale. Il s'est levé, il a marché, il a même essayé d'ouvrir la fenêtre.

Le jeune homme, qui était charretier de profession, avait l'air solide. Il s'était blessé au cours d'une dispute avec un collègue alors qu'il était ivre. L'autre lui avait assené un coup de poing qui l'avait fait chuter en avant et sa tête avait heurté un poteau. Quand on avait le crâne aussi dur, les suites de ce genre d'accident s'estompaient généralement en quelques jours.

— Vous saignez du nez depuis tout ce temps ? l'interrogea Tilly.

Le jeune homme utilisait mouchoir sur mouchoir pour éponger le sang qui coulait de son nez.

— Pour ça oui, ça veut pas s'arrêter.

Tilly se fit apporter un mouchoir en papier, recueillit quelques gouttes de sang et constata qu'une auréole transparente se formait autour d'elles. Du liquide cérébrospinal !

— Regardez donc, docteur Heinermann.

Le médecin examina le mouchoir, lança à Tilly un regard irrité comme si elle était responsable de la situation. Fracture de la base du crâne. Il aurait dû s'en apercevoir lui-même.

— Surtout, restez couché, monsieur Kugler, ordonna-t-il aussitôt. Interdiction de vous lever désormais. Notre médecin-chef va revenir vous voir.

— Quoi ? Encore un docteur ? Je croyais que j'pouvais rentrer d'main. Mariele, ma promise, elle va me faire des boulettes et du porc fumé.

— Il faudra attendre un peu, monsieur Kugler. Votre fiancée pourra toujours venir vous voir ici.

— Et si qu'alors elle aura mangé toutes les boulettes ?

Une fois qu'ils eurent regagné le couloir, Heinermann s'arrêta un instant pour consulter sa montre.

— Sale histoire, commenta-t-il. Vous avez terminé votre service, non ? Tant mieux pour vous. Je m'occupe de la suite. Le Pr Sonius ne sera pas ravi d'avoir à opérer.

Tilly acquiesça, elle était trop fatiguée pour s'en charger, et puis il était déjà 3 heures et demie. Elle aurait bien voulu voir la radio, pas pour prendre son collègue en défaut, mais par simple curiosité. Aurait-elle décelé la fracture ?

— Ce sont des choses qui arrivent, répondit-elle pour le réconforter. Il n'est pas encore trop tard pour opérer.

— En effet, répondit-il avec un sourire rassuré. Au revoir, madame von Klippstein.

Il se détourna et s'éloigna, les pans de sa blouse flottant autour de lui. Tilly regagna la salle des médecins pour se changer, mais lorsqu'elle fut devant son armoire métallique, elle repensa à Mme Kannebäcker. Quoique épuisée et désireuse de quitter l'hôpital, elle retourna dans le service des femmes. La porte de la chambre s'ouvrit, livrant passage à deux jeunes infirmières.

— Ah, madame von Klippstein, quelle chance que vous soyez là !

— Que se passe-t-il ?

— Mme Kannebäcker est morte. Ça a dû se produire très vite, ses voisines de chambre ne s'en sont pas aperçues.

Elle avait eu une mort douce. En l'examinant rapidement, Tilly nota que le visage de la vieille femme affichait un sourire apaisé. C'était fini, à présent les ombres s'étaient dissipées, elle vivrait à jamais dans la lumière.

Elle reprit d'un pas lent et fatigué le chemin de la salle des médecins afin d'établir le certificat de décès.

Elle retira sa blouse blanche et s'apprêtait à la ranger dans son casier quand elle sentit une légère bosse dans l'une des poches. Elle y plongea la main – c'était la chaîne avec le pendentif en rubis. Un petit cœur serti d'or et pourvu d'un anneau.

« Elle vous portera chance », avait dit la vieille femme. Cette rusée la lui avait glissée dans la poche pendant qu'elle parlait avec l'infirmière.

Après un instant d'hésitation, Tilly accrocha le bijou autour de son cou. Il lui avait été donné par une personne pour laquelle elle avait eu de l'affection, aussi le porterait-elle en souvenir d'elle. Et puis c'était un joli objet. Ernst lui avait souvent offert des bijoux, surtout au début de leur mariage, mais ils ne correspondaient pas à ses goûts simples. Les colliers tape-à-l'œil et coûteux avec boucles d'oreilles assorties lui déplaisaient. Ces cadeaux bien intentionnés étaient rangés dans son coffret et n'en sortaient que rarement.

Le trajet en tramway jusqu'à Pasing fut fastidieux. Tilly était contente d'avoir au moins pu dénicher une place assise et de ne pas avoir été obligée de rester debout pendant toute la durée du voyage. Peu avant 5 heures, elle arriva enfin devant la belle demeure que son époux Ernst avait achetée quelques années plus tôt dans la rue de Menzing. Il était très fier de cette propriété, avait fait rénover la villa et le jardin à grands frais et racontait volontiers autour de lui qu'ils vivaient non loin du château de Nymphenburg.

Dans le vestibule régnait une odeur appétissante. La bonne arriva en hâte pour la débarrasser de son manteau et de son chapeau.

— Qu'y a-t-il de bon à dîner ce soir, Bruni ? demanda Tilly en souriant.

Bruni était rondelette et d'une jovialité inaltérable. Elle avait des cheveux blonds épais et tout frisés qu'elle coiffait en un chignon sévère à l'arrière du crâne. Mais il s'en échappait toujours une touffe qui voletait sur son front.

— Des boulettes et du rôti de porc, Madame. Le plat préféré de Monsieur. En entrée, un velouté, et, pour le dessert, j'ai pas le droit de le dire, autrement Mme Huber me fera ma fête.

Elle partit d'un rire si contagieux que Tilly ne put s'empêcher de l'imiter.

— Dans ce cas, ce sera la surprise, répondit-elle. Mon mari est dans son bureau ?

— Oui, Monsieur est au téléphone.

Tilly entra dans la bibliothèque, située à côté du bureau et dans laquelle elle se sentait bien. Les trois fenêtres, hautes et étroites, donnaient sur le jardin où les premiers narcisses jaunes de la saison illuminaient les parterres. Les sapins bleuâtres qu'Ernst avait fait planter avaient à présent atteint une taille appréciable. Il allait falloir les émonder parce qu'ils assombrissaient le jardin. Avec un soupir de soulagement, Tilly s'assit dans un des moelleux fauteuils à oreilles revêtus d'un tissu à carreaux. Elle ferma un moment les yeux, essayant de chasser de son esprit les pensées qui l'oppressaient après sa journée à l'hôpital. Sans succès. Elle prit alors le courrier que le domestique Julius avait comme d'habitude posé à son intention sur la table basse. La facture annuelle d'une revue médicale à laquelle elle était abonnée, une invitation à prendre le thé qui alla tout droit à la poubelle, et une lettre de sa belle-sœur Kitty. Celle-ci lui donnerait au moins matière à sourire.

Ma chère, mon infidèle Tilly, qui a complètement oublié sa famille et ses amis d'Augsbourg...

Aïe, Kitty n'avait pas tout à fait tort. La semaine prochaine, sa propre mère fêterait son soixantième anniversaire. Et elle n'y avait même pas pensé ! Elle était si accaparée par ses affaires qu'elle avait fait preuve d'une négligence coupable envers ceux qui lui étaient chers.

Pendant qu'elle lisait le récit amusant de Kitty au sujet des derniers méfaits de sa fille Henni, elle entendit la voix d'Ernst dans la pièce voisine. Il paraissait agité, comme souvent ces derniers mois. Durant quelques années, il avait habilement accru sa fortune en réalisant des investissements et en achetant des actions, puis il avait placé ses gains dans des parts d'entreprise. Le succès avait été au rendez-vous. Cependant les conséquences du krach de la Bourse de New York avaient gagné l'Allemagne, et la situation avait changé. Les bailleurs de fonds américains exigeaient le remboursement des crédits qu'ils avaient accordés, les banques et les entreprises allemandes se retrouvaient en difficulté. Tilly repensa avec effroi à son père, Edgar Bräuer, qui n'avait pas supporté la faillite de la banque dont il était le directeur, alors que l'Allemagne était en guerre. Il s'était suicidé. *Ridicule*, songea-t-elle en essayant de se rassurer. Ernst avait intelligemment placé son argent et se sortirait indemne de cette crise.

Quelques instants plus tard, il la rejoignit dans la bibliothèque.

— Ah, tu es là, Tilly, dit-il en lui adressant un sourire distrait. Tu as eu une dure journée ? Combien de fois devrai-je te dire de quitter l'hôpital ? Ma femme n'a pas besoin de travailler pour gagner sa vie.

Comme il a changé au cours des dernières années ! se dit Tilly. Lui qui l'avait soutenue affectueusement pendant ses études, puis les premiers temps de son exercice. Qui l'avait encouragée sans relâche à suivre sa vocation de médecin. Qui avait écarté les obstacles qui se dressaient sur sa route et fait part à toutes ses connaissances de la fierté qu'elle lui inspirait.

À présent qu'il se considérait comme un homme d'affaires ayant réussi, fréquentait la bonne société munichoise, l'aristocratie et la haute finance, il l'exhortait à abandonner son poste à l'hôpital pour s'occuper, à l'instar des autres femmes, de sa maison et de son époux.

— Ce n'est pas pour l'argent que je travaille, Ernst, répondit-elle doucement. Tu le sais.

— Bien sûr, bien sûr, dit-il en se frottant les mains, un geste devenu coutumier qui trahissait son agitation intérieure. Passons à table, je meurs de faim.

La salle à manger était meublée dans le style anglais, que Tilly aimait beaucoup. On y retrouvait quelque chose du confort douillet des maisons de campagne britanniques qu'ils avaient vues lors de leur voyage de noces dans le Kent. Le monde pouvait aller à vau-l'eau, les peuples s'entredéchirer : *My home is my castle*, ma maison, c'est mon château, telle était l'inébranlable devise des Anglais.

Cependant, en dépit du caractère agréable de la pièce, Tilly n'y sentait pas l'intimité qu'elle aurait espéré y trouver. Il y manquait la vie, la famille, la joyeuse spontanéité des enfants – toutes choses qu'elle avait connues à Augsbourg dans la maison de Kitty. Au lieu de cela, elle était seule avec Ernst à la grande table, à manger dans une vaisselle de prix. Julius faisait le service, ils buvaient du vin coupé d'eau et s'efforçaient de mener une discussion stimulante qui aboutissait généralement à deux monologues. Tilly racontait ce qui s'était passé à l'hôpital tandis qu'Ernst parlait dc ses affaires ainsi que des obligations mondaines auxquelles sa femme devrait l'accompagner. Tilly avait de plus en plus de mal à satisfaire les souhaits de son mari en ce domaine. Quand les rendez-vous d'affaires s'accompagnaient de sorties à l'opéra ou au théâtre, elle s'y pliait volontiers. Nettement moins agréables étaient les fastidieux événements officiels auxquels il fallait se rendre si l'on voulait faire partie des cercles qui avaient pignon sur rue. Mais le pire, c'étaient ces invitations effroyablement ennuyeuses et les éternelles questions qu'il lui fallait endurer.

« Je suppose que vous ne soignez que des femmes, n'est-ce pas ? »

« N'est-il pas répugnant de voir tous les jours des malades ? »

« Cela doit vous mettre en contact avec des gens très simples. De ceux qui ne peuvent pas se laver souvent. »

« Avez-vous le droit de faire des piqûres ou est-ce réservé aux médecins ? »

Il était quasiment impossible de faire entendre à ces dames, dont la cervelle avait la taille d'un petit pois, qu'elle n'était pas infirmière, mais médecin : elles n'auraient pas compris. Un titre de docteur en médecine lui aurait été bien utile, mais elle y avait renoncé en connaissance de cause. Écrire une thèse lui aurait pris du temps et ne l'aurait pas rendue meilleure praticienne.

Et puis toujours cette même question :

« Avez-vous des enfants, madame von Klippstein ?

— Hélas non. »

Ce hochement de tête entendu... Bien sûr, elle n'en avait pas. Comment aurait-elle trouvé le temps de s'occuper d'eux puisqu'elle travaillait ? Par égard pour son époux, Tilly se gardait d'expliquer que cette situation était due à une blessure qu'Ernst avait reçue à la guerre.

« Ah, mais le devoir suprême de la femme n'est-il pas d'enfanter ? » lui répliquait-on.

Arguant de divers prétextes, elle avait peu à peu réduit le nombre des obligations que lui imposait Ernst. Désormais, elle ne l'accompagnait plus qu'aux événements de première importance auxquels il ne pouvait se montrer sans son épouse.

Cela demandait à Tilly une bonne dose d'abnégation, mais elle le faisait pour lui.

Au moment du dessert, qui consistait ce jour-là en un entremets glacé, Ernst parla de l'actualité politique, de la énième démission du gouvernement en place ; cette fois il s'agissait du deuxième cabinet de Hermann Müller. C'était toujours le même petit jeu dans cette maudite République, ces messieurs les députés intriguaient, se sabordaient mutuellement et gaspillaient leur temps en querelles inutiles.

— Qui gouverne l'Allemagne à la fin ? s'écria-t-il. J'aimerais bien le savoir. Qui s'occupe de l'avenir du pays pendant que les députés et les ministres se livrent à des joutes verbales ? Le Reich allemand est à genoux, leur attitude est criminelle eu égard aux terribles problèmes qu'il doit affronter !

Tilly n'avait pas grand-chose à dire sur le sujet, aussi garda-t-elle le silence tout en promenant sa cuillère dans son dessert, qui avait fondu pour devenir une crème au goût de vanille. Elle avait bien essayé de poser une ou deux questions, mais Ernst n'aimait pas être interrompu lorsqu'il monologuait. Ses discours se terminaient toujours de la même façon : « On ne peut pas gouverner un pays de cette manière. C'est comme à l'armée : si les soldats et les officiers commencent à discuter au lieu d'exécuter les ordres, on ne peut plus rien faire. On a besoin de quelqu'un qui dise dans quelle direction aller ! D'une personnalité de chef capable de s'imposer. Tu diras ce que tu veux, Tilly, cet Adolf Hitler est mon homme. C'est sur lui que je compte pour assurer l'avenir de notre pays. »

Tilly avait vu des photos de lui dans le journal, il avait en effet l'air très énergique et résolu. Cependant elle doutait qu'il ait l'expérience et la circonspection nécessaires pour exercer de telles fonctions. Elle se défiait instinctivement de lui. Mais pour Ernst la politique n'était pas une affaire d'instinct, elle demandait un esprit clair dont seuls les hommes lui paraissaient dotés par nature. Ainsi, le fait qu'après la guerre on ait accordé aux femmes le droit de vote relevait à ses yeux de l'aberration. Il y voyait une des causes probables de la funeste situation dans laquelle se trouvait l'Allemagne à ce jour.

Tilly ne partageait pas son point de vue, mais elle était lasse de leurs disputes. Les discussions ne menaient à rien, car il n'écoutait pas ses arguments et préférait camper sur ses positions. Oui, il avait changé. Ernst von Klippstein n'était plus l'homme qu'elle avait épousé cinq ans plus tôt. Son succès dans les affaires lui avait donné une assurance nouvelle et ostentatoire qui lui servait à masquer ses insuffisances physiques. Il s'habillait de manière coûteuse, portait du loden et de la fourrure, possédait des tenues de soirée à la dernière mode et sortait son frac pour les grandes occasions. Il ne se plaignait presque plus des cicatrices douloureuses qui lui couvraient le ventre et la poitrine et ne plus pouvoir procréer ne semblait pas l'affecter. C'était plutôt Tilly qui aurait désiré des enfants, mais elle n'en parlait jamais.

— Ah oui : la semaine prochaine, je suis invité à une soirée chez le Dr Breindorfer, reprit Ernst après un instant de silence. Il y aura quelques personnalités en vue et il serait opportun que tu m'accompagnes, Tilly.

— La semaine prochaine ? demanda-t-elle en fronçant les sourcils. Oh, je suis navrée, Ernst, mais j'avais prévu d'aller passer quelques jours à Augsbourg. Ma mère fête ses 60 ans.

D'un geste irrité il jeta sa petite cuillère dans sa coupe à dessert et secoua la tête.

— Est-ce vraiment nécessaire ?

Tilly prit une profonde respiration – mieux valait se calmer avant de répondre afin de ne pas se risquer à dire une chose qu'elle regretterait par la suite.

— Je pense que oui, Ernst.

4

QUEL TEMPS MAGNIFIQUE ! Marie ouvrit la porte de son atelier de la rue Caroline et sortit sur le trottoir pour respirer un peu et profiter du soleil. En ce jour de semaine ordinaire, les passants étaient nombreux, ils flânaient et admiraient les vitrines. Tous portaient encore leur manteau d'hiver, mais les chapeaux et les grosses écharpes de laine étaient déjà restés à la maison. Cela dit, tous n'étaient pas là pour leur plaisir, beaucoup de gens, en effet, couraient les rues parce qu'ils avaient perdu leur emploi – il y avait eu une nouvelle vague de licenciements et, dans le voisinage, quelques commerces avaient été contraints de fermer leurs portes. Marie s'inquiétait pour son atelier, mais par chance elle n'avait pas besoin de gagner sa vie avec ce que lui rapportaient ses créations.

Le printemps arrive, songea-t-elle rêveusement. *Les bourgeons commencent à éclore, la nature se réveille. Tout va s'arranger.*

Deux jeunes filles s'arrêtèrent, se mirent à parler entre elles à voix basse en lui jetant des regards. *Aïe,* se dit-elle. Elle voulut regagner son atelier, mais il était trop tard.

— Bonjour, lança timidement l'une des deux. Vous êtes Mme Melzer, n'est-ce pas ?

C'était la plus grande, une brune élancée, qui avait la première trouvé le courage de l'aborder. L'autre portait un manteau bleu foncé bien coupé et un chapeau qui appartenait sans nul doute à sa mère.

— C'est bien moi, répondit Marie. Que puis-je faire pour vous ?

Ce que lui dit la jeune fille, elle l'avait déjà maintes fois entendu et elle se sentit navrée de ne pas pouvoir les aider. Les deux filles avaient terminé leur scolarité l'année précédente, elles avaient suivi une formation de sténodactylo, mais n'avaient pas trouvé d'emploi de secrétaire.

— Alors on s'est dit que vous auriez peut-être besoin de deux couturières dans votre atelier.

La brune continuait de parler pour elle et son amie et, de fait, elle s'en sortait plutôt bien. Elle raconta qu'elle avait appris à coudre avec sa mère, couturière à domicile. Son amie les aidait et réalisait deux fois par semaine des ourlets et des galons. Toutes deux avaient toujours confectionné elles-mêmes leurs vêtements.

— Repassez le mois prochain, les encouragea Marie. Pour l'instant, hélas, mon carnet de commandes ne me permet pas d'embaucher.

Les commandes, en effet, avaient considérablement baissé, si bien que Marie aurait dû licencier une de ses employées. Mais elle se refusait à agir de la sorte avec ses collaboratrices, lesquelles travaillaient à l'atelier depuis des années, et préférait les renvoyer chez elles une heure plus tôt lorsqu'il n'y avait plus de travail.

— Le mois prochain ? demanda la jeune fille toute contente. Avec plaisir, merci beaucoup, madame Melzer. Votre atelier est magnifique, nous nous sommes souvent arrêtées pour admirer les vêtements.

Après avoir pris congé d'elles, Marie regagna sa boutique. Elle grelottait, le fond de l'air restait frais et la clarté du soleil ne pouvait faire oublier que le sol était encore gelé en maints endroits. Ce jour-là, elle était seule avec ses employées. Mme Ginsberg, qui s'occupait habituellement des clientes avec elle, souffrait depuis plusieurs semaines d'une toux tenace. La veille, Marie lui avait ordonné de rester quelques jours chez elle. Mme Ginsberg n'en avait pas été ravie. L'ancienne professeure de piano était heureuse de travailler à l'atelier, elle était même devenue la meilleure et la plus fiable employée de Marie, mais elle avait dû se rendre à l'évidence.

Dans une heure, Mme Mantzinger arriverait pour un essayage, le montage du nouveau manteau de printemps était terminé. C'était un modèle d'une beauté féerique réalisé dans une étoffe moelleuse vert foncé, resserré à la taille, avec des manches amples plissées aux poignets. Le col, coupé large, pouvait se porter relevé. La dame était une de ces clientes qui réglaient toujours rapidement et sans remise. Contrairement à d'autres, qui lui passaient commande, venaient chercher les vêtements, mais ne se pressaient pas pour les régler. Désormais, Marie avait sur son bureau toute une pile de factures impayées. Elle envoyait des lettres de rappel, puis des injonctions, mais dans la plupart des cas cela ne servait pas à grand-chose. Les clientes concernées n'avaient pas les moyens de payer, il aurait fallu qu'elle engage un avocat et qu'elle les assigne en justice. Or elle ne voulait pas avoir recours à ce moyen : ses débitrices étaient presque toutes des habituées et, dès que la situation économique s'améliorerait, elles solderaient très certainement leurs dettes.

Si elle voulait éviter de solliciter un avocat, c'était aussi parce qu'il aurait fallu s'adresser à ce Grünling auquel Paul faisait appel dans ce genre de situation et qui lui était extrêmement antipathique. Sans parler de sa femme Serafina, veuve du commandant von Dobern. Elle n'arrivait pas à comprendre que Lisa ait pu inviter à plusieurs reprises cette impudente personne à prendre le thé à la villa aux étoffes. Cela étant, cette amitié renouvelée semblait de nouveau battre de l'aile. Gertie lui avait raconté que, dernièrement, Mme Grünling avait quitté la villa en toute hâte, ce qui avait secrètement réjoui tout le monde. La femme de chambre ignorait les détails de ce qui s'était passé. Dodo avait déclaré en ricanant que le « serpent » s'était cassé un « crochet à venin ». Cela lui avait valu une semonce de sa mère. Dodo respectait si peu les convenances que Marie en venait à craindre que cela lui joue des tours. L'adolescente tenait de sa grand-mère, la peintre Luise Hofgartner, la défunte mère de Marie. Cette jeune artiste avait suivi sa voie avec courage, sans se laisser détourner de son but, et avait ce faisant trouvé malencontreusement la mort.

Marie jeta un bref coup d'œil dans la pièce où ses couturières réalisaient quelques commandes, entre autres pour Lisa et pour Kitty, ses deux belles-sœurs. Elle n'avait plus qu'à s'installer dans son petit bureau afin de reprendre les factures impayées et de préparer des injonctions. Peut-être ses rappels seraient-ils suivis d'effet, en tout cas elle avait besoin de cet argent pour acheter du tissu. Ce mois-ci, la situation n'était vraiment pas réjouissante. Quand elle aurait payé ses employées et réglé les frais de matériel, d'électricité et de charbon, il ne lui resterait plus grand-chose.

— Marie ? Mais où te caches-tu, ma chère petite Marie ! Incroyable ! Il fait un temps radieux et toi tu es enfermée dans ce bureau sombre ?

Kitty avait ouvert la porte et se tenait sur le seuil en secouant la tête, les mains sur les hanches. Elle portait un des tailleurs d'une élégance décontractée que Marie lui avait faits et était comme à son habitude d'une beauté renversante.

— Kitty ! Quel plaisir de te voir ! s'exclama Marie, ravie.

La présence de sa remuante belle-sœur la distrairait des rappels et autres injonctions de payer.

— Il était temps, fit Kitty en continuant à jacasser joyeusement. Il fallait tout de même que j'essaie ma nouvelle robe de soirée. Tu as pu te procurer les plumes d'autruche blanches ?

Les goûts raffinés de Kitty n'étaient pas toujours aisés à satisfaire. Cette fois, Marie avait eu de la chance, elle avait déniché les plumes souhaitées en Amérique. Celles-ci n'étaient pas particulièrement bon marché, mais Robert gagnait bien sa vie et acquittait de bon gré toutes les factures de son exigeante épouse.

— Je l'ai suspendue dans le jardin d'hiver, essaie-la donc là-bas. Je peux t'offrir un moka ?

— Non, merci, j'en ai pris deux au Café Brüning, si j'en bois un de plus je vais sauter au plafond. Mais j'ai besoin de toi pour l'essayage, ma chère Marie, alors lâche ces livres de comptes et viens avec moi.

— Bien sûr, Kitty. De toute façon, Mme Mantzinger ne va pas tarder, elle doit essayer son manteau.

Kitty ne l'écoutait plus. Elle était déjà dans le jardin d'hiver et Marie l'entendit pousser des cris d'enthousiasme. Avec un sourire, elle rejoignit sa belle-sœur, qui s'était déshabillée et se tenait en dessous de soie parmi les plantes de la pièce. Elle l'aida à enfiler la robe tout juste montée. Celle-ci était noire, coupée à hauteur de mollet et pourvue d'une traîne sur laquelle étaient fixées des paillettes et des touffes de délicates plumes d'autruche.

— Dieu que c'est ravissant ! s'écria Kitty tout excitée. Regarde, elles flottent quand je me tourne. J'ai l'impression d'être un oiseau de paradis. Je pourrais m'envoler de joie. Ah, quand Robert verra ça, il sera emballé ! Il n'aura qu'une envie, c'est de me l'ôter !

De fait, la robe était une grande réussite. Une pièce unique impossible à reproduire – inutile d'espérer retrouver des plumes de cette taille et de cette qualité. Marie ajusta le décolleté dans le dos, qui lui paraissait un peu trop profond, mais c'était le souhait de Kitty.

— Cette robe est féerique, Marie, s'extasia-t-elle. Je vais devoir la cacher pour éviter que Henni la voie. Imagine-toi que ma fille fouille dans mes armoires et qu'elle met mes affaires. Et le pire c'est qu'elles lui vont. Tu ne trouves pas ça incroyable ? À 14 ans, elle fait déjà ma taille. Et en plus…

Marie l'écouta se plaindre de sa fille unique. Henni était paresseuse, ses résultats scolaires étaient lamentables, sauf en calcul, où elle se montrait étonnamment bonne. Elle était très douée pour la peinture et le dessin, mais au lieu de travailler elle préférait passer ses après-midi en ville, soi-disant pour retrouver une amie.

— En réalité, elle a rendez-vous avec un garçon ! Il passe la chercher à la sortie des cours et ils se baladent dans les rues. Hier, Gertrude l'a pincée devant la cathédrale. Elle mangeait du gâteau sur un banc en compagnie de trois jeunes gens ! Le premier lui portait son cartable, le deuxième son écharpe à carreaux et le troisième avait acheté le gâteau.

Marie dut se forcer pour avoir l'air aussi indignée que l'exigeait l'irritation de sa belle-sœur. Henni avait le même âge que Dodo, mais était en tout point différente de sa cousine. Six mois plus tôt, elle avait commencé à avoir un peu de poitrine. Elle était svelte et dotée d'un postérieur joliment arrondi. Elle avait vite compris que ces nouveaux attributs féminins renforçaient considérablement l'effet qu'elle produisait sur la gent masculine et ne se gênait pas pour exploiter cette découverte.

— Je ne comprends pas de qui elle tient ça, poursuivit Kitty. En tout cas, ce n'est pas de son père, mon pauvre Alfons, qui est mort si jeune !

— Certes, glissa Marie avec un sourire en coin.

— Ne me laisse pas seule ici pour aller t'occuper de Mme Mantzinger. Tu sais ce que cette vieille bique sournoise m'a dit tout récemment ?

— Kitty, je t'en prie ! Les ragots ne m'intéressent pas !

Les réticences de Marie n'eurent aucun effet sur Kitty, qui éclata de rire.

— Oui, je sais, personne n'a aussi bon cœur que toi, ma chère, mon adorable Marie. Elle n'a pas médit de toi, sois tranquille, sinon je lui aurais arraché les yeux. Non, il s'agissait de Mme Ginsberg.

— De Mme Ginsberg ? s'étonna Marie.

Son employée était une personne aimable et intelligente, appréciée de toutes les clientes. Walter, son fils, était le meilleur ami de Leo et les deux garçons suivaient ensemble l'enseignement du conservatoire de musique d'Augsbourg.

— Parfaitement ! s'écria Kitty avec indignation. Elle a déclaré que la présence de cette garce de Juive nuisait à la réputation de l'atelier. Qu'est-ce que tu dis de ça ?

Marie ne voulut pas le croire. Mme Mantzinger n'avait jamais lâché un propos pareil en sa présence et elle s'était toujours montrée polie envers Mme Ginsberg. Un peu froide, peut-être, mais polie.

— Tu es sûre qu'elle a vraiment dit ça ? demanda-t-elle, très affectée.

— Tu ne penses tout de même pas que j'irais inventer une chose pareille, riposta sa belle-sœur sur un ton boudeur. Je lui ai fait comprendre que je ne partageais pas son point de vue. Elle s'est contentée de hausser les épaules. Ma chère Marie, laisse-moi te dire que tu es une grande rêveuse. Tout le monde n'est pas aussi franc et sincère que tu le crois. À cet égard, je constitue une glorieuse exception et j'espère que tu l'apprécies à sa juste valeur !

— Ah, Kitty ! s'exclama Marie en serrant sa belle-sœur dans ses bras. Bien sûr que oui. Et je te remercie de ta franchise, même si ce que tu m'apprends n'a rien de réjouissant.

Kitty ajusta sa robe avec satisfaction, jeta un regard critique dans le grand miroir mural et sourit à son reflet. À 35 ans, elle avait conservé sa taille svelte et menue. Elle avait abandonné la coupe à la garçonne pour une coiffure à hauteur des épaules. De temps à autre, elle relevait ses cheveux sombres en chignon ou les passait au fer à friser. Quatre ans plus tôt, elle avait épousé Robert Scherer en secondes noces. Robert avait été autrefois domestique à la villa aux étoffes, où il était tombé éperdument amoureux de la jeune Kitty. Par la suite, il avait émigré en Amérique. Il y avait connu un destin mouvementé et vécu une tragique histoire d'amour. Puis il était rentré en Allemagne, riche et désenchanté. Là, il avait revu Kitty, qui vivait avec sa belle-mère et sa fille rue de la Porte des femmes, dans la maison qui lui était restée après la faillite de la banque Bräuer. Il était revenu au bon moment, c'était un de ces heureux instants comme le destin en produit parfois et qu'il faut saisir avant qu'il ne soit trop tard. Entre eux l'étincelle s'était produite.

Marie entendit la sonnette de la porte d'entrée – sans doute Mme Mantzinger qui arrivait pour l'essayage. C'était vraiment fâcheux. Elle aurait préféré que Kitty ne lui ait pas rapporté ses propos.

— Vas-y, dit celle-ci en haussant les épaules. Pendant ce temps, je jetterai un coup d'œil sur tes croquis. Est-ce qu'il y a des nouveautés ?

Marie avait sans cesse de nouvelles idées. Elle les fixait en quelques coups de crayon, puis rangeait ses esquisses dans un carton à dessin qu'elle laissait sur la table du jardin d'hiver, où les clientes pouvaient les consulter.

— Bien sûr, Kitty. Regarde surtout dans le carton bleu, tu y trouveras des robes pour l'après-midi et le soir…

Mme Mantzinger s'était assise sur une des chaises blanches. C'était une femme qui approchait les 70 ans, très bien conservée, et qui avait toujours veillé à sa silhouette. Elle retira un de ses gants et tendit la main à Marie.

— Ma chère madame Melzer, c'est un tel plaisir de venir chez vous. Il n'y a pas deux ateliers comme le vôtre à Augsbourg. Je ne sais pas ce que je ferais sans vous.

Marie sourit en s'efforçant de dissimuler son embarras.

— Ah, madame Mantzinger, vous exagérez, vous allez me faire rougir. J'aime mon travail, mais je suis loin de penser que ce que je fais est unique.

Elle invita sa cliente à passer dans la cabine d'essayage et lui montra le manteau, qui était presque terminé. Il restait juste quelques détails à voir, notamment la longueur à ajuster. Mme Mantzinger trouva que l'un des poignets était trop serré. Marie lui présenta ensuite tout un choix de boutons.

— Vous savez, madame Melzer, dit Mme Mantzinger en examinant les boutons, les temps ne sont pas faciles, mais j'ai dit à mon mari : « Nous devons faire notre possible pour que l'atelier de Mme Melzer ne disparaisse pas. »

Elle passa commande de deux culottes d'équitation et d'une veste. Elle avait prévu de passer l'été dans la propriété de son beau-frère, dans le Brandebourg, où elle voulait faire du cheval. Marie lui présenta plusieurs tissus qui pouvaient convenir et promit de réaliser des croquis.

— Je repasserai mardi dans la matinée, promit la cliente en consultant sa montre. Les croquis et le manteau seront prêts, n'est-ce pas ?

— Assurément, madame Mantzinger. Je vous souhaite une agréable journée.

Celle-ci prit congé en serrant la main à Marie, lui adressa un grand sourire et ne remit son gant blanc que lorsqu'elle fut dans la rue. Elle n'avait pas dit un mot pour s'enquérir de Mme Ginsberg, qui en temps ordinaire était toujours là.

— Enfin partie, souffla Kitty en ressortant du jardin d'hiver. Qui sait, elle fera peut-être une chute de cheval cet été.

— Kitty ! Il ne faut jamais souhaiter qu'il arrive malheur à quelqu'un.

— Je n'ai rien souhaité du tout, protesta sa belle-sœur. Je me disais juste comme ça qu'à force de monter sur ses grands chevaux…

La porte d'entrée s'ouvrit si brusquement que les clochettes émirent un son strident. Henni apparut sur le seuil, la chevelure en bataille, sa veste claire maculée de taches.

— Maman, quelle chance que tu sois là ! s'écria-t-elle tout agitée. En voyant ta voiture dehors, j'ai pensé que tu devais être chez tante Marie.

— Que se passe-t-il, Henni ? lança Kitty, effrayée. Mais à quoi ressembles-tu ? C'est une déchirure, là, sur ta manche ?

— Attends de voir Leo ! Et Walter ! Ils sont dehors. Il faut que tu amènes tout de suite Walter chez le médecin, il a la main gauche bousillée.

Les deux femmes sortirent précipitamment de l'atelier. Grands dieux, que s'était-il donc passé ? Elles redoutaient déjà un accident de la circulation. Combien de fois avaient-elles recommandé aux enfants de faire attention aux charrettes et aux automobiles lorsqu'ils traversaient la rue ? Sur le trottoir d'en face se trouvait un groupe de cinq adolescents, tous à peu près du même âge. Marie aperçut aussitôt son fils Leo, qui faisait une demi-tête de plus que les autres. Il était blessé au front et tamponnait sa plaie avec son mouchoir. Walter Ginsberg était à côté de lui, la figure livide et barbouillée de larmes.

— Leo ! Qu'est-il arrivé ?

Contrarié par l'émoi de sa mère et de sa tante, Leo lança un regard de reproche à Henni avant de répondre.

— Rien de grave, Maman. Mais il faut que Walter aille chez le médecin, il a la main gauche tout engourdie. Il est tombé dessus quand ils l'ont flanqué par terre.

— Qui a flanqué qui par terre ? demanda Kitty, bien résolue à obtenir une explication.

Les enfants se mirent à parler tous à la fois. Il fallut à Marie un peu de temps pour démêler ce qui s'était passé. Apparemment, une bagarre avait éclaté alors que Leo et Walter se rendaient à l'arrêt de tram après avoir quitté le conservatoire de la rue Maximilien.

— Ils nous ont guettés, Maman. Parmi eux il y avait un garçon de ma classe, Willi Abele.

— C'est après Walter qu'ils en avaient, tante Marie, pas après Leo. Ils voulaient tabasser Walter parce qu'il est juif.

— Ils étaient six. Ou peut-être sept. Et nous, on était seuls contre eux tous…

— Juste au début, Leo, l'interrompit Henni, tout excitée. Ensuite, je suis arrivée avec Rudi, Klaus et Benno, je leur ai dit que tu étais mon cousin et qu'il fallait qu'ils t'aident.

Henni était très fière d'être venue à leur secours, car elle idolâtrait son cousin si doué pour la musique. Leo était l'un des rares garçons à avoir jusque-là résisté à son charme.

— Incroyable, gémit Kitty. Ils se battent dans la rue comme des chiffonniers. Ne va pas le répéter à mon petit Paul, Marie, il en aurait une attaque.

Marie s'était tournée vers Walter et examinait sa main. Le gamin sanglotait à fendre l'âme, parce qu'il ne sentait plus ses doigts.

— Je… je ne pourrai plus jouer du violon.

— Mais non, Walter, le consola Kitty. Ça doit être une simple foulure, tu t'en remettras. Allez, monte, je vais te conduire chez le Dr Greiner. Ou non, plutôt à l'hôpital. Marie, ma très chère Marie, toi tu t'occupes de cette bande de chenapans, d'accord ? Oh là là, Henni, ta veste est irrécupérable ! Tu ne t'es pas battue, tout de même ? Mes clés de voiture sont dans mon sac à main, va vite me le chercher, je l'ai laissé dans l'atelier.

Marie fut contente de n'avoir pas d'autres clientes prévues ce jour-là. Elle put panser plaies et bosses, nettoyer les habits tachés, offrir aux gamins du thé et des biscuits aux noisettes confectionnés par la Brunnenmayer.

Kitty appela un peu plus tard de l'hôpital.

— Sois gentille, Marie, raccompagne Henni à la maison quand tu fermeras l'atelier, d'accord ? Ici, on en a encore pour un moment. Walter a le poignet cassé, il faudra peut-être l'opérer.

5

— Ça va, Maxl ? Attends, je vais pousser.

Afin d'avoir les mains libres, Augusta s'arrêta et posa son sac sur la charrette à bras dont ils se servaient pour vendre leurs produits au marché. Tant qu'on était sur la chaussée pavée, le véhicule roulait sans problème. Maxl, 16 ans, était vigoureux et tirait son fardeau avec tant d'énergie que sa mère avait du mal à le suivre. Mais, dès qu'ils quittaient la rue Haag pour s'engager dans le petit chemin qui menait à la jardinerie, les roues s'enfonçaient dans le sol détrempé, compliquant la tâche du jeune homme. Augusta s'arc-bouta de toutes ses forces contre la paroi en bois. Comme il fallait s'y attendre, la boue humide gicla sur sa jupe.

— Y faudrait qu'ils mettent du gravier sur le chemin, fit remarquer Maxl, qui était en sueur malgré la fraîcheur de cette journée pluvieuse.

— Ça, tu peux toujours courir, pesta sa mère en gémissant. Ces messieurs de la mairie, ils aiment mieux commander des chaises en or plutôt que de s'occuper de nous !

Elle était de mauvaise humeur, car, cette fois encore, les ventes avaient été médiocres. Certes, les légumes frais, choux blancs, choux rouges, poireaux et choux-raves, étaient presque tous partis, mais les pensées et les œillets d'Inde n'avaient quasiment pas trouvé preneur. En ces temps difficiles, les fleurs représentaient un luxe. Les gens ne sortaient pas volontiers leur portefeuille et achetaient tout au plus des légumes lorsqu'ils n'en cultivaient pas eux-mêmes dans leur jardin. Il n'en restait pas moins quelques bottes de ces gros poireaux qu'ils faisaient pousser dans la serre, ainsi que la rhubarbe, que les clients trouvaient trop acide. Ils avaient tout de même vendu trois bouquets de fleurs séchées, mais on leur avait dit une fois de plus qu'ils étaient moins beaux que par le passé. À l'époque, c'était sa fille Liesel qui les confectionnait. Mais depuis qu'elle travaillait comme fille de cuisine à la villa aux étoffes elle ne pouvait plus les aider.

Ils garèrent la charrette à côté de la nouvelle serre qu'ils avaient fait bâtir l'année précédente pour cultiver du concombre, de la tomate et du chou-fleur. Les légumes y mûrissaient avec quinze jours d'avance sur ceux qui avaient été plantés à l'extérieur, dans les carrés. Ils étaient également plus précoces que ce qu'on trouvait dans les jardins privés de la vieille ville, si bien qu'Augusta pouvait approvisionner les citadins fortunés.

Maxl était un bon garçon, travailleur. Il avait toujours eu de mauvais résultats scolaires, mais Augusta était d'avis que cela ne l'empêcherait pas de devenir un bon jardinier. Il souleva sans regimber les cageots d'invendus pour les rapporter dans la serre, pendant que sa mère récupérait son sac avec la recette du jour. Augusta tourna le regard vers le potager, où son mari repiquait les plants de chou en compagnie de Hansl, 10 ans, et de Fritz, 6 ans. La veille, il avait commencé à pleuvoir, une vraie plaie, car il fallait mettre les plants en terre. Du coup, pas d'autre solution que de travailler sous la pluie. Une tâche particulièrement éprouvante pour le pauvre Gustav, dont la prothèse – il avait été amputé du pied durant la guerre – dérapait sur le sol boueux.

— Laisse les légumes et les herbes sur la charrette, Maxl ! lança Augusta. La Liesel les achètera plus tard pour la villa.

Elle se dirigea vers la maison, un logis qu'ils avaient fait construire et dont elle était extrêmement fière. C'était petit, au rez-de-chaussée il y avait juste la place pour la cuisine et le salon. À l'étage, sous les toits, trois chambres et une vraie salle de bains. Celle-ci n'était pas aussi élégante que celle de la villa, bien sûr, où il y avait une baignoire blanche reposant sur quatre pattes de lion dorées et deux lavabos de porcelaine fixés sur le mur carrelé. Mais elle comportait des toilettes – Augusta avait insisté sur ce point. Elle en avait assez de devoir traverser la cour par tous les temps pour se rendre dans le cabanon installé à cet effet. L'hiver, il y faisait si froid qu'on en était transi.

La banque leur avait accordé un crédit avantageux pour la construction de la maison et de la serre. Le remboursement de l'emprunt pesait lourd, mais jusque-là ils avaient à peu près réussi à s'en sortir. Et puis, Christian ne logeant plus chez eux, cela faisait une bouche de moins à nourrir.

Elle ôta sa cape de pluie et la secoua énergiquement, puis elle laissa ses chaussures crottées devant la porte, sous l'auvent, afin de ne pas abîmer le parquet. À l'intérieur, on ne circulait qu'en pantoufles. Augusta se montrait très maniaque dans sa nouvelle maison, tout était impeccablement astiqué, on ne voyait pas le moindre grain de poussière sur les meubles. Des napperons crochetés masquaient les endroits râpés du vieux canapé. Elle les avait réalisés durant l'hiver avec un joli fil à crocheter que Mme Alicia lui avait offert pour Noël. En cette saison, il n'y avait pas grand-chose à faire à la jardinerie. Heureusement, il y avait toujours la possibilité de donner un coup de main occasionnel à la villa, que ce soit pour la lessive ou le grand ménage. Une bénédiction pour leur budget toujours serré.

Après avoir fait le compte de leurs gains du jour, elle se mit à la cuisine. Il restait quelques braises du matin dans le fourneau. Elle rajouta du charbon, attisa le feu et attendit qu'il ait pris. Ce serait de nouveau plat unique, un petit pot-au-feu suffirait à satisfaire les appétits, avec des pommes de terre, des oignons, des carottes de l'an dernier conservées à la cave, quelques poireaux frais pour donner un avant-goût de printemps. Comme elle jetait un coup d'œil au-dehors, elle vit que Gustav s'était assis sur le banc et avait retiré une de ses bottes. C'était probablement cette fichue prothèse qui frottait, cela arrivait assez souvent. Parfois, même, le moignon se mettait à saigner et Augusta devait l'enduire de pommade et le panser. Dès lors, il devenait impossible d'ajuster la prothèse, si bien que Gustav marchait tout de guingois, ce qui était mauvais pour son dos. La guerre, cette maudite guerre qui était finie depuis douze ans… Gustav en garderait des séquelles toute sa vie.

Elle attendit que la nuit soit presque tombée pour appeler les hommes, le repas était prêt. Puis elle se posta dans le couloir, veilla à ce que chacun enlève ses chaussures, puis descendit les vestes et les pantalons sales dans la cave, où était installée la buanderie. Elle exigeait qu'on se lave les mains et le visage avant de passer à table, qu'on se recoiffe et, si possible, qu'on se nettoie les ongles. Augusta tenait à ce qu'on observe les mêmes règles qu'à la villa aux étoffes : on se changeait midi et soir pour le repas pris en commun et on mettait la table avec soin. Il y avait toujours un bouquet de fleurs et, le dimanche, deux chandeliers en sus.

Les hommes n'avaient pas tout à fait terminé de repiquer le chou rouge et le chou blanc, il leur faudrait poursuivre la tâche le lendemain. Les jeunes plants restants, Augusta pourrait les vendre au marché.

— Avec Christian, on n'aurait pas eu de mal à finir, fit observer Fritz.

Personne ne le contredit. Tous étaient heureux pour lui qu'il ait trouvé un bon emploi de jardinier à la villa aux étoffes, mais son départ avait représenté une grosse perte pour eux. Et les trois garçons étaient tristes d'avoir vu partir celui qu'ils considéraient comme un grand frère.

Ils se jetèrent sur le pot-au-feu, et Augusta s'assura que chacun ait un bout de viande dans son assiette. Fritz était si fatigué qu'il faillit laisser échapper sa cuillère. Sa mère dut le porter sur le canapé. Hansl avait encore des devoirs à faire. Cela ne présentait pas de difficulté pour lui, affirmait-il, mais, après une journée aussi éreintante, il avait tendance à s'endormir sur ses cahiers. Seul Maxl n'était pas fatigué. Il parlait avec son père des arbres fruitiers qu'ils avaient plantés à l'automne et voulait savoir quand ils porteraient des fruits.

— Pas avant un petit moment, mon garçon, répondit Gustav. On devrait pouvoir commencer à récolter des pommes et des poires d'ici deux ou trois ans.

Il essaya de trouver une bonne position pour sa jambe et grimaça de douleur.

Ils avaient terminé de manger et Augusta s'apprêtait à rapporter la marmite vide à la cuisine quand on sonna à la porte.

— C'est la Liesel ! s'écria Hansl en abandonnant ses cahiers pour aller ouvrir à sa grande sœur.

Elle portait un fichu de laine sur les épaules et avait emprunté le grand parapluie de Fanny Brunnenmayer. Elle était dans les petits papiers de la cuisinière, ce dont Augusta était très fière, car celle-ci n'accordait pas sa faveur à n'importe qui.

— Tu arrives tard, Liesel. Je pensais déjà qu'on te verrait pas ce soir.

Sa fille ôta docilement ses chaussures et enfila les vieilles savates posées devant la porte à son intention.

— Avant de m'en aller, il faut toujours que je voie avec Mme Brunnenmayer de quoi elle a besoin pour le lendemain, répondit-elle en s'excusant. Et pis, aujourd'hui, il s'est passé un tas de choses à la villa, du coup on était en retard.

— Tiens, assieds-toi et passe-moi le papier.

La cuisinière n'avait pas commandé grand-chose pour le menu du lendemain : persil et ciboulette, aneth et cerfeuil, trois bottes de poireaux, voilà tout. On envoya Maxl dans la serre chercher les herbes et les légumes et les envelopper dans du papier journal.

— Pas les herbes que vous avez déjà portées au marché ! lui cria Liesel. Prends-en des fraîches, autrement la cuisinière en voudra pas.

— Non, mais qu'est-ce que c'est ces chichis ? rouspéta Augusta. Maxl les a mis dans l'eau, ils sont aussi frais que si on venait de les couper.

— Si tu continues comme ça, Maman, elle achètera plus chez nous.

Contrariée, la Liesel s'assit à côté de son père pour lui demander comment allait son pied.

— Toujours pareil, fillette. Tantôt mieux, tantôt plus mal. J'ai l'habitude.

Augusta servit à Liesel un sirop de framboise à l'eau et lui demanda quelles étaient les dernières nouvelles de la villa.

— Elles sont pas bonnes, Maman. Kurti a eu toute la journée une forte fièvre et des maux de ventre terribles. Mme Melzer était désespérée, elle a appelé le Dr Greiner, mais il est arrivé qu'en fin d'après-midi et le petit avait déjà des boutons. C'est la scarlatine, le pauvre.

— Jésus Marie ! s'écria Augusta en joignant les mains. Il va la refiler à Johann et à Hanno. Heureusement que vous l'avez eue.

Liesel rapporta ce que le médecin avait dit : la scarlatine était une maladie infantile, tout le monde en passait par là. Ce qui était plus ennuyeux, c'était quand on l'attrapait adulte.

— Et comment qu'il va, Leo ? demanda Maxl. Ça, si j'avais été là la semaine passée, je leur aurais flanqué une belle raclée à ces salopards.

— C'est pas des choses à dire, Maxl, le réprimanda son père. Et t'as pas à frapper qui que ce soit. Manquerait plus qu'on porte plainte contre nous et qu'on doive payer des dommages et intérêts.

Augusta partageait son point de vue, mais Maxl ne voulait pas en démordre. Il assura qu'il aurait défendu Leo Melzer jusqu'à la mort.

— Je le faisais déjà quand on était ensemble à l'école. Et pis justement je voulais lui casser la gueule à Willi Abele, parce que cet enfoiré il m'a tiré la langue l'autre jour au marché.

Hansl s'était remis à ses devoirs. Quand il faisait un exercice de calcul, il coinçait sa langue au coin de ses lèvres et fixait le plafond. Puis il écrivait le résultat dans son cahier. Quant à Fritz, il dormait.

— Leo va mieux, il n'a plus qu'une éraflure sur le front et un bleu à peine visible, reprit la Liesel. Aujourd'hui, il est allé à l'hôpital avec Hanna voir son ami. Walter rentrera demain chez lui, mais sa mère est affolée, elle veut plus le laisser aller à l'école.

— Et sa main, comment elle va ? demanda Gustav avec compassion.

— Hanna a dit qu'ils lui avaient plâtré la main et le bras jusqu'au coude. On voit que le bout de ses doigts, mais il arrive pas à les remuer, même quand il fait un gros effort. Leo a dû le consoler parce qu'il est complètement découragé.

— Voilà ce qui se passe quand on se bagarre, déclara Augusta en jetant un regard de reproche à son fils. Si Walter peut plus plier son poignet, il sera plus capable de jouer au violon.

— Ça me fait pas peur, répliqua Maxl, impavide. Moi je joue pas du violon.

— Un jardinier a besoin de tous ses membres, regarde-moi, lui rappela Gustav.

Augusta changea de sujet.

— Y a beaucoup à faire ici, dit-elle avec un regard éloquent à l'adresse de sa fille. On aurait bien besoin de bras supplémentaires. Des gens qui nous ont demandé du travail, y en a, mais on n'a pas un sou pour les payer.

Liesel hocha la tête avec un air abattu et répondit en manière d'excuse qu'elle ne leur coûtait plus rien maintenant qu'elle mangeait et dormait à la villa.

— C'est vrai que t'as pas motif à te plaindre, convint Augusta sur un ton plus conciliant. Aujourd'hui, les chambres des domestiques, elles ont même l'électricité. Du temps que j'étais bonne à la villa, il fallait prendre la lanterne quand on allait la nuit au petit coin.

Elle trouvait que les domestiques vivaient désormais dans le grand luxe : parquets poncés et vernis de frais, murs blanchis. Fanny Brunnenmayer avait même reçu des maîtres un nouveau lit après que le sommier de l'ancien s'était effondré.

— T'as de la chance, Liesel. Ils t'ont payé ton salaire aujourd'hui ?

Sa fille gagnait quinze Reichsmarks par mois. Ce qui était plus que la paie d'une fille de cuisine à l'époque où elle-même avait travaillé à la villa aux étoffes. Augusta n'était pas mécontente de son sort, mais elle repensait parfois avec nostalgie aux temps heureux où elle avait été domestique à la villa, ayant pour seul souci d'accomplir ses tâches, sans être constamment tracassée par des problèmes familiaux et financiers.

— Oui, j'allais oublier ! s'écria la Liesel en sortant son porte-monnaie de la poche de sa jupe. Humbert nous a payés ce matin. Un instant : dix, onze, douze… Voilà pour vous, Maman.

Elle prélevait chaque mois douze marks de son salaire pour les donner à ses parents. Un arrangement sur lequel ils s'étaient mis d'accord quand elle avait pris ses fonctions à la villa. Les trois marks restants, elle les mettait de côté pour s'acheter quelques bricoles ou un fichu bien chaud pour l'hiver. Les chaussures et les habits étaient fournis par l'employeur – alors pourquoi la Liesel aurait-elle eu besoin de tant d'argent ? Augusta rangea les pièces dans la caisse. Cet argent tombait à pic, c'était le moment de payer les intérêts mensuels du crédit.

— Dimanche, il y aura une grande fête d'anniversaire, poursuivit la Liesel en rangeant son porte-monnaie. On va préparer une génoise avec un glaçage au chocolat. Et Mme Brunnenmayer a dit qu'elle me montrerait comment on fait des roses en sucre coloré.

— Et qui c'est qui a son anniversaire ? M. Melzer, peut-être ?

— Non, personne de la villa. On fête celui de Gertrude Bräuer, la belle-mère de Kitty Scherer. Enfin, la mère de son mari Alfons, qu'est mort au début de la guerre, et la grand-mère de Henni. C'est plus tard que Mme Kitty s'est mariée avec Robert Scherer…

— T'as pas besoin de m'expliquer tout ça, repartit Augusta sur un ton renfrogné. Robert Scherer, je l'ai bien connu du temps que je travaillais à la villa. À l'époque, il en pinçait déjà pour Mlle Kitty. Malheureusement, il avait aucune chance parce qu'elle en avait après un autre. La vie est comme ça.

Augusta n'avait jamais raconté à quiconque qu'elle-même avait jeté son dévolu sur le beau jeune homme. Elle était allée jusqu'à penser lui faire porter le chapeau pour l'enfant qu'elle attendait alors, à savoir la Liesel. Mais il avait été trop malin pour se faire avoir, le charmant Robert, et c'est ainsi qu'elle s'était tournée vers le jardinier Bliefert. Certes, elle était très heureuse avec son Gustav, c'était un brave homme, une âme fidèle, qui la suivait en tout ce qu'elle faisait. Qui se crevait à la tâche sans jamais se plaindre. Cependant elle avait souvent pensé qu'elle aurait pu trouver mieux si elle s'était montrée un peu plus rusée. Robert était revenu après avoir fait fortune en Amérique – avec un peu d'astuce, elle aurait pu devenir sa femme. Mais ce qui l'irritait le plus c'était qu'à l'époque le vrai père de Liesel, Klaus von Hagemann, l'avait laissé tomber quand elle s'était retrouvée enceinte de lui. À sa place, une autre aurait été moins bête, elle aurait su le piéger, ce noble seigneur. Else lui avait appris que M. von Hagemann avait épousé une paysanne en Poméranie. Une paysanne ! Non, mais vous entendez ça ? Avec elle il aurait été bien mieux servi. Ah, ça oui, dans sa vie elle avait commis beaucoup d'erreurs, elle n'avait pas su saisir la chance quand elle se présentait. Et voilà comment on se retrouvait avec un simple jardinier !

Heureusement, Gustav ne lui avait jamais fait aucun reproche à propos de Liesel. Il avait élevé la petite comme sa fille. À 17 ans, Liesel ignorait tout de l'identité de son vrai père. Il allait falloir le lui dire sans trop tarder, notamment pour éviter qu'elle ne l'apprenne par un propos malencontreux d'Else ou de la Brunnenmayer.

— Tu m'as préparé ce qu'il fallait, Maxl ? demanda Liesel. Il faut que je rentre, sinon il sera trop tard.

Alors qu'elle remettait son fichu, on frappa à la porte. Quelques coups polis, presque timides, si bien qu'Augusta devina aussitôt qui demandait à entrer.

— Hé, Christian ! Tu arrives comme ça au milieu de la nuit, on allait justement se coucher.

En réalité il n'était pas plus de 9 heures. Mais Gustav ne tarderait effectivement pas à se mettre au lit.

Christian était terriblement gêné. Il ôta sa casquette trempée et la fit tourner entre ses mains, passa ses doigts dans sa chevelure humide de pluie, et jeta un coup d'œil furtif dans le couloir. Il s'était aperçu que la Liesel s'était absentée pour se rendre à la jardinerie, et il était venu dans l'espoir de la raccompagner à la villa. Ce n'était pas un imbécile, Christian. Ni le garçon le plus courageux du monde – Dieu merci.

— Je suis terriblement désolé, madame Bliefert. Je... j'avais les outils à nettoyer et le temps a passé, bafouilla-t-il. Et comme j'ai vu qu'il y avait de la lumière chez vous, j'ai pensé que vous étiez encore debout...

À cet instant, Hansl fit son apparition dans le couloir.

— C'est Christian ! lança-t-il. Il est tout mouillé. Entre, entre, pourquoi tu restes dehors sous la pluie ?

Augusta objecta qu'il était l'heure d'aller au lit, mais personne ne l'écouta. Maxl apparut à son tour et eut un sourire jusqu'aux oreilles. Fritz se réveilla, bondit du canapé et courut se jeter au cou de leur visiteur tardif.

— J'ai un truc à te raconter, Christian ! lança Fritz. On a un nid de merles dans la remise et, dedans, y a quatre œufs bleu-vert…

Les trois garçons tirèrent le visiteur à l'intérieur et Augusta n'eut que le temps de crier : « On enlève ses chaussures ! », sinon Christian aurait pénétré dans le salon avec ses bottes crottées. Liesel était encore là.

— Qu'est-ce que tu fais par ici à cette heure ? demanda-t-elle au jeune homme avec un sourire espiègle.

Petite coquette, songea Augusta. Elle le provoquait avec son sourire et ses joues roses.

— Je voulais passer une commande de pensées et d'œillets pour le parterre.

Voilà qui promettait une rentrée d'argent substantielle. Mais cela n'en restait pas moins un prétexte, car les tulipes et les jonquilles qui occupaient le parterre circulaire venaient tout juste d'éclore et il faudrait attendre au moins deux semaines avant d'y faire d'autres plantations. Christian remit la liste à Gustav.

— C'est là-bas qu'y faut que tu donnes ton papier, Christian, lâcha Gustav avec un sourire en désignant Augusta. Celle qui prend les commandes, c'est madame le directeur.

— Oh, pardon, répondit Christian, dont les oreilles devinrent écarlates.

Après avoir remis le papier à Augusta, il resta planté là, tout gêné.

— Si tu veux, tu peux me raccompagner, suggéra Liesel. Je préfère quand j'ai pas à rentrer toute seule dans le noir.

— Maxl va y aller avec vous, intervint Augusta, saisie d'une inspiration subite. Comme t'as le grand parapluie et que tu dois porter la lanterne, y s'occupera des affaires pour la Brunnenmayer.

Maxl se montra tout disposé à obéir. Christian et Liesel, eux, échangèrent un regard déçu.

Très satisfaite, Augusta raccompagna les trois jeunes gens à la porte, leur souhaita une bonne nuit et rattrapa par le collet son fils Fritz qui voulait sortir dans la cour.

— Regarde dans quel état se trouve le canapé, pesta-t-elle. T'as fait tomber tous les napperons. Tu vas les ramasser et les remettre à leur place. Et ensuite, au lit !

Quand le reste de la famille fut monté à l'étage, Augusta se posta à la fenêtre de la cuisine pour suivre du regard les trois marcheurs, dont la lumière jaune de la lanterne laissait deviner les silhouettes. La Liesel avait ouvert le parapluie et pris le bras de Christian. Maxl, lui, trimballait le sac de légumes ainsi que la lanterne. Christian en profitait-il pour donner à la Liesel un tendre baiser ? Augusta plissa les paupières, affûtant son regard jusqu'à en avoir les yeux larmoyants. Non, elle s'était inquiétée pour rien. Christian était plongé dans une conversation animée avec Maxl et sa fille marchait en silence à son côté.

Soulagée, elle essuya les verres et les rangea dans le placard. Christian n'était pas un bon parti pour sa fille. C'était un brave garçon, naïf, assez semblable à Gustav. Jardinier il était, jardinier il resterait. Sa fille, en revanche, pouvait espérer mieux de la vie, elle avait en elle la capacité de parvenir tout en haut de l'échelle.

Elle était jolie et pas sotte. À la villa, elle était entre de bonnes mains, mais il fallait qu'elle sorte de cette cuisine pour pouvoir rencontrer des gens et faire son chemin. Et alors elle réussirait là où sa mère avait échoué : de servante elle deviendrait maîtresse.

6

— Tu dois jouer les accords fort. Pas dur, mais fort. Tu comprends, Leo ? Avec sentiment fort. Comme ça…

Sinaida Obramova allongea son bras droit et posa la main sur les touches. Leo fut traversé par un tremblement intérieur si puissant qu'il eut de la peine à se concentrer sur la musique, car, dans son ardeur, sa professeure lui avait effleuré le torse. Cela arrivait souvent, parce qu'elle s'asseyait toujours tout près de lui sur la banquette de piano. En général, c'était au coude ou à l'épaule que se produisait ce contact involontaire. Cette fois, il avait senti la chair tendre de son bras sous le chemisier, tandis qu'un nuage de parfum montait à ses narines. Un parfum inconnu, un parfum russe, qui l'enivrait chaque fois qu'il venait prendre sa leçon de piano avec elle.

— Tu as compris ? demanda-t-elle en le regardant de ses yeux noirs. C'est ça que je veux entendre de toi. Essaie encore.

Elle avait effectivement les yeux noirs. Pas marron ni même marron foncé. Noirs comme l'ébène. À l'image de ses cheveux et des épais sourcils qu'elle fronçait avec véhémence dans la colère. Elle pouvait se fâcher sans crier gare, d'une seconde à l'autre, c'était toujours imprévisible. Alors, ses yeux noirs lançaient des étincelles irisées et sa voix grondait dans les basses. À ces moments-là, Leo se figeait de peur, il restait sans bouger sur son siège et, fasciné, attendait que l'orage se dissipe. La plupart du temps, il ne savait plus ensuite pour quelle raison elle s'était énervée. Mais, quand il rentrait chez lui, il sentait encore jusqu'au bout de ses doigts toute l'énergie qui s'était déchargée sur lui.

Il acquiesça à son exhortation et s'efforça de donner de la force à ses accords sans les plaquer avec dureté ni se tromper de touches. Quand il se penchait vers la droite pour jouer dans les aigus, elle reculait légèrement afin de ne pas le gêner.

— Trop faible, décréta-t-elle, insatisfaite. C'est comme ça que joue professeur à l'école. Musique pour jeunes filles à la maison. Pas concert. Pas Tchaïkovski. Où est feu ? Tu dois brûler avec feu tous ceux qui écoutent dans la salle. Avec feu de grande musique pour piano.

— Je vais réessayer, madame Obramova.

— Pas dire je vais essayer, le réprimanda-t-elle. Dire : je veux !

— Je veux essayer.

— Non, non, non ! s'échauffa-t-elle en frappant du poing le clavier du malheureux piano.

L'instrument émit un son strident qui ressemblait à un cri de douleur. Leo rentra la tête dans les épaules face à ce nouvel accès de colère imprévu.

— Qu'est-ce que toi faire quand toi dans salle de concert ? lança-t-elle d'une voix qui s'était assombrie.

Quand cent personnes et plus qui veulent entendre concerto pour piano de Tchaïkovski. Là tu peux pas essayer, Leo. Là tu dois vouloir. Avec toute ta force. Avec toute ta courage. Tu dois montrer à eux ce qui est dans ton cœur. Dans tes doigts. Dans ton âme.

En prononçant les mots « cœur » et « âme », elle frappa du plat de la main sa poitrine opulente, qui ressortait davantage en été, lorsqu'elle ôtait sa longue veste. En dessous, elle portait toujours un chemisier clair dont le décolleté était orné d'une broche en porcelaine. Sur cette broche on voyait le portrait d'une grande princesse russe, qui était sa grand-mère. Ce bijou était l'un des rares souvenirs que sa famille avait pu sauver lorsqu'elle avait quitté la Russie. Au moment où la Révolution avait éclaté, en 1917, ils avaient fui les bolcheviks – les communistes russes – de peur d'être assassinés, et avaient gagné l'Allemagne en passant par la Finlande et la Norvège. Son père avait expliqué à Leo que Mme Obramova et ses parents avaient très certainement traversé de dures épreuves au cours de leur périple et que cela avait été une chance pour eux de trouver à Augsbourg une nouvelle patrie.

— Je *veux* jouer, dit-il, profitant de ce qu'elle marquait une pause.

— Bien ! dit-elle en hochant la tête.

Elle s'était calmée et se leva pour déambuler dans la pièce.

Leo en fut soulagé, car il jouait plus librement lorsqu'elle n'était pas à son côté. En ces instants, il était lui-même, seul avec la musique, libéré des ressentis dérangeants que Mme Obramova déclenchait en lui. Le *Concerto pour piano n° 1 en si bémol mineur* de Tchaïkovski était une œuvre très ambitieuse pour un pianiste de 14 ans. Cela faisait plus d'un an qu'il le travaillait et il se disait qu'il lui restait encore un nombre incalculable de choses à découvrir et à assimiler musicalement. Sans même parler de la technique, car il y avait des passages qu'il n'arrivait décidément pas à exécuter de façon satisfaisante. Pourtant, Sinaida Obramova avait insisté auprès du directeur du conservatoire, M. Gropius, pour que Leo Melzer interprète cette œuvre lors d'un concert donné par les élèves dans la grande salle du conservatoire. On les avait donc rassemblés, ainsi que quelques musiciens professionnels, pour constituer un orchestre. La direction serait assurée par le Dr Gropius en personne, lequel répétait désormais deux fois par semaine avec les élèves.

« C'est grand honneur, lui avait dit la jeune Russe en lui annonçant la nouvelle. Et grande chance pour jeune pianiste. »

Cette fois, sa sévère professeure se montra à peu près satisfaite. Elle ne l'interrompit que lorsque, arrivé au bout de l'introduction avec ses accords imposants, il voulut enchaîner sur le premier thème.

— Mieux, bien mieux… tu vois, tu peux quand tu veux, Leo. Presque bien, virtuosité pas encore là, mais assez pour aujourd'hui. Maintenant, troisième mouvement. Tu joues passage avec les sauts… Non, oublie rythme, lentement, précis… C'est difficile. Courage, allez, tu es capable jouer ça.

En réalité, ces passages étaient trop difficiles pour lui et c'était une pure question de chance lorsqu'il réussissait à exécuter correctement les sauts. Quant aux arpèges, il parvenait sans peine à les jouer en cours, mais en concert ce serait probablement une autre paire de manches. Il n'aurait très certainement pas la force requise pour ces exercices de virtuosité. Cependant sa professeure ne voulait rien entendre et elle le poussait à travailler davantage.

Cette fois encore, ce fut la déroute. Il eut beau jouer les passages en question à un rythme plus lent, il fit plusieurs fois des fausses notes. Sinaida Obramova allait et venait dans la pièce en marmonnant furieusement entre ses dents à chaque nouvelle erreur, ce qui le déstabilisait encore plus.

— Si tu joues comme ça, l'interrompit-elle, je disparais de honte sous terre. Tu as tête ailleurs ! Recommence, s'il te plaît !

Chez elle, la formule « s'il te plaît » sonnait comme un ordre. Leo secoua ses mains pour les détendre et reprit les passages concernés. Cette fois, il les exécuta sans faute, mais son jeu avait perdu toute musicalité. C'était incroyablement déprimant. Il avait eu beau s'exercer quotidiennement, ça n'allait toujours pas. Il se sentit profondément découragé. Le concert était dans trois mois. Que se passerait-il s'il n'y arrivait pas, s'il faisait des fausses notes, s'il avait un trou de mémoire ou une crampe dans la main ? Et ce devant le public rassemblé dans la grande salle des fêtes ? Il y aurait toute sa famille, tous ses amis et ses connaissances, les élèves et les professeurs du conservatoire, peut-être même le maire. Ce serait une terrible humiliation. Et, ce qui était pis : en échouant il jetterait le ridicule sur Sinaida Obramova. Or il aurait préféré mourir que lui infliger cela.

— Bien. Pour aujourd'hui, c'est assez, dit-elle en revenant vers lui. Après-demain, tu joueras moi ces passages sans une faute. Pas réfléchir, sauter avec courage et tu auras notes justes.

Sa voix s'était radoucie et elle lui posa la main sur la nuque d'un geste caressant. Elle faisait cela assez souvent, avec lui et d'autres élèves. Il n'aimait pas ça, il avait l'impression qu'elle lui gratouillait la nuque pour le récompenser d'avoir bien travaillé. En rêve, en effet, il imaginait de tout autres récompenses – mais ce n'étaient que des songes, bien sûr. Du reste il rêvait très souvent d'elle. Presque chaque nuit.

Leo rangea ses partitions, son crayon et son bloc-notes dans sa serviette en cuir, enfila sa veste et mit sa casquette.

— À après-demain.

Elle s'approcha de lui – ils étaient de la même taille – et lui serra la main avec énergie.

— *Do svidania...* Au revoir, dit-elle avec un sourire.

Puis elle alla se poster à la fenêtre et s'appuya des deux mains sur le rebord. Elle tournait toujours le regard vers le nord-est. Là où se trouvait sa patrie perdue. Une fois, elle lui avait raconté qu'elle pensait souvent à son enfance et à sa jeunesse et qu'elle éprouvait une grande nostalgie de la Russie. Après cela, il avait passé des journées entières à se demander comment la réconforter. Lorsqu'il avait abordé le sujet, elle n'avait montré aucun répondant. Sans doute y avait-il en elle des gouffres et des blessures qu'elle dissimulait à tout le monde. Elle ressemblait à une musique qui ne révélait sa beauté et sa profondeur qu'à celui qui s'abandonnait entièrement à elle.

À l'extérieur, le ciel s'était couvert de nuages gris marbré. Le beau temps printanier marquait une pause, un vent froid balayait la rue Maximilien. Leo releva le col de sa veste et plissa les paupières afin de protéger ses yeux de la poussière soufflée par la bise. Ses oreilles résonnaient de sons et de mélodies. Il y avait le concerto de Tchaïkovski, bien sûr, mais aussi d'autres musiques, qui cette fois venaient de lui et qu'il s'empressait de repousser. Dans sa tête, les images et les bruits avaient curieusement tendance à se transformer en sons, ce qui lui faisait parfois craindre d'être atteint d'une sorte de maladie. En tout cas, ces sons étranges n'étaient pas les bienvenus lorsqu'il avait à se concentrer sur le concerto.

Normalement, il aurait dû rentrer rapidement en tramway, parce qu'il avait encore des devoirs à faire et qu'ensuite il voulait travailler son piano. Mais il n'eut pas le cœur de laisser seul son ami Walter, désespéré de ne pas pouvoir reprendre le violon. Il prit donc la direction de Perlach afin de remonter la rue Caroline vers la ruelle du Ferblantier. Depuis la bagarre, Humbert conduisait chaque matin Leo à son lycée et faisait un crochet pour chercher Walter. Marie tenait à ce que Mme Ginsberg ne s'inquiète pas. Leo, lui, trouvait la situation passablement pénible, car elle suscitait les moqueries de ses condisciples.

« Monsieur le comte et son bouffon », avait raillé l'un d'eux. Les deux amis avaient fait comme s'ils n'avaient pas entendu.

« Ça ne sert à rien de se disputer avec des imbéciles », avait dit Walter en guise de commentaire. Il portait le bras en écharpe et ne pouvait toujours pas remuer les doigts. En plus de la fracture, un nerf important avait été blessé. Il fallait espérer qu'il guérirait.

De ce fait, Walter passait l'après-midi seul chez lui à lire et à étudier des partitions en s'exhortant à la patience. Ce qui n'était pas facile, car nul ne pouvait dire si son nerf se remettrait et s'il retrouverait un jour l'usage de ses doigts. Leo voulait au moins passer une petite heure avec lui afin de lui remonter le moral, et profiter de l'occasion pour recopier son devoir de maths. Walter était bon en mathématiques, une matière qui resterait pour lui un éternel mystère.

Mais, ce jour-là, il n'eut pas de chance. Dans la rue Caroline, il croisa une automobile dans laquelle se trouvaient Robert et Kitty Scherer. En l'apercevant, sa tante lui fit signe de la main. Robert se gara le long du trottoir.

— Monte, nous allons à la villa. Tu as vu qui est avec nous ?

Leo ne fut guère ravi de la rencontre. Sur la banquette arrière était assise sa cousine Henni. Mais aussi la tante Tilly, qui vivait à Munich et était venue pour l'anniversaire de sa mère, que l'on fêterait dimanche.

— Je voulais passer voir un ami…

— Leo ! l'interrompit Kitty en secouant la tête. Tes parents ne veulent pas que tu te balades tout seul en ville. Et je trouve qu'ils ont absolument raison après ce qui s'est passé dernièrement.

Rien n'y fit, il dut monter à l'arrière. Et, pour comble d'ennui, Kitty se mit à raconter cette maudite histoire de bagarre à Tilly, qui n'était pas au courant. Et cette petite peste de Henni en profita pour ajouter des détails de son cru qui visaient à mettre en valeur son propre rôle dans l'affaire.

— Sale histoire, déclara Robert. C'est Walter Ginsberg qui était visé. Parce qu'il est juif. Il faut que je parle à sa mère.

Leo aimait bien l'oncle Robert. Il avait vécu en Amérique et connaissait le monde. Il parlait couramment l'anglais, et même l'espagnol. Et puis il aimait la musique et écoutait Leo avec plaisir quand celui-ci travaillait son piano. Il n'était pas très vieux, il n'était guère plus âgé que sa tante Kitty, mais ses tempes montraient déjà quelques fils gris. Sa petite moustache, en revanche, était sombre. Henni prétendait méchamment qu'il l'enduisait d'une pommade conservée dans une petite boîte ronde en fer-blanc.

— Pourquoi veux-tu parler à Mme Ginsberg, oncle Robert ? demanda Leo.

Robert eut un instant d'hésitation.

— Ne t'effraie pas, répondit-il enfin par-dessus son épaule. Mais si j'étais juif et si on avait agressé mon enfant en pleine rue, j'en tirerais les conséquences et j'émigrerais.

Leo écarquilla les yeux d'effroi. L'oncle Robert voulait-il essayer de convaincre Mme Ginsberg de quitter Augsbourg ? Il perdrait alors son meilleur, son seul ami !

— Pour aller où ? balbutia-t-il, l'air malheureux.

— Robert connaît des gens en Amérique, intervint Kitty. Ils pourraient accueillir Mme Ginsberg et l'aider. Il paraît que, pour avoir le droit d'émigrer, il faut être en mesure de prouver qu'on a des amis sur place et un emploi stable. Ils auraient une place de vendeuse dans une boulangerie à proposer à la mère de Walter. N'est-ce pas, Robert ? C'est bien ce que tu as dit, non ?

Son mari acquiesça d'un signe de tête.

— D'accord, mais Walter a besoin d'un conservatoire ! s'échauffa Leo. Il veut devenir violoniste.

— Je suis sûr qu'on trouve de bons professeurs de violon aux États-Unis. Mais ne t'inquiète pas inutilement, Leo. Ce n'est qu'une idée et il se peut que Mme Ginsberg refuse de quitter Augsbourg.

— Elle ne le fera pas, affirma Henni. Ça voudrait dire laisser tomber tante Marie. Or ma tante a toujours dit que sans Mme Ginsberg elle serait complètement perdue à l'atelier.

Leo se sentit un peu rassuré. Henni était une vraie casse-pieds, mais pour une fois elle tenait des propos sensés. Non, Mme Ginsberg n'émigrerait assurément pas.

La journée leur réservait d'autres catastrophes. Robert venait tout juste d'arrêter la voiture devant l'entrée de la villa quand ils entendirent la voix excitée de Dodo à l'une des fenêtres du premier étage.

— Maman ! Regarde ! Tante Kitty est là, et ils sont arrivés avec tante Tilly !

Leo trouva que cela ressemblait à un appel à l'aide. Tous levèrent les yeux. Sa mère apparut à la fenêtre.

— Tilly ! cria-t-elle. C'est le ciel qui t'envoie ! Viens vite ! Kurti n'arrive plus à respirer… Aide-nous, il étouffe !

On descendit en hâte de la voiture et l'on se dépêcha de monter le perron. Humbert avait ouvert la porte d'entrée. Effrayés, les domestiques s'étaient rassemblés dans le vestibule. La Brunnenmayer affichait une mine d'enterrement, Else était bien évidemment en pleurs et Liesel avait dans les mains une cuvette remplie de serviettes de toilette mouillées et fumantes. Tilly traversa le vestibule comme une flèche et se débarrassa en chemin de son manteau et de son chapeau, qu'elle lança à Gertie.

— Seigneur, dit Kitty, qui s'était arrêtée devant les domestiques. Pourquoi le Dr Greiner n'est-il pas là ? En temps normal, il vient pour le moindre bobo. Vous ne l'avez pas appelé ?

Hanna sortit de la cuisine, les yeux rougis de larmes.

— Tout est allé si vite, expliqua-t-elle. Hier, le petit a commencé à avoir mal à la gorge. Mme Melzer s'est fâchée parce que Rosa était allée se promener avec les enfants dans le parc alors que Kurti se remettait tout juste de la scarlatine.

On avait du mal à la comprendre, car Else sanglotait bruyamment et ne cessait de se moucher.

— C'est vraiment irresponsable, s'emporta Kitty. Cette Rosa est bête comme ses pieds.

— Attention, ça n'a pas l'air d'être un banal refroidissement, objecta Robert. On dirait plutôt la diphtérie. Est-ce qu'il a toussé ? Une toux bizarrement caverneuse, inhabituelle pour un enfant ?

Fanny Brunnenmayer et la Liesel n'en savaient rien. Hanna, en revanche, put lui répondre car, la nuit précédente, elle avait dormi dans la chambre de Kurti.

— Pas pendant la nuit, mais le matin, oui. Une drôle de toux, et un râle. Il était tout silencieux, il n'a pas voulu manger et il n'arrivait pas à avaler le thé chaud que je lui donnais. On a appelé le Dr Greiner, qui lui a prescrit des pastilles pour la gorge.

— Des pastilles pour la gorge ! se récria Kitty en jetant un regard indigné à son mari. Non, mais tu entends ça ? Il lui prescrit des pastilles ! Tu sais, je pense que le Dr Greiner commence à se faire vieux. Il y a longtemps que Marie aurait dû prendre un autre médecin de famille…

— Il a déjà un successeur, les informa Hanna. Mais il était chez un patient, aussi c'est le Dr Greiner qui est venu.

Tout à coup, on perçut de l'agitation dans la cuisine. La voix de Gertie s'éleva, réclamant de l'eau bouillante, un couteau pointu et un petit tube…

— Quel genre de petit tube ? s'étonna la Brunnenmayer.

— Un petit tube en métal, comme une paille, mais plus solide… Regarde dans le tiroir de la cuisine.

— On n'a pas ça, déplora Fanny Brunnenmayer en regagnant précipitamment sa cuisine.

Kitty fixa Robert avec un air affolé.

— Un couteau, chuchota-t-elle. Qu'est-ce que Tilly a l'intention de faire ?

Son mari l'entoura de son bras avec une grande douceur, l'attira à lui et lui murmura quelque chose à l'oreille. Ce qu'il lui disait n'échappa pas à Leo, qui avait l'ouïe fine.

— Elle veut lui faire une trachéotomie. C'est la seule solution. Si, à l'époque, on en avait pratiqué une à ma petite fille, elle ne serait pas…

Kitty le prit dans ses bras et se blottit contre lui. Leo fut très gêné de les voir enlacés et son embarras redoubla quand sa tante embrassa tendrement son mari sur la joue. Son oncle Robert avait peu parlé de son premier mariage en Amérique, on savait seulement qu'il avait été très malheureux. Ainsi, il avait eu une petite fille qui était morte de la diphtérie. Quelle chose terrible ! Leo prit soudainement conscience que la vie de son petit frère était suspendue à un fil. Kurti, ce joyeux petit bonhomme qui aimait tant jouer avec ses voitures et qui, le matin, se glissait parfois dans son lit pour se bagarrer avec lui – Kurti allait peut-être mourir !

N'y tenant plus, il monta l'escalier à toute vitesse et voulut entrer dans la chambre de son frère, mais sa tante Lisa l'en empêcha.

— Tu ne ferais que gêner, Leo, lui dit-elle. Redescends donc à la cuisine et dis-leur de se dépêcher pour l'eau bouillante.

À cet instant, sa mère sortit de sa chambre à elle et l'écarta d'un geste hâtif.

— Tiens, Tilly, voici un petit tube. Tu peux te servir de ça ? C'est une rallonge de crayon.

— Oui, ça devrait aller. Alors, cette eau bouillante, elle arrive oui ou non ? Vous avez essayé de rappeler le nouveau médecin ? Dis à Paul qu'il le fasse depuis l'usine. Pose les serviettes sur le lit, Gertie.

— Lisa, tu sais où est Maman ? demanda Marie de l'intérieur de la chambre.

— Elle est couchée, elle a la migraine.

— Ouf, c'est une chance !

Paralysé d'effroi, Leo vit Hanna déboucher de l'escalier de service avec une casserole d'eau bouillante, puis il entendit les râles de son petit frère qui pleurait. À l'idée que Kurti était sur le point de mourir, il se sentit mal, recula en titubant et s'affaissa sur le sol, le dos contre l'armoire à linge. Il perçut encore faiblement la voix de Tilly qui lançait des ordres, puis la sonnette de l'entrée retentit, mais personne n'alla ouvrir.

— Humbert ! cria quelqu'un. Mais où est-ce que t'es fourré ? Bon sang de bonsoir ! Liesel, va ouvrir !

C'était Fanny Brunnenmayer qui donnait ainsi de la voix. Quelques instants plus tard, Liesel fit son apparition dans le couloir du deuxième étage, suivie d'un jeune homme portant une sacoche en cuir.

— C'est là, monsieur le docteur, dit-elle en frappant à la porte de la chambre de Kurti.

Sans attendre, le médecin l'écarta et entra dans la pièce.

— Docteur Kortner ? fit Marie. Enfin ! La belle-sœur de mon mari a pratiqué une trachéotomie. Elle est médecin.

— C'était la seule chose à faire, répliqua le jeune homme. Attendez, je vais vous aider.

Leo n'en entendit pas davantage, car la porte de la chambre se referma. Il distingua vaguement la silhouette de sa cousine Henni, qui se tenait devant lui avec un verre.

— Bois ça, dit-elle en s'accroupissant. Les gens qui se sont évanouis doivent boire pour reprendre leurs esprits.

Leo prit docilement le verre qu'elle lui tendait et avala quelques gorgées de jus de pomme. Et, à sa grande surprise, il se sentit effectivement mieux.

— Est-ce que Kurti va mourir ? demanda-t-il à Henni.

— Pas encore, répondit-elle comme si le médecin c'était elle. Tante Tilly lui a percé un trou dans le cou pour y enfoncer un petit tube. C'était pour qu'il puisse respirer. Leo ? Hé, Leo ! Aïe, décidément, les garçons sont de vraies mauviettes !

Il entendit encore cette dernière phrase, puis tout devint noir devant ses yeux. Des fantômes se déchaînèrent dans l'obscurité de la nuit, des chants frénétiques l'assourdirent et il vit Sinaida Obramova qui tournait de plus en plus vite sur elle-même, les bras écartés.

Lorsqu'il rouvrit les yeux, il était allongé sur son lit. Le visage inquiet de Dodo était penché sur lui.

— Dis donc, Leo, tu nous as fichu une de ces trouilles, dit-elle. À peine Kurti allait-il mieux que tu étais par terre dans le couloir, blanc comme un linge.

7

POUR LA PREMIÈRE FOIS DEPUIS LONGTEMPS, Tilly se sentait de nouveau heureuse et en sécurité. La petite maison chaotique et pourtant si accueillante de la rue de la Porte des femmes lui avait tant manqué ! Sa mère, qui l'avait serrée si affectueusement dans ses bras à son arrivée, deux jours plus tôt. Kitty, qui l'avait assaillie de son flot de paroles habituel si rempli de chaleur et de tendresse. Et jusqu'à Robert, qui lui avait souhaité la bienvenue en la gratifiant sans façons d'une accolade fraternelle. Henni, devenue une ravissante jeune fille, l'avait suivie comme son ombre et lui avait confié qu'elle aussi voulait travailler, plus tard – en tout cas gagner sa vie. Tilly était son grand modèle, avait-elle déclaré, parce qu'elle avait fait des études et qu'elle était devenue un vrai médecin.

Tilly avait passé avec eux une longue et belle soirée, retrouvant une atmosphère d'intimité et d'affection qui lui avait terriblement manqué. Elle avait l'impression d'avoir marché pendant des années dans des contrées enneigées et glaciales et de découvrir enfin un lieu où brûlait un feu dispensant une chaleur revigorante. Plus tard dans la soirée, lorsque sa mère et Henni étaient montées se coucher et que Robert s'était retiré dans son bureau, elle était restée seule avec Kitty. Et, bien sûr, sa belle-sœur avait une fois de plus montré la sûreté de son instinct.

« Dis-moi, ma pauvre, ma chère Tilly, comment se fait-il que tu n'aies pas dit un mot de ton mari ?

— Il n'y a pas grand-chose à raconter, avait-elle répondu en haussant les épaules. Tu sais qu'il s'agit d'un mariage de raison. Ernst a ses centres d'intérêt et moi mon travail.

— À t'entendre, on pourrait penser que vous n'êtes pas très heureux. »

Kitty s'était étirée sur le canapé, avait remis les coussins en place et surélevé ses pieds. Elle portait un chemisier en soie et un ample pantalon bouffant. Sur le tapis étaient posées d'adorables petites pantoufles vertes. Tilly avait essayé d'imaginer la réaction d'Ernst si elle s'était présentée devant lui dans une tenue aussi pittoresque. Il en aurait sans doute eu une attaque.

« Nous nous sommes accommodés l'un de l'autre, avait repris Tilly de manière évasive. Quand je l'ai épousé, je savais dans quoi je m'engageais. »

Kitty avait levé les yeux au ciel et pris son verre pour savourer sa dernière gorgée de vin.

« Tu sais ce que je crois, Tilly ? Tu es horriblement malheureuse avec Ernst. Et la réciproque est sans doute vraie. Tu veux réellement continuer à mener ta vie de cette façon ?

— Pourquoi serais-je malheureuse, Kitty ? J'ai mon métier, je seconde mon mari du mieux que je peux, nous vivons dans une belle maison… »

Kitty avait reposé son verre sur la table en jetant un regard scrutateur à sa belle-sœur.

« Vraiment ? avait-elle répliqué sur un ton désobligeant. N'espère pas me faire gober ça, Tilly. Regarde-toi, enfin ! Tu es devenue une souris grise. Visage gris, robe grise, grise mine. Encore un an ou deux et tu seras un petit rutabaga tout gris et tout ratatiné. Tu commenceras à moisir. Ne le prends pas en mauvaise part, Tilly. Je suis juste très triste de voir à quoi tu ressembles maintenant. Écoute, reste donc chez nous une quinzaine de jours, je me fais fort de t'arracher à ton ratatinement. Je t'ouvrirai les yeux, j'ôterai les bouchons que tu as dans les oreilles, je libérerai ton cœur des bandes de fer qui l'enserrent. Je te métamorphoserai en une princesse heureuse et pleine de joie de vivre. »

Kitty avait toujours été très exubérante, surtout quand elle avait bu. Aussi Tilly n'avait-elle pu s'empêcher de rire en entendant cette histoire de ratatinement.

« C'est vraiment adorable de ta part. Mais il est temps d'aller se coucher. Le voyage m'a fatiguée.

— Réfléchis à ma proposition, Tilly. Je suis fermement résolue à te sauver », avait insisté Kitty.

Sur ce, elle s'était levée prestement et avait embrassé sa belle-sœur sur les deux joues.

La journée du lendemain fut passablement agitée. Tilly avait été saisie d'effroi en s'entendant héler du deuxième étage par une Marie angoissée lors de son arrivée à la villa. Cela ne pouvait être que la diphtérie, il fallait faire vite. On n'avait plus le temps de transporter l'enfant à l'hôpital, il serait mort pendant le trajet. Mais procéder à l'intervention nécessaire sans avoir d'instruments chirurgicaux ni de désinfectant, à l'aide d'une rallonge de crayon en métal stérilisée dans de l'eau bouillante – c'était de la folie. Cependant c'était l'unique moyen de garder le petit Kurti en vie. Elle avait été époustouflée par son propre calme. Elle avait donné des instructions à celles qui l'aidaient comme si elle opérait à l'hôpital. Gertie s'était particulièrement distinguée. C'était une jeune fille intelligente. Bien trop intelligente et douée pour travailler comme femme de chambre à la villa – ou, pour le dire clairement, comme bonne à tout faire.

C'est alors que s'était produit un événement totalement inattendu. Le jeune médecin, Kortner, avait fait irruption dans la pièce et l'avait chaleureusement félicitée pour cette opération de fortune improvisée. Il s'était adressé des reproches, expliquant son retard par le fait qu'il était resté trop longtemps chez un patient victime d'une crise cardiaque, mais dont l'état n'était pas aussi grave qu'il l'avait d'abord pensé. Ensuite, il les avait accompagnés à l'hôpital et était resté jusqu'à ce que Kurti ait été pris en charge et installé dans une chambre avec un cathéter.

« J'ai été très heureux de faire votre connaissance, madame von Klippstein, lui avait-il dit en prenant congé. J'espère que nous aurons bientôt l'occasion de nous revoir. Vous irez sans doute rendre visite au petit à l'hôpital, n'est-ce pas ?

— Demain, oui, et peut-être aussi après-demain, avait-elle répondu sur un ton hésitant. Après, je rentre chez mon mari à Munich. »

Pourquoi avait-elle éprouvé le besoin de faire mention de son époux ? S'était-elle sentie déstabilisée par les compliments de Kortner et son regard franc et chaleureux ? C'était un homme incroyablement sympathique, aussi ne voulait-elle surtout pas qu'il se méprenne sur son compte. Elle était mariée, elle était venue rendre visite à sa famille. Elle voulait que les choses soient claires. Il n'empêche, elle avait éprouvé un certain plaisir lorsqu'elle avait cru discerner de la déception sur ses traits. En partant, elle lui avait serré la main et il avait prolongé cet instant plus qu'il n'était nécessaire.

Le soixantième anniversaire de sa mère avait lieu le lendemain. Quoique ayant peu dormi, Tilly se leva avant 7 heures pour préparer le petit déjeuner avec Kitty et disposer les cadeaux sur la commode. Autrefois, Kitty n'aurait jamais été debout à une heure aussi matinale. Depuis son mariage avec Robert, elle avait changé. Était devenue plus stable, ainsi qu'elle aimait à le dire. Fini les nuits blanches en compagnie de ses amis artistes. Elle se rendait avec Robert à des concerts, des vernissages ou des soirées mondaines. Lorsqu'ils restaient à la maison, Robert travaillait dans son bureau, tandis que Kitty lisait des romans dont elle lui racontait ensuite l'intrigue avec force détails.

— La vaisselle bleue sur la table, chuchota Tilly en traversant la pièce sur la pointe des pieds pour que sa mère ne remarque rien de leurs préparatifs. Je sors dans le jardin cueillir quelques tulipes, elles seront sacrifiées pour l'occasion.

La surprise fut parfaitement réussie. Gertrude s'était évidemment rendu compte qu'il se tramait quelque chose, mais elle attendit patiemment que Kitty ait recouvert la commode d'un tissu indien et installé les cadeaux. Puis elle descendit tout habillée au rez-de-chaussée comme si elle voulait préparer le petit déjeuner.

— C'est pour moi, tout ça ?

Elle n'eut pas le temps d'en dire plus, Kitty et Tilly l'embrassèrent et la serrèrent si fort dans leurs bras qu'elle en eut le souffle coupé.

— Vous voulez tuer la vieille femme ou quoi ? gémit-elle.

— De quelle vieille femme parles-tu ? répliqua Tilly en riant. Tu es ma mère et tu deviens chaque jour plus jeune et plus belle. Je te souhaite un joyeux anniversaire.

— Oui, oui, riposta Gertrude avec émotion. Encore quelques années et je retournerai à l'école en robe courte !

— Tu devras attendre la fin du petit déjeuner pour ouvrir tes cadeaux, s'écria Kitty. Commençons par prendre un café – oh là là, je crois que j'ai oublié de mettre le café avant de verser l'eau.

Le petit déjeuner fut joyeux et dura toute la matinée. Mizzi, la bonne, refit du café. Robert courut chez le boulanger pour rapporter des petits pains, des croissants et des brioches. Gertrude se rendit au garde-manger pour essayer de retrouver la confiture de fraise qu'elle y rangeait bien à l'abri pour les occasions spéciales. Henni fit son apparition vêtue de la chemise de nuit en soie de sa mère et, comme Tilly trouvait qu'elle lui allait à merveille, Kitty se laissa convaincre d'en faire cadeau à sa fille.

— Après tout pourquoi pas, concéda-t-elle au bout d'un moment. Ça fait des siècles que je l'ai. Je crois que c'est Gérard qui me l'avait offerte à Paris.

— Il avait indiscutablement bon goût, déclara Robert avec un sourire en coin.

— Il a été ton amant, hein, Maman ? demanda Henni, les yeux brillants d'excitation. Il t'a enlevée et vous avez vécu ensemble sans être mariés. Moi aussi, un jour, je ferai ça.

Kitty rétorqua qu'à l'époque elle avait commis une sottise monumentale et qu'elle ne conseillait à personne de l'imiter.

— Nous habitions dans une affreuse petite mansarde et nous n'avions pas un sou…

Mais Henni ne se laissait pas si facilement décourager, encore moins par sa mère.

— Vous n'aviez pas un sou ? Alors comment il a fait pour t'acheter cette chemise de nuit en soie ?

— C'est bien pour ça qu'on s'est retrouvé à sec. Il a dépensé tout ce qu'on avait pour cette chemise de nuit. Il n'est plus rien resté pour la nourriture et le loyer.

— Ça, c'était vraiment pas malin, répliqua Henni en fronçant les sourcils. D'autant plus qu'on n'en a pas besoin quand on passe la nuit ensemble.

Du plat de la main, Gertrude donna un coup si énergique sur la table que les tulipes tremblèrent dans le vase.

— Qu'est-ce que c'est que ces propos relâchés ? s'exclama-t-elle. Et le jour de mon anniversaire, en plus. Qu'est-ce que Tilly va penser de nous ?

Tout le monde se mit à rire, sans excepter Tilly. Pendant que Robert racontait un épisode joyeux de son voyage de noces avec Kitty en Amérique, Tilly songea avec une certaine mélancolie qu'elle n'avait jamais eu de véritable nuit de noces. Son grand amour, le jeune Dr Moebius, était mort à la guerre et ils avaient tout juste pu échanger un baiser. Au début de leur mariage, Ernst et elle avaient eu des relations conjugales, cependant leurs étreintes étaient demeurées brèves et maladroites et, quelques mois plus tard, ils avaient décidé de faire chambre à part.

— Oh là, Tilly, s'écria Kitty, arrachant la jeune femme à ses pensées, qu'est-ce que c'est que cette mine sombre ? Robert, ouvre une bouteille de champagne ! C'est l'anniversaire de Gertrude et nous n'avons encore trinqué qu'au café.

— Moi aussi, j'en veux, exigea Henni. J'ai le droit, non, pour l'anniversaire de mamie Gertrude ?

Le claquement que produisit le bouchon en sautant coïncida avec le bruit de la sonnette d'entrée. C'était Humbert, avec un gros carton dans les mains.

— Le gâteau !

Avec l'aide de Robert et la participation de toutes, on porta le monstre à la cuisine. Humbert ouvrit habilement la boîte, dévoilant un chef-d'œuvre à deux étages fait de crème et de chocolat, décoré de roses en pâte à sucre et de délicates petites feuilles en massepain. Sur le dessus, une inscription en rose : « JOYEUX ANNIVERSAIRE ! »

— Et ça en pleine période de vaches maigres ! s'exclama la reine du jour. Je suis émerveillée. Tu remercieras mille fois les Melzer. Et tu transmettras ma plus vive admiration à Mme Brunnenmayer.

Humbert refusa poliment la coupe de champagne que lui tendait Robert. Il ne faisait que passer, il devait conduire les parents de Kurti à l'hôpital.

— Grands dieux ! s'écria Kitty. Le petit déjeuner nous a fait office de déjeuner ! Nos invités ne vont pas tarder à arriver pour le café. Il faut que tu ouvres nos cadeaux, Gertrude.

Tilly avait acheté pour sa mère un fin bracelet en or à mailles tressées qui ressemblait à celui qu'elle avait eu autrefois et dont elle avait dû se défaire lorsqu'ils avaient été ruinés. Le cadeau de Robert était un poste de radio Telefunken dernier cri en bois marron, pourvu d'un tissu acoustique et d'un bouton permettant de capter différentes chaînes. Kitty avait fait réaliser par Marie un manteau d'été et avait acheté un chapeau cloche avec voilette assortie. Henni, toujours avare de ses sous, avait réussi à se motiver pour lui faire un dessin : *Mamie Gertrude en train d'éplucher les pommes de terre.* L'œuvre séduisait surtout par la qualité d'observation dont l'artiste avait fait preuve dans les détails : Henni avait représenté des pelures de pommes de terre en forme d'anneau qui gisaient sur la table au milieu de tasses à café, on voyait aussi un sucrier, un beurrier, le journal du matin, un trousseau de clés. Derrière Gertrude, une casserole de lait était en train de déborder sur le fourneau. Et le cerisier en fleurs étendait ses branches par la fenêtre ouverte. Gertrude trouva le dessin d'une vérité à s'y tromper et remercia sa petite-fille d'un baiser.

D'où tient-elle ce penchant pour la caricature ? se demanda Kitty, qui voyait l'œuvre de sa fille pour la première fois.

— Ce n'est pas mal du tout, Henni. Je ne comprends pas pourquoi tu négliges ainsi ton talent.

Tilly observait les uns et les autres et se sentait envahie par une étrange agitation. Non, ce jour-là elle ne trouverait pas le temps d'aller visiter son petit patient à l'hôpital. Elle ne pourrait passer que le lendemain, avant de reprendre son train. Oui, elle y tenait absolument. Et peut-être serait-ce aussi l'occasion de prendre congé du Dr Kortner. Ne lui avait-il pas demandé s'il la verrait à l'hôpital ? Ah, quelle sotte elle faisait ! Croyait-elle vraiment qu'il attendait sa visite ? Le champagne avait dû lui monter à la tête.

Entre-temps, on s'activait en prévision de l'arrivée des invités. Mizzi avait débarrassé la table et Robert aidait sa femme à déplier la rallonge. On apporta des chaises, on mit la belle nappe damassée des Bräuer, et Mizzi dut se dépêcher de faire la vaisselle parce qu'on avait besoin de toutes les tasses et de toutes les assiettes.

— Maman prendra le fauteuil espagnol en rotin, décréta Tilly. C'est la place d'honneur.

— À condition que vous me donniez cinq coussins pour me surélever, autrement on ne verra que ma tête, ce siège est tellement bas !

— Henni ! Tu ne comptes tout de même pas recevoir nos invités en chemise de nuit ?! Monte immédiatement mettre une jolie robe.

— Mais c'est le chic parisien, Maman !

— Tu obéis !

Tilly savourait cette pagaille merveilleuse, l'affairement, les rires et les menues querelles, les allées et venues, toute cette vie exubérante qui emplissait la petite maison. Comment avait-elle fait pour supporter le silence paralysant de sa grande villa munichoise ? Peut-être Kitty avait-elle un tout petit peu raison, elle se sentait seule et s'était repliée sur elle-même. Quand elle se regardait dans la glace, elle voyait une femme mince, grave, au regard fatigué.

Lorsque Elisabeth et son époux Sebastian entrèrent dans la pièce avec Rosa et les trois enfants, le niveau sonore augmenta d'un coup. Lisa s'extasia sur la belle table de fête, Johann demanda aussitôt à boire, Hanno se mit à promener sa petite voiture en fer-blanc sur le parquet et la petite Charlotte tendit la main vers les tulipes aux couleurs vives en poussant des cris de joie. Sebastian fut le seul à se montrer réservé. Il donna un bouquet de fleurs à Gertrude et s'assit à la place qu'on lui indiquait avec un sourire gêné.

— Marie nous fait dire de commencer sans eux, annonça Elisabeth. Elle et Paul sont à l'hôpital avec Maman, ils ne partiront qu'à la fin des visites.

On prit place à table. Mizzi servit le café et Gertrude eut l'honneur de couper le magnifique gâteau d'anniversaire. Après avoir dégusté sa part, Tilly se dit que cela faisait longtemps qu'elle n'avait pas mangé si copieusement. On la félicita abondamment pour son intervention médicale de la veille et Sebastian renchérit en déclarant que les femmes devraient être plus nombreuses à exercer cette belle et importante profession et que c'était une honte de les voir si peu présentes au Parlement. Tilly trouva ce point de vue, qui ne faisait pas l'unanimité autour de la table, tout à fait extraordinaire. Le mari de Lisa pouvait paraître un peu emprunté, mais elle éprouvait du respect pour ses convictions.

Les Melzer arrivèrent vers 4 heures et demie. Marie et Paul avaient l'air épuisés et soucieux, Alicia se plaignit de son cœur, Leo paraissait avoir la tête ailleurs. Seule Dodo était aussi vive et énergique que d'habitude. Elle sauta au cou de Tilly, lui demanda comment cela se passait à l'hôpital, puis commença à parler d'aviation. Elle voulut savoir si Tilly avait déjà pris l'avion. C'était sûrement très pratique pour un médecin. Par exemple, en cas de catastrophe ferroviaire. Ou s'il y avait un accident de la route. En avion, on était sur place en deux temps trois mouvements…

Marie, en revanche, se montra peu bavarde. Son visage portait encore la trace des angoisses provoquées par la maladie de son fils et il en allait de même pour Paul. Heureusement, Kurti allait mieux. L'œdème de la gorge s'était résorbé, il respirait de nouveau normalement et les médecins voulaient le débarrasser du cathéter dès le lendemain. Pour le moment, toutefois, ses parents ignoraient quand ils pourraient le ramener à la maison. Puis on parla de l'usine. Jusque-là, il n'y avait pas eu de licenciements, rapporta Paul. Les usines textiles avaient connu des difficultés similaires quelques années plus tôt et dû réduire le nombre de leurs employés. Cette fois, on espérait pouvoir mieux résister à la crise, même si le carnet de commandes était loin d'être plein.

— Les commerçants hésitent à acquérir de nouvelles marchandises, parce que les ventes sont médiocres. Ils préfèrent liquider leur stock et attendre. Et c'est le moment que choisit notre gouvernement pour augmenter les impôts. Comment veut-on que les gens achètent si leur portefeuille est de moins en moins garni ?

Robert se demandait s'il n'y aurait pas une nouvelle inflation, comme après la guerre. Paul n'y croyait pas. Sebastian déplora le grand nombre de chômeurs, il était bénévole au foyer des ouvriers de la rue Moyenne et voyait quotidiennement la misère des gens. Gertrude expliqua tout bas à Tilly que ce foyer d'ouvriers était une institution du parti communiste et que Lisa se faisait beaucoup de souci au sujet de l'engagement politique de son mari.

— Il est très désagréable pour les Melzer d'avoir un communiste dans la famille, poursuivit-elle. Cela étant, je trouve qu'il n'en a pas du tout l'air. C'est un homme très sympathique…

Plus tard, quand on servit le consommé chaud et que l'on fit circuler des plateaux avec du rôti et des légumes tendres, on aborda des sujets moins liés aux préoccupations immédiates. Dodo parla avec enthousiasme de son rêve de se rendre en avion au Maroc, d'y faire escale pour se réapprovisionner en carburant et de traverser le désert. Lisa, elle, s'échauffa à propos d'un nouveau film sorti il y a quelque temps à Berlin et que l'on verrait certainement sous peu dans les cinémas d'Augsbourg.

— Il a pour titre *L'Ange bleu.* Avec le formidable Emil Jannings et une jeune actrice dont personne n'a encore entendu parler. Il paraît qu'elle a de longues jambes et qu'elle joue une femme aux mœurs dissolues. Dans une scène, on la voit vêtue d'une veste de frac, d'un haut-de-forme et d'un petit short très court… Elle s'appelle Marlene Dietrich.

— Pas très original comme nom, commenta Gertrude.

Le téléphone sonna, Robert décrocha. Il y avait tant de bruit dans la pièce qu'il dut couvrir son oreille libre de sa main pour pouvoir entendre son interlocuteur. Quelques secondes plus tard, il fit signe à Tilly de venir.

— Un appel interurbain de Munich. Tu devrais sortir dans le couloir, ici il y a trop de bruit.

De Munich ? Tilly se faufila derrière le siège de Gertrude et prit l'appareil. Robert l'avait fait équiper d'un long fil après que Kitty, qui tenait absolument à téléphoner étendue sur le canapé, avait un jour arraché par mégarde le cordon du mur.

— Bonsoir, Tilly, dit la voix d'Ernst von Klippstein.

Dans cet environnement, on aurait dit la voix d'un inconnu, elle ne paraissait pas à sa place entre les murs de cette maison.

— Excuse-moi de troubler votre fête.

— Tu veux sûrement souhaiter un bon anniversaire à ma mère.

— Bien sûr. Plus tard. J'ai malheureusement une très mauvaise nouvelle pour toi. Le moment est sans doute mal choisi, mais j'ai pensé qu'il valait mieux que tu sois au courant avant de repartir demain pour Munich.

D'un coup c'en fut fini de l'atmosphère joyeuse des festivités familiales. Tilly se sentit aussitôt reprise par la grisaille du quotidien, la solitude, le vide de sa grande villa.

— Que s'est-il passé ? Rien de grave, j'espère ?

Klippstein s'éclaircit la gorge, comme chaque fois qu'il cherchait la formulation adéquate.

— L'hôpital a appelé. Le Pr Sonius, le médecin-chef et directeur de l'hôpital. Dans l'immédiat, tu es suspendue.

Ce que son mari lui annonçait en phrases brèves et hachées était complètement insensé. Suspendue ?

— Je… je ne comprends pas, articula-t-elle péniblement.

— Eh bien, d'après ce que j'ai saisi, on t'accuse d'avoir causé la mort d'un patient. Une fracture du crâne qui n'a pas été diagnostiquée à temps. Or tu étais, semble-t-il, en charge de l'admission du patient en question.

Tilly comprit en un clin d'œil que son collègue avait retourné la situation à son profit. Le malheureux charretier était mort et on lui faisait porter le chapeau.

— C'est un ignoble mensonge ! Ce n'est pas moi qui ai fait la radio, c'est le Dr Heinermann.

— Dans ce cas, nous devrions peut-être faire appel à un avocat, suggéra Ernst. Cependant je doute que tu parviennes à obtenir gain de cause. Apparemment, les infirmières ont confirmé que c'était toi qui avais reçu le patient à son arrivée à l'hôpital. Et puis, de toute façon, tu envisageais plus ou moins de quitter ton poste, non ? Tu es ma femme, tu n'as pas besoin de travailler.

Il n'aurait servi à rien d'engager une querelle au téléphone. Elle répondit qu'on en reparlerait tranquillement à son retour et raccrocha.

— Il y a un problème, Tilly ? s'inquiéta Robert lorsqu'elle eut regagné le salon et posé distraitement le téléphone sur la commode, au milieu des cadeaux.

— Pardon ? Non, tout va bien, déclara-t-elle. Mon mari vous salue tous chaleureusement.

Elle était comme assommée. Son cerveau se refusait à accepter l'incroyable nouvelle. Elle n'était pas loin de penser qu'elle avait rêvé.

8

DEPUIS UN CERTAIN TEMPS, Paul avait constaté qu'il préférait rester à la villa plutôt que se rendre à l'usine. Cela l'inquiétait, car d'habitude il prenait chaque matin allègrement sa voiture et, arrivé devant le bâtiment administratif, montait en trombe à son bureau, où les deux secrétaires l'attendaient avec le courrier du jour. À présent, il mettait plus de temps que nécessaire à prendre son petit déjeuner et devait se faire violence pour reposer son journal. La raison en était qu'à la villa il menait une vie bien réglée qui le berçait d'une sécurité trompeuse impossible à retrouver à l'extérieur, que ce soit à l'usine ou dans le pays de manière générale.

Pourtant, à la villa aussi il y avait eu des changements. Depuis quelque temps, on ne prenait plus le petit déjeuner tous ensemble. Paul et Marie descendaient vers 7 heures, de même que Leo et Dodo, qui avaient cours de bonne heure. Sebastian était rarement là, car il rejoignait l'équipe du matin à l'usine. Du coup, afin de ne pas obliger les domestiques à se lever trop tôt, il renonçait à son petit déjeuner. Quant à Alicia, qui avait toujours veillé à ce que la famille soit présente à l'heure dite pour le premier repas de la journée, elle préférait désormais le prendre vers 8 heures et demie en compagnie de Lisa et des enfants.

« À mon âge, disait-elle avec un sourire, je pense avoir le droit de me relâcher un peu. Et puis je trouve tellement agréable d'avoir ces chers petits autour de moi. Comme je regrette que mon cher Johann n'ait pas connu ça !

— Papa a quand même pu profiter de la présence de Dodo et de Leo, il en a été très heureux », faisait généralement remarquer Paul en réponse à ce genre de propos.

Il était un peu blessé que sa mère se désintéresse presque totalement des deux adolescents pour concentrer son amour et sa sollicitude sur les plus jeunes. Notamment sur Kurti, le petit dernier, qui était son chouchou. Ce troisième enfant, arrivé de manière si imprévue, avait représenté un événement dans la vie de Paul et Marie. Ils sortaient d'une grave crise conjugale, les ombres du passé avaient bien failli avoir raison d'eux, mais leur amour s'était révélé plus fort que ce qui pouvait les séparer. Le garçonnet, qui s'était magnifiquement développé et qui, au grand plaisir de Paul, aimait les petites voitures et la vieille machine à vapeur, était devenu un gage de leur bonheur commun.

Et voilà que les jours qui venaient de s'écouler leur avaient montré la fragilité de ce bonheur. Le désastre pouvait survenir sans crier gare et vous ravir ce que vous aviez de plus cher.

Paul avait été particulièrement affecté. Marie l'avait appelé alors qu'il avait une réunion importante avec trois clients. Il avait réagi avec beaucoup trop de retard, confié la recherche d'un médecin à sa secrétaire. Plus tard, seulement, il avait réalisé que son enfant avait été près de mourir. Et, pour couronner le tout, Leo s'était effondré. Par chance, un simple évanouissement provoqué par l'anxiété et la peur. Le soir, alors qu'ils savaient Kurti en de bonnes mains à l'hôpital, il avait passé un long moment avec Marie, Lisa et sa mère à reprendre l'événement dans les moindres détails et à remercier la providence qui avait amené Tilly chez eux à l'instant crucial. Mais, quand ils étaient allés se coucher, Marie, incapable de se maîtriser davantage, avait longuement pleuré sur sa poitrine.

Ces derniers jours lui avaient appris une chose essentielle : les soucis que lui causait l'usine, les crédits qu'on ne savait plus comment rembourser, les débouchés qui se tarissaient, l'avenir financier de la villa et de sa famille n'étaient rien en comparaison de la peur qu'il éprouvait pour son fils. Pour le sauver, il aurait tout sacrifié.

Ce jour-là, Paul fut le premier à descendre pour le petit déjeuner. Il salua Humbert, qui lui servit le café et prit avec sollicitude des nouvelles de Kurti.

— Il va mieux, Dieu merci. Ma femme est au téléphone avec l'hôpital, espérons qu'elle nous apportera de bonnes nouvelles.

Il savait que leurs fidèles domestiques étaient très inquiets pour le petit. La veille encore, lorsqu'ils étaient rentrés de chez Kitty après avoir fêté l'anniversaire de Gertrude, Hanna s'était montrée proche des larmes.

— M. Winkler est parti vers 6 heures à l'usine, lui apprit Humbert. Il m'a chargé de vous dire qu'il avait une réunion avec le comité d'entreprise et qu'il vous ferait part du résultat de leurs discussions dans le courant de la matinée.

Cette nouvelle ne lui causa aucun plaisir. Voilà que ressurgissaient les contrariétés superflues du quotidien. Il se rendit compte avec mauvaise humeur qu'elles monopolisaient aussitôt son attention. L'activité de Sebastian au comité d'entreprise lui paraissait non seulement importune, mais blessante. Paul, en effet, trouvait qu'il en faisait plus pour ses ouvriers que beaucoup d'autres industriels d'Augsbourg et des environs. Certes, il avait fallu réduire le personnel, mais on avait pu éviter les licenciements. Les départs à la retraite avaient suffi. Et l'on n'avait pris aucune mesure de restriction concernant les avantages dont jouissaient ouvriers et employés. La cantine continuait de fonctionner, elle servait chaque jour un repas chaud – même si l'on avait désormais supprimé le dessert et réduit les portions. Sebastian, en zélé défenseur des droits des travailleurs, n'était pas encore satisfait. Il réclamait que les équipes travaillent désormais six heures au lieu de huit pour le même salaire, que les ouvriers et les employés n'aient pas à payer la boisson et bénéficient de deux semaines entières de congés payés. Par ailleurs, il était plus que temps de rénover et de moderniser les logements des ouvriers, avait-il déclaré. Leurs besoins les plus élémentaires n'étaient pas assurés et l'hygiène, notamment, laissait à désirer : on avait absolument besoin de salles de bains modernes.

« Il faut se fixer des objectifs, avait-il dit en souriant lors de son dernier entretien avec son beau-frère. Sans objectif, pas de combat.

— Et si on parlait d'objectifs réalisables ? avait rétorqué Paul, irrité. Les utopies ne sont d'aucune utilité. Tu sais très bien que, dans la situation actuelle, j'ai déjà du mal à payer l'intégralité des salaires. »

Ce jour-là, toutefois, il y avait un problème supplémentaire qui éclipsait tout le reste. Des tracts du parti communiste avaient fait leur apparition à l'usine et le portier Alois Gruber, qui, en dépit de ses 65 ans, restait fidèle au poste – quoique aidé d'un jeune collègue –, avait déclaré que c'était M. Winkler qui les avait distribués. Il était difficile de savoir s'il disait vrai, car il détestait Sebastian, qui lui avait suggéré de prendre une retraite bien méritée.

— Bonjour, Papa. Il y a du neuf concernant Kurti ?

L'étreinte fougueuse de Dodo l'arracha à ses sombres pensées et faillit lui faire lâcher sa tartine.

— Maman est au téléphone avec l'hôpital. Où est Leo ? J'espère qu'il n'a pas une fois de plus oublié de se lever.

Dodo prit place à table avec entrain.

— Pas de chocolat, Humbert. Du café, s'il te plaît. Avec beaucoup de lait et un morceau de sucre… Non, Papa, Leo est dans la salle de bains. Il est en train de s'arracher les deux ou trois poils de barbe qui lui ont poussé sur le menton.

— Des poils de barbe ?

Dodo émit un gloussement amusé et prit un petit pain dans la corbeille que lui tendait Humbert.

— Je lui ai dit que c'était juste un duvet et que ça ne se voyait pas. Mais il passe son temps devant la glace à se tripoter le menton… Je peux avoir le journal ?

— Je suis en train de le lire, Dodo.

— Juste la rubrique « Nouvelles du monde », s'il te plaît.

Alors que Paul tendait à sa fille les pages demandées, Marie fit enfin son entrée dans la salle à manger, paraissant très soulagée. Elle embrassa sa fille sur la joue.

— Il va bien, Dieu soit loué. Hier soir, il a même pu manger un peu. Sa blessure cicatrise comme il faut et, le plus important, il respire normalement. J'irai le voir à 2 heures.

— Dans ce cas, il faut que tu lui apportes ses petites voitures, Maman ! s'écria Dodo. Et la locomotive rouge que tante Lisa lui a offerte pour son anniversaire. Est-ce que je peux venir ? Mes cours se terminent à midi…

— Oui, retrouve-moi à l'atelier et on ira ensemble.

Paul avait oublié sa contrariété au sujet de Sebastian, il regarda en souriant Marie remuer son café et prendre la confiture. Elle avait retrouvé toute sa beauté, sa chère femme, ses cernes sombres avaient presque disparu, son regard était clair, sa voix calme et déterminée. Il lui caressa tendrement la nuque, où une boucle s'était échappée de son chignon. Il appréciait qu'elle n'ait pas cédé à cette mode absurde des coiffures courtes. À maints égards, il était resté un époux à l'ancienne mode et voyait toujours en elle la jeune fille frêle aux grands yeux sombres dont il était tombé éperdument amoureux lorsqu'il était étudiant.

Leo fit son apparition peu après sa mère. Il avait deux taches rouges sur le menton, le col de sa chemise n'était pas boutonné et son cartable était ouvert. Paul crut voir qu'il contenait plus de partitions que de manuels scolaires. L'adolescent salua ses parents d'un bref signe de tête – depuis quelque temps, il se montrait réfractaire aux baisers et autres marques d'affection.

— Humbert, je voudrais un café, s'il te plaît. Merci, pas de sucre… Je crois que j'ai laissé mon atlas dans ma chambre.

Humbert monta obligeamment au deuxième étage chercher le livre oublié, tandis que Dodo tartinait deux moitiés de petit pain avec de la confiture et du miel et les posait sur l'assiette de son frère. La tête ailleurs, celui-ci les engloutit sans y prêter attention.

— Tu viendras avec nous à l'hôpital à 2 heures ? lui demanda sa sœur. On se retrouvera à l'atelier de Maman en sortant du lycée.

— J'ai cours avec Mme Obramova, marmonna-t-il. Je ne serai pas libre avant 4 heures…

— À cette heure, les visites seront terminées, déclara Marie.

— Dis donc, Leo ! lança Dodo. Tu n'as pas d'autre frère que Kurti, tu pourrais quand même renoncer à ton cours de piano pour une fois, non ?

Tout occupé à mastiquer et à boire son café, Leo ne répondit pas. Lorsque Humbert fut redescendu avec l'atlas, il se leva d'un bond pour fourrer le volumineux ouvrage dans son cartable.

— Merci, Humbert, il faudrait qu'on parte maintenant pour avoir le temps de chercher Walter… Maman, mon piano a besoin d'être accordé et il y a aussi le feutre de certains marteaux qui est usé.

— Pas étonnant vu comme tu tapes sur les touches, se moqua Dodo.

Paul fut agacé. Leo lui paraissait prendre tout droit le chemin de la vie d'artiste telle que l'avait menée autrefois sa sœur Kitty. Il s'était résigné à ce qu'il suive des cours de piano, mais n'appréciait pas que son fils se concentre presque exclusivement sur la musique au détriment de l'école. C'était ce qu'il avait toujours redouté.

— Leopold, je souhaiterais que tu sois ponctuel au petit déjeuner et que tu arrives avec ton cartable bouclé, le sermonna-t-il. Quand recevrez-vous votre prochain bulletin ?

— La semaine prochaine, Papa.

Ce serait bientôt Pâques, qui marquait la fin de l'année scolaire. À l'automne précédent, Leo avait rapporté un bulletin de premier semestre lamentable. *Le passage en seconde n'est pas assuré*, était-il écrit au-dessous des notes obtenues dans les différentes matières. L'adolescent s'était fait sévèrement réprimander.

Humbert le délivra de cette situation déplaisante en annonçant que la voiture l'attendait au pied du perron. Leo se saisit de son cartable, jeta timidement un dernier regard à son père et salua sa mère d'un signe de tête.

— Alors à plus tard. Embrasse Kurti de ma part, Maman. Je le verrai demain, je n'ai pas cours de piano.

Paul le suivit des yeux en secouant la tête.

— Je n'aime pas ça, Marie, dit-il.

— Moi non plus, répondit-elle avec un soupir. Il s'impose une tâche trop difficile avec ce concerto, il travaille comme un forcené, mais je n'ai pas l'impression qu'il progresse.

— On devrait peut-être parler à sa professeure, suggéra Paul. La Russe. Comment s'appelle-t-elle déjà ?

— Obramova, glissa Dodo sur un ton dédaigneux. Sinaida Obramova. Surnommée la feld-maréchale.

— Ah bon ? s'étonna Marie en fronçant les sourcils. Je crois que je vais avoir une petite discussion avec elle un de ces jours.

On se leva de table. Paul alla chercher quelques papiers dans son bureau et Marie et Dodo se hâtèrent de descendre dans le vestibule, où Hanna les attendait avec les manteaux et le casse-croûte pour l'école. Marie accompagna Dodo en voiture jusqu'à son atelier de la rue Caroline, d'où la jeune fille rejoignit à pied Sainte-Anne, où se trouvait le lycée de jeunes filles. Comme Humbert prenait la voiture de l'usine pour conduire Leo et Walter au lycée Saint-Étienne, Paul était obligé d'effectuer le trajet à pied. Ce qui ne le dérangeait nullement : son père avait fait cela toute sa vie, profitant de ce laps de temps pour fumer son premier cigare. Son fils suivait donc ses traces – mais en se dispensant du cigare.

En cette matinée pluvieuse d'avril, les bâtiments de l'usine lui parurent singulièrement gris et délabrés. Le crépi s'effritait sur la façade de deux des ateliers, les sheds avaient besoin d'être nettoyés – une opération délicate, que Paul redoutait. Une bonne couche de peinture claire aurait fait grand bien à ces bâtisses sinistres, mais c'était un luxe qu'on ne pouvait guère s'offrir pour le moment.

— Bonjour, Gruber ! lança Paul au vieil homme, qui se dépêchait de sortir de sa guérite pour lui ouvrir le portail.

— Bonjour, monsieur le directeur, répondit le portier en s'inclinant et en soulevant légèrement sa casquette. Quel sale temps, hein ? Il paraît qu'il va continuer de pleuvoir pendant quelques jours, c'est ce qu'ils ont dit à la radio.

Le poste de radio était la dernière acquisition de Gruber. Il avait reçu l'autorisation d'installer le précieux appareil dans sa loge, payait la redevance de sa poche et faisait volontiers profiter les employés des actualités de la radio locale d'Augsbourg, des bulletins météo et des événements sportifs.

Les bureaux étaient chauffés. Une nécessité pour Paul, dont la vieille blessure de guerre à l'épaule se rappelait à son souvenir lorsqu'il avait froid. Les deux secrétaires veillaient à la bonne température de la pièce. Lorsqu'il entra, Ottilie Lüders était justement en train de rincer dans le lavabo ses mains noircies par la poussière de charbon. Henriette Hoffmann était déjà derrière sa machine à écrire.

— Bonjour, monsieur le directeur ! lancèrent-elles en chœur.

— Je vous souhaite moi aussi le bonjour, mesdames, répondit-il.

La Hoffman l'aida à retirer son manteau. Les deux femmes lui demandèrent des nouvelles de son fils et furent heureuses d'apprendre que le petit Kurti allait mieux. De son côté, Paul voulut savoir si Ottilie Lüders s'était bien remise de son refroidissement.

— Oui, je vous remercie. Infusion de sauge et pastilles à l'eucalyptus, il n'y a pas mieux, je vous le recommande. Et, le soir, un cataplasme de saindoux sur la poitrine.

Paul préféra ignorer cette dernière suggestion. Il se rendit dans son bureau, qui avait été celui de son père pendant de longues années, et s'attaqua au courrier. La pile contenait, outre des factures, plusieurs lettres de candidature d'ouvriers qualifiés venant de la région de Munich qui avaient été licenciés pour des raisons économiques. Et trois annulations de commandes relativement importantes, encore un coup dur dont l'usine aurait du mal à se remettre. En ce moment, on vivait sur les réserves et, pour payer une partie des salaires, il serait obligé de piocher dans la somme qu'il avait empruntée à la banque pour investir. Si la situation économique ne s'améliorait pas rapidement, il n'aurait pas d'autre choix, dans un premier temps, que de fermer la filature. Que ferait-il alors des ouvriers ? À ce jour il n'en savait encore rien. Il pouvait en caser une petite partie dans les ateliers de tissage et d'impression – mais pas aux mêmes conditions de rémunération, cela allait de soi. Ceux qu'il pourrait garder verraient leurs salaires réduits. Quant aux autres, il serait contraint de les licencier. Tout ce qu'il pouvait faire, c'était de les laisser continuer à vivre dans les logements dont l'usine était propriétaire.

— M. Winkler souhaiterait vous parler, vint lui dire Ottilie Lüders avec une mine pincée.

— Qu'il s'installe dans le bureau d'à côté, j'arrive tout de suite.

En dépit de son action en faveur du personnel, les administratifs de l'usine éprouvaient de la méfiance à l'égard de Sebastian et de son engagement politique. Son alliance avec les ouvriers protestataires ne leur plaisait pas, sans doute aussi étaient-ils gênés par ses manières empruntées et sa façon de s'habiller. Ce jour-là aussi, il était vêtu de sa vieille veste bleue au col arraché et de son pantalon avachi, qui portaient les traces de son travail aux machines de l'atelier de tissage. Récemment, Henriette Hoffman s'était plainte que M. Winkler laissait des taches d'huile sur les coussins des sièges.

Lorsque Paul entra dans l'autre bureau, le président du comité d'entreprise était plongé dans le dossier qu'il avait apporté. Il leva les yeux et le salua.

— Bonjour, Sebastian, marmonna Paul en s'asseyant en face de son beau-frère. Fais vite, s'il te plaît, mon temps est compté et moi aussi j'ai quelque chose à voir avec toi.

Le regard violet de Sebastian se fit scrutateur derrière les verres de ses lunettes. Il avait toujours l'air un peu rêveur et éloigné des réalités, mais ce n'était qu'une apparence : Sebastian Winkler savait très bien ce qu'il voulait.

— Avec les délégués du personnel nous avons dressé un état des lieux des conditions de vie de nos ouvriers et de nos employés, expliqua-t-il en faisant glisser un exemplaire du dossier vers son interlocuteur.

Il s'agissait d'un tableau comportant une série d'informations : nom, adresse, âge, date d'entrée à l'usine, situation de famille, enfants, autres membres de la famille à charge et revenu. On y lisait également des observations sur l'état de santé, sur les conditions de logement et sur l'appartenance à une caisse d'assurance maladie. Un travail remarquable !

— S'il devait y avoir des licenciements, je tiens à ce que nous évaluions avec précision les répercussions du chômage sur l'intéressé et son entourage, poursuivit Sebastian en feuilletant son dossier. La veuve Gebauer, par exemple, a trois enfants dont deux sont encore en âge scolaire. Dans sa situation, un renvoi serait une cruauté que nous ne pourrions pas tolérer !

Il parle comme si son comité d'entreprise voulait formuler une mise en garde, se dit Paul, irrité. Ignore-t-il donc que je connais mon personnel et que, si la situation l'exige, je réfléchirai soigneusement avant de renvoyer qui que ce soit ? Mais monsieur le délégué du personnel se croit plus malin que tout le monde.

— Voyons ça, marmonna-t-il en parcourant le document.

Il fallait tout de même reconnaître que, pour une fois, Sebastian ne formulait pas de revendications utopiques. Au contraire, il s'était attaché à recueillir des informations concrètes et aisément compréhensibles – ce dont il paraissait très fier.

— Ces informations sont à jour, précisa ce dernier.

Paul acquiesça d'un signe de tête et referma le dossier.

— Nous y aurons certainement recours le moment venu. Merci pour ce travail de bénédictin, Sebastian. Il y a une chose un peu désagréable dont je voulais…

Il fut interrompu par Mme Hoffmann, qui passa la tête par l'entrebâillement de la porte.

— Ces messieurs souhaitent-ils du café ?

— Volontiers, répondit Paul.

— Merci, pas pour moi, refusa Sebastian avec un sourire timide à l'adresse de la secrétaire, qui parut vexée.

Paul attendit que la Hoffmann ait regagné son bureau, puis il sortit le *corpus delicti* de la poche de sa veste, le défroissa et le posa devant lui sur la table.

— Il s'agit de ce tract !

Sebastian jeta un bref coup d'œil sur la feuille, soupira tout bas et se renfonça sur son siège.

— Je craignais bien que tu finirais par tomber dessus.

Quoique agité par un mauvais pressentiment, Paul se contint.

— Ce tract t'est donc connu ?

Son beau-frère fit un signe d'assentiment, ôta ses lunettes et les essuya avec un mouchoir sur lequel étaient brodées les initiales « JM » : Johann Melzer. Paul se sentit contrarié de voir que Sebastian utilisait les anciens mouchoirs de son père.

— J'ai effectivement remarqué que ces tracts circulaient dans l'usine, expliqua-t-il. On me les a même montrés et j'ai demandé d'où ils venaient. Par parenthèse, je n'ai pas l'intention de dévoiler le nom de la personne concernée. Je peux juste t'assurer que j'ai eu une discussion avec elle et que je l'ai mise en garde contre d'autres actions de cette nature.

— C'est donc une femme ?

— Je n'ai pas dit ça, j'ai parlé d'une personne.

Paul se sentit envahi par la colère. Son cher beau-frère connaissait le coupable, mais au lieu de livrer son nom il se posait en protecteur. Que faire ? S'il essayait de le forcer à parler, il risquait de déclencher des dissensions familiales. Lisa se rangerait du côté de son mari, et sa mère les soutiendrait par crainte qu'il ne leur prenne l'envie de quitter la villa avec leurs enfants.

— Je te demande instamment de veiller à ce que ça ne se reproduise pas, Sebastian, dit-il sur un ton tranchant.

Il s'interrompit à l'entrée de la Hoffmann, qui lui apportait son café.

— L'engagement et l'action politiques n'ont pas leur place dans mon usine, reprit-il quand elle fut ressortie.

Si je surprends quelqu'un à agir dans ce sens, il sera renvoyé sans préavis.

Sebastian le laissa donner libre cours à sa colère sans réagir. Était-il impressionné ? Son expression ne laissait rien paraître. Quand Paul eut fini, il entreprit d'exposer lentement et minutieusement son point de vue.

— Comme je te l'ai dit, j'ai averti la personne concernée. Il va de soi qu'en raison de mes convictions j'éprouve une grande compréhension pour les ouvriers qui défendent les revendications du KPD…

Sans laisser à Paul la possibilité de protester, il poursuivit :

— Je vis pour ainsi dire dans deux mondes. La villa, où on mène grand train, et le foyer de la rue Moyenne, où nous essayons de fournir un hébergement et un repas chaud à des personnes malades et sans ressources.

— Parce qu'on mène grand train ? s'emporta Paul.

— C'est bien ce que j'ai dit, mon cher. Tu ne réalises pas que les repas plantureux qu'on sert à la villa au cours d'une seule journée pourraient rassasier plusieurs familles démunies pendant des semaines. Tiens, prends par exemple ce coûteux gâteau à la crème confectionné pour l'anniversaire de Mme Bräuer, une dame pour qui d'ailleurs j'ai le plus grand respect et qui n'est nullement responsable de ces dépenses excessives faites en son honneur. Quoi qu'il en soit, les ingrédients de ce gâteau, crème, œufs, farine, sucre, massepain et chocolat, coûtent si cher que cela aurait assuré à plusieurs familles nombreuses…

— Je comprends, l'interrompit Paul sur un ton sarcastique. Tu voudrais qu'à la villa nous ne consommions plus que du pain et de l'eau et que nous employions l'argent que nous aurons économisé pour subventionner le foyer de la rue Moyenne. C'est ça ?

Des deux mains Sebastian fit un geste de dénégation.

— Jamais de la vie, Paul. Cela dit, si on se montrait un peu plus économe à la villa, il serait tout à fait possible d'accorder un complément de salaire à quelques ouvriers ayant une famille nombreuse et...

À cet instant s'élevèrent de la cour des éclats de voix qui mirent un terme au plaidoyer de Sebastian en faveur des pauvres gens.

— Qu'est-ce qui se passe encore ? lança Paul en se levant d'un bond.

Debout devant le portail de l'usine, le vieux Gruber et son collègue Samuel Knoll, un jeune homme brun extrêmement mince aux traits accusés, entouraient un individu barbu et déguenillé qui essayait visiblement de se faire entendre tout en multipliant les gestes implorants en direction du bâtiment administratif.

— Un vagabond, supposa Paul. Il voulait sans doute s'introduire ici pour voler les employés.

Une supposition qui n'était pas dénuée de fondement car, à deux reprises déjà, des voleurs avaient réussi à pénétrer dans l'usine et avaient dérobé des manteaux, un portefeuille et plusieurs paires de chaussures.

Paul sortit du bureau et chargea la Lüders de savoir s'il fallait avertir la police.

— Bien, monsieur le directeur, répondit-elle avec empressement. Cela étant... je ne suis pas très sûre, mais Mme Hoffmann est du même avis que moi...

— Que voulez-vous dire ?

Henriette Hoffmann se tordit les mains, navrée d'avoir contrarié son vénéré directeur.

— Nous pensons connaître l'homme qui se trouve en bas. C'est un ancien prisonnier de guerre russe qui a travaillé ici.

Paul retourna à la fenêtre. Un Russe ? Un prisonnier de guerre qui avait été affecté à l'usine ? Pouvait-il s'agir du gaillard dont Marie lui avait parlé ? Celui qui avait engagé une relation avec la pauvre Hanna ?

Sans hésiter, il ouvrit les battants de la fenêtre, se pencha au-dehors et cria à l'adresse de ceux qui se trouvaient dans la cour :

— Amenez-moi cet homme !

Deux ouvriers qui tiraient une charrette remplie de paquets lâchèrent leur fardeau pour aider Alois Gruber à conduire l'inconnu dans le bâtiment administratif. Les deux secrétaires s'entretenaient tout bas avec animation. Sebastian voulut savoir si l'usine avait employé beaucoup de prisonniers de guerre.

Paul balaya la question d'un geste.

— À l'époque, j'étais à la guerre. C'est mon père qui dirigeait l'usine avec le soutien énergique de Marie. Je n'en sais rien du tout. Mais vérifions déjà si ces dames ont vu juste.

On n'eut pas besoin d'user de la force, le Russe marchait de son plein gré devant ses trois accompagnateurs. Lorsqu'ils entrèrent dans la pièce, Ottilie Lüders se boucha le nez. L'inconnu n'avait pas dû se changer depuis un bon moment, ses cheveux noirs poisseux, traversés de quelques mèches grises, pendaient en désordre, sa courte barbe était hirsute, comme s'il l'avait coupée avec un couteau.

Le vagabond comprit tout de suite que le chef était l'homme blond bien habillé debout au milieu de la pièce. Il s'inclina devant lui et claqua les talons comme un soldat.

— Grigori Chtchoukov, dit-il en se désignant du doigt. S'il vous plaît, donner asile à moi. Je suis de Siber. Prisonnier de Staline. Grand assassin. Camaradi tous morts en Siber. Juste moi enfui. Courir jusqu'à Germania. Allemagne, Augsbourg... Parce que ici est ma Khanna.

Il y eut un silence. Paul sentait peser sur lui le regard implorant de cet homme exténué. Sebastian voulut savoir qui était « Khanna ».

— Il parle de Hanna, qui travaille à la villa aux étoffes, expliqua la Hoffmann, qui reçut aussitôt un coup de coude de sa collègue.

— Chut !

N'y tenant plus, Alois Gruber demanda la parole.

— Il dit vrai, monsieur le directeur, c'est bien Grigori, je l'ai tout de suite reconnu. Vous pouvez vous adresser à Bernd Gundermann, lui aussi doit le connaître. Ou à Alfons Dinter, qui était là à cause de sa blessure.

— C'est bon, Gruber, dit Paul. Vous pouvez regagner votre poste.

— Le pauvre garçon, lâcha Sebastian avec compassion. Pourquoi l'a-t-on envoyé en Sibérie ? Il doit avoir commis un crime très grave. Un meurtre, peut-être ?

Indécis, Paul se demandait quoi faire et le bavardage de Sebastian l'agaça prodigieusement.

— Même toi tu n'es pas sans savoir que le grand Staline envoie des milliers d'innocents en Sibérie. Il semblerait que les terres soient redistribuées. À la russe, c'est-à-dire en assassinant brutalement les anciens propriétaires, seigneurs et boyards. C'est ce qu'on appelle les bienfaits du communisme, cher beau-frère !

Sebastian eut un geste irrité et se dispensa de répondre. Paul resta un moment silencieux, réfléchissant à la marche à suivre.

— Nous sommes malheureusement obligés de vous remettre entre les mains de la police, monsieur Chtchoukov. Elle va effectuer les contrôles nécessaires et vous enregistrer. Ensuite, seulement, nous verrons s'il est possible de vous procurer un hébergement et une place à l'usine.

Le Russe eut un mouvement de recul effrayé.

— *Niet politsia*, implora-t-il. *Pojalusta nie*, pas prison… Asile, s'il vous plaît.

— C'est juste pour vérifier, expliqua Paul en faisant signe aux secrétaires d'appeler la police.

Chtchoukov cessa toute résistance. Trop faible pour essayer de fuir, il s'assit sur le sol et fondit en larmes.

— Donnez donc un café à cet homme, dit Sebastian à Ottilie Lüders.

Celle-ci jeta un regard interrogateur à son chef. Paul acquiesça.

— Et de quoi manger, ajouta-t-il.

9

FANNY BRUNNENMAYER SORTIT SES LUNETTES de la poche de son tablier et les posa sur son nez pour examiner de plus près le menu de la semaine que Mme Elisabeth venait de lui remettre. Elle n'en crut pas ses yeux !

— Nous devons nous montrer économes, madame Brunnenmayer, expliqua Lisa, qui faisait manger un biscuit à la vanille à la petite Charlotte. De la viande trois fois par semaine, c'est amplement suffisant par les temps qui courent. Et sinon, des soupes aux vermicelles ou aux légumes, des spaetzle au fromage, des plats de pommes de terre… Le vendredi, une potée de légumes et des fruits en bocal pour le dessert.

— Pour faire une soupe, il me faut un morceau de viande, objecta la cuisinière. Et il n'y a pas de dimanche sans un rôti de porc aux boulettes.

— Pour le dimanche, soit. La semaine, en revanche, riz au lait ou pain vapeur comme je vous l'ai indiqué. De toute façon, les enfants aiment mieux ces plats.

— Mais pas les adultes, riposta la Brunnenmayer. M. Melzer déteste le riz au lait et c'est pareil pour Leo.

— À l'heure actuelle, nous devons tous faire des sacrifices, repartit Elisabeth en ramassant une poupée pour la déposer dans les menottes tendues de sa fille. Et à l'avenir, plus de gâteaux à la crème, encore moins à deux étages avec du chocolat et du massepain comme celui que vous avez fait l'autre jour pour l'anniversaire de Mme Bräuer. Nous ne pouvons plus nous permettre ce gaspillage, madame Brunnenmayer.

La cuisinière eut du mal à garder son calme.

— Si Madame le souhaite, dit-elle d'une voix tendue, je peux faire une belle potée de rutabagas, comme pendant la guerre. Ou une soupe d'eau chaude avec un caillou dedans.

Son ironie mordante lui valut un regard irrité de sa patronne, qui sonna Hanna. La couche de Charlotte avait glissé.

— Ce ne sera pas nécessaire, répondit-elle froidement. Contentez-vous de faire ce que je vous ai indiqué. Vous pouvez retourner à la cuisine, maintenant.

Fanny Brunnenmayer se raidit. Cela faisait près de cinquante ans qu'elle était au service des Melzer, on n'avait pas à la traiter ainsi.

— Le gâteau d'anniversaire de Mme Bräuer, je le paierai de ma poche, Madame, assena-t-elle. Et sinon, j'aimerais savoir si M. et Mme Melzer ont donné leur accord pour tout ça. Je ne veux pas qu'on vienne ensuite se plaindre.

Son objection irrita Elisabeth, fâchée de voir ses compétences mises en doute. D'autant que la Brunnenmayer n'avait pas tort de penser que Paul Melzer n'aurait nulle envie de manger du riz au lait. Mais ce n'était pas à une domestique de poser ce genre de question.

— Si vous voulez payer vous-même le gâteau, rien ne vous en empêche. Et maintenant je ne vous retiens pas plus longtemps, madame Brunnenmayer.

— Comme vous voudrez, Madame, répondit la cuisinière.

Une fois dans l'escalier de service, elle se sentit furieuse. Bien sûr qu'Elisabeth n'avait pas pris la peine d'en parler aux Melzer, c'était clair comme de l'eau de roche. Pas besoin non plus de réfléchir longtemps pour savoir d'où lui venait ce soudain souci d'économie. Ce ne pouvait être que son révolutionnaire d'époux qui le lui avait glissé à l'oreille. Jusque-là, la Brunnenmayer n'avait jamais manifesté d'inimitié envers Sebastian Winkler, il lui était même arrivé de prendre sa défense quand elle entendait Gertie ou Else médire de lui. Mais si le gâteau de Mme Bräuer lui paraissait un luxe superflu et s'il entendait réduire les occupants de la villa à la portion congrue, c'en serait fini de l'indulgence ! Un grippe-sou, voilà ce qu'il était.

Elle avait du mal à comprendre qu'Elisabeth, qui avait été autrefois une personne volontaire et énergique, puisse être si soumise à ce petit instituteur timide. Elle soupira. L'amour produisait parfois de drôles de choses. Elle se félicita une fois de plus de sa situation de célibataire bénéficiant d'une bonne place et n'ayant rien d'autre à faire qu'à obéir à ses maîtres. À une certaine époque, les prétendants n'avaient pourtant pas manqué, mais elle avait décidé de rester cuisinière à la villa aux étoffes. Elle s'était montrée avisée, on savait où pouvait mener un mariage malheureux.

En bas, dans la cuisine, la Liesel rinçait les légumes que l'on mettrait dans le bouillon de veau. Le gratin de pâtes pour le dîner était prêt à être enfourné. Restait à préparer la salade de chou au lard et aux oignons. Else, qui avait battu les tapis avec Gertie et Hanna, faisait son petit somme habituel à la table. Dörthe avait pris place à son côté. Elle avait devant elle un café au lait et une assiette de restes de gâteau qu'elle avait déjà presque vidée. Venue avec Elisabeth du domaine de Maydorn, elle avait vite révélé son incapacité aux travaux ménagers et s'occupait de l'entretien du parc avec Christian. C'était une fille de la campagne, qui travaillait beaucoup et mangeait encore plus.

— Du thé et du gâteau aux noisettes pour mesdames Alicia et Elisabeth, lança Humbert en entrant dans la cuisine.

Il se servit un café. Quelques instants plus tard, Hanna arriva à son tour avec un plateau de vaisselle sale – Dodo avait invité deux amies et les avait régalées de chocolat et de biscuits.

La Brunnenmayer ne fit aucun commentaire, mais elle n'en pensait pas moins. Prescrire des mesures d'économie et commander du gâteau avec le thé. À l'avenir, ces messieurs dames pourraient faire une croix dessus. Les noisettes étaient chères, tout comme la farine, les œufs et le beurre. À dater de ce jour, elle n'utiliserait plus que de la margarine pour les biscuits d'avoine, on verrait bien ce que diraient les Melzer, habitués à mieux. Au fond, leur prodigalité était un vrai scandale. Rien que pour le bâtiment annexe déjà, ils avaient dépensé une fortune. Baignoire en marbre, douche, pièce carrelée jusqu'au plafond. Ça, on n'avait pas lésiné, l'argent avait coulé à flots.

— Tu en fais une tête, Fanny, fit gentiment remarquer Humbert. Tu t'es levée du pied gauche, ce matin ?

À ces mots, la Brunnenmayer ne put se contenir plus longtemps. Tirant le menu de sa poche d'un geste brusque, elle le jeta sur la table.

— Tenez, dit-elle sur un ton renfrogné. À partir de maintenant, il n'y aura de viande que trois fois par semaine. Faudra que je fasse du riz au lait, de la potée et de la soupe à la farine.

La nouvelle fut loin de susciter l'indignation à laquelle elle s'était attendue. Humbert lut le menu, puis haussa les épaules, Gertie garda un silence maussade, Hanna poussa un soupir. Else n'avait pas entendu, car elle dormait toujours. Quant à Dörthe, elle se fichait pas mal de ce qu'on lui servait du moment qu'on lui en donnait une grande quantité. Seule la Liesel trouva que c'était vraiment dommage, parce qu'elle aurait bien voulu apprendre à farcir l'oie de Noël.

— Ah, c'est que des bêtises, souffla Gertie avec dédain. Ça leur passera. C'est pas l'argent qui manque, ici, Dieu sait qu'ils ont pas besoin de manger de la soupe à la farine.

Humbert se dépêcha de remonter avec le thé et deux parts de gâteau, tandis que Christian entrait dans la cuisine en chaussettes. Il avait sagement laissé à la porte les bottes crottées qu'il portait pour travailler dans le parc.

— S'il continue à pleuvoir, ça fera du bien aux buissons de genévrier qu'on a plantés, déclara-t-il, tandis que la Liesel lui servait une tasse de café.

— Dörthe a terminé le gâteau, dit la jeune fille. Mais il reste peut-être des biscuits.

La Brunnenmayer décida de donner au jeune homme une petite part de la pâtisserie aux noisettes normalement réservée aux maîtres. Elle éprouvait un certain plaisir à pouvoir jouer un tour à Elisabeth.

— Tu vas à ton cours de dactylo, ce soir, Gertie ? demanda Liesel, qui s'était assise à côté de Christian.

— T'es une petite curieuse, toi ! répliqua Gertie avec impertinence. Si jamais tu voulais apprendre à taper à la machine, je te le dis, ça n'en vaut pas la peine. J'ai passé l'examen, j'ai même mon diplôme. Et qu'est-ce que ça m'a rapporté ? Rien. On trouve pas de travail.

Liesel comprenait enfin pourquoi Gertie avait manifesté une telle mauvaise humeur, ces derniers temps. Ce cours lui avait pris du temps et elle n'en avait retiré aucun bénéfice.

— Pourquoi tu veux travailler comme petite dactylo dans un bureau alors que t'as une si bonne place auprès de Madame ? s'étonna Hanna.

— Pour aller plus loin, répliqua sèchement Gertie.

Réponse incompréhensible pour Hanna. Quant à Christian, il secoua la tête avec une grande perplexité. Liesel, en revanche, voulut savoir s'il était très difficile d'apprendre à taper à la machine et si une dactylo gagnait beaucoup d'argent.

— Quand t'es secrétaire, tu peux louer une chambre à toi, acheter des jolis vêtements et sortir tous les soirs, expliqua Gertie sur un ton condescendant. Mais c'est pas pour toi, Liesel, parce que t'as Christian.

À cet instant, Christian aurait dû répondre : « Gertie a raison, Liesel », ou même « Quand tu seras ma femme, je m'occuperai bien de toi ». Mais, ayant la bouche pleine, il ne put rien dire. Seules ses oreilles rougirent. Il mâcha consciencieusement sa bouchée, la fit descendre avec son café au lait et, alors qu'il s'apprêtait enfin à dire quelque chose, on frappa bruyamment à la porte qui donnait dans la cour.

— Ça doit être le Sedlmair qui apporte de la farine et des pois cassés, dit Fanny Brunnenmayer.

Mais c'était Augusta, chaussée de bottes en caoutchouc, le manteau et le chapeau ruisselants de pluie.

— Bien le bonjour à tous, lança-t-elle. Est-ce que Christian est là ? Ou Dörthe ? J'ai apporté les pensées, le reste viendra demain.

Christian se leva aussitôt pour aller décharger le petit chariot avec Dörthe.

— Elles sont belles, les pensées, constata la jeune fille quand ils eurent regagné la cuisine. Y a plein de boutons. Pourvu qu'ils gèlent pas. T'aurais aussi pu leur laisser une semaine de plus, Augusta.

Celle-ci avait ôté ses bottes et accepta avec gratitude le café au lait que lui offrait la Brunnenmayer en l'accompagnant généreusement de la dernière part de gâteau. Tout en se restaurant, Augusta expliqua que, pour l'heure, ils n'avaient plus de charbon et que la maison n'était donc pas chauffée.

— Si seulement il voulait bien s'arrêter de pleuvoir, soupira-t-elle en tendant sa tasse à Hanna pour qu'elle lui redonne du café. Maxl est au lit avec la grippe et Hansl commence à tousser. Et pendant ce temps, la pluie fait pousser les mauvaises herbes, qu'elles finissent par envahir tous les plants.

Elle marqua une pause et jeta à la cuisinière un regard plein d'espoir.

— T'aurais pas besoin de quelques poireaux et de céleri en plus ?

— Pour ça oui, répondit la Brunnenmayer. Et pis aussi des oignons, des légumes verts pour la soupe et du persil. Je peux aussi t'acheter du chou vert, apporte tout ce que t'as.

Augusta n'en crut pas ses oreilles : la cuisinière lui achetait tout ce qu'elle n'avait pas pu vendre au marché. Et ce n'était pas rien, car le mauvais temps avait dissuadé bon nombre de clients de sortir.

— Ici, on va devoir se passer de viande quatre jours par semaine, expliqua la cuisinière. Demain, y aura de la potée aux légumes. Apporte-moi aussi quelques carottes de l'an passé.

— Et qu'est-ce qu'on fait de ce bon bouillon de veau ? demanda Liesel. Est-ce qu'on peut le garder jusqu'à après-demain ?

— Sûrement pas ! répliqua la Brunnenmayer. On sera obligé de le manger nous-mêmes pour pas qu'il se gâte.

Humbert revint avec la vaisselle du thé et annonça avec un large sourire :

— Il n'y aura pas de mesures d'économie.

— Pourquoi ? demanda Gertie.

Humbert lança un regard méfiant à Augusta. Gênée, celle-ci reprit sa tasse pour terminer son café. On n'aimait guère parler des maîtres quand une personne extérieure se trouvait dans la cuisine. Mais, par le passé, Augusta avait travaillé à la villa et, qui plus est, elle était la mère de Liesel, aussi poursuivit-il tout bas :

— Mme Alicia est déjà en train de se disputer avec Mme Elisabeth. Elle trouve que, lorsque Kurti rentrera ici samedi, il faudra qu'il boive du bouillon de viande. Pour qu'il reprenne des forces. Et ça lui est complètement égal que ce soit un jour avec ou sans viande.

— Je le savais ! triompha Gertie. C'est que des idioties. Pourtant, c'est à Mme Elisabeth que ça ferait du bien d'être au pain et à la soupe de farine. Je passe mon temps à lui élargir ses vêtements.

Tout le monde se mit à rire. Else s'éveilla de son somme de récupération et sourit aimablement à la ronde sans savoir de quoi l'on parlait. Seule Augusta eut un sourire pincé et soupira en reposant sa tasse.

— J'aimerais bien avoir ce genre de souci, dit-elle en jetant un regard en coulisse à sa fille. À la jardinerie, on est complètement débordés. J'en peux plus de voir Gustav se crever à la tâche. Et voilà maintenant que Maxl il a attrapé la grippe. J'ai passé toute la journée sous la pluie à mettre les plants de chou-rave et le chou frisé en terre. Mais y manque encore le chou rouge, le chou blanc et les oignons…

— Je passerai la semaine prochaine, promit Liesel, terriblement gênée par les jérémiades de sa mère. Je vous aiderai pendant ma journée libre.

— La semaine prochaine, il sera trop tard, répliqua Augusta, qui se tourna alors vers Christian. Si on avait un homme fort pour nous donner un coup de main, ce serait un cadeau du bon Dieu.

Comprenant le message, Christian opina du chef avec empressement.

— Y a beaucoup à faire dans le parc, en ce moment, répondit-il. Mais je peux venir une heure ou deux le matin tôt et le soir après mon travail.

— Ça serait vraiment très gentil de ta part, Christian ! Tu sais, c'est aussi à cause de Gustav. Il dit rien, parce qu'il est pas du genre à gémir. Mais je sais qu'il souffre. C'est ce maudit moignon qu'est tout le temps enflammé.

Fanny Brunnenmayer la trouva plus que culottée de venir recruter de la main-d'œuvre gratuite dans sa cuisine et elle regretta de s'être montrée si accueillante. Christian travaillait comme un forçat dans le parc, aménageait de nouvelles allées, plantait de jeunes arbres et élaguait ceux qui étaient vieux et pourris. Et voilà qu'Augusta voulait l'amener à faire des heures supplémentaires gratuites parce qu'elle se refusait à payer quelqu'un ! Et Christian, cette bonne pâte, se déclarait prêt à lui rendre service ! Pour Liesel.

— Si t'es venue ici te dégoter un homme de peine qui te coûtera rien, lança-t-elle, furieuse, je regrette vraiment de t'avoir donné du café et du gâteau. Demain, tu pourras m'apporter tes légumes, mais en attendant t'es plus la bienvenue.

Augusta accueillit cette remontrance avec placidité et poussa l'effronterie jusqu'à demander à Christian s'il pouvait passer le soir même.

— T'en profiterais pour faire une petite balade avec la Liesel, suggéra-t-elle astucieusement.

Mais Liesel était aussi fâchée de son attitude que Fanny Brunnenmayer. Et elle avait honte du comportement de sa mère devant les autres domestiques.

— Ce soir, j'ai pas le temps. Y a le fourneau et le réfrigérateur à récurer.

— Alors tant pis, répliqua Augusta sans se démonter.

Elle reprit ses affaires et sortit. Une fois dehors, elle entreprit Dörthe, qui avait quitté la cuisine un peu plus tôt, afin de la convaincre de mettre elle aussi la main à la pâte.

— Tu serais bien bête d'aller aider, dit Liesel à Christian. Les chômeurs, ils font la queue devant la jardinerie. Faudrait quand même que ma mère lâche quelques sous…

— Je le fais volontiers, répondit-il, embarrassé. Il me fait de la peine, le Gustav. Et pis j'aime beaucoup tes frères.

— Dans ce cas, je peux rien pour toi, répliqua Liesel, résignée, en haussant les épaules.

— Y aura toujours des imbéciles, fit observer Gertie après le départ de Christian. Moi, je travaillerais jamais gratuitement.

Fanny Brunnenmayer en aurait eu long à dire sur la question, mais la présence de Liesel l'incita à garder le silence. Elle n'ignorait pas que celle-ci remettait la quasi-totalité de son salaire à sa mère. C'était une honte. La gamine n'avait même pas un manteau correct pour l'hiver et elle portait des chaussettes plusieurs fois reprisées. Pendant ce temps, Augusta avait aménagé leur nouvelle maison avec de beaux meubles, il y avait même une salle de bains équipée d'une grande baignoire. Elle voulait vivre comme les maîtres et, pour ça, il fallait que son mari et les garçons triment jusqu'à la limite de leurs forces. Maxl le faisait volontiers parce que le travail lui plaisait. Hansl un peu moins, c'était un gamin futé, qui était bon à l'école et pouvait espérer mieux. Mais la jardinerie l'accaparait au point qu'il avait du mal à trouver le temps de faire ses devoirs. Même le petit Fritz était réquisitionné. Enfin bon, ce n'étaient pas ses oignons. Par contre, elle gardait un œil sur la Liesel, pour laquelle elle s'était prise d'affection. Elle lui souhaitait de connaître un sort meilleur. Peut-être même lui succéderait-elle un jour à la cuisine de la villa.

La sonnette du salon rouge bourdonna. Humbert se leva d'un bond pour se rendre à l'étage. Fanny Brunnenmayer mit le gratin au four et chargea Liesel de bien mélanger la salade de chou et de rectifier l'assaisonnement.

Au même instant, on entendit Humbert héler Hanna depuis le palier de l'escalier de service.

— Il faut que tu montes au salon rouge.

La jeune fille blêmit de peur. Quand une domestique était convoquée à l'étage, c'était presque toujours parce qu'on avait à se plaindre d'elle. Or Hanna était convaincue d'être la personne la plus maladroite du monde.

— Ne t'inquiète pas, lui souffla Humbert quand elle passa devant lui. Tu sais que Marie Melzer t'apprécie beaucoup.

Else dut enfin se lever afin de préparer les chambres des maîtres pour la nuit. Il fallait tirer les rideaux, ouvrir les lits. Et remettre de l'ordre dans la salle de bains. Elle gravit les marches de l'escalier de service d'un pas lourd, contrariée d'avoir à effectuer ces tâches sans l'aide de Hanna.

À présent, le calme régnait à la cuisine. Le gratin cuisait dans le four. Liesel mélangea la salade de chou, la répartit dans trois beaux saladiers, qu'elle plaça ensuite dans le monte-plats. Fanny Brunnenmayer avait repris le menu de la semaine et notait avec un air maussade les achats qu'elle avait à faire.

Dehors, il continuait de pleuvoir, on entendait l'eau dévaler la gouttière depuis le toit. Les vitres de la cuisine étaient parcourues de labyrinthes invisibles dans lesquels les gouttes de pluie cherchaient leur chemin jusqu'au rebord de la fenêtre. Les jardiniers, qui œuvraient assidûment à l'extérieur, seraient trempés jusqu'aux os. En récompense, ils auraient droit pour le dîner à du bouillon de veau avec un œuf cocotte et il y avait le pâté de foie à terminer. Au moment où la Brunnenmayer s'apprêtait à aller chercher des œufs dans le garde-manger, Hanna redescendit du salon rouge.

— Alors, demanda la cuisinière avec un sourire en coin. Ils t'ont secoué les puces ?

Pour toute réponse, Hanna s'assit à la table, posa sa tête sur ses bras et éclata en sanglots.

— Voyons, ma fille, qu'est-ce qui se passe ? Ça peut pas être si grave, quand même !

Liesel était déjà auprès d'elle, l'entourant de son bras et essayant de la consoler.

— Faut pas le prendre comme ça, Hanna. Quand on se fait disputer, on encaisse et c'est tout. Demain, ça ira mieux, tu verras.

Hanna voulut répondre, mais elle sanglotait si fort qu'on eut du mal à la comprendre.

— Il est ici... Je m'en doutais, parce qu'il a écrit, il dit qu'il est en prison... qu'il est malade.

Fanny Brunnenmayer commença à entrevoir de qui elle parlait.

— En prison ? Qu'est-ce qu'il a fichu ?

Hanna se remit à pleurer de plus belle et enfouit sa figure dans son mouchoir mouillé.

— Rien… Ils vérifient… si c'est pas un espion… Mais quand ils auront fini, il pourra sortir.

— Mais de qui vous parlez ? demanda Liesel avec impatience.

— Madame et Monsieur m'ont demandé si j'aurais quelque chose contre… Parce qu'il veut travailler à l'usine.

— Et qu'est-ce que t'as répondu ? voulut savoir la cuisinière.

Hanna garda le silence.

— Elle a répondu que non, elle n'avait rien contre, fit Humbert, qui se tenait au pied de l'escalier de service. On tardera plus à voir Grigori Chtchoukov à la villa. Je suis sûr qu'il n'y aura personne ici pour s'en réjouir. Toi non plus, Hanna.

On l'avait rarement vu si en colère. Hanna continuait de sangloter à perdre haleine. Seigneur ! Le malheur que redoutait la Brunnenmayer était arrivé : le Russe était revenu. Le grand amour de Hanna, celui qui avait bien failli causer sa mort.

— Comment tu sais tout ça, Humbert ? s'étonna Liesel.

Il avait écouté à la porte, bien sûr.

10

— VOUS AURIEZ DÛ VOUS OCCUPER DU PATIENT au lieu de rentrer chez vous !

Le bureau du directeur de l'hôpital était aménagé avec des meubles sombres et massifs. Derrière la table de travail se dressaient des bibliothèques vitrées contenant des ouvrages de médecine ainsi que quelques photographies dans des cadres d'argent, des os humains et la reproduction d'une oreille avec son conduit auditif. Dans ce décor, le Pr Sonius avait l'air d'un gnome grisonnant au crâne dégarni et au nez chaussé de lunettes à monture dorée. Pourtant, c'était l'homme qui faisait trembler tout le personnel de l'hôpital.

— J'avais terminé mon service, professeur. J'étais déjà restée plus longtemps que nécessaire et j'avais confié le patient au Dr Heinermann.

Tilly se sentait en position d'accusée, d'autant plus qu'elle était en tenue de ville, sans la blouse blanche qui la désignait comme médecin de l'hôpital de Schwabing. On l'avait suspendue, elle n'était plus une des leurs.

Cependant elle n'était pas venue pour écouter des reproches, mais pour établir les faits.

— Et pour quelle raison n'étiez-vous pas présente quand M. Kugler a été admis ? Ce jour-là, vous aviez la charge de l'accueil aux urgences, non ?

— Avec le Dr Heinermann. C'est lui qui a examiné le patient en premier. Et, plus tard, il m'a demandé de le rejoindre.

Le directeur feuilleta la pile de documents qu'il avait devant lui.

— D'après le témoignage de l'infirmière Martha, vous vous êtes attardée auprès d'une patiente avec qui vous avez eu une conversation privée au lieu de descendre immédiatement aux urgences où le Dr Heinermann vous avait fait appeler.

Tilly réagit avec indignation. Elle n'avait jamais de conversations privées avec les malades, soutint-elle. Mme Kannebäcker souffrait, c'était pour cela qu'elle était passée la voir.

— Cet entretien me paraissait important, professeur. Il n'a pas duré plus de quelques minutes. Ce retard ne peut absolument pas avoir été la cause de la mort du patient. À ce que je sais, l'encéphalite à laquelle il a succombé est survenue après l'opération.

Sonius ne l'écoutait que d'une oreille, il continuait à feuilleter son dossier, la mine glaciale.

— Madame von Klippstein, vous savez très bien que, dans ce genre de cas, chaque minute compte. Enfin, quoi qu'il en soit, la famille de M. Kugler menace d'engager des poursuites contre l'hôpital. Si vous aviez été là quand il le fallait, on aurait pu éviter cela.

— Je me suis fiée au diagnostic de mon collègue, professeur. Le Dr Heinermann est un médecin expérimenté.

— Malheureusement, il est passé à côté de quelque chose. Ce qui peut toujours arriver, bien entendu, nous ne sommes pas infaillibles. Si vous aviez été présente comme l'exigeait votre service, vous auriez pu, en rectifiant le diagnostic, sauver une vie et éviter à l'établissement des conséquences fâcheuses. Voilà quelle est la situation.

Tilly sentit qu'elle n'avait aucune chance d'être entendue. On semblait avoir résolu de lui faire porter le chapeau, elle était le pion que le sieur professeur devait sacrifier pour sauver sa propre tête. En tant que directeur de l'hôpital, il avait immédiatement suspendu et renvoyé le médecin de service au moment des faits – une femme, en l'occurrence. Cela ne pouvait manquer d'en imposer à la famille de la victime. Tilly ne se sentit même plus la force de lui rappeler que, ce jour-là, son service était déjà terminé.

— Je suis navré, je ne peux plus rien pour vous.

Il n'était nullement navré, c'était visible. Au contraire, il était ravi de pouvoir ainsi venir à bout de cette histoire. On disait qu'il ambitionnait de prendre la tête d'un grand hôpital berlinois – cette vilaine tache sur sa blouse blanche aurait fait obstacle à sa carrière. Tout à coup, Tilly se rendit compte qu'elle n'avait jamais été à sa place dans cet établissement. Parce que faire carrière ne l'intéressait pas. Ce qu'elle voulait, c'était aider les autres, les soigner, apaiser leurs souffrances, leur donner de l'espoir et, si la mort était inéluctable, les accompagner avec amour et douceur dans leurs derniers instants.

— J'ai rectifié le diagnostic et vous retournez cela contre moi, protesta-t-elle en se levant. Mais bon, je suis contrainte d'accepter votre décision. Envoyez les papiers à mon domicile, je vous prie.

Il lui adressa un sourire soulagé.

— Je vous souhaite bonne chance pour la suite, madame von Klippstein. Ce renvoi est dicté par des raisons disciplinaires, vos compétences ne sont pas mises en cause – je vous garde toute mon estime professionnelle.

Tilly se dirigea vers la porte sans écouter son bavardage.

— Et moi, je vous souhaite bonne chance dans votre carrière, professeur !

Puis elle quitta le bureau du redouté directeur et, tandis qu'elle traversait le long couloir en direction de la sortie, elle se sentit comme libérée d'un lourd fardeau. Il n'avait plus de pouvoir sur elle. Elle était libre. Les médecins-chefs en blouse blanche qui passaient rapidement en prenant de grands airs, les infirmières malveillantes, et même son collègue, le Dr Heinermann, qui avait eu la chance de se voir épargner un renvoi – ils ne l'intéressaient plus. Elle n'avait plus sa place dans cet hôpital, elle ne l'avait jamais eue.

Une fois qu'elle fut dans le tramway, sa bonne humeur se dissipa rapidement, d'autres pensées prirent le dessus. Elle avait perdu son poste, le titre de médecin qu'elle avait mis tant d'années à acquérir devenait sans objet et ses perspectives de retrouver du travail dans un autre hôpital n'étaient pas brillantes. La raison de son renvoi figurerait à coup sûr dans les documents qu'on devait lui envoyer – inutile de poser sa candidature quelque part. Épuisée, elle ferma un instant les yeux et pensa à Ernst.

« Dorénavant, le soir, tu seras en pleine forme, tu auras passé toute la journée à te reposer, lui avait-il dit récemment, ravi de cette perspective. Je te donnerai de l'argent afin que tu puisses t'offrir quelques jolies tenues pour l'été. Ma femme doit porter des vêtements adaptés à son rang. »

Il n'avait plus parlé de faire appel à un avocat pour contester son renvoi ainsi qu'il le lui avait proposé tout d'abord. Entre-temps, il en était venu à penser qu'elle n'était pas tout à fait irréprochable dans ce « regrettable accident ». Même si, bien sûr, c'était son collègue, celui qui avait commis l'erreur de diagnostic, qui portait la plus grande part de responsabilité.

« Tu sais sûrement que le Dr Heinermann est marié à une nièce du Pr Sonius. Ce genre d'alliance est difficile à briser.

— C'est l'hôpital qui est responsable, ainsi que celui qui a effectué l'opération !

— Qui est-ce ?

— Le Pr Sonius. »

Sur quoi il avait haussé les épaules et changé de sujet.

Depuis cette discussion, il s'était écoulé quelques jours. Lorsqu'elle descendit à Pasing et prit la direction de la rue de Menzing, où se trouvait leur villa, Tilly se sentit profondément découragée. Le beau sentiment de liberté qu'elle avait éprouvé s'était dissipé, elle avait plutôt l'impression accablante d'être prisonnière. « Je te donnerai de l'argent », avait dit Ernst. Cela n'avait rien d'inhabituel ni même de choquant, toutes les épouses de son entourage s'habillaient avec l'argent de leur mari. Jusque-là, elle avait énergiquement insisté pour qu'ils fassent caisse à part et payé elle-même tout ce dont elle avait besoin. Désormais, ce ne serait plus possible.

La belle villa, bien entretenue, dans laquelle ils vivaient était entourée d'une haie de charmes qui commençait à verdir. Était-elle vraiment chez elle, ici ? Non. C'était la maison d'Ernst, *son* jardin, *sa* propriété. Tout comme elle était *sa* femme. Lorsqu'elle se pencha pour sortir sa clé de son sac à main, elle sentit soudain quelque chose lui chatouiller le cou. Portant la main à l'endroit concerné, elle découvrit une petite bosse sous le tissu de son manteau. Ah, c'était la chaînette en or avec le cœur en rubis qu'elle avait autour du cou, le cadeau de la pauvre Mme Kannebäcker. Il ne lui avait pas porté chance, peut-être devrait-elle s'en défaire.

Ernst l'attendait dans la salle à manger, où ils déjeuneraient désormais tous les jours ensemble. Julius, l'ancien domestique de la villa aux étoffes, faisait le service en costume sombre et cravate blanche. Il commençait toujours par le maître de maison et indiquait le nom des plats. Ensuite, il se retirait discrètement pour ne pas déranger ces messieurs dames dans leur conversation.

— Cette désagréable affaire est-elle réglée ? demanda Ernst en attaquant la soupe.

— Elle l'est, répondit sèchement Tilly.

— Je pense que tu as besoin de repos, dit-il avec un sourire. Que dirais-tu d'aller passer quelques jours dans un joli petit endroit au bord du lac Ammer ? On pourrait se promener, faire du bateau sur le lac, peut-être même est-il déjà possible de se baigner.

Cette perspective emplit la jeune femme d'horreur. L'année précédente, ils étaient partis pour les sports d'hiver à Saint-Moritz. Tilly était ravie à l'idée d'apprendre à skier, mais elle avait dû vite y renoncer. En raison de ses blessures de guerre, Ernst n'était pas en état de pratiquer une activité sportive et il l'avait regardée faire avec désapprobation. Elle avait fini par en tirer les conséquences, s'était désinscrite du cours et l'avait accompagné dans ses promenades. Pendant le trajet, il parlait exclusivement de lui, de ses problèmes de santé, de ses affaires et de l'argent qu'il gagnait et tenait absolument à investir.

— Je ne crois pas que j'aie besoin de repos, répondit-elle promptement. J'aimerais reprendre mon activité de médecin au plus vite, c'est le métier que j'ai appris et que je considère comme ma vocation.

Il fit la grimace, cette réponse lui déplaisait. Il souffla d'un air mécontent, prit son verre et but une gorgée de vin.

— Tu envisages d'ouvrir un cabinet ?

— Pourquoi pas ?

Elle y avait effectivement songé. Cela lui donnerait la possibilité de travailler sans avoir à supporter les désagréments de la hiérarchie hospitalière, l'opposition des infirmières ou la malveillance des collègues. Personne ne lui dirait combien de temps et d'efforts elle avait à consacrer à chacun de ses patients. Cependant la location et l'aménagement d'un cabinet médical coûtaient cher. L'argent qu'elle avait mis de côté sur son salaire ne serait pas suffisant.

Cette idée ne sembla pas déplaire à Ernst.

— J'avais espéré avoir ma femme à mon côté, j'aurais souhaité que tu m'accompagnes plus souvent à l'extérieur. Mais bon, je me laisse convaincre. Tu considères la médecine comme ta vocation, alors je suis prêt à t'aider.

Elle n'en crut pas ses oreilles. Elle retrouvait soudain l'homme qui s'était battu pour elle autrefois, qui l'avait encouragée et qui lui avait inspiré une telle gratitude qu'elle avait accepté sa demande en mariage et était devenue sa femme.

— Ces derniers temps, j'ai acquis divers biens immobiliers au centre de Munich, poursuivit-il. Il fallait investir, qui sait, ce marasme économique débouchera peut-être sur une inflation. Tu pourrais ouvrir un cabinet dans un de mes immeubles. Et je pourrais t'envoyer une foule d'amis et de relations.

C'était donc ainsi qu'il voyait les choses. Un cabinet en centre-ville pour des patients fortunés. Elle savait de quoi il retournait. Ce genre de cabinet était tenu par des médecins en vogue, qui attribuaient à leurs riches patientes toutes sortes de bobos pour lesquels ils leur prescrivaient des médicaments inutiles et se faisaient grassement payer.

— Ce ne sont pas les conditions dans lesquelles je souhaiterais travailler, Ernst, répliqua-t-elle sur un ton déterminé. J'avais plutôt pensé ouvrir un cabinet à Giesing ou à Haidhausen afin d'aider ceux qui ont absolument besoin de se faire soigner, mais qui n'en ont pas les moyens.

— À Haid…

Horrifié, Ernst avala son vin de travers et se mit à tousser, ce qui lui causa des douleurs au ventre et à la poitrine en raison de ses cicatrices. Tilly dut prendre son mal en patience, car, une fois son accès de toux surmonté, Ernst commença par se concentrer sur son assiette. Il profita de ce temps pour trouver comment formuler sa réponse. Elle fut claire et nette.

— Si tu as sérieusement l'intention d'ouvrir un cabinet dans un de ces quartiers, ce sera sans mon consentement. Étant donné ma position, je ne peux pas me permettre d'avoir une épouse qui se commette avec des ouvriers crasseux et des existences avinées.

Il lui jeta un bref regard pour vérifier l'effet de sa déclaration, puis se mit à couper sa tranche de rôti. Tilly le regarda faire quelques instants, jeta sa serviette sur la table et se leva sans un mot. Ignorant les appels d'Ernst, elle remonta rapidement à l'étage et s'enferma dans la petite pièce qui lui servait de dressing. Là, elle se laissa tomber sur un siège capitonné et resta ainsi, les yeux dans le vide.

La situation était très simple : Ernst était en position de force. Les femmes n'étaient pas autorisées par la loi à contracter, elles ne pouvaient ni louer un appartement ni ouvrir un cabinet sans l'autorisation de leur mari. Une femme mariée n'avait guère plus de droits qu'un enfant mineur.

Elle resta un bon moment dans le dressing. C'était un minuscule refuge dans cette vaste maison, avec une unique petite fenêtre, mais elle pouvait s'y retirer et y être seule. Au bout de quelque temps, elle entendit des pas dans le couloir, puis on frappa à la porte.

— Madame ? Vous êtes là ? Monsieur souhaiterait vous parler.

Il avait envoyé Julius, ce lâche.

— Dites à Monsieur que je ne désire pas poursuivre la discussion.

— Mais... Monsieur est très fâché.

— Transmettez-lui ce que je viens de vous dire, Julius.

Elle l'entendit redescendre lentement l'escalier et échanger quelques mots à voix basse avec Bruni.

— La voilà dans tous ses états, s'emporta Julius. Ça, elle n'est pas au bout de ses surprises.

— Qu'est-ce que tu racontes ? siffla Bruni. Si j'avais un mari comme lui, ça ferait longtemps que j'aurais décampé. Au lit, il est pas capable de faire quoi que ce soit. Je sais pas comment elle supporte ça, Madame.

— Et moi, je vais trinquer, gémit Julius. Il va être furieux quand je lui annoncerai ça.

Les domestiques avaient toujours leur opinion sur les faits et gestes de leurs maîtres. Cependant la remarque irrespectueuse de Bruni fit son effet. L'opiniâtreté d'Ernst, sa soif de reconnaissance, son affairisme brutal étaient évidemment liés aux infirmités physiques provoquées par ses blessures de guerre. Son impuissance, notamment, affectait cruellement l'image qu'il se faisait de lui en tant qu'homme. À l'époque, Tilly s'était promis d'être toujours à son côté pour le soutenir avec patience. N'était-elle plus disposée à le faire ? Uniquement parce qu'il avait refusé l'idée d'un cabinet destiné aux pauvres gens ? Peut-être était-il encore possible de trouver un juste milieu entre les femmes riches et les démunis. S'ils cédaient l'un et l'autre un peu de terrain, cela devait bien pouvoir se faire. Elle se leva et se mit à déambuler dans la pièce en évaluant les concessions qu'elle jugeait acceptables et la limite à ne pas franchir. Lorsqu'elle fut enfin au clair avec elle-même, elle sortit du dressing et redescendit au rez-de-chaussée afin de parler à Ernst. Elle commencerait par s'excuser de la vivacité de sa réaction, elle avait perdu le contrôle de ses nerfs, puis entamerait les négociations.

Julius était dans le vestibule, en train de suspendre la veste d'intérieur de son maître sur un cintre.

— Si vous cherchez Monsieur, il vient de partir en ville.

Bien, pensa-t-elle, *sa colère se dissipera. Et, ce soir, nous pourrons discuter tranquillement.*

— Merci, Julius, si vous pouviez m'apporter un café dans la bibliothèque.

— Très bien, Madame.

Elle ouvrit un roman, mais fut incapable de se concentrer sur sa lecture. Elle perdait sans arrêt le fil, revenait quelques pages en arrière, avait du mal à distinguer les personnages les uns des autres, à suivre l'intrigue. Elle finit par renoncer. L'histoire de l'ascension sociale de Georges Duroy, arriviste sans scrupules, dans le Paris du XIXe siècle telle que la racontait Guy de Maupassant dans *Bel-Ami* ne parvenait pas à l'intéresser.

Elle termina son café, qui avait refroidi, se leva pour chercher un autre livre sur les rayonnages de la bibliothèque, mais ne vit rien qui l'attire. En désespoir de cause, elle prit le journal, cependant ses pensées ne cessaient de vagabonder. Il fallait qu'elle trouve une solution acceptable. Son avenir en dépendait. Son mariage. Son existence tout entière.

Le silence était total, par moments les vieux meubles craquaient. Le pendule de l'horloge faisait entendre son discret tic-tac et l'on percevait de temps en temps les pas des domestiques dans le couloir.

Soudain prise d'une grande nostalgie en pensant à l'ambiance survoltée qui régnait chez sa belle-sœur, Tilly passa dans le bureau d'Ernst pour appeler rue de la Porte des femmes.

— Allô ? Ici Henriette Bräuer. Que puis-je pour vous ?

C'était Henni. Elle paraissait si adulte au téléphone, elle se prenait tellement au sérieux ! Tilly en aurait ri si la situation n'avait pas été si triste.

— C'est ta tante Tilly. Vous allez bien ?

— Tante Tilly ! exulta l'adolescente. Tu appelles de Munich ? Quand est-ce que tu reviens nous voir ? Tu te rends compte, Maman m'a repris la chemise de nuit en soie. Elle trouve que je suis trop jeune pour la porter. Tu ne trouves pas ça méchant ?

— C'est vraiment dommage, en effet, répondit Tilly avec diplomatie. Tu étais ravissante dedans.

La voix de Kitty se fit entendre en arrière-fond.

— C'est Tilly ? Passe-la-moi, Henni, allez, vite. Fais attention, le câble du téléphone s'est enroulé autour du pied de la table. Non, pas comme ça, dans l'autre sens.

Kitty prit le combiné et toute l'exubérance de la vie fondit sur Tilly, qui l'accueillit avidement.

— Tilly ? Ah tout de même ! J'ai appelé deux fois chez vous, mais ton gros ronchon de mari m'a dit que tu étais sortie. Est-ce qu'il t'en a informée ? Henni, tu veux bien arrêter de boire mon café, s'il te plaît ? Va plutôt à la cuisine chercher Gertrude. Tilly, mon ange, tu es toujours là ? Tu ne parles pas !

— Je ne peux pas en placer une !

— Comment ça ? Moi, je parle sans m'embarrasser de quoi que ce soit et j'arrive toujours à en placer une. Écoute, il faut que je te dise quelque chose d'important avant l'arrivée de madame ta mère. Imagine-toi que, dernièrement, ce sympathique et si séduisant docteur blond a appelé ici à ton sujet.

Le Dr Kortner. Tilly ressentit une certaine agitation. N'avait-il pas tenté de lui faire la cour ? Mais non, elle se laissait emporter par son imagination.

— Il voulait savoir où tu travailles. Parce qu'il a un collègue qui est lui aussi en poste dans un hôpital munichois… C'était évidemment un prétexte. Je crois qu'il est amoureux de toi. Ce n'est pas merveilleux ?

— Qu'y a-t-il de merveilleux à ce qu'un célibataire s'intéresse à une femme mariée ?

— Oh, ça ne fait jamais de mal qu'un homme s'intéresse à une femme. Surtout s'il est beau garçon et que ça le démange.

Tilly ne put réprimer un nouveau sourire. Seigneur, comme les folies de Kitty lui avaient manqué ! Son énergie, sa vision heureuse et positive de la vie.

— Tilly ? Comment vas-tu, ma petite fille ? lança Gertrude, qui avait pris l'écouteur. Ernst t'a contrariée ? J'ai l'impression que ce mariage te rend de plus en plus pâle et maigre.

C'était typique de Gertrude, ça, elle n'y allait pas par quatre chemins.

— Tais-toi donc, Kitty, je ne comprends rien à ce que dit Tilly !

— Je vais bien, Maman ! cria Tilly dans le combiné. Et je te promets de grossir. J'ai l'intention d'ouvrir un cabinet à Munich.

— Un cabinet ? Toute seule ? Tu as bien réfléchi ? Kitty, tu entends ça ? Elle veut ouvrir un cabinet, toute seule !

— En voilà une bonne idée ! claironna Kitty. Dis-lui que c'est à Augsbourg qu'elle doit l'ouvrir. Il y a un nombre invraisemblable de gens malades ici. Sans compter qu'elle sera précédée d'une réputation formidable : Tilly, la doctoresse qui a sauvé un enfant avec un couteau de cuisine et une rallonge de crayon.

Un bruit de moteur se fit entendre. Tilly posa l'écouteur sur le bureau et courut à la fenêtre. C'était lui. Enfin !

— Maman ? Il faut que je raccroche. Ernst vient juste de rentrer. Je rappellerai demain.

— Pourquoi dois-tu raccrocher ? répliqua sa mère, agacée. Tu te montres beaucoup trop soumise. Dans le fond, cet homme est un tyran, je l'ai toujours su.

— À bientôt, Maman.

Quand elle sortit dans le couloir, Ernst était déjà monté à sa chambre.

— Madame, lui annonça Bruni, Monsieur m'a chargée de vous dire qu'il ne restait qu'un instant pour se changer. Il ressort tout de suite, il est invité à une soirée. Vous n'avez pas besoin de l'attendre, parce qu'il se peut qu'il rentre très tard.

Elle fit une génuflexion et s'esquiva sans laisser à Tilly le temps de répondre.

11

— MADAME MELZER ! Ah, je suis si heureuse !

Marie était en train de relever le store qui protégeait du soleil matinal les modèles exposés dans la vitrine quand Mme Ginsberg fit irruption dans l'atelier. Elle était venue au pas de course depuis l'arrêt de tram, le manteau ouvert, l'écharpe de soie flottant au vent.

— Walter ? demanda Marie tout excitée. Est-ce qu'il peut de nouveau…

Les larmes aux yeux, Mme Ginsberg acquiesça d'un signe de tête.

— Oui, depuis ce matin. Il a dit qu'hier soir déjà il avait senti un drôle de picotement. Et, alors que nous prenions notre petit déjeuner, tout à coup il a réussi à bouger le majeur. Puis l'index et l'annulaire. Il n'y a que le petit doigt qui ne réponde toujours pas.

En voyant l'expression radieuse de son employée, Marie ne put s'empêcher de lui sauter au cou.

— Quelle joie, madame Ginsberg ! Je me suis fait tant de souci pour votre Walter. Et je ne parle pas de Leo. L'état de Walter l'a terriblement affecté.

— Tout ira bien, maintenant, répondit Mme Ginsberg en essuyant ses larmes du revers de la main. J'espère qu'on lui enlèvera bientôt son plâtre, qu'il puisse exercer sa main et rattraper son retard.

Marie opina du chef. Elle savait qu'une interruption se traduisait par une régression. Quand, pour une raison ou pour une autre, on ne travaillait pas régulièrement, on perdait ses acquis à une vitesse effrayante.

— Il y arrivera, je n'ai aucun doute là-dessus. De notre côté, nous avons aussi de bonnes nouvelles. Demain, nous pourrons ramener notre petit Kurti à la maison, sa blessure a bien cicatrisé.

Pendant que Mme Ginsberg quittait chapeau et manteau et rectifiait rapidement sa coiffure devant le miroir, Marie raconta que Kurti était impatient de rentrer et qu'il s'ennuyait en dépit de tous les jouets que ses visiteurs lui avaient apportés.

— Ma belle-sœur Lisa a prévu d'aller le voir une dernière fois cet après-midi avec ses deux garçons. Ça le distraira et lui évitera de s'énerver. Et demain ce sera enfin le retour.

Toute à sa joie de retrouver son fils, elle voulut parler des surprises et des cadeaux qu'on lui avait préparés, de la pancarte de bienvenue peinte par Dodo, du gâteau au chocolat que la cuisinière avait confectionné sur l'ordre de sa grand-mère, mais elle se ravisa juste à temps. Le salaire qu'elle versait à Mme Ginsberg était certes convenable mais sans plus, et les frais d'inscription au conservatoire coûtaient cher. Pour fêter son rétablissement, Walter ne recevrait sans doute pas de cadeaux et encore moins un gâteau au chocolat.

— Je vais voir si tout se passe bien dans la pièce de couture, dit-elle, changeant de sujet. Madame le directeur Wiesler doit passer pour un essayage, il faut que la jupe soit prête.

Madame le directeur, une grande amie de Kitty, était présidente de la Société des beaux-arts. Elle avait souvent passé commande de vêtements à Marie. En ce moment, toutefois, elle la chargeait plutôt de faire des retouches. Elle lui apportait d'anciennes tenues au motif qu'il aurait été dommage de s'en débarrasser et lui demandait si elle n'avait pas une idée pour les remettre au goût du jour. Mais la vraie raison, c'était que le directeur Wiesler était désormais à la retraite et que les actions qu'il avait acquises pour améliorer sa pension avaient perdu toute leur valeur.

Les deux couturières, Mme Schäuble et Mlle Künzel, étaient en train de bavarder. Quand Marie ouvrit la porte, elles se hâtèrent de reprendre leur travail. L'activité était réduite, deux tailleurs de printemps qui étaient presque terminés et une robe de soirée pour Mme Überlinger, qui n'était pas encore venue l'essayer. Ce qui n'était pas bon signe. Marie décida de leur confier dès le lendemain quelques tenues de Lisa en cours de confection. Il valait mieux qu'elles aient de quoi s'occuper.

— Faites cet ourlet à la main, s'il vous plaît, conseilla-t-elle à Mlle Künzel. Quand vous aurez terminé, vous passerez à la robe du soir. Froncez juste les manches pour l'instant, je veux voir comment tombe le tissu.

Elle leur adressa un signe de tête encourageant et s'apprêtait avec répugnance à reprendre le dossier des impayés quand une voix bien connue s'éleva dans l'autre pièce.

— Je vous souhaite le bonjour… madame Ginsberg, n'est-ce pas ? Mais oui, nous nous connaissons… La patronne de l'atelier est-elle disponible ?

— Mme Melzer ? Je ne sais pas… Asseyez-vous, je vous prie, je vais voir.

Marie sentit son estomac se rétracter. Cette effrontée osait se présenter dans son atelier. Quelle impudence !

Mme Ginsberg entra dans le bureau et referma soigneusement la porte derrière elle.

— Mme Grünling, chuchota-t-elle. Que dois-je faire ? Lui dire que vous n'êtes pas là ?

— Non, j'y vais, répondit Marie en prenant une profonde inspiration. Ça vaut mieux que de faire semblant d'être absente.

Serafina Grünling avait pris place sur une des chaises blanches et examinait les modèles exposés à travers un lorgnon. Marie, qui ne l'avait pas vue depuis longtemps, constata que l'ancienne gouvernante avait beaucoup changé. Elle avait pris un peu de poids, arborait désormais une coupe courte au lieu de son chignon strict, ce qui conférait à ses traits un peu plus de douceur. Et elle usait désormais du maquillage et de la poudre.

Son tailleur vert foncé était d'une étoffe coûteuse, mais d'un classicisme dépourvu de fantaisie.

— Bonjour, dit Marie avec froideur.

Serafina se retourna et afficha un sourire qu'elle voulait chaleureux, mais qui parut hypocrite.

— Ma chère madame Melzer, susurra-t-elle en se levant pour la saluer, cela fait si longtemps que nous ne nous sommes pas vues. Je suis souvent passée devant cet atelier en admirant vos créations dans la vitrine. Et, aujourd'hui, je me suis dit : allez, je vais entrer. Mme Melzer est une femme du monde, elle n'est ni mesquine ni rancunière.

Qu'est-ce que c'était que ces propos ineptes et perfides ? S'il n'avait tenu qu'à elle, Marie l'aurait fait sortir illico de l'atelier, mais cela aurait été risqué : Serafina était la femme d'un avocaillon qui avait de l'influence et dont il fallait se méfier. Elle ne voulait surtout pas causer de problèmes à Paul, qui avait parfois recours à ses services.

— Que puis-je pour vous, madame Grünling ? demanda-t-elle sur un ton professionnel.

Serafina avait pensé lui serrer la main, mais comme Marie ne faisait pas mine de s'approcher et s'en tenait à un échange plutôt froid, elle se ravisa.

— Oh, j'ai dit récemment à ma chère amie Lisa que j'avais besoin de quelques jolies tenues ou même d'un manteau pour la saison à venir. Sur quoi elle m'a répondu qu'il n'y avait pas de meilleure adresse que l'atelier de sa belle-sœur rue Caroline.

C'était assurément un mensonge, Lisa savait très bien que Marie ne pardonnerait jamais à cette intrigante les insolences qu'elle s'était permises autrefois à son égard. Marie regretta de ne pas avoir la langue aussi bien pendue que Kitty. Au lieu de faire à Serafina la réponse qu'elle méritait, elle se tut.

Malheureusement, Serafina ne se laissa démonter ni par son silence ni par son air froid et revêche.

— Vous savez, chère madame Melzer, en fin de compte nous sommes tous logés à la même enseigne et, en ces temps si difficiles, il faut se montrer solidaires. Partout, les affaires périclitent. Il semblerait que l'usine MAN soit sur le point de licencier dans les deux cents ouvriers, faute d'avoir suffisamment de contrats pour pouvoir les garder. Je suis très bien informée sur la question car, à l'heure actuelle, mon cher époux doit s'occuper de choses désagréables, recouvrement de dettes, procès pour marchandises impayées. Il croule littéralement sous les demandes, les gens sont nerveux et inquiets pour leur argent.

Qu'avait-elle derrière la tête, cette vipère sournoise ? Était-elle venue lui raconter combien son mari tirait profit de la détresse des gens ? Lui faire savoir qu'il n'avait plus besoin de travailler pour l'usine Melzer ?

— J'ai pensé que c'était le bon moment pour me faire faire un tailleur et un manteau assorti dans votre atelier. Mon mari trouve que je m'habille de façon beaucoup trop classique et qu'il me faudrait une touche de modernité.

Il n'avait pas tout à fait tort, le petit Grünling avec ses jambes arquées. Sauf que Marie n'avait aucune envie de satisfaire son souhait, même s'il était probable que Serafina paierait sans retard.

— Mon choix d'étoffes est malheureusement très restreint, madame Grünling.

Mais il était impossible de se débarrasser de cette importune créature. Elle insista pour voir les tissus que Marie avait en réserve afin de faire son choix.

— Comme vous voudrez. Mme Ginsberg, ma collaboratrice, va s'occuper de vous. En ce qui me concerne, je vous demande de m'excuser, j'ai un rendez-vous important.

Sur ce, elle fit demi-tour et quitta la pièce. Mme Ginsberg l'attendait devant le bureau avec un air soucieux.

— Que désirez-vous que je fasse, madame Melzer ?

Marie avait besoin d'air. Elle attrapa son manteau et son chapeau pour ne plus avoir à supporter cette personne envahissante, qu'aucune rebuffade ne parvenait à éconduire.

— Montrez-lui les tissus et donnez-lui le catalogue de modèles. Si elle en trouve un qui lui plaît, prenez-lui ses mesures. Le topo habituel. Essayage dans trois semaines.

— Dois-je lui demander un acompte ?

— Non.

Sans même daigner prendre congé de Serafina, elle traversa l'atelier et sortit dans la rue. Si Mme Grünling n'avait toujours pas compris qu'elle n'était pas la bienvenue, alors son cas était désespéré. Tout en remontant la rue Caroline, Marie se mit à réfléchir à une stratégie commune avec Paul afin d'empêcher cette femme de se réintroduire sournoisement dans la villa.

Elle avait quitté l'atelier sans but précis et se dirigea vers l'hôtel de ville. Tout à coup, elle se sentait ridicule d'avoir pris la fuite devant Serafina Grünling. Elle ralentit le pas, s'arrêta sur la place de la mairie et se mit à écouter le discours d'un orateur autour duquel s'était rassemblé un groupe de gens. L'homme assenait ses slogans en gesticulant tant et plus, le visage rougi par l'effort. Que disait-il ? Il parlait du « funeste parti bourgeois », des « adeptes de la croix gammée » et de la « politique d'état d'urgence » qui voulait déclencher une nouvelle guerre. Un type du parti communiste ? Non, les affiches indiquaient qu'il s'agissait d'une manifestation du parti social-démocrate. Les auditeurs ne semblaient pas tous d'accord avec l'orateur, les objections pleuvaient, on en voyait même certains brandir le poing. Marie contourna prudemment le groupe et rejoignit la rue Maximilien, qui n'était pas très loin du conservatoire. Sa fuite aurait au moins servi à quelque chose, puisque de toute façon elle avait eu l'intention de parler à la professeure de piano de Leo.

L'entrée du vieux bâtiment était étroite et sombre, mais débouchait sur un beau vestibule avec des boiseries aux murs. Marie s'arrêta et resta un instant indécise, écoutant les sons décousus qui s'échappaient des salles de cours : du piano, pour l'essentiel ; il y avait aussi un violon et, quelque part, un élève qui jouait de la clarinette. Une porte s'ouvrit, un des professeurs de musique, un homme d'un certain âge, sortit dans le vestibule et, apercevant la visiteuse, se dirigea vers elle.

— Bonjour, chère madame. Attendez-vous quelqu'un ? Puis-je vous être d'une aide quelconque ?

— J'espérais pouvoir parler à Mme Obramova, répondit Marie. Mais nous n'avons pas rendez-vous. Comme j'étais dans le quartier, j'en ai profité pour entrer.

— Mme Obramova ? Si vous voulez bien attendre un instant, je vais voir si elle est disponible.

— Merci, vous êtes très aimable.

Elle eut de la chance. Quelques minutes plus tard, une autre porte s'ouvrit. Une fillette sortit de la salle de cours, une sacoche de partitions sous le bras, suivie de Sinaida Obramova. On l'avait manifestement informée que Mme Melzer souhaitait lui parler, car elle adressa un sourire à Marie.

— Madame Melzer, dit-elle de sa voix grave. Je suis ravie. Entrez, j'ai pause d'un quart d'heure.

Il faisait frais dans la salle, car les fenêtres étaient ouvertes. Marie examina le vieux piano à queue sur lequel Leo jouait trois fois par semaine au conservatoire. Un Bösendorfer qui avait connu de meilleurs jours. À la villa, il travaillait sur un piano droit.

Mme Obramova lui offrit une chaise et se hâta de refermer les fenêtres, puis elle s'assit sur le tabouret de l'instrument, en face de sa visiteuse.

— J'ai toujours besoin air frais après cours, expliqua-t-elle. J'ai besoin vent dans la tête. Vous venez pour parler progrès de Leo ? Il a grand talent. Élève brillant. Garçon formidable.

La pianiste portait sa longue veste grise, avec un chemisier en soie crème et une jupe grise qui lui arrivait au mollet. La tenue qu'on lui voyait lors des soirées d'audition au conservatoire. N'en avait-elle pas d'autre ou n'accordait-elle aucune importance à la façon de s'habiller ?

— Je viens en effet vous parler de mon fils Leo, madame Obramova. Il passe chaque jour de nombreuses heures à travailler sur ce concerto de Tchaïkovski…

— C'est œuvre magnifique et grande musique, l'interrompit Mme Obramova. Et Leo est grand interprète, quoique encore jeune. Il aura succès avec cette concerto.

— C'est là que je voulais en venir, poursuivit Marie. Mon mari et moi pensons que cette œuvre est trop difficile, Leo est dépassé.

Son interlocutrice fronça ses épais sourcils sombres avec un air contrarié.

— Pas du tout ! Pas dépassé, madame Melzer. Concerto demande grand effort, mais Leo sera à hauteur de sa tâche. C'est comme ça que jeunes artistes progressent, madame Melzer. Leo a talent spécial, il sera grand pianiste.

Le discours de cette femme avait quelque chose d'une canonnade à laquelle il était difficile de se soustraire. Impossible de placer un mot. Cela avait sans doute contribué à son sobriquet de « feld-maréchale ». Mais Marie n'avait aucune envie de se laisser soûler de paroles par la dame.

— Vous ne m'avez pas bien comprise, madame Obramova, rétorqua-t-elle en haussant la voix. Je vous ai dit que mon fils était dépassé par la difficulté de cette œuvre. Il passe chaque jour près de huit heures au piano et néglige son travail scolaire. Et ce qui me tracasse le plus, c'est qu'il n'est pas à la hauteur des exigences techniques de ce concerto.

Mme Obramova l'écoutait avec une répugnance visible, son expression s'était faite hostile et elle semblait vouloir transpercer son interlocutrice de son regard noir. Marie commençait à comprendre pourquoi Leo travaillait comme un possédé : il était tombé entre les griffes d'un despote.

— C'est décision du pédagogue, madame Melzer, riposta-t-elle. Dans ce cas, mon décision. J'ai expérience, vous non, vous ne pouvez pas juger. Je suis pianiste, j'ai étudié musique à Petrograd au conservatoire avec célèbres professeurs !

Quelle arrogance ! Comment Marie ne s'en était-elle pas encore aperçue ? Parce que tout le monde parlait avec une crainte respectueuse de la célèbre pianiste russe ? Marie décida de la sonder un peu.

— Vous avez étudié à Petrograd ? Et vous y avez donné des concerts ?

— Bien sûr ! J'ai donné beaucoup concerts là-bas avec symphonistes ! Très célèbre ! J'étais enfant prodige, j'ai joué à 12 ans déjà concert.

Marie ne se laissa pas impressionner par le ton condescendant de son interlocutrice. Petrograd s'appelait désormais Leningrad, on ne pouvait plus s'y rendre facilement, car la situation avait complètement changé depuis la révolution de 1917.

— Vous avez sans aucun doute terminé le conservatoire avec un diplôme d'enseignement, n'est-ce pas ? C'est aussi ce que je souhaiterais pour mon fils.

C'était une question piège et Sinaida Obramova y sauta à pieds joints.

— Diplôme ! s'écria-t-elle. Qu'est-ce que diplôme ? Personne n'a besoin diplôme quand il s'agit musique et artiste. Leo doit jouer concerto – voilà diplôme. C'est billet pour grande carrière.

Avait-elle quitté le conservatoire sans un diplôme en poche ? Cela dit, elle aurait pu aisément répondre à cela que, dans le chaos de la Révolution, un grand nombre de documents s'étaient perdus.

— Vous avez bien entendu raison, répondit Marie. Donnez-vous également des concerts en Allemagne ? J'aimerais beaucoup vous entendre à l'occasion.

Entre-temps, Mme Obramova semblait avoir compris qu'elle était sur la sellette et, comme on pouvait s'y attendre, elle réagit par un flot de paroles furieuses.

— En Allemagne, personne aider nous, s'emporta-t-elle. Ma mère, mon père et petit frère, nous venons en Allemagne et on considère nous comme moins que rien. Moi, j'ai 17 ans. Pas logement, pas argent, pas piano pour jouer musique. Pianistes allemands jouent concerts, personne veut entendre pianiste russe. Je dois donner cours, je dois gagner argent pour faire vivre parents...

Elle prétendait être arrivée de Russie à 17 ans. Pouvait-elle déjà être une pianiste connue à cet âge ? Peut-être une étoile montante au firmament des musiciens ? Ce n'était pas impossible. Dans ce cas, la révolution avait détruit tous ses espoirs. C'était une tragédie. Mais elle ne pouvait assurément pas avoir déjà été une célèbre pianiste russe.

— J'en suis vraiment désolée, répliqua Marie, forçant la voix pour se faire entendre de sa volubile interlocutrice. Sans vouloir mettre en doute vos compétences pédagogiques, je jugerais préférable que Leo annule ce concert.

Les yeux noirs de Sinaida Obramova se rétrécirent, ce qui lui donna l'air d'un chat agressif.

— Annuler ? Vous voulez annuler concert Leo ? C'est impossible ! *Boje moï* – vous voulez faire directeur d'usine de garçon si doué ! Vous voulez Leo avoir bonnes notes à l'école. *Zatchem* ? Pour quoi faire ? Musique, ça c'est vie de Leo, vous voulez interdire ? C'est grand péché contre votre fils, madame Melzer. Dieu vous punira pour ça ! Et moi, Sinaida Obramova, je ne permets pas vous interdire. Leo est mon élève. Je ferai pianiste de lui.

Marie commençait à en avoir singulièrement assez. Cette femme était incorrigible, il fallait procéder autrement. Elle protégerait son fils contre cette « feld-maréchale », même s'il fallait pour cela le retirer du conservatoire.

— Je ne veux pas vous retenir plus que nécessaire, dit-elle en se levant. Vous aurez de nos nouvelles, madame Obramova. Au revoir !

— Vous devez demander votre fils ! Il dira à vous qu'il veut jouer concerto. Si vous interdisez à lui, il vous détestera !

Marie ferma énergiquement la porte derrière elle. Un gamin roux avec une partition sous le bras attendait dans le couloir. Lorsque Marie claqua la porte, il lui lança un regard effrayé de ses grands yeux bleu clair.

— Attends quelques instants avant d'entrer, lui conseilla-t-elle en souriant. Mme Obramova doit d'abord aérer la pièce.

Lorsqu'elle fut dans la rue, elle sentit combien cette discussion l'avait irritée. Quelle sorcière, cette femme ! Sinaida Obramova semblait parfaitement sûre de son pouvoir sur Leo. *Il vous détestera !* Terrible menace pour une mère qui aimait son enfant. Il lui était complètement indifférent que Leo puisse se briser à vouloir accomplir une tâche au-dessus de ses forces. Elle voulait faire de lui un pianiste. Mais pourquoi ? Cette jeune femme ambitieuse avait dû renoncer à ses rêves et se cherchait un substitut de gratification. À défaut d'être une grande pianiste, elle serait une pédagogue renommée. Elle produirait des enfants prodiges. Et comme un fait exprès, son choix était tombé sur le pauvre Leo. Pour quelle raison se montrait-elle si aveugle ? Qu'en retirerait-elle si Leo échouait ? Rien, absolument rien !

Il fallait agir de toute urgence avant que la situation ne vire à la catastrophe. Mais que faire ? Paul voudrait résoudre le problème à sa façon, en interdisant tout bonnement à Leo de jouer le concerto. Un point c'est tout. C'était la solution la plus simple, mais assurément pas la meilleure. Marie jugeait préférable d'avoir une discussion avec Leo, d'en appeler à sa raison, de l'amener à reconnaître que ce morceau était trop difficile pour lui et à prendre la décision qui s'imposait. Mais ce ne serait pas facile.

Elle arriva à l'atelier juste à temps pour saluer madame le directeur Wiesler et se charger de l'essayage de la jupe retouchée. Elle l'avait reprise de manière à ce qu'elle soit plus étroite et y avait inséré un pli creux.

— Vous ne verrez sans doute pas d'objection à ce que je paie la semaine prochaine, n'est-ce pas ? J'ai eu tellement à faire que je n'ai pas trouvé le temps de passer à la banque.

— Bien sûr. Je le note, madame le directeur.

Quelle journée ! Mme Ginsberg lui apprit que Serafina Grünling n'avait finalement choisi aucun des modèles proposés et qu'elle reviendrait plus tard pour se faire conseiller personnellement par Mme Melzer. Une nouvelle confrontation en perspective…

— Je suis terriblement désolée, soupira Mme Ginsberg, qui avait manifestement mauvaise conscience. J'ai fait ce que j'ai pu, mais elle trouvait tout le temps matière à critiquer.

— Ce n'est pas votre faute, madame Ginsberg. Et maintenant, rentrez donc chez vous. Je vous donne congé pour le reste de la journée. Pour que vous puissiez passer cet heureux moment avec Walter.

Mme Ginsberg fut stupéfaite. Elle hésita à accepter, mais comme Marie insistait, elle finit par céder.

— Ah, madame Melzer, comment vous remercier ? Ça me laisse le temps d'acheter une chose ou deux et de préparer à déjeuner pour Walter et moi. Il en aura une surprise à son retour du lycée !

Marie resta sur le pas de la porte à regarder son employée s'éloigner d'un pas rapide. Puis, avec un soupir, elle retourna dans son bureau afin de reprendre le dossier des factures impayées et de rédiger des injonctions qui ne serviraient à rien.

12

DEBOUT À LA FENÊTRE DE LA CUISINE, Liesel regardait la neige tomber. Le temps printanier avait brusquement cédé au retour de l'hiver. Le parc était recouvert d'une fine couche blanche, qui donnait une allure pittoresque aux vieux conifères. Sur le parterre situé en face de la porte, on ne voyait plus émerger que quelques fleurs de couleurs vives aux têtes fatiguées.

— C'est pas si grave, Liesel, dit Christian, qui buvait son café du matin assis à la table. Le sol a pas gelé et, cet après-midi, le soleil sera sûrement de retour. La petite couche de neige fondra vite.

La Liesel poussa un profond soupir. C'était gentil de sa part de vouloir la réconforter, mais elle savait mieux que lui ce qu'il en était.

— Ça leur fera pas de bien aux plants de chou s'il y a de la neige dessus avant qu'ils aient pu pousser. Maman va encore reprocher à Papa de les avoir transplantés trop tôt.

Quand il y avait un problème à la jardinerie, Augusta rejetait toujours la faute sur son mari, il était devenu son bouc émissaire au moindre incident. Trouvant qu'elle se montrait injuste, Liesel avait plus d'une fois pris le parti de son père. Mais, ce faisant, elle s'était attiré la colère de sa mère. Aussi Gustav lui avait-il dit, un jour qu'ils étaient seuls tous les deux, qu'elle n'avait pas besoin d'intervenir. Il était préférable de se taire en attendant que la mauvaise humeur d'Augusta se dissipe.

Christian reposa sa tasse vide sur la table, s'essuya les lèvres du revers de la main et se leva.

— À tout à l'heure, Liesel. Je vais balayer la cour, Kurti rentre aujourd'hui.

Mais oui ! La jeune fille débarrassa rapidement ce qui restait du petit déjeuner des domestiques, fit la vaisselle, remit tout en place et s'attaqua au plateau de la table avec de la crème à récurer. Fanny Brunnenmayer y attachait une importance particulière. Liesel n'avait pas encore achevé sa tâche qu'elle entendit le pas lourd de la cuisinière dans l'escalier de service.

— Je le savais bien, dit celle-ci avec une grande satisfaction. C'est encore Mme Alicia qu'a le dernier mot à la villa. Fini, toutes ces interdictions stupides. Plus question de jours sans viande, mais on devra quand même en manger moins et avoir plus d'entremets. En tout cas, le gâteau au chocolat pour Kurti, on le fait, y a pas à tortiller. Et on a aussi ajouté un bon bouillon de veau.

Liesel termina d'astiquer la table et demanda à la Brunnenmayer si elle pouvait l'aider à faire le gâteau.

— Pour ça oui, ma fille. Et même, la décoration, y faudra que tu la fasses toute seule. J'ai plus la main aussi sûre que par le passé.

Liesel se mit aussitôt à réviser mentalement la recette. Elles commenceraient par faire un fond en génoise, elles le laisseraient refroidir et le trancheraient avec un fil. Ensuite, elles disposeraient la bonne confiture de cerise et la crème à la vanille entre les deux moitiés de génoise. Pour finir on ferait fondre le chocolat au bain-marie afin d'en napper le gâteau. Pour la décoration, Liesel voulait réaliser des petites voitures colorées en glaçage, et peut-être aussi un nounours.

— Et maintenant, au travail ! ordonna la cuisinière. Les boulettes, tu peux les préparer toute seule, mais commence par couper le chou rouge en belles tranches fines.

Liesel aimait ces journées où il régnait à la cuisine une activité fébrile, où l'on devait penser à mille choses en même temps, où sur la longue table se trouvaient des légumes, des herbes aromatiques, du poisson débarrassé de ses arêtes, des épices et le rôti entrelardé. Où il fallait calculer avec précision le temps à consacrer à tel ou tel plat afin que tout tombe juste, que la viande ne soit pas trop molle, par exemple, ou que le dessert ait la bonne consistance. Il était rare que la Brunnenmayer ait à lui donner des directives, Liesel était capable de réfléchir et les deux femmes travaillaient de concert sans avoir besoin de longs discours.

Parfois, Gertie ou Hanna descendaient en coup de vent préparer du thé ou du cacao ainsi que des tartines – quelqu'un, chez Mme Elisabeth, avait commandé un second petit déjeuner. Ou c'était Rosa Knickbein faisant une apparition avec les enfants, qui voulaient du jus de pomme. Liesel devait alors veiller à ce que les petits ne s'approchent pas trop du four brûlant. Ce genre d'interruption était désagréable, mais cela faisait partie des tâches de la cuisinière et il ne fallait pas pour autant manquer le moment de sortir la génoise du four.

Ce jour-là, Else fut la cause d'un incident supplémentaire. Arrivant dans la cuisine d'un pas traînant, elle voulut prendre la cafetière qu'on plaçait sur le bord de la plaque pour garder le café au chaud. Ce faisant, elle heurta par mégarde Fanny Brunnenmayer, qui remuait le chocolat dans le bain-marie. Un peu d'eau bouillante gicla dans le chocolat liquide.

— Tu peux pas faire attention, espèce de sotte ? pesta la cuisinière. Voilà que tu m'as gâché mon nappage au chocolat. C'était bien le jour !

Effrayée, Else bafouilla qu'elle ne l'avait pas fait exprès.

— Va donc t'asseoir et ne reviens pas te mettre dans mes pattes !

Saisie de compassion, Liesel lui prit la cafetière des mains, versa promptement du café dans une tasse, ajouta du lait, et la posa tout au bout de la table à l'intention de la bonne. La cuisinière pouvait se montrer passablement brutale quand quelque chose lui hérissait le poil. Mais on savait que sous l'effet de la colère ses paroles dépassaient sa pensée.

Elle venait de napper le gâteau avec le chocolat légèrement allongé quand elle entendit Gertie crier depuis une des fenêtres de l'étage supérieur :

— Ils arrivent, ils arrivent !

— Juste quand l'eau pour les boulettes commence à bouillir, grommela-t-elle en repoussant la casserole vers le bord du fourneau.

En pareille circonstance, les domestiques devaient se rassembler devant la cuisine, dans le vestibule, afin de témoigner l'intérêt qu'ils portaient à la vie de leurs maîtres. Cette fois, bien sûr, ils le faisaient d'autant plus volontiers qu'ils voulaient savoir si leur petit chéri était rétabli.

Humbert avait ouvert en grand la porte d'entrée, Gertie et Hanna se tenaient prêtes à réceptionner manteaux et chapeaux. Et, dehors, Christian et Dörthe patientaient au pied du perron avec un bouquet de pensées un peu abîmées par la neige, qui continuait de tomber.

— Il est tout pâle, le petit, dit Fanny Brunnenmayer lorsque Kurti descendit de la voiture.

— Mais il court de nouveau comme un lapin, se réjouit Else.

— Pourvu qu'il tombe pas, ce coquin, s'inquiéta la cuisinière.

Kurti gravit les marches du perron à toute allure et confia à Humbert le bouquet qu'on venait de lui remettre. Il allait foncer à la cuisine quand Johann et Hanno se précipitèrent sur lui en poussant force exclamations de bienvenue. Puis ce fut Alicia qui descendit le grand escalier avec Elisabeth. Elles étaient suivies de Rosa, qui avait Charlotte dans les bras. Le vestibule fut soudain empli d'une joyeuse animation. Kurti dut embrasser sa grand-mère, sa tante Elisabeth le prit dans ses bras maternels. Les adultes ne furent pas en reste. Marie embrassa sa belle-mère, Lisa étreignit Paul et tous se mirent à parler en même temps avant de monter au premier étage.

— Le déjeuner est repoussé d'une heure, vint annoncer Hanna, quelques instants plus tard. Kurti veut d'abord ouvrir ses cadeaux. Et, quand il sera rentré du lycée, Leo jouera quelque chose pour son frère.

Fanny Brunnenmayer ne fut guère ravie, il allait falloir trouver le moyen de garder le rôti au chaud.

— Si Leo lui joue sa musique russe, ça lui plaira pas, grogna-t-elle. D'ailleurs, tout le monde en a marre de ce morceau.

Sur ce, on attaqua les préparatifs du grand goûter prévu l'après-midi. Ces messieurs dames de la rue de la

Porte des femmes avaient bien sûr annoncé leur venue et Gertrude Bräuer avait insisté pour faire un kouglof en l'honneur de Kurti.

Tout à coup, on entendit le son du piano.

— Qu'est-ce qu'il joue ? s'étonna Humbert.

— C'est pas le Russe, ça, fit remarquer la cuisinière en repoussant encore un peu plus la casserole de boulettes où l'eau bouillait.

— C'est joli, dit Gertie. Pas aussi pompeux.

— Je sais ce que c'est, intervint Hanna. C'est Leo qui l'a composé. Dans le tiroir de son bureau, il a des partitions avec de la musique qu'il a écrite lui-même. Mais il faut pas qu'on le sache. C'est Dodo qui me l'a dit, y a qu'elle qui est au courant.

— Et pourquoi il faut pas qu'on le sache ? s'étonna la Brunnenmayer.

— Sans doute parce que son père ne veut pas qu'il devienne musicien, conjectura Humbert.

La Liesel acheva sa décoration en sucre glace et se montra très satisfaite du résultat. Sous l'inscription « BIENVENUE À LA MAISON » figuraient plusieurs petites autos colorées, un camion et même un tramway. Elle voulait encore ajouter un nounours marron et peut-être un joli cœur rouge.

Elle était si absorbée par son travail qu'elle n'entendit pas s'ouvrir la porte sur cour.

— Liesel ? appela-t-on. N'aie pas peur. Il faut que tu ailles tout de suite à la maison.

C'était Christian, en bottes de caoutchouc et veste de jardinier. Il avait ôté sa casquette et la tenait à la main. Il avait l'air bizarre, on aurait dit qu'il venait de pleurer, et il avait parlé si bas que Liesel ne l'avait pas tout de suite identifié.

— C'est pas le moment, lança la cuisinière. Tu vois pas qu'on est en plein travail ?

Christian secoua la tête.

— Il le faut. Mets ton manteau, Liesel, et un foulard. Il neige.

La jeune fille le regarda avec de grands yeux et comprit qu'il était arrivé quelque chose de grave. Quelque chose de plus important que les nécessités du service à la villa. Ses mains se mirent à trembler et laissèrent échapper la cuillère, qui tomba sur le sol. Son cœur s'emballa au point qu'elle en eut le vertige.

— Jésus Marie ! s'exclama Fanny Brunnenmayer. Qu'est-ce qu'il y a, Christian ?

Comme le jeune homme demeurait silencieux, elle les laissa partir.

— Si t'as besoin de moi, tu viens me voir. T'as compris, Liesel ?

— Oui, madame Brunnenmayer, merci, madame Brunnenmayer, balbutia la jeune fille en sortant derrière Christian.

Au bout de quelques pas, elle sentit l'air froid traverser l'étoffe mince de son manteau.

Christian s'arrêta et retira sa veste.

— Tiens, prends ça, Liesel. Moi, j'ai travaillé dehors, alors j'ai chaud.

— Tu vas me dire ce qui s'est passé à la fin ? le pressa-t-elle.

Sans répondre, il lui prit la main et traversa le parc avec elle au pas de course. Il ouvrit la petite porte située dans le mur et, une fois sortis de la propriété, ils poursuivirent leur chemin sur la route parsemée de flaques et bordée de congères.

— Il est arrivé quelque chose à Maxl ? demanda Liesel avec angoisse. Ça fait trois jours qu'il a la fièvre.

— Non, il va mieux. C'est…

Ils arrivèrent enfin à la jardinerie. Comme on avait mal calculé l'inclinaison du toit, les vitres de la serre accrochaient la neige. Maxl et Hansl avaient passé l'hiver à les dégager pour éviter que le verre ne cède. Lorsqu'ils atteignirent la maison, les deux jeunes gens s'arrêtèrent, hors d'haleine.

— Il faut que tu sois forte, Liesel, dit alors Christian. Et n'oublie pas, je suis près de toi. Quoi qu'il arrive, je suis là.

La porte était entrebâillée, ce qui n'était pas dans les habitudes d'Augusta. Lorsqu'ils entrèrent, ils furent accueillis par Maxl, qui était blanc comme un linge.

— Liesel, dit-il dans un sanglot en serrant sa sœur dans ses bras. Je suis content que tu sois là. La mère est complètement désespérée, elle dit des choses bizarres.

Ils montèrent tous les trois à l'étage. Hansl était assis sur le palier avec le petit Fritz dans les bras. Tous deux pleuraient à chaudes larmes. En voyant leur sœur, ils se levèrent d'un bond et se cramponnèrent à elle.

— Papa est mort, il se réveillera plus jamais, dit Hansl.

— C'est pas vrai ! Liesel, tu sais que c'est pas vrai, hein ? Il dort très fort, c'est tout.

Fritz la regardait de ses yeux écarquillés.

Liesel était comme paralysée. Serrant contre elle ses deux frères en pleurs, elle n'arrivait pas à donner un sens à ce qu'ils venaient de dire. La veille encore, le père était en parfaite santé.

— Allez, lâchez donc la Liesel, intervint Christian. Venez avec moi à la cuisine, tous les deux. Je vais vous faire un thé. Et on va voir ce qu'il y a dans le garde-manger, hein ?

Dociles, les deux petits descendirent avec lui. Maxl entoura Liesel de son bras et l'entraîna vers la chambre.

— Il faut pas que Maman reste seule. Je crois qu'elle a plus toute sa tête.

Il ouvrit la porte de la chambre des parents et s'effaça pour laisser entrer Liesel. La pièce était exiguë, presque entièrement occupée par le grand lit, flanqué de part et d'autre d'une table de chevet. L'armoire était installée du côté fenêtre. Liesel vit d'abord sa mère, assise de dos sur le bord du lit, puis le corps de son père. Il avait l'air étrangement petit ainsi couché parmi les draps et les couvertures froissés. Vêtu de son pyjama bleu, il avait les mains jointes sur la poitrine. Liesel dut faire quelques pas dans la pièce pour pouvoir voir son visage, qui lui était caché par sa mère. Il avait l'air comme d'habitude. Les joues creuses, couvertes de poils de barbe. La bouche était entrouverte, de ses yeux on ne voyait qu'une mince fente. Était-ce à cela que ressemblait un mort ? Liesel l'ignorait, elle n'en avait encore jamais vu.

— Maman ? dit-elle à voix basse.

Augusta se retourna en sursaut. Elle avait une mine épouvantable, les cheveux en désordre, les yeux rougis, le regard fixe.

— Ah, te voilà, dit-elle d'une voix enrouée. Regarde-le ! Il est parti. Il nous a plantés là, il a fichu le camp comme un lâche en me laissant tout sur les bras.

Maxl avait raison, le désespoir l'égarait. Liesel s'approcha d'elle et voulut lui entourer les épaules de son bras, mais Augusta la repoussa.

— Pourquoi que tu viens maintenant ? lança-t-elle. C'est avant qu'il fallait être là ! Il s'est crevé à la tâche, le pauvre homme. Mais toi, t'es trop distinguée pour aider aux champs. Tu crois que tu vaux mieux que les autres parce que t'es fille de cuisine à la villa. Personne nous a aidés ! Personne ! Et pis d'un seul coup, tout est fini. On n'a plus besoin de personne. Tout sera vendu aux enchères. Tout ce qu'on a mis des années à avoir.

Liesel s'en tint une fois de plus au conseil que lui avait donné son père : elle garda le silence et laissa parler sa mère. Pourtant, elle aurait eu des arguments à faire valoir pour sa défense, car Christian avait consacré beaucoup d'heures à les aider et, la veille encore, elle-même avait mis les jeunes plants en terre. Le regard rivé sur le cadavre de son père, elle se sentit envahie de chagrin. Mais les larmes ne vinrent pas, impossible de pleurer quand la mère ne cessait de parler.

— Hier soir, il a eu des frissons et un peu de fièvre, expliqua Augusta en se tamponnant les joues avec son mouchoir. J'ai pensé que Maxl lui avait refilé la grippe. Je lui ai fait une infusion à la sauge avec du miel. Il l'a bue, mais ça lui a rien fait, il avait la figure toute grise. Et quand il s'est couché, on a pensé qu'y fallait qu'il se repose, que demain ça irait sûrement mieux.

Mais, au matin, Augusta l'avait découvert mort à son côté. Elle l'avait secoué, ne voulant pas y croire, puis elle avait sorti Maxl du lit en dépit de sa grippe afin qu'il aille chercher un médecin. Celui-ci, un certain Dr Kortner, était arrivé immédiatement. En examinant le défunt, il avait été horrifié par l'inflammation du moignon suppurant.

« Pourquoi ne m'avez-vous pas appelé plus tôt ? avait-il demandé en secouant la tête. Une inflammation pareille aurait dû être traitée. »

Le père était mort d'une septicémie, un empoisonnement du sang, expliqua Augusta. L'inflammation de sa jambe avait rendu son sang malade et empoisonné son corps.

— Comment que j'aurais dû savoir qu'il allait si mal, se lamenta-t-elle. Il s'est jamais plaint.

— C'est vrai, Maman !

Augusta avait enfin épanché sa colère et son désespoir. La voyant plus calme, Liesel s'assit à côté d'elle sur le bord du lit et la prit dans ses bras. Et quand Augusta éclata en sanglots, Liesel put enfin pleurer. Son père avait toujours été si bon, si plein de compréhension. Il supportait les choses en silence et se plaignait rarement. Pourquoi personne n'avait-il pu l'aider ? Ah, elle l'avait perdu pour toujours.

— T'es mon seul espoir, ma fille, glissa Augusta à l'oreille de Liesel. Tout s'écroule sur nos têtes. J'ai fait des dettes et je peux pas les payer si la jardinerie rapporte rien. Ils nous prendront la maison. Les serres. La terre. Tout. On n'aura plus rien du tout. Y faut que t'ailles en Poméranie pour ramener de l'argent. Va falloir qu'il paie maintenant qu'on en a besoin. Tu comprends ?

Liesel acquiesça en silence. La mère avait encore l'esprit confus, elle racontait n'importe quoi. Il faudrait veiller sur elle, sinon elle serait capable de se faire du mal dans son désespoir.

DEUXIÈME PARTIE

13

Septembre 1930

Au-dessus d'Augsbourg le ciel était couvert de nuages plombés qui pesaient sur les toits et les tours vénérables, et plus encore, aurait-on dit, sur l'est de la ville, où les grandes industries s'étaient implantées entre la cité et le Wertach, un affluent du Lech. Des décennies durant, les entreprises textiles, les papeteries, les usines de constructions mécaniques avaient assuré la prospérité de la ville. Une époque qui paraissait désormais révolue.

Paul se détourna de la fenêtre et prêta l'oreille aux bruits quotidiens. Le claquement irrégulier des machines à écrire dans la pièce d'à côté, le roulement d'une charrette à bras sur les pavés de la cour, le grondement assourdi qui s'échappait des ateliers. Et, au milieu de tout cela, les conversations à voix basse de ses secrétaires, les ordres lancés dans la cour, le grincement du portail en fer quand le concierge laissait entrer un véhicule. L'usine était un être qui respirait, faisait du bruit, un assemblage de bâtiments, de machines et d'hommes où chacun savait quelle était sa place et contribuait à faire vivre l'ensemble. C'était ainsi que Paul l'avait connue quand il n'était encore qu'un petit garçon. Et, lorsqu'il avait succédé à son père, il avait cru que cette activité qui se déployait dans les ateliers et les bâtiments l'accompagnerait jusqu'à la fin de sa vie.

Fatigué, il se rassit et contempla la parure de bureau verte qui datait de Melzer senior. Comment son père aurait-il agi en pareille situation ? Aurait-il continué à faire tourner l'usine comme à l'accoutumée, jusqu'à la cessation d'activité ? Le fondateur de l'usine textile Melzer avait été un homme têtu. Pendant la guerre, alors que l'on connaissait une pénurie de matières premières, il avait obstinément refusé de s'engager dans la production de tissu en papier bon marché. Comme Paul était au front, c'était à Marie qu'était revenue la tâche de le convaincre et de sauver ainsi l'entreprise familiale.

À présent, la situation était différente. Ce n'était plus la matière première qui manquait, mais l'argent. Les ventes marquaient le pas. On ne recevait quasiment plus de commandes. En Allemagne même, les entreprises faisaient faillite les unes après les autres. Quant aux exportations, elles accusaient une baisse drastique.

Paul se trouvait face à une décision difficile. Que faire ? Fermer la filature, licencier les ouvriers ? Sans doute était-ce inéluctable. Ils avaient des caisses entières de fil dans leurs entrepôts et il aurait été absurde de poursuivre la production si l'on ne pouvait pas écouler les stocks. Peut-être valait-il mieux pour le moment miser sur l'atelier de tissage, sur leurs beaux motifs d'impression qui n'avaient pas leur pareil en Allemagne. Par la suite, quand la situation économique se serait rétablie, on remettrait les métiers à filer à anneaux en service et on réembaucherait les ouvriers. C'était à espérer !

Une semaine plus tôt, les employés avaient été mis au courant de l'imminence des licenciements, et ce au terme d'une lutte farouche avec le comité d'entreprise, au cours de laquelle Sebastian avait vainement manifesté son désaccord. À l'inverse de ses camarades de combat, il n'arrivait pas à comprendre que ce n'était pas lui qui était aux commandes. Tenace, il avait continué la discussion avec son beau-frère jusque dans les murs de la villa aux étoffes.

« Tu n'es pas forcé de licencier les gens, tu peux les employer ailleurs à l'usine. » C'était effectivement possible dans un petit nombre de cas, mais la grande majorité ne pouvait bénéficier de cette mesure. Trois cents ouvriers allaient devoir partir.

« Que feront les femmes dont le mari est au chômage ? Devront-elles mourir de faim avec leurs enfants ? En plus, il n'est pas rare qu'elles aient les parents et d'autres membres de la famille à charge », avait insisté Sebastian, sachant que l'assurance chômage ne couvrait pas les besoins. Les prestations venaient d'être réduites par un décret-loi tandis que les cotisations, elles, avaient augmenté.

« Ça ne suffit pas pour nourrir une famille, avait-il argumenté. Même ceux qui bénéficient du fonds de crise touchent à peine de quoi survivre. Sans compter que l'allocation s'arrête au bout de neuf mois et qu'il ne leur reste plus alors que l'aide sociale. Une humiliation insupportable pour un ouvrier qui a fidèlement accompli son travail à l'usine pendant vingt ans ou plus. Combustibles, logement ou autres aides, il faut chaque fois remplir des formulaires et se prêter à des contrôles. Manger pour vingt pfennigs à la soupe populaire, porter des vêtements donnés qui n'ont même pas été lavés… »

Voulant tout de même lui accorder un petit succès, Paul avait consenti à une baisse très importante du loyer des logements détenus par l'usine – une mesure qu'il avait décidée depuis longtemps. On ne mettrait personne dehors pour un arriéré de loyers. Cela étant, il n'y aurait pas de rénovation immobilière, faute de moyens financiers. En réalité, la situation était plus grave que Paul ne voulait bien le dire. Afin de pouvoir acheter de nouveaux métiers à tisser, en effet, il avait pris un crédit chez une banque américaine qui, en raison de la crise économique, lui en demandait à présent le remboursement.

Il avait un autre emprunt en cours, privé celui-là, pour financer le bâtiment annexe de la villa, et qu'il devrait également rembourser d'un coup. Tout cela avait été dûment établi par contrat.

Et il y avait Sebastian, qui ne cessait d'attirer son attention sur la situation dramatique qui régnait dans les quartiers ouvriers d'Augsbourg. La misère la plus noire sévissait déjà dans le faubourg de Jakob, à Lechhausen, à Hochzoll ou à Oberhausen. Nombreux étaient ceux qui souffraient d'anémie ou de tuberculose. Et la criminalité avait augmenté. Paul n'ignorait rien de tout cela.

« Qu'est-ce que tu voudrais que je fasse ? avait-il lancé, furieux, à son beau-frère. Que je vende la villa ? Irais-tu vivre avec ta famille dans un logement ouvrier ?

— Je serais prêt à le faire », avait fièrement déclaré Sebastian.

Paul l'avait cru sur parole, tout en sachant que son abnégation ne tiendrait plus dès lors que Lisa et les enfants seraient concernés. Jamais Sebastian n'aurait le cœur d'imposer à sa femme bien-aimée les conditions de vie d'une famille ouvrière. Et encore moins à ses enfants.

« Au fait, la période terrible que nous traversons a rapporté à ton parti une foule de voix lors des élections d'hier au Reichstag », avait ajouté Paul avec sarcasme.

Cet humour macabre n'avait pas été du goût de Sebastian.

« Cent sept députés communistes, ce n'est rien ! Le NSDAP constitue désormais le deuxième groupe parlementaire derrière le SPD. C'est une catastrophe ! Je ne comprends pas qu'on puisse voter pour cet Adolf Hitler ! »

Ce matin-là, les journaux avaient parlé d'un raz-de-marée à propos des élections au Parlement. Le SPD avait essuyé des pertes, ce qui n'était pas une surprise. En revanche, Paul ne s'était pas attendu à voir le parti national-socialiste obtenir des résultats aussi inquiétants. À Augsbourg, le Parti populaire bavarois avait réussi à s'affirmer, mais là aussi le NSDAP avait progressé.

Le parti de Hitler représentait un danger pour l'Allemagne, sur ce point il était d'accord avec Sebastian. Et c'est ainsi qu'après des discussions acharnées dans son bureau de la villa ils étaient finalement parvenus à un compromis. Sebastian avait consenti aux licenciements, mais refusé les réductions de salaire. Et il avait déclaré qu'il veillerait à ce que la direction de l'usine fasse preuve de compréhension dans les cas les plus dramatiques. Paul n'y avait rien trouvé à redire.

« Qui plus est, je suis prêt à mettre mon poste à la disposition d'un autre, avait ajouté Sebastian en guise de conclusion.

— Mais fais donc ! »

Paul referma les dossiers qu'il avait devant lui. Il se sentait épuisé, vidé. Il n'avait quasiment pas fermé l'œil de la nuit et s'était levé à l'aube pour reprendre une dernière fois le discours qu'il avait prévu de faire devant ses ouvriers. Il ne voulait pas donner l'impression qu'il leur fermait définitivement la porte et tenait à leur assurer qu'il les réembaucherait – sans savoir si ce serait possible un jour.

Peu avant 2 heures de l'après-midi, la sirène de l'usine indiqua la fin du service de l'équipe du matin. Le temps était venu pour Paul d'accomplir l'acte le plus difficile de sa carrière de directeur de l'usine Melzer. La Hoffmann entrouvrit la porte du bureau. Il vit briller les verres de ses lunettes lorsqu'elle glissa la tête à l'intérieur de la pièce.

— Monsieur le directeur, les ouvriers vous attendent à la cantine…

En réalité, cela faisait deux mois qu'il n'y avait plus de cantine. Les ouvriers apportaient leur propre repas et la grande salle servait désormais d'entrepôt et de lieu de réunion.

— Merci, madame Hoffmann, j'arrive…

Il plia la feuille sur laquelle figurait son discours, la rangea dans la poche de sa veste et sortit du bureau. Sebastian l'attendait dans le secrétariat.

— Je t'accompagne, dit-il. Je dois rendre des comptes…

Il montrait une agitation inhabituelle, ce qui était parfaitement compréhensible. L'obstination de Sebastian était parfois pénible, mais Paul trouva courageux et respectable qu'il ait choisi de s'engager dans cette démarche difficile et de répondre devant tous de ses convictions.

Ottilie Lüders leur ouvrit la porte avec une mine d'enterrement. Ses deux fidèles secrétaires craignaient évidemment de perdre elles aussi leur emploi. En réalité, il n'avait plus besoin de les garder toutes les deux. Aussi avaient-elles recours aux grands moyens pour donner l'impression qu'elles étaient très occupées. Elles triaient les vieux dossiers, dépoussiéraient les étagères, établissaient des listes inutiles qui recensaient le matériel de bureau et, parfois même, réécrivaient une lettre au motif qu'elles avaient prétendument oublié de glisser un papier carbone dans la machine.

Ouvriers et ouvrières de l'atelier de filage étaient massés dans l'ancienne cantine, en partie occupée par des caisses et des cartons. L'air était confiné, personne n'avait pensé à ouvrir une fenêtre. On échangeait des propos à voix basse.

À l'entrée de Paul et de Sebastian, les chuchotements cessèrent. On recula pour leur libérer le passage jusqu'à l'estrade qui avait été installée par le vieux Josef Mittermayer. Ce dernier était l'un des trois ouvriers qui partiraient à la retraite dans quelques mois et n'auraient donc pas trop à souffrir d'un licenciement.

Pour les autres – en majorité des femmes – ce serait dur. Tandis qu'il se dirigeait vers la tribune, Paul sentait peser sur lui leurs regards accablés. La plupart savaient ce qui les attendait et avaient perdu tout espoir. Mais il en restait quelques-uns dont les yeux implorants voulaient encore croire qu'il leur éviterait l'inéluctable.

— Aujourd'hui est pour nous tous un jour bien sombre, commença Paul.

Aussitôt, il vit s'éteindre les dernières lueurs d'espoir sur les visages qui lui faisaient face.

— Nous sommes contraints de fermer l'atelier de filage. Cette décision n'a pas été facile à prendre, mais compte tenu de la situation, c'est un moindre mal.

Il poursuivit en leur assurant qu'il y aurait des temps meilleurs et qu'il réembaucherait ses fidèles ouvriers. Personne ne serait oublié, il s'y engageait personnellement. Cependant sa tentative de minimiser la portée des licenciements échoua lamentablement. Quelques-unes des femmes se mirent à pleurer, d'autres se détournèrent et quittèrent la salle avant que Sebastian ait pu prendre la parole. Le discours de ce dernier ne rencontra pas l'écho escompté. En tant que membre du comité d'entreprise, il récolta même des regards hostiles. La colère se porta davantage sur lui que sur l'estimé directeur, qui fut vite entouré de solliciteurs et d'ouvriers avides de conseils cherchant à en apprendre davantage sur leur sort.

Les renvois et les réductions de salaire seraient communiqués par écrit aux intéressés – les secrétaires se trouveraient sous peu très occupées, mais elles se seraient sans doute volontiers dispensées de cette tâche. Paul regagna le bâtiment administratif pour leur transmettre la liste de noms qu'il avait préparée. Les cas les plus délicats avaient fait l'objet de discussions avec Sebastian. Les personnes concernées conserveraient leur emploi, mais devraient accepter une baisse de salaire conséquente.

— Seigneur, dit la Hoffmann lorsqu'il lui donna la liste. Tant que ça ?

— Malheureusement oui.

Il hésita, puis se résolut à se rendre à l'atelier de filage pour s'assurer que ses instructions avaient bien été suivies d'effet. Une démarche peu plaisante, mais il lui appartenait en tant que directeur de l'usine d'aller jusqu'au bout des mesures qu'il avait prises. Dans la cour, Sebastian essayait de convaincre un petit groupe d'ouvrières d'entrer au parti communiste. Comme si cela pouvait améliorer leur sort !

Lorsqu'il entra dans l'atelier, Josef Mittermayer, qui avait fidèlement veillé de longues années sur les machines, éteignait le dernier métier à filer. Le bourdonnement sonore et régulier se mit à bégayer, le mécanisme ralentit, il y eut des claquements, certaines pièces furent prises d'une forte vibration, puis la machine s'arrêta avec un sifflement doux et traînant. On aurait dit une personne exhalant son dernier soupir.

— Et voilà, lança Mittermayer à son chef. Si vous voulez bien attendre, je vais les huiler. Il faut remettre les machines en marche de temps en temps, sinon l'huile s'épaissit et ça cause des problèmes.

Ce n'était pas la première fois qu'on arrêtait les machines, mais l'atelier de filage ne restait jamais plus de un ou deux jours inactif, après quoi on reprenait le travail. À présent, la situation était différente. Les métiers à filer à anneaux, qui avaient été construits d'après les plans du père de Marie, le défunt Jacob Burkard, allaient devoir se taire un bon moment.

Le silence qui régnait dans l'atelier fut insupportable à Paul. Alors qu'en temps ordinaire le vacarme des machines faisait qu'on ne s'entendait quasiment pas parler, on percevait maintenant le bruit de chaque pas. La pluie tambourinait sur les sheds. La burette d'huile de Mittermayer cliquetait. La vaste salle sentait encore l'huile de machine, le coton qu'on y avait filé, les ouvriers qui y avaient travaillé. Mais l'hiver serait bientôt là, tout refroidirait, le vide et l'obscurité prendraient possession de l'atelier. Comme c'était déjà le cas dans d'autres usines de la branche textile.

Paul attendit que Josef Mittermayer ait terminé son travail et lui tendit la main.

— Je vous souhaite bonne chance à vous et à votre famille.

Le contremaître s'essuya rapidement sur son pantalon avant de serrer la main à son patron. Il avait les larmes aux yeux, comme s'ils prenaient congé pour toujours.

— Ç'a pas toujours été facile, monsieur le directeur, dit-il avec émotion. Mais c'était bien, même si on n'a pas toujours été du même avis. Tellement bien que ça va me manquer.

Quand Paul ferma l'atelier, la pluie fine commença à s'intensifier, sans doute finirait-elle par envelopper l'usine d'un voile sombre. Paul chassa énergiquement ses idées noires. Pourquoi se laissait-il ainsi décourager ? Il n'avait pas eu à fermer l'usine. L'atelier de tissage restait en activité, les imprimeurs avaient du travail et l'administration continuait de tourner. Il releva le col de sa veste, aperçut dans la cour deux caisses oubliées, héla le manutentionnaire, regagna le bâtiment administratif, adressa un signe d'encouragement aux deux secrétaires penchées sur leur machine à écrire et, une fois dans son bureau, s'accorda un cognac. À peine en avait-il pris une gorgée revigorante que le téléphone sonna.

— Schmitt & Kummer, de Heidelberg. Je vous le passe, monsieur le directeur ?

— Bien entendu !

Un grand atelier de couture, qui se fournissait volontiers directement à l'usine. Quelques semaines plus tôt, il leur avait fait parvenir des modèles d'impression.

— Bien le bonjour, mon cher Melzer, lança une voix sonore à l'autre bout du fil. Comment allez-vous par ce temps de chien ?

On parla rapidement des intempéries, on évoqua les élections au Reichstag et la situation économique, puis Theodor Kummer passa aux choses sérieuses.

— Il s'agit d'une commande assez importante, cher Melzer. Aussi attendons-nous que vous fassiez un geste côté prix…

Dix pièces de flanelle imprimée, tout de même, avec le fil assorti – ni à proprement parler formidable ni négligeable. Ils marchandèrent. Kummer était un brigand qui profitait impitoyablement de la situation, Paul dut céder. Ils finirent par s'accorder sur le prix et Kummer promit d'envoyer le lendemain une confirmation de la commande par télégramme.

Bien ! Paul eut un soupir de soulagement, c'était tout de même une petite lueur d'espoir. Dans l'immédiat, l'atelier de tissage avait de quoi faire et, dans le même temps, on diminuerait les stocks de fil. On avançait, il fallait juste garder confiance. Il vida son verre et se resservit – il l'avait bien mérité. Vers 5 heures et demie, il se fit apporter son chapeau et son parapluie et recommanda à ses secrétaires de ne pas faire d'heures supplémentaires, à chaque jour suffisait sa peine. À présent, il pleuvait à torrents. Il fut content d'avoir pris la voiture ce jour-là. S'il avait dû faire le trajet à pied, malgré son parapluie il serait arrivé complètement trempé à la villa. Il salua aimablement Grubner, qui lui ouvrit le portail, et prit le chemin de la villa. Lorsqu'il s'engagea dans l'allée et vit apparaître au fond le bâtiment de la villa derrière un voile de pluie, il se sentit repris par ses idées sombres.

C'était ce maudit crédit consenti par la banque américaine. Ils lui avaient proposé le prêt à des conditions relativement avantageuses, il aurait été stupide de ne pas saisir l'occasion. D'autant plus qu'il devenait urgent d'agrandir la villa car, si l'on en croyait Alicia Melzer, on ne pouvait plus continuer à héberger onze personnes dans les six chambres du deuxième étage. Se lancer dans la construction d'une annexe avait été une bonne décision. À l'époque, les affaires avaient repris à l'usine et l'on tablait sur une amélioration de la situation générale.

Mais le vent avait tourné : il fallait qu'il rassemble l'argent nécessaire au remboursement dans un délai relativement court, or il ne voyait pas du tout comment faire. Jusque-là, ses négociations avec la banque lui avaient laissé peu d'espoir de parvenir à un arrangement. S'il ne payait pas, ses biens risquaient la saisie.

Dans le parc, il aperçut Christian, qui recouvrait d'une toile cirée la tondeuse à gazon qu'on avait fait venir d'Angleterre. Le pauvre garçon se tuait à la tâche car, en plus de son travail à la villa, il aidait quotidiennement à la jardinerie. La mort de son mari avait placé Augusta dans une situation extrêmement difficile. Marie lui avait même trouvé deux employés compétents pour que leur petite entreprise continue de fonctionner et éviter qu'Augusta et ses fils n'atterrissent à l'asile. Pour le moment du moins. Paul craignait que cette brave Augusta n'ait pas tiré de la situation les enseignements qu'il fallait.

Il gara sa voiture devant le perron et monta rapidement les marches sous la pluie. Hanna ouvrit, lui prit son chapeau trempé et lui présenta ses pantoufles.

— Ma femme est-elle là ? demanda-t-il.

— Madame vous attend à la bibliothèque.

Marie le rejoignit dans l'escalier et le prit dans ses bras.

— Paul, je n'ai pas arrêté de penser à toi aujourd'hui ! Comment ça s'est passé ? Ç'a été dur ?

Elle était informée de la situation et s'était sentie coupable de s'être endormie sans l'attendre la veille au soir.

— Tout s'est à peu près bien passé, c'est heureux, répondit-il. Effectivement, ça n'a pas été une partie de plaisir. Mais il fallait en passer par là et je me sens malgré tout soulagé.

Ils se dirigèrent vers la bibliothèque en se tenant par la main, refermèrent la porte derrière eux et s'installèrent sur le canapé. Paul n'avait personne qui lui soit aussi proche que Marie. Elle partageait ses soucis, redoublait ses plaisirs, en appelait à sa conscience tout en lui dispensant réconfort, courage et confiance.

— Ce n'est vraiment pas facile avec Sebastian, dit-elle avec une pointe d'irritation. Tu as déjà assez de soucis comme ça. Pourquoi faut-il qu'il s'acharne sur le moindre détail ?

Son agacement lui fit du bien. Il se sentait compris et fut même disposé à se montrer indulgent.

— Il exagère peut-être, mais son engagement en faveur des ouvriers est parfaitement respectable.

Elle lui caressa la joue avec un air soucieux.

— Tu devrais te ménager davantage, Paul, tu es tout pâle. Quand tu auras fait le nécessaire à l'usine, tu pourrais prendre un jour ou deux. On louerait une chambre dans une petite auberge à la campagne et on irait se promener, s'asseoir sur un banc au bord du chemin…

Sa proposition le fit sourire.

— Plus tard, peut-être, chérie. Pour l'heure, je ne suis pas disponible. Nous venons de recevoir une nouvelle commande et il y a encore quelques points à régler.

Elle poussa un soupir, puis répliqua moqueusement que, s'il continuait à la décevoir ainsi et à repousser ses bons conseils, elle allait devoir se trouver un autre compagnon de voyage. Sur quoi il l'attira contre lui et lui montra par un baiser qu'il n'en était pas question.

Le gong du repas mit provisoirement fin à leurs projets de détente, car Alicia n'appréciait pas qu'on arrive en retard.

Elle était déjà là, comme toujours impeccablement habillée et coiffée. À côté d'elle, Lisa, avec la petite Charlotte sur les genoux. Kurti se précipita vers son père pour lui parler d'une « chinavapeur » que Dodo avait mise en marche pour lui et avec laquelle il voulait dorénavant jouer chaque jour.

— Il veut parler de la vieille machine à vapeur, Papa, expliqua Dodo en riant. Je lui ai montré comment elle fonctionnait et je crois qu'il a compris.

Comme toujours, les enfants étaient trop bruyants. Elisabeth dut intervenir énergiquement, Paul rappela le petit Kurt à l'ordre et Johann s'entendit dire par son père qu'il devait être un exemple pour les plus jeunes. Dehors, le déluge continuait, le brouillard gagnait peu à peu le parc et tout ce qui se trouvait autour de la villa. Dans la salle à manger, en revanche, il faisait chaud et clair. Tout le monde était en bonne santé, on était joyeux, on échangeait des plaisanteries, on riait des descriptions comiques de Kurti. Et, surtout, Paul avait sa Marie à son côté, qui lui jetait en souriant des regards à la dérobée. Et, parfois, leurs mains se rejoignaient à l'abri de la nappe, comme si elle voulait lui dire : *Je suis avec toi, chéri. Je serai là, quoi qu'il arrive.*

N'était-il pas un homme heureux ?

14

FRANZ SCHUBERT, *Impromptu en mi bémol majeur.* Leo égrena les arpèges de la main droite, avec l'impression qu'un rayon de lumière glissait sur un récipient en cristal et le faisait briller de mille couleurs. Puis venait le contre-sujet à la basse, avançant tel un navire déterminé sur un fleuve aux eaux mouvantes. Le morceau n'était pas difficile, mais très beau. Leo aimait Schubert, car sa musique touchait le cœur, elle pouvait rendre heureux et triste à la fois.

Sinaida Obramova le laissa jouer jusqu'au bout sans l'interrompre, puis un silence s'installa.

Les mains de Leo reposaient encore sur le clavier, il écoutait résonner l'écho des sons et sourit en y décelant de nouvelles significations.

— Toi joué bien gentiment, lâcha Mme Obramova.

Ce fut comme un vent froid qui chassait la musique de la tête de Leo en éveillant en lui une déception abyssale. C'était son troisième cours de piano depuis la fin des vacances d'été. Il avait travaillé ce morceau avec une grande passion et pensait l'avoir bien joué. Comme cette pièce ne présentait techniquement que peu de difficultés, il pouvait se concentrer pleinement sur la musique.

Sans mot dire, il regarda Sinaida Obramova aller et venir dans la salle, sortir de son sac un bonbon à la menthe et le glisser dans sa bouche. Puis elle s'approcha de la fenêtre et regarda au-dehors avec un air d'ennui.

— Czerny, ordonna-t-elle sans se retourner. *Étude do majeur.* Lentement. Je veux entendre chaque son.

Il sortit la partition de sa sacoche et l'ouvrit à la page de l'étude en question. C'était une pièce pour débutant, que les enfants jouaient déjà à 5 ans. Leo ne comprenait pas ce que cherchait Mme Obramova. Mais il joua les sons lentement, consciencieusement, comme elle l'avait ordonné. C'était incroyablement fastidieux.

La dernière et l'avant-dernière fois, elle l'avait déjà obligé à reprendre ces études ennuyeuses. Pour quelle raison ? Voulait-elle lui faire ainsi améliorer sa technique ? Dans ce cas, elle aurait dû choisir des exercices plus exigeants, là, c'était ridicule.

Cette fois encore, elle le laissa jouer sans l'interrompre, debout à la fenêtre, suçant sa pastille à la menthe. Quand il eut terminé, elle resta un long moment silencieuse, puis ordonna :

— Encore une fois !

— Pourquoi ? osa-t-il demander.

— Parce que j'ai dit, fut sa réponse.

— Mais à quoi ça sert ?

Elle se retourna, ses yeux noirs réduits à deux fentes. Son expression, elle, était impénétrable.

— Si tu ne veux pas faire ce que dit professeure, cours pas possible.

À contrecœur, il reprit du début l'étude qu'il venait de jouer. Mais ses doigts étaient seuls à travailler. C'était à peine s'il percevait les sons, car en lui quelque chose était en train de se briser. Une chose précieuse, grande et belle, qui avait nourri ses rêves. Des rêves qui lui inspiraient soudain une honte indicible. Sa professeure n'était pas bienveillante et compréhensive, elle était méchante, se vengeait de lui parce qu'il lui avait fait défaut. Sa vengeance, c'était une indifférence plus douloureuse qu'un accès de colère ou un long discours indigné. L'élève Leopold Melzer ne l'intéressait plus, il n'existait plus pour elle.

Pourtant, en décidant d'annuler sa participation au concert, il avait cru agir conformément à ses enseignements. Il avait longuement réfléchi avant de s'y résoudre – le temps qu'il fallait pour être enfin sûr de prendre la bonne décision.

Il y avait eu une discussion avec ses parents, un soir qu'il s'était remis au piano pour reprendre, sans succès, un passage difficile. Les roulades ne lui réussissaient tout au plus qu'une fois sur trois, quand ses doigts ne le lâchaient pas dans les difficultés techniques, c'est-à-dire quand ils se raidissaient au point qu'il était contraint de s'arrêter.

« Leo ? l'avait gentiment interrompu sa mère. Papa et moi, nous souhaiterions te dire un mot.

— Maintenant ? avait-il demandé avec nervosité en reprenant le passage qui lui résistait.

— Il est déjà tard, mon garçon. Papa nous attend à la bibliothèque. Descends, s'il te plaît, et rejoins-nous. Je te précède. »

Il voulait absolument parvenir à exécuter ce maudit passage sans faire d'erreurs, mais quand son père demandait à le voir rien n'y faisait, ni résistance ni prétextes, il fallait obéir. Résigné, il avait refermé le couvercle du piano et était descendu au rez-de-chaussée. La grande horloge du vestibule avait sonné 9 heures du soir, il était plus tard qu'il ne l'avait cru. En juin, il faisait jour longtemps, de sorte qu'on en oubliait l'heure.

Dans la bibliothèque, les rideaux étaient tirés et l'on avait allumé les deux lampadaires. Ses parents étaient assis sur le canapé. Ils parlaient manifestement de lui car, à son entrée, ils se turent.

— Assieds-toi, Leo, dit son père en lui désignant un des fauteuils.

Leo s'exécuta avec le sentiment désagréable que ses parents formaient un front uni dirigé contre lui.

— Ces derniers temps, tu as travaillé ton piano avec une grande ardeur, dit Paul en se penchant vers son fils. Ne crois surtout pas que nous soyons incapables d'apprécier ton zèle. Bien au contraire, l'énergie que tu y mets mérite tous les éloges. Cela étant…

Leo savait déjà ce qui allait suivre. Ce n'était pas la première discussion de ce genre qu'il avait avec ses parents.

— Cela étant, je pense que tu ferais mieux d'employer tes forces ailleurs. Le piano peut être une belle et intéressante activité de loisir, mais c'est à ton travail scolaire que tu devrais accorder le plus d'importance. Ton dernier bulletin était lamentable, Leo !

— C'est vrai, Papa, reconnut-il, penaud. Mais je te promets de rattraper tout ça quand le concert sera passé.

Celui-ci devait avoir lieu dans trois semaines, mais Leo avait déjà du mal à dormir. La nuit, il faisait des cauchemars épouvantables, se réveillait en sueur et restait longtemps sans pouvoir se rendormir. Il ne voulait pas que quiconque le sache, pas même ses parents.

Son père secoua la tête.

— Non, je pense que tu ne devrais pas faire ce concert, Leo. Tu t'engages dans une mauvaise direction, mon fils. Sans compter que Maman et moi ne sommes pas sûrs que tu sois à même de jouer cette œuvre très difficile.

C'était bien la question. Leo ne pensait nullement que faire de la musique l'engageait dans une voie erronée. En revanche, il n'était effectivement pas capable de jouer le Tchaïkovski sans faire de fautes. Mais cela, il n'était pas prêt à l'admettre.

— Mme Obramova pense que je peux le faire, ripostat-il avec entêtement.

C'est alors que Marie prit la parole. Elle ne se laissait jamais abuser et voyait clair en son fils. Souvent, d'ailleurs, elle le comprenait mieux qu'il ne se comprenait lui-même.

— Et toi, Leo ? demanda-t-elle avec gravité. Tu penses aussi que tu es en mesure de rendre justice à cette grande œuvre ?

— Je ferai mon possible, bafouilla-t-il, gêné.

Son père voulut intervenir, mais Marie l'en empêcha en lui posant la main sur le bras.

— Réfléchis bien, Leo. Sur scène, tu seras seul. À ce moment-là, personne ne pourra t'aider, ni ta professeure, ni tes parents, ni qui que ce soit d'autre. Voilà pourquoi c'est à toi qu'il revient de prendre une décision en ton âme et conscience. Joues-tu ce concerto parce que toi, Leo Melzer, tu le veux absolument ? Ou bien est-ce pour faire plaisir à ta professeure ?

Leo garda le silence. Qu'aurait-il pu répondre ? Il s'était retrouvé embarqué dans cette histoire sans l'avoir cherché. Flatté par la proposition de sa professeure, il avait cru pouvoir aisément surmonter les écueils techniques. Une funeste erreur, qui l'avait engagé dans une voie sans issue dont il ne parvenait plus à se dépêtrer. Il ne voulait à aucun prix décevoir Sinaida Obramova.

Oui, c'était ça. En fait, il jouait parce que c'était ce qu'elle attendait de lui. De son côté, en revanche, il voyait chaque jour plus clairement qu'il allait droit à la catastrophe.

— Je pense… Je crois que c'est les deux… bredouilla-t-il, se sentant percé à jour.

— Nous ne voulons pas te dicter ta conduite, Leo, reprit Marie avec un sourire. Mais nous comptons sur le fait que tu auras le courage de te confronter à la vérité. Prends le temps de réfléchir à tout ça. Quelle que soit ta décision, nous la respecterons. Je te le promets.

Sur ce, ils l'envoyèrent se coucher. Leo savait qu'une fois de plus il ne fermerait pas l'œil de la nuit. Il se tourna et se retourna dans son lit, se demandant quoi faire. Prendre une décision, avait dit sa mère. Pourquoi ne lui était-il encore jamais venu à l'esprit qu'il en avait le droit ? Sinaida Obramova avait ordonné, il avait obéi. N'était-elle pas sa professeure ? Qui plus est une célèbre pianiste russe qui choisissait les élèves à qui elle voulait dispenser son enseignement ? Le fait qu'elle l'ait choisi lui, au détriment d'autres camarades plus âgés, également très doués, avait suscité l'envie de nombre de ses condisciples. Pourquoi ne voyait-elle pas qu'il courait à l'échec ?

« Tu peux permettre à toi une ou deux notes fausses, lui avait-elle dit récemment. C'est normal, parce que toi très jeune. »

Il en ferait assurément davantage. Peut-être même serait-il obligé de s'interrompre. Et, pis encore, il ne pourrait pas interpréter ce morceau magnifique avec toute l'expressivité voulue parce que ses doigts récalcitrants ne le lui permettaient pas.

Affronter la vérité. Faire preuve de courage. Sa mère avait raison : pour sa part, il était plus qu'insatisfait de ce qu'il faisait, jamais il n'aurait osé de son propre chef se produire en public dans ces conditions. Si un jour il montait sur scène, il fallait qu'il soit meilleur. Pour pouvoir jouer ce concerto, il avait besoin d'au moins un an de plus, non, deux – à supposer que ce soit suffisant. Voilà la vérité. En faisant part à Sinaida Obramova de cette décision, il serait au clair avec lui-même et ne la décevrait pas, au contraire. Il voulait jouer ce concerto, mais uniquement quand il pourrait le faire de manière à ce qu'elle soit fière de lui. Il lui expliquerait ses raisons et elle finirait par comprendre, il en était certain. Si en cours elle se montrait souvent cassante avec lui, c'était uniquement pour le faire progresser. Au fond d'elle-même, elle était bienveillante et compatissante.

C'était du moins ce qu'il avait cru.

Le lendemain, lors de son cours, il annonça à Sinaida Obramova qu'il avait décidé d'attendre deux ans avant de jouer le concerto de Tchaïkovski. Dans un premier temps, elle ne voulut pas le croire.

— C'est juste trac, Leo ! Ça va passer. Aujourd'hui, tu as joué bien. Je sais tu peux y arriver.

Cependant sa décision était prise. Il ne jouerait le concerto que lorsque ses doigts n'en seraient plus réduits à se livrer à une gymnastique laborieuse, lorsqu'il sentirait cette musique, qu'il pourrait lui insuffler de la vie tout en la recréant. En attendant, il ne pourrait produire qu'un travail bâclé, or il ne voulait pas infliger cela à sa professeure.

— Rentre chez toi et réfléchis, ordonna-t-elle. Tu ne peux pas annuler parce que toi de mauvaise humeur. Orchestre répète, chef attend beaucoup de spectateurs, presse a publié articles dans journal. Tu joueras concerto si tu ne veux pas ridiculiser professeure devant tout le monde !

Elle ne lui facilitait assurément pas les choses. Elle n'écouta pas ses explications, ne voulut pas entendre parler d'un report du concert. C'était maintenant ou jamais. Il n'y avait pas à discuter.

— Rentre chez toi. Demain je veux entendre que toi jouer, Leo !

Tout à coup, il la trouva incroyablement dictatoriale. Elle lui donnait des ordres comme s'il était un gamin. Non, il ne lui obéirait pas, puisque de toute façon il n'agissait aussi que dans son intérêt à elle. Au lieu de rentrer directement chez lui, il frappa chez le directeur et lui annonça qu'il ne jouerait pas le concerto de Tchaïkovski.

— Pourquoi, Leo ? s'exclama-t-il, abasourdi. Es-tu conscient de ce que tu dis là ?

Le Dr Gropius avait une partition ouverte devant lui. Il avait encore sa baguette à la main – Leo l'avait interrompu alors qu'il travaillait sur le concerto.

— La presse en a parlé, nous attendons tous ce moment avec impatience et une foule de gens voudront venir t'écouter.

Il était si agité que son lorgnon tomba et atterrit sur la partition. Une fois qu'il l'eut remis en place, il examina longuement Leo derrière ses verres, sans doute pour essayer de déterminer s'il était sérieux.

— J'en ai discuté avec mes parents, expliqua Leo. Ils respectent ma décision.

Le directeur ne répondit pas. Il hocha la tête et retira son lorgnon.

— Tes parents, les Melzer, marmonna-t-il avec un air sombre. Je vois… Bon, mon garçon, commence par rentrer chez toi et te calmer.

En rentrant à la villa aux étoffes, Leo se sentit infiniment soulagé. Il avait agi comme il l'avait décidé et cela s'était révélé beaucoup plus facile qu'il ne l'avait craint.

Débarrassé de ce fardeau, il se remit au piano et joua tous les morceaux qu'il avait si longtemps laissés de côté pour se concentrer tel un forcené sur une pièce beaucoup trop difficile. Bach, Mozart, Brahms, Beethoven, Haydn et Schubert. Tout lui paraissait nouveau, il pénétrait plus profondément dans la musique, se sentait porté par ces grands compositeurs et éprouvait un grand bonheur. Le soir, son père lui donna une tape sur l'épaule et l'informa que le directeur Gropius l'avait appelé afin qu'il fasse entendre raison à son fils. Mais il lui avait répondu qu'il respectait la décision de Leo et qu'il la soutenait.

— Et toi, Maman, il t'a appelée ?

— Oui, à l'atelier, et je lui ai répondu la même chose. Je crois que tu as pris une bonne et juste décision, Leo. J'imagine que ça n'a pas été facile ?

— Pas trop, non… répondit-il avec fierté en se laissant exceptionnellement embrasser sur la joue.

Trois jours plus tard, on lisait dans le journal que le concert du conservatoire avec le jeune pianiste Leopold Melzer avait malheureusement dû être annulé pour raisons de santé.

Le lendemain, une note collée sur la porte de la salle où travaillaient les élèves annonçait que Mme Obramova étant souffrante, les cours étaient suspendus jusqu'à nouvel ordre.

Inquiet, Leo courut au secrétariat demander ce qui se passait. La secrétaire, une dame corpulente, ancienne chanteuse, se montra peu loquace.

— Est-ce que c'est grave ?

— Je ne peux rien dire à ce sujet. Nous espérons qu'elle se rétablira très vite.

Se trompait-il ou le regardait-elle effectivement avec un air de reproche ? Cela voulait-il dire que la maladie de Sinaida Obramova avait quelque chose à voir avec lui ?

Songeur, il rentra à la villa, se mit au piano, mais ne parvint pas à se concentrer sur ce qu'il faisait.

Un peu plus tard, Dodo frappa à sa porte.

— Tu viens avec nous au cinéma ? Tante Kitty nous invite. Henni sera de la partie.

— Nan, répondit-il, morose.

Sa sœur remarqua aussitôt que quelque chose n'allait pas. Son humeur avait changé.

— Qu'est-ce que tu as ?

— Elle est malade.

— Qui ?

— Mme Obramova, ma professeure.

— Et alors ?

Dodo haussa les épaules, nullement impressionnée.

— C'est sûrement la grippe d'été. Dans ma classe, il y a trois filles qui l'ont attrapée. Julia, Charlotte, et depuis hier la pauvre Bettine.

Leo poussa un soupir de soulagement. Si Sinaida Obramova avait effectivement la grippe, il n'avait aucun reproche à se faire à cause du concert. Il n'y était pour rien.

— Alors, tu viens avec nous ou pas ? insista Dodo.

En fait, Leo les aurait volontiers accompagnées, mais il n'avait pas envie de voir cette enquiquineuse de Henni.

— Pas aujourd'hui. Il faut que je bosse pour l'école. Tu sais bien…

Il bûcha son vocabulaire latin, apprit par cœur d'ennuyeuses règles de grammaire et, le soir, se jugea satisfait. Il avait promis à son père d'améliorer ses résultats scolaires et il s'y employait. Cependant il lui arrivait de devoir marquer une pause entre des formules mathématiques et une version latine parce que la musique qui résonnait en lui devenait trop intense. Depuis qu'il avait cessé de travailler Tchaïkovski comme un fou, ses propres idées musicales reprenaient le dessus. Il y avait tant de sons et d'instruments qu'il ne savait pas comment noter tout ça – il lui fallut presque tout le papier à musique dont il disposait. Mme Obramova fut absente jusqu'au début des vacances d'été. Les cours, avait-on annoncé, reprendraient à la rentrée.

Durant les vacances, Leo et Walter passèrent beaucoup de temps ensemble. Débarrassé de son plâtre, Walter était désormais en état de se remettre au violon. En théorie du moins, car il avait beaucoup de mal à reprendre. Leo était souvent obligé de le réconforter pour qu'il ne se décourage pas.

« J'ai tout perdu, gémissait-il. Je n'arrive même plus à jouer les morceaux les plus faciles. Mes doigts refusent d'obéir.

— Ça reviendra, Walter, le consolait Leo. Et surtout n'en fais pas trop. Si tu as mal, il vaut mieux arrêter, sinon tu risquerais de t'abîmer les doigts. »

Deux semaines plus tard, Walter fut enfin prêt à refaire de la musique avec son ami. Ils y prirent grand plaisir et reçurent de nombreux éloges des résidents de la villa aux étoffes. Leur duo résonnait dans toutes les pièces, y compris la cuisine et le bâtiment annexe.

— C'est très joli, déclara Elisabeth. Charlotte a dansé en vous entendant jouer. Je crois que cette enfant est douée pour la musique.

— Il faut absolument que vous donniez un petit concert pour l'anniversaire de Grand-maman en novembre, ajouta Marie.

Ce fut Dodo qui décrocha le pompon.

— Si vous jouez ce morceau sur la place de la mairie, je ferai passer le chapeau à la fin du concert. On sera tous riches !

En dépit de ces distractions, Leo pensait souvent à Sinaida Obramova. Il se demandait si elle avait bien saisi le sens de sa décision. En fin de compte, elle ne l'avait pas écouté et rien n'indiquait qu'elle avait compris. Et comme elle était tombée malade, elle n'avait pas eu l'occasion de lui en reparler.

— Si je lui écrivais une lettre ? demanda-t-il à Walter.

— Et où tu veux l'envoyer ? Tu ne connais même pas son adresse.

— Je pourrais la déposer au conservatoire.

— Tout est fermé pendant les vacances.

— Le secrétariat rouvre une semaine avant la rentrée. Je la déposerai à ce moment-là.

— Si tu y tiens absolument, dit Walter avec un air de doute.

Il ne servait à rien de parler de Mme Obramova avec Walter. Il ne l'aimait pas et était d'avis qu'il y avait de meilleurs professeurs, qui ne la ramenaient pas autant. Leo passa trois soirées à rédiger une longue lettre pour elle et dut s'y reprendre à plusieurs fois. Quand il eut fini, il y joignit, le cœur battant, une de ses compositions qu'il lui dédicaça, puis il mit le tout dans une enveloppe, qu'il jeta le lendemain dans la boîte aux lettres du conservatoire. Après quoi il attendit avec crainte le premier cours de reprise.

Ce fut une déception abyssale. Mme Obramova ne fit aucune allusion à sa lettre et, lorsqu'il essaya timidement de parler du concert annulé, elle lui coupa brutalement la parole.

« Ce qui est fait est fait ! Tu as eu chance et tu l'as manquée. Revenons à cours normal. Études Czerny ! Bon pour doigts faibles ! »

Après le premier cours, il avait été déçu. Après le deuxième, il s'était senti comme paralysé. Au troisième, il comprit.

Elle le méprisait. Ses explications ne l'intéressaient pas. À ses yeux, il avait fait preuve de lâcheté, il s'était défilé au lieu de relever le défi. Ce faisant, il l'avait irrémédiablement ridiculisée aux yeux de tous ses collègues. De tous les élèves et de leurs parents. De toute la ville d'Augsbourg. Du coup, elle se vengeait sur lui en lui faisant jouer les études de Czerny. L'une après l'autre. Très lentement. Surveiller la position des doigts. Poignet souple. Dos droit.

— Tu ne participeras pas à audition des élèves dans trois semaines. Doigts trop faibles. Nécessaire travailler tous les jours.

Découvrir que Mme Obramova était très différente de ce qu'il avait cru lui fut extrêmement douloureux. On aurait dit qu'elle avait ôté son masque, révélant un visage inconnu et hideux.

— C'est très simple, déclara Walter. Il te faut une autre professeure. Et même plutôt *un* professeur. Parles-en à tes parents.

Cependant les choses en restèrent là. Curieusement, Leo ne parvenait pas à aborder le problème avec ses parents. Il ne parlait à personne de son chagrin, se terrait dans sa chambre, travaillait pour l'école et ne se mettait au piano que lorsque Walter venait le voir. Il se rendait deux fois par semaine au conservatoire et supportait stoïquement l'indifférence froide et destructrice de Sinaida Obramova. Il ne comprenait pas lui-même ce qui le conduisait malgré tout à recherchersa présence. Peut-être une dernière étincelle d'espoir qui continuait de briller tout au fond de son cœur.

Il se rendit à la soirée d'audition avec des sentiments mêlés. Walter avait fait de grands progrès et Leo avait espéré qu'on lui proposerait d'accompagner son ami au piano. Cependant son attente avait été déçue, c'était une élève plus âgée qui avait été choisie.

Lui qui, en ce genre d'occasion, était d'habitude un des musiciens les plus attendus, se sentait à présent extrêmement mal à l'aise. Aucun des professeurs ne l'avait salué, on faisait semblant de ne pas le voir. Quelques élèves échangeaient des regards sardoniques, la plupart l'ignoraient. Assise au premier rang à côté du directeur, Sinaida Obramova ne semblait pas avoir remarqué la présence de Leo, tout occupée qu'elle était par deux garçons qui suivaient ses cours et se produisaient ce soir-là pour la première fois en public.

La soirée se passa comme à l'ordinaire. Les parents étaient tout excités. Certains élèves se montrèrent brillants, d'autres se couvrirent de ridicule. Quelques-uns exécutèrent mécaniquement leur morceau et parurent fichtrement contents de s'être acquittés honorablement de ce pensum. Walter fut l'un des meilleurs. Il joua avec passion et l'on voyait combien il était heureux d'avoir pu reprendre la musique.

Au cours de la pause, un abîme s'ouvrit sous les pieds de Leo. Il s'était levé pour sortir et prendre l'air quand il entendit prononcer son nom dans le hall d'entrée. C'était un groupe d'élèves qui parlaient de lui.

— Leo Melzer ? On lui a pas permis de jouer parce qu'il s'est planté.

— Quel crâneur, celui-là, je suis content qu'on lui ait rabattu son caquet.

— Sa professeure a dit qu'elle avait dû lui interdire de participer au concert, sinon il se serait complètement ridiculisé.

— Elle a dit ça ?

— Ben oui ! Et Gropius aussi. Non, mais il se prend pour qui, le beau Leo ?

— Il voulait être le nouvel enfant prodige.

— Ouais, mais à force de se croire meilleur que tout le monde, on finit par se casser la figure.

Leo se sentit pris de vertige. *Tout ça, c'est des racontars,* songea-t-il. *Ils déforment tout. Mme Obramova n'a pas pu dire ça, ce n'est pas la vérité. Elle ne peut pas avoir raconté un mensonge aussi odieux.*

Il quitta précipitamment le conservatoire, sans prendre la peine de retourner chercher sa veste. Arrivé à l'arrêt de tram, il se rendit compte que son porte-monnaie se trouvait dedans et qu'il n'avait donc pas de quoi acheter un billet. Il rentra à pied à la villa, ne répondit pas lorsque Hanna lui demanda ce qu'il avait fait de sa veste et monta s'enfermer dans sa chambre. Le piano, c'était fini.

15

LIESEL ÉTAIT COMPLÈTEMENT TOURNEBOULÉE. En entendant sa mère parler de la Poméranie et de quelqu'un qui devait leur donner de l'argent, elle avait cru à un délire provoqué par le chagrin de la mort de Gustav. Mais, lors de l'enterrement, Else avait laissé échapper des choses très étranges, si bien que la jeune fille ne savait plus quoi penser.

Les funérailles avaient été très solennelles. Augusta avait raclé les fonds de tiroir et acquis un beau cercueil afin que le père ne soit pas porté en terre comme un miséreux. Mme Melzer avait fait envoyer à Christian, chargé de la composition florale, des fleurs coûteuses de l'entreprise horticole du cimetière municipal. On pouvait y acheter en gros des roses, des lys et des œillets de toutes les couleurs. Le cercueil en bois avait été placé devant l'autel de la chapelle Saint-Michel du cimetière, et tout le monde avait dit ensuite qu'on n'avait jamais vu une si belle couronne de fleurs.

Liesel avait dû s'asseoir au premier rang avec sa mère et ses frères, ce qui lui avait été pénible parce que les gens présents ne cessaient de les regarder. Hanna lui avait prêté un chemisier noir. La cape sombre appartenait à sa mère et était beaucoup trop grande. Ses frères portaient les mêmes vêtements que d'ordinaire, ils n'avaient rien de noir à se mettre. Sa mère, elle, avait une robe datant du temps où elle était bonne à la villa aux étoffes et qui était devenue trop juste pour qu'elle puisse la fermer dans le dos. Aussi avait-elle passé par-dessus un gilet noir en laine. Pendant que le prêtre parlait, elle s'était tamponné les yeux avec un mouchoir blanc en dentelle. Maxl sanglotait à fendre l'âme et, n'ayant pas de mouchoir, essuyait ses larmes du dos de la main. Fritz et Hansl, eux, ne pleuraient pas. Les yeux écarquillés, ils fixaient le cercueil marron avec son bel arrangement floral dans lequel leur père était enfermé. Liesel n'avait rien entendu des paroles du curé, il ne lui était resté en mémoire que les mots « attentionné », « honnête » et « pieux ». Le cercueil avait été déposé sur un chariot et transporté hors de la chapelle. Il faisait un temps magnifique, dans les buissons les bourgeons avaient éclos. Les fleurs des tombes brillaient de mille couleurs et les pinsons et les mésanges sautillaient dans les arbres. Le cortège s'était formé : Maxl et Augusta marchaient derrière le prêtre, suivis de Liesel, qui tenait Fritz et Hansl par la main. Puis venait une foule vêtue de noir, que Liesel avait trouvée angoissante alors même qu'elle connaissait presque tout le monde.

Ce qui s'était passé ensuite avait été terrible. Elle avait dû tenir Fritz très fermement par la main, parce que celui-ci ne voulait pas qu'on descende son père dans la fosse froide. Il s'était débattu, avait pleuré et crié, au point que le curé avait fini par s'approcher d'eux et poser sa main sur l'épaule de l'enfant.

« Ton père entre dans l'éternité divine, avait-il dit au petit. Tu devrais te réjouir pour lui au lieu de pleurer.

— Va-t'en ! » avait hurlé Fritz en lui donnant des coups de pied.

Sur quoi sa mère lui avait flanqué une gifle magistrale, ce qui l'avait instantanément calmé.

Après l'enterrement, on s'était rendu en foule chez eux pour y prendre une collation. Pour faire ses gâteaux, Liesel avait été autorisée à utiliser la cuisine de la villa aux étoffes, où le four était meilleur, et la Brunnenmayer lui avait fait cadeau de la farine et du beurre. Elle avait eu besoin de cinq grandes plaques et tout avait été mangé jusqu'à la dernière miette.

Augusta avait été très fière que M. et Mme Melzer soient là, ainsi que Mme Elisabeth et son époux. Mme Alicia s'était fait excuser pour cause de migraine, les enfants non plus n'étaient pas venus. En revanche, Kitty Scherer avait été présente avec son mari, qui avait connu Gustav à l'époque où lui-même avait été domestique à la villa. Parmi le personnel, il y avait eu Humbert et Hanna. Gertie et Dörthe n'étaient restées que le temps de boire un café parce qu'elles devaient reprendre le travail. Et Fanny Brunnenmayer n'avait pu faire elle aussi qu'une brève apparition. Seule la vieille Else était demeurée un bon moment et avait longuement parlé avec elle du bon vieux temps. Puis elle s'était rendue à la cuisine, où Liesel lavait les tasses et les assiettes qu'elle avait empruntées à la villa.

« Vous vous êtes mis en frais, avait dit la bonne avec un air approbateur. Le café est tellement cher !

— Aujourd'hui, ça fait rien, qu'elle a dit la mère, avait répliqué la jeune fille. Si on veut un bel enterrement, faut pas lésiner. »

Else avait hoché la tête avec un air songeur.

« C'était un cœur d'or, le Gustav. Personne aurait cru qu'il mourrait si jeune.

— C'est vrai », avait répondu Liesel.

Elle avait mis une première pile d'assiettes dans un panier pour les porter plus tard à la villa. C'était alors qu'Else avait dit quelque chose qui lui avait fait dresser l'oreille.

« Il a été comme un père pour toi.

— Pour sûr, avait-elle répondu, un peu déconcertée. Parce qu'il était mon père.

— Ah, doux Jésus ! avait lâché Else en portant la main à sa bouche avec un air effrayé. Dans ce cas, j'ai rien dit. »

Et comme la Liesel la fixait avec stupéfaction, elle s'était baissée pour ramasser le panier.

« Je vais le rapporter, y a pas de raison que tu trimballes ça toute seule. »

Et, sans laisser à la jeune fille le temps de l'interroger, elle était passée au salon prendre congé d'Augusta, puis était repartie si vite que les assiettes cliquetaient dans le panier.

Restée dans la cuisine, Liesel s'était demandé ce qu'Else avait bien pu vouloir dire. Comme un père ? N'était-ce pas ce qu'il avait été ? Elle n'ignorait évidemment pas qu'elle était venue au monde avant que ses parents se soient mariés – elle avait fait le calcul alors qu'elle était encore à l'école primaire.

À cet instant, Augusta était entrée avec un plateau de vaisselle sale qu'elle avait posé à côté de l'évier.

« Y a encore ça à laver, ensuite tu pourras tout rapporter à la villa. »

Elle avait l'air fatiguée. La journée avait été longue et difficile. Ses jambes la faisaient souffrir – ses nombreuses grossesses lui avaient donné des varices.

« J'aurais une question à te poser, Maman.

— Pas maintenant, Liesel. Faut que j'y retourne. Le curé est encore là, avec Loni et Magda, du marché. Si seulement ils voulaient bien rentrer chez eux, je suis si fatiguée que j'en tomberais de ma chaise. »

Et elle était ressortie de la cuisine. En soupirant, Liesel s'était attaquée à la nouvelle montagne de vaisselle. Maxl était venu l'interrompre pour lui demander une bouillote d'eau bien chaude pour Hansl, qui était au lit avec de terribles maux de ventre.

« Faut pas s'étonner, il a mangé douze parts de streusel.

— Quel sot ! Je vais lui faire une camomille. »

Pendant ce temps, Augusta était au salon avec leurs derniers invités. Elle leur avait offert un petit verre de schnaps, puis un deuxième et un troisième. Les discussions portaient sur le péché de cupidité qui, selon le curé, était particulièrement répandu en Amérique, raison pour laquelle le Seigneur avait puni les Américains en leur envoyant le « jeudi noir ». Ils n'avaient levé l'ancre que lorsque Augusta avait rappelé que le dernier tram partait dans un quart d'heure.

« Ce que je suis contente de pouvoir enfin ôter cette robe, avait-elle gémi. Devant, elle me serre de partout et, derrière, elle me donne froid. Liesel, tu veux bien ranger encore un peu avant de retourner à la villa ?

— Bien sûr, mais avant j'ai quelque chose à te demander.

— Quoi encore ? Je suis aussi fourbue qu'un chien. »

Liesel était rongée d'incertitude. Lui avait-on caché quelque chose ? Else était-elle la seule à être au courant ? Les autres domestiques de la villa le savaient-ils également ?

« Tu as toujours dit que Gustav était mon père, avait-elle commencé. Mais je me demande si c'est bien vrai… »

Augusta l'avait regardée fixement, avait fermé les yeux un court instant et poussé un soupir agacé.

« Qu'est-ce qui te fait croire ça ? C'est à la villa qu'on te l'a dit ? La Brunnenmayer, peut-être ? »

Ainsi c'était vrai, l'expression d'Augusta l'avait trahie.

« Else a dit quelque chose...

— Ah, celle-là, quelle vieille pie ! s'était emportée Augusta avant de se reprendre. Bon, oui, Gustav et moi, ça faisait un temps qu'on voulait t'en parler et pis on a manqué le bon moment. Et maintenant tu l'as découvert autrement. C'est vrai, le Gustav était pas ton père. Ton père, c'est un autre. »

Un autre. Le cœur battant, la jeune fille avait dû s'asseoir.

« Et c'est qui alors ? » avait-elle demandé avec angoisse.

Cet interrogatoire semblait agacer Augusta, qui avait fait un geste brusque de la main.

« Une histoire stupide, avait-elle lâché en se levant pour remettre les chaises en place. À l'époque, j'étais jeune et naïve, je croyais qu'il m'épouserait. Ha ha, j'étais une belle idiote ! Un monsieur de la noblesse qui se marie avec une bonne, ça n'existe pas ! Et voilà comment que je me suis retrouvée avec un enfant illégitime... »

L'enfant illégitime – qui avait sans doute représenté une catastrophe pour Augusta –, c'était elle. La Liesel. *C'est terrible,* avait-elle songé. Son air affligé avait fait de la peine à sa mère.

« Sois pas triste, ma fille. Le Gustav, il t'a élevée comme sa propre fille. Avec lui t'as eu un bon père. Et l'autre, ton vrai père, il a donné de l'argent pour toi. Pas tout le temps, parce que souvent il en avait pas assez...

— Dis-moi qui c'est, l'avait coupée Liesel. Est-ce que je le connais ? Est-ce qu'il est mort ? Dis-moi son nom ! »

L'air contrarié, Augusta avait chassé une mèche de son front.

« T'as bien choisi ton jour, avait-elle grommelé. Bon, d'accord : il s'appelle Klaus von Hagemann et il vit loin d'ici, en Poméranie.

— En Poméranie ? »

Sa mère n'avait-elle pas parlé récemment de la Poméranie ? Qu'il fallait que Liesel aille là-bas pour y dégoter de l'argent ? Alors son père était riche ?

À présent que l'histoire de sa malheureuse liaison et de son enfant naturel avait cessé d'être un secret, Augusta s'était mise à parler tout autrement à sa fille.

« Il est de la noblesse, M. von Hagemann. Maintenant que tu le sais, faut pas l'oublier. T'es mon enfant, Liesel, mais t'as du sang noble dans tes veines. Le sang des Hagemann. C'est pour ça que tu pourras aller plus loin que moi. Laisse tomber le Christian, il est pas pour toi. T'as de l'avenir à la villa. Pas à la cuisine, hein, vise plus haut. Tu sais qu'avant, Marie Melzer elle était fille de cuisine ? »

Augusta avait fait un signe de tête entendu, puis, affirmant qu'elle ne supporterait pas sa robe une seconde de plus, avait quitté la pièce en toute hâte. Liesel avait patienté un moment, pensant qu'elle reviendrait. Mais, apparemment, sa mère était allée se coucher. Dès lors il n'y avait plus qu'à ranger la vaisselle restante dans une corbeille, à éteindre les lumières dans la cuisine et le salon et à rentrer à la villa – un trajet peu rassurant parce qu'il faisait déjà nuit et que la rue n'était pas éclairée. En entrant dans le parc par la petite porte latérale, elle avait aperçu une lueur parmi les buissons. Elle venait sans doute de la remise où l'on rangeait les outils de jardinage. Christian devait encore être au travail. Un instant, la jeune fille avait été tentée d'aller se confier à lui, mais elle s'était ravisée. Les propos de sa mère ne lui plairaient sûrement pas. Elle avait traversé rapidement les pelouses humides et constaté avec joie qu'il y avait toujours de la lumière dans le bâtiment annexe. Tout essoufflée, elle avait frappé à la porte de service, que l'on verrouillait de l'intérieur pendant la nuit.

« C'est toi, Liesel ? » avait fait la voix de la cuisinière.

Fanny Brunnenmayer était encore debout ! C'était inhabituel, en général elle se couchait tôt.

« Oui, c'est moi, madame Brunnenmayer. Je rapporte les tasses et les assiettes. »

La cuisinière avait repoussé le verrou grinçant et sa large silhouette était apparue sur le seuil. Elle avait passé un gilet de laine sur sa chemise de nuit. Sans la coiffe blanche qu'elle portait dans la journée, on voyait ses cheveux gris, un peu clairsemés.

« Enfin te voilà, ma fille, avait-elle dit en lui prenant la corbeille des mains. Dehors il fait noir comme dans un four. Pourquoi que t'as pas pris une lanterne ?

— J'ai oublié. »

La Brunnenmayer avait posé le panier sur un tabouret, puis elle s'était assise et avait saisi la chope marron dans laquelle elle buvait de la bière.

« Ç'a été une journée difficile, hein ? J'ai beaucoup pensé à toi. Du coup, j'avais plus sommeil, alors je suis descendue à la cuisine chercher une petite goutte pour pouvoir dormir. Tu en veux ? »

Liesel avait refusé. Mais elle s'était assise à son tour et avait attendu que la cuisinière ait avalé sa longue gorgée de bière.

« Vous étiez tous au courant, hein ? avait-elle dit alors sur un ton de reproche. Vous saviez tous que Gustav était pas mon père, mais y en a aucun de vous qui me l'a dit. »

La cuisinière avait essuyé ses lèvres du revers de la main.

« Ta mère a fini par te l'avouer ? »

Liesel avait hésité, ne souhaitant pas parler en mal de sa mère ni d'Else. Puis elle s'était résolue à dire la vérité.

« Else a fait une allusion sans le vouloir. Alors j'ai questionné ma mère et elle me l'a dit. Mon père s'appelle Klaus von Hagemann et il vit en Poméranie. »

Elle s'était tue, attendant que la cuisinière parle. Deux mouches volaient de concert autour de l'ampoule de la lampe. Elles se cognaient à l'abat-jour et bourdonnaient furieusement sans pouvoir interrompre leur vol effréné autour de la lumière.

« Et qu'est-ce qu'elle t'a dit d'autre sur ton père ? avait enfin demandé Fanny Brunnenmayer.

— Rien.

— Hum, tu dois plus savoir à quel saint te vouer, hein, fillette ? »

Liesel avait acquiescé. Brûlant d'impatience, elle décrivait des cercles sur la table avec son doigt. La cuisinière avait repris une gorgée de bière avant de poursuivre.

« Tu dois savoir, Liesel, que M. von Hagemann, il a été marié avec Elisabeth Melzer. Ils ont pas été heureux ni l'un ni l'autre. Tout ça c'est loin maintenant. Ils ont divorcé, Madame a rencontré l'homme de sa vie, et ton père, il paraît qu'il est très heureux en Poméranie. »

Liesel en apprenait plus qu'elle ne s'y était attendue. Le domaine de Poméranie où il vivait appartenait à une certaine Elvira von Maydorn, qui était la belle-sœur d'Alicia Melzer, la femme de son défunt frère Rudolf.

« La Lisa était son héritière, mais je sais pas pourquoi, au moment du divorce elle a cédé tous ses droits à M. von Hagemann. »

Liesel avait ainsi compris que son père administrait un domaine qui, un jour, lui reviendrait. Par conséquent il était riche. La Brunnenmayer lui avait également rapporté qu'après son divorce d'avec Mme Elisabeth, il avait épousé une fille du village.

« Tu hériteras de rien, te fais pas de faux espoirs. Parce que, entre-temps, il a eu des enfants avec sa Pauline. Et pis Elvira, elle est propriétaire du domaine tant qu'elle est en vie et son intendant, il a des comptes à lui rendre. »

Aha, les caisses de saucisson, de jambon et de viande fumée qui arrivaient de temps à autre à la villa venaient du domaine de Maydorn. C'était sans doute son père qui les envoyait à Augsbourg, non ?

« Est-ce qu'il m'a vue ? avait-elle demandé. Je suis son enfant, il a bien dû vouloir me voir, non ? »

La Brunnenmayer avait marqué un temps d'hésitation.

« Peut-être, avait-elle dit enfin. Je me souviens pas très bien. Faut que tu demandes à ta mère, c'est elle qui saura. »

La Liesel avait baissé la tête. Si M. von Hagemann était venu la voir, sa mère le lui aurait sûrement raconté. Or elle avait simplement dit qu'il avait donné de l'argent. Et encore, pas régulièrement. Cependant une autre question la taraudait.

« Madame Brunnenmayer…

— Oui ?

— Est-ce que mon père est un homme bien ? »

Il ne semblait pas si facile de répondre à cette question. Fanny Brunnenmayer avait poussé un profond soupir et regardé la lampe en clignant pensivement des yeux.

« En tout cas, c'est pas un méchant homme, fillette. Quand il est venu à la villa, c'était un beau gaillard. Bien bâti, fringant, avec une petite moustache au-dessus de la lèvre. Il faisait tourner les têtes, et pas que celle de ta mère. Mais lui, il pensait qu'à une seule femme…

— Elisabeth Melzer ?

— Non, à la cadette, Mlle Kitty. Il l'a demandée en mariage. À l'époque, tous les jeunes hommes lui couraient après. »

La cuisinière avait eu un sourire en coin, d'agréables souvenirs semblaient lui revenir en mémoire. Elle en savait tant sur la famille Melzer ! Il faut dire qu'elle travaillait à la villa depuis près de cinquante ans, elle en avait vu des choses.

« Mlle Kitty, c'est bien Mme Scherer, hein ? s'était assurée la jeune fille. Elle est toujours très jolie. Pourquoi mon père a épousé Elisabeth si c'était Kitty qu'il voulait ?

— Parce qu'elle l'a envoyé promener, voilà pourquoi. »

Liesel avait été consternée. Lui aussi avait donc vécu des choses difficiles. Il avait beau être noble, la femme qu'il aimait n'avait pas voulu de lui.

« Elisabeth, il l'a épousée à cause de son argent. C'est pour ça qu'ils ont pas été heureux. Et pis le destin l'a puni parce qu'à la guerre un obus lui a détruit le visage.

— Mais c'est affreux, s'était écriée Liesel, horrifiée.

— Il paraît qu'il est guéri, s'était empressée de répondre la cuisinière. Ils l'ont opéré. Il peut s'estimer content d'être en vie. Y a beaucoup d'hommes qu'ont pas eu cette chance. »

Liesel ne l'ignorait pas. Un grand nombre de ses camarades de classe avaient été élevées uniquement par leur mère. Ou bien elles avaient un beau-père qui ne se montrait pas toujours bon pour elles.

« Ça va plutôt pas mal pour lui en Poméranie. Il paraît qu'il s'y entend en agriculture. Il a bien retapé le domaine et il a fondé une famille. Je crois qu'il est devenu un homme bien. C'est ça la vie, fillette. On met souvent longtemps à trouver le bon chemin. Au début on s'égare, on fait des bêtises, on se met avec la mauvaise personne et ça prend du temps pour comprendre ce qu'il faut faire. Y serait souvent plus malin de pas se marier. Comme je l'ai fait. »

Tandis qu'elle écoutait avec attention la Brunnenmayer exposer sa philosophie de la vie, la Liesel s'était sentie envahie par le découragement. Alors c'était comme ça. On commençait généralement par tomber amoureux de la mauvaise personne. C'était ce que sa mère avait fait et son père aussi. Il en résultait du chagrin, de la souffrance, des enfants illégitimes et des divorces, la vie vous secouait tant et plus jusqu'au moment où vous arriviez à décrocher un peu de bonheur.

« Je suis sacrément fatiguée, avait dit Fanny Brunnenmayer en bâillant copieusement. Montons nous coucher. À chaque jour suffit sa peine. »

La Liesel logeait avec Dörthe. Lorsque la jeune fille avait regagné leur chambre, Dörthe était sous la couette et ronflait à faire trembler les murs. Liesel avait l'habitude. En temps normal, ce bruyant concert ne l'empêchait pas de dormir. Mais, ce soir-là, les pensées se bousculaient dans sa tête. Dörthe n'avait assurément jamais été mariée et elle ne semblait pas être à la recherche d'un époux. On s'épargnait ainsi beaucoup de chagrin. Soudain, elle avait songé à Christian. Il avait un regard fidèle, un sourire gentil et timide. Mais avec ses grandes oreilles décollées ce n'était pas un beau garçon comme l'avait été son père. En revanche, c'était assurément quelqu'un de bien. Et peut-être était-elle un peu amoureuse de lui. Mais si elle se trompait ?

Sa mère lui avait recommandé de le laisser tomber et de viser plus haut. Liesel n'avait pas très bien compris ce qu'elle avait voulu dire. Viser où ? En direction du ciel ?

Mieux valait se tourner vers la Poméranie. Là où vivait son père. Elle aurait tant aimé le voir au moins une fois. C'était bizarre d'avoir un père qu'on n'avait jamais vu de sa vie. Mais la Poméranie était loin et elle n'avait pas d'argent.

Sans compter qu'il ne voudrait sans doute pas entendre parler d'elle.

16

— JE N'AIME PAS CETTE IDÉE, CHÉRI !

— Elisabeth, je t'en prie ! C'est un grand honneur pour moi.

Sebastian déposa un morceau de sucre dans la tasse de fine porcelaine chinoise, versa du thé, puis tendit la tasse à sa femme. Elisabeth, qui avait Charlotte sur les genoux, posa l'enfant par terre. Le petit ange blond se précipita aussitôt avec enthousiasme sur son papa et se cramponna à son pantalon. Sebastian eut juste le temps de remettre la théière brûlante sur le réchaud en porcelaine.

— Baba ! Baba ! Dada. Brrrrr.

— Elle apprend chaque jour un nouveau mot, fit remarquer Elisabeth, ravie. Hier, elle a dit « Hanna ».

Mais Sebastian avait autre chose en tête que les progrès de sa fille.

— En ce qui concerne ma conférence à Munich, Elisabeth, je pense que…

— Tu ne m'as mis qu'un seul sucre, chéri ? Ce thé est affreusement amer… Donne-m'en un deuxième, s'il te plaît.

— Excuse-moi, j'avais l'esprit ailleurs.

Lisa avait pris son ouvrage au crochet, un fin tissu blanc dont elle voulait faire un rideau pour la fenêtre de la salle de bains.

— Pour en revenir à cette conférence, chéri, dit-elle en levant son ouvrage et en le considérant d'un œil critique, ce type de manifestation donne souvent lieu à de violentes altercations. Il n'y a qu'à lire les journaux. Je ne voudrais pas que cela t'arrive.

— Mais enfin, Elisabeth, tu n'as donc pas confiance en moi ?

— J'ai la plus grande confiance en toi, mon amour, mais face à une troupe de casseurs nazis, tu ne pourras pas faire grand-chose.

— Ne joue pas les oiseaux de mauvais augure !

Il lui était agréable qu'elle s'inquiète pour lui ; un signe d'amour plus précieux que tout. Sa femme et ses enfants formaient le cœur de son existence. À présent qu'il n'était plus employé à l'usine, sa famille lui était devenue plus importante que jamais. Cela étant, le fait de ne plus avoir de travail régulier et de ne plus gagner sa vie nuisait à l'image qu'il avait de lui-même en tant que père. Il avait démissionné essentiellement parce qu'en dépit de ses fonctions au comité d'entreprise, il n'était pas en mesure de s'opposer aux nouveaux licenciements qui étaient à l'ordre du jour. Depuis, il avait renforcé son engagement au parti communiste, assistait à des réunions et donnait de petites conférences. Quoique n'étant pas un brillant orateur, il pouvait faire état de connaissances solides et espérait de la sorte contribuer à ce qu'on ne répète pas les funestes erreurs du passé.

L'invitation que lui avait adressée la section locale de Munich à venir parler chez eux lui avait inspiré une grande fierté et il était fermement résolu à l'accepter. Pour le moment, toutefois, il était encore à la villa, à essayer de dissiper les craintes infondées de sa chère épouse.

— C'est une petite conférence dans une auberge tout ce qu'il y a de convenable. On m'a dit que, quel que soit le groupe qui loue la salle, il n'y a jamais eu de troubles ni de bagarres.

Elisabeth soupira, reposa son ouvrage et prit une gorgée de thé. Quand elle se penchait, il avait vue sur son décolleté. Elle savait combien il aimait ses formes généreuses et les mettait parfois délibérément en avant.

— Tu reparleras de cette affreuse République des conseils ? demanda-t-elle.

— Absolument, mon amour. J'exposerai pour quelle raison les premières tentatives d'instaurer en Allemagne un système de conseils étaient vouées à l'échec. C'est important, parce que c'est le seul système capable d'amortir la misère qu'entraînera l'effondrement imminent du système capitaliste.

Il vit le doute se peindre sur les traits d'Elisabeth. En dépit de tous ses efforts, il n'avait pas encore réussi à convaincre sa femme du bien-fondé des théories marxistes. Cela tenait indiscutablement au fait que sur ce point elle partageait les vues de son frère et de sa mère, lesquelles étaient radicalement opposées aux siennes.

— Trouves-tu que le système de conseils que Staline est en train d'instaurer en Russie par la violence et la terreur soit une bonne chose ? demanda-t-elle en manière de provocation.

— Grands dieux, non ! s'exclama-t-il, horrifié.

Et il lui assura qu'en Allemagne une République de cette nature ne devait être mise en place que par des moyens pacifiques et organisés. Et que pour cela il était indispensable qu'une majorité incontestable de la population se prononce en sa faveur.

— Il faut nationaliser les entreprises et les industries. Chaque ouvrier recevra une participation au capital afin d'être associé aux bénéfices réalisés. Et, cela va de soi, une partie de ces bénéfices devra être investie dans l'entreprise, que ce soit pour acheter de nouvelles machines ou installer des équipements qui profiteront aux ouvriers, comme une cantine, une piscine ou une garderie.

Elisabeth opina du chef. Elle donna à Charlotte une petite cuillère en argent afin d'occuper la fillette pendant qu'elle-même reprenait le fil de leur laborieuse discussion.

— Et les actions ? Ne serait-ce pas un moyen de permettre aux ouvriers de prendre une participation dans leur entreprise ?

— C'est effectivement un pas dans la bonne direction. À condition que ces parts ne soient pas vendues et négociées en vue de réaliser des profits sordides. La Bourse est la source de tous les maux du capitalisme.

Pour une fois, Elisabeth se montra d'accord. La terrible crise économique qui avait débuté en Amérique, puis gagné l'Europe, avait été déclenchée par un krach boursier. Des spéculateurs sans scrupules, qui avaient mis leurs gains à l'abri juste à temps et provoqué la ruine financière d'investisseurs moins malins.

Heureux de cette convergence de vues inhabituelle, Sebastian alla s'asseoir à côté d'Elisabeth, lui resservit du thé et ajouta deux sucres dans sa tasse. Lui-même n'aimait pas le thé. Il s'accorda toutefois un biscuit, qu'il partagea paternellement avec la petite Charlotte, qui réclamait sa part. Puis il parla de ce que signifiait prendre une participation au capital d'une entreprise. L'objectif n'était pas de spéculer, mais d'engager sa responsabilité et d'obéir à ses obligations. Puis il enchaîna sur la maladie du système capitaliste, voué à s'autodétruire parce qu'un nombre de plus en plus réduit de gens s'appropriait une part de plus en plus importante du capital, si bien que les masses tombaient dans la misère. Ce faisant, les capitalistes signaient leur propre perte, parce qu'à terme ils ne seraient plus en mesure d'écouler leurs produits…

— Chéri, tu veux bien prendre Charlotte et la porter dans la chambre d'enfants ? le coupa Elisabeth. Elle est en train de perdre sa couche.

— Bien sûr, mon amour.

Dans la chambre, on se disputait avec véhémence. Rosa essayait de convaincre Kurti et Johann, qui voulaient construire un château fort avec leurs cubes, de laisser le petit Hanno jouer avec eux, ce à quoi les deux aînés se refusaient catégoriquement.

— Il va tout démolir !

Sebastian confia à la bonne d'enfants le soin de changer la couche de sa fille et rappela son aîné à l'ordre, l'exhortant à trouver un moyen d'associer son frère à leurs activités.

— Mais il est encore trop bête, Papa. Il sait pas à quoi ressemble un château fort.

— Dans ce cas, on va le lui montrer, Johann.

Il s'assit sur le sol et prit la direction du jeu. Kurti et Johann étaient les maîtres d'œuvre qui disposaient les cubes de manière à monter un mur circulaire. Hanno, lui, était le tailleur de pierres chargé de leur fournir les éléments appropriés. Le système fonctionna à merveille, le mur fut édifié et on y inséra une porte. Hanno était tout fier d'avoir la responsabilité des cubes. Mais, lorsque Rosa reposa imprudemment Charlotte sur le sol après l'avoir changée, tout ce bel ordonnancement fut bousculé et le château s'effondra.

— Elle a tout flanqué par terre, cette idiote !

Par chance, ce fut le moment que Hanna choisit pour entrer dans la chambre. Une promenade dans le parc était prévue à 11 heures avec la grand-mère et les petits devaient s'habiller pour sortir. Quelques années plus tôt, on avait installé une aire de jeu au jardin, avec un bac à sable, deux chevaux de bois et un manège actionné par un adulte. Alicia Melzer, autrefois si attentive à la propreté de ses enfants, se montrait moins sévère avec ses petits-enfants. En général, le petit groupe rentrait les vêtements couverts de sable et les pantalons tachés de vert.

Voyant que l'heure tournait, Sebastian décida qu'il était plus que temps de se mettre en route pour Munich. Son intervention devait avoir lieu dans la soirée, mais il ne fallait pas sous-estimer la durée du voyage en train, puis en tramway.

Au salon, Elisabeth avait eu tout loisir de réfléchir et elle avait ordonné à Gertie de préparer sa tenue de voyage.

— Je t'accompagne.

— Ce n'est absolument pas nécessaire, Elisabeth. Tu t'ennuierais, j'en suis sûr.

— Ne t'inquiète pas, je ne m'ennuie jamais quand je t'écoute.

Sebastian dut faire preuve d'autorité, ce qui n'était pas de son goût. Mais il refusait de se laisser mettre sous tutelle, fût-ce par sollicitude.

— Je ne souhaite pas que tu viennes, mon amour.

Elisabeth se résigna, poussa un profond soupir et secoua la tête avec un air soucieux.

— Tu veux vraiment te rendre à Munich dans cette tenue négligée ?

— Je crois qu'elle est tout à fait appropriée à la circonstance.

— Mais nous avons encore le beau manteau de Papa…

— Non, merci !

Sebastian se rendit dans la petite pièce qui lui servait de bureau pour y prendre le brouillon de son discours. Il le rangea dans la sacoche de cuir râpé qui l'accompagnait depuis de nombreuses années. À peine l'avait-il fermée qu'Elisabeth surgit derrière lui.

— Humbert va t'accompagner à la gare, chéri.

— Merci, mais je vais prendre le tram.

— Tu auras besoin d'argent.

— J'ai ce qu'il faut, ne t'inquiète pas.

Leurs adieux furent tendres, ils s'étreignirent et échangèrent des baisers. Elisabeth ne voulait plus le lâcher. Ils ne se séparèrent qu'au moment où Humbert fit son apparition dans le couloir et se retira avec discrétion en les voyant enlacés.

— Quand rentreras-tu ?

— Tard, mon amour, par le train de nuit.

Sebastian dévala l'escalier comme s'il prenait la fuite, attrapa au passage son manteau et son chapeau et quitta la villa en trombe. Lorsqu'il eut parcouru la moitié de l'allée, il s'arrêta un instant pour jeter un coup d'œil sur l'aire de jeu, où Hanna actionnait le manège et Charlotte confectionnait des gâteaux de sable sous la surveillance de Rosa. Le cœur empli de tendresse, il franchit le portail et se dirigea vers l'arrêt de tram. On lui avait promis de modestes honoraires et la perspective de gagner un peu d'argent pour sa famille l'avait ragaillardi.

Voulant ménager ses finances, il acheta un billet de troisième classe, la « classe de bois », ainsi surnommée parce qu'on y voyageait sur des banquettes en bois dépourvues de coussins. Cet inconfort ne le gênait pas. En revanche, l'agitation qui régnait autour de lui l'empêcha de se concentrer sur son discours. Un couple d'un certain âge faisait sa pause casse-croûte avec sandwichs au pâté de foie et cornichons à la russe. Deux jeunes gaillards qui avaient ingurgité quelques bières s'injuriaient de la manière la plus grossière. Une vieille femme demandait à chaque arrêt quand on arriverait enfin en France. Et le teckel d'un type corpulent en culotte de cuir ne cessait de flairer le pantalon de Sebastian.

— Hé hé, regardez-moi ça, comme Poldi il vous renifle ! Vous avez un chien à la maison ?

— Non, désolé.

— Vous en avez forcément un, autrement Poldi il vous reniflerait pas comme ça.

Sebastian, qui n'avait finalement pas pu revoir son discours, fut heureux lorsque le train arriva en gare de Munich. Celle-ci lui parut grande et sombre. Les vastes voûtes en fonte et en verre étaient noires de suie, des pigeons voletaient un peu partout, le bruit des trains, les coups de sifflet et les voix des voyageurs se mêlaient en un vacarme assourdissant qui lui donnait le tournis. Il passa le contrôle, puis sortit avec la foule de voyageurs pressés sur la place située devant la gare. Entre les étals de fleurs et les baraques de saucisses, des hommes et des femmes consultaient les annonces d'emploi dans le journal. De l'autre côté de la place, on distribuait de la soupe chaude. Il y avait la queue, beaucoup d'enfants et de vieillards tenant un petit bol en fer-blanc ou, faute de mieux, une boîte de conserve.

Sebastian se sentit envahi par la colère et le désespoir. Qu'était-ce que ce monde où les riches buvaient le thé dans des salons chauffés tandis que les pauvres et les faibles étaient contraints de quémander un peu de nourriture ? Il vivait dans un déchirement intérieur qu'il ne parvenait à supporter qu'en essayant de faire changer les choses, fût-ce au prix d'une révolution.

On lui avait expliqué comment se rendre de la gare à Giesing, où devait avoir lieu la conférence : il fallait prendre le tramway et changer deux fois, en traversant la rivière de l'Isar. Il était attendu à l'auberge À la vieille porte. La majorité des habitants du quartier ouvrier vivaient dans les mêmes conditions de dénuement qu'avant la crise économique, laquelle n'avait rien arrangé. Sebastian voulait leur ouvrir les yeux, leur montrer où chercher les causes de leur misère et leur indiquer la voie d'un avenir meilleur.

Il arriva à l'auberge vers 4 heures et demie. Celle-ci se trouvait dans un bâtiment de taille moyenne et d'aspect robuste. Par endroits, le crépi de la façade grise s'écaillait, ce qui n'avait rien d'inhabituel dans ce quartier où les maisons étaient presque toutes délabrées. On y voyait des toits dangereusement affaissés et les vitres de certaines fenêtres avaient été remplacées par du carton. La salle de l'auberge était aménagée avec une grande simplicité, tables rectangulaires privées de nappes, chaises branlantes, au mur des gravures jaunies représentant des vues de Munich. Le patron, un homme maigre ayant un début de calvitie, était en train de boire une bière avec deux amis. À la table voisine, un ouvrier mangeait une choucroute accompagnée de boulettes – la viande fumée qui faisait normalement partie de ce plat ne figurait visiblement plus sur la carte.

— Bien le bonjour, lança aimablement Sebastian. Je suis l'orateur de ce soir.

Le patron fut le seul à sembler comprendre de quoi il parlait. Des regards curieux se tournèrent vers le nouveau venu tandis qu'il accrochait son manteau et son chapeau à la patère.

— Aha, dit l'aubergiste. Ce sera bière gratuite pour vous toute la soirée.

Voilà qui s'annonce bien, songea Sebastian. Il s'installa à une des tables du fond, sortit son discours de sa sacoche et le posa devant lui. Le patron lui apporta une bière et l'informa que la conférence aurait lieu dans l'autre salle, où il était interdit de cracher par terre.

— Vous voulez manger un morceau ?

Sebastian évalua mentalement ce qu'il avait en poche et commanda deux saucisses et du pain. Compte tenu des efforts qu'il allait devoir fournir, il valait mieux prendre un en-cas, d'autant plus que, depuis le petit déjeuner, il n'avait rien mangé d'autre qu'une moitié de biscuit. L'homme s'était sans doute attendu à mieux, car il haussa les épaules et disparut derrière la porte de la cuisine. L'ouvrier racla de sa fourchette ce qui restait de choucroute dans son assiette, termina son litre de bière et lança :

— La note !

Comme personne ne lui prêtait plus attention, Sebastian eut le temps de revoir son discours et de prendre des notes. Vers 6 heures, il commença à s'inquiéter, se demandant quand il verrait arriver un des membres de la section locale. Son attente resta vaine. Seules deux femmes entrèrent, qui faisaient une collecte pour une bonne cause. Il y eut aussi un vieil homme qui s'installa à la table du patron pour boire une petite goutte avant d'aller se coucher. Quand il fut 7 heures, Sebastian se mit à craindre d'avoir mal compris son camarade d'Augsbourg.

La conférence avait-elle bien lieu ce jour-là ? N'était-ce pas plutôt demain ? Cela aurait été la catastrophe !

À 7 heures et demie, trois hommes entrèrent dans la salle. Après avoir jeté un coup d'œil autour d'eux, ils se dirigèrent vers l'inconnu assis seul à une table.

— Vous êtes M. Winkler d'Augsbourg ? C'est bien que vous soyez déjà là. On vous a servi à boire ?

Enfin ! Les camarades de Giesing s'assirent autour de lui, commandèrent chacun une chope d'un litre et l'assaillirent de questions. Connaissait-il Max Brunner, qui avait quitté Munich pour Augsbourg ? Avait-il entendu parler des manifestations qu'ils organisaient à l'auberge ? Quinze jours plus tôt, Julius Grantinger avait fait un discours formidable, il y avait même eu un article dans le journal. Sebastian ne connaissait ni l'un ni l'autre. Il demanda à voir la salle où se déroulait la conférence pour se faire une idée des lieux.

— Y a pas grand-chose à voir, répliqua le chef de la section locale, un homme trapu avec de puissantes mains d'ouvrier.

De fait, la pièce que l'aubergiste avait qualifiée de salle était relativement petite, elle pouvait accueillir une cinquantaine de personnes, soixante-dix à tout casser. Devant, il y avait une table, le reste était occupé par des chaises et des tabourets de toutes sortes, on voyait même un vieux fauteuil à oreilles. En revanche, aucun pupitre sur lequel Sebastian aurait pu poser son discours.

Vers 8 heures, les premiers auditeurs commencèrent à arriver, dont un grand nombre de femmes. Avant d'entrer dans la pièce, on resta un moment dans la grande salle pour boire une chope et partager quelques bretzels. Sebastian commençait à se sentir nerveux. L'heure de parler approchait et il n'était pas du tout sûr d'être capable de susciter l'enthousiasme de son public.

— Allez ! s'écria le chef de la section locale en frappant la table du poing. On y va !

La salle se remplit peu à peu. La plupart des gens avaient pris leur bière, se cherchaient une place, puis posaient leur verre sous leur siège. Les femmes se regroupèrent, on échangeait des propos moqueurs, des réponses mordantes, on ne mâchait pas ses mots. Le chef de section et ses accompagnateurs prirent place à la table avec Sebastian.

— Les trois, là-derrière, ils sont du BVP, le parti bavarois, mais ils sont OK, y en a un qui est mon beau-frère, glissa un des hommes à l'oreille de Sebastian. Le gros avec les lunettes, il est élu du SPD au conseil municipal. Je parie qu'il vient nous espionner.

Vers 8 heures et demie, la salle était pleine à craquer, l'air étouffant. Il régnait une odeur de bière, de sueur et de vêtements malpropres, de vieille encaustique et de tabac – quelques-uns fumaient le cigare. La nervosité de Sebastian s'accrut. Encore quelques minutes et il commencerait à parler, debout devant tout le monde.

Le chef de groupe lança quelques sifflets perçants, un silence impatient s'installa dans la pièce. Il se leva, tandis que ses fidèles camarades du parti l'applaudissaient bruyamment et lui lançaient des cris d'encouragement. Il servit à son public un discours que Sebastian trouva terriblement simpliste et appuyé. Ses auditeurs, en revanche, parurent l'apprécier, car ils ne cessaient de l'interrompre de leurs applaudissements.

Débarrassons-nous de la vermine ! La Bavière doit être aux ouvriers et aux paysans ! Il faut détruire ce système criminel, seul le communisme nous sauvera ! Ne vous laissez pas tondre la laine sur le dos, camarades !

Ce genre de slogan n'avait rien de nouveau pour Sebastian, ils étaient monnaie courante à Augsbourg. Il les avait toujours trouvés gênants. Pourquoi traitait-on les camarades comme des enfants ? N'était-il pas plus utile de leur apporter savoir et connaissances afin qu'ils puissent eux-mêmes discerner la vérité ?

— Sur la recommandation du camarade Leukel, on a invité aujourd'hui le camarade Sebastian Hinkler, qui a beaucoup de succès à Augsbourg.

On applaudit cette présentation alléchante. Sebastian se leva, salua le public d'un signe de tête et s'éclaircit la gorge.

— Je remercie chaleureusement mon camarade. Je suis très heureux d'être avec vous ce soir, commença-t-il. Mais tout d'abord je voudrais corriger une petite erreur : je m'appelle Winkler, pas Hinkler…

Sa rectification provoqua un éclat de rire général. Cette méprise leur paraissait du plus haut comique.

— Winkler ou Hinkler, on s'en fiche, lança une grosse femme assise au premier rang. Du moment qu'il s'appelle pas Hitler !

Sebastian dut attendre que l'hilarité du public se soit calmée. Puis il commença son discours. Dans un premier temps, on l'écouta avec attention. Puis quelques spectateurs se levèrent pour aller chercher une autre bière. Certains, les bras croisés sur la poitrine, dodelinaient du chef. À la table, le chef de section discutait tout bas avec ses compagnons. Sans se démonter, Sebastian passa au point suivant, dans lequel il parlait du déclin du capitalisme et de la nécessité d'instaurer un nouveau système. Un va-et-vient plus fréquent s'était instauré entre la pièce et les toilettes, des spectateurs se levaient pour sortir, d'autres revenaient, on s'adressait la parole sans se gêner. Sebastian avait commencé à transpirer, la chaleur était épouvantable, or il ne voulait pas retirer sa veste, cela lui aurait paru malséant. Alors qu'il entamait sa conclusion, il fut interrompu par la chute d'un des spectateurs, qui, en tombant de sa chaise, avait du même coup renversé deux verres pleins. Il décida d'abréger, termina plus rapidement qu'il ne l'avait prévu et remercia son auditoire de son attention.

Les applaudissements furent maigres. Beaucoup avaient quitté la pièce et s'étaient installés dans la salle de l'auberge pour discuter. On les entendait rire, l'ambiance paraissait gaie et animée. Le chef de section lui serra la main.

— Vous avez fait un sacré discours, dit-il.

Sebastian le remercia et expliqua qu'il ne pouvait s'attarder, il voulait rentrer à Augsbourg par le train de nuit. Il n'eut pas le courage d'aborder la question de ses honoraires.

— Alors bon retour, répondit son interlocuteur, qui s'en fut rejoindre les autres avec sa chope.

Sebastian remit son discours dans sa sacoche. Devait-il prendre un verre avant de repartir ? Il avait la bouche sèche, la langue qui collait au palais. Cependant, dans la grande salle, toutes les tables étaient prises. Les camarades qui buvaient un coup, serrés les uns contre les autres, prêtèrent autant d'attention à l'orateur d'Augsbourg que s'il avait été une mouche qui voletait en bourdonnant. Sebastian mit du temps à retrouver son manteau au milieu de toutes ces vestes. Son chapeau gisait sur le sol.

Une fois dehors, il aspira profondément l'air froid de la nuit. Il se sentait désabusé. Il savait qu'il n'était pas un brillant orateur, mais il s'était donné du mal. Avec un peu de chance, peut-être que certains retiendraient tout de même quelque chose de son discours. Il baissa son chapeau sur son front et s'apprêtait à rejoindre l'arrêt du tramway quand la porte de l'auberge s'ouvrit derrière lui, laissant passage à trois jeunes gens.

— Vous repartez déjà, monsieur Winkler ? demanda l'un d'eux. Ce serait dommage. J'aurais bien aimé discuter un peu avec vous.

Le jeune homme n'avait pas l'air d'être un ouvrier, il n'était pas non plus vêtu comme les habitants du quartier. Était-ce un étudiant ? Sebastian expliqua qu'il voulait attraper le train de nuit pour Augsbourg.

— Vous pourriez aussi rentrer par le train du matin, lui suggéra-t-on.

Le deuxième déclara qu'il devait lui aussi se rendre à la gare, on pourrait donc faire voyage ensemble.

— Votre conférence était passionnante, dit le troisième. Je n'avais jamais encore entendu une synthèse de la question si concise et si claire.

Ravi de cet éloge, Sebastian y vit la preuve que son discours n'était pas demeuré absolument sans effet sur son auditoire. Et il avait raison. Les trois jeunes gens étaient en fait des étudiants de théologie. Deux d'entre eux faisaient leurs études à Munich, le troisième à Erlangen. Ils s'intéressaient aux rapports qui pouvaient exister entre le marxisme et l'enseignement du christianisme primitif et voyageaient afin de compléter leurs vues théoriques par le contact avec la réalité.

— Nous étudions surtout la réception du marxisme, lui expliqua-t-on. Comment le simple ouvrier accueille-t-il cette doctrine athée ? Pourquoi a-t-elle tant de succès ?

Sebastian avait le sentiment de mettre le doigt dans un engrenage, mais le faible succès de son discours lui avait inspiré un tel besoin de discuter qu'il se laissa convaincre d'aller prendre un dernier verre quelque part. On parcourut quelques rues, aucun d'eux ne connaissait le quartier, mais ils finirent par dénicher un local où il y avait encore de la lumière.

La salle était petite et encombrée de tables rondes de couleur sombre où l'on ne voyait personne. Quelques ivrognes s'attardaient tout de même au comptoir, derrière lequel le patron astiquait des verres. Il jeta un regard méfiant aux nouveaux venus.

— On va fermer...

— C'est juste pour une bière, répondit un des étudiants.

— Bon, d'accord.

Ils s'installèrent à une table et la discussion s'engagea rapidement sur une question de fond : une idéologie sans Dieu pouvait-elle perdurer ? La doctrine de Karl Marx ne s'était-elle pas inspirée du christianisme des premiers temps ? Les jeunes gens s'efforçaient avec feu de démontrer à Sebastian que la théorie marxiste comportait un défaut structurel. Celui-ci, heureux de cet échange d'idées qui constituait un défi intellectuel, essayait de leur prouver le contraire.

Ils étaient si absorbés qu'ils ne remarquèrent pas la petite porte qui s'ouvrait, laissant passage à plusieurs hommes.

— Laissez-les tranquilles, ordonna le patron. De toute façon ils vont bientôt s'en aller.

— Ce sont des salopards de communistes ! beugla un des hommes. Ils ont rien à faire ici !

Stupéfaits, les trois jeunes gens se tournèrent vers le fanatique.

— Mais je vous en prie ! se récria l'étudiant d'Erlangen.

— Ta gueule, hein, sinon tu vas voir ce que tu vas voir ! lâcha l'autre.

À présent, de nouvelles silhouettes apparaissaient derrière les hommes. Sebastian comprit qu'ils avaient tenu une réunion dans la salle voisine. L'auberge était le repaire habituel d'un groupuscule de droite. Il sortit précipitamment son portefeuille et posa quelques pièces sur la table.

— Allez, on s'en va ! lança-t-il à ses compagnons.

À cet instant, un coup de poing s'abattit sur son épaule et l'envoya par terre. Sa tête heurta le bord de la table et il resta un moment étourdi. Il percevait des beuglements, des coups sourds, le bruit du bois qui éclatait. Il voulut se redresser, mais quelqu'un lui assena un coup dans le dos. Il fut précipité sur une chaise la tête la première et sentit le sang chaud couler sur sa figure. Il se remit péniblement sur ses pieds et attrapa un des verres vides. Un coup de poing le réduisit en miettes alors qu'il l'avait à la main. Sebastian recula jusqu'au mur en titubant et fixa avec effroi la mêlée des combattants. On avait sorti matraques et couteaux – ils étaient tombés entre les mains d'un groupe de SA.

Il voulut se jeter dans la bagarre pour aider les étudiants, peut-être même les sauver, mais au premier pas qu'il fit, les murs se mirent à tourner et il s'effondra par terre.

— Police ! entendit-il confusément.

Un brusque silence s'installa. Quelqu'un poussa un gémissement, une table tomba. Un policier se pencha sur lui et lui parla. Il ne comprit qu'on lui demandait ses papiers que lorsque l'homme répéta sa question. Il voulut sortir son portefeuille, mais ne le trouva ni dans sa veste ni dans la poche de son pantalon.

— Bon, lui aussi on l'emmène, ordonna le policier. Allez, embarquez-moi tout ça !

17

MARIE SE RÉVEILLA ET SE REDRESSA dans son lit. Le téléphone avait-il sonné dans le bureau de Paul ?

Non, car lorsqu'elle tendit l'oreille dans la maison silencieuse, elle ne perçut que la respiration régulière de Paul à son côté. Soit elle avait rêvé, soit la personne qui appelait s'était ravisée. Mais qui aurait bien pu téléphoner à la villa en pleine nuit ?

Tout à coup, elle entendit un bruit de pas légers. On frappa à la porte de la chambre. Elle ne s'était donc pas trompée.

— Maman ?

— Qu'il y a-t-il, Dodo ?

— Tante Tilly vient d'appeler.

Marie se leva précipitamment et chercha sa robe de chambre dans le noir.

— Attends, chuchota-t-elle. Je sors.

Lorsqu'elle ouvrit la porte, la lumière du couloir pénétra dans la pièce, éclairant Paul qui dormait, la chevelure en bataille, son oreiller serré dans ses bras. Marie ferma doucement derrière elle afin de ne pas le réveiller. Il avait sans doute veillé tard sur ses dossiers, il avait besoin de sommeil.

Dodo avait passé un pull sur sa chemise de nuit et mis des chaussettes montantes en plus de ses pantoufles.

— Comment se fait-il que tu sois encore debout, Dodo ? demanda Marie en fronçant les sourcils. Tu sais quelle heure il est ?

— Je lisais…

Elle avait emprunté à la bibliothèque municipale un livre du célèbre pilote de chasse Ernst Udet, *Croix de guerre contre cocarde.* Avec un soupir, Marie jeta un coup d'œil sur l'horloge : 2 heures et quart !

— Qu'est-ce qu'elle voulait, Tilly ?

Sa fille prit l'air important qu'elle arborait chaque fois qu'elle pensait pouvoir fournir une information.

— C'était à propos de l'oncle Sebastian. Il est chez elle. Il faut que tu le dises à tante Lisa en faisant bien attention.

— Seigneur ! s'exclama Marie, effrayée. Je le croyais rentré depuis longtemps par le train de nuit. La pauvre, elle doit être morte d'inquiétude. Pourquoi il n'a pas appelé lui-même ?

Dodo haussa les épaules.

— Tante Tilly a dit qu'il avait terriblement mal aux dents et qu'il voulait se rendre dès demain matin chez le dentiste. Il restera sans doute quelques jours à Munich.

Marie ne trouva pas l'explication très convaincante. Les maux de dents étaient certes une chose désagréable, mais cela n'aurait pas dû l'empêcher d'avertir sa femme en temps et en heure.

— Peut-être qu'il souffre trop pour pouvoir ouvrir la bouche, supputa Dodo.

— Enfin, peu importe. File te recoucher et interdiction de continuer à lire !

— Oui, Maman, bonne nuit.

Marie serra sa fille dans ses bras et l'embrassa sur la joue. Elle grandissait, constata-t-elle en la suivant des yeux tandis que l'adolescente regagnait sa chambre. Il était temps de commencer à l'habiller de manière plus féminine. Les jupes à carreaux et bretelles que Dodo affectionnait faisaient trop enfant.

Elle resserra la ceinture de sa robe de chambre et s'apprêtait à descendre l'escalier pour se rendre au plus vite chez sa belle-sœur quand le visage ensommeillé de Paul apparut dans l'entrebâillement de la porte.

— Qu'y a-t-il ? demanda-t-il, la voix enrouée. Il est arrivé quelque chose ?

— Sebastian passe la nuit chez Tilly. Il faut que j'avertisse Lisa.

— Elle est encore à l'attendre ?

— Il semblerait, oui.

— Aïe ! Tu veux que je vienne ?

— Non, répondit-elle en souriant. Rendors-toi, mon amour. C'est une affaire de femmes.

Elisabeth était assise en pleurs dans son salon. Devant elle, sur la table basse, tout un bazar de tasses à thé, de boîtes de biscuits, de verres à eau et de flacons divers et variés contenant des teintures calmantes. Et, au milieu de tout cela, le téléphone noir, ainsi qu'un bloc-notes trempé de larmes et un crayon.

— Marie ! lança-t-elle en se levant d'un bond pour se jeter au cou de sa belle-sœur.

— Calme-toi, Lisa, chuchota Marie en lui caressant les cheveux d'un geste de réconfort. Tout va bien. Il est chez Tilly, elle vient d'appeler.

Les larmes empêchaient Elisabeth de parler. Elle tremblait de tous ses membres, si bien que Marie jugea préférable de s'asseoir avec elle sur le canapé.

— Tu as compris ce que je viens de dire ? demanda-t-elle avec insistance. Tu n'as plus à t'inquiéter. Tilly va s'occuper de lui.

À la grande frayeur de Marie, Lisa éclata de rire.

— Elle va s'occuper de lui ? C'est ce qu'elle a dit ? Est-ce qu'elle a aussi précisé pourquoi ?

— Parce qu'il a mal aux dents, répondit Marie avec hésitation.

Elisabeth lâcha un nouveau rire, strident et désespéré.

— Mal aux dents ? Ha ha ! Il en a perdu trois. Ils lui ont bousillé la figure. Causé une blessure au genou. Et il s'est coupé la main avec un verre brisé…

Marie la fixait, abasourdie, se demandant si elle n'avait pas forcé sur ces remèdes en apparence inoffensifs qu'elle avait sortis de l'armoire à pharmacie d'Alicia.

— Voyons, Lisa, qu'est-ce que tu racontes ? Tu as dû faire un mauvais rêve.

Pour toute réponse, sa belle-sœur lui mit son bloc-notes sous le nez. Il était couvert de notes prises à la hâte au crayon. Marie déchiffra avec peine quelques mots.

Bagarre, local du NSDAP, provoqué trois acolytes, coup avec un verre à bière, blessure au front…

— Comme à une heure il n'était toujours pas rentré, j'ai appelé la police, expliqua Lisa en se mouchant. On m'a donné le numéro du commissariat de Giesing. Et là… là… Ils m'ont… Ah, Marie, je le savais. Si seulement je l'avais accompagné à Munich, rien de tout ça ne serait arrivé.

— C'est affreux, chuchota Marie. Je suis profondément désolée, Lisa. Comment est-ce possible ? Sebastian est un homme doux et pacifique.

Le désespoir d'Elisabeth se transforma en colère.

— Doux, tu parles ! Mon mari est une véritable tête de pioche ! Je l'avais averti, pourtant. Mais il n'a pas voulu m'écouter. Tilly a vraiment parlé de maux de dents ? Quel lâche, celui-là ! Il n'ose pas m'avouer la vérité et préfère se cacher derrière quelqu'un qui n'a rien à voir dans cette histoire. Des maux de dents ! Laissez-moi rire ! Elle a été obligée d'aller le chercher au commissariat. On l'avait mis en cellule parce qu'il n'avait pas ses papiers sur lui.

— C'est terrible, mais dis-toi que ça aurait pu être pire. Au moins, il est vivant et cette histoire lui servira de leçon.

Elisabeth ne l'avait pas écoutée. Elle continuait de s'échauffer, pestant contre les camarades de Giesing, contre toute l'engeance communiste, contre ces maudits partisans de Hitler et ces beuveries lamentables qui étaient à l'origine de ces bagarres.

— Et Tilly qui marche dans la combine ! Je lui en veux beaucoup. Au lieu de m'appeler et de me dire la vérité, elle s'adresse à toi et te raconte des mensonges éhontés.

Elle se tut en voyant s'ouvrir la porte du salon. Alicia Melzer fit son entrée, vêtue d'une robe de chambre en soie vert mousse, des rouleaux dans ses cheveux recouverts d'un bonnet de nuit.

— Que se passe-t-il, Lisa ? demanda-t-elle sur un ton de reproche. On t'entend crier jusque dans la villa.

— Ne t'inquiète pas, Maman, répondit Marie avec un sourire apaisant. Il n'y a rien de grave. Sebastian est encore à Munich, il passera la nuit chez Tilly et Ernst.

Alicia accueillit cette information avec étonnement.

— Et c'est pour ça que tu es hystérique, Lisa ? Ne sois pas sotte, enfin ! Crois-tu vraiment que ton époux irait te tromper avec Tilly ?

Marie vit Elisabeth écarquiller les yeux de stupéfaction. Elle-même faillit lâcher un rire en dépit de la gravité de la situation. Sa belle-mère vivait décidément dans un autre monde.

— Il est bon de laisser son époux vivre sa vie de temps en temps, poursuivit Alicia. Ne l'oublie pas, Lisa. Et arrête donc de glapir comme une harengère sur la place du marché. Tu vas finir par réveiller les enfants.

Sur quoi elle se détourna et regagna sa chambre, laissant les deux femmes bouche bée.

— Seigneur, marmonna Lisa.

Marie lui caressa doucement l'épaule.

— Tu veux que je dorme chez toi ? Pour que tu ne sois pas trop seule ?

— Ce serait formidablement gentil de ta part, soupira Lisa. La simple vue de cette place vide à côté de moi…

À présent, il était près de 3 heures. La nuit était plus que largement entamée. Ne voulant réveiller aucun des domestiques, Marie retourna rapidement dans sa chambre pour informer Paul qu'elle passerait le reste de la nuit chez sa sœur.

— Tu ne crois pas que tu exagères ? grogna-t-il, contrarié. C'est une grande fille tout de même, et puis c'est elle qui l'a choisi, son mari.

— Rendors-toi, chéri, répondit-elle en l'embrassant sur la joue.

Une bonne heure plus tard, elle parvint à la conclusion que Paul n'avait peut-être pas complètement tort. Lisa était bien trop bouleversée pour pouvoir dormir et son imagination lui dépeignait les scènes les plus terribles, qu'elle ne pouvait s'empêcher de décrire par le menu à sa malheureuse belle-sœur. Quand celle-ci finit par lui dire qu'elle devait être de bon matin à l'atelier et qu'elle avait besoin d'un peu de sommeil, elle poussa un soupir offensé et se tourna de l'autre côté.

— Je ne vais pas pouvoir fermer l'œil de la nuit, chuchota-t-elle. Mais je ne veux pas être égoïste. Dors bien.

À peine Marie s'était-elle assoupie qu'elle fut tirée de son sommeil par des braillements d'enfant dans la pièce voisine. Charlotte avait apparemment fait un cauchemar et Rosa, qui dormait dans sa chambre, se mit en demeure de la calmer. Elisabeth, profondément endormie, n'entendit rien. Vers 6 heures, les deux garçons se réveillèrent et se rendirent comme à leur habitude dans la chambre de leurs parents, où en temps ordinaire ils étaient accueillis par Sebastian. Ils jetèrent un regard stupéfait sur leur tante, qui occupait la place de leur père dans le lit.

— Où est Papa ? demanda Johann.

— Chut ! dit Marie à voix basse. Ne réveillez pas votre maman. Votre papa est chez tante Tilly, à Munich.

— Il avait promis de construire un château avec nous…

Épuisée, Marie n'avait aucune envie de s'engager dans une longue discussion.

— Retournez dans votre chambre, tous les deux, et dormez encore un peu, ordonna-t-elle énergiquement.

Johann repartit sagement, suivi de son petit frère. Marie les entendit se disputer dans le couloir et Hanno se mit à pleurer. Heureusement, Rosa sortit de la chambre de Charlotte et embarqua les deux rouspéteurs. Comme Elisabeth, qui dormait toujours, n'avait plus besoin d'elle dans l'immédiat, Marie décida de regagner le bâtiment principal afin d'y terminer si possible sa nuit. Mais dans la maison il régnait déjà une odeur de café. En bas, dans la cuisine, Fanny Brunnenmayer était en train de préparer le petit déjeuner. Dans le couloir, Marie tomba sur son fils Kurti, pieds nus dans sa longue chemise de nuit, une petite voiture coincée sous chaque bras.

— Lâche-moi, Maman, je veux aller jouer avec Johann.

Hanna fit son apparition sur le palier, la salua et alla frapper à la porte de Dodo.

— Debout, mademoiselle Dorothea ! Il est 7 heures !

Leo sortit tout ensommeillé de sa chambre, jeta un regard à sa mère, les yeux plissés, puis frappa à la porte de la salle de bains.

— Tu en as encore pour longtemps, Papa ?

— J'ai presque fini, fit la voix de Paul.

Constatant qu'il ne fallait plus penser à dormir, Marie s'habilla. Lorsque Paul la rejoignit peu après dans la chambre, elle lui raconta tout bas ce que Lisa avait appris du commissariat de Giesing.

— Grands dieux ! s'exclama-t-il. Voilà qui ne plaira pas du tout à Ernst. Mon vieil ami est une personnalité en vue à Munich et il est très soucieux de sa réputation.

— Ça me paraît vraiment secondaire dans cette triste affaire. Le plus important, c'est que Sebastian s'en sorte sans trop de dommages et n'en retire pas de séquelles durables.

Paul en convint, mais Marie constata qu'il n'éprouvait qu'une compassion modérée pour son beau-frère. Dans ses fonctions au comité d'entreprise, Sebastian lui avait causé trop de tracas.

Le petit déjeuner, qui avait lieu comme d'ordinaire sans Alicia, Lisa et les petits, fut encore plus silencieux qu'en temps normal. Paul était déjà mentalement à l'usine. Marie essayait sans succès de se redonner de l'énergie avec force café. Et Leo se montrait particulièrement taciturne et renfermé depuis quelque temps. Le piano qui, naguère, emplissait la villa de ses sons dès le matin, s'était tu.

Dodo fit son apparition à la dernière minute, avala rapidement un petit pain et but son café debout.

— Ça te dirait de passer à l'atelier après les cours ? demanda Marie. Je trouve que tu aurais besoin de quelques jolis vêtements.

— Oui, une combinaison de pilote en lin blanc, s'il te plaît !

— Je pensais plutôt à une robe.

— Une robe ? C'est vraiment nécessaire ?

Leo fut le premier à se lever de table. Depuis quelque temps, il se rendait à l'école en tram, au motif qu'il lui était désagréable vis-à-vis de ses camarades d'arriver comme un « gros richard » en voiture avec chauffeur. Dodo faisait souvent le trajet avec lui.

Paul, en revanche, ne paraissait guère pressé, ce jour-là. Il reprit du café et resservit également Marie.

— Tu as l'air fatiguée, Marie, fit-il remarquer avec sollicitude. Mon égoïste de sœur ne t'a pas laissée dormir ?

— Elle a terriblement peur pour Sebastian, ce qui est très compréhensible.

Il hocha la tête en remuant son café et resta un moment silencieux. La pendule placée sur la commode faisait entendre son tic-tac. Marie devina qu'il se débattait intérieurement avec un problème désagréable qui la concernait également.

— Allons, parle, Paul, l'encouragea-t-elle.

Il sourit, sa femme était très douée pour le percer à jour.

— Je suis désolé d'avoir à te parler de ça alors que tu n'as quasiment pas dormi de la nuit…

— Ne te défile pas, Paul. Tu sais bien que je ne suis pas en sucre.

Il prit une profonde inspiration et se cala sur son siège.

— Je ne vois pas comment faire autrement, commença-t-il avec accablement. J'ai négocié tant que j'ai pu avec la banque, ils exigent le remboursement intégral de l'emprunt. Si je veux pouvoir garder l'usine, il faut que je vende les immeubles locatifs que nous possédons en centre-ville.

— Je vois, répondit Marie à voix basse. L'immeuble dans lequel se trouve mon atelier est concerné, n'est-ce pas ?

— Oui, malheureusement. Je vais essayer de trouver un acquéreur qui propose un loyer modéré. Mais je ne peux évidemment rien promettre.

— Bien sûr. Tu devras vendre au plus offrant. Fais comme tu l'entends, Paul. L'usine est plus importante que mon atelier. D'autant plus que, ces derniers temps, les affaires ont été très mauvaises.

— À l'usine, ça ne va pas tellement mieux, soupira-t-il. Il faut que nous parvenions à surmonter cette crise, Marie. Elle ne durera pas éternellement, je suis sûr qu'un jour on remontera la pente.

— On y arrivera, Paul, chuchota-t-elle. On y est toujours arrivés !

— Quand tu es à mon côté, oui !

Une fois dans sa voiture, Marie se sentit reprise par l'angoisse. Comment savoir si le nouveau propriétaire accepterait de conserver l'atelier et, dans ce cas, s'il serait prêt à lui consentir un loyer abordable. C'était la condition *sine qua non* pour qu'elle puisse garder ses couturières, dont elle avait déjà réduit le salaire. Alors qu'elle s'apprêtait à se garer rue Caroline, il lui vint à l'idée d'appeler Kitty pour lui demander si Robert ne pourrait pas acheter l'immeuble. Apparemment, ses affaires restaient florissantes. Pourquoi n'y avait-elle pas pensé plus tôt ? C'était urgent.

Mme Ginsberg, qui avait refait la vitrine de l'atelier, l'attendait elle aussi avec une mauvaise nouvelle. Madame le directeur Wiesler avait renoncé à faire remettre son manteau d'hiver au goût du jour et passerait le reprendre un peu plus tard. Et une autre cliente avait décidé d'annuler sa commande. Il y eut cependant une petite éclaircie : une des couturières, Mlle Künzel, qui avait fêté son anniversaire, avait apporté un kouglof pour la pause thé de l'après-midi.

Marie se rendit dans son bureau pour appeler Kitty. La ligne était occupée. Sa belle-sœur était sans doute engagée dans l'une des interminables conversations qu'elle avait au téléphone avec ses amies. Ne voulant pas alourdir sa propre facture, Marie décida d'attendre leur prochaine rencontre pour sonder Robert de vive voix.

Elle reprit ses livres de comptes. Au moins, ses lettres de rappel n'étaient pas restées complètement sans effet, car plusieurs clientes avaient réglé une partie de leurs dettes. Malheureusement, le montant des impayés demeurait élevé et elle doutait de pouvoir récupérer son dû dans un avenir proche. La seule à payer en temps et en heure, avec une remise de trois pour cent, était…

— Bonjour, madame Grünling, fit la voix de Mme Ginsberg dans l'autre pièce. Quelle belle journée d'automne, n'est-ce pas ?

La voilà qui revenait, sa seule et unique cliente fiable. Serafina Grünling était désormais une visiteuse fréquente, elle avait fait réaliser plusieurs robes et tailleurs et passé commande d'un manteau d'hiver dont le tissu était déjà choisi. Le genre de cliente dont tout atelier de mode aurait rêvé – à ceci près que Serafina se montrait odieuse. À chaque essayage, elle trouvait quelque chose à critiquer et exigeait de multiples retouches avant de se déclarer satisfaite. Retouches parfaitement inutiles, d'ailleurs, puisqu'elle revenait systématiquement sur ce qu'elle avait demandé et ce sans la moindre raison. C'était pure chicane. L'ex-gouvernante congédiée exerçait son pouvoir et se vengeait de ses humiliations réelles ou imaginaires. Si Marie n'avait pas eu autant besoin d'argent pour maintenir son atelier à flot, elle se serait fait une joie de flanquer dehors cette pénible créature.

— Je suis curieuse de voir si vous avez enfin réussi à ajuster la jupe à ma taille, entendit-elle dire Serafina. C'est la troisième fois que je viens et je pressens déjà que ce ne sera pas encore la bonne. J'aurais dû annuler cette commande depuis longtemps.

Marie était navrée que Mme Ginsberg ait à subir les humeurs de Mme Grünling, mais elle craignait pour sa part de finir par perdre patience.

— Qu'est-ce que je vous disais ! s'écria Serafina sur un ton triomphant qui résonna dans tout l'atelier. Vous voyez bien, elle est trop large. Non, ça ne va pas du tout.

— Chère madame Grünling, je dirais plutôt que cette jupe est trop serrée.

— Voudriez-vous me faire la leçon, madame Ginsberg ? Croyez-vous que je ne sache pas…

La sonnette de la porte de l'atelier retentit, quelqu'un venait d'entrer. Sans doute une nouvelle cliente. Marie se leva précipitamment de son bureau pour éviter que la mauvaise humeur de Serafina ne fasse fuir sa clientèle. Mais la nouvelle venue était sa fille Dodo.

— Bonjour, madame Ginsberg. Bonjour, madame Grünling. Maman est dans son bureau ?

— Oui, Dodo, répondit aimablement Mme Ginsberg. Vas-y, en plus il y a du kouglof.

Marie s'apprêtait à préparer du thé et à sortir le gâteau quand elle entendit un dialogue à haut risque s'engager dans la pièce d'à côté.

— Ah, voilà la petite Dodo, dit Mme Grünling avec arrogance. Comme tu es maigre, mon enfant. On ne te donne pas assez à manger à la villa ? Il paraît que l'heure est à l'économie chez vous.

Quelle insolence, se dit Marie. Ne voulant pas que la discussion s'envenime, elle reposa les tasses et repassa dans l'autre pièce, mais il était trop tard !

— À la maison, personne n'est jamais mort de faim, rétorqua Dodo. Et si c'est pour avoir des bourrelets sur le ventre comme vous, non merci !

— Des bourrelets ? s'écria Serafina, outrée. Non, mais pour qui tu te prends, espèce de sale gamine ? Voilà bien à quoi mène une éducation laxiste. Le frère se croit un enfant prodige et s'est ridiculisé aux yeux de toute la ville et la sœur brille par ses mauvaises manières !

Un spectacle grotesque s'offrit au regard de Marie. Serafina avait repoussé le rideau de la cabine d'essayage et se tenait devant la grande glace dans sa jupe beaucoup trop serrée, le chemisier à demi défait. Dodo, la figure écarlate, ouvrait déjà la bouche pour lui répondre.

— Dodo ! lança Marie. Va dans mon bureau !

— Ah ! s'exclama Serafina. La maman sort enfin de sa cachette ! J'exige que votre fille me présente ses excuses, madame Melzer. Sur-le-champ !

Sa demande était légitime, Dodo s'était montrée insolente, cela ne faisait aucun doute. Cependant Marie n'était pas disposée à abonder dans son sens. Et elle connaissait suffisamment sa fille pour savoir que celle-ci ne s'excuserait pas de son propre chef. La situation était sans issue, on ne pouvait plus espérer de solution amiable.

— C'est hors de question, reprit Dodo. C'est à vous de vous excuser. Vous avez insulté ma famille. Et mon frère Leo. Et c'est vous qui avez de mauvaises manières !

— Dodo ! intervint Marie avec calme. Ça, c'était très impoli. Va dans mon bureau et attends-moi là.

L'adolescente obtempéra. Elle traversa l'atelier avec assurance, tout en sachant qu'une réprimande sévère l'attendait. Un silence consterné se fit dans la pièce. Mme Ginsberg était figée d'effroi. Quant à Serafina Grünling, elle rassemblait ses forces pour sa grande sortie de scène.

— Ainsi vous approuvez le comportement de votre fille ? lâcha-t-elle sur un ton menaçant à l'adresse de Marie. Voilà qui est fort. Je viens par pure pitié dans cet atelier qui sans moi aurait fait faillite depuis longtemps et voilà comment on me traite !

— Je n'ai pas besoin de votre pitié, madame Grünling. Je vous prie de quitter les lieux !

— Avec le plus grand plaisir !

Serafina referma le rideau d'un geste brusque pour se rhabiller en toute hâte. Quand elle eut fini, elle lança brutalement la jupe à Marie et sortit l'ultime atout qu'elle avait gardé dans sa manche.

— Vous ne savez même pas coudre correctement ! dit-elle méchamment. Mais peu importe, de toute façon les jours de l'atelier sont comptés. Est-ce que je vous ai dit que mon mari allait acheter l'immeuble ? Le contrat est déjà signé.

Les deux femmes en restèrent muettes d'effroi. Ravie de l'effet produit par son annonce, Serafina quitta l'atelier la tête haute.

— Qu'est-ce qu'elle a dit ? chuchota Mme Ginsberg.

— Ce sont des mensonges, répondit Marie. Oubliez ça.

18

Le bavardage excité de la tante Kitty dans le vestibule s'entendait jusque dans les chambres. Dodo attrapa son sac de voyage et, sur le point de descendre en trombe, se ravisa et alla frapper chez son frère. Celui-ci était assis à son bureau, plongé dans ses livres de classe.

— Tu ne veux vraiment pas venir ? demanda-t-elle. Tante Tilly nous a invités tous les deux à passer quelques jours chez elle.

— Nan, il faut que je bosse mon latin.

Sans même se retourner, il continua de feuilleter sa grammaire latine et marmonna des mots inaudibles.

— C'est les vacances d'automne, ajouta-t-il.

— Et alors ? répliqua Dodo en secouant la tête avec un air d'incompréhension. Les gens normaux ne travaillent pas pendant les vacances.

— J'ai du retard à rattraper, rétorqua-t-il. Laisse-moi tranquille. Amuse-toi bien à Munich. Tu pourras toujours m'envoyer une carte postale.

— C'est ça, compte là-dessus, lança-t-elle, déçue, en claquant la porte.

Elle retrouva sa tante Kitty dans la salle à manger, en compagnie d'Alicia et d'Elisabeth. Humbert leur servait du thé et des biscuits.

— Non, Kitty, gémit Lisa en s'essuyant la figure avec son mouchoir. Il est hors de question que j'aille avec vous à Munich. Je ne supporterais pas de le voir comme ça, je pleurerais tout le long du trajet. Je ne veux pas vous infliger ça.

— Enfin quoi, Lisa, il n'est pas mort, tout de même ! Un peu amoché, ça oui. Surtout à la tête, d'après ce que dit Tilly. Mais de toute façon il a toujours été un peu bizarre. Le reste est intact, il a juste un genou démoli. Pense au pauvre Klippi, chez lui ce n'est pas le genou qui a pris…

— Kitty, je t'en prie ! la réprimanda Alicia. *Pas devant les enfants** !*

Dodo connaissait bien cette phrase. Sa grand-mère la sortait chaque fois qu'une conversation devenait intéressante.

— Ah, Dodo, te voilà ! lança la tante Kitty en allongeant le bras pour serrer sa nièce contre elle. Tu as déjà fait tes bagages ? Quoi ? Tu n'emportes que ce petit sac ? Mais on ne peut rien y mettre. Tu auras besoin d'une jolie petite robe pour l'après-midi. D'une tenue pour l'opéra. D'une robe de chambre… Pour Noël, je t'offrirai un ravissant négligé turquoise, avec de la dentelle. Tu seras splendide avec ça. J'ai déjà choisi les pantoufles assorties.

---

* En français dans le texte.

Seigneur, pensa Dodo, horrifiée. Ne voulant pas vexer sa tante, elle feignit d'être ravie, mais ajouta qu'elle aimerait bien avoir un pantalon long et une veste.

— De mon temps, les femmes ne portaient jamais de pantalons, répliqua la grand-mère. Pas même quand on faisait une sortie à cheval. On montait en amazone.

— Voilà une bonne idée, Dodo, reconnut Kitty. Un pantalon t'irait à merveille. Bon, Lisa, qu'est-ce que tu décides ? Tu ne veux vraiment pas venir ? D'accord. À vrai dire, je ne tiens pas particulièrement à ce que tu te répandes en pleurs dans ma voiture. Je le ramènerai toute seule à Augsbourg, ton chevalier esquinté. Les hommes ont de ces idées, parfois ! On croit avoir dégoté un spécimen pacifique et voilà qu'il se bagarre comme le premier charretier venu !

Surprise, Alicia reposa la tasse qu'elle avait portée à ses lèvres.

— Qu'est-ce que tu racontes, Kitty ? Sebastian s'est battu ? Je croyais qu'il avait juste très mal aux dents.

Elisabeth jeta un regard furieux à sa sœur. Effrayée, Kitty se mordit les lèvres – elle avait une fois de plus laissé échapper ce qu'elle aurait dû taire.

— En effet, Maman. Il a mal aux dents. Il a trébuché, tu comprends. Dans une taverne, et là il y avait un de ces charretiers…

— Dans une taverne ?

Sa mère écarquilla les yeux d'horreur. Déconcertée, Kitty interrompit ses explications.

— Grands dieux, il se fait tard, lança-t-elle en regardant la pendule posée sur le buffet. Il faut absolument qu'on se mette en route, ma petite bagnole n'est pas des plus rapides, n'est-ce pas ? Lisa t'expliquera ce qui est arrivé à Sebastian. Hein, petite sœur ? Les affaires pour Tilly sont devant la porte ? Bon, alors il faut que

Humbert les range dans le coffre. Mets ton manteau, Dodo, il fait froid. Ma chère petite maman, je serai de retour demain avec Sebastian. En début d'après-midi, je pense… Viens que je te serre dans mes bras, ma petite maman adorée ! Embrasse les enfants pour moi. Et toi, Lisa, demain tu récupéreras ton cher et tendre et tu pourras le soigner, ce pauvre infirme.

Le regard que Lisa lança à sa sœur était un poème, songea Dodo. Sans doute aurait-elle bien voulu étrangler la bavarde. Kitty, elle, continuait à jacasser gaiement sans se soucier de son faux pas. Un instant plus tard, on l'entendit dans le vestibule parler de choses et d'autres avec Gertie et Humbert.

— Ce sac à main est une vraie catastrophe ! Les objets glissent toujours au fond, je ne trouve jamais rien. Où sont donc passées ces fichues clés de voiture ?

Dodo leva les yeux au ciel. Elle embrassa sa grand-mère, puis sa tante Lisa, promit d'être bien sage, de ne pas se montrer insolente et de faire une génuflexion chaque fois qu'elle saluait un adulte. Puis elle sortit avec tant de précipitation dans le couloir qu'elle faillit tomber sur les corbeilles à papier qu'Else avait déposées sur le palier en attendant de les vider dans la poubelle. D'un bond hardi, Dodo sauta par-dessus l'obstacle. Une des corbeilles se renversa, répandant son contenu sur le sol.

Stupéfaite, la jeune fille resta les yeux rivés sur les feuilles qui gisaient à ses pieds. Des partitions manuscrites. Les compositions de Leo. Son frère avait tout jeté.

— Tu n'as pas besoin de tout ramasser, lança Kitty sur un ton impatient. Else s'en chargera. Qu'est-ce qui lui prend, aussi, de placer les corbeilles juste devant l'escalier ? Allez, viens, il faut qu'on parte !

— J'arrive, tante Kitty !

Dodo récupéra toutes les feuilles et en fit une pile. La merveilleuse musique de Leo ! Comment avait-il pu jeter tout ça ? Qu'est-ce que cette sorcière russe avait bien pu lui faire ?

Elle enveloppa la liasse dans son écharpe de laine rouge et l'emporta. Il ne fallait surtout pas que ces feuilles restent à la villa. Si elles tombaient entre les mains de Leo, il les brûlerait, c'était certain. Non, elle déposerait les précieuses compositions de son frère dans un endroit où elles seraient en sécurité. Elle savait déjà où.

Elle monta en soupirant dans la voiture. Voyager avec la tante Kitty était une vraie torture. Elle maltraitait si effroyablement sa pauvre « petite bagnole » que Dodo en ressentait presque une souffrance physique.

— Il serait indiqué de passer la vitesse supérieure, tante Kitty.

— Pour quoi faire, Dodo ? Elle roule très bien comme ça et elle fait un joli bruit.

— Le moteur va chauffer si tu continues à rouler aussi vite.

— Mais non, le vent le rafraîchira, j'en suis sûre.

Elles durent s'arrêter à quatre reprises dans une station-service parce que le moteur renâclait. Mais le mécanicien pouvait dire ce qu'il voulait, la tante Kitty se contentait d'opiner joyeusement du chef, elle lui faisait un sourire jusqu'aux oreilles et repartait sans rien changer à sa façon de conduire.

Peut-être que ceux qui arrivent en enfer après avoir commis des péchés graves sont transformés en une voiture conduite par Kitty, songea Dodo. Ce serait un châtiment terrible.

Elles arrivèrent à Pasing en fin d'après-midi. Mais, si Dodo n'avait pas pris le plan et guidé sa tante, elles ne seraient probablement pas parvenues à leur destination avant minuit.

— Seigneur ! s'écria Kitty en voyant la villa. Ernst a fait aménager un vrai parc. On dirait la villa aux étoffes en miniature. Descends, Dodo, ma chérie. On est arrivées. Ce n'est pas Julius que je vois, celui qui avait assassiné la pauvre Maria Jordan ? Ah non, ce n'était pas lui, il avait juste une relation avec elle, je crois... Julius, quel plaisir de vous revoir ! Prenez d'abord ces trois sacs, ce sont des cadeaux pour ma chère Tilly et pour Ernst. Et ensuite vous vous occuperez de ma valise. Je me chargerai de mon sac à main. Qu'est-ce que tu as dans cette écharpe rouge, Dodo ? Des livres ?

Sa nièce secoua la tête et fourra l'écharpe avec son contenu dans son sac de voyage.

La tante Kitty courait à droite et à gauche comme une poule excitée afin que les bagages soient bien portés là où il fallait. Une fois dans le vestibule, elle sauta au cou de Tilly en bavardant à tort et à travers et embrassa Ernst sur les deux joues. Dodo tendit poliment la main à son oncle. Il lui parut encore plus grincheux qu'avant, ce qui tenait peut-être au fait qu'il avait vieilli, maigri et grisonné.

— C'est sympathique de te revoir, Dorothea, dit-il tandis qu'elle lui adressait une impeccable génuflexion. Tu as sacrément grandi.

Puis il se retira dans son bureau et ferma la porte derrière lui. La tante Tilly serra Dodo dans ses bras. Elle semblait absolument ravie de leur visite.

— Vous apportez de la vie dans cette maison, dit-elle en souriant. Quel dommage que Leo ne vous ait pas accompagnées ! Au salon, nous avons un piano que personne ou presque n'utilise jamais.

L'oncle Sebastian était dans la bibliothèque, installé dans un fauteuil avec une couverture sur les jambes. Dodo lui trouva une mine épouvantable. La figure couverte d'écorchures, une bosse ouverte sur le front, la lèvre éclatée et la main droite enveloppée d'un pansement.

— Che chuis terriblement déjolé, chère Kitchi, marmonna-t-il quand elles s'approchèrent pour le saluer.

La tante Kitty, qui en général ne prenait pas de gants, se montra exceptionnellement affectueuse et compréhensive.

— Mon pauvre ami, s'écria-t-elle en lui serrant la main gauche. Tu en as vu de belles ! Apparemment, Tilly s'est bien occupée de toi, ça va déjà mieux, n'est-ce pas ?

— Ch'est un anche. Che lui en chuis terriblement reconnaichant.

— Demain, tu seras rentré à la maison, le réconforta Kitty.

Cette perspective ne sembla pas vraiment le réjouir, ce qui n'avait rien d'étonnant. En le voyant dans cet état, sa femme aurait probablement une nouvelle crise d'hystérie. Au moment du dîner, la bonne lui apporta son repas dans la bibliothèque – il ne voulait pas leur couper l'appétit par le spectacle qu'il offrait. Dodo en fut très soulagée. La bosse rougeâtre qu'il avait sur le front, notamment, était horrible à voir. Pauvre oncle Sebastian, il devait beaucoup souffrir.

Du coup, le dîner fut plutôt amusant, car la tante Kitty ne cessa de bavarder et de rire, ce qui, curieusement, semblait plaire à l'oncle Ernst. Elle s'était changée exprès pour la soirée et portait une de ses robes moulantes profondément décolletées devant et derrière qui avaient toujours un truc brillant quelque part. Elle en possédait une armoire pleine, certaines étaient ornées de plumes, d'autres, notamment les blanches, étaient brodées de petites perles. Si sa cousine Henni adorait porter les robes de sa mère, Dodo, quant à elle, pour rien au monde n'aurait accepté d'enfiler pareil chiffon.

— C'est vraiment dommage, chère Kitty, dit l'oncle Ernst. Demain, nous sommes invités à un dîner de gala à l'opéra. Que dirais-tu de rester un jour de plus ?

La tante Kitty refusa. La pauvre Lisa attendait le retour de son mari et elle-même avait hâte de retrouver son époux. Dodo trouva cela tout à fait compréhensible. Si elle avait eu le choix, elle aussi aurait opté pour l'oncle Robert. C'était un type vraiment gentil.

L'oncle Ernst se rappela soudain qu'il était temps pour les enfants d'aller se coucher. Et donc, à 8 heures, Dodo dut remonter dans la chambre qu'elle partagerait cette nuit-là avec sa tante. Elle fut contente d'avoir emporté deux livres de la bibliothèque municipale. Elle pourrait lire jusqu'à ce que sa compagne de chambre monte à son tour. Ce qui prit un certain temps. Quand elle entra dans la pièce, peu avant minuit, Kitty chancelait légèrement – sans doute avait-elle forcé sur le vin.

— Tu ne dors pas, chérie ? demanda-t-elle, surprise. Lire au lit ! Si tu continues comme ça, tu deviendras un petit serpent à lunettes.

Dodo posa sur sa table de chevet son livre sur le pilote de chasse Manfred von Richthofen et sortit de son sac les partitions enveloppées dans l'écharpe.

— Il faut que tu emportes ça chez toi, lui dit-elle. Que tu les gardes soigneusement et que tu ne les montres à personne.

— Doux Jésus, s'exclama Kitty quand Dodo eut déplié l'écharpe. Qu'est-ce que c'est que ça ?

— Les compositions de Leo. Non, mais tu te rends compte ? Il avait tout jeté à la poubelle.

Elle n'aurait pu trouver meilleure interlocutrice. Kitty examina les partitions, fredonna quelques mélodies, déclara que c'était magnifique, que Leo était un artiste et deviendrait un jour un célèbre compositeur. Et qu'elle l'avait toujours su. Il n'y avait que cet imbécile de Paul pour croire encore que son fils lui succéderait un jour à la tête de l'usine.

— Il a composé ça en secret, le pauvre petit, s'échauffa-t-elle. Il n'a osé le montrer à personne. Ah, Dodo, heureusement que tu as été là au bon moment. Il s'en est fallu d'un cheveu que ces précieuses feuilles ne soient détruites. C'est tout de même incroyable ce que cette garce d'Obramova lui a fait !

— Mais comment se peut-il que Leo ait jeté tout ça ? Jusqu'ici la musique était ce qui comptait le plus pour lui.

Avec un haussement de sourcils, la tante Kitty déclara que Leo devait être amoureux.

— Le premier amour est toujours un grand événement, Dodo, poursuivit-elle. On oublie tout ce à quoi on tenait le plus et on commet des bêtises épouvantables. À l'époque, moi, je me suis enfuie avec Gérard à Paris… Et, si ce premier grand amour se termine mal, alors c'est comme si on était précipité dans un gouffre sombre.

Dodo se demanda si sa tante n'avait pas un peu trop bu et ne se trompait pas d'objet. Leo ne pouvait quand même pas être tombé amoureux d'une grosse femme moche comme cette Obramova. Non, il était plus probable qu'elle l'ait ensorcelé.

— Je vais emporter ses œuvres et les cacher à la maison, promit Kitty en remettant la pile dans l'écharpe. Tout en bas dans un de mes placards à vêtements. Personne ne les trouvera à cet endroit.

Le lendemain, au petit déjeuner, l'atmosphère était curieusement tendue. La tante Kitty assura comme d'habitude l'essentiel de la conversation, ce qui lui valut des compliments répétés de l'oncle Ernst. La tante Tilly ne disait pas grand-chose et paraissait contrariée. L'oncle Sebastian, toujours installé dans la bibliothèque, trempait ses petits pains dans son café au lait.

Un peu plus tard, Julius et Bruni l'aidèrent à s'installer dans la voiture, ce qui ne fut pas simple avec son genou plâtré. D'autant que l'oncle Ernst, au lieu de les aider, s'était éclipsé dans son bureau sans même prendre congé du blessé.

Pauvre oncle Sebastian, songea Dodo. *C'est déjà suffisamment pénible de prendre l'auto avec tante Kitty quand on est en bonne santé, alors quand on a mal partout, ça doit être épouvantable.*

— Adieu, adieu, portez-vous bien dans votre belle ville de Munich, lança la tante Kitty, installée au volant. Dodo, sois gentille avec ta tante, elle le mérite. Tilly, j'espère te revoir bientôt, ma chérie. Franchement, je ne comprends pas que tu sois encore ici. Ouhh !

La voiture fit un bond en avant, le moteur ayant une fois de plus calé. Sebastian, allongé sur la banquette arrière, heurta de l'épaule le siège avant et lâcha un cri de douleur étouffé.

— Le moteur est noyé ! cria Dodo de l'extérieur.

— Ah, cette petite bagnole n'en fait qu'à sa tête, soupira la tante Kitty.

La seconde tentative fut la bonne. La voiture s'éloigna en produisant son teuf-teuf habituel.

— Ce n'était peut-être pas une bonne idée que Kitty vienne récupérer Sebastian, dit Tilly avec un air soucieux. J'aurais mieux fait de le ramener moi-même.

Après le départ de Kitty, l'atmosphère avait changé. Dodo trouvait tout à coup les meubles plus sombres, les rideaux plus épais, Julius et Bruni plus désagréables. La tante Tilly avait soudain des rides autour de la bouche et sur le front et elle répondait par monosyllabes.

— L'aérodrome d'Oberwiesenfeld ? Pour ça il est trop tard. Demain, peut-être, d'accord ?

Le programme du jour consistait en une visite dans un musée ennuyeux qui sentait l'encaustique et les vieux tableaux et où tout le monde parlait à voix basse. On traversait de hautes et vastes salles qui donnaient sur d'autres hautes et vastes salles aux murs couverts de tableaux. La tante Tilly expliqua à Dodo que son papa l'avait priée de cultiver un peu sa fille et de lui montrer la pinacothèque.

Le dîner à la villa fut encore pire que le musée. Ernst était assis à un bout de la table, Tilly à l'autre. Dodo, installée sur un des côtés entre son oncle et sa tante, se sentait comme un petit bateau solitaire sur l'océan Arctique déchaîné. Depuis le départ de la tante Kitty, l'oncle Ernst était encore plus maussade qu'avant, et il lui arrivait même d'être franchement méchant.

— J'espère que tu m'accompagneras au dîner de gala, Tilly, dit-il en regardant sa femme d'un œil scrutateur.

— Désolée, Ernst, mais je dois m'occuper de ma visiteuse.

La visiteuse, c'était elle, Dodo. Sa présence était donc la cause de la réponse irritée qu'Ernst fit à sa femme, se plaignant que ce n'était pas la première fois qu'elle le laissait tomber.

— Je peux très bien rester seule, tante Tilly, suggéra Dodo à voix basse.

Cependant, personne ne l'entendit. L'oncle Ernst enchaînait à présent sur l'oncle Sebastian.

— Je ne comprends pas que tu aies accueilli cet individu chez nous après l'avoir trimballé chez plusieurs médecins. À mes frais, évidemment. Un communiste qui vient la ramener dans un local du NSDAP et qui a blessé un SA. Mais tu n'en as rien à faire de ma réputation. On m'a interpellé à plusieurs reprises à ce propos et mes ennemis n'hésiteront assurément pas à exploiter cet incident.

— C'est un homme droit et honnête et il avait besoin de mon aide, protesta la tante Tilly. C'était important pour moi, Ernst. Et d'ailleurs, ton engagement en faveur de ce parti m'est incompréhensible.

— Je l'ai remarqué, riposta-t-il avec dureté en tranchant son sandwich au jambon.

Incapable d'avaler une bouchée, Dodo tournait alternativement son regard vers l'un et vers l'autre. Elle aurait vraiment mieux fait de rester à la villa aux étoffes ! Cette visite à Munich comptait au nombre de ses idées les plus stupides.

Le lendemain, toutefois, elle changea d'avis. La tante Tilly la conduisit à l'aérodrome d'Oberwiesenfeld, qui était situé entre les quartiers de Moosach et de Schwabing. On vit bientôt apparaître le grand bâtiment blanc où l'on enregistrait les passagers. Une bâtisse neuve avec des antennes radio sur le toit et une gigantesque horloge au-dessus de l'entrée. Le site était entouré d'une clôture pour empêcher que les personnes non autorisées s'engagent sur le gazon. Dodo trouva cela dommage, car c'était justement là qu'étaient garés les avions. Elle les connaissait par les photos et les illustrations de ses livres ou des journaux et ne se sentait plus de joie d'avoir enfin l'occasion de les voir en vrai.

— Regarde, tante Tilly ! Ça, c'est le D-1784, un biplace ! Il y en a trois. À côté, c'est le 1831. Et derrière, plusieurs biplans…

La tante Tilly n'était plus du tout aussi énervée que chez elle. Elle se montrait beaucoup plus gaie, posait des questions et paraissait impressionnée par les connaissances de Dodo. Parfois, même, elle riait et déclarait que cela lui plairait vraiment de voler un jour dans les airs avec un de ces oiseaux. Cependant le clou de la journée fut le moment où elles pénétrèrent sans autorisation dans un des hangars. Il abritait plusieurs machines, garées les unes contre les autres, et, tout devant, se trouvait un D-1712. Trois hommes en combinaison sombre s'occupaient de l'appareil, le faisant légèrement avancer et mettant l'hélice en mouvement.

— Le voilà, chuchota Dodo avec un respect craintif.

Elle était si excitée qu'elle faillit trébucher sur un tuyau noir en traversant le hangar au pas de course. Elle n'entendit même pas sa tante qui lui ordonnait de faire demi-tour. Tout essoufflée, elle s'arrêta devant le D-1712 et tendit le cahier qu'elle avait apporté pour l'occasion.

— S'il vous plaît, monsieur Udet, donnez-moi un autographe !

Au lieu de l'autographe désiré, elle reçut un sacré savon de la part de l'as de l'aviation. Qu'est-ce qu'elle fichait là ? Il était interdit d'entrer dans ce hangar.

— Je m'en vais tout de suite, bafouilla-t-elle. S'il vous plaît, j'ai lu tellement de choses sur vous. Votre livre *Croix de guerre contre cocarde*, les articles de journaux sur les journées d'acrobaties aériennes. J'ai vu tous vos films. Et plus tard, je veux devenir pilote. S'il vous plaît, donnez-moi un autographe !

Il sourit. Elle avait réussi ! Udet n'avait pas l'air aussi fringant que dans ses films, sans doute l'effet du maquillage. Elle savait déjà, par les photos dans les journaux où il apparaissait parfois tête nue, qu'il avait peu de cheveux sur le crâne. En fait, il avait moins l'air d'un héros que d'un gentil papa. Alors que c'était le meilleur pilote du monde ! Elle aurait donné n'importe quoi pour pouvoir prendre des leçons avec lui.

— Allez, file-moi ton cahier, jeune dame, dit-il. Tu as de quoi écrire ? Attends, j'ai ce qu'il faut.

Il sortit un stylo de sa poche de poitrine et écrivit son nom en grandes lettres énergiques. Ernst Udet !

— Tu as dit que tu voulais devenir pilote ? s'enquit-il en lui rendant son cahier. Quel âge as-tu si je puis me permettre ?

— Presque 15 ans.

Son sourire s'élargit et il la scruta avec attention. Gênée, Dodo songea que son stupide manteau lui donnait sans doute l'air d'une petite écolière modèle.

— Bon, dit-il en lui faisant un clin d'œil. Reviens me voir dans deux ou trois ans.

— Pour de vrai ? s'écria-t-elle, le cœur battant la chamade.

— Bien sûr. Et maintenant, fiche-moi le camp. Ta maman t'attend là-bas.

— Ce n'est pas ma maman, c'est ma tante Tilly.

Mais Udet ne l'écoutait plus. Se tournant vers les deux mécaniciens, il déclara que l'appareil était dans un état lamentable et qu'il avait intérêt à être prêt pour le lendemain, parce qu'il comptait le prendre.

Le reste de la journée, Dodo ne cessa d'évoquer cet événement mémorable dont elle avait tant rêvé. Elle avait vu le célèbre pilote Ernst Udet en chair et en os et lui avait même parlé. Et, à présent, elle possédait son autographe, qu'elle conserverait précieusement jusqu'à la fin de ses jours.

— Il a dit que je pouvais revenir le voir dans deux ou trois ans, tante Tilly. Qu'est-ce que tu en penses ? Je pourrais essayer l'année prochaine. J'aurai presque 16 ans…

— Tant que tu n'es pas majeure, la décision appartient à tes parents, répondit Tilly, tempérant son ardeur.

Sa mère lui accorderait peut-être son autorisation, se dit Dodo. Son père, sans doute pas. Et sa grand-mère encore moins. Mais de toute façon elle n'avait pas l'intention de lui demander la permission.

Le soir, elle glissa le cahier contenant la précieuse signature sous son oreiller, certaine de passer la nuit à rêver d'avions. Elle survolerait l'océan scintillant et apercevrait au loin les côtes de l'Afrique. Ou bien elle effectuerait un décollage périlleux depuis un haut plateau montagneux, juste au bord d'un gouffre, et un atterrissage forcé dans le désert en pleine tempête de sable… Au matin, toutefois, il ne lui parut pas avoir fait ce genre de rêve. En revanche, elle se souvenait d'avoir entendu des éclats de voix et des discours furieux en provenance de la bibliothèque. Son oncle et sa tante avaient eu une violente dispute.

Bruni vint frapper à sa porte.

— Mademoiselle Dodo ? Ces messieurs dames sont en train de prendre le petit déjeuner.

Aïe, elle avait laissé passer l'heure du réveil ! Elle fit une toilette minimale, s'habilla en toute hâte et, une fois dans l'escalier, se peigna rapidement de ses doigts. La tante Tilly avait promis de l'emmener au Musée des sciences et de la technique, qui lui plairait certainement davantage que la pinacothèque. Elle y achèterait deux cartes postales, une pour Leo et une pour ses parents. Ils n'en reviendraient pas de ce qu'elle avait à leur raconter.

Malheureusement, la journée ne se passa pas comme prévu. Lorsqu'elle entra dans la salle à manger, sa tante l'accueillit gentiment par un « Bonjour, petite marmotte ». L'oncle Ernst, tout occupé à mâcher son petit pain, ne sembla pas avoir remarqué son arrivée.

— Voilà ce qu'il en est, Tilly, déclara-t-il. Ces recherches me paraissent très importantes pour notre avenir à tous.

— Pour ma part, je les juge superflues, Ernst, rétorqua la tante Tilly sur un ton de colère qui ne lui était pas coutumier. Elles ne feront que susciter des problèmes. Des gens qui vivaient paisiblement parmi nous vont tout à coup se retrouver stigmatisés. Quel est l'intérêt ?

Dodo ne comprit pas de quoi ils parlaient, mais elle sentit confusément qu'il y avait une menace dans l'air. Si elle l'avait pu, elle serait remontée illico dans sa chambre. Elle s'assit en silence à sa place et se fit servir du café par Julius.

— Pourquoi t'énerves-tu ainsi, Tilly ? répliqua l'oncle Ernst avec un sourire moqueur. La famille Bräuer est aryenne jusqu'aux arrière-grands-parents et sans doute encore plus. Et la famille de ta mère est tout aussi irréprochable : Mecklembourg, des ancêtres commerçants qui ont pris la mer.

— Qui cela intéresse-t-il ? l'interrompit Tilly. Prends des petits pains, Dodo. Il y a de la confiture et du jambon.

La jeune fille plaça docilement un petit pain sur son assiette, espérant *in petto* que son oncle se lèverait de table pour se retirer dans son bureau. Mais il n'en avait pas fini.

— En revanche, la famille Melzer pose un problème. Jacob Burkard était un juif converti et Luise Hofgartner était de mère juive. De ce fait, Marie est aux trois quarts juive et les enfants sont des *Mischlinge*…

Soudain, tout alla très vite.

Exaspérée, Tilly se leva brusquement, expédiant involontairement sa tasse et sa soucoupe sur le sol.

— Dodo, rassemble tes affaires ! Nous partons dans une demi-heure.

Elle n'avait pas haussé le ton, mais ses paroles trahissaient une détermination inhabituelle. Quand l'horloge de l'église sonna 10 heures, elles étaient toutes les deux dans la voiture, le sac de Dodo et deux grandes valises sur la banquette arrière.

— Où est-ce qu'on va, tante Tilly ?

— On rentre à la maison.

19

Le parc de la villa aux étoffes était enveloppé d'un épais brouillard de novembre qui se répandait en nappes laiteuses sur les pelouses. Par moments surgissaient la forme noire d'un genévrier ou le squelette dépouillé d'un hêtre sur lequel était posé une corneille solitaire.

— On se croirait seul au monde, dit Else, oppressée. On voit même plus la tour de Perlach et la cathédrale, le brouillard a tout englouti.

— C'est l'automne, voilà tout, répliqua Fanny Brunnenmayer. La saison des fantômes et de la dame des brumes.

— Sainte Vierge ! se récria Else en se signant. Faut pas dire ça, Brunnenmayer. Déjà que j'ai peur quand je dois traverser le couloir de nuit pour aller au petit coin.

— Pourquoi que t'allumes pas l'électricité ? demanda la cuisinière en secouant la tête. Monsieur l'a fait mettre exprès pour qu'on n'ait plus à tâtonner dans le noir avec la lanterne.

Else fit un geste de refus.

— L'électricité ? Ça, jamais ! Avec cette lumière qu'on voit tout, j'ai pas envie de me promener dans le couloir en chemise de nuit.

— C'est sûr, répliqua la Brunnenmayer avec un sourire en coin. On pourrait te prendre pour un fantôme. Allez, va donc me chercher la boîte avec les chiffons et le produit pour l'argenterie. Y a rien de mieux que le travail pour chasser les humeurs sombres et les fantômes.

On était dimanche après-midi. La cuisinière avait préparé une grande cafetière pour les domestiques et l'on boirait le café accompagné de tartines et de compote de prune afin de se donner du cœur au ventre. Liesel, qui avait reçu l'ordre de récurer le fourneau, frottait la plaque noire de toutes ses forces pour la faire briller. Hanna nettoierait plus tard le réfrigérateur, la Brunnenmayer le lui avait déjà annoncé. Elle-même se chargerait du garde-manger. La veille, la Liesel y avait découvert les vestiges indiscutables du passage d'une souris, de sorte qu'il fallait soigneusement vérifier si le rongeur n'avait pas trouvé moyen de s'introduire dans les placards protégés par du fil métallique. La cuisinière avait sorti un piège du tiroir de la table et était en train de couper un petit morceau de lard qui servirait à appâter l'animal.

Hanna ne tarderait sans doute pas à descendre. Elle avait été appelée chez la vieille Mme Melzer afin de lui frotter les tempes avec de l'huile de menthe. La pauvre souffrait une fois de plus d'une méchante migraine causée par le temps lourd et brumeux.

Gertie entra dans la cuisine avec un plateau sur lequel étaient posées la grande théière et plusieurs tasses.

— Mme Elisabeth cajole son mari comme une vraie mère poule, dit-elle sur un ton peu amène. « Ah, mon pauvre amour, est-ce que tu es bien assis ? Tu as pris tes cachets ? Laisse-moi te changer ton pansement, mon chéri… »

— Il est vraiment mal en point, M. Winkler, répondit la cuisinière avec compassion. Ça rigole pas quand on tombe entre les pattes de ces salopards. Ceux de la droite, ils attendent que l'occasion de faire du grabuge et de se bagarrer.

Gertie était une fois de plus de mauvaise humeur. Elle haussa les épaules et répliqua que M. Winkler n'était assurément pas innocent dans cette affaire.

— Il a un procès sur le dos, déclara-t-elle. Parce qu'il a blessé un SA avec une chope de bière.

— M. Winkler ? J'ai du mal à le croire, répondit Fanny Brunnenmayer en secouant la tête.

— Faut se méfier de l'eau qui dort, pontifia Gertie en prenant place à côté d'Else. Au premier coup d'œil, on voit jamais ce qu'il y a derrière la façade. Les hommes, faut y regarder de plus près. Mais comment que vous le sauriez, vous deux, puisque vous en avez pas connu ?

La cuisinière s'abstint de toute réponse et préféra se rendre dans le garde-manger afin de chercher un endroit adéquat où déposer son piège. Elle savait que, ces derniers temps, Gertie avait eu plusieurs liaisons. À deux reprises, on était venu la chercher et on l'avait raccompagnée en voiture lors de son jour de congé. Depuis, le propriétaire de la voiture ne s'était plus manifesté. En revanche, on avait vu apparaître un cycliste, un gaillard de belle prestance avec des boucles châtain foncé. La cuisinière trouvait Gertie imprudente. Elle pouvait se retrouver du jour au lendemain dans la situation qu'avait connue Augusta, enceinte et obligée de trouver un père à l'enfant. Mais il n'était guère possible de lui donner des conseils, elle était impertinente et se croyait plus maligne que les autres.

La sonnette de l'annexe retentit, Madame avait de nouveau besoin des services de Gertie.

— Ça fait même pas une minute que je suis là, rouspéta celle-ci. Elle n'a qu'à se faire son thé elle-même, cette grosse paresseuse. Elle m'a embauchée comme femme de chambre, mais je peux même pas m'occuper de ses vêtements parce qu'elle arrête pas de me faire courir à droite et à gauche.

Elle faillit se cogner à Humbert, qui entrait dans la cuisine avec un grand panier à anses rempli de pièces d'argenterie noircies.

— Les couverts sont tout au fond, dit-il en déposant son fardeau sur le sol. Mme Alicia souhaite qu'on commence par là.

— Si elle croit qu'on en aura besoin, lança Else en haussant les épaules. Ça fait longtemps qu'il n'y a plus de grandes soirées à la villa. Quand je repense aux bals qu'ils donnaient quand Mlle Kitty et Mlle Elisabeth étaient pas encore mariées ! C'était magnifique ! Toutes ces dames en belle robe de soirée et ces messieurs en frac qui dansaient dans la salle !

— Me dis pas que tu dansais aussi, Else, la taquina Humbert.

— Mais non, répliqua-t-elle en rougissant. Une fois que j'avais pris les manteaux de ces messieurs dames, j'allais regarder. Et, parfois, je montais quand ces dames avaient besoin de quelque chose à la salle de bains.

— Tout ça, c'est du passé, soupira la cuisinière. Mme Elisabeth m'a encore réduit le budget. Elle a dit d'accord pour le menu de Noël habituel, mais sinon faut économiser. Bientôt, elle comptera chaque morceau de charbon que je mets dans le fourneau.

— C'est un moindre mal, dit Humbert à voix basse. Vous avez lu le journal, hier ?

Comme Gertie revenait à cet instant dans la cuisine avec Hanna, il n'en dit pas plus. Elles prirent place à côté d'Else, et Hanna servit le café au lait. La Brunnenmayer ne disait mot, elle savait à quoi Humbert avait fait allusion. La villa Mantzinger avait été vendue et l'on avait congédié tous les domestiques. La cuisinière connaissait certains d'entre eux, ils avaient été depuis quinze ans, parfois plus de vingt ans au service de la famille, et voilà qu'ils n'avaient plus rien. Quelle époque, grands dieux ! Heureusement, l'usine Melzer paraissait tenir à peu près le coup. Tant que là-bas le travail se poursuivrait, la villa aux étoffes ne disparaîtrait pas, elle en était fermement convaincue.

La porte sur cour s'ouvrit, livrant passage à Christian, suivi de Dörthe, qui ôta ses bottes en caoutchouc dans le couloir.

— Voilà Dörthe qui arrive, lança Gertie sur un ton moqueur. Garez vos tartines !

Christian s'approcha du fourneau pour échanger quelques mots avec Liesel. Mais celle-ci était si absorbée dans sa tâche qu'elle ne répondit que par monosyllabes. Déçu, le jeune homme alla s'asseoir à la table et se mit en demeure de se requinquer avec un café au lait et une tranche de pain tartinée d'une épaisse couche de compote de prune. La Brunnenmayer en apporta autant à Liesel.

— Tiens, ma fille, dit-elle en posant l'en-cas sur la plaque du fourneau. Mange, ça te fera du bien.

À la table, on s'était mis à parler des changements survenus chez les Melzer.

— Tilly von Klippstein est toujours en visite chez Mme Kitty ? demanda la cuisinière à Humbert, à qui ses fonctions de chauffeur donnaient accès à davantage d'informations. Ça va faire trois semaines qu'elle est là.

— Comme elle travaille plus à l'hôpital, elle a le temps de voir sa mère, répondit Hanna.

Gertie trouvait la situation bizarre. D'autant plus que, d'après Humbert, Mme von Klippstein était arrivée de Munich en voiture et non en train comme à l'accoutumée.

— Y a quelque chose qui cloche, déclara-t-elle. La prochaine fois que je verrai Mizzi, j'essaierai d'en savoir plus.

— Qu'est-ce qui pourrait clocher ? s'étonna Hanna.

Gertie haussa les épaules en affichant un air entendu.

— C'est pas si simple quand on est marié avec un homme qui vaut rien au lit…

Sa remarque rencontra peu d'écho autour de la table. Humbert lui fit remarquer avec froideur qu'elle semblait n'avoir rien d'autre en tête en ce moment. Et Fanny Brunnenmayer répliqua sur un ton tranchant :

— Dans ma cuisine, on raconte pas de trucs dégoûtants sur les maîtres, tiens-toi-le pour dit, Gertie !

Mais la jeune femme avait la peau dure.

— Elle l'a quittée et elle reste à Augsbourg, répondit-elle avec un sourire condescendant. Vous verrez que j'ai raison.

— Et quand bien même, rétorqua la cuisinière. C'est pas tes oignons, point final.

— Il me fait de la peine, le pauvre M. von Klippstein, poursuivit Gertie sans se démonter. Elle commence par parler de « mariage de raison » et pis elle le plante là.

— Fais attention, ça pourrait bien t'arriver, lui dit Humbert avec gravité. Avec ton caquet, je serais pas étonné que ton homme te laisse tomber.

Hanna lui donna un léger coup de coude.

— Allez, Humbert, t'énerve pas. Elle y entendait pas malice, Gertie.

— Mais c'est vrai, rétorqua-t-il en coupant sa tartine en petits morceaux afin de ne pas risquer de salir son costume avec une tache de compote.

Il y eut un moment de silence. La cafetière fit le tour de la table, les couteaux raclaient les assiettes, on entendait Dörthe mâcher son pain avec délectation.

Else rompit le silence pour faire remarquer qu'elle regrettait de ne plus entendre Leo jouer au piano.

— Il est devenu tout maigre, dit la Brunnenmayer. Et il passe son temps seul dans sa chambre.

— C'est pas bon, ça, renchérit Else. Il veut même plus aller chez sa tante. Et ça fait des semaines que j'ai pas vu son ami Walter à la villa.

— Il est en bonne voie de se transformer en ermite, ajouta Humbert. Sa mère est très inquiète. Son père, lui, est très content. Dernièrement, il a dit au petit déjeuner que Leo avait enfin compris ce qui était important dans la vie.

— Ben oui, intervint Gertie. Un jour, il devra reprendre l'usine. Enfin, si elle existe toujours.

— Qu'est-ce que tu racontes encore comme âneries ? s'échauffa la cuisinière. Bien sûr qu'elle continuera d'exister jusqu'à ce qu'il soit grand. Elle a été créée en 1882, elle a survécu à la guerre et elle surmontera cette crise.

Gertie éprouvait comme toujours un malin plaisir à répandre les mauvaises nouvelles.

— Il faut que vous sachiez un truc, comme ça vous viendrez pas me reprocher de pas vous avoir avertis. Avant-hier, Monsieur était chez Mme Elisabeth, et comme je leur ai apporté le thé, j'ai entendu une partie de ce qu'ils disaient…

— Parce que tu avais l'oreille collée contre la porte, la coupa Humbert.

— Je peux me taire si vous avez pas envie de savoir, riposta hargneusement Gertie.

— Allez, parle, grommela la cuisinière. Autrement ça va t'étouffer.

Gertie prit une grande gorgée de café et déclara avec affectation que si elle communiquait ses informations, c'était uniquement pour rendre service.

— C'est quelque chose de grave ? demanda Hanna, inquiète.

— Si on veut. Monsieur a prié sa sœur d'écrire en Poméranie. Qu'elle demande à la tante Elvira de leur prêter de l'argent. Voilà ce que j'ai entendu. Et je sais aussi pourquoi il a tant besoin d'argent, M. Melzer.

Elle s'interrompit et promena son regard à la ronde. Voyant tous les regards braqués sur elle, elle hocha la tête avec satisfaction.

— Monsieur a besoin d'argent parce que la banque lui a retiré son crédit et qu'il doit tout rembourser d'un coup.

— Quel crédit ? demanda Humbert.

— Il a emprunté pour faire construire le deuxième bâtiment. Et comme c'est pour Mme Elisabeth et sa famille, il voudrait qu'elle l'aide à trouver des sous. Mais c'est pas tout…

— Et c'est pendant que tu servais le thé que tu as entendu tout ça ? intervint Humbert avec ironie. Tu comptais les morceaux de sucre ? Tu as essuyé plusieurs fois les tasses ?

Tout le monde savait que les maîtres n'auraient jamais discuté ce genre de sujet en présence d'un domestique. Gertie avait écouté à la porte, c'était évident. Mais Humbert était le seul à s'en émouvoir. Les autres brûlaient d'en savoir davantage, ce que Gertie avait rapporté était plus qu'inquiétant. Liesel s'assit à son tour pour l'écouter. Seule Dörthe restait imperturbable. Elle prit la dernière tartine et la beurra.

— Qu'est-ce qu'il y a d'autre ? demanda Fanny Brunnenmayer avec angoisse.

Agacée par la remarque de Humbert, Gertie marqua ostensiblement une pause, rassembla quelques miettes éparses sur la table et en fit un petit tas.

— Les affaires ont l'air très mauvaises, dit-elle enfin. M. Melzer a dû vendre trois des immeubles qu'il possède à Augsbourg pour investir l'argent dans l'usine.

— Et celui dans lequel se trouve l'atelier ?

Gertie ne put répondre à la question de Hanna, son savoir demeurait limité. Les Melzer possédaient plusieurs immeubles en ville, mais personne autour de la table n'en connaissait le nombre.

— Et si l'usine fait quand même faillite ? demanda Hanna, exprimant tout haut les craintes de chacun. Peut-être que la villa sera vendue.

— Ça c'est sûr, concéda Gertie. Et alors on n'aura plus de travail.

Tous en restèrent muets d'effroi. Christian la fixait, les yeux écarquillés, la bouche béante.

— Ça pourrait vraiment arriver ? chuchota Liesel.

— Peut-être que l'acheteur reprendrait quelques-uns des domestiques, fit valoir Humbert.

L'idée de travailler pour le nouveau propriétaire de la villa fut ressentie par tous comme un coup de massue. Gertie ne le souhaitait pas. Pour Fanny Brunnenmayer et Else, c'était tout bonnement impensable. Quant à Hanna, elle déclara qu'elle préférerait encore aller pointer au chômage. Humbert se drapa dans un silence morose. Christian baissa les yeux sur son assiette vide. Seule Dörthe lâcha lapidairement :

— Dans ce cas, j'retournerai en Poméranie. Y a tout le travail qu'y faut là-bas.

Sur quoi elle se leva pour aller remettre ses bottes. Lorsqu'elle ouvrit la porte sur cour avec sa brusquerie coutumière, on entendit dehors un juron furieux.

— Tu peux pas faire attention ?

— La porte est pas transparente, répliqua Dörthe.

Et elle sortit dans le brouillard afin d'aller tailler les derniers arbres. Augusta entra dans la cuisine d'un pas chancelant, une main sur le front.

— J'ai jamais vu une balourde pareille, pesta-t-elle. Elle m'a flanqué la porte dans la figure. Donne-moi un chiffon froid, Liesel, autrement j'aurai une bosse.

La jeune fille se leva promptement pour mouiller un torchon. Les autres regardèrent Augusta d'un œil peu amène. On savait qu'elle venait jouer les pique-assiette.

— Il vous reste une goutte de café ? demanda-t-elle aussitôt en retirant sa veste humide. Je suis complètement gelée. Et à la maison y a presque plus de charbon. Je sais pas comment on va faire pour tenir l'hiver. Hansl a la bronchite et Fritz, il tousse aussi.

Elle prit le torchon humide que lui tendait Liesel, l'appliqua sur son front, puis se laissa tomber sur une chaise d'un geste théâtral.

— Je veux bien que tu mettes ta veste dans l'entrée, Augusta, lança sèchement la Brunnenmayer.

— La Liesel n'a qu'à le faire, répliqua Augusta en poussant un gémissement. Quand je suis assise, j'ai du mal à me relever. Dehors, j'ai posé un panier avec des herbes fraîches de la serre. Y a aussi du chou blanc et quelques poireaux pour la soupe.

— Je peux pas tout t'acheter, riposta la cuisinière. Ou alors faut que tu baisses les prix. Des poireaux, il m'en reste d'hier et ton chou, il a pris la gelée.

— T'es tout le temps en train de râler. Pourtant, tu sais très bien le mal que j'ai depuis la mort de mon Gustav.

Quand il gèle, il fait froid dans les serres. Comment que tu veux que je les chauffe ? Tiens, Liesel, donne-moi du café.

— Y en a plus, déclara fermement la cuisinière. Repasse de l'eau chaude sur le marc, Liesel.

Entre-temps, Humbert avait posé ostensiblement le panier contenant l'argenterie sur la table. Hanna apporta une pile de vieux journaux que l'on étalerait dessus pour ne pas la salir. Else prit le crémier, mais Humbert le lui ôta des mains et ouvrit le coffret de couverts. Gertie en sortit les fourchettes et dit à Augusta, qui sirotait son café :

— Te gêne pas pour nous aider, Augusta, hein, puisque t'es là.

Augusta se mit à rire et répondit qu'elle avait assez de travail comme ça chez elle. Pas besoin de faire l'argenterie à la villa.

— Et pour rien en plus. Si Mme Elisabeth, qui s'occupe maintenant de la villa, me faisait travailler quelques heures par semaine, ça nous aiderait moi et les gosses. Mais elle veut pas.

Personne ne répondit. Bien sûr, Mme Elisabeth ne pouvait embaucher une paire de bras supplémentaires, il n'y avait plus assez d'argent pour ça. Mais personne ne voulait le dire à Augusta. Rendre ce genre d'information publique aurait été trahir leurs maîtres. La semaine précédente, Mme Elisabeth lui avait donné pour elle une pleine corbeille de vêtements usagés et Marie Melzer avait ajouté à l'intention de ses fils des pantalons et des pulls désormais trop petits pour Leo. Mais Augusta n'était jamais contente, elle ne l'avait jamais été non plus du vivant de son mari. Elle avait poussé le pauvre Gustav à en faire toujours plus, à présent elle devrait se débrouiller sans lui.

— Envoie-moi tes garçons demain midi, lui proposa la Brunnenmayer. Je fais des nouilles roulées avec de la choucroute, il en reste toujours un peu.

— Ouais, répondit Augusta sans enthousiasme. Y nous faudrait plutôt du bois pour l'hiver. Et du charbon.

La cuisinière haussa les épaules. Non, mais qu'est-ce qu'elle croyait ? Qu'on irait en cachette rogner sur la réserve de charbon de la villa pour lui en faire cadeau ?

— Dans ce cas, t'as qu'à en acheter, répliqua-t-elle sans pitié.

Augusta promena son regard autour d'elle, mais personne n'était disposé à prendre son parti. Tout le monde était plongé dans ses tâches.

— Acheter ? s'emporta Augusta. Et avec quoi que je paierais le bois et le charbon ? J'ai un crédit à rembourser et la jardinerie, elle rapporte rien en hiver. C'est-y qu'on doive mourir de faim et de froid ? Ici, à la villa, on mène la grande vie. Ils ont de la viande dans les assiettes et du charbon dans le poêle. Le dimanche, ils vont à la messe prier pour leurs pauvres petites âmes. Et avec ça ils sont avares comme pas deux ! Ils veulent même pas donner un bout de charbon à une pauvre veuve !

— Maman, je t'en prie, l'interrompit Liesel, qui ne supportait plus ce discours. Arrête de rouspéter, c'est honteux.

Aussitôt, Augusta tourna sa colère contre sa fille. C'était une insolente qui se donnait de grands airs, si son Gustav avait été encore en vie, il lui aurait depuis longtemps sonné les cloches.

— Ce mois-ci, t'as pas rapporté un sou à la maison, continua-t-elle à récriminer. Qu'est-ce que t'as fait de ton salaire, hein ? Maxl, il a besoin de chaussures et les chaussures, ça coûte de l'argent.

Fanny Brunnenmayer bouillait de colère, mais elle n'eut pas le temps de répondre, Gertie la devança.

— Pourquoi que la Liesel elle devrait te donner tout son salaire, Augusta ? Elle te coûte rien pourtant. Est-ce qu'elle dort chez toi ? Est-ce qu'elle mange chez toi ? Si j'étais la Liesel, je te donnerais pas un fifrelin.

Pour une fois, Gertie avait dit quelque chose de sensé. Augusta ne pouvait s'en prendre qu'à elle-même du dénuement dans lequel elle se retrouvait. Elle n'avait pas écouté les conseils de Marie Melzer. Au lieu de mettre de l'argent de côté pour l'hiver, elle avait acheté, entre autres, plusieurs nappes damassées, des verres à vin ciselés et une carafe en verre très coûteuse. Elle voulait un intérieur raffiné, à l'image de ce qu'elle voyait à la villa aux étoffes.

— Apporte-moi ton panier de légumes, intervint la cuisinière pour mettre fin à la dispute. Je vais voir ce dont j'ai besoin.

Augusta s'exécuta promptement, car elle ne voulait pas rentrer chez elle sans rapporter quelques sous. Elle marchanda quelques instants avec la cuisinière à propos d'un chou blanc, puis s'inclina et reçut son dû.

— On n'ira pas loin avec ça, maugréa-t-elle.

Elle remit sa veste et repartit avec son panier.

À la cuisine, le travail se poursuivit en silence. Humbert et Gertie auraient volontiers récriminé contre Augusta, mais ils ne voulaient pas blesser Liesel. C'était sa mère, tout de même. Plus tard, quand le dîner des maîtres fut prêt et que la Brunnenmayer se retrouva seule avec Liesel, elle essaya de la réconforter.

— Fais pas attention aux bavardages de Gertie, hein ! La villa sera pas vendue, j'en suis sûre. Et à l'usine ça finira par repartir.

— Je voulais vous demander quelque chose, madame Brunnenmayer.

— Vas-y.

Liesel rinça la dernière assiette et s'essuya les mains sur son tablier.

— Je… Il me faudrait un peu d'argent, dit-elle après une hésitation en regardant la cuisinière avec un air implorant. Dans les cinquante ou soixante Reichsmarks. Est-ce que vous accepteriez de me les prêter ?

Fanny Brunnenmayer crut un instant avoir mal entendu. La Liesel avait besoin d'argent ? Voilà qui était nouveau.

— Pourquoi t'as besoin de cette somme ? demanda-t-elle, surprise. Un bon manteau d'occasion, ça coûte pas plus de dix marks.

La jeune fille pinça les lèvres et secoua énergiquement la tête.

— C'est pas pour acheter un manteau, madame Brunnenmayer. Je veux aller en Poméranie. Voir mon père.

— Sors-toi cette idée de la tête ! s'écria la cuisinière, effrayée. Il t'attend pas, ça c'est sûr.

Comme Liesel baissait les yeux sans répondre, elle ajouta :

— Va donc te coucher et oublie toutes ces bêtises, Liesel.

— De toute façon j'irai là-bas, déclara tout bas la jeune fille avec détermination. Avec ou sans argent. Je veux le voir. Autrement je pourrai plus jamais être tranquille.

20

À PEINE TILLY AVAIT-ELLE RACCROCHÉ que Kitty se rua dans le salon et se jeta dans le fauteuil tressé.

— C'est le troisième appel de la journée, dit-elle, indignée. Non, mais qu'est-ce qu'il s'imagine, cet individu ? Croit-il te reconquérir en te harcelant, en appelant toutes les demi-heures et en te faisant la morale ? Pourquoi tu ne lui dis pas qu'il n'arrivera à rien de cette façon-là, à rien du tout ?

— Mais ça fait des jours que je le lui dis, Kitty, soupira Tilly. Sauf que ça ne l'intéresse absolument pas. C'est comme si on parlait à un mur.

Elle reposa l'appareil sur la commode avec un sentiment de découragement. Elle n'avait pas pensé que ce serait si difficile. Elle était partie de l'idée qu'Ernst se comporterait en gentleman. Son départ précipité l'avait blessé, c'était compréhensible, car jusque-là elle ne s'était pas montrée encline à prendre des décisions spontanées et sans le consulter. Le soir même, toutefois, elle l'avait appelé pour l'informer qu'elle était à Augsbourg chez sa mère, et qu'elle avait l'intention de divorcer. Il avait accueilli cette nouvelle sans commentaire, mais, le matin suivant, lui avait déclaré par téléphone qu'il n'était pas d'accord et qu'il se battrait pour sauver son mariage avec tous les moyens à sa disposition. Quelques jours plus tard était arrivée une lettre de cinq pages couvertes d'une toute petite écriture qui exposait sa version des faits. Il lui rappelait sa promesse de mariage, l'accord qu'ils avaient passé de s'engager tous les deux dans une union de raison, accord qu'il avait pour sa part scrupuleusement respecté. Puis il énumérait les manquements par lesquels elle avait contrevenu à cet arrangement : son ambition professionnelle démesurée, son désintérêt pour ses activités à lui, le peu d'efforts qu'elle avait fournis dans la gestion de leur foyer – ce qui relevait de ses devoirs d'épouse –, sa froideur, son insistance pour ouvrir un cabinet dans un quartier ouvrier, etc., etc. Il estimait également qu'elle ne s'habillait pas comme il le fallait, qu'elle ne voulait pas paraître féminine et désirable, et qu'elle témoignait ostensiblement son ennui lorsqu'elle rencontrait les dames de la haute société munichoise à l'occasion des événements mondains.

Tilly avait lu et relu sa lettre et, alors même qu'elle aurait eu un certain nombre d'objections à formuler, son contenu l'avait profondément déprimée. D'une certaine manière, Ernst avait raison. Elle s'était montrée une mauvaise épouse et il avait motif à se plaindre d'elle. Du coup, elle avait été très surprise par la réaction de Kitty. Lorsque, après quelque hésitation, elle lui avait montré la missive d'Ernst, sa belle-sœur s'était presque étouffée de rire au bout de quelques lignes.

« Je crois qu'il lui manque une case… Non, mais vous entendez ça ? Froideur ! Laissez-moi rire ! Hahaha !

Gestion du foyer ! Hahaha ! Décidément, Klippi est un sacré numéro… »

Cette hilarité outrancière lui avait fait du bien. Il était libérateur de constater qu'une femme pouvait balayer tous ces reproches d'un simple rire.

« Qu'est-ce que c'est que cette mine, ma petite Tilly ? avait demandé Kitty en jetant négligemment la lettre sur le divan où elle avait pris place. Tu ne vas tout de même pas gober ça ? Te serais-tu laissé impressionner par la virile sévérité de M. von Klippstein ? La mauvaise conscience est-elle en train de te terrasser ?

— Bien sûr que non, avait répliqué Tilly, agacée. Cependant je ne peux hélas pas nier que j'ai consenti à ce mariage de raison… »

Kitty avait levé les yeux au ciel ainsi qu'elle le faisait toujours face à une opinion contraire à la sienne. Tilly admirait son assurance : sa belle-sœur était fondamentalement convaincue qu'elle avait toujours raison et que les autres avaient tort.

« Cette promesse, tu l'as faite à l'homme qu'il était alors, avait-elle rétorqué sur un ton professoral, l'index dressé. Depuis, il s'est transformé en un imbécile mégalomaniaque. Un individu capable de dire de mon adorable Marie qu'elle est aux trois quarts juive. Non, je ne veux plus entendre parler de ce type. Je ne le connais plus ! Et je suis profondément navrée de l'avoir connu. »

Tilly avait rapporté à Kitty la discussion qui avait provoqué la rupture. Celle-ci avait été si horrifiée que, si elle s'était écoutée, elle aurait foncé sur-le-champ à Munich pour arracher personnellement les yeux à Ernst von Klippstein.

« J'ai trouvé particulièrement détestable qu'il tienne ce discours en présence de Dodo, avait ajouté Tilly avec dégoût. Lors de notre trajet de retour, la gamine n'a pas cessé de me cuisiner pour essayer de comprendre ce que son oncle avait voulu dire. Elle voulait savoir si c'était grave d'être en partie juif, si sa mère pouvait désormais se faire cogner dessus dans la rue comme c'était arrivé à l'ami de son frère. Seigneur Dieu, j'étais si horrifiée que je ne savais plus quoi lui répondre…

— Plus un mot, avait assené Kitty. Tu restes chez nous et basta ! »

Sur quoi Tilly l'avait serrée dans ses bras avec gratitude. Désormais, elle était convaincue d'avoir agi comme il fallait, comme elle aurait dû le faire depuis longtemps. Elle avait hésité, prolongé une situation intenable, ce qui était impardonnable. Chez Kitty, elle retrouvait l'amour, la chaleur, les joies de la vie en famille qui lui avaient tant manqué ces dernières années. Sa mère était aux anges de l'avoir de nouveau auprès d'elle, de pouvoir la choyer et, bien sûr, comment aurait-il pu en être autrement, de lui rappeler qu'elle avait cherché à l'avertir des risques qu'elle courait.

« Je te l'avais dit dès le début, Tilly. Ce monsieur n'est pas le mari qu'il te faut. Quand on a une blessure aussi malencontreuse, qui vous met hors d'état d'exercer votre virilité, on finit par devenir bizarre.

— Mais non, Gertrude, avait déclaré Kitty. Klippi a toujours été bizarre. Demande à Paul, il t'en racontera des choses. Et ma chère Marie est bien placée pour le savoir, elle aussi.

— Peut-être. De toute façon, j'ai toujours voulu des petits-enfants et à cet égard il n'y avait rien à attendre de lui. »

Le soir, Robert avait apporté son propre éclairage. Il ne connaissait Ernst von Klippstein que de loin, pour l'avoir croisé à l'occasion d'événements familiaux et avoir échangé quelques mots avec lui. Mais il s'était rendu compte alors avec déplaisir que le sieur von Klippstein en pinçait pour sa femme et pour Marie. De ce fait, il n'éprouvait pas une grande sympathie à son égard.

« Si tu es décidée à divorcer, chère Tilly, avait-il déclaré, tu devrais engager un avocat au plus vite et déposer ta demande.

— Ne fais surtout pas appel à Grünling avec sa Serafina. Cette femme est une vraie tarentule », avait lancé Kitty.

Robert s'était mis à rire.

« Si tu en es d'accord, Tilly, je peux m'en occuper », avait-il proposé.

Tilly avait eu un instant d'hésitation. Il lui fallait surmonter sa réticence intérieure. Le divorce ! Cédant au désir d'Ernst, elle avait accepté qu'ils se marient à l'église et, de ce fait, leur union était indissoluble devant Dieu. C'était ainsi qu'elle le voyait, elle qui avait été élevée dans la religion catholique à l'instar d'Ernst. Il lui était difficile de rompre une promesse faite devant l'autel. Pourtant, c'était une nécessité. Pour la simple raison, déjà, qu'elle ne souhaitait pas vivre aux crochets des Scherer ni de sa mère. Il fallait qu'elle trouve du travail or, pour pouvoir se faire embaucher, elle avait besoin de l'autorisation de son mari, c'était la loi. Ernst s'en servirait certainement comme d'un moyen de pression tant qu'ils seraient mariés.

« Si tu voulais bien t'en charger, Robert, j'en serais ravie, avait-elle répondu. J'aimerais me débarrasser au plus vite de ces horribles formalités.

— Bravo, alors trinquons ! avait triomphalement lancé Kitty. Où est le champagne que j'ai acheté aujourd'hui, Gertrude ?

— Où veux-tu qu'il soit ? Au réfrigérateur, bien sûr. Ah, Tilly, si seulement tu m'avais écoutée, tu te serais épargné tous ces tracas... Enfin, n'en parlons plus... »

Deux jours plus tard, Tilly avait eu un rendez-vous chez un jeune avocat, un certain Dr Spengler, que Robert connaissait personnellement et qu'il appréciait. La requête de divorce avait été déposée auprès du tribunal d'Augsbourg, la ville où le mariage avait été célébré. Tilly espérait désormais avoir passé le plus dur. *Les choses,* pensait-elle, *suivraient dorénavant le cours habituel.* Grossière erreur. Ernst avait refusé de divorcer et chargé un avocat d'exploiter toutes les possibilités légales de s'y opposer. On avait échangé lettres et missives de menaces et Ernst s'était mis en outre à appeler plusieurs fois par jour rue de la Porte des femmes.

« Nous ne répondrons plus au téléphone, c'est tout, avait tranché Kitty. J'en ai plus qu'assez d'entendre son "Je voudrais parler à ma femme" et de lui raccrocher au nez après avoir dit "Je ne vous connais pas". »

Ce qui ne l'avait malheureusement pas empêché de recommencer.

La veille, Robert avait perdu patience et menacé, si les appels se poursuivaient, d'avertir la police et de déposer une plainte pour harcèlement contre Ernst von Klippstein. Professionnellement il avait besoin du téléphone et il était préjudiciable à ses affaires que M. von Klippstein occupe continuellement la ligne.

« Sois prudent, Robert, l'avait averti Tilly. Il est vindicatif et connaît des gens haut placés à Munich.

— Devrais-je avoir peur de lui ? avait répliqué Robert en riant.

— Bien sûr que non, mais il faut s'attendre à une réaction de sa part. »

Ce jour-là, Ernst n'avait pour le moment appelé que trois fois, ce qui était un progrès. Kitty avait mis cela sur le compte de la menace de Robert et Tilly avait espéré que son mari s'était enfin rendu à la raison.

« Il s'est conduit comme un gamin têtu et il a dû prendre conscience du ridicule de son comportement.

— Dieu t'entende ! »

Gertrude apporta du thé et des biscuits de Noël et appela Henni et Dodo pour qu'elles descendent goûter. Depuis que sa tante Tilly avait réintégré la rue de la Porte des femmes, Dodo venait quasiment tous les jours chez Kitty.

— Qu'est-ce qu'elles fabriquent, les deux gamines ? s'étonna Gertrude. On ne les entend pas. Je crains qu'elles ne soient de nouveau en train de se déguiser.

— Sûrement pas, rétorqua Kitty en prenant une étoile en chocolat. J'ai formellement interdit à Henni de fouiller dans mes armoires.

Les biscuits sentaient délicieusement bon, car Gertrude utilisait force beurre, noisettes et amandes. Ici, on ne ressentait guère les effets de la crise économique, car Robert s'était retiré à temps des activités boursières et avait placé son argent autrement. Kitty ignorait où et comment, mais elle s'en souciait peu parce qu'elle lui faisait entièrement confiance et le considérait comme un bon homme d'affaires. Il lui avait tout de même expliqué très précisément les causes du krach de la Bourse de New York.

— Tu sais, Tilly, Robert a dit que seuls les ignorants avaient perdu leur argent à la Bourse. Les spéculateurs expérimentés avaient compris depuis longtemps que ça ne pouvait plus durer et avaient vendu leurs actions au moment où ils pouvaient encore en obtenir un prix acceptable. Imagine un peu ! En Amérique, chaque cireur de chaussures et chaque demoiselle de magasin avaient acquis des actions. Les banques leur avaient accordé un crédit avantageux et ils avaient calculé que les dividendes des actions seraient plus élevés que les intérêts de leur emprunt, si bien qu'ils avaient eu le sentiment de conclure une bonne affaire. Mais ça ne pouvait fonctionner que si l'économie était prospère.

Tilly opina du chef et but son thé à petites gorgées nerveuses. Elle n'écoutait Kitty que d'une oreille car, d'une part, elle vivait dans la crainte que le téléphone ne sonne et, d'autre part, elle avait l'esprit occupé par la nécessité de trouver un emploi. Ce qui, en cette période, n'était pas plus facile à Augsbourg. Plus vite elle se mettrait en quête d'un poste, plus elle aurait de chances de trouver quelque chose. Elle était cependant consciente que, jusqu'à présent, la chance ne s'était guère montrée généreuse avec elle. Elle dut se forcer pour reporter son attention sur l'exposé compliqué de sa belle-sœur.

— Et quand les gens se sont aperçus que les usines et les entreprises n'étaient pas en état de verser des dividendes, ils ont brusquement voulu vendre toutes leurs actions. Dès lors, les cours se sont effondrés et on a dit à ces pauvres andouilles : il faut que vous achetiez encore plus d'actions pour soutenir les cours. Du coup, certains ont donné jusqu'à leur dernier penny, mais ça n'a servi à rien…

— À votre avis, la coupa Tilly, est-ce que je devrais essayer de trouver un poste à l'hôpital central du faubourg de Jakob même si je n'ai pas encore l'autorisation de mon mari ?

Gertrude secoua la tête avec désapprobation, elle trouvait que sa fille devait ouvrir son propre cabinet. Kitty fronça les sourcils et s'apprêtait à donner son point de vue quand on entendit à l'étage de violents éclats de voix. Dodo et Henni avaient manifestement une grave dispute.

— Donne-moi ça, c'est pas à toi !

— Ça t'appartient pas non plus !

— C'est à mon frère !

— Alors qu'est-ce que ça fiche sous les chemises de nuit de Maman ?

Kitty jeta son croissant à la vanille entamé et se leva d'un bond.

— Henni ! hurla-t-elle. Descends ! *Tout de suite !*

Il y eut un silence furieux. Puis Dodo dit tout bas :

— C'est malin !

— C'est pour aujourd'hui ou pour demain ? claironna Kitty.

Tilly fut aussi surprise qu'impressionnée par le volume sonore déployé par Kitty. On n'aurait jamais imaginé qu'un corps si frêle et si délicat puisse abriter cette voix de stentor.

Les deux adolescentes descendirent l'escalier et ouvrirent lentement la porte de la salle à manger. Elles offraient un spectacle baroque. Henni avait revêtu une robe de bal glamour d'un vert chatoyant oubliée dans un placard. Dodo, elle, portait un costume de Robert : un pantalon rayé, un gilet jaune et une veste bleu foncé beaucoup trop large pour elle.

Tilly et Gertrude durent faire un effort pour garder leur sérieux. Kitty fixa avec une colère horrifiée la liasse que Dodo avait dans les mains.

— Tu avais dit que tu trouverais une bonne cachette, fit sa nièce sur un ton de reproche.

Kitty resta coite quelques secondes, puis elle se tourna vers sa fille.

— Pourquoi fouillais-tu dans mon armoire, Henriette ? Je ne t'avais pas interdit de toucher à mes affaires ?

— J'ai besoin d'une robe pour la représentation de Noël à l'école, Maman. Je fais l'ange de l'Annonciation.

— Je ne pense pas que les petits chemisiers en dentelle transparents de Kitty soient le costume qui convient, intervint Gertrude.

— Bon, maintenant ça suffit ! s'écria Kitty. Dodo, donne-moi les partitions. Je vais les mettre ailleurs. Et remontez immédiatement vous changer…

— Mais, Maman, c'est absurde de cacher ces partitions ! protesta Henni. Ça ne rendra pas service à Leo. Il faut qu'on les envoie à quelqu'un qui l'encourage. À un musicien. Un musicien très célèbre, qui lui écrira une lettre pour lui dire qu'il est vraiment un bon compositeur.

Kitty était toujours devant sa fille, le bras tendu, l'index pointé sur la porte.

— Exécution !

Henni leva les yeux au ciel, ce qui lui conféra tout à coup une ressemblance étonnante avec sa mère.

— Vous êtes vraiment trop bêtes, pesta-t-elle.

Elle se détourna avec raideur, souleva l'ample jupe à deux mains et sortit d'une démarche affectée. La robe lui allait comme un gant, à ceci près qu'elle était un peu trop longue.

— Qu'est-ce que c'est que ces partitions ? demanda Gertrude quand les deux jeunes filles eurent quitté la pièce.

— Des compositions de Leo. Il les avait jetées et Dodo les a récupérées, expliqua Kitty.

Tilly savait par Marie que Leo ne faisait plus de piano, qu'il s'était mis à travailler d'arrache-pied pour l'école. Elle avait également appris dans les grandes lignes ce qui s'était passé au conservatoire et avait trouvé cela très regrettable, car elle avait toujours pensé que la musique était la vocation de Leo.

— Peut-être que Henni a raison, dit-elle, songeuse. Est-ce que ces morceaux valent quelque chose, Kitty ?

— Bien sûr, répliqua sa belle-sœur sur un ton profondément convaincu. Ils sont formidables. En tout cas pour un gamin de 14 ans. Peut-être qu'on devrait effectivement les montrer à quelqu'un. Klemperer, Furtwängler, Strauss…

— Le roi de la valse viennoise ? s'écria Gertrude. Mais il est mort depuis longtemps !

— Je ne parle pas de Johann, mais de Richard Strauss. Lui, il est toujours vivant.

Tilly lui conseilla d'y réfléchir et, surtout, de faire une copie des compositions de Leo avant de les envoyer. Afin qu'elles ne soient pas perdues si le chef d'orchestre ne jugeait pas utile de les restituer.

Le téléphone interrompit leur discussion de sa sonnerie stridente. Les trois femmes sursautèrent.

— Je ne peux plus supporter ça, s'exclama Tilly. Je vais aller à l'hôpital du faubourg de Jakob et demander s'ils ont besoin de quelqu'un.

— Comme tu voudras, répondit Kitty en lançant un regard irrité sur l'appareil. Dans ce cas, tu pourras ramener Dodo à la villa, c'est sur le chemin.

Gertrude se leva et s'approcha du téléphone. Elle décrocha nonchalamment le combiné et le tint quelques instants en l'air.

— Allô ? Allô ? Tilly, c'est toi ? demanda une voix crachotante à l'autre bout du fil.

— Non, vous vous êtes trompé de numéro, répliqua Gertrude en raccrochant. Et voilà, ajouta-t-elle avec satisfaction en se rasseyant à table pour prendre une quatrième tasse de thé.

— Je te nomme notre demoiselle opératrice, lança Kitty en riant.

Sur quoi elle sortit en toute hâte de la pièce pour vérifier que les deux filles avaient bien ôté leur déguisement.

Dehors, il faisait un froid désagréable – une vraie journée de novembre. Le ciel était bas et lourd de pluie, les feuilles mouillées s'accumulaient dans les rues et les parcs et beaucoup de passants portaient déjà leur manteau d'hiver. Assise sur le siège passager, Dodo observait chacun des gestes de Tilly.

— La jauge d'essence est tout en bas, tante Tilly, annonça-t-elle. Et je crois aussi qu'il faudrait remettre de l'huile. Tu veux que je m'en occupe demain ? Je sais comment faire.

Il était étrange de voir que chacun des jumeaux possédait un don très affirmé. Leo était un musicien né, Dodo, une technicienne. La fille de Kitty, elle, ne montrait aucun talent particulier si l'on exceptait sa capacité de mener les garçons de tous âges par le bout du nez.

— Je pense que ce ne sera pas nécessaire, Dodo. Je ne vais sans doute pas continuer à utiliser la voiture. Je prendrai le tram.

— Pourquoi ?

— Elle est malheureusement enregistrée au nom de mon mari et il voudra la récupérer.

Dodo garda le silence et Tilly se concentra sur la circulation. L'obscurité était tombée. La lumière jaune des réverbères donnait à la ville l'aspect irréel d'une coulisse de théâtre plongée dans le noir. Des gens emmitouflés marchaient sur le trottoir d'un pas rapide, on faisait ses derniers achats avant la fermeture des magasins. Un tram éclairé passa bruyamment, on vit défiler les visages pâles des voyageurs qui se trouvaient à l'intérieur. En approchant du bâtiment de brique massif de l'hôpital, Tilly sentit son courage l'abandonner. L'obscurité lui donnait un caractère particulièrement imposant. D'innombrables fenêtres éclairées indiquaient que l'on était en train de servir le dîner aux patients. Ensuite, on les préparerait pour la nuit et le directeur réunirait les médecins-chefs pour discuter des interventions chirurgicales du lendemain ou de certains traitements compliqués. Non, ce n'était pas une bonne idée de choisir ce moment pour proposer ses services. Il valait mieux patienter jusqu'au lendemain matin, de toute façon elle était partie si précipitamment qu'elle avait oublié ses papiers. Ses papiers ! Il s'y trouvait entre autres les documents attestant son renvoi de l'hôpital de Schwabing, ce qui ne constituait pas la meilleure des recommandations. Elle eut soudain l'impression d'être devant un mur infranchissable. Quelle naïveté d'espérer retrouver aussi vite un poste ! On était assurément au courant de son renvoi ignominieux, c'était le genre de nouvelle qui se répandait vite dans la profession.

— Je te reconduis à la villa, Dodo.

— Tu ne vas pas à l'hôpital ?

— Non.

L'adolescente fut contente de ce changement de programme. Elle avait été moyennement enchantée à l'idée d'avoir à patienter dans un de ces ennuyeux couloirs où il régnait toujours une drôle d'odeur.

— Tu pourrais aller voir l'oncle Sebastian, suggéra Dodo. Il ne peut toujours pas marcher correctement parce qu'il n'arrive pas à plier le genou.

Tilly connaissait le problème. Elle avait déjà vu Sebastian à plusieurs reprises et avait dû écouter les récriminations de Lisa, qui trouvait qu'on avait mal soigné son époux, si bien qu'il en garderait un genou raide. Tilly avait indiqué à Sebastian quelques mouvements prudents à effectuer quotidiennement qui, pensait-elle, finiraient par porter des fruits. Elle lui avait déconseillé de se faire opérer. La rotule avait besoin de temps pour se remettre, il fallait être patient. Sebastian avait acquiescé à son diagnostic avec résignation. Le problème, ce n'était pas lui mais Lisa, qui couvait son malheureux époux comme une mère poule et le tourmentait sans arrêt avec des couvertures, des compresses pour son genou et des bouillottes. Avec pour effet de le rendre plus malade qu'il ne l'était en réalité.

— Regarde, tante Tilly, ils ont allumé l'éclairage extérieur.

Elles eurent le sentiment d'être accueillies chaleureusement par le bâtiment en brique de la villa. On apercevait plusieurs fenêtres illuminées. Au premier, dans la salle à manger, Humbert dressait la table pour le dîner. Le fumoir était plongé dans l'obscurité, en revanche il y avait de la lumière dans le bureau de Paul. Derrière les fenêtres de la cuisine, on voyait aller et venir des silhouettes indistinctes – les domestiques s'activaient pour préparer le repas. Tilly fit le tour du parterre, que le jardinier avait soigneusement recouvert de rameaux de sapin, et gara la voiture devant l'entrée principale.

— N'oublie pas le frein à main ! lança Dodo avant de sortir de la voiture et de monter le perron en sautillant.

Les battants de la porte d'entrée s'ouvrirent et Gertie apparut, vêtue d'une robe sombre avec un tablier blanc. Derrière elle surgit la silhouette d'un jeune homme.

— Bonsoir, Dorothea, dit une voix familière qui fit tressaillir Tilly.

— Bonsoir, docteur Kortner, répondit poliment Dodo. Vous êtes passé voir l'oncle Sebastian ?

— Tu as deviné, petite maligne, dit-il en riant.

— Vous auriez pu vous épargner cette peine maintenant que ma tante Tilly est là.

— Mme von Klippstein est à Augsbourg ? demanda-t-il, ravi. Je l'ignorais.

Avisant Tilly, il descendit l'escalier pour la saluer.

— Quelle magnifique surprise, chère madame ! dit-il avec un sourire en lui tendant la main. J'espère que, cette fois, vous resterez un peu plus longtemps dans notre belle ville d'Augsbourg pour que je puisse vous montrer mon cabinet tout neuf.

Elle serra la main qu'il lui tendait et sentit sa poignée ferme et chaude. Quelque chose la traversa, une sensation de longue date oubliée qui lui fit battre le cœur et la troubla.

— Bonsoir, docteur Kortner. Oui, cette fois, je resterai probablement plus longtemps.

— J'en suis très heureux ! Où puis-je vous joindre, chère madame ?

— En ce moment, je loge chez ma mère et ma belle-sœur, rue de la Porte des femmes.

Dodo attendait sa tante et, bouillant d'impatience, sautillait d'un pied sur l'autre. Soudain, elle lâcha :

— Il faut que vous sachiez que ma tante cherche un poste de médecin. Et, si je me souviens bien, vous avez dit récemment que vous aviez trop de travail.

Tilly en eut presque une syncope. Qu'est-ce qui lui prenait de débiter ces sottises ? On aurait presque pu penser qu'elle tentait de se faire bien voir du médecin.

— C'est vrai ? demanda promptement Kortner en faisant un pas vers elle. Cela voudrait-il dire que vous comptez vous installer à Augsbourg ?

Tilly ressentit de l'effroi en le voyant si proche. Quelque chose en lui l'attirait et cela lui paraissait déplacé, inquiétant même.

— Ne faites pas attention à ce que dit ma nièce, répondit-elle avec embarras. Dodo est un peu impertinente. Je ne veux pas vous retenir, docteur Kortner. Je vous souhaite une bonne soirée…

Dans sa confusion, elle monta le perron à toute vitesse et ne se sentit en sécurité que lorsque Gertie eut refermé la porte derrière elle.

— Tu es bizarre, tante Tilly, fit remarquer Dodo en secouant la tête.

21

— LÀ !

Le charretier barbu tendit le bras vers un amoncellement de toits couverts de neige qui disparaissaient presque dans la blancheur du paysage. Des arbres nus entouraient la propriété de leur entrelacs de branches noires. De minces filets de fumée grise s'élevaient çà et là et se fondaient dans la grisaille du ciel de décembre.

— Qu'est-ce que c'est ? demanda Liesel.

— Maydorn, ma poulette.

Elle ne voulut pas le croire.

— Le domaine de Maydorn ?

— Ben oui !

La jeune fille se tut et essaya de remuer ses orteils gelés, mais ils étaient complètement engourdis. Elle venait de traverser des épreuves inédites, deux nuits passées dans des salles d'attente glaciales sur des bancs en bois, des heures de voyage au milieu de parfaits inconnus dans des trains bruyants, la faim, la crainte continuelle de se faire voler. Et maintenant qu'elle avait atteint sa destination, la déception était immense. Le domaine de Maydorn n'avait rien à voir avec l'image qu'elle s'en était faite. Pas de somptueux château, pas de tours pointues ni de murs fortifiés, pas de portail seigneurial, pas de large allée conduisant à la maison de maître. Mais un petit tas de bâtiments bas qui, dans ce paysage enneigé, avait l'air d'un pauvre village perdu. Comment se pouvait-il que le domaine d'où on leur envoyait de si délicieux jambons et saucissons, des oies grasses et du pâté de foie bien poivré, soit aussi misérable ?

— Tu peux rester assise, poulette, reprit le charretier. Derrière, j'ai deux caisses, elles sont pour M. von Hagemann. Les sous, tu me les donneras quand on sera arrivés.

M. von Hagemann ! À présent, il n'y avait plus de doute, c'était bien le domaine de Maydorn et, dans moins d'une demi-heure, elle serait en face de son père. Peu importait qu'il vive dans un château ou dans un vilain petit village, seul comptait le fait qu'elle allait enfin le voir. L'excitation lui faisait oublier le froid qui lui mordait la figure et les mains, ainsi que l'accablante fatigue qui l'avait fait s'assoupir à plusieurs reprises, au risque de tomber de la charrette. Enfin ! Le grand moment était arrivé, ce moment qu'elle s'était si souvent dépeint ces derniers temps sous toutes les formes imaginables. Ou bien n'était-ce encore qu'un rêve ? Elle sortit une main de la poche de sa pelisse et se pinça la jambe aussi fort qu'elle le put. Non, ce n'était pas une hallucination, la vision était bien réelle.

Tout comme le manteau de fourrure que Fanny Brunnenmayer lui avait offert après l'avoir fait retoucher pour l'occasion.

« De la fourrure de lapin, rien d'extraordinaire, avait-elle dit en donnant à la jeune fille le manteau enroulé en paquet. Mais il est chaud. Comme ça tu mourras pas de froid, là-haut en Poméranie. »

Ce cadeau généreux avait été une surprise totale, car jusqu'au bout la cuisinière s'était élevée contre l'idée « stupide » de ce voyage et elle ne lui avait pas donné un sou.

« Il en sortira rien de bon, avait-elle dit et répété. Rien que des larmes. Sois pas bête, ma fille, reste ici. »

Mais il n'en était pas question. Liesel se serait mise en route même sans un pfennig en poche, dans son manteau troué et ses souliers d'été à fine semelle. Depuis qu'elle avait appris que Gustav Bliefert n'était pas son père, elle n'avait cessé de se demander quel homme pouvait bien être ce Klaus von Hagemann, pourquoi il n'avait jamais cherché à la voir et si elle pourrait lui plaire en tant qu'adulte. Les domestiques n'avaient pas tardé à être informés de son projet. Ils en avaient discuté, les avis étaient partagés. Fanny Brunnenmayer était résolument contre, Gertie pensait qu'il fallait être folle pour aller de soi-même dans cette région dénuée de tout intérêt, mais les autres s'étaient tous rangés du côté de Liesel. La jeune fille n'en avait pas cru ses yeux quand Humbert lui avait remis une bourse contenant une petite somme collectée en sa faveur. En dehors de la cuisinière, tout le monde avait versé son obole. De façon tout à fait inattendue, c'était Else qui s'était montrée la plus généreuse.

« Parce que tu es une gentille fille, avait-elle expliqué. Et parce que M. von Hagemann est ton père. Il m'a toujours été sympathique. Salue-le bien de la part d'Else, de la villa aux étoffes. »

Humbert lui avait conseillé d'adresser sa requête à Mme Alicia, car le nom de Klaus von Hagemann aurait risqué d'éveiller de mauvais souvenirs chez Mme Elisabeth. Un bon conseil car, en entendant Liesel mentionner le domaine de Maydorn, la vieille Mme Melzer avait réagi avec enthousiasme.

« Ah, quelle bonne idée ! avait-elle dit avec un sourire pensif. J'ai grandi là-bas dans une vaste et merveilleuse région. J'y repense très souvent et alors j'ai les larmes aux yeux tant j'ai la nostalgie de mon enfance… »

Liesel avait écouté patiemment ses récits, les sorties à cheval dans les forêts avoisinantes, les joyeuses promenades en traîneau, les amourettes de ses aristocrates de frères et les longues soirées d'hiver, quand on jouait aux dominos au coin du feu. Et, bien sûr, les grandes fêtes où le domaine regorgeait d'invités, de rôtis d'oie et de beignets au fromage blanc, de tables somptueusement mises et de turbulents festins. Ces descriptions nostalgiques avaient certainement contribué à l'image princière que Liesel s'était faite du domaine. Puis, se rappelant que la jeune fille était venue lui demander une faveur, la vieille dame lui avait assuré qu'elle retrouverait sa place de fille de cuisine à son retour. À condition, bien sûr, qu'entre-temps on n'ait pas embauché quelqu'un d'autre.

« Une fois que tu seras à Maydorn, adresse-toi plutôt à ma belle-sœur Elvira, avait-elle recommandé à Liesel, tandis que celle-ci prenait congé avec une profonde génuflexion. Je vais lui écrire pour l'informer que je lui envoie un petit cordon-bleu. Et maintenant, je te souhaite un bon voyage. »

On ne lui avait pas donné d'argent. Humbert lui avait payé son dû, ajoutant incidemment que Mme Elisabeth lui souhaitait elle aussi bon voyage.

« Ta mère doit être furieuse, non ? » avait-il demandé avec sympathie.

Comme Liesel craignait sa réaction, elle ne lui avait révélé son projet que peu avant son départ. Mais, à sa grande surprise, Augusta s'était montrée enthousiaste.

« T'es une maligne, ma fille. Tu fais bien. T'as du sang noble, y faudra bien que ton père s'en rende compte. T'es la chair de sa chair, t'as ses yeux et la silhouette des Hagemann. Il aura qu'à te regarder pour savoir ce qu'il a à faire. »

Liesel avait été troublée d'entendre sa mère lui parler d'une manière aussi inhabituelle.

« Je lui ressemble vraiment ?

— Pour sûr, oui. Observe-toi dans la glace. »

Conseil peu utile, car Liesel ne connaissait son père que par une photographie jaunie. On l'y voyait en uniforme militaire, avec une petite moustache, mais ses traits étaient à peine reconnaissables.

« T'as de l'argent, ma fille ? Ça coûte cher, le trajet en train. »

Après avoir tourné autour du pot, Liesel avait fini par avouer que ce dont elle disposait lui permettait d'aller jusqu'à Berlin. Là, elle chercherait du travail et économiserait pour payer la suite de son voyage.

« Pas question ! s'était exclamée Augusta avec indignation. Je veux pas que ma fille arrive devant son père comme une mendiante. Attends demain, je te donnerai de l'argent.

— Et où tu le trouveras, Maman ?

— Ça, c'est mon affaire ! »

Et, effectivement, le lendemain, elle était venue à la villa, avait attiré sa fille dans le couloir et lui avait confié une bourse bien remplie ainsi que son vieux sac de voyage.

« Tiens, avait-elle chuchoté. Dedans y a cent marks. Tu pourras acheter ton billet et il restera sûrement assez pour que tu puisses manger. Et habille-toi comme y faut. Je te passerai mes bonnes chaussures, elles devraient t'aller. Et le fichu de soie que les maîtres m'ont offert une année pour Noël. Et sois polie avec ton père. Le contredis pas, il a jamais supporté. Et surtout, n'oublie pas que t'as du sang noble, ma fille. Garde ça toujours dans ton esprit. »

Liesel avait été complètement désarçonnée par cette générosité. Jusque-là, sa mère ne lui avait jamais rien offert, bien au contraire. Elle lui prenait son salaire et lui enjoignait de ne pas se montrer coquette, ajoutant que sa vieille robe et ses mauvaises chaussures dureraient bien encore un moment.

« Où est-ce que t'as trouvé tout cet argent, Maman ? avait-elle chuchoté craintivement. C'est pas la banque qui te l'a donné, j'espère ?

— J'ai vendu quelques trucs que j'en avais de toute façon plus besoin. La carafe et les verres et d'autres choses.

— La belle carafe que tu aimais tellement ! »

Entendant les pas lourds de la cuisinière, Augusta avait ouvert la porte donnant sur la cour.

« Où est-ce que t'es fourrée, Liesel ? avait lancé la Brunnenmayer avec irritation. C'est-y que tu serais déjà en Poméranie et que tu me laisses toute seule avec ce qu'y a à faire ?

— J'arrive, madame Brunnenmayer.

— Bon, avait conclu Augusta. Au cas où ton père, il t'accueillerait comme sa fille et il te marierait avec un riche seigneur, pense à ta maman, Liesel. Faut que tu me le promettes.

— Maman, mais qu'est-ce que tu crois ?

— Ta main », avait ordonné Augusta.

Et elle avait serré fortement la main de Liesel, à trois reprises.

« Allez, bonne chance, ma fille », avait-elle dit en se hâtant de sortir pour ne pas croiser la cuisinière.

Fanny Brunnenmayer avait suivi Augusta d'un regard peu amène puis, remarquant la présence du sac de voyage :

« Elle croit peut-être que le Hagemann, il la couvrira d'or, sa fille ? Fais attention, petite, tu risques d'être déçue. Monte vite ranger ce sac dans ta chambre et redescends à la cuisine, que je te montre comment on fait rôtir les coquelets au four pour qu'ils soient bien croustillants sans qu'ils dessèchent. »

Au cours des quelques jours qui avaient précédé son départ, Liesel en avait plus appris sur ceux qui l'entouraient que durant toute sa vie. La discussion la plus difficile, celle qui lui briserait peut-être le cœur, elle l'avait gardée pour la dernière soirée. Tous les domestiques de la villa s'étaient rassemblés à la cuisine pour fêter son départ avec du vin coupé d'eau. La bouteille était un cadeau de Humbert. Ils étaient tous en train de trinquer pour lui souhaiter un bon voyage en espérant la revoir bientôt quand Christian était entré dans la cuisine. L'air abattu, il s'était assis en silence sans se joindre aux vœux. Une fois les autres remontés dans leurs chambres, il avait voulu remettre sa veste et sa casquette, mais Liesel l'avait retenu.

« Attends, lui avait-elle dit, je t'accompagne un bout de chemin. »

Il avait patienté dehors, dans la cour sombre, les mains dans les poches de sa veste, la casquette enfoncée sur le front. Lorsque Liesel l'avait rejoint avec une lanterne, il s'était tourné dans la direction de sa maisonnette et ils s'étaient mis en route sans échanger un mot. La jeune fille avait trouvé ce silence pesant, elle aimait bien Christian et ne savait pas comment engager la discussion.

Finalement, il s'était arrêté sur l'allée de gravier.

« Alors tu t'en vas, Liesel, avait-il dit tout bas sans la regarder. Tu pars tout là-bas en Poméranie et je sais même pas si je te reverrai un jour.

— Bien sûr que je reviendrai, lui avait-elle assuré. Faut pas croire à ce que dit ma mère. Je suis pas une dame de la noblesse, comme elle l'espère. Je suis la Liesel que tu connais et je le resterai. »

Comme il osait enfin la regarder, elle avait vu des larmes briller dans ses yeux.

« Rien s'est passé comme prévu, avait-il dit d'une voix sourde. J'ai arrangé la maison, elle était toute neuve et toute belle, et j'espérais… Enfin j'ai toujours cru… »

Il s'était interrompu, l'aveu ne voulait pas sortir. Il l'avait trop longtemps porté en lui sans trouver le courage de parler, s'accusant de lâcheté, et voilà que tout était devenu inutile.

« Qu'est-ce que t'avais cru ? » avait demandé Liesel en levant légèrement la lanterne pour mieux voir son visage.

Christian s'était légèrement détourné et avait aspiré une grande goulée d'air comme s'il avait le torse enserré dans une ceinture de fer.

« Que tu… qu'un jour on s'y installerait tous les deux, voilà ce que j'espérais, Liesel, avait-il avoué en lui jetant un regard affligé. Sauf que je me suis trompé dans mes calculs. Si la villa est vendue, faudra sûrement que je quitte la maison et c'est un autre qui emménagera dedans. »

Avait-il parlé de mariage ? Non. Seulement de son désir de vivre avec elle dans la maisonnette du jardinier. Liesel avait décidé qu'il ne s'agissait pas d'une demande en mariage, mais plutôt d'un constat désolé. Elle en avait été soulagée, car elle n'aurait su que répondre à une proposition de mariage.

« C'est pas sûr du tout, Christian, avait-elle répondu pour le réconforter. D'abord, je crois pas que les Melzer ils abandonneraient leur villa, ils y tiennent beaucoup trop. Mais si c'était le cas, le nouveau propriétaire, il te garderait sûrement comme jardinier. »

Christian avait secoué la tête.

« J'ai pas appris, Liesel. Je me suis juste retrouvé là-dedans, je suis pas un vrai jardinier comme Gustav. »

Liesel avait posé la lanterne sur le sol d'un geste décidé et lui avait sorti les mains des poches.

« Disons-nous adieu, Christian, avait-elle dit en étreignant ses mains. Et promets-moi que tu perdras pas courage. Je reviendrai, c'est sûr et certain. Parole d'honneur ! »

Tout à coup, Christian s'était animé. Il lui avait serré les mains en retour et avait osé, non sans hésiter, attirer la jeune fille à lui.

« Dans ce cas, je t'attendrai, avait-il chuchoté. Et si tu me reviens pas assez vite, alors j'irai en Poméranie pour te ramener ici. »

Son visage était si proche du sien qu'elle avait senti son souffle. Soudain il lui était apparu très différent, parce qu'il la regardait avec des yeux remplis de désir. Cela lui avait procuré un frisson merveilleux et elle s'était rendu compte alors qu'elle aimait ce jeune homme timide.

« Tu ferais vraiment ça, Christian ? avait-elle demandé avec un sourire.

— Oui », avait-il répliqué avec une détermination qui ne lui était pas habituelle.

Et il l'avait embrassée.

Ses lèvres étaient sèches et ses joues piquantes, cependant Liesel n'avait jamais rien connu de si excitant que ce baiser. Aussi lui avait-elle offert ses lèvres pour pouvoir recommencer. Ce à quoi il avait aussitôt répondu. Et ils avaient continué jusqu'à ce que Christian ait recouvré l'usage de la parole.

« Je veux que tu deviennes ma femme, Liesel. Dis-moi si tu m'aimes. »

Ainsi, il avait fini par le dire. À présent, il fallait qu'elle lui donne une réponse.

« Laisse-moi du temps jusqu'à ce que je sois revenue, Christian, avait-elle chuchoté. Je te le dirai à ce moment-là. »

Elle l'avait embrassé une dernière fois sur la bouche, puis avait ramassé la lanterne et la lui avait donnée pour qu'il ne s'égare pas dans le noir.

Le lendemain matin, elle avait quitté la villa avant que les autres soient levés et avait descendu l'allée jusqu'au portail. Elle avait mis le manteau de fourrure que Fanny Brunnenmayer lui avait offert et, comme elle avait couru pour rejoindre l'arrêt de tram, elle était arrivée tout en sueur.

Ce stupide manteau est trop lourd, s'était-elle dit. Pourquoi ne l'avait-elle pas laissé dans sa chambre ?

Par la suite, toutefois, quand elle avait fait connaissance avec l'hiver glacial de l'Est, elle avait éprouvé une profonde gratitude envers la Brunnenmayer. Ce manteau l'avait réchauffée dans les gares exposées à tous vents, lui avait offert un refuge protecteur lors des nuits passées dans des salles d'attente non chauffées. Et, sans sa fourrure, elle serait sans doute morte de froid à côté du charretier qui l'avait emmenée de Kolberg à Maydorn pour un bon prix.

Le chemin qui conduisait au domaine était étroit et cahoteux, qui plus est verglacé, si bien que les chevaux glissaient et le véhicule tanguait. Le charretier ne cessait de jurer. Liesel se cramponnait des deux mains au siège surélevé pour ne pas tomber dans la neige amoncelée sur les bas-côtés. Lorsqu'ils furent plus proches du domaine, Liesel vit des valets et des servantes qui travaillaient dans la cour, des chiens qui erraient en liberté, un groupe de poules en train de picorer et, devant quelques bâtiments bas, des tas de fumier marron-jaune d'où s'élevait une vapeur chaude.

Ce sont sans doute les étables, pensa Liesel. Ils devaient y garder les cochons dont on faisait ces délicieuses saucisses. Lorsque le charretier arrêta son véhicule au milieu des chiens qui aboyaient, elle aperçut enfin la maison principale. Placée en retrait de la cour, elle était en brique rouge. Sa façade passablement érodée montrait au centre un avant-corps couronné de pignons et recouvert de lierre. Ce n'était ni un château ni une maison de maître comme la villa aux étoffes, mais il s'agissait tout de même d'une belle bâtisse qui se distinguait des autres. En fin de compte, le domaine de Maydorn n'était pas tout à fait aussi misérable qu'elle l'avait craint.

Le charretier était descendu sans plus s'occuper d'elle. Liesel le suivit des yeux tandis qu'il se dirigeait vers les deux valets qui discutaient à côté d'un des tas de fumier. L'un des deux portait un gilet crasseux à longs poils rudes en peau de mouton. Il avait les pieds enveloppés de chiffons. L'autre était vêtu d'une veste de cuir graisseuse, coiffé d'un vieux bonnet de fourrure, et chaussé de hautes bottes marron. Cet homme semblait occuper une position plus élevée que le valet en gilet de mouton. Liesel le vit lever un bras avec colère, tandis que l'autre rentrait la tête dans les épaules.

Leur discussion fut interrompue par le charretier, qui posa une question. Sur quoi l'homme chaussé de bottes tourna son regard vers la charrette et comprit qu'ils avaient une visiteuse. Temps pour Liesel de prendre son sac et de mettre pied à terre.

Il ne lui fut pas facile de descendre du siège surélevé avec ses membres engourdis de froid. Plus difficile encore d'affronter les jappements et les grognements hostiles des chiens vigilants qui l'entourèrent aussitôt et parurent vouloir s'amuser à lui arracher son sac de voyage. En temps normal, elle aimait bien les chiens, mais ceux-ci étaient d'une tout autre espèce que les animaux bien élevés que l'on menait en laisse à la ville. Ils ne semblaient appartenir à aucune race identifiable, ils étaient jaunes ou marron, certains montraient un pelage hirsute, et l'on aurait dit que personne ne les avait jamais dressés.

Cependant elle se trompait. Deux femmes sortirent d'un bâtiment et l'une d'elles lança d'une voix stridente :

— Allez, dégagez ! Barrez-vous !

Aussitôt, les chiens se dispersèrent craintivement.

Elles n'adressèrent pas la parole à Liesel, se bornant à jeter un regard méfiant à la jeune inconnue, et s'approchèrent de la charrette pour prendre les caisses que le charretier leur tendait. Elles étaient bizarrement attifées, ces paysannes poméraniennes. De larges et lourdes jupes en laine qui descendaient jusqu'à terre, des bottes fourrées, un fichu de laine sur la tête et les épaules. Il s'agissait assurément de servantes, sinon elles n'auraient pas transporté les caisses dans le bâtiment principal.

— Ça sera trois marks, ma poulette, dit le charretier en tendant la main. Le trajet est long, normalement je prends plus, mais comme de toute façon je devais venir, ça ira.

Liesel sortit la bourse qu'elle portait attachée à un cordon autour du cou. Son contenu suffit tout juste à acquitter la somme demandée, il ne lui resta plus que quelques pfennigs. Voyager coûtait cher, même quand on prenait un billet de troisième classe, qu'on s'abstenait de manger dans un café et qu'on se contentait d'un gâteau acheté dans la gare à une marchande ambulante.

Le charretier empocha l'argent, remonta sur son siège et claqua la langue pour mettre ses deux chevaux en route. En faisant son virage, le véhicule passa tout près des tas de fumier, sans se soucier des chiens, des poules ni des gens qui se trouvaient là et lui lancèrent quelques mots que Liesel ne comprit pas. Sans doute des jurons.

Désormais seule dans la vaste cour, son sac de voyage à la main, Liesel regarda autour d'elle dans l'espoir de dénicher quelqu'un qui voudrait bien s'apercevoir de sa présence. Les deux femmes étaient rentrées avec leur fardeau dans le bâtiment d'habitation, où elles avaient été accueillies par une employée en robe noire et petite coiffe. Il en allait sans doute comme à la villa aux étoffes : certains domestiques faisaient leur travail dans l'aile qui leur était réservée et d'autres s'occupaient des pièces élégantes et chauffées de leurs maîtres. C'était assurément là que Liesel trouverait son père.

Elle traversa prudemment la cour verglacée en direction de la maison tout en se remémorant ce qu'elle dirait à la domestique.

« C'est Mme Alicia Melzer d'Augsbourg qui m'envoie. J'aurais souhaité parler à monsieur le baron von Hagemann, j'ai une nouvelle à lui transmettre. »

Elle avait longuement réfléchi à la manière de s'y prendre pour se faire introduire auprès de son père, administrateur du domaine au service d'Elvira von Maydorn. Ces messieurs dames ne recevaient pas comme cela une étrangère venue d'on ne sait où. On la ferait d'abord entrer à la cuisine et, après seulement, elle pourrait avoir accès à l'intendant ou à Mme la baronne. Mais, si elle se recommandait de Mme Alicia Melzer, qui était originaire du domaine, elle pouvait sans doute espérer faire l'économie de la case des employés de maison. Elle était presque arrivée quand la porte s'ouvrit sur la jeune domestique en robe noire qui dévala le perron.

— Monsieur le baron, cria-t-elle en passant devant Liesel, le bas de la jupe retroussé. Monsieur le baron, dites au charretier de revenir !

Surprise, Liesel se retourna. *Monsieur le baron, cela ne pouvait être que son père. Où donc se trouvait-il ? Comment avait-elle pu ne pas le voir ?*

— Il est loin maintenant, répondit l'homme botté. Qu'est-ce qu'il y a ? Il manque quelque chose ?

La domestique s'était arrêtée et acquiesça d'un signe de tête.

— Le service à fleurs que Madame a commandé n'est pas arrivé. Elle est absolument furieuse.

L'homme parut peu ému par cette nouvelle et haussa les épaules avec indifférence.

— Dis-lui que ce sera pour la prochaine fois. L'essentiel, c'est qu'on ait reçu le vin. Et les vêtements qu'elle a commandés. Allez, file !

— Oui, Monsieur, répondit la jeune fille avec un air malheureux.

Les bras croisés sur la poitrine, elle repartit au pas de course et claqua la porte derrière elle.

Abasourdie, Liesel était comme clouée sur place. L'homme en veste de cuir graisseuse qui se tenait à côté du tas de fumier tel un palefrenier était le baron von Hagemann, son père. Il n'était pas vêtu d'un costume vert en loden, contrairement aux gens riches d'Augsbourg, ni d'une fourrure ni même d'un beau manteau en drap. Il ressemblait à un charretier qui se protège les oreilles du froid à l'aide d'une vieille toque de fourrure.

Il parut enfin avoir remarqué sa présence et lui lança de sa voix claire et sonore :

— Hé, toi ! Viens par ici !

Son ton était peu aimable, comme s'il s'adressait à une vagabonde qui s'était glissée furtivement dans la cour, une mendiante qu'il fallait chasser. Tandis qu'elle se dirigeait vers lui, le cœur battant, manquant à plusieurs reprises chuter sur les pavés verglacés, elle fut soudain incapable de savoir ce qu'elle allait lui dire. Tout se présentait si différemment de ce qu'elle avait rêvé et espéré...

Découragée, elle s'arrêta à quelques pas de lui et le scruta. Il était à peine plus grand que le valet en veste de mouton, mais se tenait très droit, tel un aristocrate. Un détail qu'elle avait déjà eu l'occasion de noter. Elle voyait à présent qu'il avait une petite cravache dans la main droite. Son visage était peu visible, parce qu'il avait enfoncé sa toque sur son front. Il était imberbe, avait le nez rougi par le froid, les joues étrangement marquées, les lèvres très minces.

— Comment tu t'appelles et qu'est-ce que tu veux ?

C'était donc là son père. Autour d'elle, tout se mit à tourner. Il lui fallut s'y reprendre à deux fois pour arriver à articuler un mot.

— Je... je m'appelle Liesel...

Son nom ne lui disait visiblement rien, pas plus que son apparence. Sa mère n'avait-elle pourtant pas dit qu'elle lui ressemblait ? Cela ne paraissait pas lui sauter aux yeux.

— Liesel... répéta-t-il avec impatience en voyant qu'elle ne disait rien de plus. Et qu'est-ce que tu viens faire ici ? Tu cherches une place, je suppose ? Alors, commence par aller à la cuisine te réchauffer.

Puis il se détourna pour entrer dans l'étable.

— Attendez ! lança Liesel, qui avait repris ses esprits. Je… j'ai encore quelque chose à vous dire.

Sa voix trahissait sans doute de l'angoisse, car il obtempéra.

— Qu'y a-t-il encore ? demanda-t-il avec impatience.

Rassemblant tout son courage, la jeune fille s'approcha de lui.

— Je suis la Liesel d'Augsbourg, monsieur von Hagemann. La fille d'Augusta, de la villa aux étoffes.

Sa réaction ne fut pas celle qu'elle avait espérée. Il fit promptement un pas en avant et la scruta. Liesel vit alors qu'il avait la figure couverte de cicatrices et de coupures. Ce qu'on lui avait raconté lui revint alors en mémoire : il avait été blessé par un obus pendant la guerre.

— Tu es… dit-il à voix basse.

Il s'interrompit aussitôt pour renvoyer le valet en veste de mouton.

— Qu'est-ce que tu attends, Lechyk ? Tu as du travail, non ?

Il attendit que la porte de l'étable se soit refermée derrière le valet pour reporter son attention sur Liesel. Il l'examina de côté, puis jeta un bref regard soupçonneux en direction de la maison.

— La Liesel, marmonna-t-il. Ta mère t'a envoyée en Poméranie ?

— Non, je suis venue de moi-même. Parce que… je voulais voir mon père.

— Ah, répondit-il, l'air de ne pas très bien savoir ce qu'il devait faire. La Liesel. Tu as grandi depuis. Quel âge as-tu au fait ?

— Dix-sept ans.

— Dix-sept ans, répéta-t-il en jetant de nouveau un regard vers la maison comme s'il avait un problème très compliqué à résoudre. Et quelles sont tes intentions ? Tu comptes rester ici ?

On aurait dit une menace. *J'espère que tu ne comptes pas rester ici, hein, Liesel ?*

— Non, répondit-elle, effrayée. Non, non, je veux rentrer à Augsbourg. Je voulais… Je voulais juste voir mon père une fois dans ma vie.

Elle sentit les larmes lui monter aux yeux, elle était si affreusement déçue. La situation sonnait si faux, c'était pitoyable.

— Écoute, dit-il en se radoucissant. Dans l'immédiat, tu peux passer la nuit dans le bâtiment des domestiques. Mais ne dis à personne qui tu es, d'accord ? On en reparlera demain.

Elle essuya ses larmes et opina du chef.

— Merci, je ne le dirai à personne, promis. Je n'en parlerai…

Il se contenta d'un bref signe de tête et parut soudain très pressé de rentrer.

Liesel était si intimidée qu'elle n'osa pas aller se réchauffer à la cuisine et demander qu'on lui donne à manger. Une palefrenière lui indiqua où logeaient les domestiques, une bâtisse allongée, couverte d'un toit de chaume. La jeune fille se chercha une chambre libre, tira le verrou et s'assit dans un coin sur le sol en bois. Celui-ci lui paraissait plus chaud que la paillasse humide, qui sentait l'urine et le moisi. Elle ramena ses jambes vers elle et se blottit comme un petit animal sous son manteau de fourrure protecteur. La fatigue la terrassa, sombre délivrance. Avant que le sommeil ne l'accueille dans ses bras, les paroles de Fanny Brunnenmayer lui revinrent en mémoire : « Rien que des larmes… »

Peut-être avait-elle eu raison, en fin de compte.

22

— AH, COMME C'EST JOLI ! s'exclama Elisabeth en pressant son nez contre la vitre de la voiture. Il neige, Humbert. Ne roule pas aussi vite, s'il te plaît, je veux admirer le parc.

Humbert ralentit docilement afin que sa patronne puisse admirer les arbres couverts d'un délicat duvet neigeux et les pelouses mouchetées de blanc. Le lourd ciel d'hiver lâchait de gros flocons cotonneux qui adhéraient aux conifères et aux troncs des vieux arbres, mais se dissipaient vite sur les pelouses et les parterres, car le sol n'était pas assez froid.

— Si nous avons ce temps le soir de Noël, les enfants seront ravis ! Surtout Hanno, qui recevra sa première luge. Et Charlotte sera absolument ravissante dans son petit manteau rose et ses bottines fourrées.

— Assurément, Madame, répondit Humbert.

Pourquoi se montrait-il si taciturne, aujourd'hui ? se demanda Elisabeth. Il fallait espérer qu'il ne couvait pas quelque chose juste avant les fêtes.

— Humbert, j'espère que tu n'es pas…

Elle s'interrompit, effrayée, en voyant apparaître le terrain de jeu, sur lequel son Sebastian se disputait le ballon avec les trois garçons. Quel gamin, tout de même ! Le Dr Kortner ne lui avait-il pas expressément recommandé de ménager son genou ? De le maintenir surélevé, au chaud, de le solliciter le moins possible, de ne pas faire de sport et d'être prudent même en montant ou descendant l'escalier.

— Stop ! cria-t-elle. Descends de voiture, Humbert, et dépêche-toi d'aller trouver mon mari ! Qu'il arrête immédiatement ces sottises, sinon je serai obligée d'en informer le Dr Kortner.

— Mais, Madame… commença Humbert.

Se ravisant, il éteignit le moteur et fit ce qu'on lui avait commandé. Elisabeth vit Sebastian s'interrompre un instant, faire un geste d'apaisement à l'adresse de Humbert, puis attraper le ballon et le lancer à son fils Johann.

Elle secoua la tête, irritée par tant d'inconscience, et resserra les pans de son manteau de fourrure. Humbert avait laissé sa portière ouverte, si bien que les flocons pénétraient dans l'habitacle.

— Votre mari souhaiterait juste terminer la partie, Madame, il n'en a pas pour longtemps. Après, il rentrera tout de suite à la villa.

Humbert tapota son manteau pour en ôter la neige avant de reprendre sa place derrière le volant. Quelques flocons étaient restés accrochés dans ses cheveux, ce qu'Elisabeth trouva tout à fait charmant. Il remonta l'allée jusqu'à l'entrée principale de la villa, sortit promptement du véhicule et ouvrit la portière à sa patronne. Gertie et Hanna descendirent rapidement le perron pour récupérer les nombreux paquets entassés dans la voiture. Lisa avait fait des courses pour Noël.

— Merci, Humbert, dit-elle lorsqu'il l'aida à sortir. Elle n'avait malheureusement pas réussi à tenir sa résolution de perdre quelques kilos. La faute à son amour immodéré des sauces crémeuses, des spaetzle et des collations sucrées. Par chance, il y avait Marie et son atelier, où elle pouvait faire retoucher ses vêtements.

Dans le vestibule régnait une agréable odeur de résine. On avait dressé le grand sapin de Noël et les boules, dans leurs cartons, n'attendaient plus que d'être accrochées.

— Non ! s'exclama Elisabeth, horrifiée, en portant les mains à sa bouche. Mais qu'est-ce que c'est que ça ! Que fait ce misérable avorton dans notre hall d'entrée ?

De fait, on avait connu des sapins nettement plus volumineux. Dans leur enfance, Paul, Kitty et elle avaient toujours eu l'impression qu'ils montaient jusqu'au plafond et leurs branches étaient si touffues qu'on pouvait se cacher derrière.

— Ah, te voilà, Lisa, fit la voix de Marie. Je voulais justement te voir.

Elisabeth fut surprise que sa belle-sœur ne soit pas à l'atelier. Cela étant, elle fut contente de pouvoir se plaindre de cet arbuste indigne qui avait probablement été installé là par erreur.

— C'est un scandale, Marie, s'échauffa-t-elle. J'avais pris soin de commander un arbre particulièrement beau. Comment a-t-on pu nous livrer ce lamentable spécimen…

— C'est de ça que je voulais te parler, l'interrompit Marie. Paul et moi avons annulé la commande. Pour des raisons de coût. Christian a coupé ce sapin dans le parc, et je pense qu'une fois décoré…

Elisabeth crut avoir reçu un coup de massue. Paul et Marie avaient agi dans son dos. Cela faisait à présent plusieurs années que sa mère et elle étaient responsables de la tenue de la maison et voilà ce qui se passait !

— Pour des raisons de coût ? Vous choisissez la période de Noël pour prendre des mesures d'économie ? Non, Marie, là, ça va vraiment trop loin.

Sa belle-sœur garda le silence. Else et Hanna avaient commencé à accrocher les boules rouges sur les branches et Humbert arriva avec la grande échelle pour fixer l'étoile dorée au sommet du sapin. On ne discutait jamais de sujets délicats devant le personnel.

— Allons chez toi, Lisa, suggéra Marie. Tu as sûrement besoin d'un thé chaud.

— Si tu le dis, répliqua Elisabeth, vexée. Hanna, prends mon manteau, s'il te plaît. Et mes bottes. Ah oui, et quand mon mari rentrera du parc, donne-lui les pantoufles fourrées.

— Bien, Madame.

Lisa suivit Marie dans l'escalier sans se retourner une seule fois vers le sapin. Si cette horreur devait rester dans le vestibule, désormais elle fermerait les yeux chaque fois qu'elle passerait devant.

— Au fait, pourquoi es-tu à la maison ? demanda-t-elle. Tu laisses ton atelier sous la garde de Mme Ginsberg maintenant ?

Épuisée, elle se laissa tomber sur un siège. Puis elle sonna Gertie et commanda du thé et des biscuits.

Marie attendit que la jeune domestique soit ressortie pour répondre.

— L'atelier restera fermé jusqu'au lendemain de Noël, expliqua-t-elle en ramassant une poupée de chiffon qui traînait sur le canapé afin de pouvoir s'asseoir. En ce moment, il n'y a pas de commandes, aussi j'ai dit à mes couturières de prendre leurs congés de Noël.

— Pas de commandes ? se récria Lisa avec incrédulité. Comment est-ce possible ? J'ai au moins trois amies qui voulaient faire appel à toi.

Marie poussa un profond soupir. La question de sa belle-sœur lui était manifestement désagréable.

— Je me suis mal exprimée. Il y a effectivement des commandes, mais ça fait des mois que ces dames diffèrent leur paiement. Or je ne suis pas disposée à travailler gratuitement.

— Grands dieux ! Qu'est-ce que ça peut faire si elles règlent un peu plus tard ? Tu finiras bien par être payée.

— Et qu'est-ce que je dirai à mes employées ? rétorqua Marie. Que je ne peux malheureusement pas leur verser leur salaire avant quelques mois ? Et qu'en attendant elles devront travailler gratuitement ?

Elisabeth dut se rendre à l'évidence. Elle n'ignorait évidemment pas que la situation financière était tendue et, pour sa part, elle était prête à se contenter d'un budget domestique réduit. De toute façon, il n'était déjà pas question de vacances ou autre luxe de ce style. Mais que Marie ait été obligée de fermer l'atelier, c'était nouveau.

— Est-ce que Maman est au courant ? demanda-t-elle, consternée.

— Non, répondit Marie. Mais ça ne devrait pas trop la chagriner. Elle a toujours pensé que je ferais mieux de rester à la maison.

C'était exact. Cependant l'idée que Marie allait dorénavant passer ses journées à la villa inquiéta Elisabeth.

— As-tu l'intention de prendre part à la gestion des tâches domestiques ? demanda-t-elle avec une pointe de méfiance. Il me semble que Maman et moi nous en sortons très bien.

— Je le sais, Lisa, répondit Marie en lui posant la main sur le bras d'un geste apaisant. Nous sommes tous ravis que vous nous ayez soulagés de cette lourde responsabilité.

Elle se tut en entendant frapper Gertie, qui apportait le thé. Après avoir déposé son plateau, la femme de chambre fit une génuflexion et leur annonça avec une indignation contenue :

— La cuisinière m'a interdit de vous donner des biscuits, ils sont pour Noël. Et puis elle vous rappelle que le déjeuner sera servi dans moins d'une heure.

— C'est un peu fort, s'échauffa Elisabeth. Dites à Mme Brunnenmayer que je souhaite lui parler après le déjeuner. Merci, inutile de verser le thé, nous nous servirons nous-mêmes.

— Bien, Madame.

Depuis que Liesel avait eu l'idée saugrenue de partir en Poméranie voir son père, la cuisinière était encore plus ronchon que d'habitude. Elisabeth poussa un soupir. Toutes ces contrariétés avant Noël... Et elle qui s'était tant réjouie à la perspective de cette belle fête familiale.

Marie essaya de reprendre le fil de la conversation.

— Je n'ai aucune intention de me mêler des affaires domestiques, Lisa, dit-elle avec gentillesse. Je dois simplement surveiller notre budget, qui est malheureusement très serré en ce moment. Et il va de soi que j'agirai en concertation avec toi et Maman. Je regrette vraiment pour le sapin. Je voulais t'en parler avant de faire quoi que ce soit, mais tu étais déjà partie.

— Bien sûr, j'étais sortie faire des courses pour Noël, comme toujours en cette période de l'année, rétorqua Elisabeth, qui se sentait agressée. Et au cas où tu penserais que j'ai mis notre budget défaillant en danger, sache que j'ai tout payé avec mon argent.

Marie acquiesça. On savait qu'Elisabeth recevait une mensualité de Poméranie, c'était le fruit d'un arrangement conclu avec Elvira von Maydorn après le divorce de sa nièce.

« Si tu veux que ce soit ton mari qui hérite du domaine, il faut au moins que tu en retires quelque chose avant ma mort », lui avait dit Elvira quand elle avait eu connaissance des modalités de la séparation.

Elisabeth avait été ravie de ces dispositions, même si Klaus von Hagemann ne cessait désormais de se plaindre de cette rente, affirmant que lui et sa famille étaient obligés de se restreindre.

— Enfin, Lisa, reprit Marie, personne ne te fait de reproches. Au contraire. C'est très gentil et très généreux de ta part de nous gâter ainsi. Paul et moi, nous serons un peu plus modestes cette année. Nous pensons surtout aux domestiques : il ne faut pas qu'ils subissent les répercussions de cette crise et nous leur donnerons des étrennes comme il est de tradition dans cette maison.

Elisabeth haussa les épaules et servit le thé. Si Marie était d'avis qu'il fallait se serrer la ceinture pour pouvoir se montrer généreux envers le personnel, c'était son problème. Pour sa part, elle estimait que cette générosité devait profiter à tout le monde, surtout à ceux qu'on aimait le plus.

— Excusez-moi, Madame !

Hanna apparut à la porte, l'air débordée, la coiffe de travers comme à son habitude. La jeune fille était gentille, mais dépourvue des qualités nécessaires à une bonne domestique. Quand il y avait du monde à la villa, Elisabeth préférait la reléguer au second plan.

— Les enfants sont en bas dans le vestibule, ils veulent nous aider à décorer le sapin.

Elisabeth lança un regard assassin à sa belle-sœur. Voilà qu'il allait falloir accrocher des boules et installer des bougies sur cet avorton avec l'aide des petits et des domestiques. Les biscuits en pain d'épice, en revanche, ne seraient suspendus aux rameaux que le soir de Noël, ainsi que le voulait la tradition.

— Nous arrivons, Hanna.

Si elle avait pensé que les enfants seraient déçus par ce sapin maigrichon, elle s'était trompée. Débordants d'enthousiasme, Johann et Kurti étaient en train de répartir les boules rouges et dorées, et Rosa avait pris Hanno dans ses bras afin qu'il puisse suspendre une étoile en papier doré sur une des branches du haut. Mais le petit n'avait pas envie de se séparer du bel objet brillant et protestait qu'il voulait le garder. Assise dans la poussette, Charlotte se plaignait tout aussi bruyamment qu'on ne la laisse pas participer.

— Maman, c'est le plus beau sapin du monde, déclara Johann lorsque Elisabeth et Marie les eurent rejoints.

— Ah bon, tu trouves, mon chéri ?

— Oui ! Parce que c'est moi qui l'ai coupé, hier. Christian m'a juste aidé un tout petit peu.

— Moi aussi, intervint fièrement Kurti. Je l'ai transporté. Christian, il a dit que sans nous il y serait pas arrivé.

Tout le monde parlait en même temps.

— Maman, je veux monter sur l'échelle…

— Maman, ta boule est de travers…

— Maman, Hanno a mangé l'étoile…

C'était la merveilleuse pagaille qui se produisait chaque année quand on décorait le sapin dans le hall d'entrée. Tous les domestiques se joignaient à eux, car chacun souhaitait suspendre au moins une boule ou une étoile dorée. En revanche, Humbert était seul responsable des bougies rouges. Il fallait les placer avec discernement si l'on voulait éviter une mauvaise surprise lorsqu'elles seraient toutes allumées, le soir de Noël. Cependant, pour parer à toute éventualité, on laissait un grand seau rempli d'eau à côté de la porte de la cuisine.

— Maman, je veux du *lametta,* s'écria Kurti en tirant Marie par la manche.

Celle-ci prit tendrement son cadet dans ses bras.

— Attendons que toutes les boules et les étoiles soient accrochées... Rosa, retirez cette étoile à Charlotte, elle la met dans sa bouche.

Elisabeth intercepta la cuisinière, qui prenait part elle aussi à la décoration de l'arbre. Mais celle-ci resta intraitable sur la question des biscuits. Elisabeth parvint seulement à lui faire accepter de distraire un des pains d'épice qu'elle venait de faire pour le donner aux enfants. Après le déjeuner, bien entendu.

Peu après, Paul arriva de l'usine en manteau et chapeau pour déjeuner comme à son habitude à la villa.

— Lisa, j'aimerais bien te dire un mot avant le déjeuner, lança-t-il à sa sœur.

Puis, se tournant vers Christian, qui était entré derrière lui, un peu intimidé :

— Il n'était pas nécessaire de choisir un arbre aussi lamentable, dit-il tout bas au jeune jardinier. Pourquoi n'en as-tu pas pris un plus beau ?

— Comme il aurait fallu s'en débarrasser au printemps, je me suis dit qu'il serait commode de s'en servir pour Noël, répondit Christian avec contrition.

— Bon, dit Paul, ce qui est fait est fait. Retourne à ton travail.

Le jeune homme ne se le fit pas dire deux fois.

Paul remit son manteau et son chapeau à Gertie et resta un instant à observer la joyeuse animation qui régnait dans le vestibule en échangeant des regards et des sourires avec Marie. Puis, reprenant son sérieux, il se tourna vers sa sœur. Se trompait-elle ou Paul avait-il effectivement des cernes sombres sous les yeux ?

— Allons dans mon bureau, Lisa.

Cette invitation ne fut pas du goût d'Elisabeth, qui craignait déjà un entretien désagréable. Décidément, on semblait vouloir lui gâcher Noël, cette année.

— Qu'y a-t-il de si important ? demanda-t-elle impatiemment quand Paul eut fermé la porte et se fut installé à son bureau.

— Hier soir, tu as dit à Marie que tante Elvira avait malheureusement opposé un refus catégorique à ma requête, expliqua-t-il avec un regard de reproche.

— Oui, elle m'a écrit…

Pourquoi la regardait-il avec colère ? Était-ce sa faute si leur tante ne voulait pas lui prêter une somme de cette importance ? Elle n'avait jamais cru que cette demande avait une chance d'aboutir, mais Paul s'était montré si insistant qu'elle avait finalement accepté d'écrire en ce sens à Elvira.

— A-t-elle motivé sa décision ?

Elisabeth fouilla dans sa mémoire. Qu'avait donc répondu la tante Elvira ? Le regard sévère de Paul la troublait. Elle se sentait sur le banc des accusés.

— Elle a écrit qu'elle avait mal au dos et qu'elle n'était pas sortie à cheval depuis un bon moment. D'ailleurs, je la trouve de mauvaise humeur ces derniers temps. Tu la connais, elle a toujours été solide comme un roc, elle ne s'est jamais plainte de rien…

Elle s'interrompit devant l'impatience visible de Paul.

— Ce n'est sûrement pas la raison de son refus.

— Non, bien sûr que non. Je disais ça comme ça. Elle a écrit… Attends un instant… Ah oui, ça me revient. Elle explique que le domaine engloutit des sommes folles parce que son intendant veut installer l'électricité dans tous les bâtiments et que le raccordement coûte très cher.

Avec un soupir de colère, Paul se rejeta contre le dossier du fauteuil qui avait autrefois appartenu à son père.

— Mais c'est ridicule ! s'emporta-t-il. Les grands propriétaires de l'Est bénéficient de réductions d'impôts et de toutes sortes d'avantages fiscaux. Notre président y veille soigneusement. Et nous, on n'a qu'à se débrouiller comme on peut, on nous augmente les impôts, on nous réduit les salaires…

Elisabeth fut soulagée de le voir se rabattre sur un autre coupable. Le président Hindenburg avait le dos large et Berlin était loin – Paul pouvait pester tout son soûl.

— Je peux te montrer la lettre si tu veux, proposa-t-elle. Ça te permettra de te faire toi-même ton idée.

— Oui, merci, Lisa.

Il soupira et parut s'affaisser. *Le pauvre, il semble vraiment accablé de soucis,* songea Elisabeth.

— Je croyais que tu avais vendu les immeubles d'Augsbourg ? reprit-elle, presque timidement.

— En effet, tous sauf un. Je ne me séparerai pas de celui dans lequel se trouve l'atelier de Marie.

Il fait ça par amour pour Marie, se dit Elisabeth, émue. Puis elle songea que c'était pour cette raison qu'elle avait dû mendier auprès de la tante Elvira et son émotion se changea en irritation. On lui avait demandé de jouer les solliciteuses au risque de se voir opposer une fin de non-recevoir afin que sa chère Marie puisse garder son atelier – qu'elle avait de toute façon dû fermer. C'était vraiment pousser l'amour un peu loin !

— Pour un peu, j'aurais cru que tu l'avais vendu à l'avocat Grünling, répondit-elle avec une légèreté feinte.

Serafina m'a dit quelque chose de cet ordre. Nous nous sommes rencontrées par hasard lorsque j'ai accompagné Sebastian chez le dentiste.

— Il aura pris ses désirs pour des réalités, répondit sombrement Paul. Bon, Lisa, arrêtons là cette discussion, le déjeuner sera bientôt servi. Ne m'en veux pas si je suis un peu nerveux et désagréable, j'avais placé de grands espoirs en Elvira et la déception est rude.

Il se leva et la serra dans ses bras. À cet instant, on entendit le gong du déjeuner auquel chacun se devait d'obéir sur-le-champ.

— Ah, Paul, soupira Elisabeth, rassérénée. Je suis désolée que tu aies tant de soucis. Et tout ça à cause de cette affreuse crise économique.

— Oui, Lisa, nous sommes malheureusement tous concernés.

Dans le couloir, ils tombèrent sur Sebastian, qui venait de rentrer et – Elisabeth le remarqua aussitôt – ne portait pas les pantoufles fourrées qu'elle avait fait faire exprès pour lui.

— Enfin te voilà ! lança-t-elle sur un ton de reproche. Comment peux-tu te montrer si déraisonnable ?

Sans l'écouter, il prit le bras de Paul et l'attira légèrement à l'écart.

— Cher Paul, l'entendit-elle dire à voix basse. Je sais dans quelle situation se trouve l'usine et je voudrais une fois de plus t'offrir mes services. Bénévolement, cela va de soi, je ne veux pas coûter un pfennig à l'entreprise. Mais j'aimerais pouvoir faire quelque chose afin d'affronter cette crise avec toi et toutes les personnes concernées.

Paul ne sut trop que répondre, il ne faisait généralement pas grand cas des idées de son beau-frère.

— J'apprécie le geste, Sebastian, mais ce qui manque, ce sont les commandes, pas les bras. Dès lors je ne peux accepter ton offre généreuse. Et maintenant, excuse-moi, Maman m'appelle.

Alicia, en effet, était descendue dans le hall pour admirer le sapin décoré. Elisabeth n'eut aucune peine à deviner la raison de sa nervosité.

— Va dans la salle à manger, Paul, glissa-t-elle à son frère. Je m'occupe de Maman.

— Merci, Lisa, chuchota-t-il en lui adressant un clin d'œil.

L'humeur d'Elisabeth s'améliora instantanément. Il avait retrouvé l'expression espiègle qu'il avait dans son enfance. Non, la situation ne pouvait pas être si grave !

Elle trouva sa mère plantée avec stupéfaction devant le sapin rabougri auquel même les boules colorées, les étoiles et les cheveux d'ange argentés n'avaient pas réussi à donner un éclat festif.

— Ce n'est pas le sapin que nous avions commandé, lança-t-elle à sa fille. La présence de cette chose dans notre vestibule est un pur scandale, mon pauvre Johann doit se retourner dans sa tombe.

— C'est bon, Maman, dit Elisabeth avec un sourire apaisant. Les enfants se sont amusés comme des fous, ils te raconteront tout ça. Johann et Kurti ont aidé Christian à couper l'arbre et à le transporter dans le hall.

Alicia secoua la tête avec réprobation.

— Tout de même, Lisa ! C'est embarrassant vis-à-vis de nos invités. Et même des domestiques. On se croirait chez les pauvres.

— Sûrement pas ! Ce sapin est bien droit et ses branches...

À cet instant, elles entendirent la voix claire de Kurti depuis le palier du premier étage.

— Hourra, Grand-maman ! C'est le plus bel arbre du monde entier ! Et tu sais pourquoi ?

L'expression d'Alicia s'adoucit devant cette manifestation de joie enfantine. Tout sourire, elle fit un pas de côté pour voir l'escalier, caché par le sapin. Marie se tenait sur le palier avec Johann et Kurti, tous les deux changés et peignés pour le déjeuner.

— Pourquoi est-ce le plus bel arbre, mon chéri ? demanda-t-elle en s'engageant dans l'escalier.

— Parce que j'ai enfin eu le droit de tenir la grande hache, s'écria-t-il. Elle est vachement lourde !

23

— MAIS À QUOI QU'IL PENSE, monsieur le professeur ? s'emporta Augusta. Dix marks par mois. Et où il veut que je les prenne ? Non, pas question, Hansl.

Le gamin eut l'air si malheureux qu'elle en fut navrée. La faute à ce professeur, Bogner, qui lui avait mis ces idées dans la tête.

— M. Bogner, il a dit que comme j'étais très bon en calcul et que j'étais doué pour les sciences naturelles, y fallait absolument que j'aille à l'école supérieure de garçons, répondit Hansl sur un ton implorant. Il trouve que je suis trop bon pour la jardinerie, c'est ce qu'il a dit, Maman.

Augusta n'en crut pas ses oreilles. Il ne manquait pas de toupet, ce Bogner ! En quoi cela le regardait-il les projets qu'elle avait pour ses fils ? Plus tard, Hansl et Maxl reprendraient la jardinerie, ainsi qu'il avait été décidé, sinon ils n'arriveraient jamais à rien. Mais la République avait instauré de nouvelles lois. Dès qu'un gosse avait de bonnes notes, on l'envoyait illico au collège ou même au lycée. Du temps de l'empereur, ce genre de chose n'existait pas, les artisans n'avaient pas besoin d'étudier ni d'aller à l'école supérieure de garçons, les règles étaient claires, chacun restait à sa place. Désormais, c'était un désavantage d'avoir un enfant « doué », comme on disait. Avec Liesel, cela n'avait pas posé de problème. Puisqu'elle était une fille, le professeur ne lui avait accordé aucune attention.

— Dis à M. Bogner qu'un jardinier ça doit aussi être bon en calcul et en sciences naturelles.

Hansl baissa les yeux et opina du chef. Puis il essaya une dernière fois de convaincre sa mère.

— M. Bogner, il a dit aussi que plus tard je pourrais être ingénieur ou inspecteur.

Augusta marqua une hésitation. Avoir un ingénieur ou même un inspecteur dans la famille lui aurait bien plu, d'autant plus que Liesel était en bonne voie d'accéder à un milieu social plus élevé. Mais permettre à Hansl de faire des études coûterait beaucoup d'argent. Et qui assurerait les tâches de la jardinerie pendant ce temps ?

— Tu diras à ton professeur que j'ai pas l'argent, trancha Augusta. Et cette nuit, tu monteras la garde avec Maxl. Pour que ces saligauds, ils viennent pas en plus nous voler les choux frisés et les choux de Bruxelles.

Au cours de la nuit, des voleurs s'étaient introduits dans l'une des serres. Ils avaient découpé une vitre et emporté une grande quantité des légumes qu'on avait fait laborieusement pousser. Ils avaient procédé tout doucement, sans se faire remarquer, ces canailles. Personne n'avait rien entendu, pas même Fritz, qui avait le sommeil léger et se réveillait au moindre bruit. Surtout quand il faisait des cauchemars. D'après les traces laissées sur le sol détrempé, les voleurs étaient venus avec une charrette.

Les pertes étaient catastrophiques. La famille avait compté gagner un peu d'argent en confectionnant des couronnes de l'Avent et des arrangements de rameaux. Christian avait coupé dans le parc de la villa quelques sapins rabougris qui étaient trop serrés les uns contre les autres. De ce fait, ils avaient récupéré une masse de rameaux, ce qui avait permis à Augusta de tresser des couronnes avec Dörthe. Et voilà que la plus grande partie avait été dérobée par ces fichues crapules. Ils sévissaient partout, ces voleurs, s'introduisaient dans les magasins, dans les maisons, vidaient les garde-manger, dérobaient les pommes de terre et les betteraves, les saucisses et les jambons, la farine et les œufs. Au marché, il fallait ouvrir l'œil et le bon, car même les enfants s'étaient mis à voler. Dernièrement, la police en avait attrapé deux qui avaient caché des pommes et des choux-raves sous leur veste ainsi qu'une saucisse fumée. Ils avaient expliqué en pleurant qu'à la maison il n'y avait rien à manger et que cela faisait plusieurs jours qu'ils n'avaient pas eu de soupe chaude. Comme si la soupe populaire n'existait pas !

Hansl s'était exécuté avec un profond soupir. Fritz arriva avec le cartable qu'il avait hérité de Maxl et huma l'air avec une expression affamée.

— Y aura de la saucisse dans la soupe, aujourd'hui ? demanda-t-il en jetant son sac dans un coin.

— Pour sûr, répondit Augusta. Mais pas une pour chacun. Faudra que tu partages avec Hansl.

— Fraternellement ? répliqua Fritz avec suspicion.

Partager fraternellement signifiait donner le plus gros morceau à son frère. Cette règle avait été instituée par Liesel et, depuis, aucun des garçons ne voulait être celui qui effectuait le partage.

— C'est moi qui la couperai, décida Augusta. T'as regardé dans la boîte aux lettres, Fritz ?

— J'ai oublié…

— Alors, vas-y. Le repas est pas encore prêt.

Fritz remit docilement ses chaussures afin de courir à la boîte aux lettres, qui était fixée sur un poteau à l'entrée de la jardinerie. Augusta poussa un soupir. Elle devait constamment être derrière ses deux cadets pour leur rappeler ce qu'ils avaient à faire, il fallait toujours leur dire les choses deux fois. Fritz était chargé de rapporter le courrier quand il rentrait de l'école, Hansl de mettre la table pour le déjeuner, mais ce sot n'arrêtait pas d'oublier et la laissait en plan. Le seul à faire attention, c'était Maxl. S'il n'avait pas été là, elle aurait été bien à plaindre.

Il avait remplacé la vitre brisée de la serre par des planches afin de protéger le mieux possible les cultures du froid et du vent. Heureusement, la neige avait fondu, il n'y avait plus eu de gelées et il lui était resté une petite provision de bois, suffisante pour cuisiner. Dans la cuisine, au moins, il faisait agréablement chaud.

— Maman ! Maman ! entendit-elle brailler à cet instant.

C'était Fritz qui arrivait en courant avec une liasse de lettres. Augusta eut un moment d'affolement. Sans doute rien que des factures et des injonctions de payer. *Ils ne peuvent donc pas laisser passer les fêtes, ces vautours ?* songea-t-elle, furieuse.

— Maman, y a écrit May dessus. Est-ce que ça veut dire Karl May ?

Augusta lui prit la pile des mains et lut l'adresse indiquée sur la lettre : *Klaus von Hagemann. Domaine de Maydorn. Poméranie.*

« Mais non, bêta, c'est Maydorn ! Tu vas à l'école depuis Pâques et t'es toujours pas capable de lire correctement ! Karl May ! Hansl devrait pas te lire toutes ces histoires de Far West qu'il a écrites. Les romans, ça pervertit. Fourre-toi bien ça dans le crâne.

Elle l'envoya se laver les mains à l'étage, remua d'un geste rapide la soupe qui cuisait à petit bouillon, puis déchira l'enveloppe. Peu après le départ de Liesel, elle avait écrit à Klaus von Hagemann une longue lettre où elle lui disait que Liesel était la chair de sa chair et qu'il devait s'occuper d'elle, qu'elle était jolie et intelligente et que sa mère avait veillé à lui donner une bonne éducation. Que désormais c'était à son père de faire le nécessaire et qu'elle était convaincue que la Liesel était destinée à bien mieux qu'à rester fille de cuisine.

Sur la feuille qu'elle sortit de l'enveloppe, il n'y avait que quelques lignes.

Chère Madame Bliefert,

Votre fille se trouve au domaine de Maydorn depuis quelques semaines. Comme je n'ai pas l'intention de l'employer, je vous prierai de bien vouloir lui envoyer l'argent nécessaire à son voyage de retour à Augsbourg. Veuillez croire en l'expression de ma considération.

Klaus von Hagemann
Intendant

Augusta fut si heurtée par la sécheresse de cette missive qu'elle faillit laisser brûler la soupe. Était-ce une façon de la traiter après toutes ces années ? À l'époque, elle l'avait eu constamment à ses trousses. Et puis, lorsqu'elle était tombée enceinte, il avait perdu tout intérêt pour elle. Qu'est-ce que c'était que cet individu ? Un égoïste sans scrupules, un insensible dépourvu de tout sentiment à l'égard de son propre enfant. Elle aurait dû s'en douter. La pauvre Mme Elisabeth avait elle aussi eu à souffrir de ses infidélités. Mais, depuis, elle avait rencontré le bonheur avec son Sebastian Winkler, tandis qu'elle-même accumulait les coups durs.

— La lettre est de Liesel ? demanda Hansl, lorsqu'ils furent à table.

— Non.

— Mais Fritz a dit que la lettre vient de Maydorn, et comme la Liesel est là-bas…

— Mange ta soupe, elle va refroidir.

Les deux garçons échangèrent un regard perplexe, se turent et s'attaquèrent à leur repas. Hansl coupait sa saucisse de telle sorte qu'il lui en restait jusqu'à la dernière cuillerée de soupe. Fritz commençait par manger la sienne en entier, puis passait à la soupe.

— Tout à l'heure, vous m'aiderez à ramasser les débris de la vitre, déclara Maxl. Et, cette nuit, on montera la garde. Je prendrai la matraque, et toi, Hansl, le râteau.

— Je veux venir avec vous, intervint Fritz.

— Toi, tu iras au lit, ordonna Augusta. Et vous, soyez prudents, hein ! S'ils viennent à plusieurs, ça pourrait mal finir.

— Je leur flanquerai une telle raclée qu'ils se demanderont où sont passés leurs roustons, plastronna Maxl, qui avait passé toute la matinée à réparer les dégâts.

— Prépare-moi le panier, lança Augusta. Je vais à la villa.

— Ils t'achèteront rien, ces grippe-sous, lâcha Maxl avec une grimace de mépris.

Augusta trouva qu'il ressemblait de plus en plus à son père. Quelques jours plus tôt, elle avait découvert un fin duvet clair sur son menton et au-dessus de sa lèvre supérieure. Son gamin devenait un homme. Peut-être devrait-elle commencer à lui chercher une épouse raisonnable.

Une fille docile, qui s'intégrerait à la famille et ne chercherait pas à supplanter sa belle-mère. Jusque-là, Maxl avait témoigné peu d'intérêt aux filles de son âge. Ce qui était tout aussi bien. Augusta n'était pas pressée d'avoir une bru à la maison. Elle aurait de loin préféré se remarier. On se sentait seule sans un homme avec qui partager son lit. Après tout, elle avait encore des besoins de femme. Malheureusement, elle ne voyait personne alentour qui aurait pu lui plaire – et puis cela ne faisait que huit mois que son pauvre Gustav était mort.

— Je vais tout de même y aller, répondit-elle à Maxl. Y a toujours du neuf. Et pis ils m'achèteront sûrement quelque chose.

— Y a du dessert ? demanda Hansl avec un petit sourire.

— Tout ce que tu veux, répliqua Augusta en levant la main.

— Alors je préfère pas, rigola Hansl en se baissant.

Il n'y en avait évidemment pas. La compote qu'elle avait mise en bocal était pour Noël. Elle ferait également quelques biscuits. Du côté des cadeaux, en revanche, ce serait plus que modeste. Cette année, il n'y avait rien d'autre que les vestes et les pantalons de Leo Melzer qu'elle avait retouchés pour Hansl et Fritz. Et deux paires de bonnes chaussures pour Maxl. Peut-être parviendrait-elle à dégoter un poulet au marché, on verrait bien.

Tandis qu'elle se rendait à la villa aux étoffes avec un panier de céleri, d'herbes aromatiques et de poireaux, elle repensa à la lettre de Hagemann. Il lui demandait d'envoyer à Liesel de l'argent pour qu'elle rentre ? Il pouvait toujours courir, elle n'avait pas un sou. S'il tenait absolument à se débarrasser de la pauvre fille, il n'avait qu'à lui payer lui-même le voyage, ce radin. Et que voulait-il dire par « employer » ? Liesel était sa fille, elle avait le droit de vivre dans la maison de maître avec lui et sa famille.

Il s'était mis à pleuvoir. Augusta s'arrêta et déposa son panier sur le sol pour mettre son fichu sur sa tête. Si l'on avait un autre Noël sans neige, elle n'en serait pas mécontente. La neige s'accumulait sur les toits des serres, si bien qu'ils menaçaient de s'effondrer. Le froid n'était bon que pour les arbres fruitiers, parce qu'il éliminait les insectes nuisibles. À ce que disait le pauvre Gustav en tout cas. Ah, comme il lui manquait !

Ses pensées revinrent à Liesel. Peut-être que la situation était tout autre, que ce n'était pas Klaus von Hagemann qui ne voulait pas de la jeune fille, mais cette paysanne qu'il avait épousée. Comment s'appelait-elle déjà ? Paula ? Pauline ? Un nom de ce genre. Mais bien sûr ! Elle lui avait donné des enfants, cette sale bonne femme ! Elle ne souhaitait pas voir débarquer chez elle une jeune héritière. Cette sorcière voulait garder tout pour elle et ses marmots. Il fallait être sacrément roublarde pour se hisser au rang de femme de l'intendant. Qui aurait pu penser que Klaus von Hagemann se commettrait avec une pareille créature ? Il avait quand même été marié à une Melzer. Cela dit, il avait toujours été un coureur de jupons invétéré.

À la cuisine de la villa, on devait être en train de prendre le café. Sans doute accompagné d'un délicieux gâteau. Elle arrivait au bon moment, la soupe de légumes remplissait l'estomac sans rassasier. Arrivée devant l'entrée de service, elle retira son fichu trempé et le secoua. Puis elle frappa, une fois, deux fois. Que se passait-il, voulait-on la laisser dehors ? Elle s'apprêtait à toquer une troisième fois quand la porte s'ouvrit enfin, laissant apparaître la figure ronde au nez retroussé de Dörthe.

— Ah, c'est toi, Augusta. Entre.

La première chose qu'elle vit, ce fut Christian, livide, qui était assis sur une chaise, les bras étendus de chaque côté. Gertie et Hanna, pourvues de pots et de flacons contenant divers remèdes, était occupées à le soigner et à lui envelopper les mains de bandages blancs. Aux pieds du jeune homme se trouvait une cuvette remplie d'une eau teintée de rouge.

— Sainte Marie mère de Dieu ! s'exclama Augusta. Tu t'es fait attaquer ?

Christian leva ses yeux bleus écarquillés sur la femme qui se tenait devant lui et ne parut pas la reconnaître. Fanny Brunnenmayer, qui préparait le café – Augusta vit tout de suite que c'était de la repasse –, répondit à sa place.

— Assieds-toi, Augusta, puisque t'es là, dit-elle sur un ton grincheux. Ce nigaud, il a voulu traîner la tondeuse et voilà-t-y pas qu'il a glissé et qu'il a attrapé les lames à deux mains. C'est ça quand on a un chagrin d'amour et qu'on sait plus ce qu'on fait.

Les mains ! Grands dieux ! Augusta se laissa tomber sur une chaise et regarda les deux filles panser le pauvre garçon. Il fallait espérer qu'il guérirait vite. En février, il faudrait mettre les jeunes plants en terre, Christian les avait toujours aidés dans cette tâche. Et les arbres fruitiers demandaient à être taillés.

— T'as de la chance, au moins t'as gardé tous tes doigts, se moqua Gertie. Comment on peut être aussi maladroit ?

Hanna caressa les cheveux de Christian en un geste de réconfort.

— Ça va aller, t'inquiète pas. Et puis, en hiver, y a pas grand-chose à faire dans le parc.

Bouleversée, Else s'agitait dans tous les sens.

— Je peux pas regarder, chuchota-t-elle. Tout ce sang, ça me donne envie de vomir. Hanna a tout nettoyé, la bonne âme.

Augusta ne trouva rien à répondre, sinon qu'elle non plus ne se sentait pas très bien.

La cuisinière apporta le café et remplit les tasses. Else les distribua. À cet instant, Humbert arriva à son tour dans la cuisine. Il jeta un coup d'œil effarouché à Christian et alla s'asseoir le plus loin possible de lui pour boire son café. Il était d'une sensibilité extrême, il suffisait d'une petite souris ou d'une minuscule araignée pour le faire s'évanouir.

— T'as reçu une lettre de la Liesel ? demanda la Brunnenmayer qui, pour une fois, vint s'installer à côté d'Augusta.

Celle-ci répondit par la négative. Et pas question de dire un mot de l'ignoble lettre de Hagemann, cela ne regardait personne.

La cuisinière secoua la tête avec un air soucieux.

— La pauvre petite. J'arrête pas de penser à elle. Depuis trois semaines qu'elle est partie, elle a pas écrit. On sait même pas si elle est bien arrivée.

Sur ce point, Augusta aurait pu la tranquilliser : Liesel était bel et bien arrivée. Mais cela l'aurait obligée à mentionner la fâcheuse lettre. Aussi renonça-t-elle à la rassurer.

— Elle doit être confrontée à plein de choses nouvelles, suggéra Humbert. Elle n'aura pas eu envie d'écrire.

La sonnette du bâtiment annexe retentit. Elisabeth attendait son thé.

— Madame sera de nouveau contrariée que je me présente sans petits gâteaux, lança Gertie, ennuyée. C'est votre faute, madame Brunnenmayer, parce que vous voulez pas les lâcher vos pains d'épice. Et moi, après, je me fais quereller.

— C'est comme ça, répliqua la cuisinière, imperturbable.

Voulant couper court à la dispute qui s'annonçait, Hanna proposa de se charger d'apporter le thé à Elisabeth. Gertie accepta avec gratitude.

— T'es une gentille fille, Hanna.

— C'est ça, laisse-toi exploiter ! lança Humbert avec colère depuis le fond de la cuisine.

Cependant Hanna avait déjà placé les tasses, le sucrier et le petit pot de lait sur le plateau et se dirigea vers l'escalier de service.

Voyant que ce n'était pas le moment de proposer à la Brunnenmayer le contenu de son panier, Augusta se tourna vers Christian, qui buvait son café avec ses mains bandées.

— Je sais pas comment c'est arrivé, dit-il à voix basse. C'est allé si vite. Faut pas que tu le dises à la Liesel, Augusta. Tu lui écris, non ?

— Pour sûr que je lui écris, mentit Augusta, qui n'avait pas envoyé une seule lettre à sa fille.

— Je lui ai écrit par deux fois, avoua tristement Christian, mais elle m'a pas répondu. Et maintenant je peux plus avec mes mains blessées.

Voyez-vous ça, ainsi il avait écrit à la Liesel. Des lettres d'amour, sans doute. Augusta en fut fâchée. Si Klaus von Hagemann avait vu ces lettres, il devait penser que la Liesel avait un ami ou même un amant. Pas étonnant, dès lors, qu'il ne veuille rien savoir d'elle.

— Écoute, Christian, dit-elle sur un ton sévère. Tu ne devrais pas écrire…

Elle s'interrompit en entendant frapper à la porte. Dörthe se leva tranquillement et se dirigea vers l'entrée d'un pas traînant.

— Bonjour, dit une voix masculine. Je viens parce que je cherche une femme, fille, *devotchka*…

À la cuisine, on échangea des regards surpris. Humbert pâlit brusquement. L'homme avait un curieux accent, qui évoquait la guerre. À Augsbourg, il y avait eu des hommes qui parlaient de la même façon.

— Entrez, dit Dörthe. Laissez cette cape dehors, autrement tout sera mouillé.

Un inconnu pénétra dans la cuisine. Augusta l'examina avec intérêt. Il était de taille moyenne, portait une vieille veste, un pantalon avachi, des chaussures usées. Son visage rasé de près montrait des traits réguliers, le nez était fin, les lèvres, pleines. Un gaillard qui présentait bien. Seule la chevelure noire en bataille, dans laquelle apparaissaient quelques fils argentés, produisait une impression grotesque et lui donnait l'allure d'un bohémien. *Il doit avoir quelque chose à vendre*, songea Augusta. *C'est le genre de type dont il vaut mieux se méfier.*

Humbert s'était levé. Il s'approcha lentement de l'inconnu et s'arrêta non loin de lui, les bras croisés sur sa poitrine.

— Qui êtes-vous et que venez-vous faire ici ? lança-t-il.

Son ton était plus que désagréable, il trahissait une véritable animosité.

— Grigori Borissovitch Chtchoukov je suis… Je veux pas déranger, je cherche fille qui s'appelle Khanna…

Sa voix était grave, un peu cassée, mais Augusta en trouva la sonorité agréable. Soudain, elle comprit qui était leur visiteur : Grigori, le prisonnier russe dont Hanna était tombée éperdument amoureuse pendant la guerre. N'avait-on pas dit qu'il était revenu en Allemagne ? Et qu'il était en prison parce qu'on le soupçonnait d'être un espion russe ?

— Il n'y a pas de Hanna dans cette maison, répondit brutalement Humbert. Partez d'ici !

Fanny Brunnenmayer paraissait pétrifiée, Else fixait le Russe bouche bée, Gertie examinait sa tenue négligée avec un dégoût croissant. Même Christian ne semblait pas à l'aise. Dörthe, en revanche, avait repris sa place à table sans plus s'occuper du nouveau venu et continuait de boire tranquillement son café.

Le Russe eut un sourire gêné, promena son regard autour de lui et s'arrêta sur Augusta, qui était la seule à le considérer avec une curiosité aimable.

— Khanna plus ici à la villa ? Très triste. Khanna est amie, bonne connaissance. Je cherche elle, parce que je voulais retrouver... M. Melzer m'a donné travail et logement. Maintenant je n'ai plus travail. Usine travaille moins.

Humbert eut un geste d'impatience. Il comptait se débarrasser du Russe au plus vite, car Hanna pouvait revenir d'un instant à l'autre.

— Ça n'intéresse personne, monsieur Chtchoukov, répliqua-t-il sur un ton tranchant. Partez, je vous prie !

Augusta était surprise de voir combien Humbert, d'ordinaire si poli, pouvait se montrer brutal. Cela étant, il préférait éviter que la pauvre Hanna se jette une deuxième fois au cou du jeune homme. Ce qui, en réalité, était le problème de Hanna, pas le sien.

— Très dommage.

Le Russe continuait de sourire. Il y avait en lui quelque chose de séducteur, trouva Augusta. Pour un peu, elle aurait compris l'attirance qu'il avait exercée sur Hanna.

— J'ai besoin travail, vous comprenez ? Rester toute la journée dans logement, pas bon. Travail juste pour manger est mieux que pas de travail du tout...

— Il n'y a pas de travail pour vous ici, rétorqua Humbert. Allez chercher ailleurs, monsieur Chtchoukov !

Comme le jeune homme ne bougeait pas, Gertie explosa.

— Vous croyez qu'on accepte le premier vagabond venu ? Fous le camp, espèce de bohémien ! Les gens de ton espèce n'ont rien à faire ici !

Avait-il compris tout ce que Gertie venait de lui lancer à la tête ? En tout cas, son sourire s'effaça, il s'inclina légèrement, se détourna et sortit de la cuisine. Quelques secondes plus tard, on entendit la porte claquer derrière lui. À cet instant, Hanna déboucha de l'escalier de service.

— Figurez-vous qu'elle n'a même pas demandé de biscuits, annonça-t-elle avec un sourire.

Comme tous la fixaient, elle parut déstabilisée.

— Qu'est-ce qu'il y a ?

— Quelqu'un est venu, qui cherchait du travail, répondit Humbert comme si de rien n'était. Nous lui avons dit que les Melzer n'embauchaient plus personne.

— Ah, Seigneur, soupira la jeune fille en s'asseyant à côté de lui et en prenant la tasse de café au lait qu'il lui avait gardée. Le pauvre, j'espère qu'il trouvera ailleurs.

— Nous l'espérons aussi, renchérit Humbert.

Personne ne fit de commentaire. On ne se sentait pas en droit d'intervenir dans une affaire qui ne regardait que Humbert et Hanna.

Augusta jugea le moment bien choisi pour faire l'article de son panier. De fait, la cuisinière fut ravie de cette diversion. Elle acheta plusieurs poireaux, toutes les herbes et le céleri – un gain inespéré pour Augusta. Si les ventes au marché se révélaient correctes jusqu'à Noël, elle pourrait tout compte fait acheter son poulet.

Augusta repartit l'humeur joyeuse et prit par le parc pour rejoindre par la petite porte l'étroit chemin qui conduisait à la jardinerie. Elle aperçut alors une silhouette sombre adossée à un hêtre. C'était un homme qui fumait, ainsi qu'elle le comprit en distinguant un petit point lumineux dont l'éclat s'avivait par moments. Effrayée, elle s'arrêta. La silhouette se détacha du tronc et éteignit sa cigarette.

— Vous pas peur, lança-t-il. Moi Grigori... Je rester là pour réfléchir...

Augusta hésita, puis elle se secoua. Si Paul Melzer lui avait donné du travail, c'était qu'on pouvait lui faire confiance. Et puis elle aimait bien sa voix. Elle s'approcha lentement, s'arrêta devant lui et le salua.

— Bonsoir, répondit-il. Toi travailles pas à la villa ?

— Non. Je suis propriétaire d'une jardinerie. Elle se trouve juste là-bas derrière.

Elle désigna l'endroit où l'on apercevait le toit de sa petite maison à travers les branches dénudées par l'hiver.

— Tu es... jardinière ? demanda-t-il. Peut-être tu as besoin ouvrier ?

Elle ne fut pas surprise de sa demande, elle venait d'avoir la même idée. Un aide temporaire qui se contenterait du couvert, voilà qui serait très rentable.

— Pour quelques heures tout au plus, on est en hiver... Tu sais tailler les arbres fruitiers, Grigori ?

Il eut un large sourire, visiblement ravi de la proposition.

— Grigori sait faire tout !

24

Le téléphone, ce méchant trouble-fête qui ne voulait pas la laisser tranquille, se mit une nouvelle fois à sonner. Aucun doute à avoir sur l'identité de la personne qui appelait ce jour-là pour la deuxième fois.

— Je suis désolée d'être une telle charge pour vous, soupira Tilly.

Kitty, qui avait transporté son chevalet au salon, était en train de peindre un paysage fantastique de petit format.

— Mais qu'est-ce que tu racontes ? répliqua-t-elle en déposant deux touches de couleur sur son tableau. Ta présence n'est pas une charge, Tillylein, c'est au contraire un merveilleux enrichissement pour nous tous. Quant à ton intarissable bavard de mari, il finira bien par s'épuiser. En tout cas, je ne voudrais pas avoir à payer sa facture de téléphone.

— La nôtre n'est pas particulièrement modique, fit remarquer Gertrude.

Elle s'essayait à tricoter une écharpe rayée qu'elle voulait offrir à Robert pour Noël, mais celle-ci avait pris une forme bizarre. Un problème qu'elle espérait résoudre en forçant sur le repassage.

— Ne t'énerve pas, répliqua Kitty en reculant de deux pas pour examiner son œuvre d'un œil critique. Robert ne s'est jamais plaint de choses aussi futiles qu'une facture de téléphone. Et puis j'ai vendu sept tableaux. Avec ça on pourrait régler au moins cent factures… Brrrr… Je crois que je vais flanquer cet appareil contre le mur !

— Je vais répondre, dit Tilly en reposant son livre.

— Dis-lui qu'il n'est qu'un pauvre psychopathe et qu'on va le faire enfermer dans une cellule capitonnée sans téléphone, lui cria Kitty.

— Maison Scherer.

— Excusez-moi, dit-on à l'autre bout du fil. J'ai dû me tromper de numéro, je souhaitais parler à Mme von Klippstein.

Tilly eut une seconde de frayeur. C'était le Dr Kortner ! Elle avait adopté un ton si désagréable qu'il ne l'avait pas reconnue.

— C'est moi, répondit-elle à voix basse. Excusez-moi, je pensais que c'était quelqu'un d'autre.

— Je suis désolé, je ne voulais pas vous déranger, chère madame.

— Vous ne me dérangez pas, bien au contraire, s'empressa-t-elle de répondre.

Kitty lui jeta un regard empli de curiosité. Gertrude, elle, était tout occupée à essayer de réintégrer quelques mailles qui s'étaient échappées.

— Je voulais réitérer ma proposition, chère madame von Klippstein. Vous vous souvenez ? Mon nouveau cabinet. Je serais ravi de vous le montrer et de savoir ce que vous en pensez.

Tilly sentit son cœur battre à coups redoublés – sans doute s'était-elle levée trop rapidement.

— J'en serais très heureuse, avoua-t-elle. Après les fêtes, peut-être ?

— Je pensais plutôt à ce dimanche après-midi. Ce serait parfait, il n'y aura pas de patients. Je pourrais passer vous chercher vers 2 heures.

Quelle détermination ! Le cœur de Tilly se mit à battre encore plus vite, elle fut bien forcée de reconnaître que c'était leur échange qui le faisait s'emballer.

— Dimanche ? Oh, je suis désolée, ce ne sera pas possible. Nous... nous avons de la visite.

Elle vit Kitty lever les yeux au ciel. Pour un peu, elle aurait cru commettre un acte interdit.

— C'est dommage, répondit son interlocuteur avec regret. Alors demain, peut-être ? J'ai des visites à faire, après quoi je pourrais passer rue de la Porte des femmes.

— Demain ? répéta Tilly avec hésitation.

De sa main droite qui tenait le pinceau, Kitty lui adressa un geste d'invite qui signifiait : « Allez, accepte ! Arrête de faire tant de manières ! »

Gertrude la gratifia d'un regard réprobateur, car Tilly paraissait encore plus déstabilisée.

— Demain ? Oui, peut-être... Je viendrai par mes propres moyens, vous n'avez pas besoin de passer me chercher.

— Alors venez l'après-midi, si vous le voulez bien. Le matin, je fais des visites à domicile. Je serais vraiment ravi de vous voir. Puis-je compter sur votre présence demain après-midi ?

Il était extraordinairement têtu, ce Dʳ Kortner. Un peu insistant, peut-être, mais d'une manière aimable. Elle se sentit flattée.

— C'est d'accord. Je passerai vous faire une courte visite. Pourriez-vous me rappeler l'adresse, s'il vous plaît ?

— C'est au 7 de la rue Longue. Pas sur la rue même, il faut franchir la porte cochère et monter au premier étage, il y a deux volées de marches. J'aurai grand plaisir à vous recevoir, madame von Klippstein.

— Je vous remercie, docteur Kortner. Tout le plaisir est pour moi. Je vous dis donc à demain.

— À demain.

Elle attendit qu'il ait raccroché pour faire de même.

— Seigneur Dieu ! explosa Kitty. Tu te comportes comme une vieille fille coincée. Où est le problème s'il veut te montrer son cabinet le dimanche ? Tu crois peut-être qu'il en profitera pour te sauter dessus et te violer sur le divan des patients ?

Tilly eut besoin d'un temps pour se remettre de cette conversation téléphonique qui donnait à sa journée un éclat lumineux et joyeux.

— Bien sûr que non, protesta-t-elle. Mais tout de même… Je suis mariée, je ne peux pas aller retrouver un homme dans un cabinet médical où il n'y a personne. Que penseraient les voisins ?

L'expression de Kitty manifesta clairement quelle idée elle se faisait de cette réponse.

— Si tu continues à te comporter aussi niaisement, ma bonne Tilly, tu gâcheras toutes tes chances. Imagine, il te montre son cabinet, ensuite il t'invite dans un charmant café, vous bavardez agréablement, puis il te raccompagne chez toi. Et, lorsque vous prenez congé l'un de l'autre, il fait déjà nuit… Tu comprends ? Crois-moi, Tillylein, les hommes je les connais. Celui-là, c'est le genre romantique. Tout au plus un tendre petit baiser, il ne tentera pas davantage en cette première rencontre. D'ailleurs ce sont les plus beaux moments en amour. Quand on est empli d'espoir et d'attente, le cœur battant, les joues enfiévrées. Et, la nuit, on fait des rêves complètement fous…

Tilly trouva cette description plutôt embarrassante, mais en ce qui concernait les hommes Kitty était d'une spontanéité enviable. Elle-même était malheureusement d'un tout autre tempérament, plus terre à terre, plus raisonnable. Une fois, le romantisme avait surgi dans sa vie. Une époque révolue. Un souvenir merveilleux qu'elle emporterait avec elle dans la tombe.

— Il serait très fâcheux qu'Ernst en ait vent, se défendit-elle. Il pourrait s'en servir contre moi dans la procédure de divorce.

— Enfin quoi, Tilly ! s'exclama railleusement Kitty. Si vous divorcez, ce sera nécessairement à tes torts. C'est aussi certain que deux et deux font quatre. Alors qu'as-tu à craindre ? Ce grippe-sou gardera tout son argent pour lui. Mais toi, tu seras libre, ce qui sera mille fois plus précieux que toute sa maudite fortune !

Tilly l'avait déjà compris. Elle n'en fit pas moins valoir qu'il ne fallait surtout pas provoquer Ernst.

— Très juste, approuva Gertrude. Prudence est mère de sûreté.

Le lendemain, il y avait beaucoup de monde en ville. Les citoyens d'Augsbourg traînaient des sapins, des paquets et des paniers à provisions bien remplis, passant devant les mendiants et les invalides de guerre que l'on voyait à tous les coins de rue et qui se faisaient continuellement chasser par les forces de l'ordre. Il y avait un grand nombre de gens plantés devant les vitrines, jetant des regards de convoitise sur les saucisses, le jambon et le poisson fumé, mets délicieux qui étaient pour eux inabordables. Des enfants avaient le nez collé à la vitrine des magasins de jouets, observaient les riches qui en sortaient, chargés de sacs et de paquets. Tilly avait du mal à conduire dans ce grouillement de cyclistes et de véhicules. Plus d'une fois, elle dut freiner brusquement pour éviter d'écraser un piéton qui traversait la rue en se faufilant entre les voitures. *C'est étrange,* pensa-t-elle. *Les gens sont obligés de se restreindre parce que gagner sa vie est devenu un combat quotidien. Mais cela ne les empêche pas de vouloir célébrer Noël le plus fastueusement possible. De tenter d'escamoter la crise économique par la fête, de faire comme si elle n'existait pas.*

Elle ne trouva pas tout de suite l'adresse que lui avait indiquée le Dr Kortner. Plusieurs maisons de deux étages se succédaient et avaient connu des temps meilleurs. Par endroits, les toits étaient couverts de mousse. Le crépi s'effritait, laissant apparaître la maçonnerie rougeâtre des façades. Le Dr Greiner, précédent propriétaire du cabinet, avait déjà dû s'accommoder du délabrement de ce qui avait été autrefois un bel immeuble. Tilly se gara le long du trottoir, puis traversa la vaste porte cochère jusqu'au bâtiment sur cour où se trouvait le cabinet médical. Une nouvelle plaque était affichée à l'entrée.

DR JONATHAN KORTNER. MÉDECIN GÉNÉRALISTE.
PREMIER ÉTAGE GAUCHE.
CONSULTATIONS : DU LUNDI AU SAMEDI,
8 H-12 H ET 15 H-17 H
ET LE DIMANCHE MATIN EN CAS D'URGENCE.

Tilly trouva très bien qu'il propose une consultation le dimanche, ce que ne faisait pas son prédécesseur. Alors qu'elle se tenait devant la plaque, deux femmes pénétrèrent dans l'immeuble avec un petit garçon. L'enfant toussait fortement, une toux révélant une maladie grave, probablement une tuberculose. Oppressée, Tilly leur emboîta le pas, monta l'escalier à leur suite et, parvenue au premier étage, constata que la porte vitrée grillagée avait été rafraîchie. On avait également accroché un petit coussin rembourré au bouton pour éviter que la porte ne se referme. On pouvait ainsi entrer sans sonner.

Le spacieux couloir était agréablement clair. Les murs blancs étaient décorés de quelques reproductions encadrées, des forêts verdoyantes, des montagnes, la mer – un ensemble à la fois esthétique et apaisant. Les sombres armoires sculptées d'autrefois avaient été enlevées. La salle d'attente était entrouverte, si bien que Tilly put glisser un coup d'œil à l'intérieur. Il y avait tant de monde que les chaises étaient en quantité insuffisante. À l'époque du Dr Greiner, on n'accueillait qu'un nombre déterminé de patients, et ceux qui arrivaient en retard se faisaient renvoyer. Sauf, bien sûr, s'il s'agissait d'une urgence.

Tilly décida de frapper à la porte sur laquelle il était écrit « ENTRÉE INTERDITE ». C'était par là que le médecin et son assistante accédaient à la salle d'examen. Les malades, eux, passaient par la salle d'attente.

Une femme brune et robuste en blouse blanche lui ouvrit et lui jeta un regard scrutateur qui n'était pas particulièrement aimable.

— Qu'y a-t-il ? demanda-t-elle en fronçant ses sourcils sombres. Vous ne savez pas lire ?

— Excusez-moi, je suis Tilly von Klippstein. J'ai rendez-vous avec le Dr Kortner. S'il est en consultation, je m'installerai dans la salle d'attente jusqu'à ce qu'il soit disponible.

La secrétaire médicale acquiesça d'un signe de tête et ouvrit plus largement la porte.

— Mme von Klippstein, oui, je suis au courant. Entrez, je vous prie. Monsieur le docteur a été appelé en urgence, il ne devrait pas tarder.

— Merci.

La femme avait un air sévère, ses gestes étaient énergiques, presque brusques. Elle offrait une certaine ressemblance avec les infirmières que Tilly avait rencontrées à l'hôpital de Schwabing et qui, pour certaines, s'étaient montrées très tyranniques avec elle.

— Vous pouvez accrocher votre manteau là-bas, dit-elle en désignant deux patères.

Un manteau sombre, mi-long, et un chapeau démodé étaient suspendus à l'une d'elles, l'autre était libre.

— Merci, vous êtes très aimable.

— Asseyez-vous donc sur ce tabouret. Voulez-vous une infusion à la menthe ?

De fait, il régnait dans la pièce un parfum de menthe qui supplantait l'odeur habituelle des cabinets médicaux, mélange de produits désinfectants, de linoléum, d'encaustique et de chlorure d'ammonium.

— Merci.

Elle aurait mieux fait d'ajouter « non », car la femme prit sa réponse pour un acquiescement. Elle emplit une tasse et la lui apporta. Tilly, qui détestait ce breuvage, fut contrainte de l'accepter afin de ne pas se montrer impolie.

— Buvez tant que c'est chaud, ordonna la secrétaire. Vous voulez du sucre ?

— Non, merci.

Tilly prit une gorgée de ce liquide jaunâtre évoquant l'urine et se sentit envahie de dégoût. Pourquoi donc était-elle si sensible ? Il n'y avait rien de plus sain que cette infusion, elle stimulait la circulation, purifiait le sang.

— Au fait, je suis Mme Kortner, dit la femme, ajoutant avec un brin d'ironie : le bras droit de monsieur le docteur, et la bonne à tout faire.

Il est marié, songea Tilly en posant sa tasse sur un chariot destiné aux instruments. Pourquoi ne l'avait-il pas dit ? Elle ressentit une profonde déception qui lui causa de la honte. Que s'était-elle donc imaginé ? Qu'il aurait pu éprouver pour elle un intérêt personnel ? Quelle sottise ! Sa sympathie était d'ordre purement professionnel. Il était marié et sa femme travaillait avec lui dans son cabinet. Tout ce qu'elle avait pris pour des avances, les compliments, l'amabilité, tout cela s'adressait en réalité au médecin, pas à la femme.

— Le Dr Kortner bénéficie assurément d'une aide fiable, dit-elle en souriant.

— On fait de son mieux.

Comme la conversation était terminée, Tilly examina les lieux. Les murs du cabinet de consultation étaient blancs, comme dans l'entrée, les rideaux des deux fenêtres fins et clairs, si bien que la pièce paraissait baignée de lumière. La bibliothèque blanche et vitrée contenait des ouvrages modernes ; les gros pavés complètement dépassés du Dr Greiner avaient disparu. Autres acquisitions nouvelles : deux armoires à instruments, également blanches, et pourvues de multiples tiroirs, ainsi que la table d'examen. En revanche, le paravent de couleur vive et le lavabo dataient de l'époque du Dr Greiner, de même que le large placard métallique où l'on gardait sous clé les substances dangereuses telles que l'arsenic, la morphine et le chloroforme.

Il était marié, rien de plus normal. Comment avait-elle pu croire le contraire ? Elle devait être complètement folle.

Elle tressaillit en entendant des pas rapides dans le couloir et une voix lancer sur un ton cordial :

— Bonjour, tout le monde ! Je suis à vous dans un instant.

Elle n'eut pas le temps de se ressaisir, la porte s'ouvrit brusquement et le Dr Kortner fut devant elle, en manteau et chapeau. Une expression ravie se peignit sur ses traits.

— Madame von Klippstein, dit-il en s'approchant d'elle, la main tendue. Je vous remercie mille fois d'avoir accepté de venir. Bienvenue dans mon nouveau domicile, chère madame.

Troublée, Tilly se leva pour le saluer, ce qui lui valut un sourire chaleureux. Il lui serra fougueusement la main, puis, désignant sa femme :

— Vous avez déjà fait connaissance, si je ne m'abuse. Doris est mon bras droit, la grande organisatrice, elle s'occupe de la paperasserie, de la comptabilité et de tout ce que je ne sais pas faire.

C'est gentil qu'il reconnaisse ainsi son travail, songea Tilly, profondément accablée. Sa femme n'était-elle pas gênée par l'exubérance avec laquelle il accueillait une collègue inconnue ? Elle devait avoir l'habitude, c'était un homme qui allait vers les autres.

— Alors ? demanda-t-il non sans fierté. Qu'est-ce que vous en pensez ?

— Ce cabinet est devenu lumineux et accueillant. Et, à ce que je vois, vous avez fait de nouvelles acquisitions et conservé ce qui avait prouvé son utilité.

Il acquiesça d'un signe de tête et expliqua qu'il venait d'acheter à un collègue une chaise d'examen moderne avec la lampe chauffante et le tensiomètre.

— Je souhaiterais aussi me procurer un appareil d'électrostimulation. C'est très utile pour les contractures, mais pour l'instant il faut que je ralentisse un peu le rythme. Mes réserves sont épuisées et, tant que les taux d'intérêt seront aussi astronomiques, il n'est pas question que j'emprunte de l'argent.

Tilly détourna les yeux. Son enthousiasme était justifié, il était passionné par son métier. Un jeune homme sympathique, qui méritait pleinement son estime. La gêne qu'elle éprouvait, son incapacité à trouver les mots justes, tout cela était le résultat des chimères ridicules qu'elle avait nourries.

— Je comprends cela très bien, docteur, répondit-elle en s'efforçant de sourire avec chaleur. Le cabinet me plaît beaucoup. Mais je ne veux pas vous retenir davantage, vos patients vous attendent.

— Très juste, madame von Klippstein. Doris, tu veux bien me donner ma blouse, s'il te plaît ? Elle doit être sur la chaise…

— Non, tu l'avais jetée sur la toise de la balance, rétorqua Mme Kortner en hochant la tête. Je te le répète pour la centième fois : la blouse doit être rangée dans le placard.

Il fut un peu gêné d'être ainsi réprimandé comme un écolier, mais n'en remercia pas moins sa femme lorsqu'elle lui tendit le vêtement.

La blouse ne faisait pas partie des acquisitions récentes, mais elle avait été soigneusement lavée, blanchie et repassée. Doris, la femme irremplaçable, solide comme un roc, qui œuvrait à son côté. Tilly sentit que ses pensées prenaient un tour sarcastique.

— Si vous avez encore deux minutes, chère madame von Klippstein, dit-il lorsqu'elle lui tendit la main pour prendre congé, je voulais revenir sur notre dernière conversation. J'aurais effectivement besoin d'une remplaçante. J'effectue de nombreuses visites à domicile, ce qui réduit d'autant ma présence au cabinet. Or il n'est pas dans mes habitudes de renvoyer des patients. Puis-je très rapidement vous faire une proposition, chère collègue ?

Non, dit en elle une voix intérieure. *Ce n'est pas une bonne chose. Tu es tombée amoureuse d'un homme marié. Avoue-le. Si tu travailles ici, tu seras malheureuse.*

— Bien sûr, répondit-elle, ignorant délibérément cet avertissement.

Le Dr Kortner fut soudain tout feu tout flamme. Il se dirigea vers son bureau, se mit à chercher quelque chose, fouilla dans un tiroir jusqu'à ce que sa femme finisse par lui dire :

— À gauche, deuxième tiroir à partir du haut, dans la chemise bleue.

— Qu'est-ce que je ferais sans toi ! répliqua-t-il en riant.

Il sortit ladite chemise et l'ouvrit.

— Je me suis permis de faire un projet de contrat, chère madame. Lisez tout ça tranquillement et dites-moi ensuite si un emploi de ce genre pourrait vous convenir. Trois fois par semaine, le matin ou l'après-midi selon ce dont nous serons convenus. La rémunération sera fonction du nombre d'heures travaillées. Pour le moment, je ne peux malheureusement pas offrir de meilleures conditions. Je sais, bien sûr, que vos qualifications et vos compétences devraient vous valoir un salaire bien plus élevé.

Tilly prit le document, y jeta un rapide coup d'œil, le plia et le rangea dans son sac à main. C'était une bonne proposition, elle aurait accepté sur-le-champ s'il n'y avait eu un obstacle de taille.

— Cela me conviendrait tout à fait, docteur Kortner, répondit-elle. Mais, comme vous le savez, il me faut l'autorisation de mon mari pour pouvoir signer un contrat. Aussi dois-je vous demander quelques jours de patience.

— Bien entendu. Je présenterai très volontiers le cabinet à votre époux si cela peut l'inciter à vous donner son accord.

Mieux vaudrait éviter, se dit Tilly. *Ernst serait probablement fou de jalousie, alors même que ce serait infondé.*

— Je vous tiendrai au courant.

Elle lui serra la main, prit poliment congé de Mme Kortner, la remercia pour son accueil aimable et quitta le cabinet.

Lorsqu'elle eut réintégré sa voiture, elle se fit des reproches. Pourquoi lui avait-elle donné de faux espoirs ? Elle refuserait sa proposition. Elle ne pouvait pas l'accepter. C'était une question d'estime de soi. Elle s'était elle-même privée de cette chance en s'éprenant comme une adolescente d'un homme incroyablement sympathique qui ne pouvait pas répondre à ses sentiments ridicules de midinette. Elle était si troublée qu'elle se trompa de route à deux reprises alors qu'elle circulait dans la ville où elle avait grandi. Elle dut faire demi-tour et faillit érafler l'aile d'un camion en stationnement.

L'obscurité commençait à tomber lorsqu'elle se gara devant la maison de Kitty. Elle descendit de voiture avec soulagement. Un vent désagréable secouait les toits, apportant une bruine tenace qui semblait transpercer les vêtements. Frissonnante, Tilly se dirigea en toute hâte vers la porte, ne souhaitant rien tant que se terrer dans son lit, remonter la couverture sur sa tête et essayer au plus vite de tout oublier.

Mais, en entrant, elle fut accueillie par un parfum chaleureux d'aiguilles de sapin et de pain d'épice, tandis que du salon s'échappaient les voix claires de Kitty et de Henni et les exhortations joyeuses de Robert.

— Attention, Henni ! Tu vas tomber sur le sapin avec ton *lametta* ! Kitty, mon amour, si tu places la bougie à cet endroit, elle mettra le feu à la branche du dessus…

— Alors tu n'as qu'à le faire toi-même, monsieur Je-sais-tout !

— Avec plaisir, madame Je-suis-plus-maligne-que-tout-le-monde !

— Qui a posé le seau d'eau à cet endroit ? Tous mes cheveux d'ange sont tombés dedans ! gémit Henni.

Ils étaient en train de décorer le sapin. Tilly s'était réjouie à l'idée de passer Noël à Augsbourg parmi ceux qu'elle aimait ; sa famille l'aiderait à surmonter cette malheureuse histoire. Il était merveilleux de ne pas être seule, d'être entourée de personnes qui lui témoignaient de la sympathie, lui apportaient du réconfort et de la joie. Elle entra en souriant dans le salon.

— Tillylein ! Enfin te voilà ! s'écria Kitty, debout sur une échelle avec plusieurs supports de bougie dans les mains. Alors, comment c'était ? Il t'a invitée ? Vous avez pris un café, mangé une pâtisserie ?

— Malheureusement pas, non ! Il devait s'occuper de ses patients. D'ailleurs, il a une assistante très efficace. Mme Doris Kortner.

Kitty s'en décrocha la mâchoire.

— Il est marié ?

— En effet.

— Attention, tante Tilly, s'exclama Henni. Tu vas marcher sur la boîte de boules de Noël !

— Marié pour de bon ? s'échauffa Kitty. Avec une femme ? Quelle crapule ! Les hommes vous réservent toujours de ces surprises. Ça alors, j'aurais mis ma main au feu qu'il…

— Qu'il quoi, Maman ? demanda Henni avec curiosité.

Kitty s'éclaircit bruyamment la gorge.

— … que le Dr Kortner était célibataire. Et toi, sors donc le *lametta* du seau et suspends-le à sécher dans la salle de bains.

— J'ai cru que tu allais dire qu'il était raide dingue de tante Tilly, Maman.

— Le *lametta* ! ordonna Kitty sans réplique du haut de son échelle.

Henni s'accroupit en grommelant devant le seau que Gertrude avait posé là préventivement au cas où le sapin brûlerait dès le premier jour.

— Ça te dirait de nous aider, Tilly ? proposa Kitty. Les clochettes et les oiseaux argentés sont dans le carton, là-bas.

Tilly acquiesça. Si elle se retirait maintenant dans sa chambre, cela ne ferait qu'aggraver son chagrin.

— Tu as reçu une lettre, Tilly, intervint Robert, qui suivait l'opération sapin de Noël depuis son fauteuil en lisant le journal. Elle est dans l'escalier. Il vaudrait peut-être mieux que tu la lises plus tard.

Tilly soupira. C'était très certainement Ernst, qui réitérait une fois de plus son refus catégorique de divorcer parce qu'ils n'avaient ni l'un ni l'autre de motif juridiquement recevable. Quelques jours plus tôt, il lui avait mis sur le dos une conseillère conjugale d'obédience chrétienne chargée de lui enseigner la signification du mariage et de la famille. Bon, il valait peut-être mieux qu'elle lise la lettre sans attendre.

Cette fois, elle émanait du Dr Dröhmer, l'avocat d'Ernst. Tilly déchira nerveusement l'enveloppe et en sortit la lettre.

Chère madame von Klippstein,

Mandaté par votre époux, je vous informe par la présente que M. Ernst von Klippstein ne saurait consentir à ce que vous signiez un contrat de travail, de quelque nature qu'il soit, avec monsieur le Dr Jonathan Kortner.
Veuillez agréer, Madame, l'expression de ma considération distinguée.

Dr Artur Dröhmer
Avocat et notaire

Tilly dut s'asseoir dans l'escalier pour relire cette brève missive. Puis elle se releva et se précipita au salon. Robert était monté sur l'échelle et disposait les bougies selon les indications de sa femme.

— Comment est-ce possible ? s'écria-t-elle en tendant la lettre à Kitty. De quelle manière a-t-il bien pu l'apprendre ?

Kitty prit la feuille des mains de Tilly, et y jeta un bref regard.

— Mais c'est incroyable !... Non, Robert, un peu plus sur la gauche, sinon il y aura un trou sombre. Encore un peu. Voilà... Vraiment, Tilly, je ne comprends pas. Il doit avoir des facultés extralucides. Ou alors il te fait suivre par un détective. Je l'en crois tout à fait capable. Un type qui espionne tes moindres faits et gestes.

Une supposition que Tilly jugea improbable, quoique pas impossible. En tout cas, la chose était inquiétante.

— Que se passe-t-il ? s'enquit Robert.

— Non, mais tu te rends compte ? Ernst veut interdire à Tilly de travailler chez le Dr Kortner.

Robert fronça les sourcils avec perplexité, fixa le support de bougie sur la première branche venue et redescendit de l'échelle.

— Tu as informé Ernst que tu comptais travailler à son cabinet ?

— Bien sûr que non !

— Alors je ne comprends pas comment il a pu le savoir.

Henni revint de la salle de bains avec une bande de *lametta* dans les cheveux.

— C'est Maman qui le lui a appris ! lança-t-elle sur un ton enjoué. Elle le lui a dit au téléphone.

— Moi ? s'exclama Kitty, indignée. Jamais de la vie !

— Si, toi ! insista Henni. Dodo nous a dit que le Dr Kortner avait besoin d'une assistante et qu'il voulait embaucher tante Tilly. Et toi, tu l'as répété le jour même à l'oncle Ernst au téléphone.

Kitty lança un regard irrité à sa fille, battit des paupières et se frotta pensivement le nez.

— Seigneur, je n'en ai aucun souvenir, soupira-t-elle. C'était sans doute il y a une éternité. Et, même à supposer que ce soit vrai, je lui aurais dit tout au plus qu'elle pourrait éventuellement travailler là-bas…

— Voilà ce que c'est d'être un moulin à paroles, fit Robert en lui adressant un regard faussement réprobateur. Maintenant, on est dans un beau pétrin.

Kitty contre-attaqua aussitôt.

— Si j'ai effectivement dit ça, c'est uniquement parce que ça fait des semaines que cet individu nous harcèle et que mes nerfs ont lâché.

Tilly lui prit la main et la pressa en un geste apaisant.

— Ne t'énerve pas, Kitty. Personne ne te fait de reproches.

Kitty n'était pas de cet avis. Elle s'étira et regarda ses compagnons d'un œil étincelant.

— Bon, j'ai vendu la mèche. Je vais donc réparer mes torts en allant à Munich pour lui faire sa fête à ce monsieur. Et, quand j'en aurai fini avec lui, il signera tout ce que je lui mettrai sous le nez. À genoux et en me baisant la main ! Je vous en fais le serment !

25

Il l'avait oubliée. Cela faisait des jours que Liesel n'avait vu son père que de loin. Il ne s'occupait pas d'elle, ne lui parlait pas, faisait comme si elle n'existait pas. À deux reprises elle avait essayé de se présenter à la maison des maîtres, mais on ne l'avait même pas laissée entrer.

« Monsieur le baron n'a pas le temps et Mme von Maydorn ne reçoit personne. »

La deuxième fois, la jolie domestique s'était montrée brutale.

« Qu'est-ce que tu fiches ici ? Retourne à l'étable, c'est là qu'est ta place. »

Liesel ne pouvait ni ne voulait le comprendre. Après tout, elle était sa fille. Cela ne lui avait-il donc pas fait plaisir de la voir ? Peut-être qu'il devait réfléchir à tout ça et qu'il avait besoin de temps. Elle était arrivée au domaine sans crier gare, lui était pour ainsi dire tombée dessus. Aussi avait-elle décidé de patienter et, dans l'immédiat, de faire ce qu'on lui demandait. Du reste elle n'avait pas le choix : elle était complètement démunie. Elle aurait pu tout au plus rejoindre Kolberg à pied pour essayer d'y trouver du travail.

Le matin qui avait suivi son arrivée, alors que l'obscurité était encore totale, une servante était venue tambouriner à la porte de sa chambre.

« Debout ! Faut traire les carnes ! »

Elle s'était réveillée en sursaut d'un profond sommeil et avait mis un moment à se rappeler où elle était. Dans sa chambre à la villa aux étoffes ? Dans une salle d'attente ? Ah, non, elle était à Maydorn, dans un réduit exigu et humide, sous les combles, et qui puait le fumier de vache. La servante avait redescendu l'échelle. Liesel avait resserré les pans de son manteau de fourrure autour d'elle et prêté l'oreille aux bruits inconnus qu'elle percevait sous ses pieds. Des chaînes cliquetaient doucement, le souffle et les grognements de bêtes volumineuses lui parvenaient au travers du mince plancher en bois de la pièce, qui se trouvait juste au-dessus de l'étable.

Qu'avait dit la servante ? Traire les carnes ? Voulait-elle dire les vaches ? La voix était brusque et habituée à donner des ordres. En tout cas, il était préférable de se lever, il fallait éviter de s'attirer des ennuis dès le début. Elle s'était dirigée à tâtons jusqu'à l'ouverture faiblement éclairée qui avait été pratiquée dans le plancher, près de la porte. Elle avait prudemment descendu l'échelle, les barreaux étaient souillés de bouse fraîche, sans doute apportée par les semelles de la servante. En bas, plusieurs lampes à pétrole étaient suspendues aux murs. À leur lumière jaune, on voyait remuer les arrière-trains des vaches, enchaînées en ligne de part et d'autre de l'étable. Leurs corps avançaient et reculaient, elles agitaient leur queue terminée par une touffe de poils sombres. Le sol était recouvert d'une substance nauséabonde – du fumier frais, encore chaud et liquide. Liesel s'était bouché le nez et avait voulu sortir dans la cour quand, soudain, une servante avait surgi. Elle portait un grossier tablier crasseux par-dessus sa robe.

« Tiens », avait-elle dit en tendant à Liesel un tabouret à un pied.

Puis elle s'était engagée dans l'allée centrale sans plus s'occuper de Liesel, qui était restée plantée là, le curieux objet dans les mains.

« Amène-toi ! », avait lancé la servante sur un ton brusque.

Liesel avait regardé autour d'elle et aperçu, ici et là, entre les vaches, des femmes assises sur un tabouret semblable à celui qu'on lui avait donné, en train de traire avec énergie les pis roses et gonflés. Dans la pénombre, on ne distinguait pas grand-chose des silhouettes recroquevillées. Elles portaient des foulards bouffants et de longues jupes amples et tenaient les seaux coincés entre leurs genoux.

« Je... je ne sais pas comment on trait les vaches », avait timidement avoué Liesel.

La figure de la servante était ronde et sillonnée de rides tel du papier froissé. Elle avait dit quelque chose que Liesel n'avait pas compris, s'était glissée entre deux bovins, avait repoussé l'un d'eux en lui assenant de grandes claques du plat de la main et s'était accroupie à côté de l'autre.

« Tiens-moi ça ! »

Liesel avait compris qu'elle devait retenir la queue crottée de la vache, ce qui lui avait coûté un certain effort pour surmonter son dégoût. Elle avait observé avec curiosité la façon dont la vieille servante manipulait les trayons en rythme tandis que le lait clair et frais giclait dans le seau en un jet fin et régulier. Cela paraissait tout simple. Une tâche qui aurait été facile s'il n'y avait eu ces bêtes puissantes et agitées entre lesquelles on pouvait se faire écraser. Et ces queues crasseuses qui frappaient l'air autour de votre tête.

« Allez, à toi, avait ordonné la servante une fois qu'elle avait eu terminé de traire sa vache. Prends la Lonni, c'est une brave bête. »

Lonni avait un pelage tacheté noir et blanc, comme les autres, mais son arrière-train était un peu plus osseux, signe qu'il s'agissait plutôt d'une vieille dame. Liesel lui avait flatté le cou, puis, se risquant à lui toucher la tête, l'avait gratouillée derrière les oreilles. Elle s'était aperçue ce faisant que les vaches avaient de grands yeux magnifiques. La traite, en revanche, s'était révélée un art difficile, ce qui n'était pas dû à Lonni, qui se tenait gentiment tranquille et n'agitait que rarement la queue. Mais à Liesel, qui avait mis un moment à comprendre qu'il ne suffisait pas d'appuyer sur les trayons pour que le lait coule. Il fallait les manipuler doucement du haut vers le bas, faire descendre le lait et, enfin, les presser légèrement. Lonni était sans doute la bête la plus patiente de l'étable, car elle avait supporté sans broncher les tâtonnements de la stupide jeune servante jusqu'à ce qu'elle ait enfin compris comment faire.

Une fois le lait versé dans un des grands récipients qui seraient ensuite apportés à la laiterie, Liesel s'était senti le dos douloureux. Heureusement, un copieux petit déjeuner l'attendait dans une salle chauffée où se retrouvaient également les valets. Du lait chaud, du pain, du lard et même du cervelas, servis sur la grossière table en bois. On ne semblait pas connaître les assiettes. Chacun recevait un bol pour le lait et se coupait lui-même du pain, du lard et du cervelas avec son propre couteau. La servante avait donné à Liesel un vieux couteau de cuisine rouillé. La jeune fille avait faim, elle avait mangé sans presque pouvoir s'arrêter, car elle n'avait rien avalé depuis la veille. Lorsqu'elle avait enfin été rassasiée, une fatigue écrasante l'avait envahie. Cependant il n'était pas question de dormir. Il fallait nourrir les vaches et nettoyer l'étable – le travail le plus pénible. On lui avait mis une fourche en bois dans les mains, avec laquelle il fallait d'abord jeter le foin dans les mangeoires, puis évacuer le fumier. Liesel avait été dégoûtée par ce fumier marron, nauséabond, que l'on chargeait dans des brouettes. Ensuite, on acheminait celles-ci jusqu'à l'un des tas fumants placés dans la cour. Malheur à qui ne poussait pas la brouette bien droit sur la planche inclinée et glissante, car alors il arrivait qu'elle bascule et que son contenu se répande sur les pavés de la cour. Ou, pis encore, sur les chaussures et les jambes du maladroit. Un incident qui était arrivé à Liesel en ce premier jour d'apprentissage et qui ne lui avait pas valu la moindre compassion. On s'était bruyamment moqué et elle avait reçu une réprimande. Comme elle ne connaissait pas le dialecte poméranien, elle n'avait pas compris toutes les insultes qu'on lui avait lancées, ce qui valait mieux. Quand enfin le soleil s'était levé, elle avait cru s'effondrer d'épuisement. Adossée au mur froid de l'étable, elle avait inspiré profondément l'air frais du matin avec le désir pressant de remonter se coucher.

Alors qu'elle était là, tenant à peine sur ses jambes, un grand traîneau tiré par des chevaux s'était arrêté devant la maison des maîtres. La porte s'était ouverte, livrant passage à deux femmes, l'une portant une fourrure, l'autre un manteau en drap – sans doute une domestique. La première femme était jeune. Elle avait un fichu de belle laine sur les cheveux, du rouge à lèvres, et Liesel avait constaté avec envie qu'elle était chaussée de gracieuses bottes de cuir dont le bord était garni de la même fourrure que celle de son manteau.

« Tu pourrais pas te rapprocher, Lechyk ? avait-elle lancé sur un ton revêche. J'ai pas envie de me casser la jambe sur les pavés gelés parce que t'es pas capable de conduire correctement. »

Sans s'émouvoir, le cocher avait effectué un tour pour revenir se garer plus près de la porte. Ça doit être sa femme, avait pensé Liesel. Malgré sa fatigue, elle avait regardé la maîtresse des lieux monter dans le traîneau et se couvrir les jambes d'une pelisse, ne laissant à sa domestique qu'un petit bout de la chaude couverture. La jolie femme de chambre leur avait donné deux sacs d'où dépassaient des théières enveloppées dans des serviettes. Des provisions pour le voyage.

« Démarre, Lechyk ! avait crié la dame. Sinon on arrivera trop tard au marché. »

Le traîneau avait glissé presque sans bruit sur le sol gelé, les chevaux avaient eu du mal à ne pas déraper sur la surface lisse. Ce que le soleil avait fait fondre quelques jours plus tôt avait de nouveau gelé durant la nuit. Alors qu'il se dirigeait vers la sortie, Liesel avait entraperçu le visage de la femme. On y distinguait clairement ses origines paysannes : grosses joues, front bas et un volumineux petit nez. Elle n'était pas belle, ses traits révélaient un tempérament volontaire et despotique. Sans accorder un seul regard à la nouvelle servante qui se tenait adossée au mur de l'étable, elle était passée dans son traîneau en parlant à sa compagne. « Donne-moi la liste de la cuisinière. Le poivre et la muscade, on en a besoin pour Noël », avait entendu Liesel. Si c'est à cette heure qu'elle va au marché à Kolberg, elle ne trouvera plus grand-chose, s'était dit la jeune fille. À Augsbourg, les meilleurs produits partaient tout de suite.

Les jours s'étaient écoulés, rudes et monotones. Cependant Liesel n'était pas du genre à renoncer facilement. Chez elle, elle avait appris à travailler, même si elle n'avait jamais eu à effectuer de tâches aussi viles et aussi sales.

Elle n'avait pas tardé à comprendre que la vieille servante n'avait pas seulement été chargée de la former, mais aussi de veiller à ce qu'aucun des valets ne l'approche de trop près. Liesel avait très peur de ces gaillards frustes et malpropres qui, le soir, s'enivraient au schnaps, se livraient à des danses grotesques et glissaient la main sous les jupes des servantes. Les filles de ferme avaient elles aussi tendance à boire une fois leur journée finie. Alors on parlait haut et fort, les visages se coloraient, les propos étaient grossiers et grivois. La vieille femme, qui était brusque et taciturne, était la seule à adresser la parole à Liesel. Les autres évitaient la nouvelle et la dénigraient derrière son dos. Quand la jeune fille regagnait son réduit après le dîner, elle s'enveloppait dans son manteau de fourrure et tentait de s'imaginer dans sa chambre à la villa aux étoffes, Dörthe dormant dans le lit voisin. Mais, à la place des ronflements de sa compagne de chambre, elle entendait les braillements et les rires avinés des valets et des filles de ferme, auxquels se mêlaient le cliquetis des chaînes et le renâclement des vaches.

Elle avait commencé à aimer ces grandes créatures sans défense, si fortes et qui pourtant se soumettaient si docilement aux chaînes. Avant de les traire, elle caressait leurs douces oreilles velues, gratouillait la touffe de poils qu'elles avaient sur le front, leur parlait à voix basse et était fermement convaincue qu'elles la reconnaissaient. Elle les considérait comme des compagnes d'infortune. Elles aussi étaient obligées d'obéir, on leur adressait rarement une bonne parole et leurs veaux leur étaient retirés dès la naissance.

Liesel se sentait affreusement seule et se demandait pourquoi elle avait tant insisté pour faire ce voyage et où cela la mènerait. Elle avait plus d'une fois repensé à la promesse que lui avait faite la Brunnenmayer de lui envoyer de l'argent pour son retour. Cependant elle hésitait à lui écrire. Du simple fait, déjà, qu'elle n'avait pas de quoi payer l'affranchissement, mais aussi parce qu'elle était trop fière pour reconnaître le bien-fondé de ses mises en garde.

Son père n'était pas quelqu'un de bien. Il ne lui prêtait aucune attention, passait devant elle avec indifférence, se montrait chicanier avec les valets et les servantes, et n'hésitait pas à jouer de la cravache quand quelque chose lui déplaisait. Avec sa femme, en revanche, il se comportait très différemment. Il faisait profil bas, supportait ses criailleries en silence, se laissait malmener devant les domestiques et veillait craintivement à satisfaire tous ses souhaits. Ils avaient trois enfants, deux garçons et une fillette de 3 ans, qui s'amusaient parfois dans la cour sous la garde d'une bonne. Les servantes devaient leur faire une génuflexion et les valets une courbette, conformément aux ordres de leur maîtresse. Les contrevenants tâtaient du fouet. Les trois enfants étaient vêtus de vestes et de pantalons en bonne laine et chaussés de bottes fourrées. Leur mère se montrait tout aussi prodigue s'agissant de sa propre garde-robe : elle possédait plusieurs fourrures et des bottes en cuir de toutes les couleurs. Liesel ignorait à quoi ressemblaient ses tenues d'intérieur, car elle n'avait pas encore eu accès à la demeure des maîtres. Mais elle s'était sûrement fait faire beaucoup de belles robes, et son coffret à bijoux devait être empli de précieux joyaux.

Quand elle avait un petit quart d'heure de pause, Liesel se rendait souvent à l'écurie afin d'observer les beaux chevaux qui se trouvaient dans des box en bois et que l'on nourrissait avec du foin de qualité, des carottes et un peu d'avoine. Elle veillait à ne pas tomber sur Lechyk, l'homme à la veste en peau de mouton, car le palefrenier ne tolérait aucun visiteur. Mais, comme il boitait, on l'entendait arriver et l'on pouvait s'esquiver à temps.

Au début, Liesel avait dû surmonter sa crainte pour oser s'approcher de ces grands animaux qui paraissaient si nerveux. Ils n'avaient rien à voir avec les paisibles vaches : ils avaient des mouvements prompts, leurs yeux luisaient d'un éclat inquiet, ils suivaient la visiteuse du regard et renâclaient bruyamment. Ils n'acceptaient pas tous qu'on les touche. L'étalon sombre, surtout, qui cognait parfois avec colère contre les parois de son box et émettait des sons étranges et furieux, était inabordable, il mordait même la main du palefrenier. En revanche, lorsque Liesel lui parlait à voix basse, il paraissait écouter, se calmait, tournait la tête de côté et ses oreilles généralement couchées se dressaient.

Peu avant Noël, un groupe de jeunes gens des villages voisins fit le trajet à pied dans la neige jusqu'à Maydorn. Tous se rassemblèrent devant la maison et interprétèrent des chansons de Noël. Liesel trouva cela très beau, parce qu'ils chantaient à plusieurs voix et que les mélodies étaient claires et simples. Cependant la maîtresse les fit chasser au motif qu'ils étaient venus dans l'intention de mendier. Si bien qu'ils ne reçurent rien en échange de leurs chants, ni cadeaux ni argent.

Liesel les avait écoutés avec plaisir sans remarquer à quel point il faisait froid. N'ayant qu'une robe légère inadaptée à l'hiver poméranien, elle avait été frigorifiée et, le soir, sentit qu'elle avait de la fièvre. Dans la nuit, son état s'aggrava, tantôt elle frissonnait de froid, tantôt elle brûlait de fièvre. Son cou enfla, elle avait une migraine épouvantable. Par moments, elle voyait dans l'obscurité des images irréelles, des cavaliers de toutes les couleurs qui passaient devant ses yeux, des étoffes de soie flottant au vent. Puis c'était le visage de son père, et alors elle s'effrayait à la vue de ses cicatrices et de ses lèvres minces et bleuâtres. Au matin, elle se sentit un peu mieux. Elle se leva péniblement et descendit l'échelle. Dans la salle des domestiques, elle prit une gorgée de lait chaud et ne put rien avaler de plus.

— Je suis malade, dit-elle à la vieille servante.

— Va travailler, lui répondit celle-ci sur un ton grincheux.

Liesel serra les dents, s'empara du tabouret et d'un seau et entama la traite. Au début, tout se passa bien, elle versa deux seaux de lait frais dans le container. Puis elle fut prise de vertige et dut s'adosser à un montant en bois.

— Qu'est-ce que t'as à rester plantée là ? l'interpella la vieille servante.

Liesel se secoua, alla s'installer devant la vache suivante et coinça le seau entre ses genoux. Tout à coup, le flanc tacheté de l'animal se mit à tourner devant ses yeux, elle se sentit irrésistiblement aspirée vers les profondeurs et chuta dans une obscurité sans fin. Elle y demeura cent ans, mille ans, une éternité, dissoute dans le néant, engloutie dans la mer silencieuse de l'inconscience. À un moment donné, elle perçut des voix indistinctes, qui finirent par devenir plus claires.

— Lâche-la, autrement tu vas tâter de mon fouet.

— Mais je l'ai tirée de sous la vache, maître, c'est tout.

— Qu'est-ce qui lui est arrivé ?

— Elle est épileptique, maître. Elle était étendue sous la Meta avec la figure dans la paille.

— Bon, écarte-toi ! Je vais la porter en haut. Grita, lave-lui le visage et les mains à l'eau chaude. Dégagez !

Était-ce son père ? Elle connaissait cette voix impérieuse et claire, l'entendit haleter tandis qu'il montait l'échelle. Était-elle sur son épaule ? La déposait-il sur sa paillasse ?

— Pourquoi elle n'a pas de couverture, Grita ? Je n'avais pas donné l'ordre qu'on lui apporte une couverture chaude ? Bon Dieu, c'est comme ça qu'on m'obéit ? Dépêche-toi, vieille sorcière, sinon tu le regretteras !

Liesel sombra de nouveau dans une obscurité fiévreuse. Tout son corps était brûlant, c'est à peine si elle sentit qu'on lui passait un chiffon râpeux sur la figure.

— Avale ça !

Quelqu'un lui glissa un comprimé dans la bouche et lui donna de l'eau. Le médicament était amer, elle toussa et fut prise de nausée. Elle eut encore plus de peine à avaler le second comprimé, vida avidement le verre d'eau et retomba sur sa couchette.

Au cours de la nuit, la fièvre tomba. Liesel s'endormit et rêva qu'elle se promenait main dans la main avec Christian dans le parc de la villa. C'était l'été. Puis, soudain, elle ne le voyait plus, se mettait à le chercher partout, regardait derrière les buissons, se rendait en toute hâte à la maison du jardinier et frappait à la porte, mais personne ne lui ouvrait. Lorsqu'elle se réveilla, la lumière filtrait à travers les fissures de la paroi de planches. Il devait être midi. À côté de sa paillasse se trouvaient un bol de lait, une assiette contenant du pain et du lard maigre et un petit pot de miel. Deux des comprimés amers étaient posés sur un bout de papier à côté de l'assiette.

Un le matin, un le soir, avait-on écrit au crayon. Liesel laissa les comprimés, but du lait, y trempa le pain, mangea un peu de lard et lécha le miel jusqu'à ce qu'il n'en reste plus rien. Puis elle se pelotonna sur sa fourrure et remonta la couverture. Une couverture moelleuse, en laine, qu'elle n'avait jamais vue auparavant et qui réchauffait merveilleusement. Elle s'endormit d'un sommeil profond et, lorsque le soir elle se réveilla, elle découvrit à côté d'elle une assiettée de ragoût et un pichet de cidre. Affamée, elle dévora le ragoût, avala courageusement les deux comprimés et resta à écouter les bruits désormais familiers des vaches au-dessous de sa chambre. La fièvre ne revint pas. La jeune fille se sentait encore faible, mais elle était rétablie.

Le lendemain, elle trouva de drôles de choses à côté de son lit : une jupe de grosse laine, une blouse de laine rêche filée main, de longues chaussettes en laine, un fichu coloré et une paire de bottes fourrées qui faisaient deux pointures de trop. Qui avait bien pu lui apporter ça ? Il lui en coûta quelque effort d'enfiler ces vêtements inconfortables, mais ils la protégeraient mieux du froid que la mince robe usée jusqu'à la trame dans laquelle elle était arrivée. Puis elle descendit l'échelle et arriva juste à temps pour le petit déjeuner. Elle fut accueillie par des regards peu aimables et des messes basses. Quelques-uns des valets l'observèrent avec moquerie, puis ils se levèrent et allèrent vaquer à leurs occupations.

Lorsqu'elle versa du lait dans son bol et prit un morceau de pain dans la corbeille, la vieille servante débarrassa tout le reste et lui jeta une œillade venimeuse.

— T'es guérie ? Alors va nettoyer l'étable.

Dehors, il avait reneigé. Deux valets dégageaient à la pelle le chemin qui conduisait à la maison des maîtres. Dans la cour on voyait les traces du traîneau – apparemment, la femme de son père était retournée faire des achats à Kolberg. Liesel effectua ses tâches du mieux qu'elle pouvait, puis, quand elle eut terminé, elle se rendit à l'écurie pour voir si ses chéris se souvenaient encore d'elle. De fait, elle fut accueillie par des ébrouements joyeux, elle caressa les doux naseaux et les encolures lisses, déroba quelques carottes dans un seau et les leur donna. Il était étrange, tout de même, qu'au domaine ces innocentes créatures lui témoignent de l'amitié et de l'affection alors que les gens, eux, se montraient hostiles à son égard.

Elle avait toujours veillé à se rendre à l'étable quand aucun des valets de ferme n'y était présent, sans quoi on l'aurait chassée. Aussi sursauta-t-elle en entendant des pas derrière elle.

— Éloigne-toi de l'étalon, il va te mordre ! lança une voix féminine impérieuse.

Une femme d'un certain âge se tenait à la porte de l'écurie, vêtue d'un manteau en loden vert, une fourrure autour des épaules. Elle était coiffée d'un chapeau de feutre vert tel que les hommes en portaient les jours de fête à Augsbourg. Elle s'approcha lentement de Liesel en s'appuyant sur une canne.

— Il ne me mordra pas, répondit-elle timidement. Il veut bien que je le caresse. Regardez.

L'étalon eut un recul, puis il prit le bout de carotte que la jeune fille lui présentait et elle lui caressa doucement l'encolure tandis qu'il mâchait.

— Eh bien, ça alors !

La femme en loden fit encore quelques pas de sa démarche claudicante.

— Au fait, qui es-tu ? Je ne t'ai jamais vue ici.

Liesel se demanda ce qu'elle devait lui dire. Cette vieille femme ne pouvait être qu'Elvira von Maydorn, la belle-sœur d'Alicia Melzer. Était-il indiqué qu'elle se présente ?

— Je suis Liesel Bliefert, d'Augsbourg, répondit-elle avec circonspection. Je viens de la villa aux étoffes et Mme Alicia Melzer m'a chargée de vous saluer.

Son interlocutrice la regarda avec stupéfaction. La tenue de grosse laine que portait la jeune fille ne venait sûrement pas d'Augsbourg.

— Ainsi tu es d'Augsbourg ? De la villa aux étoffes ? Et que viens-tu faire à Maydorn ?

La propriétaire du domaine s'exprimait avec brusquerie. Sans arrogance, à l'inverse de la jeune Mme von Hagemann, mais elle ne s'embarrassait pas d'amabilité. Liesel dut faire appel à tout son courage pour lui répondre.

— Je voulais connaître mon père.

— Ton père ?

— Le baron von Hagemann, le maître du domaine. C'est mon père.

La vieille femme fit une grimace irritée.

— Il n'est pas baron, même s'il aime se faire appeler ainsi. Et il n'est pas non plus le maître de Maydorn. C'est une grande gueule, ça oui.

Sur ces mots, elle se détourna et repartit en clopinant vers la porte de l'écurie.

— Ne donne plus de carottes aux chevaux, lança-t-elle à Liesel sur un ton menaçant. Ça leur file la colique.

— Je ne savais pas, bafouilla la jeune fille.

Elle s'empressa de regagner l'étable pour éviter de tomber sur Lechyk. Elvira von Maydorn avait claqué la porte de l'écurie derrière elle et Liesel l'entendit héler le palefrenier.

Elle est vieille et un peu bizarre, pensa Liesel avec abattement. *Elle ne m'aidera pas, c'est sûr.* Avec cette rencontre inopinée, son dernier espoir venait de s'envoler. À présent, elle n'y couperait plus : il fallait qu'elle écrive à Fanny Brunnenmayer pour la prier de lui envoyer l'argent du retour. Sans doute avaient-ils embauché depuis longtemps une nouvelle fille de cuisine, si bien qu'en rentrant elle n'aurait plus de travail. Et sa mère serait furieuse que son voyage n'ait pas produit le résultat escompté. Mais cela valait toujours mieux que de rester dans cet endroit où elle était une étrangère détestée de tous.

L'après-midi, il fallut nettoyer l'étable à fond en prévision de Noël. On accrocha des bouquets de rameaux de sapin sur les poteaux en bois. Le soir de Noël, l'intendant, qui se sentait déjà maître du domaine, se rendait avec sa famille à l'étable afin d'offrir aux bêtes des carottes et des bottes de foin. Ensuite – ainsi que Liesel l'avait appris en écoutant les servantes –, ce serait la distribution des étrennes aux domestiques, qui auraient droit également à un tonnelet de schnaps.

Aïe, songea Liesel. *Ça veut dire qu'ils seront de nouveau ivres et il faudra que je verrouille ma porte parce que les hommes ne sauront plus ce qu'ils font.*

Cependant, cette crainte lui fut épargnée. En début d'après-midi, alors que le jour commençait à baisser et qu'il fallait se remettre à traire les vaches, Lechyk arriva dans la cour avec le traîneau.

— Liesel ! cria une voix claire et tranchante à la porte de l'étable.

Elle déposa le seau rempli de lait sur le sol et, le cœur battant, sortit en toute hâte dans la cour. Son père l'attendait dehors.

— Ramasse tes affaires, dit-il sèchement. Voilà de l'argent pour ton retour. Lechyk va te conduire à Kolberg, tu y achèteras un billet de train. Allez, dépêche-toi, ne reste pas plantée là. Va chercher ton sac, la nuit ne tardera plus.

Liesel fut abasourdie. Elle voulait effectivement quitter le domaine au plus vite, mais se faire renvoyer ainsi était tout de même douloureux.

— J'y vais, bégaya-t-elle.

Elle remonta précipitamment l'échelle jusqu'au réduit sombre et froid qui avait été sa chambre l'espace de quelques semaines. Elle se défit des vêtements qu'on lui avait prêtés et remit sa robe, enfila sa pelisse et fourra ses quelques affaires dans son sac de voyage. En bas, les chevaux raclaient nerveusement le pavé de leurs fers. Son père, debout à côté du traîneau, discutait avec le cocher.

— Monte ! ordonna-t-il quand elle revint avec son sac. Et dis à ta mère que ce n'est pas la peine qu'elle te renvoie ici. Tu n'as rien à faire au domaine. Sur ce, adieu.

Elle garda le silence, des larmes brûlantes lui étaient venues. Ainsi, voilà tout ce que trouvait à lui dire l'homme qui ne serait jamais un père pour elle. Son père, c'était Gustav Bliefert. Mais il n'était plus de ce monde et elle ne pourrait pas le remercier pour tout l'amour qu'il lui avait donné.

Alors qu'elle était déjà dans le traîneau, en train d'arranger la couverture de fourrure sur ses jambes, elle entendit soudain quelqu'un lancer d'une voix forte qui résonna dans toute la cour :

— Stop, Lechyk ! Elle n'ira nulle part !

Stupéfaite, Liesel tourna les yeux vers le bâtiment des maîtres. Sur le perron se tenait une silhouette enveloppée d'un long manteau qui s'appuyait sur une canne.

— Vas-y, Lechyk ! ordonna son père, furieux, en claquant du fouet.

Effrayés, les chevaux s'ébranlèrent.

— Je suis encore la maîtresse de ce domaine et c'est à moi qu'on obéit ! rétorqua la vieille femme. Viens ici, Lechyk !

Le cocher n'hésita pas une seconde. Il arrêta court son attelage, lui fit faire le tour de la cour sous les regards curieux des domestiques accourus et stoppa devant l'escalier.

— Descends ! intima Elvira von Maydorn en agitant sa canne en direction de Liesel. Tu viens avec moi. Je dois bien ça à ma belle-sœur Alicia.

26

APUD HELVETIOS LONGE NOBILISSIMUS fuit et ditissimus Orgetorix...

Leo leva la tête et récita la phrase latine à voix basse. Il en percevait le rythme en de petites pulsations qui lui traversaient le corps et auxquelles venaient s'ajouter des sons.

Apud Helvetios longe nobilissimus fuit et ditissimus Orgetorix...

Il entendait plusieurs voix, les sons se posaient sur le rythme, le suivaient, le traversaient, créant des contrepoints, l'enveloppant. Tout d'abord il y eut des violons, puis des altos et des violoncelles, ici et là des flûtes, des hautbois, une fois une trompette. Inutile de se boucher les oreilles, les sons venaient de l'intérieur. Tout ce qu'on pouvait faire, c'était se lever, se mettre à marcher dans la chambre en se frappant les oreilles des paumes. Alors les sons se désorganisaient, perdaient leur puissance et, quand Leo prenait en outre une gorgée d'eau froide, ils se transformaient en un bourdonnement atonal, un bruit évoquant un orchestre en train de s'accorder avant un concert. Certains jours, ils fondaient sur lui, qu'il lise un texte allemand ou latin. Avec le grec, c'était encore pire – il plaçait d'entrée de jeu une carafe d'eau glacée sur son bureau. Les mélodies qui naissaient en lui ne le laissaient en paix que lorsqu'il planchait sur des formules mathématiques. Or les maths représentaient pour lui un vrai pensum et, comme il était momentanément brouillé avec son ami Walter, il ne pouvait plus avoir recours à lui. Parfois, Dodo essayait de l'aider. Cependant les filles n'apprenaient pas des choses aussi difficiles que les formules binomiales, si bien qu'il était d'abord obligé de lui expliquer de quoi il s'agissait. En général, il se trompait. Du coup, elle râlait et demandait à voir son manuel, ce qui le fâchait. À deux reprises, déjà, ils s'étaient disputés.

« Tu n'as qu'à te débrouiller tout seul ! » avait-elle dit en claquant la porte derrière elle.

Autrefois, ils ne s'étaient jamais querellés. Ces derniers temps, cependant, Dodo ne pensait qu'à son Ernst Udet. Elle parlait d'avions qui ne portaient pas de noms, rien que des lettres et des numéros, et que Leo était incapable de distinguer les uns des autres. C'était devenu chez elle une idée fixe qui avait quelque chose d'inquiétant. Dans trois ans au plus elle voulait commencer à prendre des cours de pilotage et déclarait qu'un jour elle ferait seule la traversée de l'Atlantique. Les meilleurs pilotes étaient des femmes, soutenait-elle, c'était prouvé. Udet représentait une exception. Leo lui avait dit de faire attention, elle risquait de devenir un bas-bleu ou une suffragette. Sur quoi elle l'avait traité de fayot qui passait son temps à bûcher pour l'école.

« Alors qu'au fond de toi tu es un musicien, Leo. Tu pourras bosser tes maths tant que tu veux, tu es fait pour la musique. Comme moi pour les avions.

— Tu débloques, Dodo. »

Il ne voulait pas être un musicien. La musique l'avait exposé à la jalousie, à la méchanceté et au mépris. Pis encore : elle lui avait infligé une souffrance profonde et inguérissable. Celle-ci s'était enfoncée dans son cœur telle une flèche pénétrant les chairs. S'il faisait mine d'y toucher, elle se rappelait à lui. Une simple note au piano, une touche abaissée tout doucement, produisant un son à peine audible, suffisaient à déchaîner le désespoir et la déception. Non, il n'était pas musicien. Il passerait son baccalauréat et se conduirait en bon fils avec son père. C'était important, surtout en ce moment où leurs parents avaient tant de soucis. On avait moins d'argent, Dodo et lui le remarquaient quand ils avaient à acheter des cahiers, de l'encre, des crayons. Avant, leur mère avait toujours fait en sorte qu'il leur reste une petite somme pour des sucreries. À présent, elle ne leur donnait que ce dont ils avaient besoin pour les fournitures scolaires.

Quand Dodo allait au cinéma, ce qui arrivait souvent, c'était sa grand-mère ou sa tante Lisa qui payaient. Leur mère, elle, avait déclaré qu'il n'était pas nécessaire de voir un film trois fois, même lorsque Ernst Udet jouait dedans. Parfois aussi, Dodo y allait avec Henni, et alors c'était la tante Kitty qui les invitait. Leo ne les accompagnait jamais. Le cinéma ne l'intéressait pas. Et puis Henni l'agaçait, elle n'arrêtait pas de lui demander s'il avait composé un nouveau morceau. Quelle mouche l'avait piqué de jouer cette sonate pour le retour de Kurti ? Il aurait mieux fait de s'abstenir, personne n'aurait su qu'il lui arrivait parfois de noter la musique qu'il entendait dans sa tête. Mais ça, c'était avant. Désormais, il s'efforçait simplement d'endormir ces sons pour s'en débarrasser.

La veille, il avait réclamé à sa grand-mère de l'argent pour acheter deux cahiers de vocabulaire et deux de maths, et il s'était rendu dans le petit magasin de la veuve Rosenberg, où l'on trouvait de tout : journaux, bonbons, tabac, cigarettes, cahiers et crayons. Leo se fournissait chez elle parce que c'était une vieille connaissance de la mère de Walter. En entrant, il était tombé sur sa cousine Henni, accompagnée de deux garçons de première ; elle achetait toute une pile de papier à musique.

« Qu'est-ce que tu vas faire de ça ? » avait-il demandé.

Comme à son habitude, Henni l'avait salué en le serrant dans ses bras, ce qu'il détestait. Cela lui avait attiré un regard venimeux des deux garçons. Pourtant, ils savaient très bien que Henni était sa cousine. Mais cela ne les empêchait pas d'être jaloux. Si Henni continuait ainsi, il finirait par y avoir des morts.

« Bah, c'est pour Maman. Elle en a besoin pour ses tableaux. »

Henni avait exactement le même sourire que sa mère. Un sourire qui disait : je suis heureuse et je te trouve merveilleux !

« Je peux lui en donner, il m'en reste plein dans mon bureau.

— Mais tu n'en as pas besoin ?

— Nan, elle peut les avoir si elle veut », avait-il sèchement répondu.

Mme Rosenberg lui avait offert trois bonbons à la framboise, qu'elle avait emballés dans un petit sachet.

« Parce que, demain, c'est Noël, avait-elle dit. Salue tes parents de ma part. Le nouveau propriétaire a malheureusement augmenté le loyer, je ne sais pas si je pourrai garder le magasin.

— J'en suis vraiment désolé, madame Rosenberg », avait-il répondu poliment en s'inclinant pour prendre congé.

Autrefois, l'immeuble leur avait appartenu, mais son père avait dû le vendre, comme d'autres. À l'usine, les affaires étaient mauvaises, or il avait besoin d'argent. La situation était grave, cependant certains de ses condisciples étaient encore plus mal lotis : le père avait perdu son emploi et ne pouvait plus payer les frais de scolarité des enfants. Leo espérait ardemment qu'on n'en arriverait jamais là. Surtout maintenant qu'à force de travail il s'était hissé à la troisième place. Sans ces fichues mathématiques, il aurait été premier depuis longtemps.

Henni l'avait attendu devant la boutique et, lorsqu'il était sorti, un des deux garçons de première lui avait demandé sur un ton désobligeant :

« Pourquoi tu achètes chez la Rosenberg ? Elle est juive, on n'achète pas chez les Juifs. »

Henni avait gratifié son camarade d'un regard glacial.

« Qu'est-ce que tu racontes, Anton ? Mme Rosenberg vend la feuille de papier à musique un pfennig moins cher que M. Abel. Tu crois peut-être que je jette mon argent par les fenêtres ? »

Incroyable, cette fille. Elle était d'une radinerie ! Au marché, elle négociait impitoyablement les prix à la baisse, il le savait par Dodo, qui en était gênée. Sa sœur lui avait également appris que Henni peignait de petits tableaux représentant des héros de film, qu'elle vendait aux filles de sa classe pour une somme substantielle. Ainsi que d'autres images dont Dodo préférait ne rien dire.

« On va au cinéma aujourd'hui ? avait demandé Anton.

— Peut-être, avait répondu Henni, souveraine. Mais uniquement si tu écris bien en recopiant les notes et si tu ne fais pas de fautes. Ça vaut aussi pour toi, Emil. »

Ce dernier avait acquiescé docilement et reçu l'autorisation de porter la pile de papier à musique et trois crayons pour la reine Henni. Leo s'était étonné de la bêtise de ces garçons qui se laissaient manipuler de bonne grâce par sa cousine. Henni et ses idées farfelues ! Sans compter qu'elle s'y entendait à exploiter les autres. Peut-être qu'un jour elle serait propriétaire d'une banque, comme son père, Alfons Bräuer.

« Ah, Leo ! » avait-elle lancé alors qu'il se dirigeait vers l'arrêt de tram.

Il aurait bien aimé faire comme s'il n'avait pas entendu, malheureusement Henni ne se laissait pas facilement éconduire.

« Quoi ? avait-il répondu à contrecœur.

— Je dois te saluer de la part de Walter. Il dit qu'il est désolé et qu'il aimerait bien… »

Qu'est-ce que c'était encore ? Voilà qu'elle jouait les pacificatrices, à présent, qu'elle se mêlait de choses qui ne la regardaient pas du tout.

« Il n'a qu'à me le dire lui-même », avait-il sèchement rétorqué en se mettant à courir pour attraper le tram, qui n'aurait pu arriver au meilleur moment.

Sa querelle avec Walter lui pesait aussi, mais c'était une chose qui ne concernait que son ami et lui, Henni n'avait pas à intervenir. Walter n'avait cessé d'insister pour qu'il continue à faire du piano, expliquant qu'il serait regrettable qu'il oublie ce qu'il avait acquis à force d'efforts et de travail. Arrêter, c'était régresser, disait l'adage bien connu. Comme s'il l'avait ignoré ! Mais ce qui avait particulièrement affecté Leo, c'était ce que Walter avait raconté incidemment. Que Mme Obramova avait désormais un nouvel élève, âgé de 10 ans, qu'elle jugeait apparemment très doué. L'année prochaine, il jouerait un mouvement du *Concerto pour piano en ré mineur* de Mozart avec l'orchestre du conservatoire. Le concert était déjà annoncé, on avait même commencé à vendre des places. Cette nouvelle avait réveillé la souffrance fichée telle une flèche dans le cœur de Leo.

« Fiche-moi la paix avec ça, hein ! avait-il hurlé. Va-t'en ! Et c'est pas la peine de revenir ! »

Il avait réagi de façon disproportionnée et, le reste de la journée, s'était senti passablement coupable. Malheureusement, ce qui était dit était dit, Walter était reparti très blessé. Sa mère lui avait demandé ce qui s'était passé – c'était la première fois qu'ils se disputaient. Leo s'était borné à hausser les épaules, il ne pouvait ni ne voulait expliquer quoi que ce soit. Surtout pas à sa mère. Peut-être aurait-il pu en parler à son père, mais celui-ci avait des soucis et n'avait quasiment plus de temps à lui accorder. Quand ils se croisaient, il arrivait à Paul de lui caresser les cheveux avec un mélange de malice et de tendresse et de dire, par exemple : « Tu es déjà presque aussi grand que ton père », ou « Comment ça va à l'école ? Bien ? ». Et il disparaissait dans son bureau, fermant la porte derrière lui sans avoir écouté la réponse.

Noël était là. Leo n'en éprouvait aucune joie. Il enviait son petit frère Kurti, surexcité par la perspective des festivités du soir. Le gamin avait sillonné le parc de la villa sous la pluie avec Johann pour essayer de débusquer le petit Jésus. Hanno avait braillé de toute la force de ses poumons parce qu'ils avaient refusé qu'il les accompagne. Et Rosa les avait grondés quand ils étaient entrés avec leurs pantalons trempés et leurs chaussures boueuses dans le vestibule fraîchement nettoyé. Cela faisait partie des péripéties de Noël. Il avait fait de même avec Dodo lorsqu'ils étaient plus jeunes. Mais, à l'époque, tout était plus beau et plus simple, il n'y avait pas de soucis, pas de flèche plantée dans le cœur. Noël était une fête merveilleuse, pleine de secrets et de surprises, qu'on attendait avec impatience.

Cette année, il serait content lorsque tout serait terminé et que les cours auraient repris. Il en aurait alors fini avec cette inactivité pesante et ces éternelles questions sur la raison pour laquelle il ne faisait plus de piano. Même Else s'y était mise, disant que cela lui manquait de ne plus l'entendre jouer. C'était à devenir fou ! Cette histoire de cadeaux était elle aussi devenue plus compliquée. L'année précédente, Dodo et lui avaient économisé un peu d'argent afin d'acheter de petits présents pour leurs parents. Cette fois, cela n'avait pas été possible. Pour Dodo, il avait acheté un petit avion en fer-blanc. Il avait versé un acompte en novembre et payé le reste à crédit. Pour son père, il avait bricolé un calendrier à l'aide d'images découpées dans un magazine. Sa mère aurait droit à un grand cœur en carton que Henni avait peint à sa demande et sur lequel elle avait collé des enveloppes de bonbons multicolores. Sa cousine était bien utile pour ce genre de chose – même si Marie ne manquerait pas de deviner qu'il n'était pas l'auteur de ce bel objet – on connaissait sa maladresse. Mais bon, c'était le geste qui comptait. Sa grand-mère devrait se contenter d'un poème de Theodor Storm qui se trouvait, calligraphié sur une coûteuse feuille de papier à lettres, sur le bureau de sa mère. Il avait dû s'y reprendre à trois fois pour arriver à le recopier sans fautes, perturbé qu'il était par la musique qu'il avait dans la tête. Quand il lisait un poème, ce phénomène était particulièrement envahissant.

En dehors de cela, tout se passa comme d'habitude. Pour le déjeuner, il y eut des nouilles roulées au beurre. Puis on dut se changer et mettre ses habits de fête pour les étrennes des domestiques, prévues vers 4 heures dans le vestibule. Cette année, le sapin était plutôt chétif, la faute à Christian, qui n'avait pas voulu couper les beaux arbres du parc, préférant abattre cet arbuste maigrichon. Cela étant, une fois décoré de bougies rouges et de biscuits en pain d'épice, le sapin s'était révélé tout à fait passable. Surtout lorsque Humbert avait allumé les bougies et éteint la lumière. Comme chaque année, Paul prononça un petit discours, remerciant les domestiques de leur fidélité et de leur zèle, et rappelant qu'ils étaient indispensables à la villa et qu'ils faisaient partie de la famille. Cette fois, cependant, son discours fut plus bref, parce qu'il était enrhumé et toussait. Puis chacun des domestiques fut appelé à tour de rôle pour recevoir son cadeau des mains d'Elisabeth. L'oncle Sebastian s'était placé tout au fond du hall, au pied de l'escalier. Il tenait Johann et Hanno par la main afin que les deux garçons, qui bouillaient d'impatience, ne se mettent pas à courir dans tous les sens. Le pauvre avait terriblement mal aux dents et pouvait à peine manger, car la prothèse que le dentiste lui avait posée était mal adaptée. Kurti, qui avait pris la main de sa mère, avait les yeux rivés sur le sapin illuminé.

Une fois les cadeaux distribués, Humbert prononça quelques mots de remerciement au nom de ses collègues et déclara qu'ils étaient fiers et heureux de pouvoir travailler à la villa aux étoffes et espéraient continuer ainsi de nombreuses années. Tout le monde applaudit. Très émue, Rosa eut un instant d'inattention. Charlotte en profita pour arracher un biscuit en pain d'épice et faillit ce faisant mettre le feu à l'arbre. Heureusement,

Dodo attrapa aussitôt la branche vacillante sur laquelle brûlait une bougie et Christian pulvérisa préventivement un peu d'eau.

— Vraiment, Rosa... dit Elisabeth sur un ton de reproche.

Elle s'en tint là pour ne pas gâcher l'ambiance, soulagée aussi que sa mère n'ait pas remarqué l'incident. On savait qu'elle avait le cœur fragile.

Après les étrennes, les domestiques avaient quartier libre afin de pouvoir fêter le réveillon entre eux. Hanna et Else se rendirent à l'église, Gertie alla rendre visite à une parente. Les autres s'attelèrent aux préparatifs d'une petite fête à la cuisine. Auparavant, on avait dressé la collation du dîner dans la salle à manger, salade de harengs, plateaux de canapés et boissons. Le repas de Noël à proprement parler avait lieu le lendemain. Tandis que la famille montait au salon rouge, où les cadeaux avaient été placés sous un petit sapin, Leo jeta en passant un rapide coup d'œil dans la salle à manger. Il y avait moins que d'habitude, un demi-œuf dur par personne, sans caviar dessus. Et, surtout, il manquait le rôti froid. En revanche, il y avait du jambon fumé et un savoureux pâté de Poméranie, ce qui était bien aussi. Au salon rouge, il y aurait également deux assiettes de biscuits – bref, il ne mourrait pas de faim.

Cependant, le destin l'attendait au tournant. La tante Elisabeth, en effet, voulut qu'on chante tous ensemble *Mon beau sapin* avec Leo au piano.

— Ne fais pas d'histoires, s'il te plaît, c'est Noël, le réprimanda-t-elle.

Il ne servait à rien de vouloir donner une explication que personne ne comprendrait. Réprimant son dégoût, il se mit au piano et s'acquitta mécaniquement de sa tâche. S'il avait pu, il se serait bouché les oreilles pour jouer, mais cela se passa mieux qu'il ne l'avait craint. La flèche plantée dans son cœur ne bougea pas.

— Tu as déjà été meilleur, lui glissa Dodo à l'oreille quand il eut fini.

— Merci, sœurette, répliqua-t-il ironiquement.

Au chant succéda l'immuable discours d'Alicia à ses chers enfants, gendre, belle-fille et petits-enfants. Après quoi on eut le droit d'ouvrir les cadeaux. En temps normal, il revenait à Paul de distribuer les paquets. Ce soir-là, pourtant, il paraissait trop fatigué pour le faire. Assis en silence dans un fauteuil, il sirotait un verre de vin. Du coup, Marie se dépensait sans compter, admirant les cadeaux, disant un mot gentil à chacun, caressant la tête des petits, demandant à l'oncle Sebastian s'il voulait un médicament pour calmer ses maux de dents. Elle joua aussi un moment avec Kurti, qui avait reçu une station-service en fer-blanc pour ses petites voitures. De temps en temps, elle allait voir Paul, lui posait la main sur l'épaule, se penchait et lui glissait quelques mots que Leo n'entendait pas. Alors son père lui souriait et chuchotait : « Tout va bien, chérie. »

Leo ne fut pas ravi de ses cadeaux. Sa mère et Dodo lui avaient offert des partitions qu'il avait immédiatement écartées ; son père, un livre sur le tissage mécanique – c'était le plus beau présent, il en commencerait la lecture le soir même. Sa grand-mère lui offrit une montre à gousset en or qui avait appartenu à son grand-père. Pour l'instant, il fallait qu'il la range en attendant d'avoir l'âge de s'en servir. Le cadeau d'Elisabeth était un presse-papiers en verre bleu avec des bulles d'air à l'intérieur. En le regardant, il eut l'impression d'être immergé dans une mer étincelante et claire, ce qui, bien sûr, lui inspira des sons, aussi beaux et délicats que des fils liquides. On ne pouvait imaginer plus fort contraste avec le vacarme produit par les petits qui déballaient leurs jouets. Seul Johann considérait son cadeau d'un œil légèrement penaud : on lui avait offert une luge qu'il ne pouvait pas étrenner faute de neige. Charlotte, elle, tapait si fort sur son xylophone multicolore que tout le monde en avait mal aux oreilles. Dodo finit par demander si ce tapage ne risquait pas de faire éclater les précieux verres à vin. Sur quoi l'oncle Sebastian ôta l'instrument à sa fille et lui donna une étoile à la cannelle. Rayonnante de joie, Elisabeth passait de l'un à l'autre en demandant : « Alors ? Ça te plaît ? Je ne me suis pas trompée ? »

Tous, bien sûr, se déclarèrent très satisfaits de leur cadeau et la remercièrent chaleureusement. Même Dodo, qui pourtant trouvait le collier de perles roses qu'elle avait reçu absolument horrible.

L'oncle Sebastian éteignit ensuite les bougies du sapin et l'on se rendit dans la salle à manger pour le dîner. Les adultes burent du vin, les enfants de la limonade et du jus de pomme. Hanno ne voulait plus quitter son nouvel ours en peluche, Johann avait tiré sa luge sur le tapis du couloir jusqu'à la salle à manger. Seul Kurti s'était laissé convaincre par sa mère de laisser la station-service sous le sapin.

— Ah, il n'y a de vrai Noël qu'avec des enfants, soupira Alicia, comblée. Lisa, passe-moi donc la petite Lotti. Alors, ma chérie ? Le petit Jésus a été gentil avec toi ? Seigneur, qu'est-ce que tu es devenue lourde, mon ange…

Marie s'était assise à côté de Paul et lui proposait sans arrêt de la salade de harengs ou des canapés, mais il mangeait peu et discutait avec l'oncle Sebastian. Leo n'entendait pas ce qu'ils disaient, mais ils parlaient probablement de l'usine. Il se serait volontiers joint à eux afin de montrer son vif intérêt pour l'entreprise familiale, mais sa grand-mère choisit ce moment pour se mettre à raconter des anecdotes d'autrefois. Ne pas l'écouter aurait été impoli.

— Quand j'étais petite et que je vivais avec mes chers parents à Maydorn, nous prenions le grand traîneau tiré par des chevaux et nous allions à Kolberg pour la messe de Noël…

Assise à côté de la tante Lisa, Dodo était contrainte elle aussi d'écouter sa grand-mère. Elle connaissait ses histoires par cœur, car on y avait droit chaque année à Noël. Parfois, aussi, Alicia leur lisait tout haut de vieilles lettres que lui avaient écrites ses parents ou ses frères.

— Excuse-moi, Maman, finit par l'interrompre Elisabeth avec une légère impatience. Je crois qu'il serait temps de coucher les enfants, ils sont fatigués d'avoir tant joué.

— Tu as raison, Lisa. Venez me dire bonne nuit, mes trésors.

Avec le départ des enfants, le calme revint, ce dont Leo fut ravi. Alicia en profita pour satisfaire sa curiosité en interrogeant Dodo sur la tante Tilly.

— Dans ma famille, chez les Maydorn, il n'y a jamais eu de divorce, dit-elle en secouant la tête. Si cela m'était arrivé, je n'aurais plus osé me montrer dans la rue.

Le sujet n'intéressait pas Leo, aussi fut-il soulagé quand son père lui demanda si le livre lui plaisait.

— Je vais m'y plonger dès que le dîner sera fini. Si un jour j'entre à l'usine, il faudra que je connaisse ce genre de chose, n'est-ce pas ?

Son père lui sourit.

— Ce serait pas mal, oui. Je suis très heureux que ça t'intéresse, mon garçon.

Leo lui trouva un sourire différent de celui qu'il avait d'habitude. Fatigué, presque forcé. La situation était-elle si grave ? Tel semblait être le cas, car son père sirotait son vin du bout des lèvres, le regard songeur. Soudain, il se leva.

— Ne m'en veuillez pas si je me retire dans mes appartements. Je suis épuisé, ces dernières nuits je n'ai pas beaucoup dormi.

Il caressa les cheveux de Leo, fit un signe de tête à l'oncle Sebastian, puis se dirigea vers Alicia et Dodo pour leur expliquer qu'il montait se coucher. Sa mère ne parvint pas à le convaincre de rester encore un peu.

— Ne vous dérangez pas. On se retrouvera demain matin pour aller à l'église.

Lorsque Marie et Elisabeth revinrent après avoir couché les enfants, Alicia se calma et l'on rapprocha les sièges pour discuter encore un peu. Leo resta un moment à les écouter, se sentant peu à peu envahi par une profonde tristesse. Cette soirée de fête qui lui avait inspiré tant de plaisir et d'excitation quand il était petit touchait à sa fin. Il n'en avait pas espéré grand-chose, mais n'en éprouvait pas moins une terrible envie de pleurer.

— Je monte, moi aussi. Bonne nuit, Maman.

— Déjà, Leo ? Il n'est pas tard. Tu ne veux pas rester encore un peu avec nous ?

Il expliqua qu'il était terriblement fatigué parce qu'il n'avait pas fermé l'œil de la nuit – ce qui ne parut pas très crédible. Sa mère eut aussitôt l'air soucieuse, mais n'essaya pas de le retenir. Leo sortit dans le couloir et s'arrêta sur le palier pour jeter un dernier coup d'œil dans le vestibule.

Mauvaise idée… La lumière faible et laiteuse de la lune pénétrant par une des fenêtres donnait à la pièce un aspect irréel et onirique. Une étoile dorée jeta un bref éclat au milieu des branches sèches du sapin, les vieux meubles ressemblaient à d'étranges reliques du passé. Une chaise renversée, que nul n'avait vue, gisait les pieds en l'air tel un animal fabuleux. Était-ce là le vestibule de la villa aux étoffes qu'il connaissait comme sa poche depuis son enfance ? En cet instant, il lui apparaissait comme un territoire inconnu empli de dangers et de sombres secrets. N'y avait-il pas quelque chose qui avait bougé sous les branches ? Une souris ? Une ombre ? Une créature de lumière bleuâtre qui prenait forme au crépuscule ? Qui se transformait en une résonance délicate, irréelle ? Un son sur lequel venait se poser une mélodie, d'abord triste et pesante, puis plus douce, ascendante, scintillante comme la clarté de la lune... ?

Suffit, décida-t-il en se frappant les oreilles de ses paumes. Stop ! Il se détourna et remonta en courant jusqu'au deuxième étage, regagna sa chambre. De façon inexplicable, il y avait sur son bureau des feuilles de papier à musique. De façon tout aussi inexplicable, il se retrouva avec un crayon dans la main. Et ce crayon se mit comme de lui-même à tracer plusieurs clés. Première voix, deuxième voix. Il manquait la basse, mais pour l'instant Leo voulait se sortir cette mélodie de la tête. Se la sortir de la tête en la couchant sur le papier. C'était tout simple. Il avait la solution. Noter ces maudits sons sur une feuille. C'était la seule manière de s'en débarrasser.

27

Janvier 1931

KITTY AIMAIT SON ROBERT PAR-DESSUS TOUT, même s'il se montrait parfois têtu comme une mule.

— En quoi est-ce un problème, dis-moi, si je vais à Munich voir mon beau-frère ?

— Il n'y a aucun problème, chérie. Cependant je ne voudrais pas que tu y ailles toute seule en voiture.

Kitty faillit mourir de rire. Son Robert était jaloux. Elle trouvait ça merveilleux – et agaçant.

— Enfin quoi, Robert, Ernst n'est pas franchement l'homme le plus séduisant que j'aie rencontré. Et puis tu sais bien que…

Il s'inquiétait simplement qu'elle parte seule, se défendit-il. La voiture pouvait tomber en panne et, dans ce cas, il valait mieux qu'il soit là.

— Quand ça arrive, il y a toujours un tas de gens qui viennent m'aider.

Ce qui était la stricte vérité. Elle omit cependant de dire que ces esprits secourables étaient tous sans exception de jeunes hommes, et que la plupart montraient plus d'intérêt pour la conductrice que pour le véhicule.

— Bon, d'accord, oublions ça, céda-t-il. De toute façon, j'ai beaucoup à faire. Pourquoi ne demandes-tu pas à Marie de t'accompagner ?

— Marie ? Hors de question. Hier, elle m'a dit au téléphone que Paul n'allait pas bien et qu'elle ne voulait pas le laisser seul. Et si j'emmenais notre Mizzi ?

L'époux inquiet ne fut pas convaincu – tout le monde savait que Mizzi n'était pas des plus dégourdies. Les sourcils froncés, il proposa Gertie.

— Gertie ? répéta Kitty en haussant les épaules. Pourquoi pas ? L'air de Munich lui fera du bien. Je la trouve un peu pâlichonne, ces derniers temps. J'appelle Lisa.

Sa sœur ne fut pas ravie d'avoir à se passer de sa femme de chambre toute une journée. Cependant, comme elle était d'humeur pacifique, elle finit par céder. Mais seulement, dit-elle, parce que cela lui faisait de la peine que la pauvre Tilly ne puisse pas divorcer ni signer de contrat de travail.

Lorsque, le matin suivant, Kitty se gara devant l'entrée de la villa aux étoffes, Gertie l'attendait en manteau et chapeau, son sac à la main. Elle avait soigné son apparence pour ce voyage à Munich, passé ses cheveux courts au fer à friser, donné un coup de brosse à son manteau et à son chapeau, mis du mascara et fardé ses lèvres.

— Bonjour, Gertie ! Qui comptes-tu séduire à Munich, dis-moi ? Fais attention ! Si nous avons une panne en cours de route, nous serons immédiatement entourées de jeunes gens. Qu'est-ce que tu as dans ce grand sac ? Ton trousseau ?

La jeune fille rougit.

— Je me disais qu'à Munich les femmes étaient sûrement habillées de façon plus sophistiquée qu'ici. Vous trouvez ce rouge à lèvres trop voyant, Madame ?

— Il flashe un peu. Mais il va bien avec tes cheveux blonds. Pose ton sac sur la banquette arrière, devant il n'y a pas la place. Et tu ferais mieux de garder ton manteau. Il y a un courant d'air dans la voiture, le toit n'est pas étanche. Bon, quand nous serons arrivées et que je discuterai avec mon beau-frère, tu te retireras, d'accord ? Il n'aura sûrement pas envie que quelqu'un écoute notre conversation.

— Bien entendu, Madame. De toute façon, je voulais… Je connais quelqu'un à Munich. Si vous pouviez vous passer de moi une petite heure, ça me permettrait d'aller le voir.

Tiens donc, songea Kitty, amusée. La jeune fille n'était pas sotte, elle profitait de l'occasion pour faire avancer ses intérêts. Une connaissance munichoise, mon œil ! Tout le monde savait qu'elle cherchait une place de secrétaire. Sans doute voulait-elle poser sa candidature quelque part. Si elle était embauchée, Lisa serait furieuse, elle lapiderait sa sœur pour avoir prêté la main à cette défection. Mais Kitty s'en fichait. Elle trouvait Gertie trop bien pour Lisa. La femme de chambre méritait mieux que de s'épuiser avec les gamins et d'apporter toutes les cinq minutes du thé et des biscuits à Elisabeth.

— Tu sais lire un plan ? lui demanda-t-elle. Il y en a un dans la boîte à gants. Un peu chiffonné, et il a reçu quelques taches de café. Mais tu n'as qu'à le défroisser, ça devrait aller. Pour commencer, on va prendre la direction de Lechhausen, et ensuite on continuera sur la droite…

— Vous voulez dire vers l'est, Madame…

— Oui, enfin, vers Munich.

— Très bien, Madame.

— Et arrête de dire Madame, ça me rend nerveuse. Appelle-moi Mme Scherer, d'accord ? Après tout, on est entre nous.

— Bien, Mad… Bien, madame Scherer.

Au fil du trajet, Gertie se dégela et bavarda sans réserve. Elle raconta qu'elle avait une sœur à Augsbourg, mariée à un fonctionnaire de l'inspection académique. Que c'était un homme abominable, sec comme du papier buvard, qui la rendait très malheureuse. Elle-même avait décidé de ne jamais se marier et voulait exercer un métier. C'était la raison pour laquelle elle avait suivi cette formation de secrétaire, qu'elle avait menée à bien avec tous les honneurs. Elle avait déjà dix-sept candidatures infructueuses derrière elle. Il fallait avoir des relations – c'était donnant donnant – ou bien coucher avec son employeur potentiel.

— Grands dieux ! s'exclama Kitty, horrifiée. Avec un de ces vieux squelettes ambulants ? Mais c'est répugnant !

— Il y en a qui sont plus jeunes, mais ça ne change rien. On risque d'attraper un truc. Une de mes amies…

— Regarde le plan, Gertie. Est-ce que je dois prendre à droite ou à gauche ?

— Tout droit !

Au bout d'un certain temps, Kitty se lassa du bavardage de la jeune fille. Que lui importaient ses histoires sentimentales, sa sœur qui n'avait toujours pas d'enfant après dix ans de mariage, le fait qu'elle ait obtenu la meilleure note en sténographie à la fin de sa formation ?

— Bon, allez, tais-toi, il faut que je me concentre sur la route.

— Excusez-moi, madame Scherer, répliqua la jeune fille, piquée. Je ne voulais pas vous ennuyer.

Voilà qu'elle était vexée maintenant ! Et, pour couronner le tout, il se mit à pleuvoir, tandis que la route se faisait de plus en plus cahoteuse.

— C'est incroyable, tout de même ! s'échauffa Kitty. Pourquoi ne fait-on rien contre ces nids-de-poule ? C'est tout juste si j'arrive encore à tenir le volant.

— Il n'y a pas de nids-de-poule, Madame.

— Je t'ai dit de m'appeler Mme Scherer.

À cet instant retentit une bruyante détonation. La voiture fit une embardée sur la gauche et s'arrêta juste devant un arbre.

— Qu'est-ce que c'était ? bafouilla Gertie.

— Le pneu avant droit a éclaté, répondit Kitty, qui avait derrière elle une longue expérience de pannes en tout genre. Pas de panique, nous avons une roue de secours.

À présent, la pluie martelait le toit, coulait sur les vitres et, s'insinuant dans l'habitacle par un trou, gouttait sur l'épaule droite de Gertie. Imperturbable, Kitty sortit un mouchoir de son sac, versa dessus quelques gouttes de parfum et s'en tamponna le front et les tempes.

— Et maintenant, qu'est-ce qu'on fait ? s'inquiéta Gertie.

— On attend que des jeunes gens arrivent pour nous changer la roue.

Gertie jeta un regard au-dehors. Champs gris, prairies vert pâle, çà et là une vache marron, tout au loin le clocher à bulbe d'une église de village.

— Mais il n'y a personne, madame Scherer.

Kitty avait sorti son miroir de poche et se remettait du rouge à lèvres.

— Il vient toujours quelqu'un, Gertie. Mais il faudra peut-être attendre un peu.

Trois voitures passèrent sans s'arrêter. Un camion de laitier arriva en sens inverse, fit un écart et projeta une giclée d'eau sale sur l'aile de leur véhicule.

— Non, mais quel insolent ! Il va m'entendre, ce cow-boy !

— Vous n'avez pas dit qu'on avait une roue de rechange, madame Scherer ?

— Oui, derrière, dans le coffre.

Gertie actionna la poignée de la portière. De la pluie gicla à l'intérieur de la voiture.

— Qu'est-ce que tu fais ? On va être mouillées !

— Je vais changer la roue, sinon demain on y sera encore. Vous voulez bien m'aider, madame Scherer ?

— Moi ? Tu me prends pour une folle ou quoi ?

Kitty était abasourdie. Voilà que cette fille descendait de la voiture et allait ouvrir le coffre. Se mettait à fouiller dedans, sortant tout le bric-à-brac qui s'y était accumulé et le posant sur la chaussée sous la pluie. Puis elle s'approcha de la portière conducteur.

— C'est trop lourd pour moi, il faut que vous m'aidiez.

Désemparée, Kitty jeta un coup d'œil à droite et à gauche sans apercevoir le moindre sauveur masculin à l'horizon. Quelle poisse ! Pourquoi n'était-elle pas partie avec Humbert ? Furieuse, elle sortit à son tour de la voiture, mit le pied dans un trou rempli de boue et jura comme un charretier.

— Prenez-la par ici, madame Scherer. J'ai déjà ôté la sangle. C'est ça. Parfait ! On y est. Maintenant il nous faut une clé carré et un cric.

Kitty essuya ses doigts souillés sur son mouchoir parfumé.

— Un cric ? Comment ça ?

— C'est un outil, vous en avez un ici.

Elle était décidément bien utile, cette Gertie ! Elle ressemblait un peu à Tilly, elle avait la même capacité de réagir vite et intelligemment quand la situation l'exigeait.

— Mettez-vous là, madame Scherer. Non, ici. Très bien. Et maintenant on va sortir la roue. Attention à votre manteau clair ! Attrapez la roue à cet endroit. Allez-y franchement ! Un peu plus haut. Vers la gauche. La gauche, c'est l'autre côté…

Elles parvinrent effectivement à changer la roue. Gertie serra les boulons en haletant sous l'effort, puis on remit le cric, la clé et le pneu crevé dans le coffre. Trempées, épuisées, les chaussures crottées et le chapeau ruisselant, les deux femmes s'apprêtaient à remonter en voiture quand un véhicule s'arrêta à côté d'elles.

— Puis-je vous être utiles, mesdames ? demanda le séduisant conducteur.

— Merci, répondit Kitty sur un ton digne en essorant un pan de son manteau. La femme moderne n'a besoin de personne.

— Alors c'est très bien ! répondit-il en repartant.

Kitty aurait pu étrangler Gertie. Elles auraient attendu une petite demi-heure, elles auraient été maintenant au sec et bien propres pendant que le sympathique automobiliste se serait sali pour changer la roue.

Elle n'adressa plus la parole à Gertie de tout le trajet. Mais quand, arrivée à Munich, elle se fut perdue dans le dédale des rues, elle se décida à rompre le silence.

— Tu veux bien regarder le plan, Gertie ? Je crois qu'on s'est trompées… Nous allons à Pasing.

Gertie eut un sourire, elle avait patiemment attendu cette requête.

— Volontiers, madame Scherer.

Un petit quart d'heure plus tard, Kitty s'arrêta devant la villa Klippstein. Au même instant, le soleil reparut entre les nuages, ce qui améliora instantanément son humeur.

— Bien joué, Gertie ! lâcha-t-elle. Et maintenant entrons dans l'antre du lion !

Elles furent accueillies par un Julius un peu endormi, qui ouvrit de grands yeux en voyant Kitty Scherer accompagnée d'une domestique. Pour des raisons tactiques, Kitty s'était abstenue d'annoncer sa visite.

— Mon cher Julius, dit-elle en lui adressant un sourire radieux. Informez donc M. von Klippstein de notre arrivée et conduisez-nous à la salle de bains. Il faut que nous fassions un brin de toilette.

Julius s'inclina obligeamment, mais eut l'air de ne pas savoir très bien ce qu'il convenait de faire.

— Bien, Madame. Par ici, je vous prie. Cela étant, je dois vous signaler que M. von Klippstein est indisposé et qu'il ne reçoit personne.

— Nous verrons ça après.

Les taches occasionnées par le changement de la roue se révélèrent malheureusement tenaces. Les deux femmes eurent déjà bien du mal à se nettoyer à peu près correctement les mains. Gertie lava ses chaussures et essaya sans succès de redonner forme à son chapeau mouillé.

— Aïe, soupira Kitty. Tu ne peux pas te présenter comme ça à la personne que tu vas voir. Prends le mien, il a moins souffert de la pluie et il est assorti à ton manteau.

— Vous êtes sérieuse, Madame ? Seigneur, un chapeau si coûteux !

La jeune fille était tout excitée. Elle prit le joli couvre-chef à la mode que lui tendait Kitty et se fit conseiller sur la meilleure manière de le porter.

— Ne t'absente pas trop longtemps ! ordonna Kitty.

— Je serai vite de retour, Madame… madame Scherer, je veux dire.

Kitty jeta un dernier regard dans le miroir, rectifia sa coiffure et sortit de la salle de bains.

On ne voyait personne dans le vestibule, ni Julius ni Brunni, et l'on n'entendait pas non plus le moindre bruit. La maison était d'un silence angoissant. Ce calme était éprouvant pour les nerfs. Rien d'étonnant à ce que la pauvre Tilly s'y soit sentie si seule et si abandonnée. Où le maître de maison pouvait-il bien être fourré ? Il était indisposé, avait dit Julius. Cela pouvait vouloir dire beaucoup de choses. Il devait être dans son bureau ou dans la bibliothèque. En réalité, Kitty ne voulait plus avoir affaire à cet individu, elle s'était juré de ne plus lui adresser la parole. Mais il s'agissait de sa chère Tilly et de cette sotte histoire qui n'était évidemment pas sa faute, tout le monde savait qu'elle parlait à cœur ouvert…

Elle frappa brièvement à la porte de la bibliothèque et entra sans attendre. Mais oui, Ernst était bien là, installé dans un fauteuil, un coussin dans le dos, une couverture de laine sur les jambes. Il lui jeta un regard morose.

— Il aurait mieux valu que tu appelles avant de venir, Kitty, dit-il avec une voix enrouée, s'interrompant pour tousser. J'ai un gros rhume et de la fièvre.

— Tu m'en vois désolée, répondit Kitty en s'asseyant sans y avoir été invitée. Mais je serais venue de toute façon parce que j'ai à te parler.

Il se pencha péniblement, attrapa le gobelet posé à côté de lui sur une petite table et but une gorgée de thé. Ce faisant, il adressa à Kitty un regard de reproche.

— Étant donné mon état, je te serais reconnaissant d'éviter certains sujets, dit-il.

Il reposa son gobelet et se moucha. Seigneur, il était vraiment mal en point. Cependant Kitty n'éprouvait aucune compassion pour lui. Elle se dispensa de préambule et alla droit au but. Comme elle savait le faire.

— Mon cher Ernst, dit-elle avec solennité. Je sais que tu es un homme avisé et réaliste, c'est la raison pour laquelle j'ai toujours eu du respect pour toi. Mais ce que je vois aujourd'hui devant moi, à mon grand effroi, c'est un individu triste et pitoyable. Comment as-tu pu en arriver là ?

Il la fixa avec de grands yeux, comme s'il devait commencer par digérer ce qu'elle venait de lui lancer à la figure. Puis l'amertume reparut sur ses traits – il semblait vouloir se complaire dans sa souffrance.

— Demande à ta belle-sœur, grommela-t-il en s'essuyant le front. Qu'y a-t-il d'étonnant à ce que je sois dans cet état ? Elle m'a quitté d'une manière cruelle, elle m'a ridiculisé, elle a miné ma réputation, blessé mes sentiments les plus intimes…

Kitty sentit la moutarde lui monter au nez. Elle repensa à ce qu'il avait dit sur Marie, sur ses origines juives, au harcèlement téléphonique auquel il se livrait et aux lettres de son avocat. Non, elle ne voulait pas lui opposer immédiatement tous ces éléments, même si elle bouillait de colère. Elle avait pour habitude de parler à cœur ouvert, mais elle savait aussi se refréner.

— Je ne te comprends pas, Ernst, reprit-elle. N'as-tu donc plus aucun respect pour toi-même ? Pourquoi te cramponnes-tu avec l'énergie du désespoir à quelque chose qui te fait du mal ? Ce mariage avec Tilly était une erreur, vous n'êtes pas faits l'un pour l'autre. Que pourrait-il y avoir de plus libérateur que de mettre un terme à cette malheureuse situation ?

Avant de répondre, il fouilla dans la poche de sa veste d'intérieur à la recherche d'un mouchoir.

— Si tu es venue pour essayer de me convaincre de divorcer, Kitty, alors tu t'es déplacée pour rien… Julius ! Où es-tu fourré, bon sang ?

Le domestique devait avoir écouté à la porte, car il entra immédiatement.

— Des mouchoirs et un café pour Mme Scherer. Ou bien préfères-tu du thé, Kitty ?

— Rien, merci.

— Comme tu voudras. Dans ce cas, des mouchoirs propres et un thé chaud pour moi.

— Très bien, monsieur von Klippstein.

Julius jeta un regard peu aimable à Kitty, ramassa le gobelet vide et sortit de la bibliothèque.

Aha, pensa, Kitty, *en bon domestique il est du côté de son employeur.* Sans se décourager, elle se lança dans une nouvelle tentative.

— On considère les choses différemment quand on est impliqué, c'est compréhensible. Pour moi qui observe la situation de l'extérieur, il est douloureux de te voir devenir triste et aigri. Est-ce vraiment nécessaire ? La Bible ne dit-elle pas : « Si un de tes doigts te gêne, arrache-le. Il vaut mieux perdre un doigt que laisser dépérir son corps entier… »

Le sens général y était… Ernst eut un tressaillement au coin des lèvres – sans doute connaissait-il la bonne version.

— Tu as la merveilleuse faculté de faire dire aux choses exactement ce que tu veux, chère Kitty, commenta-t-il avec ironie.

— En l'occurrence, c'est ton bien que je souhaite, rectifia-t-elle. Et celui de Tilly, cela va de soi.

— Assurément, répliqua-t-il avec amertume. Tu veux me convaincre de divorcer pour qu'elle puisse convoler avec son nouvel admirateur, n'est-ce pas ?

— Le Dr Kortner ? Il est marié et sa femme travaille au cabinet avec lui.

— Ah ! laissa échapper Ernst von Klippstein. Tu ne m'avais pas parlé de ça au téléphone. C'est vraiment le cas ?

— Évidemment ! Crois-tu sérieusement que Tilly soit du genre à se jeter au cou du premier venu ?

Il eut une quinte de toux, prit un des mouchoirs fraîchement repassés que Julius avait apportés et essuya sa figure en sueur.

— Bon, dit-il en se raclant la gorge. Après tout, qu'elle travaille là-bas, ça fera des frais en moins.

Il dut percevoir le sentiment de triomphe qu'éprouvait Kitty, car il lui lança un regard irrité et ajouta :

— Ça ne veut pas dire que je consens au divorce. Il faut que je réfléchisse. En tout cas, je te donne raison sur un point : ma femme m'a fait suffisamment de mal comme ça, il est temps que je pense enfin à moi.

Kitty était sûre de n'avoir rien dit de tel. Cependant elle avait remporté une demi-victoire, il s'agissait à présent de la consolider.

— Il serait bon que tu mettes cette autorisation par écrit afin d'éviter ultérieurement tout malentendu.

Klippstein commença par refuser, se disant trop malade pour aller jusqu'à son bureau, mais Kitty resta ferme.

— Je vais chercher du papier pour que tu rédiges le texte.

— Non, laisse, je m'en charge. Julius, mes pantoufles !

Quel esprit méfiant ! Kitty en fut abasourdie. Croyait-il qu'elle en profiterait pour fouiller dans son bureau ou subtiliser des documents importants ?

— Une employée de Mme Scherer vient d'arriver, Monsieur, annonça Julius, qui apportait les pantoufles demandées.

— Gertie ! s'exclama joyeusement Kitty. Mon employée a suivi une formation de secrétaire, tu vas pouvoir lui dicter l'autorisation, elle la tapera à la machine.

Résigné, Klippstein repoussa la couverture qu'il avait sur les jambes, enfila ses pantoufles et se leva en gémissant. Entre-temps, Julius avait conduit Gertie, tout étonnée, dans le bureau. En jetant un coup d'œil par l'entrebâillement de la porte, Kitty la vit assise à la machine, dans l'attente du document à taper.

— Il me semble qu'on se connaît, non ? demanda la voix revêche de Klippstein.

— C'est tout à fait possible, répondit Gertie. Vous m'avez peut-être vue lors d'une visite à Augsbourg. Je travaille à la villa aux étoffes. Mais j'ai suivi une formation de secrétaire et j'espère trouver un autre emploi.

Klippstein s'assit sur une chaise et referma d'un coup de pied la porte de communication avec la bibliothèque. Kitty trouva cette façon de faire passablement grossière. Mais l'important était qu'il arrête de se comporter comme un gamin obstiné.

On entendit claquer les touches tandis qu'Ernst dictait son texte d'une voix enrouée. Puis quelqu'un arracha une feuille de la machine et le claquement reprit.

— Encore une faute, pesta Klippstein. Où avez-vous donc appris la dactylographie ? Dans un cercle de bonnes dames qui font du crochet ? Allez, recommencez !

Pauvre Gertie. Elle qui était si maligne et si adroite, voilà que ce râleur invétéré avait réussi à lui faire perdre ses moyens. Il s'écoula presque une demi-heure avant que Klippstein ne revienne avec le document et la copie. Épuisé, il se laissa tomber dans son fauteuil.

— Tiens, dit-il en tendant la feuille signée à Kitty. J'espère que tu es satisfaite. Cette personne est totalement incompétente. Jolie et sotte, une fâcheuse combinaison.

— Elle n'est pas du tout sotte, riposta Kitty, fâchée. Tu l'as intimidée, elle a perdu confiance.

— Je ne suis décidément bon à rien avec les femmes, répliqua-t-il avec une ironie mordante tout en l'observant tandis qu'elle lisait le document d'un œil critique.

Kitty n'avait envie de subir ni ses humeurs ni ses sarcasmes. Elle plia la feuille et la rangea dans son sac à main.

— J'espère vraiment que Tilly et toi trouverez sous peu une solution acceptable, dit-elle en se levant. Il serait grand temps.

— Qui vivra verra, rétorqua-t-il sèchement. Bon retour !

— Bon rétablissement !

Une fois dans la rue, Kitty prit une profonde inspiration. Cet homme était un psychopathe bon à enfermer ! Il fallait espérer que la pauvre Tilly serait bientôt débarrassée de lui. En tout cas, les choses étaient bien parties. Tilly allait pouvoir signer son contrat et exercer sa profession.

Quand les deux femmes eurent regagné la voiture, Kitty reprit son chapeau et demanda à Gertie comment s'était passée son entrevue avec la personne qu'elle était allée voir.

— Il n'était pas chez lui, répondit Gertie, abattue.

En d'autres termes : la place avait déjà été attribuée.

— J'ai vraiment la poisse. Chaque fois que j'essaie un truc, ça rate.

Encore quelqu'un qui s'apitoyait sur son sort. Kitty en avait eu sa dose pour la journée.

28

— On peut chauffer que la cuisine, docteur. Pas plus d'une heure ou deux par jour.

Tilly hocha la tête en entendant les explications de la jeune femme. C'était partout pareil dans la vieille ville : les gens n'avaient pas assez de charbon, les fenêtres n'étaient pas hermétiques, les murs moisissaient, et toute la famille, du nourrisson aux grands-parents, vivait dans une seule pièce. Un véritable foyer d'infection. On ignorait tout ou presque des règles d'hygiène élémentaires : on lavait les couches dans l'évier, on confiait le bébé à la grand-mère agonisante, le froid et l'exiguïté des lieux rendaient toute toilette quasi impossible, et l'on ne pouvait se laver régulièrement les mains avec du savon. Mais, surtout, les gens étaient sous-alimentés. La plupart du temps, ils n'avaient guère plus qu'un maigre repas par jour. De ce fait, les enfants étaient particulièrement exposés aux maladies de toutes sortes.

Tilly ne se lassait pas d'expliquer, de donner des instructions : tenir les enfants éloignés des membres de la famille qui étaient souffrants afin de diminuer le risque de contagion, aérer quotidiennement, ne pas laisser traîner le linge sale des malades, le faire bouillir avec les couches.

« Donnez-nous un médicament, docteur », entendait-elle chaque jour. Elle prescrivait du sirop contre la toux et des remèdes pour faire baisser la fièvre, tout en sachant que cela ne servirait pas à grand-chose. Facteur aggravant, les prestations de l'assurance maladie avaient été réduites par un décret-loi, si bien que les malades devaient payer eux-mêmes une partie des remèdes.

« Il n'existe pas de potion miracle, expliquait-elle à ses patients. Ce qu'il faut, c'est que vous suiviez mes conseils.

— Oui, oui, docteur. »

Tilly savait qu'ils n'en feraient rien, mais elle ne pouvait pas leur tenir un autre discours. Elle aurait tant voulu pouvoir leur prescrire du pain et de la viande, de la graisse et des œufs. Cela les aurait pour la plupart préservés de la maladie et de la mort. Mais eux espéraient guérir en prenant un peu de sirop, un fébrifuge ou une poudre contre la migraine. Ce jour-là, elle en était déjà à sa septième patiente, la vieille Mme Treffner, qui avait la tuberculose. Impossible de l'envoyer dans une maison de santé, l'assurance maladie n'intervenait pas dans le cas de patients aussi âgés. La malheureuse était couchée sur un matelas, dans la cuisine, et toussait comme une perdue – elle n'en avait certainement plus pour longtemps.

— Merci beaucoup, docteur. Nous sommes tellement contents que vous soyez venue.

— Mais c'est tout naturel, madame Treffner. Je repasserai la semaine prochaine. Où puis-je me laver les mains, s'il vous plaît ?

La reconnaissance manifestée par les patients était touchante. Pourtant, Tilly se sentait mauvaise conscience de pouvoir si peu les aider. Souvent, elle devait se contenter de les réconforter, de leur adresser des paroles bienveillantes, d'écouter avec attention leurs plaintes et leurs soucis et de leur redonner un peu de courage. En quelques occasions tout de même, elle avait pu guérir quelques malades, des succès auxquels elle se cramponnait.

La dernière patiente qu'elle devait voir ce jour-là était une fillette de 8 ans qui avait soudain été prise d'une forte fièvre. Elle avait probablement attrapé la scarlatine de sa petite sœur, mais semblait à présent tirée d'affaire. La famille était plus aisée. Le père était employé à la mairie, ils vivaient dans un grand appartement de quatre pièces rue Ludwig. L'intérieur était propre et bien chauffé par un poêle en faïence. Tilly espérait que le pire était passé. Lors de sa dernière visite, l'état de la fillette lui avait paru stable.

Le froid était venu. Un vent glacial soufflait dans les rues d'Augsbourg. Par endroits, la chaussée était glissante, ce qui l'obligeait à conduire lentement. Il n'y en avait pas moins beaucoup de monde sur la place de l'hôtel de ville. Certains écoutaient des manifestants, des mendiants s'attardaient devant les commerces, d'autres s'étaient enveloppés dans des couvertures sales pour se protéger du froid. Devant la mairie, un employé municipal répandait du sable sur le trottoir afin d'éviter les accidents. On voyait de la lumière dans une des salles de réunion à l'étage. On y discutait probablement de la baisse des recettes fiscales et de la situation désastreuse des finances de la ville.

Quand elle se fut garée devant l'immeuble, Tilly mit son écharpe de laine aux couleurs vives, cadeau de sa mère, prit sa sacoche et sortit de la voiture. Elle franchit rapidement la porte cochère en direction de l'escalier, au pied duquel était affiché un plan de répartition des tâches entre les résidents, qui devaient tour à tour balayer, épousseter et cirer les marches. Arrivée sur le palier du deuxième étage, Tilly se sentit épuisée. Cela n'avait rien d'étonnant. Elle était sur la brèche depuis 8 heures du matin. Elle avait remplacé le Dr Kortner à son cabinet pendant deux heures, puis s'était chargée des visites à domicile. Cela ne lui avait même pas laissé le temps de manger un morceau à midi.

Elle pressa la sonnette et attendit qu'on vienne lui ouvrir. Ce jour-là, ce fut inhabituellement long. Elle percevait des bruits de pas légers, des chuchotements. Alors qu'elle s'apprêtait à sonner une deuxième fois, quelqu'un ôta la chaîne de sécurité. La porte s'ouvrit.

Un homme d'une quarantaine d'années apparut sur le seuil, sans doute le père de la fillette, qu'elle n'avait pas vu lors de sa visite de la veille. En voyant son visage livide, ses cheveux en bataille, son regard incrédule et désespéré, elle comprit avec effroi que le destin avait frappé.

— Que venez-vous faire ici ? bégaya l'homme. Nous n'avons plus besoin de médecin. Elle est morte. Ma petite Elisa est morte. Pourquoi vous n'avez pas pu l'aider ?

Tilly eut besoin d'un moment pour se ressaisir. Dans son métier, la mort était omniprésente. Que ce soit à l'hôpital ou durant les deux dernières semaines qu'elle avait passées au cabinet, elle avait vu mourir des gens de tout âge, elle avait rédigé des actes de décès et consolé les proches des défunts. Pourtant, chaque fois, elle éprouvait le même sentiment d'effroi et d'impuissance face à la fragilité impitoyable de l'existence.

— Je suis sincèrement désolée, dit-elle à voix basse. Je vous présente mes condoléances les plus sincères, monsieur Pageler.

— C'est arrivé cette nuit, dit-il en passant ses doigts tremblants dans ses cheveux. Ma femme est allée la voir pour lui apporter à boire. Tout d'abord, elle a cru qu'Elisa dormait profondément...

Il éclata en sanglots, se détourna et lui fit signe de le suivre. La porte du salon était entrouverte. En passant, Tilly aperçut dans l'entrebâillement la figure gonflée de larmes de la petite sœur. Puis quelqu'un tira l'enfant à l'intérieur de la pièce et ferma la porte. Elisa était étendue sur son lit, les mains jointes sur la poitrine, les traits détendus. On aurait dit qu'elle dormait. Assise sur le bord du lit, la mère avait les yeux rivés sur sa fille morte.

— Nous avons appelé le Dr Thomas pendant la nuit, il a établi le certificat de décès, dit le père.

Tilly garda le silence. Elle éprouvait une profonde tristesse devant cette disparition si précoce. Pour quelle raison la fillette était-elle morte ? Cela lui paraissait inexplicable. Deux jours plus tôt, l'enfant avait paru en bonne santé. Avait-elle commis une erreur de diagnostic ? Était-elle responsable de cette issue fatale ?

Les parents devaient s'être posé la question. Sinon, pourquoi auraient-ils appelé un autre médecin que le Dr Kortner ?

— Alors il ne me reste plus qu'à vous assurer de toute ma sympathie, dit-elle enfin avec accablement.

Elle ne reçut pas de réponse. M. Pageler s'approcha en silence de sa femme et lui caressa les cheveux. Tilly sentit que sa présence était superflue.

Elle les salua et regagna le palier en fermant la porte de l'appartement derrière elle. Elle redescendit lentement l'escalier avec l'impression d'avoir un fardeau d'une tonne sur les épaules. Dans la rue, elle fut assaillie par une bise glaciale qui malmena son manteau et essaya de lui arracher son écharpe. Loin de la contrarier, cette violence des éléments la ranima. Tilly ne pouvait rien changer à ce qui était arrivé. Il ne fallait pas qu'elle cède au découragement, même si ce genre d'événement était difficile à supporter. Ce métier, elle l'avait choisi et elle l'exerçait avec toute l'énergie et la passion dont elle était capable. Elle avait aidé un grand nombre de gens, elle en était fière. Mais elle savait aussi qu'elle devait accepter de vivre avec ses erreurs et ses défaites.

Affligée, elle reprit sa voiture et rentra au cabinet afin d'y rédiger un bref rapport et de recevoir éventuellement quelques derniers patients. Le Dr Kortner avait mis à sa disposition un ancien débarras sommairement reconverti en salle de consultation, qui pouvait au moins faire l'affaire pour les cas simples. Le jour tombait déjà quand elle traversa la cour pour rejoindre le cabinet. Tout à coup, elle ressentit un grand désir de printemps, de soirées claires, de soleil et de chants d'oiseaux dans les arbres verdoyants. Mais la tempête hivernale qui soufflait avec une violence particulière au coin des rues lui rappela qu'on était seulement à la mi-janvier et que l'hiver serait encore long.

Il restait effectivement quelques patients dans la salle d'attente. Alors qu'elle se rendait dans son petit bureau, une femme d'un certain âge la salua aimablement. Tilly lui sourit en retour. Il lui était agréable de sentir qu'elle jouissait de leur confiance. Certains, même, s'adressaient plus volontiers à elle qu'au Dr Kortner. Les jeunes filles, surtout, se sentaient plus à l'aise pour lui confier leurs soucis féminins qu'avec le jeune et séduisant médecin. Le fait qu'elle n'ait pas officiellement le titre de « docteur » puisqu'elle n'avait pas soutenu de thèse ne gênait personne. Mme Kortner l'avait engagée à ne pas en faire mention, cela aurait déstabilisé les gens. On s'adressait au médecin en l'appelant « docteur », un point c'est tout.

Au début, elle avait hésité à prendre le poste, mais avait fini par céder aux instances de Kitty.

« J'ai fait l'effort d'aller jusqu'à Munich voir ton abominable époux pour lui passer de la pommade, avait déclaré celle-ci, très agacée. C'est pour toi seule que je l'ai fait, ma chère Tilly, alors ne te dégonfle pas. »

Kitty était vraiment une personne merveilleuse et hors du commun. Elle pouvait se montrer chaotique, excessivement émotionnelle, folle, joueuse, excentrique – mais ce n'était que la façade. Au fond d'elle-même, c'était une épouse aimante, une mère attentive et une amie fidèle et combative.

Les premières journées de travail au cabinet avaient été un véritable enfer. Il fallait qu'on s'habitue à elle, la plupart des patients ne voulant pas avoir affaire à une femme. Le Dr Kortner avait fait les présentations, n'avait pas ménagé ses éloges et lui avait assuré qu'elle pouvait faire appel à lui à tout moment. Tilly souffrait mille morts lorsqu'il la regardait en souriant, les yeux brillants, l'air d'attendre quelque chose. Chaque fois, elle se disait que ce sourire était destiné à la doctoresse Tilly von Klippstein et qu'il allait susciter la jalousie de sa femme. Pourquoi agissait-il ainsi ? Cet homme sympathique était-il un époux infidèle ? Trouvait-il plaisir à flirter, était-ce pour cela que sa femme se montrait toujours sur la réserve ? Pour Tilly, les hommes mariés étaient tabous, quels que soient les sentiments qu'elle-même pouvait éprouver.

Son travail l'aidait toutefois à supporter cette pénible situation. Cela lui faisait du bien d'être utile et, même si souvent elle ne pouvait pas faire grand-chose, elle sentait que ses patients lui étaient reconnaissants de ses efforts. Elle ne les abandonnait pas, elle venait les réconforter, elle leur donnait des conseils, s'occupait d'eux et tentait tout ce qui était en son pouvoir. Peut-être était-ce ce qui avait peu à peu tiré Doris Kortner de sa réserve initiale.

« Pour quelle raison n'avez-vous pas fait de thèse ? lui avait-elle demandé un jour. Le titre de docteur n'apporte pas grand-chose dans le contact avec les patients, mais il contribue à asseoir la réputation. »

Au début, les échanges avaient été brefs. La plupart du temps, la femme du médecin posait une question et Tilly s'efforçait d'y apporter une réponse adéquate. Elle n'avait guère envie de parler de sa vie privée, même si Mme Kortner se plaçait souvent sur ce terrain.

« Et votre divorce, ça avance ?

— C'est en cours. »

Comme la curiosité de sa collègue l'agaçait, Tilly avait décidé de répondre à ses questions par d'autres questions.

« Ça fait longtemps que vous travaillez avec votre mari ? »

Il s'était avéré que Mme Kortner ne paraissait pas non plus désireuse de parler d'elle.

« Quelques années. Nous formons une bonne équipe. »

Tilly en était convenue, ce qui avait paru faire plaisir à son interlocutrice. Malheureusement, cela n'avait pas découragé cette dernière de continuer à sonder Tilly, bien au contraire.

« Votre époux semble être un homme difficile, avait-elle conjecturé en l'observant d'un œil scrutateur.

— Personne n'est simple », avait-elle répondu.

De temps à autre, Mme Kortner paraissait heureuse de parler de son mari.

« Jonathan est terriblement distrait et il manque un peu de sens pratique. Il a toujours de grandes idées en tête, il déborde d'enthousiasme et dépense à tout-va. »

Tilly avait souri en pensant au petit crédit que le Dr Kortner avait fini par prendre pour financer un inhalateur moderne et un appareil de massage chauffant.

« Dans ce cas, c'est heureux qu'il ait auprès de lui quelqu'un qui ait les pieds sur terre.

— C'est sûr. Une bonne à tout faire qui établit les factures, fait les comptes avec l'assurance maladie, assure la comptabilité et veille à ce que monsieur le docteur ait de temps à autre à manger. Pour ne citer que quelques-unes de mes occupations. »

Par la suite, Mme Kortner s'était mise à lui offrir du thé et des sandwichs. Dans un premier temps, elle avait fait comme si ces collations ne lui avaient pas été destinées.

« Tenez, il me reste des sandwichs au pâté de foie avec des cornichons. Si vous aimez, ne vous gênez pas.

— Merci, c'est très aimable à vous. »

Elle avait mis un certain temps à comprendre que Tilly détestait l'infusion à la menthe, car la jeune femme n'avait pas réussi à lui avouer sa répugnance pour ce sain breuvage. Elle avait saisi en constatant que le lavabo sentait souvent la menthe.

« Pourquoi ne l'avez-vous pas dit ? avait-elle demandé, irritée. C'est dommage de gâcher une si bonne tisane !

— Je suis vraiment désolée. Quand j'étais enfant, on m'en donnait chaque fois que j'étais malade. C'est probablement ce qui m'en a dégoûtée.

— Oui, ce sont des choses qui arrivent. Jonathan, par exemple, n'aime pas le kummel, et moi je déteste l'ail. »

Le Dr Kortner se montrait invariablement aimable, cependant il avait cessé de l'accabler de compliments et ne montrait plus aucun intérêt pour sa vie privée.

Tout au plus lui demandait-il parfois des nouvelles de sa mère, et les réponses succinctes de Tilly lui suffisaient. En revanche, il était toujours disponible pour parler des patients, ce qui était extrêmement précieux. Alors qu'à l'hôpital il était malvenu d'évoquer ses erreurs et ses échecs, Tilly pouvait ouvertement exposer ses préoccupations. De son côté, il ne cachait rien de ses propres doutes touchant les décisions qu'il avait à prendre, et il n'était pas rare qu'en examinant ensemble la situation d'un patient et en faisant appel à leurs expériences respectives ils parviennent à une solution satisfaisante.

Il en alla de même ce jour-là. Ses consultations achevées, Tilly était en train de rédiger ses comptes rendus quand le Dr Kortner ouvrit la porte.

— Est-ce que je vous dérange ? demanda-t-il avec ce sourire séducteur auquel Tilly avait appris à résister en se disant qu'il était purement professionnel.

— Non, non, j'avais presque terminé.

Kortner jeta autour de lui un regard mécontent.

— Il vous faut absolument un bureau. Vous ne pouvez pas continuer à écrire vos rapports sur la table des instruments.

— Oui, ce serait bien. On pourrait peut-être prendre la petite table de la salle d'attente, ça nous permettrait d'ajouter une chaise.

Il n'eut pas l'air enthousiaste : cette vieille chose était branlante, Tilly avait besoin d'une table digne de ce nom et d'un bon siège. Il promit de s'en occuper.

— Comment ça s'est passé aujourd'hui ? demanda-t-il.

Tilly repoussa son cahier en soupirant.

— La nuit dernière, une petite fille est morte. Elisa Pageler, vous vous rappelez ? Celle qui avait, semble-t-il, attrapé la scarlatine de sa sœur.

Cela lui fit du bien de pouvoir parler de cet événement tragique. Elle reprit les choses en détail, mentionnant sa crainte de s'être trompée dans son diagnostic et d'avoir commis ce faisant une erreur fatale. L'air grave, il l'écouta patiemment et, quand elle eut terminé, il eut un geste impulsif comme pour lui prendre la main. Cependant il se ravisa, se borna à hocher la tête et à dire avec douceur qu'il comprenait son inquiétude.

— Je pense que j'aurais fait exactement comme vous. Forte fièvre, du mal à déglutir, inflammation des amygdales, et la petite sœur qui avait eu la scarlatine…

— Elle n'avait pas la langue rouge. Se pourrait-il qu'elle ait eu autre chose ?

— Je ne crois pas. Elle souffrait peut-être d'une malformation cardiaque qui n'a jamais été décelée.

Ils continuèrent à discuter, examinant diverses hypothèses, évoquant des cas similaires, sans toutefois parvenir à un résultat probant.

— Chassez donc cette idée absurde que vous pourriez être responsable de ce drame, dit-il pour finir sur un ton déterminé. Cela ne rend service à personne et ne fait que nous gêner dans notre travail.

— À l'avenir, en tout cas, je m'attacherai à établir un diagnostic plus précis et plus approfondi, répondit-elle à mi-voix. J'en prends la résolution.

Son affliction parut le toucher. Cédant cette fois à son impulsion, il lui prit la main et la garda un moment dans la sienne.

— Vous vous inquiétez beaucoup trop, madame von Klippstein. Nous devons apprendre à faire preuve de courage et de confiance en dépit de nos échecs.

Tilly ne retira pas sa main. C'était si agréable de sentir sa chaleur et son énergie positive. À cet instant, il n'était rien d'autre qu'un être humain apte à la comprendre et à la réconforter, et il lui était infiniment proche. Un frère.

— Vous savez quoi ? dit-il soudain. Je vous invite à dîner. Allons dans un restaurant sympathique, ça vous changera les idées.

— Mais votre femme a peut-être d'autres projets pour la soirée, objecta-t-elle.

— Doris ? Elle a prévu de s'occuper de la déclaration d'impôt.

Tilly se figea. Pourquoi était-elle toujours si naïve ? Il ne s'agissait pas d'une soirée à trois, mais d'un rendez-vous à deux. Elle n'avait pas en face d'elle un frère aimant, mais un homme marié qui saisissait sa chance. Elle était séparée de son mari, il le savait. Sans doute pensait-il pouvoir satisfaire certains besoins.

— Je suis désolée, répondit-elle en se levant pour prendre son manteau. On m'attend à la maison. Je vous souhaite une bonne soirée, docteur Kortner.

Dans le couloir, elle tomba sur sa femme, ce qui lui fut particulièrement désagréable. Elle lui adressa un signe de tête rapide et se hâta de sortir, mais ne put éviter d'entendre l'apostrophe agacée de Doris.

— Jonathan ! Qu'est-ce qui se passe ?

— Rien, Doris, j'ai commis une erreur.

— Je t'avais pourtant averti !

29

LIESEL AVAIT HÉSITÉ À OBÉIR À L'INVITATION d'Elvira von Maydorn. Elle ne voulait pas rester. Tout ce qu'elle souhaitait, c'était rentrer chez elle au plus vite, quitter cet affreux domaine, ces gens hostiles, ce père qui ne voulait rien savoir d'elle. Mais Lechyk tira sur les rênes, le traîneau s'arrêta. Et, sur le perron du bâtiment des maîtres, la vieille dame frappait impatiemment le sol de sa canne.

— Allez, vas-y, qu'est-ce que tu attends ? lança Lechyk avec colère.

Liesel attrapa son sac de voyage et descendit du traîneau. Elle parcourut timidement la courte distance qui la séparait de la maison, sentant dans son dos les regards des domestiques qui étaient presque tous accourus pour assister à la dispute entre la vieille propriétaire du domaine et son intendant. Ce fut pour elle une véritable épreuve car, sur le perron, d'autres curieux étaient venus se joindre aux valets et aux servantes : la jeune bonne était plantée à côté de la porte, bouche bée ; deux filles de cuisine observaient subrepticement la scène ; et la bonne d'enfants essayait de retenir un gamin turbulent qui voulait absolument sortir dans la cour.

— Ah, tout de même ! grommela Elvira von Maydorn. Monte l'escalier et prends à droite.

Lorsque Liesel entra, il y eut du mouvement dans le vestibule. Les filles de cuisine s'éclipsèrent en un clin d'œil, la jeune domestique lui tourna le dos et fit une profonde génuflexion, la bonne d'enfants se retira dans un coin avec le gamin. La cause n'en était pas l'arrivée de Liesel, qui risquait à présent quelques pas craintifs en direction de l'escalier. Une femme était entrée dans le vestibule.

— Qu'est-ce qui se passe ici ?

En entendant ce ton impérieux, la jeune fille se figea sur place, ne sachant plus si elle devait avancer ou rester là. Devant elle se tenait l'épouse de son père, qui avait visiblement son mot à dire sur ce qui se passait dans les lieux. C'était la première fois que Liesel la voyait sans son manteau de fourrure et sans le fichu de laine dont elle se couvrait les cheveux à l'extérieur. Elle était blonde, de formes généreuses, et portait une robe vert foncé taillée dans un tissu brillant. Un large décolleté laissait voir la courbe de ses seins qui, sous l'effet de la colère qui l'animait, ressemblaient à deux soufflets.

— Ça ne te regarde pas, lança derrière elle une voix non moins impérieuse qui appartenait à Elvira von Maydorn. Pourquoi restes-tu plantée là, Liesel ? Monte !

— Tu le regretteras ! siffla la jeune femme.

— Occupe-toi de tes affaires ! riposta la vieille dame.

Sentant soudain la pointe de la canne dans son dos, Liesel se dirigea en toute hâte vers l'escalier, gravit les marches, tourna à droite sur le palier et s'arrêta devant une porte. Derrière elle, Elvira montait en boitant et dut marquer quelques pauses pour étirer son dos.

— Qu'est-ce que vous fichez là ? s'échauffa la jeune rivale. Y a rien à voir. Retournez travailler, sinon ça va barder. Greta, va chercher mon mari ! Qu'il vienne tout de suite me voir. Tout de suite ! T'as compris ?

Au premier étage, Elvira von Maydorn ouvrit une porte et poussa Liesel à l'intérieur de la pièce. La jeune fille eut l'impression de pénétrer dans un autre monde. La chambre était éclairée par trois fenêtres et remplie de beaux meubles. Il y avait un poêle en faïence allumé, le parquet était recouvert de tapis de couleurs vives. Liesel se sentit prise de vertige devant toute cette magnificence. La chaleur qui l'enveloppa après des semaines de froid glacial fit le reste. Le sac lui échappa des mains et elle dut s'asseoir sur le sol.

— Tu es toute faible, fillette. J'imagine qu'ils ne t'ont pas nourrie comme il fallait, hein ? Enlève-moi cette fourrure et assieds-toi à table. Tu ne vas tout de même pas rester assise par terre.

Liesel se débarrassa docilement de son manteau et allait s'asseoir quand une apostrophe impérieuse la retint.

— Stop ! Tu vas me salir le coussin de la chaise. Tu n'as rien d'autre à te mettre que cette guenille crasseuse ?

— Je n'ai que cette robe, balbutia Liesel. Elle était propre quand je suis arrivée.

— Oui, enfin ça fait un bout de temps.

Avec un grognement de colère, Elvira se dirigea vers une grande armoire sculptée. Lorsqu'elle l'ouvrit, une puissante odeur de bergamote se répandit dans la pièce. Liesel vit qu'elle était bourrée de vêtements et de linge. Mme von Maydorn posa sa canne et se mit à fouiller sur les rayonnages. Elle en sortit plusieurs pièces de linge ainsi qu'une brassée d'habits.

— Tiens, prends ça. C'est ce que je portais quand j'étais jeune et mince. Ça devrait t'aller. Là-bas, il y a une table de toilette, tu vas d'abord te savonner à fond. Sans oublier les cheveux. Si tu sentais le cheval, ça ne me gênerait pas. Mais je n'aime pas l'odeur de l'étable.

Là-bas, c'était une petite pièce contiguë, dans laquelle se trouvaient un lit avec une table de chevet, une chaise et une table de toilette démodée avec un dessus en marbre et un miroir. L'eau était dans un seau, il fallait la verser dans une cuvette en porcelaine. Le savon était posé dans une petite coupe à motif fleuri qui avait la forme d'un coquillage. Liesel enleva sa robe en espérant pouvoir rester seule pour faire sa toilette. Cependant sa bienfaitrice resta sur le pas de la porte.

— Le gant de toilette et la serviette sont dans le tiroir. Qu'est-ce que tu attends ? Aurais-tu honte ? Une vieille femme est inoffensive. Fais attention de ne pas éclabousser le miroir !

Liesel se sentait mal à l'aise à l'idée de se déshabiller devant cette femme qu'elle ne connaissait pas, mais elle se secoua. En fin de compte, elle n'avait pas le choix.

— Tu es une jolie fille, fit observer Elvira. Ta mère ne devait pas être un laideron, hein ? Enlève ta chemise, je vais te laver les cheveux.

Voilà qui ne lui était pas arrivé depuis longtemps. Quand elle était petite, sa mère lui lavait les cheveux, mais ce n'était pas agréable parce qu'elle était impatiente et avait des gestes brusques. Les mains de la vieille femme, en revanche, étaient douces et la mousse sentait délicieusement bon, un parfum de rose et de miel. Liesel se sentit presque triste lorsqu'un puissant jet d'eau chaude vint mettre fin à ce moment si plaisant.

Coiffée d'une serviette, vêtue d'une robe noire en laine démodée, Liesel put enfin s'asseoir à table, devant les restes du copieux petit déjeuner qu'on avait servi à la maîtresse des lieux.

— Mange tout ton soûl, lui dit sa bienfaitrice avec un sourire. S'il n'y en a pas assez, on te resservira. Dans le temps, je mangeais autant que toi et je restais mince comme un fil. Aujourd'hui, je picore comme un oiseau, mais ça ne m'empêche pas d'engraisser.

Liesel se régala de pain blanc tartiné de marmelade, de jambon gras, d'œufs brouillés et de café au lait. Elle avait l'impression d'être au paradis, jamais elle ne se serait attendue à avoir tant de chance ce jour-là. Elle prenait les choses comme elles venaient, savourait la chaleur, la beauté du décor, le confort de sa nouvelle tenue, et regrettait de ne pouvoir manger autant qu'elle l'aurait souhaité de ces mets délicieux.

— J'ai honte vis-à-vis de ma belle-sœur Alicia qu'ils t'aient fait travailler à l'étable, pesta la baronne. Ton père est un lâche patenté. Il n'a pas voulu dire à sa femme qui était arrivé au domaine. Quand je le lui ai révélé, hier soir, ça a fait un sacré raffut.

Liesel comprit alors pourquoi son père lui avait donné de l'argent dans la matinée et l'avait forcée à partir. La paysanne avait vociféré toute la nuit, rapporta Elvira von Maydorn avec une joie mauvaise. Elle était hystérique, avait pleuré, crié et s'était enfermée dans la chambre à coucher. En parlant de la femme de Klaus von Hagemann, Elvira disait toujours « la paysanne ».

— Ce matin, elle croyait avoir réussi à imposer sa volonté, mais je l'ai contrecarrée. J'ai bien besoin de toi, Liesel. Depuis que ces canailles ont emménagé ici, mon Maydorn est devenu un vrai nid de vipères. Mais je résiste, même si mon dos me fait un mal de chien. Je ne suis pas du genre à me laisser évincer.

Après son copieux petit déjeuner, Liesel ressentit une grande fatigue. Pendant que la maîtresse des lieux s'échauffait contre l'effronterie de la paysanne et parlait du bon vieux temps, à l'époque où son époux Rudolf était encore en vie, elle avait les yeux qui se fermaient.

Mme von Maydorn finit par remarquer que son interlocutrice était sur le point de s'endormir à table. Elle se leva en gémissant.

— Passe-moi ma canne, fillette ! Et va donc ouvrir ce coffre. Doucement, il est presque centenaire, il appartenait à ma mère. Il a contenu son trousseau, puis le mien. Sors la couverture marron et l'oreiller de plumes. Il faut que tu les secoues bien fort à la fenêtre.

L'oreiller, qui était rempli de duvet, doubla de volume lorsque Liesel le secoua. Quant à la couverture moelleuse, elle était en laine de mouton, bordée d'un galon de velours.

— Tu es une jeune fille adroite, Liesel, la félicita Elvira. Installe-toi sur le canapé, tu dois avoir du sommeil à rattraper.

Liesel avait du mal à réaliser que ces merveilles étaient pour elle. À la villa aux étoffes, seuls les maîtres avaient des oreillers en plume aussi moelleux. Les domestiques devaient se contenter d'une literie plus modeste.

— Et fais attention à ne pas tomber du canapé, ajouta la vieille femme tandis que Liesel se blottissait dans son lit chaud et douillet.

— Merci, Madame. Je vous suis tellement reconnaissante !

— C'est bon, ma fille, c'est bon !

Avant de s'endormir, Liesel songea soudain que tout cela n'était peut-être qu'un rêve et qu'en se réveillant elle se retrouverait dans sa chambre au-dessus de l'étable. Mais la fatigue la terrassa, effaçant toutes ses inquiétudes.

Elle fut tirée de son sommeil par un bruit métallique – quelqu'un devait racler le poêle pour le nettoyer. Elle se redressa, effrayée. Où était-elle ? La pièce était plongée dans la pénombre. À la faible lueur d'une lanterne, elle vit une vieille femme assise dans un fauteuil, un journal sur les genoux. Une servante était agenouillée devant le poêle, une pelle à la main. Elle souffla prudemment sur les braises. Lorsqu'une flamme jaillit, elle referma la porte du poêle et se releva.

— Et dis à la cuisine qu'on nous fasse monter un dîner pour deux, ordonna la femme assise dans le fauteuil. Quatre tranches de pâté, pas trop fines. Le poulet de midi était dur, je n'ai quasiment pas pu le manger. Allez, va.

— Oui, Madame. La cuisinière a dit qu'il n'y avait plus de pâté.

— Tu en apporteras quatre grosses tranches. Ou je descendrai moi-même à la cuisine vérifier s'il n'y en a vraiment plus.

— Très bien, madame von Maydorn.

La servante fit une génuflexion, ramassa le seau et la pelle et sortit. Liesel repoussa la chaude couverture et se passa la main dans les cheveux. Ainsi ce n'était pas un rêve. Elle se trouvait bien dans la maison des maîtres, elle portait des vêtements appartenant à la propriétaire du domaine et avait dormi sur un moelleux oreiller de plumes.

— Ah, tu es réveillée ? Je finissais par me demander si tu n'avais pas décidé d'hiberner, comme les ours dans la forêt.

— Je me suis sentie tout à coup terriblement fatiguée… Mais maintenant ça va.

— Parfait !

Le dîner fut en tout point conforme aux souhaits d'Elvira. Liesel fut autorisée à s'attabler avec elle et à manger autant qu'elle le voulait. Situation tout à fait inhabituelle pour elle, car jamais encore elle ne s'était trouvée à la même table que les maîtres. Seule Rosa avait le droit de manger avec eux, parce qu'elle s'occupait des enfants. Mme von Maydorn semblait ne faire aucun cas de ces règles. Elle dînait sans problème avec la fille d'une bonne, en veillant à ce que son assiette soit toujours pleine. Ce qui ne l'empêchait pas de se montrer sévère, car il ne lui avait pas échappé que sa nouvelle protégée ignorait tout des manières de table.

— Ne t'appuie pas sur ton bras ! Et tiens-toi droite ! Qu'est-ce que c'est cette façon de tenir sa fourchette ? Ce n'est pas une fourche à foin ! Dans l'autre sens ! Regarde comment je fais. Et on se tapote délicatement la bouche avec sa serviette, tu t'essuies comme si tu voulais te débarrasser de toute la crasse du hangar.

Liesel faisait tout son possible, mais lorsqu'elle prit la fourchette dans l'autre sens, son morceau de pâté retomba sur l'assiette. Et la belle serviette en tissu glissa de ses genoux sur le tapis.

— Ne fais pas la sotte !

Heureusement, la baronne en revint à son sujet de prédilection : ses trakehners. Cela faisait cinquante ans qu'elle élevait ces beaux chevaux et certains des meilleurs chevaux de course du pays venaient de Maydorn. Jusqu'à il y a six mois, elle avait passé chaque jour plusieurs heures en selle, monté de jeunes chevaux et accompli quotidiennement un programme de travail chargé. L'étalon Gengis Khan était une nouvelle recrue qu'elle avait fait venir pour apporter un peu de sang neuf. Cependant le gaillard s'était révélé un dur à cuire qui renâclait à accepter sa cavalière.

— Et voilà le résultat, expliqua-t-elle en montrant sa canne. Il a pris le mors aux dents, il est passé sous une branche basse – encore heureux que je ne me sois pas défoncé le crâne. Ce sont les meilleurs cavaliers qui font les chutes les plus dures…

Elle s'était endommagé une vertèbre, était demeurée alitée pendant des mois sans pouvoir bouger et, quand elle s'était enfin levée avec prudence, les douleurs avaient persisté.

— Je me retrouve dans le même état que Riccarda. Elle aussi est obligée de garder la chambre, elle a la hanche abîmée.

Riccarda von Hagemann, ainsi que l'apprit Liesel, n'était autre que sa grand-mère. Les parents de son père, Riccarda et Christian von Hagemann, avaient emménagé avec lui au domaine. Son grand-père était mort deux ans plus tôt. La grand-mère était désormais contrainte de rester alitée.

— Je me suis bien entendue avec elle tant que ma nièce Lisa était là. Tout a changé quand Klaus von Hagemann a fait venir la paysanne. Depuis que cette créature règne sur la maison, je n'ai que des ennuis.

Par amour pour son fils, Riccarda avait fini par lâcher Elvira et prendre le parti de la nouvelle venue, qui avait pourtant tout d'une mésalliance.

— Elle en a été mal récompensée. Elle est cantonnée dans sa chambre et, si son fils ne venait pas la voir de temps en temps, elle s'étiolerait sans que personne s'en soucie. La paysanne ne veut pas de sa belle-mère au salon. Voilà comment elle est. Elle ne veut même plus entendre parler de ses propres parents parce qu'elle croit valoir mieux qu'eux. Elle se fait appeler maîtresse alors qu'elle n'est qu'une femme d'intendant.

Elvira souffla de mépris.

— Je suis toujours propriétaire du domaine. Klaus von Hagemann n'en héritera qu'après ma mort.

Ils attendent tous que je casse ma pipe, mais je ne leur ferai pas ce plaisir. J'aimerais mieux vivre cent ans pour qu'ils ne l'aient jamais !

C'est terrible, songea Liesel. Comment pouvait-elle vivre dans un endroit où tout le monde espérait qu'elle meure ?

— Parle-moi d'Augsbourg, Liesel, ordonna Elvira. De ma belle-sœur Alicia. C'est vrai qu'elle est de santé fragile ?

Liesel lui raconta sans détour ce qu'elle savait, heureuse de pouvoir égayer cette femme amère, et s'efforça de présenter les habitants de la villa sous un éclairage flatteur.

— Alicia est sujette aux migraines, fit Elvira en hochant la tête. Ce n'est pas ça qui la tuera, elle en souffrait déjà dans sa jeunesse. Et les enfants ? Leo joue toujours aussi bien du piano ? Et Dodo, qu'est-ce qu'elle devient ?

La soirée se prolongea. La vieille dame semblait se plaire en la compagnie de Liesel. La jeune fille dut sortir une boîte plate de la commode et elles jouèrent au moulin. Comme Liesel ne connaissait pas ce jeu, Mme von Maydorn commença par remporter presque toutes les parties. Mais quand la jeune fille eut compris les règles, c'en fut fini des victoires de sa partenaire.

— Pas grave ! s'exclama celle-ci. Range-moi ce jeu maintenant. Je veux bien que tu me frictionnes le dos avant que j'aille au lit.

— Très volontiers, madame von Maydorn.

Au cours des jours qui suivirent, Liesel s'attacha pour l'essentiel à faciliter la vie à sa bienfaitrice et à la distraire. Elle l'accompagnait à l'écurie afin qu'elle puisse saluer ses chéris et leur apporter des friandises. Elle lui faisait la lecture du journal, elle reprisait les chaussettes et retouchait les vêtements, lui montait du rez-de-chaussée tout ce dont elle avait besoin. Elle lui demanda aussi si elle pouvait aller voir sa grand-mère.

— Si tu y tiens absolument. Mais ne t'effraie pas, elle n'a plus toute sa tête.

Liesel devait se montrer prudente lorsqu'elle sortait des appartements d'Elvira parce que le reste de la maison était sous la coupe de la femme de son père. Quand Liesel entendait sa voix perçante, elle se réfugiait illico dans le salon de la véritable propriétaire du domaine.

La chambre de sa grand-mère Riccarda se trouvait à l'endroit où Elisabeth avait vécu lorsqu'elle était encore mariée avec Klaus von Hagemann. Liesel frappa doucement à la porte, puis, n'obtenant pas de réponse, abaissa prudemment la poignée. Elle eut un instant de frayeur à la vue du spectacle qui s'offrait à elle. Riccarda von Hagemann était étendue tout habillée sur son lit. Ses cheveux gris tombaient en mèches sur sa figure maigre, son regard égaré s'arrêta sur la jeune femme qui se tenait sur le pas de la porte.

— Ah, enfin ! s'écria-t-elle en lui faisant signe des deux bras. Apporte-moi à boire, Greta. Je meurs de soif. Allez, dépêche-toi !

— Tout de suite, madame von Hagemann.

Liesel comprit qu'elle la prenait pour une autre et se demanda si elle devait lui révéler son identité. Non, la malade n'aurait pas compris. Il valait mieux aller lui chercher du thé ou de la limonade à la cuisine.

Le trajet n'était pas sans risque, car la paysanne pouvait à tout moment sortir d'une des pièces du premier étage. Elle se pencha prudemment par-dessus la rambarde et vérifia si la voie était libre. Pas tout à fait. Alors qu'elle arrivait devant la dernière volée de marches, la porte s'ouvrit et quelqu'un entra à pas rapides dans le vestibule. C'était son père. Liesel se figea sur place, le cœur battant, espérant qu'il prendrait une autre direction, mais il marcha droit vers l'escalier. Il ne portait pas de couvre-chef, si bien qu'elle voyait sa chevelure clairsemée et les cicatrices de son front. Son visage parsemé de coupures et de fissures était laid. Cela devait être terrible d'être ainsi défiguré pour le restant de ses jours.

— Liesel ? dit-il, stupéfait. Mais de quoi tu as l'air ? Qu'est-ce que c'est que cette robe ?

La jeune fille avait reculé, s'attendant à une violente rebuffade, mais il paraissait surtout surpris et parlait plus doucement qu'à l'ordinaire.

— C'est Mme von Maydorn qui me l'a donnée.

Il l'examina avec attention.

— Tu es devenue une jolie fille, dit-il. Tu ne ressembles pas du tout à ta mère.

C'était la première fois qu'il se montrait à peu près aimable avec elle.

— Tu m'as causé une foule d'ennuis, poursuivit-il en levant les yeux comme s'il craignait de voir quelqu'un sur le palier.

— Ce n'était pas mon intention, je suis vraiment désolée.

— Ce n'est pas ta faute. Mais il vaudrait mieux que tu t'en ailles. Malheureusement, la vieille semble s'être entichée de toi, hein ?

Avant qu'elle ait pu répondre, une porte s'ouvrit à l'étage supérieur et la voix impérieuse de sa femme retentit dans toute la maison.

— Dites à Lechyk qu'il attelle le traîneau. Il faut que j'aille à Kolberg chez la couturière.

Son père lui fit signe de descendre. Lui-même se hâta de monter au premier.

— Attends, mon cœur, l'entendit dire Liesel, j'ai besoin de quelques petites choses que tu pourrais me rapporter.

Se montrait-il toujours aussi obséquieux avec sa femme ? Il demeurait un mystère pour Liesel, mais elle n'en éprouvait pas moins un sentiment de joie. Il lui avait parlé avec amabilité, avait même reconnu qu'elle n'était pas responsable de la situation. Il n'était probablement pas le méchant homme qu'elle avait pensé.

Sa belle humeur se dissipa aussitôt qu'elle fut dans la cuisine. Les deux servantes et la cuisinière l'accueillirent avec animosité.

— Du thé pour la vieille Hagemann ? C'est nous qu'on s'occupe d'elle, t'as pas besoin de t'en mêler.

— Mais elle a soif !

— Elle veut toujours quelque chose, rétorqua une des servantes en riant. On y passerait la journée.

— Donnez-moi une tasse de thé, s'il vous plaît. Ou de l'eau, insista Liesel.

Son obstination ne fut pas du goût de ses interlocutrices.

— Espèce de petite prétentieuse ! Elle se balade avec les vêtements de Madame sur le dos et elle nous donne des ordres !

— T'auras rien du tout. Mais tu vas voir la mornifle, s'écria l'autre servante en levant la main avec un air menaçant.

À cet instant, un homme qui mangeait sa soupe attablé à la cuisine se retourna. C'était Lechyk, le palefrenier.

— Bas les pattes, ordonna-t-il à la servante. Fais ce qu'elle dit, sinon tu le regretteras.

La servante obtempéra avec un rire niais et tendit à Liesel une tasse de thé. La jeune fille remonta chez sa grand-mère et l'aida à boire.

— Merci, Greta, dit la malade en lui caressant la main. Tu es une bonne fille.

30

AUGUSTA TRAVERSAIT LE PARC D'UN PAS LÉGER en direction de la villa aux étoffes. Elle n'avait dans son panier qu'une petite botte d'oignons, du céleri desséché et deux petits choux blancs, mais sa bonne humeur ne s'en trouvait pas entamée. Ils seraient bien étonnés, les autres, à la cuisine ! Mais, pour elle, c'était la confirmation de ce qu'elle avait pressenti.

Le parc dormait de son sommeil hivernal, sur les pelouses enneigées se dressaient de sombres conifères et des buissons aux branches nues. En fondant, la neige avait laissé de grandes flaques dans les allées. S'il gelait dans la soirée, il faudrait faire attention à ne pas tomber. Elle n'avait vraiment pas besoin d'en rajouter avec tous les soucis qui l'accablaient. Elle était incapable de porter l'argent à la banque ou de le ranger dans son bas de laine. Les marks qu'elle avait dans son portefeuille avaient l'esprit voyageur, ils s'envolaient et on ne les revoyait plus. L'été, ce n'était pas trop grave, parce que leur petite entreprise fonctionnait correctement. L'hiver, en revanche, la situation était difficile. À Noël, elle avait vendu quelques compositions florales. À présent, on était en février, époque de la morte-saison.

Si Maxl n'avait pas rapporté un peu d'argent à la maison, ils n'auraient même pas eu un repas chaud le soir. Il trimait pour l'avocat Grünling, qui avait acheté plusieurs immeubles et les retapait afin de les louer de manière lucrative. Son pauvre garçon était payé un salaire de misère pour crépir les murs ou boucher les trous des parquets. L'avocat Grünling était un bandit, une des rares personnes à devenir de plus en plus riche en ces temps où tout le monde souffrait de la crise économique.

Arrivée dans la cour, Augusta glissa sur une plaque de verglas et se rattrapa de justesse. La frayeur lui arracha un cri et son panier décrivit une grande courbe avant d'atterrir sur le parterre couvert de rameaux de sapin.

— Jésus Marie, Augusta ! s'écria Hanna qui balayait le perron. Tu t'es fait mal ? Attends, je vais t'aider.

Augusta rajusta son fichu de laine.

— Non, ça va, c'est juste le panier…

Avec sa gentillesse coutumière, Hanna s'était déjà agenouillée sur le rebord de pierre pour récupérer le panier et son contenu.

— Merci, Hanna. Tu viens à la cuisine boire un café au lait ?

— Quand j'aurai fini, répondit Hanna en reprenant son balai, qu'elle avait posé contre le mur.

Augusta fut accueillie sans enthousiasme. Assise à table, la tête dans les mains, Else se reposait comme d'habitude de sa journée de travail. Dörthe, qui souffrait d'un gros rhume, s'était installée à côté du poêle. Posté à la fenêtre, Christian regardait au-dehors. Fanny Brunnenmayer était en train de découper une poule bouillie pour la soupe.

— Te revoilà ? dit-elle sur un ton revêche lorsque sa fournisseuse de légumes entra. Les oignons, c'est même pas la peine de les sortir, on en a encore. Et le chou, je sais pas. Celui d'hier il était moisi, j'ai dû jeter presque tout.

Augusta accrocha son fichu à la patère du couloir et répondit tranquillement qu'elle lui en donnerait un gratis.

— Bon, assieds-toi. Pour le café, faudra attendre que Hanna et Humbert aient fini leur travail.

— Bien sûr.

De toute façon, le café au lait de la villa était devenu presque imbuvable : c'était de la deuxième ou troisième repasse et en plus on économisait le sucre. Voulant faire l'importante, Augusta abattit immédiatement son atout.

— La Liesel a écrit !

Christian se retourna comme si une guêpe l'avait piqué et la cuisinière rejeta dans le plat la cuisse de poulet dont elle grattait la chair.

— Elle a besoin d'argent pour rentrer ? demanda-t-elle. Dans ce cas, dis-lui que je le lui donnerai.

Augusta éclata de rire. La Brunnenmayer était vraiment prête à tout pour faire de Liesel une cuisinière. Eh bien, elle en serait pour ses frais.

— Je vais vous la lire, dit-elle.

Elle sortit la lettre de sa blouse et lissa soigneusement la feuille.

Chère Mère,

Tu as dû t'inquiéter que j'aie passé tant de temps sans t'écrire. C'est parce que je n'avais pas de quoi payer le timbre. Heureusement, tout s'est arrangé. J'habite maintenant chez la maîtresse du domaine,

Elvira von Maydorn, je dors sur un coussin en duvet avec une couverture de laine toute douce et je n'ai rien d'autre à faire que de m'occuper de deux vieilles femmes. Mme von Maydorn et Mme von Hagemann, ma grand-mère. Malheureusement, elle est très malade et confond tout. Mme von Maydorn est très aimable avec moi, elle m'a offert des vêtements et même des chaussures, et je lui lis le journal tous les jours.
Les repas sont très copieux, il y en a trop pour que je puisse manger tout ce qu'on me sert. Le soir, Mme von Maydorn et moi on joue au moulin et aux dames. Embrasse affectueusement mes frères pour moi. Et salue Fanny Brunnenmayer et tous les autres, surtout Christian. J'espère que vous allez bien et que tout continue comme d'habitude.
Il faut que je finisse, parce que je n'ai plus de place pour écrire.

Ta fille Liesel

Quand elle eut terminé sa lecture, Augusta poussa un soupir de satisfaction et attendit avec impatience la réaction des autres. Il y eut un silence. Else avait piqué du nez, la cuisinière grattait l'os de poulet, Christian avait repris sa contemplation du parc. Dörthe se moucha bruyamment.

— Mme von Maydorn a son caractère, dit-elle.

Augusta acquiesça d'un signe de tête.

— Oui, elle a compris que la Liesel était pas faite pour devenir fille de cuisine.

— Qui a dit qu'elle devait le rester toute sa vie ? grogna la cuisinière.

— Ma fille est maintenant dame de compagnie de la baronne von Maydorn, répliqua Augusta en repliant la lettre. Elle porte de beaux habits et elle lui lit le journal. Faut pas oublier que le père de Liesel il est de la noblesse.

— Elle en dit pas un mot de son père, fit remarquer la cuisinière en jetant les os dépiautés dans un seau. Et si j'ai bien compris, elle porte des vêtements et des chaussures usés.

Augusta eut un sourire de mépris. Fanny Brunnenmayer était furieuse de voir ses projets échouer, du coup elle cherchait la petite bête.

— Et alors ? Elle a dû demander à une couturière de les mettre à sa taille. Après tout, ils vivent à la campagne, il est pas aussi facile qu'ici de trouver des bons tissus. Moi je pense que ces vêtements ils lui vont très bien à la Liesel, parce qu'elle a une jolie silhouette. Sans doute qu'ils reçoivent chez eux ou qu'ils sont invités, peut-être même qu'il y aura un bal, qui sait ? Je suis sûre qu'avec une robe de bal ma fille elle en séduirait plus d'un.

— Tu vises haut avec la Liesel, se moqua la cuisinière. Fais attention, tu pourrais être déçue.

Augusta fut blessée par cette allégation. Ils étaient tous jaloux, ils ne voulaient pas se réjouir pour elle de ce que la Liesel fréquentait désormais la haute société.

— N'oublie pas qu'elle est la fille d'un baron, rétorqua-t-elle avec arrogance en remettant la lettre dans sa blouse. Ça la distingue de tous ceux qui travaillent à la villa.

— Si tu le dis, répondit la Brunnenmayer en riant sous cape. Ça change rien au fait que quand elle est née sa mère était une bonne. Et c'est pas sa faute à la Liesel.

Augusta bouillait de colère. Pour un peu, elle se serait levée d'un bond et serait repartie, mais à cet instant,

Else s'éveilla de son somme et exprima son avis sur la question.

— La Liesel est une fille bien, elle ira loin.

— C'est ce que je pense, s'exclama Augusta. Vous êtes pas au bout de vos surprises !

La cuisinière versa le poulet dans la soupe et parut n'avoir plus rien à dire sur le sujet.

Christian s'était assis sur une chaise, la tête dans les mains.

— Maintenant, c'est clair, dit-il avec une voix sourde. Elle va devenir une jeune maîtresse, elle m'a oublié.

— Ça, c'est pas dit, riposta Fanny Brunnenmayer.

— Si, tout ça c'est plié. Depuis que mes mains sont guéries, je lui ai écrit trois ou quatre lettres. Et elle m'a pas répondu une seule fois. C'est fini, je la verrai plus jamais.

Même Augusta fut un peu émue par son chagrin. Le pauvre garçon était tombé amoureux de la Liesel, la situation était cruelle pour lui. Elle avait pourtant essayé d'empêcher cette malheureuse histoire, mais ni l'un ni l'autre ne l'avaient écoutée.

— C'est comme ça dans la vie, déclara-t-elle sur un ton résolu. On n'obtient pas toujours ce qu'on veut. Mais t'es jeune, beau garçon. Il y a d'autres mères qu'ont des jolies filles.

Ces paroles, qui partaient d'un bon sentiment, ne produisirent pas l'effet voulu. Sans répondre, Christian enfouit son visage dans ses mains.

— Y a d'autres filles qu'ont des mères plus malignes, rétorqua Fanny Brunnenmayer en remuant énergiquement la soupe sur la plaque du fourneau. Et toi, Christian, au lieu de rester là comme une âme en peine, tu devrais te mettre en route pour Maydorn et ramener ta douce.

Augusta se mit à rire, cette suggestion lui paraissait complètement absurde. Christian sembla du même avis, car il releva la tête avec un air désespéré.

— Mais si elle veut pas de moi…

— Elle voudra sûrement pas d'une poule mouillée, riposta la cuisinière en posant brutalement le couvercle sur la casserole. Si on veut pas se battre, c'est perdu d'avance.

Augusta ouvrait déjà la bouche pour avertir la cuisinière que, dans son propre intérêt, elle ferait mieux de ne pas fourrer d'idées stupides dans le crâne du malheureux garçon quand des pas retentirent dans l'escalier de service. Augusta, qui les avait identifiés, se leva promptement.

— Qu'est-ce que tu viens faire ici ? demanda Humbert en la voyant. On n'a pas besoin de tes misérables légumes.

Augusta avait déjà remis son fichu, elle préférait éviter une querelle avec Humbert.

— Je m'en vais, dit-elle en reprenant son panier. Tenez, je vous offre ça. J'ai pas envie de me faire insulter.

Elle posa le chou, les oignons et le céleri sur la table et voulut sortir, mais Humbert se plaça en travers de son chemin.

— Il continue de venir chez toi ?

— Laisse-moi, piailla-t-elle.

Elle essaya vainement de le repousser. Humbert était dressé tel un roc devant la porte.

— Commence par me répondre !

— Je sais pas de quoi tu parles !

— Tu le sais très bien !

Bien sûr, elle savait qu'il faisait allusion à Grigori. Depuis quelque temps, le jeune homme venait régulièrement à la jardinerie pour une ou deux heures, rangeait la remise, sciait des planches pour en faire du bois de chauffage, remettait de l'ordre dans les outils. Des tâches que Maxl ne pouvait accomplir pour le moment, parce que le soir il était trop fatigué.

C'était un gentil garçon, ce Grigori. Il ne voulait pas d'argent, il travaillait juste pour le couvert et, parfois même, il apportait une saucisse ou un morceau de pot-au-feu. Pourquoi aurait-elle dû le renvoyer ?

— Tu te fiches pas mal de notre Hanna, hein ? gronda Humbert. Tu n'en as rien à faire qu'elle soit malheureuse, pour toi c'est juste de la main-d'œuvre bon marché.

— Mais qu'est-ce que tu veux à la fin ? C'est pour moi qu'il vient, pas pour Hanna.

Humbert eut un geste de colère.

— Chaque fois qu'il va à la jardinerie, il passe par la cour. Ne fais pas semblant de l'ignorer. Il fait le mielleux, il regarde par les fenêtres, il sifflote tout haut. Pourquoi, tu veux bien me le dire ?

Augusta haussa les épaules. Elle n'y était pour rien. Hansl avait révélé au Russe que Hanna travaillait toujours à la villa. Ce petit malin de Grigori avait pris le gamin sous son aile. Il l'aimait bien, il avait dit récemment à Augusta que le *maltchik* était intelligent, qu'il fallait l'envoyer dans une bonne école pour qu'il étudie.

— T'as qu'à lui dire qu'il a pas le droit de passer par ici, que c'est une propriété privée, suggéra-t-elle.

— C'est ce que j'ai fait, mais il continue.

Augusta était disposée à faire quelques concessions. Elle voulait pouvoir continuer à vendre ses légumes et ses fleurs à la villa.

— Bon, d'accord, je vais lui dire quand il viendra tout à l'heure.

Ses paroles n'eurent pas l'effet escompté. Humbert ouvrit des yeux horrifiés.

— Il vient aujourd'hui ? Quand ?

— À midi, répondit Augusta avec gêne. Il devrait plus tarder.

— Où est Hanna ?

— Elle balaie l'escalier, dit Dörthe. C'est à moi de le faire, mais elle me remplace parce que j'ai la fièvre.

Humbert se prit la tête à deux mains et voulut se précipiter vers la porte qui donnait dans le vestibule.

— T'énerve pas, lança Augusta. Hanna doit avoir fini depuis longtemps.

— Non, sinon elle serait ici ! gémit Humbert, la main sur la poignée.

— Trop tard, dit Christian, qui regardait au-dehors. Ils sont là tous les deux.

Tous coururent à la fenêtre pour suivre la rencontre que Humbert avait si longtemps empêchée. Effectivement, le Russe était là, en train de parler à la pauvre Hanna. Ils ne voyaient pas le visage de la jeune fille, car elle leur tournait le dos. Cependant le tendre sourire de Grigori ainsi que ses gestes ne laissaient guère de doutes sur ce qu'il racontait à sa *Khanna*.

— Je vais le tuer ! s'écria Humbert, désespéré. Il ne fera pas une deuxième fois le malheur de ma Hanna.

— Reste ici ! ordonna Fanny Brunnenmayer. Christian, retiens-le !

La cuisine, d'ordinaire si paisible, fut soudain emplie de tumulte. Christian ne parvint pas à attraper Humbert par sa veste pour l'empêcher de sortir. Heureusement, Fanny Brunnenmayer l'écarta sans ménagement de la porte et se plaça devant lui.

— T'es fou ou quoi ? dit-elle d'une voix entrecoupée. Tu crois qu'elle sera heureuse, Hanna, avec toi en prison et le Grigori au cimetière ?

— Laissez-moi ! C'est insupportable ! lâcha Humbert, furieux.

Il se rua vers l'escalier de service afin de sortir dans la cour en passant par le vestibule. Augusta, qui craignait pour le Russe, le rattrapa *in extremis* par la manche, Dörthe et Else vinrent à son aide. Humbert se débattit tant et plus, mais demeura impuissant contre la poigne de Dörthe. Il s'adossa au mur de la cuisine, le souffle haletant, le regard égaré.

— Tout ce cirque ! pesta la cuisinière. Tu crois vraiment que tu pourras toujours empêcher Grigori de voir Hanna ? Réfléchis un peu. Hanna n'est plus une enfant, c'est une femme adulte qui doit décider elle-même ce qu'elle veut.

— Je suis de cet avis, intervint soudain Christian, à la surprise générale. Excuse-moi, Humbert, mais il fallait que je le dise.

Même Else, d'habitude si réservée, se joignit à ses compagnons.

— Fanny Brunnenmayer a raison. Laisse-les parler, tous les deux, qu'est-ce qui peut se passer ?

Tous s'effrayèrent en voyant soudain Humbert reprendre vie. Il jeta autour de lui un regard de bête traquée, comme s'il était entouré d'ennemis. Puis, se détournant, il se glissa dans l'escalier de service.

— Christian ! s'exclama Fanny Brunnenmayer, épouvantée. File dans le vestibule, barre-lui le chemin !

Cependant ses craintes se révélèrent infondées. Humbert était remonté s'enfermer dans sa chambre.

— Quel fou furieux ! lâcha la cuisinière en s'essuyant le front et les joues avec un torchon. Doux Jésus, ma soupe est sûrement trop cuite maintenant.

Elle repoussa en toute hâte la casserole vers le bord de la plaque et remua précautionneusement la soupe.

Augusta aurait pu repartir, car plus personne ne s'occupait d'elle, mais elle s'approcha de la fenêtre et jeta un œil curieux au-dehors. Il n'y avait plus rien d'intéressant à voir. Grigori avait disparu et Hanna avait repris son balai pour nettoyer les dernières marches. Elle travaillait lentement, minutieusement, grattant chaque tache, ramassant les saletés à l'aide de la pelle et de la balayette pour les expédier dans un seau qu'elle viderait ensuite dans la poubelle.

Lorsqu'elle regagna la cuisine, il y eut un silence rempli d'expectative. Fanny Brunnenmayer coupait le pain qui accompagnerait la soupe au poulet. Dörthe avait repris sa place auprès du poêle. Appelée à cet instant par Mme Alicia, Else dut bon gré mal gré quitter la cuisine pour monter à l'étage.

— Vous savez qui était dans la cour il y a un instant ? demanda Hanna avec un sourire innocent en dénouant son tablier.

— On n'est pas aveugles, répondit la Brunnenmayer.

— Ah, vous l'avez vu ? Oui, c'était Grigori. Il travaille pas loin d'ici, du coup il est passé prendre de mes nouvelles.

— Vraiment ? s'enquit la cuisinière. Et qu'est-ce qu'il a raconté ?

— Plein de choses. Il a parlé de la Russie, il a dit qu'il avait travaillé à l'usine de Monsieur et qu'il voulait faire de son mieux pour réussir.

— Et il a rien dit d'autre ? insista Augusta, qui mourait de curiosité.

Debout devant l'évier, Hanna se savonna les mains et les rinça sous l'eau en contemplant avec un air rêveur le carrelage mural bleu et blanc.

— Il a dit qu'il m'aimait toujours, répondit-elle enfin, la voix émue. Vous vous rendez compte ? Après toutes ces années…

Jalouse, Augusta garda le silence. Dörthe se moucha. L'air triste, Christian regardait le parc.

— Allez, change-toi, Hanna, dit la cuisinière sur un ton sévère. Tu vas devoir servir le déjeuner. Humbert est malade.

— Grands dieux ! Mais qu'est-ce qui lui arrive ? Tout à l'heure il allait très bien !

Non, cette Hanna tout de même ! Une gentille fille, mais pas franchement maligne.

Augusta ne put se retenir.

— Tu crois que ça lui fait plaisir à Humbert de te voir en train de flirter avec le Russe ?

Hanna écarquilla les yeux et laissa échapper la serviette qu'elle avait dans les mains.

— Ah, mais qu'il est sot ! s'exclama-t-elle, bouleversée.

Et elle se précipita dans l'escalier de service sans entendre la cuisinière qui lui intimait l'ordre de rester là.

— Bravo, Augusta ! lâcha la Brunnenmayer, furieuse. Maintenant, y a plus ni l'un ni l'autre. Et là-haut, les maîtres attendent leur déjeuner !

— Moi, ça me regarde plus, rétorqua Augusta sur un ton sarcastique. Peut-être que Dörthe pourrait faire le service ?

Sur quoi, elle s'éclipsa.

31

PAUL SE LEVA PRÉCIPITAMMENT afin d'ouvrir la fenêtre. L'air était si moite dans son petit bureau ! Une pièce exiguë, bourrée de dossiers, dans laquelle on étouffait presque. Il appuya ses mains sur le rebord de la fenêtre et respira profondément. Le parc de la villa était inondé de soleil, les premiers crocus blancs et mauves pointaient déjà sur les pelouses. On était mi-mars, le printemps n'était pas loin et, lors de journées comme celle-là, on sentait déjà l'odeur de la terre qui s'éveillait. C'était son parc, il l'avait reçu en héritage. Sa maison. Son usine. Son père lui avait fait confiance. Il espérait pouvoir s'en montrer digne.

Pour la première fois de sa vie, il ressentait le désir d'avoir une conversation avec son défunt père. Afin de lui demander conseil. Johann Melzer avait été un homme fort. Quoi qu'il entreprenne, il avait toujours été fermement convaincu de faire ce qu'il fallait. Paul avait longtemps cru avoir hérité de cette assurance. Mais, à présent, dans cette situation si difficile, il n'était plus certain d'agir comme il convenait. Il sentait peser sur ses épaules le poids d'une responsabilité écrasante. Autour de lui, les usines et les entreprises étaient contraintes de fermer. Des familles naguère fortunées se retrouvaient dans le besoin. La crainte de voir les siens connaître le même sort hantait ses nuits, tel un fantôme.

C'était Marie, sa bien-aimée, son unique confidente, qui lui avait finalement donné un conseil déterminant. Il avait longtemps reculé. Il n'était pas agréable de devoir s'exposer de la sorte, son père n'aurait jamais agi ainsi. Mais Marie avait déclaré que l'époque des patriarches qui se voulaient seuls responsables de tout était révolue.

« Il s'agit de la famille, Paul. De nous tous. Je suis sûre que ce sera plus facile pour toi si toutes les personnes concernées sont informées de la situation. Et qui sait ? Peut-être que nous parviendrons tous ensemble à trouver une solution. »

Il en doutait, mais n'en avait pas moins cédé et convoqué un conseil de famille qui devait avoir lieu cet après-midi même. Marie avait raison au moins sur un point : si le destin les menait à la catastrophe, il ne fallait pas que ce soit une surprise. Tout le monde devait être prévenu.

Il regarda l'heure et vit qu'il était temps de se rendre dans la salle à manger, où devait se dérouler la rencontre. Il referma soigneusement la fenêtre. Le bois du châssis avait gonflé et la peinture blanche s'écaillait. La fenêtre aurait eu bien besoin d'être rénovée, mais il n'avait pas l'argent pour le faire.

Il survola une dernière fois l'exposé qu'il avait préparé et sortit de son bureau. À présent, il s'agissait de trouver les mots justes et, pour ce faire, il comptait sur l'appui de Marie.

Dans la salle à manger, la table avait été dressée pour le café, il y avait un gâteau aux cerises et de la crème

Chantilly dans une coupe en cristal au plomb. Un rayon de soleil pénétrant par la vitre se réfractait à travers le verre taillé, produisant un arc-en-ciel de couleurs. Un éclat aveuglant que Paul ressentit comme une douleur et qui l'obligea à fermer brièvement les yeux.

— Ces messieurs dames souhaitent-ils encore du thé ? demanda Humbert.

— Non, tu peux te retirer. Et nous nous servirons nous-mêmes, répondit Paul.

— Très bien, Monsieur.

Se trompait-il ou Humbert était-il particulièrement pâle ces derniers temps ? Et pourquoi ses gestes, d'habitude si sûrs, si élégants, paraissaient-ils forcés aujourd'hui ?

— Humbert ?

Le domestique se retourna et regarda Paul avec un air interrogateur.

— Tu n'es pas malade, j'espère ?

— Non, Monsieur, pas du tout. Je dors mal en ce moment, c'est sans doute la pleine lune.

— Ah bon, souffla Paul avec un sourire soulagé. Ça se pourrait bien, c'est pareil pour moi.

Marie arriva à cet instant-là. Elle enlaça son mari et l'embrassa.

— Courage, chuchota-t-elle. On arrivera à surmonter ça, mon amour.

Sa présence lui fit du bien. Depuis la fermeture de l'atelier, elle avait plus de temps à lui consacrer et l'épaulait fidèlement, ce qui lui était d'une grande aide.

— C'est toi qui as commandé le gâteau et la Chantilly ? voulut-il savoir.

— Certainement pas, répondit-elle en souriant. Ça doit être Lisa.

À cet instant, Sebastian entra dans la pièce et alla s'asseoir à sa place.

— Lisa arrive tout de suite, dès qu'elle aura mis des chaussettes sèches à Hanno. Il y a beaucoup de flaques sur l'aire de jeu.

Paul s'éclaircit la gorge et s'installa tout au bout de la table, à la place occupée d'ordinaire par sa mère. Il repoussa les couverts. Cette réunion de famille n'avait pas vocation à être un goûter, contrairement à ce que semblait croire Lisa.

— Kitty sera comme toujours en retard, soupira-t-il en secouant la tête. Ma petite sœur n'a encore jamais réussi à arriver à l'heure.

En lieu et place de Kitty, on vit apparaître Lisa furieuse.

— C'est incroyable ! Gertie a pris tout son après-midi. Qu'est-ce que c'est que cette façon de faire ? Avant, les domestiques demandaient poliment l'autorisation de sortir. Maintenant, ils s'absentent, c'est tout.

Marie répondit avec douceur que Hanna et Rosa étaient là, ce qui était une chance. Cependant Elisabeth ne voulut pas en démordre. Indépendamment des libertés qu'elle prenait, Gertie était insolente et capricieuse.

— Hier, elle a refusé de langer Charlotte au motif qu'elle était femme de chambre et pas bonne d'enfants. Vous ne trouvez pas ça inacceptable ?

— Elle a parfaitement raison, répondit sèchement Paul, à qui le bavardage de sa sœur tapait sur les nerfs.

À son grand soulagement, on entendit à cet instant la voix claire et joyeuse de Kitty dans le vestibule. On était enfin au complet, on allait pouvoir en finir avec toute cette histoire.

— Où est Maman ? demanda tout bas Marie à Elisabeth.

Vexée, celle-ci haussa les épaules.

— Comme elle est sortie avec Rosa et les enfants, elle se repose un peu. Qu'est-ce qui se passe ?

L'entrée en fanfare de Kitty mit fin à leur échange. Comme d'habitude, la jeune femme jacassait, mais elle s'interrompit pour embrasser Paul, Marie et Lisa et expliqua tout excitée que la pauvre Tilly n'avait malheureusement pas pu venir parce qu'elle était prise par ses consultations.

— Elle travaille sans s'arrêter du matin jusqu'au soir, je lui ai dit plusieurs fois de faire attention, elle finira par tomber malade, elle aussi. Mais je ferais mieux d'économiser ma salive, elle ne m'écoute pas... Ce gâteau aux cerises est-il à pâte levée ? Il n'y a que notre Brunni pour en faire de si légers. Celui de Gertrude est toujours pâteux.

Kitty était venue avec Robert. Paul n'en fut pas ravi. Cela étant, c'était celui qui comprendrait le plus vite la situation et pourrait éventuellement les conseiller.

— Asseyez-vous, je vous prie, lança Paul. Je vous ai demandé de venir pour vous parler de la situation difficile que nous connaissons actuellement... Lisa, j'aimerais autant que nous attendions un peu pour le café, si tu veux bien.

Elisabeth, qui avait pris la cafetière, jeta un regard indigné à la ronde.

— La situation difficile... Bon, d'accord, Paul. Mais on peut très bien discuter en buvant du café et en mangeant du gâteau, non ?

Paul reçut du soutien de Sebastian, qui posa doucement sa main sur le bras de sa femme.

— Sois gentille, chérie, fais ce que dit ton frère.

Elisabeth reposa la cafetière sur le réchaud avec un soupir d'irritation.

— Très bien, parlons de notre situation. Mais essayons de ne pas y passer l'après-midi !

Paul sentit, comme souvent ces derniers temps, un tiraillement désagréable dans la poitrine. Il se redressa, car cela avait tendance à faire disparaître la douleur. Il s'éclaircit la gorge et commença à parler.

— Pour dire les choses clairement et succinctement : je me demande si nous pouvons encore nous permettre de vivre dans cette maison ou s'il ne vaudrait pas mieux vendre la villa aux étoffes…

Grand silence. Elisabeth le regarda avec de grands yeux incrédules, Kitty secoua la tête avec un air horrifié, Sebastian et Robert lui jetèrent un regard entendu – Paul comprit qu'ils en savaient bien plus long sur ses problèmes financiers qu'il ne l'avait pensé.

Lentement, en s'efforçant d'être clair, il expliqua comment on en était arrivé là. Il y avait les emprunts à rembourser dans leur totalité, intérêts compris, le manque de commandes à l'usine, les frais élevés d'entretien et de personnel à la villa. Grâce à la vente des immeubles, il avait pu rembourser le crédit qu'il avait pris pour l'usine, mais la somme restante fondait à vue d'œil.

— Désormais, il n'y a plus que l'atelier de tissage qui soit en activité, et même là nous n'arrivons pas à écouler nos stocks. Nous sommes dans le rouge malgré les licenciements et le chômage partiel, les frais d'entretien et les salaires sont prélevés sur les réserves, qui sont presque épuisées. Dans l'immédiat, je vais encore pouvoir payer les salaires de ce mois-ci, mais si la situation ne s'améliore pas de façon significative, le mois prochain sera difficile.

— Nous économisons déjà tout ce que nous pouvons, objecta Elisabeth, accablée.

Paul n'eut pas la force de lui répondre. C'est alors que Kitty vint à sa rescousse.

— Ce n'est pas suffisant, chérie. Tu as entendu ce qu'a dit Paul : il a fait un gros emprunt pour la villa et la banque exige un remboursement immédiat alors qu'on ne gagne plus un rond avec l'usine. Nous allons droit dans le mur, n'est-ce pas, Robert ?

Celui-ci acquiesça gravement.

— J'aimerais pouvoir t'aider, Paul. Mais en ce moment ma situation financière n'est pas non plus très brillante. Mes actions américaines sont au plus bas, je les garde, mais elles ne rapportent plus rien. Et mes autres investissements sont tout aussi peu rentables.

— Grands dieux ! s'exclama Kitty. Mais tu ne me l'avais pas dit ! C'est une bonne chose que j'en sois informée.

— On dirait que c'est l'heure de vérité, répondit Robert avec un sourire crispé en entourant de son bras les épaules de sa femme.

— Heureusement que mes tableaux se vendent, soupira Kitty. Ne t'inquiète pas, mon amour. Nous ne mourrons sûrement pas de faim.

Bravant l'interdiction de son frère, Elisabeth prit la cafetière. Elle avait besoin d'un remontant.

— Si j'avais pu deviner, Paul, gémit-elle, j'aurais réécrit à tante Elvira. Je vais le faire tout de suite…

— Ça ne servira pas à grand-chose, Lisa, objecta Paul. Je crains qu'elle n'ait pas non plus de fonds à sa disposition. Mais je te remercie de ta bonne volonté.

Sebastian, qui était resté silencieux jusque-là, prit alors la parole. Il trouvait que Paul avait eu parfaitement raison d'investir l'argent de la vente des immeubles dans l'usine. Celle-ci n'assurait pas seulement la subsistance de la famille Melzer, mais aussi celle de nombreux ouvriers.

— Mais tu ne peux pas vendre la villa aux étoffes, Paul ! intervint Kitty. Où est-ce que vous logeriez alors ? Sans compter que Maman a un droit d'habitation à vie. Voudrais-tu la vendre en même temps que la villa ?

Marie déclara que, si l'on envisageait de vendre, on en parlerait tranquillement avec elle.

— Heureusement, nous n'en sommes pas encore là, mes chéris. Nous continuons de penser que nous pourrons garder la villa. Pour autant que nous trouvions une solution.

Sebastian suggéra de vendre une partie du parc. Paul y avait déjà pensé, malheureusement il n'avait reçu aucune offre acceptable.

— M. Grünling m'a offert deux mille marks pour l'ensemble de la propriété.

— Quel vautour, celui-là ! explosa Kitty.

Puis, se tournant vers sa sœur :

— Dernièrement, j'ai vu ta chère amie Serafina dans une Mercedes-Benz flambant neuve avec chauffeur. Elle portait un chapeau pas possible.

— Ce n'est plus mon amie, rétorqua Elisabeth.

— Ah bon ? Depuis quand ? Tu ne prenais pas régulièrement le thé avec elle ?

— Ne vous disputez pas, s'il vous plaît, intervint Marie en posant sa main sur celle de Kitty. Essayons plutôt de réfléchir à ce que nous pouvons faire.

— Moi, j'ai besoin d'un morceau de gâteau, décréta Elisabeth. Je ne vois pas pourquoi on devrait le laisser se dessécher. Grands dieux, Sebastian, où irons-nous avec nos trois petits chéris ? Tout ça, c'est ma faute, Paul. Cette stupide annexe nous a ruinés.

Marie se hâta de la démentir. De fait, au moment où l'on avait emprunté à la banque, l'usine travaillait à plein rendement, la situation économique était bonne, et les remboursements mensuels ne posaient pas de problème. Un peu rassérénée, Elisabeth se concentra sur son assiette. Kitty proposa alors de vendre quelques-uns des meubles de la villa et de ne garder que le personnel indispensable à la bonne marche de la maison.

— Tout à fait, répondit Elisabeth. Je commencerai par renvoyer Gertie.

Cependant Paul et Marie se montrèrent résolument opposés à de nouveaux licenciements. Marie proposa à la place de vendre également l'immeuble qui abritait l'atelier.

— Les prix ont baissé, Marie, expliqua Paul. La vente ne nous rapporterait quasiment rien, ce serait gaspiller inutilement un bien.

Il se garda d'ajouter qu'ils pourraient trouver à s'y loger s'il fallait à toute force vendre la villa. Et en se serrant bien, on pourrait même héberger Lisa et sa famille, car le vieux couple qui louait l'appartement à l'étage était mort quelque temps plus tôt.

— Dans ce cas, c'est tout simple, Paul, plaisanta Kitty avec l'absence de tact dont elle faisait parfois preuve. Tu vends le parc et l'atelier, ainsi que tout le mobilier de la villa et ce qui a de la valeur. Tu renvoies tous les domestiques et tu loues l'annexe. Comme ça, tu sauveras au moins la villa.

— Merci pour cette suggestion formidable et passablement antisociale, j'espère que c'était une plaisanterie.

Paul tourna vers Marie un regard résigné. C'était bien ainsi qu'il s'était imaginé la réunion. On avait semé la panique, poussé les uns et les autres à chercher des coupables. Il aurait mieux fait de passer l'après-midi à l'usine.

— Je n'ai malheureusement pas de solution, Paul, déclara Robert. Cela étant, je peux essayer d'obtenir un délai de paiement auprès de ta banque.

C'était la première et la seule proposition utile. Reconnaissant, Paul serra la main à son beau-frère, adressa un signe de tête aux autres et dit qu'on pouvait à présent prendre tranquillement le café. Lui-même avait à faire à l'usine.

Marie l'accompagna dans le vestibule et le serra tendrement dans ses bras.

— On est tout de même arrivés à quelque chose, tu ne trouves pas ? Si à l'usine ça pouvait reprendre… Tu n'as pas parlé d'un nouveau contrat ?

— J'ai reçu un coup de fil hier, mais tant que je ne saurai pas s'ils sont en mesure de payer, je ne serai assuré de rien.

— Le vent finira bien par tourner, Paul. Tu veux que je parle à Maman ?

— Non, je m'en charge, Marie. Il n'y a pas d'échappatoire, elle devra elle aussi affronter la réalité.

— À plus tard, chéri.

Ce jour-là, il trouva particulièrement difficile de devoir quitter Marie et se rendre à l'usine. Il fut honteux de ce qui lui apparaissait comme une faiblesse. Il descendit rapidement l'allée jusqu'au portail, baissa un peu plus son chapeau sur son front et s'arc-bouta contre le vent froid qui l'accueillit dans la rue Haag. Le vieux portier Gruber, fidèle au poste – son collègue avait été licencié peu avant Noël –, avait une nouvelle à lui annoncer.

— Bonjour, monsieur le directeur. Vous êtes au courant ? L'usine MAN a licencié deux cents personnes de plus. Rien que des ouvriers qui étaient là depuis plus de vingt-cinq ans.

Paul acquiesça, il l'avait lu dans le journal. C'était partout pareil : licenciements, chômage partiel, faillites. En général, les jeunes et les femmes étaient les premiers touchés. À présent, MAN se séparait de ses ouvriers de longue date. C'était mauvais signe.

— L'essentiel, c'est que vous continuiez d'assurer vos fonctions, monsieur Gruber.

— Je resterai là jusqu'à ce que mort s'ensuive, monsieur le directeur. Et ensuite, quand je serai perché sur un nuage, je veillerai à ce que mon successeur ne fasse pas de bêtises.

Paul opina du chef en souriant et traversa la cour en direction du bâtiment administratif. Il régnait dans les lieux un calme angoissant. Seul l'atelier de tissage continuait de fonctionner, à vrai dire seulement trois jours par semaine. Le reste des installations était désert. Avant la crise, Paul avait fait l'acquisition de plusieurs nouveaux métiers à tisser – un investissement coûteux et malavisé. À Augsbourg comme ailleurs, de petites entreprises s'étaient créées à domicile, où l'on tissait des étoffes sans respecter les tarifs salariaux ni les horaires de travail. Elles se montraient plus compétitives que les grandes usines et représentaient donc une concurrence notable. Un grand nombre de ses anciens ouvriers y avaient trouvé un emploi tout en continuant de vivre dans les logements appartenant à l'usine Melzer. À ses frais, car ils payaient un loyer modique – quand ils étaient en mesure de payer.

À la comptabilité, il ne restait plus qu'une seule personne, Karl Stollhammer, qui approchait de ses 60 ans et aurait fêté cette année ses quarante ans de service à l'usine. Il avait gardé son manteau, car son bureau n'était plus chauffé. Paul entra un instant pour échanger quelques mots avec lui.

— Le printemps arrive, monsieur le directeur, dit Stollhammer. Je le sens dans tous mes os.

— Vous avez raison, répondit Paul. C'est pareil pour moi.

En réalité, il ressentait plutôt un tiraillement dans la poitrine et se sentait désagréablement essoufflé. Tandis qu'il montait la dernière volée de marches jusqu'à son bureau, il dut s'arrêter à deux reprises parce que son cœur faisait des bonds bizarres. *Trop peu d'activité physique,* songea-t-il. Il passait toutes ses journées au bureau. Marie avait raison, il fallait qu'ils s'accordent une pause. Plus tard, quand les affaires auraient repris…

Au secrétariat, il fut accueilli par Henriette Hoffmann, qui, avec un air de joie inhabituel, le débarrassa rapidement de son manteau et de son chapeau et lui dit qu'il devait rappeler immédiatement Keller & Weingart, il s'agissait d'un contrat assez important.

— Formidable, répondit-il avec une gaieté forcée. Est-ce que vous avez envoyé les lettres de rappel ?

— Mme Lüders s'en est occupée hier, monsieur le directeur.

Désormais, les deux secrétaires se partageaient un poste et venaient à tour de rôle, ainsi qu'on en était convenu pour qu'il n'ait pas à renvoyer une de ses collaboratrices de longue date.

Sur son bureau l'attendait le courrier du jour, ouvert par la secrétaire : plusieurs lettres de refus à ses offres, d'innombrables candidatures qu'il ne regarda même pas et diverses factures pour de menues réparations. Le directeur Mühlstein, de Keller & Weingart, l'avait appelé la veille. Apparemment, ils étaient intéressés par un volume assez important de fil de coton pour lequel ils avaient des acheteurs en Autriche. Paul lui avait proposé un prix très avantageux, mais craignait de s'être déjà fait doubler par la concurrence. Mühlstein voulait sans doute négocier une baisse de tarif qui ne couvrirait même pas les coûts de fabrication. Cependant, comme il lui restait une grande quantité de fil en stock, il valait mieux vendre à bas prix que ne rien vendre du tout.

— Monsieur le directeur Melzer d'Augsbourg ? fit la secrétaire de Keller & Weingart à l'autre bout du fil. Un instant, je vous prie, je vous passe monsieur le directeur.

— Mon cher Melzer, dit Mühlstein avec sa jovialité habituelle. Merci de me rappeler, sinon je l'aurais fait. Comment ça va à Augsbourg ? Drôle d'époque, hein ? Et la famille ? Votre chère épouse ? Madame votre mère est-elle en bonne santé ? J'en suis ravi, vous lui transmettrez mes hommages et mon bonjour.

Paul connaissait Mühlstein depuis le temps où celui-ci faisait des affaires avec son père. Avec lui il fallait se méfier. Ce n'était pas un mauvais bougre, mais un homme d'affaires redoutable.

— Tout va au mieux, cher Mühlstein. Si l'on excepte la situation économique, dont j'espère qu'elle ne tardera plus à s'améliorer. Il faudra bien qu'un jour ça reprenne…

Il racontait des inepties afin de maintenir son interlocuteur dans de bonnes dispositions.

— J'ai une commande un peu délicate pour vous, cher Melzer. Du fil à coudre, qualité supérieure. On n'en trouve pas partout. Je sais qu'avec vous je frappe à la bonne porte. Je peux aussi vous livrer le coton, je vous en offrirai un bon prix.

Du fil à coudre de qualité. On en avait fabriqué dans le temps, pas en grande quantité, mais à titre de prestation exceptionnelle pour les bons clients qui souhaitaient du fil assorti au tissu.

— Ça peut se faire, répondit-il prudemment. Cela dépendra de la quantité et du prix…

— Comme je l'ai dit, il s'agit d'une commande assez importante. Au total une tonne de fil à coudre, vert mousse. Et d'autres commandes pourraient suivre. On dirait que vous avez perdu votre langue, mon cher !

De fait, Paul en était resté coi. Son cerveau s'était transformé en une machine à calculer. Si le prix que lui proposait Mühlstein était à peu près acceptable, cette commande pourrait maintenir l'usine à flot durant les mois à venir.

— Trois la bobine ? C'est trop peu. Cinq. Trois cinquante ? J'ai encore des frais de chauffage, ça se répercute sur les coûts. Il m'en faut quatre marks. Le coton, je n'en ai pas besoin, j'en ai encore en stock.

Mühlstein resta inflexible en ce qui concernait le coton, insistant sur sa qualité – Paul dut avaler la pilule et lui acheter sa marchandise. Sans doute aurait-il pu se procurer le coton ailleurs à un prix plus avantageux, il n'en avait plus assez en stock. Cet argument relevait de la stratégie des affaires.

— Parfait, nous disons quatre. Et vous m'envoyez le coton. Les frais de transport seront à la charge de Keller & Weingart.

Mühlstein fit quelques manières avant d'accepter, puis les deux hommes se mirent d'accord sur la date de livraison. Paul avait trois mois pour honorer la commande.

— Je vous envoie le contrat dès demain, mon cher Melzer. Vous pouvez lancer la production. Vert mousse, donc. Les motifs d'impression que j'ai sont toujours bons, n'est-ce pas ?

— Bien entendu.

— Alors transmettez mes salutations à la famille. Votre charmante épouse. Les enfants. Et tout spécialement à ma chère Alicia Melzer.

Paul le salua également, raccrocha et demeura immobile à son bureau. Son cœur s'était remis à faire des bonds étranges, probablement sous l'effet de l'agitation. Du fil à coudre de qualité. Autrefois, Jacob Burkard, le père de Marie, avait conçu à cet effet deux métiers à filer à anneaux. Après la guerre, ces maudits Amerloques les lui avaient volés, ce qui l'avait obligé à en refaire construire d'après les plans de Burkard. Pour le moment, hélas, elles étaient à l'arrêt, comme toutes les autres machines de l'atelier de filage. Il devait immédiatement les faire remettre en marche. Quand son cœur eut recouvré un rythme régulier, il se leva d'un bond et se rendit en toute hâte au secrétariat.

— Contactez immédiatement Josef Mittermayer, mademoiselle Hoffmann. Qu'il vienne à l'usine, nous devons remettre les métiers à filer en service. S'il n'a pas le téléphone, envoyez quelqu'un le chercher.

Les joues pâles de Henriette Hoffmann se colorèrent de rouge. Elle savait ce que signifiait cet ordre.

— Une commande, monsieur le directeur ?

— Ça m'en a tout l'air, mademoiselle Hoffmann.

Paul prit la clé de l'atelier, enfila son manteau et dévala l'escalier. Marie avait eu raison une fois de plus, le vent tournait. S'il livrait du fil correct, ce dont il ne doutait pas, on pouvait espérer qu'il y aurait d'autres commandes. Et dire que c'était l'atelier de filage qui allait le remettre à flot alors qu'il avait fait une croix dessus depuis longtemps.

La salle était glaciale, il y régnait une odeur de renfermé, mélange d'huile rance, de poussière et de bois moisi. Évidemment : une des vitres du shed était défectueuse, la neige fondue avait pénétré à l'intérieur et goutté sur le sol. Demain, il chargerait quelqu'un de nettoyer la flaque et de faire réparer le toit.

Il se dirigea vers les deux machines et ôta la bâche grise en tissu qui les protégeait de la poussière et de l'humidité. Il faudrait d'abord les huiler, puis faire un essai. Il restait encore du coton, cela suffirait pour quelques centaines de bobines.

Mittermayer arriva plus tôt qu'il ne l'avait espéré. Il était vêtu de sa vieille combinaison de travail, qu'il avait emportée chez lui.

— Qui l'aurait cru, monsieur le directeur ? dit-il en serrant la main à Paul. Quel plaisir de pouvoir refaire tourner mes deux vieilles copines. Allez, mettons-nous au travail !

Paul le regarda passer affectueusement un chiffon doux sur la première machine, appliquer le flacon d'huile, verser précautionneusement, puis hocher la tête avec satisfaction.

— On allume !

Paul actionna l'interrupteur – il ne se passa rien.

— On éteint !

Mittermayer marmonna des paroles indistinctes, se gratta derrière l'oreille et se mit à examiner la machine. Paul se joignit à lui, ils discutèrent du problème, essayèrent plusieurs choses, remirent plusieurs fois le courant et durent l'éteindre à nouveau.

— Elle ne veut pas, pesta Mittermayer. Espèce de vieux clou ! Essayons avec l'autre, elle a toujours été la plus fringante des deux. Vous pourriez apporter une lampe ?

Ils bricolèrent ensemble pendant plusieurs heures, huilèrent, essuyèrent, affûtèrent, jurèrent, discutèrent, finirent même par se disputer. Aucune des deux machines n'était prête à reprendre le travail.

— Faut croire qu'elles sont vexées. On les a mises à l'arrêt et elles nous en veulent. C'est comme avec les femmes : si on leur répète pas tous les jours qu'elles sont formidables, elles rouspètent et vous servent un frichti immangeable.

Paul ne l'écoutait que d'une oreille. Il se sentait profondément las et déçu. Très inquiet, aussi. Que ferait-il si l'on n'arrivait pas à remettre les machines en route ? Mais il n'y avait aucune raison que cela se produise : avant qu'on les éteigne, elles fonctionnaient parfaitement.

— Arrêtons là pour aujourd'hui, Mittermayer. Il est 9 heures passées. On reprendra demain.

Josef Mittermayer acquiesça avec un air maussade. Il se sentait atteint dans son honneur de contremaître par la désobéissance de ses « bonnes femmes ». Il mit sa casquette et essuya ses mains maculées d'huile.

— Demain, 10 heures, dit-il. Ce serait bien le diable. Sans doute un rouleau de l'étireuse qui a rouillé. Il faudra qu'on le démonte. C'est trois fois rien.

— C'est aussi ce que je pense. Merci d'être venu, Mittermayer. Je vous paierai, bien entendu.

— C'est pas de refus, monsieur le directeur.

En dépit de l'heure tardive, le portier Gruber était encore à son poste. Il accourut avec une vieille lampe à pétrole et leur ouvrit le portail. Paul suivait du regard le mouvement de la lumière. Tout à coup, il eut l'impression de vaciller. Il dut se retenir au battant en fer forgé.

— Pas la peine d'allumer l'éclairage de la cour, monsieur le directeur. Ça gaspille l'électricité. Bonne nuit, messieurs. À demain, frais et dispos. Monsieur le directeur ? Bon Dieu !

Soudain, la douleur fondit sur Paul, lui comprima brutalement la poitrine, lui fit battre le cœur à une vitesse folle, lui coupa la respiration. Alors qu'il croyait ne plus pouvoir supporter cette souffrance intolérable, une bienfaisante inconscience vint le délivrer.

32

Leo avait résisté à la tentation de se remettre à travailler sur sa nouvelle composition. À la place, il avait révisé son vocabulaire grec et préparé ses affaires de classe pour le lendemain. À présent, il était au lit, plongé dans l'ouvrage qu'il avait reçu pour Noël. La tâche était malaisée, il était obligé de relire de nombreux paragraphes pour en comprendre le sens parce que les sons qu'il avait dans la tête le gênaient.

Lorsqu'il se décida enfin à refermer son livre et à éteindre sa lampe de chevet, il perçut tout à coup un bruit étouffé de voix agitées. Il se redressa et tendit l'oreille : cela venait du vestibule. Il reconnut sa mère, Humbert, sa tante Lisa, Gertie et Tilly. Pourquoi la tante Tilly était-elle à la villa à une heure aussi tardive ?

Il avait dû arriver quelque chose. Il se leva, mit sa robe de chambre et sortit dans le couloir, où il tomba sur Dodo tout ensommeillée, qui avait quitté son lit elle aussi.

— Qu'est-ce qui se passe ? chuchota-t-il.

— Aucune idée.

Il descendit l'escalier à sa suite. Le couloir du premier était éclairé, la porte de la bibliothèque était ouverte, mais la pièce était vide.

— Ils sont en bas.

— Attends.

Une peur indéfinissable s'était emparée de lui. Il retint par le bras sa sœur qui voulait rejoindre le vestibule en chemise de nuit. Du palier du premier, on entendait suffisamment ce qui se disait en bas.

— Vous auriez dû appeler tout de suite une ambulance, Marie, déclara la tante Tilly.

— On ne pouvait pas le laisser là-bas… Il faisait beaucoup trop froid. C'est pour ça qu'on l'a ramené ici.

— Je comprends, mais maintenant il faut faire vite.

— Ils sont là ! lança Humbert. Juste devant la porte.

— Dieu soit loué !

Il s'était produit un événement terrible. Tout tremblant, Leo dut s'asseoir sur le sol. Dodo s'accroupit à côté de lui.

— Je crois que c'est à propos de Papa, chuchota-t-elle. Heureusement que tante Tilly est là.

Soudain, elle se releva d'un bond et fonça dans la bibliothèque. Leo l'entendit ouvrir les portes coulissantes qui donnaient sur le balcon. Il se redressa en hâte et courut la rejoindre. Un vent glacial les accueillit sur le balcon ouvert, qui surplombait le porche à colonnes. On voyait des lumières dans la cour. Les jumeaux s'approchèrent de la balustrade.

— C'est bien Papa, dit Dodo d'une voix enrouée. Des ambulanciers sont en train de l'emmener. Oh là là, il doit être très malade pour qu'on le conduise à l'hôpital !

Leo fut incapable de dire un mot, l'effroi lui nouait la gorge. Dans la cour était garé un véhicule éclairé.

On voyait deux hommes glisser à l'arrière une civière sur laquelle était étendue une personne enveloppée de couvertures. On referma les portières.

— Je peux t'emmener en voiture, Marie, lança la tante Tilly.

— Non, je ne veux pas le laisser seul. Pas une seconde.

Marie monta à l'avant de l'ambulance. Le grand véhicule démarra, fit lentement le tour du parterre circulaire et rejoignit l'allée. Les feux arrière rouges rapetissèrent, puis disparurent derrière le portail.

— Qu'est-ce que vous faites sur le balcon, vous deux ? fit la voix de l'oncle Sebastian. Vous allez attraper froid.

Il était avec Kurti, qui avait été réveillé par le bruit. Le petit garçon se précipita en pleurant vers sa sœur, son papa avait été mis dans une grande voiture par des inconnus, raconta-t-il, et emmené en même temps que sa maman.

— Gros bêta ! répliqua Dodo en serrant son petit frère dans ses bras. Papa a dû faire un saut à l'hôpital et Maman l'a accompagné.

— Il n'arrive plus à respirer, comme moi, avant ?

— C'est à peu près ça, oui, répondit Dodo avec hésitation. Ne t'inquiète pas, les médecins vont le guérir.

L'oncle Sebastian referma les portes du balcon et donna quelques prudentes explications à Dodo et Leo.

— Votre père a eu un accès de vertige à l'usine. La tante Tilly a jugé qu'il valait mieux qu'il aille à l'hôpital se faire examiner. Il n'y a aucun motif de désespérer. Nous allons tous nous recoucher, demain nous en saurons davantage.

Ses paroles n'apaisèrent nullement les inquiétudes de Leo et Dodo, car ils savaient que l'oncle Sebastian ne leur avait pas dit la vérité. En réalité, leur père allait peut-être mourir, sinon leur mère n'aurait pas dit qu'elle ne le laisserait pas seul une seconde.

— Viens, Kurti, dit Dodo en prenant son frère par la main. Cette nuit, tu as le droit de dormir chez moi. Ça te va ?

— Je veux que Leo vienne aussi, quémanda le petit.

Leo ne fut guère ravi, mais il était difficile de se défiler. Hanna accourut tout agitée et glissa à l'oreille de l'oncle Sebastian qu'Alicia Melzer s'était réveillée et voulait savoir ce qui se passait.

— Un instant, je lui envoie ma femme.

Dodo lança un regard d'encouragement à Leo, qui restait immobile sur le palier, puis regagna sa chambre avec Kurti.

— Va chercher tes couvertures, cria-t-elle, et rejoins-nous ! On va se construire un nid, d'accord, Kurti ?

— J'aimerais mieux une caverne.

Leo se secoua, apporta sa couverture et son oreiller et regarda Dodo transformer son lit en une sorte d'igloo.

On entendit les pas lourds de la tante Lisa, qui soufflait comme toujours lorsqu'elle devait se dépêcher. Elle rejoignit sa mère, qui était sortie de sa chambre et attendait dans le couloir.

— Il n'y a aucune raison de s'inquiéter, ma petite maman. Paul se sent un peu faible, c'est sans doute ce refroidissement qu'il traîne depuis je ne sais combien de temps. Et Tilly a pensé…

— En pleine nuit ? Avec une ambulance ? J'ai cru mourir de peur en regardant dans la cour.

— Tu sais comment est Tilly. C'est un médecin consciencieux et elle a tendance à exagérer.

— Je n'arriverai pas à fermer l'œil, Lisa. Il te reste des gouttes de valériane ?

— Bien sûr, Gertie va te les apporter. Et maintenant, recouche-toi. Tu n'as vraiment pas à t'inquiéter.

Pourquoi est-ce qu'elle ment ? se demanda Leo, indigné. Cela ne faisait qu'aggraver les choses. Il aurait ardemment souhaité pouvoir monter dans une voiture et aller voir son père à l'hôpital. Mais ce n'était pas possible, on ne le lui permettrait pas. Il ne lui restait donc pas d'autre choix que de se glisser dans la caverne d'oreillers et de couvertures installée par Dodo. Elle était exiguë et inconfortable. Kurti gigotait, faisait l'idiot. Il mit un moment à se calmer et à s'endormir.

— Tu crois que ça sert à quelque chose de prier ? lui demanda Dodo à voix basse.

— En tout cas, ça ne peut pas faire de mal, répondit Leo sur un ton hésitant.

Sur quoi sa sœur se mit à réciter tout bas l'*Ave Maria.* Lui ne parvint pas à se rappeler la moindre prière. Dans sa tête grondait un vacarme infernal de dissonances et de gammes descendantes. La respiration régulière de Kurti, la chaleur de son corps l'aidèrent finalement à recouvrer son calme. Les sons s'atténuèrent, le flot de pensées se tarit. Le sommeil enveloppa les trois enfants de ses ailes lourdes.

Au matin, ils furent réveillés par leur mère. Marie ouvrit tout doucement la porte et regarda à l'intérieur.

— Quel joli nid vous avez construit, mes poussins ! Viens, Kurti, mon trésor, Johann et Hanno sont impatients de te retrouver.

Leo cligna des yeux. Il était très heureux de voir sa mère et d'entendre sa voix. Elle était très pâle, sa figure paraissait plus mince, ses yeux plus grands et plus sombres. Dodo s'était redressée dans son lit et essayait de réveiller Kurti en tirant sur son pyjama.

— Laisse, Dodo, il dort encore. Humbert va le porter dans la chambre des garçons.

Elle prit son fils endormi dans les bras et le confia au domestique, qui attendait avec discrétion dans le couloir.

— Écoutez-moi, mes deux grands, dit-elle lorsque Humbert fut parti avec Kurti.

Elle s'assit sur le bord du lit, l'air soudain très grave.

— Votre père est à l'hôpital avec une myocardite. C'est une maladie très dangereuse qu'on peut attraper à la suite d'un refroidissement mal guéri. Hier soir, il n'allait pas bien du tout. Depuis, son état s'est amélioré, ce qui ne veut malheureusement pas dire que tout danger est écarté. Il a besoin de beaucoup de repos, il faut qu'il évite toute émotion et il restera encore un certain temps à l'hôpital.

Elle fit une pause et eut un léger sourire. Son regard se fit tendre et confiant.

— J'aimerais que vous alliez tous les deux à l'école. Cet après-midi, si les médecins le permettent, vous ferez une courte visite à votre père. Moi, je retourne immédiatement à l'hôpital avec tante Tilly. Je compte sur mes deux grands pour se montrer raisonnables…

Il fallait suivre les instructions de la tante Lisa et de l'oncle Sebastian, s'occuper des petits et surtout ménager la grand-maman.

— Et l'usine ? demanda Dodo. Qui s'en occupera pendant que Papa est malade ?

— Pour l'instant, tout se passe normalement, la tranquillisa Marie. Le plus important, maintenant, c'est que Papa guérisse, n'est-ce pas ?

— Bien sûr !

Cette conversation honnête fit du bien à Leo. L'état de son père était grave, mais tout le monde se serrait les coudes, chacun avait sa tâche à accomplir. Il regagna sa chambre, s'habilla, prit son cartable sous le bras et descendit dans la salle à manger prendre son petit déjeuner. Dodo était déjà à table – comme toujours, elle avait été plus rapide. Elle prit un café au lait, mais ne voulut rien manger. Constatant qu'elle avait oublié de se peigner, Leo lui dit avec un sourire en coin :

— Tu as l'air d'un balai à franges, sœurette.

— Et toi, tu as deux boutons de chemise ouverts, répliqua-t-elle en faisant la grimace.

Humbert faisait le service avec une mine d'enterrement – ce qui n'avait rien de nouveau : il se trimballait cette tête depuis déjà un certain temps. Hanna les attendait comme à l'ordinaire dans le vestibule avec leur casse-croûte pour l'école. Elle avait l'air très soucieuse.

— Votre père va guérir, ne vous inquiétez pas. Prends aussi une pomme, Dodo. Leo, tu devrais mettre ton bonnet, le vent est froid.

On entendit sangloter dans la cuisine, c'était Else.

— Il reviendra pas, gémit-elle. Notre bon maître reviendra jamais.

— Tais-toi donc, oiseau de malheur ! la réprimanda Fanny Brunnenmayer.

Leo fut content de se retrouver dehors. Il descendit l'allée avec Dodo jusqu'au portail pour se rendre à l'arrêt de tram. Il avait hâte d'être à l'après-midi afin de pouvoir aller à l'hôpital. La villa aux étoffes était terriblement vide sans son père, elle lui paraissait étrangère, comme si elle avait perdu son âme. Tout à coup, il comprenait à quel point il avait été heureux toutes ces années ; il avait vécu dans un monde sûr et protégé, ses soucis étaient insignifiants comparés à la peur qui l'avait envahi. Et si son père ne se rétablissait pas ? S'il mourait ? Comment parviendrait-il à le supporter ?

En cours, il se montra distrait, répondit de travers ou pas du tout, suscitant la perplexité de ses professeurs.

— Qu'est-ce qui t'arrive, Melzer ? Tu es malade ?

— Non, non, j'ai juste mal à la tête.

La matinée lui parut interminable. À la pause, il resta seul dans un coin, les yeux rivés sur le bâtiment de brique sombre et massif de l'hôpital, qui était visible de l'école. C'était là que se trouvait son père, entre la vie et la mort. Pourquoi ne pouvait-il pas l'aider ?

Après son dernier cours, il fonça dans la rue, attrapa *in extremis* le tram qui arrivait en sautant hardiment sur la plate-forme arrière, ce qui lui valut un avertissement sévère. Mais il n'en avait cure. Une fois arrivé à destination, il regagna la villa au pas de course, remonta l'allée, gravit le perron et, comme personne ne lui ouvrait, tambourina impatiemment contre la porte.

Else arriva enfin, la figure rougie par les larmes.

— Tiens, Leo, dit-elle avec un regard de chien triste. Gertie ne t'a pas ouvert ?

— Non. Est-ce que ma mère est là ?

— Je crois qu'elle est à l'hôpital auprès de ton pauvre père.

Leo jeta son cartable, se débarrassa de sa veste et de son bonnet et monta l'escalier en courant afin d'interroger la tante Lisa. À l'étage, il tomba sur sa sœur, qui était rentrée plus tôt que lui – normal, les filles n'avaient pas besoin d'en apprendre autant que les garçons.

— Il va mieux, lui apprit-elle. Tante Lisa a appelé l'hôpital. On ira ensemble après le déjeuner.

— Dieu soit loué, chuchota Leo. Il va guérir, hein ?

— Bien sûr ! répondit Dodo avec une conviction inébranlable.

Leo était si heureux qu'il serra sa sœur dans ses bras, ce qui ne lui était pas arrivé depuis des années. C'était comme autrefois, à l'époque où ils étaient inséparables :

les jumeaux Dodo et Leo, deux conspirateurs unis contre le reste du monde.

Une voix venant de la bibliothèque les ramena à la réalité. Leo mit un instant à la reconnaître. N'était-ce pas l'oncle Ernst de Munich ?

— Il ne manquait plus que lui, chuchota Dodo. Il est furieux parce que tante Tilly n'est pas là. Quand il est arrivé, il a engueulé la pauvre Gertie et a demandé à voir tante Tilly.

Leo se souvint que sa tante avait quitté son mari, qu'elle voulait divorcer, mais que ça coinçait. Parce que l'oncle Ernst ne voulait pas la lâcher, ou un truc de ce style.

— Pourquoi il est venu chez nous ? s'étonna-t-il.

— Parce que tante Tilly a dormi ici quand Maman et elle sont rentrées de l'hôpital. Ce matin, ils avaient un rendez-vous. Au tribunal, je crois.

Aïe ! Avec ce qui s'était passé, leur tante avait visiblement oublié la rencontre prévue. Pas étonnant que son mari soit fâché. Cela étant, ce n'était vraiment pas gentil de s'en être pris à Gertie. Elle n'y pouvait rien.

— Vous connaissez la sténographie ? fit la voix de l'oncle Ernst. Si c'est aussi concluant que vos talents de dactylographe, je préfère renoncer.

— Non, non, je note 180 syllabes par minute…

— Qu'ensuite personne ne peut déchiffrer, c'est ça ?

— J'ai toujours tapé les lettres sans faire de fautes, j'étais la meilleure de notre cours.

— Et vous espérez me faire croire ça ?

— Je peux vous le prouver.

— Ça ne m'intéresse pas.

— C'est bien dommage. Souhaitez-vous que je vous apporte un autre café, monsieur von Klippstein ?

Klippstein poussa un soupir.

— Bon, d'accord, asseyez-vous et écrivez !

— Bien, monsieur von Klippstein. Je vais vite chercher un bloc et un crayon.

Les deux enfants reculèrent comme des malfaiteurs pris sur le fait. Gertie sortit de la bibliothèque en toute hâte, les joues cramoisies, passa sans les voir devant les deux espions et disparut dans l'escalier de service.

— Bravo, déclara Dodo sur un ton approbateur. Elle va finir par y arriver.

— Arriver à quoi ?

— Tu vis vraiment dans la lune, frangin, répliqua-t-elle avec un sourire. Gertie voudrait devenir la secrétaire de l'oncle Ernst, c'est tante Kitty qui me l'a dit.

Il haussa les épaules, pour ce que ça l'intéressait… Il n'aimait pas particulièrement Gertie et préférait de loin Hanna. Et puis on allait bientôt se mettre à table, et ensuite ils iraient à l'hôpital avec la tante Lisa.

Le déjeuner fut une torture. Kurti et Johann ne cessaient de gigoter sur leur chaise, Hanno pleurait sans discontinuer et Charlotte profita d'un moment d'inattention de Rosa pour jeter par terre son assiette de bouillie. Ernst von Klippstein, qui mangeait avec eux, avait l'air sombre et fit remarquer à Sebastian que ses enfants étaient fort mal élevés. Fâchée, la tante Lisa rétorqua que les gens qui n'avaient pas d'enfants n'avaient pas leur mot à dire.

Sur quoi l'oncle Ernst se tut. Il n'attendit pas le dessert pour se lever et prendre congé.

— Mes affaires exigent que je rentre à Munich. Je souhaite à Paul un prompt rétablissement et bonne continuation au reste de la famille.

— Il a toujours été désagréable, déclara Alicia quand Humbert eut refermé la porte sur Ernst. C'est une bonne chose qu'il ne puisse plus avoir d'enfants.

— Voilà qui est dur, chère Maman, intervint l'oncle Sebastian sur un ton de léger reproche.

— Maman a tout à fait raison, répliqua la tante Lisa. Heureusement que Tilly sera bientôt débarrassée de lui ! Il a enfin consenti à divorcer.

Leo n'avait quasiment rien mangé. Il fut content lorsque Humbert débarrassa et apporta la compote de pomme.

On parla peu de Paul, afin de ne pas inquiéter la grand-mère en évoquant sa maladie. Sebastian l'informa simplement qu'il devrait rester quelques jours encore à l'hôpital.

— Pour qu'on vienne enfin à bout du rcfroidissement qu'il traîne depuis trop longtemps. Tu veux prendre Charlotte sur les genoux ? Regarde, elle tend déjà les bras vers toi.

Pauvre grand-mère ! Personne ne lui disait la vérité au motif qu'elle avait les nerfs fragiles. Mais peut-être qu'elle avait les nerfs fragiles justement parce qu'on ne lui disait pas la vérité. Quoi qu'il en soit, elle avait l'air plutôt heureuse avec la grassouillette Charlotte sur les genoux. Si la petite continuait à manger autant, elle finirait par devenir aussi grosse que sa mère.

Après le déjeuner, Leo et Dodo descendirent au rez-de-chaussée et mirent leur manteau en attendant leur tante. Comme il n'y avait aucun bruit dans le vestibule, ils entendirent malgré eux Humbert pester après Hanna :

— Pourquoi tu sors tout le temps le rejoindre ? Il y a quelques années, il t'a pourtant écrit qu'il ne voulait plus entendre parler de toi. Ce type est tout sauf fiable !

Leo ignorait à quoi Humbert faisait allusion et du reste cela lui était indifférent. Tout ce qu'il voulait, c'était que sa tante arrive. Mais elle tardait, comme toujours – sans doute un problème avec Charlotte ou Hanno qui avait mal au ventre.

— Pourquoi Maman ne rentre pas ? demanda Dodo. Elle ne peut pas rester toute la journée à l'hôpital avec Papa.

— Peut-être que l'état de Papa s'est aggravé ? avança Leo avec angoisse.

— Arrête ! lança sa sœur en lui donnant un coup de coude. Papa va mieux, tante Lisa me l'a dit.

Leo garda le silence. Mais sa peur persistait. Il se mit à déambuler dans le hall, jetant un coup d'œil sur la terrasse déserte à travers les portes vitrées, faisant les cent pas devant l'entrée. Dans le vestiaire se trouvaient le manteau de Paul, deux de ses chapeaux ainsi que sa veste d'intérieur. C'était à devenir fou. Ses affaires étaient là, lui était dans ce misérable hôpital et personne ne savait s'il rentrerait un jour à la maison.

— Vous m'attendiez ? lança la tante Lisa depuis l'escalier. Tu as avancé la voiture, Humbert ? Vous savez ce que cette Gertie a osé faire ? Au lieu de m'aider à me changer – ce pour quoi je la paie –, elle court à l'usine pour y taper quelque chose à la machine. C'est ahurissant.

Dodo aurait pu lui expliquer que c'était pour l'oncle Ernst et que Gertie n'avait probablement pas osé utiliser la machine à écrire de Paul. Leo s'installa à l'arrière avec sa tante, qui, avec sa fourrure, prenait presque toute la place. Dodo était montée d'autorité à l'avant, à côté de Humbert, et lui expliquait à quel moment il devait changer de vitesse et pourquoi il était mauvais pour le moteur de tourner en sous-régime.

Humbert se bornait à répondre de temps à autre : « Oui, mademoiselle Melzer. Vous avez tout à fait raison, mademoiselle Melzer. »

Leo trouvait que sa sœur se montrait parfois d'une abominable pédanterie. Surtout lorsqu'il s'agissait de voitures ou d'avions. Il fut soulagé lorsqu'ils arrivèrent à destination.

Il connaissait l'hôpital – c'était là que Kurti avait été soigné. Ce bâtiment de brique massif, dont l'extérieur déjà revêtait un aspect menaçant, lui déplaisait souverainement. En entrant, on passait devant une bonne sœur qui vous demandait qui vous étiez et quel patient vous alliez voir. Ils prirent l'ascenseur, car la tante Lisa avait refusé de monter les deux étages à pied. Leo faillit se sentir mal dans cette cage exiguë, il avait la tête qui tournait, le cœur qui battait la chamade et un océan de bruits et de sons dans les oreilles.

Dans le couloir, il régnait comme toujours une odeur de produit désinfectant et d'autres substances écœurantes. Heureusement ils tombèrent sur Kitty et Henni.

— Ça va mieux, annonça Kitty en serrant sa sœur dans ses bras. Quand je pense qu'hier soir il a eu une syncope et qu'il a failli mourir… Ah, mon petit Paul ne m'écoute jamais. Je lui ai pourtant dit qu'il travaillait trop.

Papa a failli mourir, songea Leo, épouvanté.

— Bonjour, Leo, dit Henni en lui sautant au cou. Je suis terriblement désolée que l'oncle Paul soit malade. Quand tu auras le temps, j'ai une nouvelle formidable pour toi.

Henni était vraiment incroyable ! Il se dégagea avec brusquerie et grommela :

— Fiche-moi la paix !

Une infirmière coiffée d'une cornette les conduisit jusqu'à la chambre et posa son index sur ses lèvres – surtout ne pas parler trop fort.

— Pas tous en même temps, et juste quelques minutes, dit-elle.

Dodo et Leo entrèrent avec gêne. Leur père était seul dans la chambre aux murs blancs. Il avait l'air bizarre, étendu sur son lit étroit dans sa drôle de blouse blanche. Son teint était gris.

Il eut un léger sourire lorsqu'ils s'approchèrent timidement du lit, main dans la main. Leo se rendit compte avec angoisse qu'ils ne lui avaient même pas apporté de fleurs ou autre chose. Heureusement, un bouquet de roses blanches trônait sur la table de chevet, sans doute un présent de Kitty.

— Alors, vous deux ? dit Paul à voix plus basse que d'ordinaire. Je vous ai fichu une sacrée pétoche, hein ?

Ils acquiescèrent d'un même mouvement. Dodo lui demanda d'une voix hésitante comment il se sentait.

— Mieux qu'hier, mais pas encore vraiment bien.

Leo était incapable de sortir un mot. Il était incroyablement heureux que son père soit en vie et en état de leur parler. Mais épouvanté de le voir si fatigué et malade.

— Écoutez-moi, dit Paul en les regardant l'un après l'autre. Je vais devoir rester ici encore un petit moment. Aussi, je souhaiterais que toi, Dodo, tu secondes ta mère et que tu la soutiennes. Tu veux bien ?

— Oui, Papa.

— Toi, Leo, désormais tu es l'homme de la maison, tu devras veiller sur ta mère, sur Dodo et Kurti jusqu'à ce que je sois de nouveau d'attaque. Tu arriveras à te débrouiller ?

— Oui, Papa.

Ils prirent congé de leur père. Leo se sentait à la fois flatté et perplexe. Veiller sur sa mère et sur ses frère et sœur. Comment devait-il s'y prendre ?

33

Pour Marie, le pire avait été l'attente de nuit à l'hôpital. On avait transporté Paul dans une des salles de soins, Tilly l'avait accompagné tandis qu'elle-même avait été contrainte de rester dans le couloir, où elle ne pouvait rien faire d'autre qu'attendre et espérer. Et prier. La peur était là, le silence qui régnait dans le long couloir faiblement éclairé lui paraissait écrasant. Ne rien pouvoir faire pendant que l'être qu'elle aimait le plus au monde se trouvait entre la vie et la mort. Quelle torture !

Jusque-là, elle avait réussi à repousser la peur et l'affolement, agissant sans perdre courage, soucieuse de prendre la bonne décision. Lorsque le portier de l'usine l'avait appelée et lui avait annoncé en bafouillant que monsieur le directeur était sans connaissance, elle avait été prise d'effroi, mais avait réagi avec rapidité et circonspection. Elle avait réveillé Humbert, appelé chez Kitty pour que Tilly vienne immédiatement à la villa, puis réveillé Lisa. Quand elle était arrivée à l'usine avec Humbert, Josef Mittermayer et Gruber avaient eu le temps de transporter leur directeur dans la loge. Paul offrait un spectacle horrible : les traits déformés, la peau presque grise, il gémissait tout bas, mais était hors d'état de parler.

Peu après, elle était montée dans l'ambulance, à côté du chauffeur, et avait gardé le regard rivé sur le rétroviseur, où elle voyait la tête du jeune médecin et celle d'un ambulancier. Le vacarme du moteur l'empêchait d'entendre leurs propos. Lorsqu'ils étaient arrivés à l'hôpital, elle était descendue en toute hâte et avait accompagné la civière, les yeux fixés sur son époux. Paul avait rouvert les yeux, il paraissait complètement désorienté.

« Marie… Marie… Qu'est-ce qui se passe ? Où suis-je ?

— Ne t'inquiète pas, chéri… Tout ira bien, je suis à ton côté. »

On ne lui avait pas permis de rester avec lui. On l'avait transporté dans une salle de soins et Marie n'avait pu en savoir plus. Dans l'intervalle, elle avait dû remplir un formulaire : nom, profession, âge, maladies antérieures, numéro de téléphone…

« On lui a administré un analgésique, lui avait expliqué Tilly, sortie un instant lui donner des nouvelles. Maintenant, ils vont le stabiliser. Heureusement, ce n'est pas un infarctus. Le muscle cardiaque est enflammé et il y a un risque que l'inflammation gagne le péricarde. »

Ce n'était pas un infarctus. Marie avait poussé un soupir de soulagement. C'était une bonne nouvelle, n'est-ce pas ? Mais une inflammation du muscle cardiaque… Cela devait être grave.

Tilly était retournée dans la salle de soins, la laissant seule dans le couloir. De temps en temps, une infirmière passait rapidement. Puis on avait amené un autre patient sur une civière – un accidenté de la route. Le pauvre homme était en sang, sa tête reposait sur le côté, son corps était couvert d'un drap blanc. Peu après, Marie avait vu arriver Kitty et Robert. Sa belle-sœur n'avait pas supporté de rester sans nouvelles. Ayant appelé trois fois l'hôpital sans obtenir d'informations, elle avait pris sa voiture.

« Seigneur Dieu ! s'était-elle exclamée en se jetant dans les bras de Marie. Qu'est-ce qui est arrivé à notre petit Paul ? Ne me dis pas qu'il est mort ! Il n'est pas mort, n'est-ce pas ? Ce n'est qu'un petit évanouissement, il travaille trop. Imagine-toi que Robert n'a pas voulu me laisser prendre la voiture seule, il avait peur que j'aie un accident. »

Marie avait apprécié de ne plus être seule, même si le flot de paroles de Kitty n'était pas fait pour calmer son angoisse.

« Il a une inflammation du muscle cardiaque, avait-elle expliqué. Heureusement, il a repris connaissance. Tilly est avec lui, elle me tient au courant.

— Dieu soit loué ! avait soupiré Kitty. C'est inconcevable ! La bonne sœur qui se trouve à la porte ne voulait pas nous laisser entrer ! Cet affreux corbeau nous répétait que ce n'était pas l'heure des visites. Ça, elle m'a entendue ! »

La porte de la salle de soins s'était rouverte, on en avait sorti un lit roulant sur lequel Paul était couché, les yeux fermés.

« Ne vous inquiétez pas, avait dit Tilly. Il dort. Demain matin, nous prendrons de ses nouvelles auprès de son médecin. Mais, pour l'instant, nous ferions mieux de rentrer. »

Marie avait marché un moment à côté du lit en contemplant son Paul endormi. Mais, lorsqu'elle avait voulu toucher sa main, on ne l'y avait pas autorisée.

« Et si son état empire au cours de la nuit ?

— Dans ce cas, on nous préviendra par téléphone. Pour plus de précaution, je vais rester avec toi et passerai la nuit à la villa. »

Marie lui en avait été reconnaissante. Le calme et l'objectivité de Tilly lui étaient beaucoup plus agréables que le bavardage chaotique de Kitty. Durant le trajet de retour, elle s'était fait expliquer les détails médicaux. Elle n'avait pas tout compris, mais il était réconfortant que les médecins sachent de quoi souffrait Paul et comment le soigner.

« Une thérapie médicamenteuse n'est que partiellement possible. Il a besoin de beaucoup de calme, il faut qu'il fasse le moins d'efforts physiques possible et qu'il évite les émotions. Il guérira de lui-même avec le temps, mais pas du jour au lendemain, bien sûr… »

À la villa, on avait laissé l'éclairage extérieur. Sebastian attendait dans la bibliothèque pour prendre des nouvelles de Paul. L'échange avait été bref, Tilly avait expliqué que Marie et elle avaient absolument besoin de sommeil. Sebastian avait regagné l'annexe au plus vite pour informer sa femme que, compte tenu des circonstances, l'état de Paul était satisfaisant.

Marie avait installé Tilly dans la chambre de Kurti, puis elle était allée se coucher. Cependant elle n'avait pas réussi à trouver le sommeil. Elle revoyait sans cesse le visage gris de Paul, crispé par la douleur, entendait ses questions : « Qu'est-ce qui se passe ? Où suis-je ? » Et elle s'accablait de reproches pour ne pas l'avoir plus fermement dissuadé de travailler la nuit. Comment s'étonner de ce qui était arrivé ? Pendant la journée, il courait à la banque, s'occupait de la vente des immeubles, faisait son travail à l'usine. Puis il passait la nuit penché sur ses dossiers et ses calculs. Pourquoi l'avait-elle laissé faire si longtemps sans intervenir ? Pourquoi était-on toujours plus intelligent après coup ?

La nuit avait été courte. Elle s'était réveillée vers 6 heures en entendant Tilly descendre sans bruit dans le bureau pour téléphoner. Marie avait enfilé sa robe de chambre et l'avait rejointe.

« Il a passé une nuit calme, lui avait appris Tilly avec soulagement. Les visites ont lieu l'après-midi mais, hier, j'ai obtenu du médecin-chef, le Dr Peuser, que tu puisses exceptionnellement passer le voir un instant vers 10 heures. Il se trouve au deuxième étage, chambre 207.

— À 10 heures ? Si tard ? avait soupiré Marie.

— C'est ça. Et pas avant que tu aies pris un petit déjeuner correct, Marie. On dirait que tu n'as pas dormi de la nuit. »

Les domestiques étaient déjà debout. Humbert dressait la table du petit déjeuner. L'air inquiet, il avait demandé des nouvelles de son maître.

« Son état est satisfaisant, Humbert, avait répondu Marie. Nous espérons qu'il sera bientôt rétabli.

— J'en suis très heureux, Madame. J'ai eu très peur en le voyant évanoui sur le canapé de Gruber. Je vais immédiatement transmettre cette bonne nouvelle à la cuisine. Tout le monde est très angoissé. »

Tilly et Marie avaient mangé en tête à tête. Tilly avait forcé sa compagne à prendre un bon petit déjeuner avant de se préparer elle-même pour ses visites à domicile.

« Si vous avez besoin de moi, appelez chez Kitty.

— Merci pour tout, Tilly. Je ne sais pas ce que nous ferions sans toi... »

Marie s'était demandé pourquoi Tilly lui avait enjoint d'appeler chez Kitty et non au cabinet, où elle était plus facilement joignable. Mais, ayant plus important à faire, elle ne s'était pas attardée sur la question. Il fallait notamment qu'elle avertisse le secrétariat de Paul.

Mlle Lüders était sens dessus dessous. Elle savait déjà par le portier que monsieur le directeur avait eu une syncope.

« Pour l'instant, je n'en ai parlé à personne, madame Melzer, je ne voulais pas provoquer la panique chez les ouvriers. Et j'ai donné pour instruction à M. Gruber de garder cette information pour lui.

— Vous avez très bien fait, mademoiselle Lüders. Étant donné la situation, l'état de mon mari est satisfaisant. Je vous rappellerai à midi pour vous indiquer la marche à suivre. »

La Lüders l'avait remerciée, visiblement très soulagée de savoir enfin ce qui s'était passé. M. Melzer était un homme si agréable, si gai, elle était profondément bouleversée par ce qui lui arrivait.

« Tous mes vœux de prompt rétablissement pour monsieur votre époux, madame Melzer ! »

Marie avait raccroché et s'était rendue à l'annexe pour discuter avec Elisabeth de ce qu'il convenait de faire. Elle avait trouvé sa belle-sœur en robe de chambre au salon, en train de pleurer dans son mouchoir. Assis à son côté, Sebastian essayait vainement de la consoler.

« Seigneur ! s'était-elle exclamée. Tout est ma faute, Marie. C'est à cause de moi qu'on a construit cette annexe qui nous a ruinés. Ce sont les soucis d'argent qui ont rendu Paul malade…

— Personne n'est coupable, Lisa, avait fermement répliqué Marie. Nous avons tous été happés par la crise. Il va falloir qu'on se serre les coudes pour que Paul puisse avoir le temps de se rétablir. Chacun de nous peut apporter sa contribution. »

Elisabeth avait immédiatement acquiescé. Elle se rendrait dans l'après-midi à l'hôpital avec les jumeaux. Et, si on la laissait parler à Paul, elle ne pleurerait ni ne gémirait, elle ferait son possible pour respirer le calme et la confiance.

« J'espère que j'en serai capable, Marie », avait-elle soupiré en fouillant dans la poche de sa robe de chambre à la recherche d'un mouchoir sec.

Sebastian lui avait tendrement caressé les cheveux et la nuque en lui disant combien il était fier de son courage et de sa force. Sur quoi Elisabeth avait de nouveau fondu en larmes.

« Marie, avait ajouté Sebastian, si tu n'y vois pas d'inconvénient, je vais aller à l'usine. Je pourrai peut-être m'y rendre utile.

— En tout cas, tu pourrais aider la secrétaire avec le courrier et les appels.

— J'y avais pensé, oui. »

Avant de partir pour l'hôpital en tramway, Marie s'était changée et examinée dans la glace d'un œil critique. Tilly avait raison, elle semblait terriblement pâle, avait les traits marqués par l'angoisse. Pas question de se présenter ainsi devant Paul. Elle s'était poudrée, peignée, avait relevé ses cheveux en un joli chignon, puis s'était essayée à sourire. Le résultat n'avait pas été très convaincant – calme et confiance n'étaient pas vraiment au rendez-vous.

« Il n'y a pas de visites le matin », lui avait-on dit à la porte de l'hôpital. La bonne sœur portait des lunettes à verres épais et à monture en nickel, sa bouche se réduisait à un trait mince. Elle n'avait jeté qu'un bref coup d'œil à Marie et s'était replongée dans son livre à la couverture noire.

« Pourriez-vous vous renseigner auprès du Dr Peuser, s'il vous plaît ? J'ai une autorisation spécifique. Il s'agit de mon mari, le patient Paul Melzer.

— Ici, il n'y a pas de traitement de faveur, madame Melzer », avait répliqué l'autre sans lever les yeux.

Marie était demeurée un moment indécise devant la porte vitrée de la loge. La zélée bonne sœur avait repris la lecture de son bréviaire. Elle devait être très myope, car en dépit de ses épaisses lunettes elle tenait son livre tout près de ses yeux. Profitant de son inattention, Marie avait fini par passer devant elle sans faire de bruit.

Elle avait pris l'ascenseur pour éviter de croiser des infirmières et des médecins. Une fois dans le couloir du deuxième étage, elle avait cherché la chambre, passant devant trois jeunes infirmières qui papotaient avec animation. Chambre 204… 203… Elle avait pris la mauvaise direction. 205… Une porte sur laquelle était marqué « ENTRÉE INTERDITE », puis enfin la 207.

Elle avait frappé doucement. Comme personne ne répondait, elle avait abaissé la poignée et entrouvert la porte. Une petite pièce aux murs blancs, une fenêtre, une chaise, un lit avec une table de chevet, accessible de tous côtés. Paul était couché sur le dos, la tête tournée, les yeux clos. Marie s'était glissée dans la pièce, avait refermé la porte en faisant le moins de bruit possible et s'était approchée du lit. Elle ne voulait surtout pas le réveiller. Elle souhaitait simplement le regarder, l'écouter respirer, savoir que son cœur battait.

« Marie ? avait-il chuchoté en tournant la tête, les yeux toujours fermés. Tu es enfin là ?

— Oui, chéri, comment sais-tu que c'est moi ? »

Il avait ouvert les yeux et lui avait souri. Avec amour et espièglerie, comme seul il savait le faire, comme il le faisait déjà à l'époque où elle était encore fille de cuisine à la villa.

« Je reconnais tes pas, Marie. Viens t'asseoir à côté de moi. »

Il avait désigné de la main le bord du lit et repoussé légèrement la couverture.

« Je ne sais pas si j'ai le droit, Paul, avait-elle objecté. Hier, on ne m'a même pas permis de te toucher.

— Assieds-toi, Marie, avait-il insisté. S'il te plaît ! »

Elle avait obéi. Il l'avait attirée à elle, l'avait enlacée et embrassée.

« À compter de maintenant, je veillerai sur toi, chéri, avait-elle chuchoté.

— Mais tu l'as toujours fait, mon amour !

— J'ai été négligente, Paul. Seigneur, j'ai eu si peur pour toi ! »

Il lui avait caressé le dos et l'avait tenue serrée contre lui.

« Je n'ai pas cessé de me répéter que je ne voulais pas te quitter, Marie. Qu'il y a quelque chose qui m'attache à cette terre : toi et nos enfants. Surtout toi, ma Marie. Tu me retiens ici-bas par les liens puissants de l'amour. »

Il s'était tu. Marie n'avait pu répondre, elle luttait contre les larmes. Non, elle ne voulait pas pleurer. Mais cette stupide blouse blanche qu'on lui avait passée ne s'en était pas moins retrouvée mouillée.

« Tu as besoin de beaucoup de calme », avait-elle dit en s'essuyant les joues avec la plus grande discrétion possible. Mais il avait remarqué ses pleurs et lui avait tapoté la figure avec le pan de la couverture.

« Malheureusement, avait-il répondu. Ça tombe très mal, Marie. Tu ne le sais pas encore, mais nous avons obtenu le contrat avec Keller & Weingart. Un gros contrat.

— Il ne faut pas que tu recommences à t'inquiéter pour l'usine, avait-elle protesté. Je vais m'en occuper et Sebastian est à mon côté. Tu peux être parfaitement tranquille. »

Il avait secoué la tête.

« Ils veulent du fil à coudre de qualité. En assez grande quantité...

— Mais c'est formidable, chéri ! Nous allons lancer la production.

— C'est là le problème, Marie. Hier, ces fichues machines à filer n'ont pas voulu démarrer. Mittermayer voulait réessayer ce matin à 10 heures. Il faut que tu appelles l'usine et que tu demandes si ça fonctionne. »

Marie s'était redressée avec effroi en sentant les mouvements inquiets et désordonnés du cœur de Paul. Était-ce à cause de cela ? S'était-il énervé à propos de ces maudites machines au point que son cœur s'était arrêté de battre ?

« Je vais régler ça, Paul, avait-elle répondu sur un ton apaisant. Tu ne dois pas t'encombrer de ces choses, il faut que tu guérisses. À l'époque où tu étais au front, j'ai pris l'usine en main. Je le referai. »

Mais il n'était pas parvenu à se calmer et Marie avait pris peur. S'il s'agitait de la sorte, son état pouvait s'aggraver.

« Il faut que tu me tiennes au courant, Marie, avait-il dit en toussant. À l'époque, nous avons reconstruit les machines d'après les plans de ton père. Huntzinger a fait la plus grosse part, Mittermayer a également participé. Peut-être qu'il a besoin des plans. Ils sont dans mon bureau, sur l'étagère du haut.

— Suffit, maintenant ! Désormais, c'est moi qui m'occupe de l'usine. Ton travail à toi, c'est de te rétablir. Nous avons besoin de toi, chéri, j'ai besoin de toi. »

Un soudain bruit de voix dans le couloir l'avait empêché de répondre. Plusieurs personnes se dirigeaient vers la chambre.

« Vous avez de la visite », avait annoncé une infirmière en ouvrant la porte.

Elle avait fixé Marie avec incrédulité.

« Qu'est-ce que vous faites ici ? »

Au même instant, le médecin-chef était entré avec un groupe de collègues et s'était approché en souriant de Marie.

« Bonjour, madame Melzer. J'espère que vous n'avez pas mis le cœur de votre mari à trop rude épreuve. Cela étant, je pense que quelques palpitations de joie ne peuvent pas faire de mal au patient. »

À la grande surprise de la sévère infirmière, il avait serré la main à Marie avant de se tourner vers son patient.

« Vous pouvez être tranquille, chère madame, avait-il lancé par-dessus son épaule. Avec nous, il est entre de bonnes mains. Saluez donc votre belle-sœur de ma part, Mme von Klippstein. Une femme remarquable.

— Merci, docteur Peuser, avait répondu Marie, soulagée. Je transmettrai. Et maintenant, je vous laisse. Encore merci. »

Elle avait pris congé de Paul avec un sourire aimant qu'il n'avait malheureusement pas vu – on était déjà en train de l'ausculter. L'infirmière avait refermé la porte derrière elle d'un geste vif.

Un gros contrat, avait-elle pensé en descendant l'escalier. Il fallait faire tourner les machines, c'était désormais le plus important. Et rassurer Paul. Mais peut-être Mittermayer avait-il résolu le problème.

Elle avait pris le tramway jusqu'à l'usine, où le vieux Gruber l'avait accueillie en s'inclinant.

« Madame Melzer, soyez la bienvenue ! s'était-il exclamé en soulevant sa casquette. Quel soulagement que vous soyez là ! Tout va rentrer dans l'ordre, maintenant. Comme autrefois, quand le vieux M. Melzer était encore en vie. »

Marie avait souri en le voyant si sincèrement heureux. Elle espérait ne pas décevoir sa confiance.

« M. Mittermayer est-il là ? »

Gruber avait acquiescé et pointé le pouce en direction de l'atelier de filage.

« Il est au travail depuis 9 heures et demie. Il jure comme un charretier, mais il s'accroche. »

Voilà qui n'était guère encourageant. De toute évidence, Mittermayer n'avait toujours pas réussi à remettre les métiers à filer en marche. Marie était passée devant un groupe d'ouvrières de l'atelier de tissage qui prenaient leur pause déjeuner et était entrée dans la salle, où résonnait autrefois le vacarme des métiers renvideurs et des machines à filer à anneaux. À présent, il y régnait un silence de mort. Le toit vitré n'avait pas été nettoyé depuis longtemps, si bien que le soleil de mars ne jetait dans la grande salle qu'une faible lumière grise. Il y avait dans l'air une odeur d'inactivité.

« Monsieur Mittermayer ? »

Le vieux contremaître, agenouillé à côté des deux machines, avait levé vers elle un regard résigné.

« Rien, avait-il dit d'une voix sourde en s'essuyant le menton de sa main maculée d'huile. La grève totale ! J'y comprends rien… »

Il avait démonté plusieurs pièces, les avait examinées, nettoyées, huilées, puis remises en place. Cependant les machines refusaient toujours de démarrer.

« Elles sont vexées qu'on les ait arrêtées. Peut-être qu'il faudrait juste être gentil avec ces bonnes dames, avait-il dit avec un mélange d'humour noir et de cynisme. Leur faire quelques compliments. Leur parler du beau temps. Peut-être aussi leur apporter des fleurs et une tablette de chocolat... Bon sang de bon Dieu ! C'est quand même moi qui les ai construites avec Huntzinger ! »

Marie avait fait le tour des deux machines et les avait examinées. Ce n'étaient pas les spécimens originaux de son père, mais d'autres qu'on avait refaites d'après ses plans. Où était l'erreur ? À l'époque de Jacob Burkard, elles fonctionnaient à la vapeur, non à l'électricité. Cependant elles avaient tourné pendant des années sans incident et sans nécessiter de grosses réparations.

« Le vieux Huntzinger, paix à son âme, il aurait su, lui, ça fait longtemps qu'il aurait trouvé le problème, avait poursuivi Mittermayer, désespéré. Quand monsieur votre père était encore en vie, Huntzinger a travaillé avec lui, il a appris beaucoup de choses et il disait toujours : *Burkard, c'est un génie. Il a besoin de sa bouteille, mais c'est un génie.* »

Marie avait gardé le silence. Elle n'avait pas connu son père, mais savait qu'il était mort des suites de son alcoolisme.

« Faites une pause, monsieur Mittermayer, avait-elle fini par dire. Essayer de forcer les choses ne servira à rien. Montez donc au bureau, Mlle Lüders vous servira un café et une collation. Moi, je vais aller chercher les plans de mon père et nous les regarderons tranquillement ensemble. Nous trouverons peut-être la clé de l'énigme. »

34

LIESEL N'AVAIT VRAIMENT PAS À SE PLAINDRE. La vie avec Elvira von Maydorn était agréable, quoique un peu monotone. La vieille dame se levait avec les poules, Liesel l'aidait à s'habiller et l'accompagnait à l'écurie. Elvira avait une véritable passion pour les chevaux. Elle descendait chaque matin à l'écurie avant même de prendre son petit déjeuner. Dans le temps, elle sellait une des bêtes, partait en promenade et revenait fraîche et dispose.

« Être seule dans la nature de bon matin, c'est inappréciable, Liesel, s'extasiait-elle. Quand le vent te siffle aux oreilles, que les sabots de ton cheval martèlent le sol et que tu vois les chevreuils brouter dans les prairies... Ah, ça me manque tant ! »

Une fois ou deux, elle avait fait enfiler à Liesel son vieux pantalon d'équitation, lui avait donné des bottes et avait ordonné à Lechyk de sortir la brave vieille jument. Après quoi, Liesel une fois en selle, le palefrenier avait promené la jument dans la cour en obéissant aux directives de sa maîtresse.

« Tu sens le rythme, fillette ? Il faut que tu le suives. Lève les fesses, oui, c'est ça ! Redresse-toi, tu es complètement tassée. Plus de souplesse avec les rênes, elles ne sont pas là pour que tu t'y cramponnes. C'est avec les cuisses que tu dois indiquer à la jument où tu veux aller… »

Liesel avait du mal à se conformer à toutes ses indications. Elle aimait bien monter, mais n'arrivait pas à se détendre sous le regard envieux des servantes et des valets qui se moquaient d'elle avec méchanceté. La situation devenait encore plus pénible quand la bonne d'enfants descendait dans la cour avec les trois petits, parce que les gamins bombardaient la jument de mottes de terre. Elvira pouvait crier tant qu'elle voulait, les enfants ne faisaient qu'en rire. Même leur bonne n'intervenait pas.

« C'est la paysanne qui a inculqué ça à ces petits crabes, avait dit la baronne avec colère. Heureusement, la Solianka est douce comme un agneau, elle ne s'énerve pas pour si peu. »

Ensuite, on prenait le petit déjeuner. Liesel n'avait jamais connu une telle surabondance de mets nourrissants, même à la villa aux étoffes. Seul le café était meilleur à Augsbourg, et le pain plus frais. À Maydorn, en revanche, il y avait de savoureux pâtés et du jambon fumé, des œufs frits au lard et du pâté de foie avec de gros morceaux de viande. Les joues creuses de Liesel s'étaient remplies et les anciens habits de sa bienfaitrice lui allaient à présent comme un gant. Elle ne portait plus ses cheveux tressés en une grosse natte, elle les relevait comme le lui avait montré Mme von Maydorn. Sa façon de marcher avait changé, elle aussi.

« Pourquoi cours-tu toujours comme une souris apeurée, Liesel ? s'était agacée la vieille dame. Il faut que tu marches lentement, bien droite. Sans raideur, mais la tête redressée. Tu as le dos courbé comme une servante. N'hésite pas à montrer de l'assurance, tu n'as pas à te cacher dans cette maison. »

De fait, la situation semblait s'être calmée. La « paysanne » évitait Mme von Maydorn et sa jeune protégée, les servantes et la bonne l'imitaient et gardaient leurs distances avec Liesel. Quand la jeune fille avait à faire à la cuisine, elles se détournaient et faisaient comme si elle n'était pas là. Cependant, tous savaient, dans la maison, que la paix était fragile. On ne cessait d'entendre des disputes, les glapissements perçants de la jeune Mme von Hagemann s'entendaient jusqu'au rez-de-chaussée, tout comme la voix claire et furieuse de son époux.

« Qu'ils se disputent tout leur soûl, disait la propriétaire de Maydorn avec satisfaction. Ce serait bien qu'il arrive enfin à s'imposer. Ce n'est pas bon quand c'est la femme qui porte la culotte, surtout lorsqu'il s'agit d'une sotte qui se prend pour je ne sais qui. »

La « paysanne », ainsi qu'Elvira surnommait de façon désobligeante Mme von Hagemann, causait également d'autres tracas à la famille et aux domestiques. Tous les deux jours, Lechyk devait atteler les chevaux au traîneau pour conduire sa jeune maîtresse accompagnée d'une servante à Kolberg, où elle faisait des achats. Elles rentraient en fin d'après-midi, le traîneau plein, et les servantes devaient effectuer de nombreux allers-retours pour porter le tout à l'intérieur. La plupart des acquisitions étaient emballées dans des caisses ou des cartons, si bien qu'on en ignorait la nature. Cependant des effluves de savon et de parfums de qualité se répandaient dans la maison. Et une servante d'un certain âge avait parlé à Elvira de fourrures et de gants en dentelle, de coûteux sous-vêtements de soie, de porcelaine de

Saxe et de bottines en cuir rouge bordées de fourrure blanche.

« Voilà où part l'argent, avait pesté Elvira. À des futilités superflues et des colifichets à la mode. Du coup il ne reste plus rien pour l'électricité, qui aurait dû être installée depuis longtemps. Ils ont déjà dressé trois poteaux, mais on attend toujours les câbles. Ils servent de perchoir aux corbeaux. »

Bizarre, avait pensé Liesel. L'électricité était si commode, on n'avait pas constamment besoin d'allumer une lampe à pétrole ou de se déplacer dans le noir avec une chandelle.

« La paysanne ne connaît rien d'autre, s'était moquée Mme von Maydorn. Le fait qu'elle ait maintenant une belle maison n'y change rien. L'électricité lui fait peur, elle préfère encore consommer une quantité astronomique d'huile à lampe et de chandelles. L'arrogance et la bêtise naissent sur le même fumier. »

En une occasion, son père frappa à la porte d'Elvira pour discuter affaires avec elle. Liesel fut envoyée à la cuisine et, en remontant, elle trouva sa maîtresse d'humeur sombre.

— Prends la cassette marron dans l'armoire, lui ordonna celle-ci. Pose-la sur la table. Maintenant, sors de la pièce et garde-toi bien de regarder par le trou de la serrure !

Liesel savait que c'était l'endroit où Elvira rangeait son argent et ses bijoux. Son père lui avait sans doute apporté l'argent qui lui revenait en tant que propriétaire sur la vente de bois ou autres transactions. Il déduisait les frais du ménage, les salaires et dépenses diverses, aussi la somme finale n'était-elle pas bien grosse. Lechyk allait en déposer une partie à la banque de Kolberg pour l'envoyer à Elisabeth Winkler. Le reste, Elvira le serrait dans sa cassette.

— Remets-la à sa place, dit-elle ensuite. Et maintenant, approche, je voudrais te donner quelque chose.

Le cadeau qu'elle fit à Liesel ce jour-là parut sans prix à la jeune fille. Un fin anneau d'or surmonté d'une perle à l'éclat rosé.

— Ce n'est pas une bague pour une vieille femme. Ça fait longtemps qu'elle est devenue trop étroite, je ne peux même plus la mettre au petit doigt. Essaie-la. Ah, tu vois ? Elle te plaît ? C'est mon frère cadet qui me l'a offerte, à l'époque j'avais ton âge.

— Vous voulez dire que je peux la garder ? demanda Liesel avec incrédulité.

— Si ton père ne te donne rien, fillette, alors moi je le ferai. Tu le mérites.

Si Hagemann se montrait généreux, c'était à sa façon et dans son propre intérêt. Un soir qu'elle sortait de la cuisine avec une tasse de lait chaud au miel, il l'intercepta au pied de l'escalier. Il surgit de manière si inopinée que Liesel, qui avait une chandelle dans une main, la tasse dans l'autre, s'immobilisa sous le coup de l'effroi.

— Encore de service à cette heure ? demanda-t-il.

— Je suis descendue chercher un verre de lait pour Mme von Maydorn, répondit-elle timidement.

— Donne-moi ça, ordonna-t-il en lui ôtant la chandelle et la tasse et en les posant sur une marche. Et maintenant, écoute-moi bien, j'ai quelque chose à te dire.

Il avait l'air très grand et très intimidant à la lueur vacillante de la bougie. Liesel se serait volontiers faufilée pour monter se réfugier chez sa maîtresse. Mais elle craignit qu'il ne la retienne.

— Tu n'es pas sotte, Liesel. Tu auras déjà compris qu'à long terme tu n'as pas d'avenir ici. Pour le moment, la vieille te gâte, mais quand elle ne sera plus là, la vie ici sera très différente pour toi. Ma femme ne tolérera pas que tu restes.

La jeune fille garda le silence. Ses propos étaient durs et témoignaient de son absence d'amour paternel, mais il disait vrai.

Remarquant que ses paroles avaient porté, Klaus von Hagemann poursuivit avec satisfaction :

— Écoute, je ne veux pas te chasser, mais t'aider à te ménager un avenir sûr. Je vais donc te faire une proposition généreuse : si tu rentres à Augsbourg dans les jours qui viennent, je te donnerai l'argent du voyage ainsi que cinq cents Reichsmarks à titre de dot. Qu'est-ce que tu en dis ?

Elle ne comprit pas tout de suite. Cinq cents marks représentaient pour elle une véritable fortune. Mais pourquoi parlait-il de dot ?

— Qu'est-ce que vous voulez dire ?

— Il y a sûrement quelqu'un qui t'attend à Augsbourg, dit-il à voix basse avec un curieux sourire. Quelqu'un qui t'écrit des lettres d'amour enflammées.

Elle n'en crut pas ses oreilles. Des lettres ? Christian lui avait écrit ?

— Où sont-elles ? demanda-t-elle d'une voix étranglée. Pourquoi je ne les ai pas reçues ?

Il se rendit compte qu'il avait commis une erreur en évoquant ces missives qu'il avait soustraites.

— Elles devaient être coincées quelque part en chemin, elles ne sont arrivées qu'aujourd'hui. Et, comme j'étais un peu distrait, je les ai ouvertes par erreur. Ce qui est mon droit puisque je suis ton père et que de toute évidence il s'agissait d'une relation amoureuse. Le jeune homme me paraît passablement inexpérimenté, mais sincère et travailleur – je n'aurais aucune objection contre ce mariage.

Se souciait-il réellement de son avenir ? Liesel préféra ne pas s'appesantir.

— Je voudrais avoir mes lettres, exigea-t-elle.

— Bien entendu, Liesel. Mais d'abord je voudrais savoir ce que tu penses de ma proposition.

Il lui barrait toujours la route et elle n'osa pas forcer le passage pour remonter à l'étage.

— Je... Il faut que je réfléchisse, bafouilla-t-elle. Je vous répondrai plus tard.

Il acquiesça à contrecœur et ajouta sévèrement :

— Demain, Liesel. Je veux le savoir demain, parce qu'il faut que j'aille à la banque retirer l'argent. Par ailleurs, il serait bon que tu n'en parles à personne. Sinon, notre accord tombera à l'eau.

— Mes lettres...

Il la fixa d'un air mécontent, puis sortit un paquet de sa poche. Il y avait cinq ou six enveloppes, toutes ouvertes. Liesel les fourra sous sa blouse, ramassa la chandelle et la tasse et l'invita du regard à la laisser passer. Lorsqu'il s'écarta, elle se rua dans l'escalier comme si elle avait le diable à ses trousses.

— Mais qu'est-ce que tu fichais ? demanda Elvira von Maydorn avec sévérité.

Liesel commença par poser la tasse, dont le contenu avait largement eu le temps de refroidir, puis elle sortit les lettres. Il l'avait trompée. Quand on recevait un paquet de courrier adressé à quelqu'un d'autre, il pouvait arriver qu'on ouvre une des lettres par erreur. Mais il n'était pas nécessaire de faire de même avec toutes les autres. Liesel fut prise de colère. Son père était un menteur.

— Regardez, dit-elle à la baronne. Il m'a donné ça.

Elle jeta la liasse de lettres sur la table et fondit en larmes. Inquiète, Elvira prit les enveloppes ouvertes, regarda l'adresse et le nom de l'expéditeur et sa main se mit à trembler.

— C'est comme ça que Klaus von Hagemann t'a remis ton courrier ? Ouvert ?

Liesel hocha la tête en sanglotant, le visage dans ses mains.

Son père lui avait menti. Du coup, cette histoire de dot généreuse devait être un mensonge, elle aussi. Il voulait se débarrasser d'elle et, pour cela, tous les moyens étaient bons. Qu'était-ce donc que cet individu ? Quelques instants plus tôt, elle croyait encore s'être trompée sur lui parce qu'il s'était montré aimable. Mais ce n'était qu'une apparence.

— Il m'a fait une proposition.

Elle aurait mieux fait de ne rien dire à Mme von Maydorn. La vieille dame était déjà énervée à cause des lettres. Lorsqu'elle apprit en plus ce qui s'était dit au bas de l'escalier, elle fut prise de colère.

— Ma canne ! Et la lampe ! ordonna-t-elle. Toi, reste ici, Liesel, et ne bouge pas !

— S'il vous plaît, il ne faut pas vous énerver comme ça, madame von Maydorn…

— C'est mon affaire.

Liesel ne put dissuader sa bienfaitrice de sortir en clopinant de la pièce et de descendre l'escalier sans son aide. Remplie d'angoisse, elle entrouvrit la porte et tendit l'oreille.

— J'ai à vous parler ! cria Elvira une fois en bas, en cognant de sa canne contre la porte du salon.

Liesel eut du mal à entendre la suite car, poussées par la curiosité, deux servantes dévalèrent l'escalier, faisant claquer leurs chaussures sur les marches en bois. Entretemps, quelqu'un avait dû sortir du salon, car les coups avaient cessé et Elvira était en proie à une crise de fureur.

— Alors comme ça tu me poignardes dans le dos ! Cinq cents marks ? Et où espères-tu les trouver ?

— Je vous en prie, fit la voix de Klaus von Hagemann, visiblement désireux de calmer son interlocutrice. La gamine vous a menti… Il n'a jamais été question d'une telle somme.

Oh, quelle méchanceté ! songea Liesel. Il optait pour le déni.

— Pour ma part, je pense que Liesel m'a dit la vérité. Mais toi, je ne te fais plus confiance. La coupe est pleine ! Plus que pleine ! Je te le dis très clairement, Klaus von Hagemann : je vais réfléchir à changer mon testament.

— Pourquoi s'énerver comme ça, chère madame ? Prenez plutôt le temps de vous demander s'il vaut la peine de s'en prendre à ses amis et fidèles employés à cause d'une petite menteuse. Sans compter qu'en ce qui concerne votre testament tout a été fixé et signé devant notaire.

— C'est ce que nous allons voir !

Liesel fut saisie de crainte en entendant sa protectrice remonter l'escalier avec force gémissements. Elle sortit sur le palier pour lui prendre la lampe des mains et l'aider, mais elle se fit mal recevoir.

— Qu'est-ce que tu fiches ici ? Je croyais pourtant t'avoir dit de rester dans la chambre !

— Je m'inquiétais, madame von Maydorn, répondit Liesel pour se justifier.

— Pas la peine ! Je tiens encore sur mes jambes !

Ce soir-là, Elvira von Maydorn eut besoin de deux verres de l'excellent vieux whisky datant de l'époque de son défunt mari. Puis elle demanda à Liesel de l'aider à se déshabiller et se coucha.

— Demain sera un autre jour, fillette, dit-elle avec un regard entendu.

Sur quoi elle lui souhaita une bonne nuit.

Liesel s'étendit sur le canapé, rapprocha la lampe et commença à lire les lettres de Christian. Elle se sentit le cœur lourd. Il lui avait écrit si souvent, sans qu'elle s'en doute – elle avait même craint qu'il l'ait oubliée. De son côté, elle lui avait envoyé deux lettres après avoir été accueillie par Mme von Maydorn. Mais, apparemment, il ne les avait pas reçues.

Chère Liesel,

Ça fait déjà la sixième fois que je t'écris, et ce sera la dernière, car ta mère nous a dit que tu étais devenue une demoiselle de bonne maison et qu'il fallait que je t'oublie. Ça ne me sera pas facile, mais je ne te reproche rien, je te souhaite de tout mon cœur d'être heureuse. Quand on recevra l'annonce de tes fiançailles avec le propriétaire d'un domaine en Poméranie, je me réjouirai pour toi parce que je te veux du bien et que je penserai toujours à toi en bien.
Reçois le salut de ton fidèle ami.

Christian

Liesel lut et relut ses lettres avec désespoir. Elle pleurait et se reprochait amèrement d'être restée si longtemps partie. Au matin, elle prierait Mme von Maydorn de bien vouloir aller avec elle au bureau de poste de Kolberg afin qu'elle puisse appeler la villa aux étoffes. Peu importait le coût de l'appel téléphonique, elle travaillerait pour le rembourser, dût-elle recommencer à s'occuper des vaches. Christian devait savoir que, loin de l'avoir oublié, elle pensait chaque jour à lui. Après avoir pris cette décision, elle se sentit un peu plus calme.

Elle glissa les lettres sous son oreiller, éteignit la lumière et s'endormit.

Elle fut tirée de son sommeil de bonne heure par la voix énergique de sa bienfaitrice.

— Allez, debout, espèce de marmotte ! Le coq a déjà chanté ! Apporte-moi la robe marron et les sous-vêtements chauds ! Et de l'eau pour la toilette !

La jeune fille se réveilla en sursaut et alluma la lampe. Elvira était assise, toute guillerette, sur le bord de son lit, attendant que Liesel l'aide à se lever et remplisse la cuvette.

— Il est encore tôt, poursuivit-elle. J'ai prévu d'aller à Kolberg et je veux avoir le temps de régler tout ce que j'ai à faire avant.

Elle voulait se rendre à Kolberg, quelle heureuse coïncidence !

— Est-ce que je pourrais vous accompagner ? demanda Liesel.

Elvira se passa un gant humide sur la figure et le cou, puis se fit donner une serviette.

— Si tu veux. Apporte-moi les chaussures pour l'écurie.

On commencerait comme de juste par une visite aux chevaux, puis on prendrait le petit déjeuner et l'on se changerait pour le trajet en traîneau.

Lorsqu'elles descendirent dans le vestibule, il faisait encore sombre. Seule une faible lumière filtrait de la cuisine. Les domestiques étaient déjà au travail. Liesel entrevit la silhouette d'une servante qui jeta un coup d'œil dans le hall et regagna aussitôt la cuisine.

— Avant, elles accouraient, me saluaient et me demandaient si j'avais besoin de quelque chose, déclara Elvira avec amertume. Aujourd'hui, elles m'évitent, les ingrates. Elles se disent sans doute que de toute façon je pourrirai bientôt sous terre.

À l'écurie, il y avait de la lumière, car Lechyk commençait tôt sa journée. Il y régnait une odeur de paille chaude et de chevaux. Une odeur désormais familière à Liesel et qui était très différente de celle des vaches et des cochons. Les chevaux étaient nerveux, ils savaient qu'on allait bientôt leur apporter quelque friandise. Lorsque les deux femmes entrèrent, ils renâclèrent et tournèrent la tête de côté.

— Tu pourras atteler dans une demi-heure, Lechyk, dit Mme von Maydorn en clopinant vers le box de Gengis Khan, qui agita la tête en guise de salut.

Liesel prit le seau dans lequel le palefrenier avait mélangé des bouts de pomme, de carotte et un peu d'avoine et s'apprêtait à le donner à Mme von Maydorn quand un claquement sec suivi d'un bruit de verre brisé les fit sursauter.

— La fenêtre ! s'exclama Lechyk.

Dans l'écurie, ce fut le chaos. De gros projectiles pénétrèrent à l'intérieur, d'autres fenêtres se brisèrent, les chevaux se mirent à hennir d'effroi, se cabrèrent et cognèrent de leurs sabots contre les parois des box. La porte de celui de Gengis Khan s'ouvrit à toute volée. L'étalon devait avoir été touché à plusieurs reprises, il fonça hors du box et se mit à faire des bonds désordonnés dans l'écurie, renversant les outils et les seaux. Le dos pressé contre un poteau, Liesel voyait devant elle le corps massif de la bête qui se cabrait, les sabots qui s'agitaient frénétiquement, le blanc des yeux révulsés de terreur. Paralysée de peur, elle s'attendait à tout instant à être jetée à terre et piétinée par le cheval terrifié. Cependant l'étalon ne lui fit aucun mal, il se livra encore à quelques bonds, puis Lechyk parvint à ouvrir la porte de l'écurie et l'animal sortit dans la cour au galop.

— Madame von Maydorn ! cria Liesel, affolée. Madame von Maydorn, vous êtes blessée ?

Elvira avait été projetée sur le côté quand la porte du box s'était brutalement ouverte. La jeune fille accourut et s'agenouilla à côté d'elle.

— Madame von Maydorn, est-ce que vous m'entendez ?

— Je ne suis pas sourde, croassa la vieille dame. Comment va l'étalon ?

Dieu soit loué, elle était vivante !

— Lechyk est avec lui dans la cour. Est-ce que vous pouvez vous lever ? Attendez, je vais vous aider.

Dans leur box, les juments affolées continuaient de renâcler, de hennir et de se cabrer. Valets et filles d'écurie étaient accourus pour voir ce qui se passait.

— Quelqu'un a jeté des pierres…

— Là-haut, les fenêtres sont fichues…

— Attention ! Y a du verre partout !

Soutenue par Liesel, Elvira s'était redressée en gémissant. Elle jeta un regard autour d'elle.

— Sortez les chevaux, ordonna-t-elle. Les jeunes juments en premier. L'une après l'autre. Conduisez-les dans la cour.

Une fois que les chevaux se seraient calmés, il faudrait voir s'ils étaient blessés, car l'essentiel du verre brisé avait atterri dans les box.

Bouillonnant de fureur, Lechyk revint en claudiquant et aida les autres à sortir les animaux. À la lumière blême du matin, on distinguait très clairement les éclats de verre.

— Ils ont jeté des cailloux, dit-il d'une voix rauque de colère. Kolia les a vus. C'était des gars du village. De Malzow. Il les a bien reconnus parce qu'il vient de là-bas. Ces vauriens travaillaient ici, mais on les a renvoyés parce qu'ils ne fichaient rien.

Malzow. N'était-ce pas le village d'où venait la femme de Klaus von Hagemann ?

— Pourquoi le box de Gengis Khan n'était pas verrouillé ? demanda Elvira.

Lechyk haussa les épaules. Normalement, il l'était toujours. Le palefrenier ne comprenait pas comment la porte avait pu s'ouvrir.

— Quelqu'un a dû dévisser le verrou, répondit-il. Et moi, triple buse, j'ai rien remarqué, Madame !

Mme von Maydorn ne fit aucun commentaire. Elle se remit sur ses pieds avec l'aide de Liesel, vacilla un court instant et prit sa canne, que lui tendait un des valets. Une fois qu'elle fut de nouveau ferme sur ses jambes, la jeune fille lui tapota la cape pour en ôter la poussière et débarrassa sa jupe des brins de paille qui s'y étaient accrochés.

— Cette petite bousculade m'a fait du bien, dit la vieille dame avec un air furibond. Elle m'a remis les os en place. Quand les chevaux se seront calmés, d'ici deux bonnes heures, tu amèneras le traîneau, Lechyk.

Puis, la tête droite, le pas lourd, elle traversa la cour pour regagner le bâtiment principal et monta l'escalier comme si elle n'avait jamais été blessée. Ce n'est qu'une fois de retour dans ses appartements qu'elle se laissa tomber sur le canapé en jurant.

— Cette maudite sorcière voulait nous tuer toutes les deux ! Il n'y a plus à hésiter. Ils vont voir de quel bois je me chauffe !

35

TILLY ÉTAIT ABASOURDIE. Comment pouvait-elle avoir été si stupide ? Ils s'étaient joués d'elle, tous les deux. Pourquoi avait-elle mis si longtemps à comprendre ? Elle était un bon médecin, se trompait rarement dans son diagnostic et se dévouait sans compter pour ses patients. Mais, dans la vie de tous les jours, elle se montrait d'une naïveté incroyable et se laissait duper par tout un chacun.

Ses yeux s'étaient dessillés à l'occasion d'une consultation au cabinet. Mme Meyerbrink, une patiente d'un certain âge, s'était brûlée à l'avant-bras en allumant son poêle. Tilly avait appliqué une pommade sur la plaie et l'avait couverte d'un morceau de gaze. Remarquant qu'elle était à court de pansements, elle avait voulu faire appel à Doris Kortner, mais celle-ci assistait le docteur dans une petite intervention : une épine de cactus qui avait provoqué une inflammation et devait être retirée.

« Ce n'est pas grave, avait dit Tilly. On va se débrouiller. Ne bougez pas le bras, s'il vous plaît…

— Ah, avait soupiré Mme Meyerbrink, sa sœur lui est vraiment d'un grand secours. »

Tilly avait poussé la bêtise jusqu'à rectifier.

« Vous voulez dire sa femme, j'imagine ? Oui, elle aurait fait une excellente infirmière si elle avait voulu s'engager dans cette voie. »

Ce fut au tour de la patiente d'avoir l'air surprise.

« Sa femme ? Non, je parle de Mme Kortner, sa sœur. »

Soudain, Tilly avait eu l'impression que le sol se dérobait sous ses pieds. Sa sœur ? Doris Kortner n'était pas sa femme, mais sa sœur ? Il devait y avoir une erreur.

« Vous l'ignoriez, docteur ? »

Tilly s'était ressaisie. Vrai ou pas, il fallait qu'elle dise quelque chose. Et compte tenu de la situation, il valait mieux ne pas s'appesantir.

« Bien sûr que non, madame Meyerbrink. Là, tenez-moi ça… Voilà. Ménagez votre bras, d'accord ? Évitez de porter lourd et d'appuyer sur la plaie… Vous pouvez rabaisser votre manche, revenez me voir après-demain, je changerai votre pansement et je vérifierai si tout va bien. »

Son flot de paroles avait empêché Mme Meyerbrink d'en dire plus sur Mme Kortner. Tilly lui avait souhaité un prompt rétablissement et avait ouvert la porte.

« Merci, docteur, au revoir, docteur… Est-ce que j'ai le droit de soulever la bouilloire ?

— À condition qu'elle ne soit pas plus qu'à moitié pleine », avait-elle répondu en riant.

Au lieu de faire entrer le patient suivant, elle s'était assise sur la table d'examen et efforcée de mettre de l'ordre dans ses idées.

Il ne peut s'agir que d'une erreur, avait-elle songé, accablée. Ils ne se ressemblent pas du tout. Lui, mince et blond, elle brune et plutôt robuste. Lui, prompt à l'enthousiasme, sensible et un peu distrait ; elle, réaliste, froide et réservée. Comment pouvaient-ils être frère et sœur ?

Avait-il parlé de Doris en l'appelant « ma femme » ? Ne l'avait-il pas toujours nommée uniquement par son prénom ? Et Doris Kortner ? Tilly avait fouillé dans sa mémoire, sûre qu'en une occasion celle-ci s'était désignée comme son épouse, mais elle ne se rappelait pas à quel moment.

Devait-elle poser la question au médecin ? Si c'était faux, elle aurait l'air ridicule. D'ailleurs, il aurait forcément fini par remarquer sa méprise. Et alors il l'aurait détrompée. Non, mieux valait ne rien dire.

Cependant, alors qu'elle sortait pour se rendre dans la salle d'attente, elle était tombée sur le Dr Kortner.

« Beaucoup à faire, hein ? avait-il dit au passage en souriant. Mon patient vient de chanter vos louanges, vous avez débarrassé sa femme de son urticaire. »

Quel exploit ! En temps normal, l'éruption disparaissait d'elle-même. Tilly s'était contentée de prescrire une pommade contre les démangeaisons.

Sous le coup d'une impulsion, elle s'était risquée à faire ce qu'elle s'était pourtant interdit : le mettre à l'épreuve.

« Ah, docteur Kortner, pourriez-vous dire à votre sœur que je n'ai plus de pansements ? »

Kortner s'était figé sur place, puis retourné vers Tilly. À cet instant, elle avait su que Mme Meyerbrink avait dit vrai. Jonathan Kortner avait l'air d'un malfaiteur pris sur le fait.

« À qui dois-je-le dire ? avait-il demandé en s'efforçant d'afficher une mine surprise.

— À Doris, docteur, votre sœur ! »

Il avait attendu qu'elle ressorte de la salle d'attente avec une patiente, l'avait prise par le bras et attirée à l'écart.

« Je vous en prie, madame von Klippstein, avait-il chuchoté avec un air malheureux, je peux tout vous expliquer.

— Plus tard, docteur, avait-elle sèchement rétorqué. J'ai une patiente. »

Elle avait été si occupée par ses consultations qu'elle n'avait guère eu le temps de repenser à cette étrange histoire. Le mois de mars était froid et humide, beaucoup de gens souffraient de refroidissements accompagnés de fièvre, d'amygdalites, d'otites, d'infections des voies urinaires ou de gastro-entérites. Après le départ du dernier malade, elle était demeurée dans sa petite salle, épuisée, ne sachant que faire. La réaction de Kortner l'avait plongée dans l'étonnement. Que se passait-il donc ? Qu'y avait-il derrière tout ça ?

En entendant frapper à la porte, Tilly avait sursauté.

« Oui ? »

C'était Doris Kortner. Son expression trahissait la culpabilité, mais aussi un certain agacement.

« Venez donc nous voir, madame von Klippstein. Jonathan et moi souhaiterions vous expliquer quelque chose. »

Tilly avait soudain ressenti le besoin de s'enfuir. Elle était tombée amoureuse de cet homme ; pourquoi l'avait-il placée dans cette situation absurde ? S'était-elle montrée trop entreprenante ? Était-ce un moyen de se protéger de ses avances ? Quelle horrible idée ! Non, elle n'était pas en état d'écouter de longues explications.

« Désolée, on m'attend à la maison. Pourriez-vous, s'il vous plaît, répondre à une seule question, madame Kortner ? »

La sœur du médecin avait paru surprise, sans doute avait-elle pensé que Tilly la suivrait sans problème.

« Que voulez-vous savoir ? avait-elle demandé en fronçant les sourcils.

— Qui de vous deux a eu l'idée de ce jeu ? Vous ou votre frère ? »

Doris Kortner avait secoué la tête et déclaré qu'il s'était agi d'une méprise. Personne n'avait joué à quoi que ce soit avec elle.

« Vous avez mal compris et nous avons mis un peu de temps à rectifier l'erreur, c'est tout.

— Est-ce également ainsi que votre frère voit la chose ?

— Allez lui poser la question ! »

Tilly en avait eu assez. Elle s'était sentie si blessée, si humiliée qu'elle s'était levée sans un mot et avait mis son manteau. Sans prendre la peine de saluer son interlocutrice, elle avait quitté le cabinet. Si elle s'était écoutée, elle leur aurait signifié sur-le-champ sa démission afin de ne plus jamais avoir à revenir dans cet endroit. Une fois rentrée, elle s'était montrée peu loquace, avait expliqué à Kitty et à sa mère qu'elle était épuisée et s'était couchée tôt.

À présent, elle se tournait et se retournait dans son lit en se demandant que faire. Peut-être tout cela était-il sa faute ? N'était-ce qu'une méprise sans conséquence ? Se montrait-elle injuste à l'égard des Kortner ? Avait-elle fait preuve de sottise en se montrant si susceptible ? Elle décida d'avoir une discussion avec Kortner dès le lendemain – rien ne servait de faire l'autruche, autant affronter la situation, même si cela devait se révéler pénible et humiliant.

Au matin, elle fut réveillée par Kitty, qui entra sans façon dans sa chambre et s'assit sur le bord de son lit.

— Tu n'as pas entendu le réveil, Tilly chérie. Pas grave, de toute manière tu travailles beaucoup trop. Ta chère mère a fait des crêpes pour le petit déjeuner. Hélas, elles sont un peu brûlées, aussi nous les avons saupoudrées de sucre glace, ça se voit moins. Ah oui, ton abominable futur ex-mari a appelé, et le médecin-chef de l'hôpital a essayé à deux reprises de te joindre.

Tout à coup, Tilly fut tout à fait réveillée. Elle se redressa dans son lit.

— Quoi ? Le Dr Peuser a appelé ? Il y a un problème avec Paul ?

— Non, non ! lança Kitty, qui était déjà ressortie. Paul va bien. Le beau Dr Peuser avec ses tempes grises appelait pour une autre raison. Tu lui as sans doute tourné la tête et il veut te convaincre d'accepter un rendez-vous galant en salle d'opération.

— Ah, Kitty, gémit Tilly en repêchant ses chaussures sous son lit. Tu ne pourrais pas m'épargner tes blagues pour une fois ?

— Enfin quoi, Tilly ! Sous peu tu seras une femme libre, il est temps que tu amasses un peu d'expérience en ce domaine. Ou bien comptes-tu rester vieille fille ? Ce serait dommage, Tillylein !

Tilly soupira. Avec Kitty il était inutile de discuter. Même si ces allusions lui étaient particulièrement douloureuses en ce moment.

Pour réparer une autre faute, elle appela son mari à Munich. Elle eut de la chance, Ernst était là et il prit l'appel.

— Je suis vraiment navrée d'avoir manqué le rendez-vous chez le juge, dit-elle. Il y a eu une urgence, Paul a eu une syncope.

— Je sais, répondit-il sèchement. J'ai mis mon consentement au divorce et mes conditions par écrit, le document te sera transmis sous peu. Le tribunal fixera sans doute un second rendez-vous.

— En effet, oui.

— J'espère que, cette fois, tu seras présente.

— Assurément.

— Dans ce cas, je ne vois plus rien à ajouter. Au revoir.

— Au...

Il avait déjà raccroché. Tout cela était très irritant. Ces derniers temps, tout semblait vraiment aller de travers dans sa vie, elle avait l'impression de lutter en permanence contre de nouvelles catastrophes. Comme elle avait sa matinée libre, elle commença par descendre au salon, où on l'attendait pour le petit déjeuner. Sa mère l'accueillit comme d'habitude avec un air de reproche.

— Tu as de nouveau une mine de déterrée, Tilly. C'est parce que tu manges de façon trop irrégulière. Ça fait un quart d'heure qu'on t'attend.

Malgré cela, ce moment passé avec Kitty, Robert et sa mère lui apporta du soulagement, car les discussions la détournèrent de ses propres soucis. On parla de Paul, de la situation de l'usine et de la villa aux étoffes. Robert leur apprit que la date du remboursement de l'emprunt avait été repoussée d'un mois, il n'avait pas réussi à obtenir un report plus important.

— Tu aurais mieux fait de tuer ces sangsues, rétorqua Kitty avec colère. Le pauvre Paul n'aurait pas eu à les rembourser.

— Tu voudrais donc me voir en prison, chérie ? demanda Robert, égayé. Et moi qui croyais que nous étions heureux en ménage.

— Tu m'as percée à jour, Robert Scherer, répliqua Kitty en affichant un air contrit. Ça fait longtemps que je me demande comment faire pour me débarrasser de toi, parce que je suis éperdument amoureuse de l'avocat Grünling et que je rêve de lui toutes les nuits.

— Tu sais quoi, mon trésor ? riposta Robert avec un sourire en coin. S'il te plaît tant que ça, je ne veux pas faire obstacle à ton bonheur.

— Espèce de crapule, s'exclama Kitty en lui pinçant l'oreille avec vigueur, ce à quoi il se prêta de bon gré.

— Quand allez-vous enfin devenir adultes, tous les deux ? soupira Gertrude.

Tilly savourait cette atmosphère détendue et aurait voulu que ce moment ne finisse jamais. Mais, dès qu'elle fut remontée dans sa chambre, le quotidien reprit ses droits. Elle repensa à la mise au point qui l'attendait avec le Dr Kortner. Où était le problème en fin de compte ? Kortner était un homme charmant, il avait un peu flirté avec elle parce qu'il avait besoin d'elle au cabinet. Rien de plus. Mais quand il s'était aperçu qu'elle était tombée amoureuse de lui, il avait battu en retraite. Sa méprise touchant Doris était survenue à point nommé, il avait jugé plus prudent de ne pas la détromper. En soupirant, elle dut reconnaître qu'en matière d'amour elle manquait vraiment d'expérience et que n'importe qui pouvait lire dans son cœur. Kitty n'avait peut-être pas tort : une femme d'aujourd'hui se devait de sortir avec des hommes. Hélas, elle avait été élevée selon les principes éducatifs du siècle précédent, qui stipulaient qu'une jeune fille devait arriver vierge et innocente au mariage. Ce qui avait été son cas. Et le plus affligeant de toute cette histoire, c'était que son mariage avec Ernst l'avait laissée tout aussi vierge qu'au premier jour.

Elle décida de passer d'abord à l'hôpital pour s'informer de l'état de Paul et voir le Dr Peuser, qui avait peut-être besoin d'un renseignement supplémentaire.

Ensuite, seulement, elle se rendrait au cabinet du Dʳ Kortner pour affronter l'épreuve qui l'attendait. Ah, comme elle aurait voulu avoir cette pénible entrevue derrière elle !

Cependant la journée prit un tour inattendu – et merveilleux.

À la porte de l'hôpital, la jeune infirmière de service l'accueillit avec un sourire cordial.

— Madame von Klippstein, le médecin-chef Peuser vous attend. Couloir de gauche, troisième bureau. Son nom est sur la porte.

Tilly craignait que l'état de Paul se soit révélé plus grave qu'on ne l'avait cru. Allait-il souffrir d'une insuffisance cardiaque toute sa vie ? Ce n'était pas impossible, elle avait pourtant espéré qu'il s'en sortirait une fois de plus. Elle frappa à la porte avec appréhension et fut reçue par une employée.

— Un instant, je vous prie, madame von Klippstein. Le docteur vient d'être appelé auprès d'un patient. Je vous propose de l'attendre ici.

— S'agirait-il du patient Paul Melzer, qui a été amené avant-hier dans la nuit ?

— Je regrette, je ne suis pas autorisée à donner d'informations.

Bien sûr… Pourquoi posait-elle des questions aussi stupides ? Elle s'assit, inquiète, dans la pièce garnie de meubles sombres. Le temps passa, elle ne cessait de consulter sa montre parce qu'elle voulait être au cabinet pour la pause de midi. Le Dʳ Peuser finit enfin par arriver.

— Bonjour, madame von Klippstein, lança-t-il gaiement en lui tendant la main. Excusez-moi de vous avoir fait attendre. Vous savez ce que c'est…

— Bien sûr.

Tilly fut soulagée. Il ne pouvait s'agir d'une mauvaise nouvelle, sinon il ne l'aurait pas abordée avec cette spontanéité pleine d'entrain. Il s'installa à son bureau et la regarda avec un air d'expectative.

— Avez-vous apporté vos papiers ? demanda-t-il. Cela nous permettra de mettre les choses en route sur-le-champ.

Elle lui jeta un regard stupéfait.

— Mes… papiers ?

Il eut un geste agacé et poussa un soupir.

— Je craignais bien qu'on ne vous ait pas transmis la totalité de mon message. La jeune dame que j'ai eue au téléphone m'a paru un peu désorientée. Quoique très charmante, je dois le dire. Votre belle-sœur, n'est-ce pas ?

— Si vous voulez parler de Mme Scherer, oui, c'est ma belle-sœur. Elle était là avant-hier.

— En effet, répondit-il avec un sourire, je me souviens. Mais venons-en à vous, madame von Klippstein. Nous avons un poste vacant et j'aimerais proposer votre candidature. Je sais que vous travaillez dans un cabinet médical, mais peut-être auriez-vous envie de changer ? Pour ma part, j'en serais ravi.

Une offre d'emploi. Tout à fait inespérée et sans qu'elle ait eu à faire de démarches ! Les miracles existaient-ils en fin de compte ? Ou fallait-il s'attendre à une nouvelle déception ?

— J'aimerais vraiment beaucoup travailler ici, dit-elle avec hésitation. Malheureusement, il y a eu, disons, quelques complications à l'hôpital de Schwabing où j'étais employée, de sorte que mon certificat n'est pas à mon avantage.

Penché en avant, les mains jointes, le médecin-chef la considéra avec un curieux sourire.

— Je ne l'ignore pas, madame von Klippstein. Hier, j'ai pris quelques renseignements, le Pr Sonius est un ancien condisciple. Bon, je ne vous rapporterai pas les détails de notre conversation téléphonique. Toujours est-il qu'il est navré de cette histoire et m'a parlé de vous dans les termes les plus élogieux. Alors, que dites-vous de cela ?

Tilly en resta coite. Le médecin-chef de l'hôpital de Schwabing l'avait traitée comme un pion que l'on sacrifie alors qu'il était parfaitement au courant de ce qui s'était passé. Et voilà qu'il la recommandait à son collègue. Poussé par sa mauvaise conscience, en quelque sorte. Quel drôle de monde, tout de même !

— Excusez-moi, dit-elle en déglutissant avec peine. Je suis quelque peu étonnée.

Le Dr Peuser la gratifia d'un sourire paternel et lui tendit la main.

— Acceptez, madame von Klippstein. Nous avons besoin de médecins tels que vous. Envoyez-moi vos papiers et je ferai le nécessaire. Je pense qu'avec vous nous faisons bonne pioche !

Elle lui serra la main et quitta son bureau d'un pas chancelant, mais joyeux. Une fois dehors, elle se rendit compte qu'elle avait oublié de lui demander des nouvelles de Paul. Mais elle se rassura elle-même : s'il y avait eu un problème, il le lui aurait assurément dit.

Le soleil était chaud, partout on voyait les premières feuilles printanières ; crocus et tulipes pointaient sur les parterres. Pâques n'était plus très loin.

La chance était-elle en train de tourner ? Tilly n'appréhendait plus l'explication qui l'attendait avec Kortner. La situation était simple : elle présenterait sa démission parce qu'elle venait de recevoir une offre avantageuse. Une solution propre et nette qui lui permettait de se sortir la tête haute de cette stupide histoire.

Elle en garderait une épine dans le cœur. Mais cela ne comptait pas. Chaque fois qu'elle avait écouté ses sentiments, elle n'en avait retiré que du chagrin.

36

— Excellent, Leopold. En six mois, tu t'es hissé de la vingtième à la troisième place. Continue comme ça !

Leo prit le bulletin scolaire que lui tendait son professeur et le remercia en faisant une courbette, comme il était d'usage à l'école. Il retourna s'asseoir à sa place sous les regards envieux de ses camarades et rangea négligemment son bulletin dans son cartable. Troisième ! Quelle déception ! La faute à ces fichues mathématiques, elles lui avaient coûté la première place. Pourtant, il avait bossé comme un fou, mais cette satanée matière ne voulait pas lui entrer dans le crâne.

Son ami Walter n'était que cinquième en raison de résultats insuffisants en latin et en grec, mais cela ne semblait pas le déranger. Assis à sa place, il avait les yeux dans le vague. Leo évitait tout contact avec lui, il ne voulait pas avoir à écouter ses récits enthousiastes sur le nouveau professeur de violon du conservatoire. Walter avait fait d'énormes progrès, il avait même été cité dans le journal et, lors de la soirée au conservatoire, avait brillé dans le *presto* de la *Sonate pour violon seul n° 1* de Bach. Pour Leo, en revanche, tout ce qui avait trait au conservatoire appartenait désormais au passé. Peut-être que la musique était effectivement sa vocation. Mais sa tâche, en cette vie, était de s'occuper de l'usine familiale.

La veille des vacances de Pâques, un grand nombre de parents ou de domestiques vinrent chercher les élèves. La tante Kitty attendait Leo dans sa petite voiture déglinguée. Comme il faisait beau, elle avait relevé la capote. Leo vit qu'elle discutait avec animation avec Mme Ginsberg. Et, bien entendu, Walter était là.

— Oui, je suis très contente que ça ait enfin marché, entendit-il dire Kitty. Mon Robert s'est mis en quatre et a envoyé je ne sais combien de lettres.

— Je lui en suis très reconnaissante, répondit Mme Ginsberg.

Walter ne disait mot, il ne semblait pas partager la joie de sa mère.

— Ah, Leo ! s'exclama Kitty en faisant signe à son neveu. Tu n'es pas encore au courant. Walter et sa mère vont traverser l'océan pour se rendre en Amérique.

Leo ressentit un pincement au cœur. En Amérique ?

— Pour toujours ? demanda-t-il en regardant son ami.

Celui-ci acquiesça avec un air sombre.

— C'est Maman qui l'a décidé, répondit-il. Elle a peur que la situation s'aggrave pour les gens comme nous. Et puis elle ne trouve plus de travail.

Puisque l'atelier de Marie était temporairement fermé, Mme Ginsberg avait posé sa candidature comme professeure de piano au conservatoire, mais sans succès.

— C'est dommage pour votre amitié, Leo, dit Mme Ginsberg avec tristesse. Mais vous vous écrirez. Et, qui sait ? Peut-être que tu viendras nous voir dans le Nouveau Monde ?

— Quand…

Leo dut s'éclaircir la gorge.

— Quand partez-vous ?

— Juste après Pâques. D'ici là, vous avez encore le temps de vous revoir pour faire de la musique ensemble, n'est-ce pas, Walter ?

— Oui, Maman, répondit Walter d'une voix étranglée. Si Leo a envie de jouer du piano…

— Oui, dit Leo en se secouant.

Il ne pouvait pas laisser Walter partir comme ça.

— Aujourd'hui, ça ne sera malheureusement pas possible, parce qu'on va voir Papa à l'hôpital. Vous voulez que je passe demain chez vous ?

— Il vaudrait mieux que Walter te retrouve à la villa, objecta Mme Ginsberg. Tout est déjà dans les caisses et les valises. Et le piano, je l'ai vendu. Nous prendrons un nouveau départ dans l'Iowa. Là-bas, je travaillerai dans une boutique et Walter ira au lycée à Charles City.

— Très bien, répondit Leo, qui ne trouvait pas ça bien du tout. Alors on se voit demain à 10 heures à la villa, Walter.

Il monta dans la voiture de sa tante et fut content de pouvoir garder le silence, car Kitty bavardait sans reprendre son souffle, comme à son habitude.

— Alors, Leolein, tu es content de tes résultats ? Henni n'a pas fait grand-chose cette année, elle est passée de justesse dans la classe supérieure. Pourtant, elle pourrait avoir de bien meilleures notes, mais l'école ne l'intéresse pas… Ah, la pauvre Mme Ginsberg, ce ne sera pas facile pour elle, là-bas. Robert espérait lui trouver un point de chute à New York ou à Boston, mais ça n'a pas marché. L'Amérique n'est plus ce qu'elle était, la crise économique a terriblement secoué les Américains, tout est par terre et les rues sont pleines de gens au chômage. L'Iowa est une région de fermiers ; d'après Robert tout va encore bien là-bas. En revanche, pour ce qui est de la culture, c'est le désert. Dans l'immédiat, le pauvre Walter n'aura sûrement pas de cours à la hauteur... Ah oui, Henni m'a donné une lettre pour toi... Houhou, Dodolein ! Non, plus loin, ici je ne peux pas m'arrêter... Avance encore un peu... Ah, zut, voilà que ma petite bagnole fait encore des siennes.

Dodo les attendit rue de la Montagne de Perlach. Elle était entourée d'amies à qui elle parlait avec animation, sans doute s'agissait-il une fois de plus de quelque aviatrice ayant atterri en Afrique ou dans une autre contrée sauvage. Quel était son nom déjà ? Nelly Einhorn ou quelque chose comme ça...

— Tu n'as pas enlevé le frein à main, tante Kitty ? demanda Dodo en montant dans la voiture. Ça sent très fort le brûlé.

— Saperlipopette, tu as raison ! Je perds la tête avec mon petit Paul à l'hôpital, ça me rend si nerveuse qu'il doive rester encore quelque temps dans cet horrible endroit. Et l'usine qui va à vau-l'eau. Mais n'en parlez surtout pas à votre papa, d'accord ?

Leo et Dodo étaient au courant depuis longtemps. Leur mère ne faisait plus que de brèves apparitions à la villa : quand elle ne se trouvait pas à l'hôpital, auprès de Paul, elle était à l'usine.

« Ils n'arrivent pas à remettre les métiers à filer en route, avait expliqué Dodo à son frère. J'ai dit à Maman que je savais comment ça marche, mais elle ne veut pas m'autoriser ne serait-ce qu'à toucher à ses précieuses machines... »

Leo rangea la lettre de Henni avec son bulletin et sourit en repensant à l'assurance dont sa sœur faisait preuve. *Je sais comment ça marche,* tel était son refrain et sa phrase favorite. Voiture, avion ou machine à vapeur, Mlle Je-sais-tout pouvait en remontrer à tout le monde.

Après le déjeuner, Leo remonta dans sa chambre. Il s'assit et regarda son piano. Cela faisait des mois qu'il n'en avait même pas soulevé le couvercle. Les partitions reposaient dessus en piles bien rangées, et les pédales étaient couvertes de poussière parce que Else ne passait le chiffon que sur la partie haute. Il se leva et se mit à déambuler dans la pièce, passant deux fois tout près de l'instrument. La troisième fois, il posa très prudemment les doigts sur le couvercle et eut un geste de recul comme s'il avait mis la main sur une plaque de cuisson brûlante. Plus jamais, s'était-il juré. Avait-on le droit de rompre un serment qu'on s'était fait à soi-même ?

Juste pour quelques jours, pensa-t-il. Je ne peux pas laisser Walter partir comme ça. Sans musique. Et après, je ne jouerai plus jamais. Sûr et certain !

Il recula le tabouret et s'assit. Prit une profonde inspiration et souleva le couvercle. Le tapis en feutre rouge foncé qui recouvrait le clavier était fripé parce qu'il ne l'avait pas remis correctement en place. Au temps où il prenait encore des cours au conservatoire. Il coupa court à toute réminiscence. Il ne voulait plus penser à elle, à son nom, son visage, sa blouse, ni à tout ce à quoi il avait si souvent rêvé…

Lorsqu'il posa les mains sur les touches, ses doigts se mirent en mouvement comme d'eux-mêmes. Beethoven. *Sonate au clair de lune.* Premier mouvement. Paysage aride de montagne, lumière pâle, austère, vaste, solitude infinie. Il se sentit enveloppé par l'atmosphère du morceau. Jamais encore il n'avait ressenti ce premier mouvement paisible avec une telle intensité. Il préférait le troisième, qui était échevelé et haletant, orage avec éclairs et coups de tonnerre, arpèges vertigineux, la nature déchaînée, en tumulte. Pourtant, le premier était bien plus formidable. En quelques sons, il faisait surgir une profonde obscurité, un monde tranquille, mélancolique…

— Leolein, quel plaisir de t'entendre jouer à nouveau ! fit une voix dans l'escalier. Mais nous devons partir, ton père vous attend.

Tante Kitty. Qui d'autre aurait pu d'un mot rompre une harmonie si grandiose ? *Leolein.* Il détestait qu'elle l'appelle comme ça.

— J'arrive !

Il ne prit pas son bulletin avec lui, ne fallait-il pas éviter toute émotion à son père ? Dodo fit de même, pourtant elle était première de sa classe. Mais elle ne voulait pas éclipser son frère.

Heureusement, leur père allait mieux. Il n'était plus sur son lit d'hôpital. Assis sur une chaise devant la fenêtre, il lisait le journal. Et il avait quitté sa drôle de blouse pour son pyjama et la robe de chambre qu'il mettait toujours quand il se rendait à la salle de bains.

— Alors, vous deux, lança-t-il. Vous êtes satisfaits de vos bulletins ? Bon, exceptionnellement je m'abstiendrai de toute question. Vous voulez du chocolat ? C'est votre tante Lisa qui me l'a apporté. Si vous ne lui dites rien, vous aurez le droit d'en prendre un bout.

Leur père se montra particulièrement gentil et généreux. Il leur offrit toute la tablette et ils eurent l'autorisation de faire avec lui une courte promenade dans le couloir.

Il leur dit des choses très étranges. Qu'il comprenait pour la première fois combien la vie était précieuse et qu'on ne devait pas gaspiller ses forces de manière irréfléchie.

— Il faut que vous épauliez votre mère. Toi, Dodo, tu lui donneras un coup de main dans les tâches domestiques. Et toi, Leo, tu pourrais aider à l'usine. Vous voulez bien ?

— Oui, Papa ! lui assurèrent-ils d'une seule voix.

Après leur départ, il se recoucha. On lui fit une piqûre et on lui apporta une camomille.

— Papa est si vieux jeu, se plaignit Dodo, debout dans le tram brinquebalant à côté de son frère, la main cramponnée à une poignée métallique. Pourquoi je devrais aider Maman dans les tâches domestiques alors que toi, tu as le droit de t'occuper de l'usine ?

— Parce que tu es une fille, répliqua Leo.

Il ne savait pas très bien de quelle façon seconder sa mère à l'usine, mais il était prêt à s'investir. En espérant qu'il n'aurait pas à se coltiner des chiffres ou des maths.

À l'usine, ils furent accueillis par le vieux Gruber.

— Tu as amené ta sœur, aujourd'hui ?

— Oui, on est venus à deux.

— Ta mère est à l'atelier. Ne les dérangez pas, ils sont tous très occupés.

Ils traversèrent la cour, qui était déserte et sinistre. La dernière visite de Leo remontait à deux ou trois semaines. Depuis, un grand nombre d'ouvriers et d'employés avaient disparu, licenciés par nécessité. Les métiers à tisser tournaient encore. L'atelier d'impression, en revanche, était plongé dans un silence de mort. Devant le bâtiment administratif se tenait un ouvrier appuyé sur un balai. En apercevant le fils du directeur, il se mit à balayer l'entrée avec ardeur.

À l'atelier, plusieurs hommes s'affairaient sur les deux métiers à filer. Deux d'entre eux maniaient le tournevis tandis que les autres les observaient en parlant tous en même temps. Leur mère se tenait au milieu d'eux. Elle avait étalé les vieux plans de Jacob Burkard sur une table et posé des briques sur les bords pour éviter que le papier ne s'enroule.

— Les machines ne fonctionnent toujours pas, chuchota Dodo à son frère. Ce qu'ils sont bêtes, tous ces gens !

Leo ne répondit pas. Sa sœur était parfois très pénible. Voilà qu'à présent elle courait vers leur mère pour lui dire quelque chose. Sans vouloir l'écouter, celle-ci se tourna vers un des hommes. Il s'agissait de Mittermayer. Son père le lui avait présenté à l'époque où l'usine était encore florissante et Mittermayer contremaître à l'atelier de filage.

— Ôte tes doigts de là, jeune fille ! s'écria un des ouvriers. Tu risques de te les coincer.

— Je sais ce que je fais, riposta Dodo. Cette pièce est montée à l'envers, c'est pour ça que les machines ne fonctionnent pas.

Des rires s'élevèrent. Marie s'approcha d'elle et l'attrapa par le bras.

— Dodo, s'il te plaît, ne nous dérange pas ! Rentre à la villa avec Leo.

— Non, Maman ! Je sais que j'ai raison. Écoutez-moi à la fin ! C'est le banc à broches. Il est mal monté, du coup les fils se déchirent.

Les hommes cessèrent de rire et se montrèrent plutôt fâchés. Mittermayer écarta Dodo en hochant la tête, ôta quelques vis de l'étireuse et les posa dans un bol.

— Tu as entendu ce que je viens de te dire, Dodo ? lança Marie avec une sévérité inaccoutumée. Sors immédiatement de l'atelier. Ce soir, nous aurons une petite discussion toutes les deux.

Elle était bien avancée, cette sotte, songea Leo. Pourquoi aussi se mêlait-elle toujours de tout ? Il sortit et l'attendit en espérant qu'elle était revenue à la raison.

— Ah, tout de même ! soupira-t-il lorsqu'elle le rejoignit, la mine sombre.

— Viens, dépêche-toi, lança-t-elle.

Pourquoi était-elle si pressée tout à coup ? Il lui emboîta le pas, fit un signe aimable de la main à Gruber, qui lui répondit par un hochement de tête distrait. Celui-ci était plongé dans son journal et ne leur accorda qu'un bref regard – de toute façon, le portail était ouvert. Dodo passa en trombe. Elle marchait penchée en avant, les bras croisés sur la poitrine. Pleurait-elle ?

— Qu'est-ce que tu as ? lui demanda Leo. Tu es vexée qu'ils ne t'aient pas écoutée ? Enfin quoi, Dodo ! Ces gens sont des experts qui travaillent avec les machines depuis des années. Tu ne peux pas arriver comme une fleur et leur dire que tu t'y connais mieux qu'eux !

Sans répondre, sa sœur continua d'avancer d'un pas rapide. Ce n'est que lorsqu'ils s'engagèrent dans l'allée de la villa que Leo comprit.

— Qu'est-ce que tu as sous ton manteau ? Ne me dis pas que…

Elle s'arrêta et le regarda en plissant ses yeux gris. La menace et la détermination qui s'y lisaient étaient presque effrayantes.

— Tu ne vas pas me dénoncer, hein ?

Leo était abasourdi : elle avait emporté les plans. Quand leur mère s'en apercevrait, Dodo passerait un sale quart d'heure.

— Bien sûr que non, répondit-il. Mais, quand ça se saura, tu seras privée de sortie pour au moins trois semaines, toute la durée des vacances de Pâques !

Elle rejeta ses courts cheveux en arrière d'un geste dédaigneux.

— Je m'en fiche !

Leur mère fut une fois de plus absente au dîner. Alicia en prit acte avec un soupir.

— Je ne comprends pas l'attitude de Marie. Bon, d'accord, il faut qu'elle s'occupe de l'usine, mais Paul est toujours rentré ponctuellement pour le dîner.

Elisabeth sauva la situation en lui proposant de la conduire le lendemain à l'hôpital afin qu'elle puisse se convaincre de ses propres yeux que Paul allait mieux.

— Si c'est vraiment indispensable… répondit-elle de mauvais gré. Je déteste les hôpitaux. Tu n'as pas dit qu'il sortirait bientôt ?

Au dîner, il y eut de la salade de pommes de terre avec un œuf, du pain et du jambon. Dodo picora sans entrain et donna son œuf à Leo. Elle ne tenait pas en place, car elle avait caché les plans dans sa chambre et voulait pouvoir les étudier avant le retour de leur mère. Hélas, Alicia demanda à voir leurs bulletins et les deux enfants durent remonter les chercher.

— Quelle plaie ! gémit Dodo. Elle ne pige jamais ce qui est important, mais elle n'a pas oublié que c'était le jour des bulletins.

Leur grand-mère s'était installée dans le salon rouge et avait apporté son porte-monnaie. Elle offrait cinq marks pour un bon bulletin. C'était toujours ça. Surtout maintenant que l'argent se faisait de plus en plus rare à la villa.

— Très bien, Leo, dit-elle après avoir chaussé ses lunettes et lu le bulletin. La troisième place. C'est autre chose que l'été dernier, hein ?

Dans certains domaines, elle avait encore une mémoire phénoménale, cette chère grand-maman. Dodo, qui bouillait d'impatience, fut félicitée, elle aussi, et, pour finir, tous deux reçurent chacun une pièce en argent de cinq marks. Leo trouva cela un peu injuste, parce qu'il n'était que troisième, alors que Dodo était première de sa classe. Mais il ne fit aucun commentaire. Leur grand-mère était vieux jeu, on n'y changerait rien.

— Continuez comme ça, mes chéris, leur dit-elle en souriant. Vous m'avez fait très plaisir aujourd'hui. Je vous souhaite une bonne nuit.

Il était encore trop tôt pour se coucher. Assis sur son lit, Leo se dit qu'il devrait peut-être jouer un peu. Walter venait le lendemain matin, ils reprendraient leurs anciens morceaux et il n'était pas sûr d'y arriver sans les avoir revus auparavant. Il le devait à son ami. Pas question de bâcler les choses quand ils prendraient congé l'un de l'autre en musique, leur passion commune. En se levant pour sortir ses partitions, il mit le pied sur un bout de papier qui gisait sur le tapis. Ah oui, c'était la lettre que sa tante Kitty lui avait remise. De la part de Henni. Qu'est-ce que cela pouvait bien être ?

— Dorothea !

Leo s'immobilisa, la voix de leur mère trahissait une colère folle. Aïe ! Ça allait barder !

— J'ai pris les plans pour pouvoir tout revérifier, dit Dodo d'une petite voix coupable. Je sais exactement où est le problème, Maman. S'il te plaît, laisse-moi te montrer… Demain matin ou tout de suite, si tu veux.

Leo entendit un bruit de papier froissé, sa mère avait sans doute repris les plans. Il imaginait très bien l'expression qu'elle devait avoir. Elle ne laissait rien paraître, mais on savait qu'elle était furieuse.

— Je ne veux plus te voir au cours des prochains jours, Dodo. Tu es privée de sorties jusqu'à la fin des vacances.

Marie ne criait pas, elle avait parlé avec un grand calme. Elle sortit de la chambre de Dodo, referma la porte derrière elle et on l'entendit descendre l'escalier et se rendre dans le bureau de Paul.

Il y eut un moment de silence. Le calme après la tempête. Leo remit la lettre dans son cartable, prit une profonde inspiration et décida d'aller voir sa sœur. Elle avait beau n'avoir à s'en prendre qu'à elle-même, il n'en éprouvait pas moins de la peine pour elle.

— Elle est méchante ! lâcha Dodo en pleurs. Méchante, méchante, méchante !

Leo ne répondit pas. Cela n'aurait servi à rien, elle était trop en colère. Mais il fut gêné de l'entendre parler ainsi de leur mère. Sans un mot, il lui tendit un mouchoir.

— Tu viens avec moi, Leo ?

Elle avait de nouveau ce regard déterminé, elle mijotait à coup sûr une nouvelle folie.

— Où ça ?

— À l'usine.

— Maintenant ? À cette heure ? Tu débloques, Dodo !

— Dans ce cas, j'irai seule !

Son projet était de la folie pure. Mais il était son frère, il ne la laisserait pas tomber. Quoi qu'il arrive.

— On n'a pas les clés.

— Elles sont accrochées dans le couloir.

— Tu sais vraiment ce que tu fais, Dodo ?

— Oui !

Ils enfilèrent un pull et descendirent en chaussettes au premier étage. Leo monta la garde pendant que sa sœur détachait le trousseau de clés de leur père. Personne ne les remarqua. Leur mère était dans le bureau, les domestiques à la cuisine en train de bavarder. Ce soir-là, ils étaient particulièrement bruyants, comme s'ils fêtaient un anniversaire. Quoi qu'il en soit, les deux enfants eurent tout le temps voulu pour mettre leurs chaussures et ouvrir la porte verrouillée. Dehors, il faisait froid, et Leo regretta en frissonnant de ne pas être dans sa chambre en train de jouer du piano.

Il fallut un moment à ses yeux pour s'habituer à la faible lueur de la lune et distinguer les contours du parc et de l'allée.

— Passons par la pelouse, chuchota Dodo. Sous les arbres.

Pour couronner le tout, ils auraient les pieds mouillés. Mais bon, il était déjà dans cette histoire jusqu'au cou. Par chance, les réverbères de la rue Haag étaient encore allumés, si bien qu'ils firent sans problème le trajet jusqu'à l'usine. Il n'y avait pas de lumière dans la loge du portier – Gruber, qui avait toujours l'œil à tout, dormait du sommeil du juste.

Dodo trouva sans problème la bonne clé. Il y eut un grincement sonore lorsqu'elle la tourna dans la serrure. Heureusement, Gruber ne se réveilla pas. L'atelier était plongé dans l'obscurité. Leo et Dodo durent actionner l'interrupteur principal. Les lampes s'allumèrent – on ne pourrait manquer de le voir depuis la villa.

— Tu veux que je t'aide ? chuchota Leo.

— Dans un instant.

Dodo fit le tour de l'une des deux machines, fouilla parmi les outils abandonnés sur le sol et monta sur l'escabeau. Le cœur battant, Leo l'entendit dévisser des boulons et ôter des pièces métalliques. Si elle rendait le matériel inutilisable, ce serait la fin de tout. Intimidé, il regardait les innombrables bobines de fil, petites et grandes, disposées les unes à la suite des autres et qui tournaient à des vitesses différentes lorsque la machine était en marche. On distinguait quelques fils déchirés qui pendaient.

— Aide-moi à nouer et embobiner tout ça. Attention, il faut les remettre dans le bon sens.

Quel tripatouillage ! Les femmes qui effectuaient ce travail tout au long de la journée étaient bien à plaindre. Le soir, on devait avoir les doigts meurtris et ne plus penser qu'à des bobines en train de tourner et de danser.

— Bien, dit Dodo. Maintenant, on va faire un essai. Redresse le levier. Doucement.

Leo poussa sur le lourd levier d'alimentation et sentit la machine reprendre vie. Elle se mit à bourdonner et à vibrer, le bruit s'amplifia, le niveau sonore devint désagréable. Les bobines de fil tournaient comme des danseuses effectuant une pirouette sans fin.

— Il y a quelque chose qui frotte, cria Dodo.

Leo l'entendait aussi. Dans un premier temps, il avait cru que ce bruit faisait partie du grand concert de la machine à filer, qu'il écoutait avec fascination.

— Là-bas ! s'exclama Dodo en descendant de l'escabeau et en longeant les cylindres sur la droite.

— Non, répliqua Leo. Pas là ! Ici, plus sur la gauche.

— Il n'y a rien qui puisse frotter à cet endroit !

— Mais je l'entends !

En matière d'audition, Leo était le maître incontesté. Dodo s'arrêta et scruta l'intérieur de la machine.

— Baisse le levier ! s'écria-t-elle. Tu as raison, Leo, il y a un truc.

L'appareil siffla, haleta comme quelqu'un qui rend son dernier soupir. Il parut s'affaisser, se tut et deux bobines qui n'étaient pas bien insérées tombèrent sur le sol.

Dodo se mit à fouiller au milieu des bobines avec un tournevis en poussant d'horribles jurons. Incroyable, elle était presque aussi douée que la tante Kitty en la matière !

— Il y a un écrou qui est tombé à l'intérieur. J'ai besoin d'un autre tournevis, long et très fin.

Leo chercha dans la boîte à outils, mais aucun des trois tournevis qui s'y trouvaient ne correspondait à ce que voulait Dodo.

— Trop court. Donne-moi le bout de fil métallique qui est par terre devant toi, exigea-t-elle.

Elle le plongea parmi les bobines, gémissant, jurant, continuant de fouiller, gratter, glisser…

Il y eut un *pling* métallique, puis deux *plaff*, et l'on sentit un courant d'air venu de la porte d'entrée traverser l'atelier.

— J'en étais sûre, fit la voix de leur mère. Mais qu'est-ce qui vous prend à tous les deux ?

Surpris en flagrant délit ! Fin de la partie. Leur mère et Humbert étaient venus à l'usine, ils étaient entrés dans l'atelier, suivis du vieux Gruber qui clopinait en gémissant qu'il ne comprenait pas comment les enfants avaient pu entrer.

— Ils ont dû voler par-dessus le portail, madame Melzer, je ne vois pas d'autre…

Le fil métallique à la main, Dodo regarda sa mère, puis baissa les yeux vers Leo.

— Ne dis rien, Maman ! lança-t-elle. Leo, le levier !

Leo avait les mains moites de nervosité, le levier lui glissa des doigts. La seconde tentative fut la bonne. La machine s'anima. Commença par renâcler un peu, puis se mit à bourdonner, vibrer, siffler. Les petites bobines de fil se tendirent, entamèrent leur rotation. Les grandes suivirent plus lentement. L'appareil se mit à chanter. Une polyphonie de cent, mille voix. Les ballerines pirouettaient, tournaient sur elles-mêmes, s'enveloppant de leurs blancs habits de fil de coton fin. Elles dansaient et chantaient un morceau qui se répétait encore et toujours sans plus vouloir cesser.

— Tu vois, Maman, s'écria Dodo par-dessus la symphonie du métier à filer, après avoir démonté la machine, vous avez remis une pièce à l'envers. Tu ne voulais pas me croire quand je te disais que je savais comment ça fonctionne… Je sais…

Elle ne put en dire plus, sa mère l'avait prise dans ses bras et la serrait contre elle. Personne n'entendit ce qu'elle lui glissa à l'oreille, mais toutes deux se mirent à pleurer. Le vieux Gruber essuya lui aussi quelques larmes. Adossé à un poteau, Humbert avait le regard écarquillé de qui est témoin d'un miracle. Leo sentit sa gorge se nouer, quelque chose se frayait irrésistiblement un chemin en lui, il éclata en sanglots.

La machine était vivante. Désormais, tout irait bien.

37

Il ne manquait plus que ça ! Elle aurait mieux fait de ne pas laisser entrer ce type, mais elle avait espéré pouvoir encore le convaincre de lui accorder un délai. À présent, il faisait le tour du salon, inspectait chaque meuble, sortait sans se gêner les jolis vases et les carafes de l'armoire pour y apposer ses affreux scellés.

— Vous pourriez pas au moins les coller de façon qu'on les voie pas ? pesta-t-elle. Pas en plein milieu.

— Laissez-moi tranquille, madame Bliefert. Je suis envoyé par l'administration, j'ai mes consignes !

Les poings sur les hanches, elle s'était placée devant sa commode, où était rangée l'argenterie. Mais le répugnant moustachu se contenta de la pousser sur le côté pour aller droit au bon tiroir.

— Les couverts, j'en ai besoin, protesta-t-elle. C'est des choses de première nécessité. On va quand même pas manger avec les doigts ?

Impitoyable, il prit une des fourchettes en argent dans ses pattes avides, en examina le poinçon et compta les couverts. Cuillères, petites cuillères, couteaux, fourchettes, deux cuillères de service, six fourchettes à gâteau, une pelle à tarte en corne avec un manche en argent. Il colla les scellés sur le coffret après avoir inscrit sur sa liste ce qu'il contenait.

— Payez vos dettes et vous pourrez recommencer à manger dans des cuillères en argent, dit-il. Entre-temps, vous n'avez qu'à vous servir de couverts en fer-blanc.

Il la regardait avec un sourire railleur sous sa moustache. *Toi, tu perds rien pour attendre,* se dit-elle. Quand sa Liesel aurait épousé un aristocrate, elle jetterait cet argent à ses pieds et alors il serait obligé de s'incliner bien bas devant elle. Combien de temps faudrait-il encore patienter ? Après la première lettre de sa fille, Augusta n'avait plus reçu de nouvelles de Poméranie. Aussi commençait-elle à craindre que, tout à son bonheur, la Liesel n'ait oublié sa mère et ses frères.

— Qu'est-ce qu'il y a là-haut ? Les chambres ?

— Qu'est-ce que vous voulez qu'il y ait ? Une salle de bal ?

— Pas la peine d'être insolente, madame Bliefert. Je fais que mon devoir.

— Y a rien à saisir là-haut. Nos lits, on en a besoin, et les armoires elles sont vieilles, personne en voudra.

Il monta tout de même à l'étage, regarda dans les placards, s'agenouilla pour vérifier si elle n'avait rien caché sous le lit.

— Mais qu'est-ce que vous croyez ? s'emporta-t-elle. Que j'ai un sac plein d'argent là-dessous ?

— Non, mais vous avez du beau linge de lit…

— Ça vous regarde pas, rétorqua-t-elle en le plantant là.

S'il croyait qu'elle voulait régler ses dettes d'une autre façon, il se fourrait le doigt dans l'œil. Il y en avait qui ne payaient plus leurs factures depuis des années parce qu'elles avaient noué de tendres liens avec un représentant des autorités. Mais elle n'était pas de celles-là. Encore moins quand il s'agissait d'un vilain squelette ambulant comme cet affreux bonhomme. Elle pouvait prétendre à mieux. Ça oui, elle le savait. Et non sans raison.

— Bon, c'est tout pour aujourd'hui, déclara l'huissier. Trois semaines de délai. Après quoi, si vous n'avez pas payé, on viendra prendre vos affaires. Allez, bien le bonjour, madame Bliefert.

Au moins il partait avant que les gamins ne rentrent de l'école. Il n'avait pas retiré ses chaussures, avait laissé partout des empreintes boueuses. Furieuse, Augusta claqua la porte et alla chercher un seau et une serpillière pour effacer les traces de ce déplaisant visiteur. Puis elle essaya avec précaution de décoller au moins les scellés apposés sur l'armoire du salon. En vain, la salive du fonctionnaire avait déjà séché.

Quelle poisse ! À son retour, Maxl lui ferait des reproches. Il avait changé, son garçon. Il était devenu insolent, s'en prenait à sa mère, disant que c'était sa faute si la propriété et la maison risquaient sous peu d'être vendues aux enchères.

« T'achètes tout le temps des trucs que personne en a besoin et qui coûtent très cher », lui avait-il récemment lancé à la tête.

Elle aurait mieux fait de rembourser l'hypothèque au lieu de s'offrir des carafes en verre et des cuillères en argent. Quant au savon à la rose, il n'en avait pas besoin, un savon ordinaire lui suffisait pour sa toilette.

Comme l'activité avait repris à la jardinerie, Maxl avait quitté son travail à la ville. Il fallait mettre les jeunes plants en terre, à l'extérieur et sous les serres.

Au marché, on vendait déjà des pensées, des herbes aromatiques, des radis et de la mâche. Et, si le temps se maintenait, on pourrait bientôt récolter les premières salades. En fait, la situation financière n'était pas si mauvaise, et Augusta aurait pu sans problème verser un acompte à l'huissier si elle n'avait pas dépensé jusqu'au dernier sou l'argent gagné la veille au marché. Elle avait dû payer ses dettes au laitier afin qu'il accepte de continuer à l'approvisionner. Elle avait aussi donné un petit quelque chose au boucher et refait immédiatement des dettes en lui achetant un morceau de bœuf et un demi-cervelas. Elle voulait que ses trois garçons aient enfin un déjeuner digne de ce nom. Maxl allait-il lui en faire reproche ?

Il ne ressemblait pas beaucoup à son père, même physiquement. Il avait eu une grosse poussée de croissance durant l'hiver, dépassait désormais sa mère d'une tête et avait perdu sa maigreur pour devenir un solide gaillard. Rien d'étonnant, dès lors, à ce qu'il se croie à présent l'homme de la famille, en droit de régenter sa mère et ses frères. Pourtant sur ce point il se trompait. C'était encore elle qui commandait et elle n'entendait pas se laisser mettre sur la touche.

Elle se rendit dans la cuisine pour inspecter son pot-au-feu. La viande était coriace, mais se laissait tout de même manger. Demain, il y aurait du bouillon de bœuf à l'orge et à la ciboulette fraîche. Pourquoi Maxl s'excitait-il comme ça ? Après tout, il y avait de l'argent qui rentrait. Pas beaucoup, c'est vrai, mais en se montrant économe elle pourrait déblayer une partie des dettes et empêcher ainsi qu'on ne vende leurs affaires. Ce qu'il fallait avant tout, c'était faire disparaître ces embarrassants scellés. Peut-être qu'il suffirait d'un peu d'eau chaude.

Alors qu'elle s'apprêtait à regagner le salon avec un chiffon humide, elle entendit s'ouvrir la porte d'entrée. Maxl pénétra dans le couloir et enfila ses pantoufles.

— Tu rentres tôt aujourd'hui, dit-elle sans grande chaleur tout en reposant son chiffon dans l'évier.

Son fils se lava soigneusement les mains, puis s'assit à la table de la cuisine.

— Vaut mieux que je mange tout de suite, dit-il, après je vais aller planter les pommes de terre et j'aime pas interrompre le travail.

Augusta fut contrariée de le voir ainsi manifester son autorité. Elle préférait continuer à observer les habitudes qu'elle avait apprises à la villa aux étoffes.

— Y aura Grigori, objecta-t-elle. Et Christian, il voulait venir. D'ici la fin de l'après-midi, vous avez tout le temps de les planter.

Mais Maxl ne céda pas, il demanda à manger sans attendre.

— Christian, ça fait plus d'une journée que je l'ai pas vu, dit-il en lui tendant son assiette. Quant au Grigori, c'est fini, il viendra plus.

Augusta faillit en laisser choir sa louche.

— Comment ça, il viendra plus ?

— Je lui ai dit que c'était plus la peine qu'il se pointe, répondit Maxl avec aplomb. Parce que moi, ça me plaît pas qu'il te fasse les yeux doux.

Et puis quoi encore ! Augusta laissa brutalement retomber la louche dans la marmite et mit ses poings sur ses larges hanches.

— Et même s'il me faisait cent fois les yeux doux, c'est pas tes oignons, s'écria-t-elle, furieuse. Non, mais pour qui tu te prends ? T'es qu'un morveux. T'as encore du lait derrière les oreilles et tu veux commander à ta mère ? Tu vas aller le voir et t'excuser.

Maxl écouta cette violente tirade sans broncher. Sur ce point, il était bien le fils de son père. Mais, au lieu de se taire et de battre en retraite, comme le faisait Gustav, il reprit la parole :

— Écoute, Maman, dit-il en s'agitant sur sa chaise. Si tu trouvais quelqu'un qui nous convienne et qui soit un bon gars, moi, j'en serais même très content. Mais Grigori, c'est un type qu'il faut pas lui faire confiance. Je vous ai vus, avant-hier, sous la fenêtre de la cuisine…

— Sous la fenêtre de la cuisine ? répéta-t-elle, effrayée.

— Oui, c'est ça. Vous étiez debout sous la fenêtre de notre cuisine, Grigori et toi.

Effectivement. Elle avait parlé un petit moment avec le jeune homme. Et pas que parlé. Augusta se sentit rougir, elle avait honte devant son fils.

Maxl tourna les yeux vers la fenêtre, cette histoire le gênait. Il s'agissait tout de même de sa mère.

— Y s'est rien passé, affirma Augusta.

— Je suis pas aveugle, Maman. Il avait la main sous ton manteau.

— C'est pas vrai !

Mais il avait raison. La main de Grigori était même allée un peu plus loin, sous la blouse et la chemisette, jusqu'à la peau, où ses doigts avaient provoqué en elle un désordre délicieux qui lui avait fait battre le cœur. Et, de sa voix de velours, avec son accent russe, il lui avait dit des choses et fait des aveux merveilleux qui l'avaient grisée.

— Et quand bien même, protesta-t-elle avec colère. Grigori, c'est un garçon honnête, travailleur, qui veut construire quelque chose ici.

— Pour ça oui, répliqua Maxl en se mettant à rire. Et il a besoin d'une idiote qui se marie avec lui. Il en a aussi après Hanna, mais ça semble pas donner grand-chose. Du coup, il a fait des avances à Riecke, ce saligaud.

Augusta refusait de croire son Grigori capable de ce genre de chose. Elle savait, bien entendu, qu'il avait été amoureux de Hanna, mais pensait que cette histoire était finie.

— Quelle Riecke ?

Maxl fit la grimace et eut tout à coup l'air furieux.

— La fille aînée à la Lisbeth Gebauer, de l'usine Melzer. Elle est domestique chez l'avocat Grünling. Il lui a raconté toutes sortes de mensonges, et pis il a commencé à lui coller. Je lui ai montré que j'étais pas d'accord et je crois qu'il a pigé.

Riecke Gebauer, songea Augusta. Une blonde mince avec des taches de rousseur. N'était-elle pas tombée dernièrement sur elle chez le crémier ? La jeune fille faisait les courses pour ses maîtres et – à présent, cela lui revenait – l'avait priée de saluer Maxl. Voilà qui était nouveau. Maxl avait une petite amie. Si ça continuait comme ça, il la ferait grand-mère ! C'était vite arrivé, Augusta était bien placée pour le savoir.

— Il a même essayé avec Mme Grünling, ce petit malin, poursuivit Maxl. Mais elle est trop intelligente pour se faire avoir par un type comme lui.

Grigori avait voulu séduire Serafina Grünling ? À l'époque où Augusta avait été bonne à la villa aux étoffes, cette femme était déjà une affreuse mégère et ça n'avait pas changé. Bien au contraire.

— C'est toi qui as inventé ça, Maxl, dit Augusta, déstabilisée. Je peux pas croire que le Grigori il soit comme ça.

— Est-ce que je t'ai jamais menti, Maman ?

Elle dut reconnaître que Maxl, justement, avait toujours dit la vérité. Hansl lui avait de temps en temps raconté des bobards, Maxl, jamais. Au pire, il se taisait. Il tenait ça de son défunt père : Gustav n'avait jamais été bavard.

— Bon, allez, mange, dit-elle en cédant.

Elle lui remplit son assiette et la lui posa sous le nez.

Pendant qu'il s'attaquait à son pot-au-feu, Augusta resta à regarder par la fenêtre. Elle n'arrivait pas à croire que Grigori ne reviendrait plus. S'il tenait à elle autant qu'il l'avait affirmé, s'il avait des intentions sérieuses, comment pouvait-il se laisser dissuader de venir la voir ? Elle regarda à s'en arracher les yeux, mais il n'y avait personne du côté des serres. Pourtant, il aurait dû être là depuis longtemps…

— C'est ton Grigori que tu cherches, Maman ? demanda Maxl en repoussant son assiette vide.

— Non, Christian, rétorqua-t-elle avec irritation.

— Lui non plus, il viendra pas. Si j'ai bien compris ce qu'il a dit hier, il veut aller en Poméranie. À cause de la Liesel.

Décidément, c'était la journée des mauvaises nouvelles !

— À cause de la Liesel ? Mais il est devenu fou, ce garçon ? se récria Augusta, affolée.

Que penserait-elle, la noble parenté, en voyant arriver au domaine le jardinier Christian, épuisé par sa longue marche, les vêtements en loques, affirmant que la Liesel était sa fiancée ? Tous les espoirs qu'elle nourrissait de voir sa fille se marier dans l'aristocratie risquaient d'être anéantis.

— Écoute, Maxl, dit-elle en mettant son manteau. Il faut que j'aille faire un tour à la villa. Quand tes frères rentreront de l'école, tu leur ouvriras. Le repas est sur le feu.

Elle se chaussa en hâte et prit le chemin qui longeait le parc. Pourvu qu'il ne soit pas encore parti ! Par chance, Christian n'était pas du genre rapide, il y réfléchissait toujours à deux fois avant d'entreprendre quelque chose. Peut-être arriverait-elle à temps pour le dissuader de faire cette bêtise.

Hors d'haleine après sa marche précipitée, elle frappa à la porte extérieure de la cuisine. Pourquoi mettaient-ils tant de temps à ouvrir ? Elle secoua la poignée avec impatience jusqu'à ce qu'elle entende enfin des pas.

— Tiens, Augusta, dit Gertie en lui adressant un sourire. Tu arrives tard aujourd'hui. Où est ton panier de légumes ? La cuisinière a besoin de ciboulette et de mâche.

— Fritz passera vous l'apporter plus tard, répondit Augusta qui, dans sa hâte, avait oublié la livraison du jour.

— Allez, entre. Il y a du neuf.

Augusta avait déjà son content de nouvelles pour la journée, mais elle obéit à l'invitation de Gertie, suspendit son manteau à la patère et pénétra dans la cuisine. Fanny Brunnenmayer était assise sur une chaise et Hanna passait de la pommade sur ses jambes enflées. Else sommeillait en position assise comme à son habitude. Et Christian n'était pas là.

— On dirait que t'as couru, fit remarquer la cuisinière avec un regard étonné. Assieds-toi. Aujourd'hui, t'auras même du vrai café en grains. Offert par Gertie.

Augusta n'en crut pas ses yeux lorsque Gertie lui servit une pleine tasse d'un café fort et odorant.

— Jésus Marie, Gertie, c'est-y que t'aurais fait fortune ?

La femme de chambre eut un petit rire et remplit deux autres tasses, l'une pour Else, l'autre pour Hanna. La Brunnenmayer déclina, le café fort n'était pas bon pour son cœur.

— J'ai un emploi de secrétaire privée à Munich, expliqua Gertie, la mine radieuse. Aujourd'hui, c'est mon dernier jour à la villa.

Ah, cette Gertie ! Elle avait enfin réussi ! Augusta se sentit un peu jalouse en pensant qu'en son temps elle aussi aurait pu apprendre un métier similaire. Mais sa grossesse était venue tout gâcher.

— Alors je te souhaite bonne chance, dit-elle en levant sa tasse en direction de Gertie. Et merci pour le bon café.

— T'as reçu des nouvelles de la Liesel ? demanda Fanny Brunnenmayer en faisant la grimace lorsque Hanna renfila les chaussettes de laine sur ses jambes douloureuses.

— De la Liesel ? Pour sûr. Elle va bien, mentit Augusta. Mais y faut que j'aie une petite discussion avec Christian. Il est dehors ?

— Christian, il est parti tôt ce matin pour la Poméranie, dit la Brunnenmayer avec un petit sourire. Comme il a pas un sou, je lui ai acheté le billet de train. Il veut ramener la Liesel. Et c'est très bien.

Augusta avala de travers et reposa sa tasse. C'était une conspiration ! La cuisinière avait mis le billet de train sous le nez de Christian, pas étonnant qu'il se soit décidé.

— Qu'est-ce qui t'a pris ? lâcha-t-elle, furieuse. La Liesel, elle est pas pour Christian, elle a bien d'autres prétendants maintenant. Parce que son père, il la fait entrer dans la bonne société.

Fanny Brunnenmayer resta impavide. Elle remit ses chaussures et adressa un signe de tête reconnaissant à Hanna.

— Alors là, tu te trompes, Augusta. La Liesel, elle a téléphoné ici, à la villa. C'était avant-hier. Et, comme Mme Elisabeth était pas là et que personne répondait, c'est Humbert qu'a décroché.

Liesel avait appelé ! Ici, à la villa. N'était-ce pas la meilleure preuve qu'elle appartenait désormais au monde de ces messieurs dames ? Une domestique n'appelait pas comme ça à la villa aux étoffes.

— Ah, tu vois, dit-elle, toute gonflée de fierté. Alors elle a téléphoné, ma fille. Sûr qu'elle voulait dire que son père il salue tout le monde…

La cuisinière échangea des regards amusés avec Gertie et Hanna.

— Pour ça non, répondit-elle. Elle a fait dire à Christian qu'elle l'avait pas oublié et même qu'elle pensait à lui tous les jours. Et à ce qui paraît il y a eu un accident à l'écurie et Mme Elvira von Maydorn elle a failli mourir.

C'était la vieille baronne, la belle-sœur d'Alicia Melzer. Bon, et alors ? Qu'elle se rompe le cou, le père de Liesel hériterait du domaine. Mais cette histoire à propos de Christian ne lui plaisait pas du tout. Comment la Liesel pouvait-elle être aussi bête et gâcher ainsi son avenir ?

— Et qu'est-ce qu'elle a dit sur son père ?

— Rien, répondit sèchement la cuisinière.

Augusta garda le silence et prit une grande gorgée de café. Voilà qu'en plus ça lui donnait des palpitations ! Pas étonnant, elle avait perdu l'habitude du café fort. Ainsi, Christian était déjà parti, elle arrivait trop tard. Et la Liesel semblait s'être montrée assez déraisonnable pour dire au garçon qu'elle l'aimait. Et cet accident… Ç'avait dû l'effrayer, lui, si bien qu'il s'était mis en route sur-le-champ pour la Poméranie.

— En mai, on aura des noces à fêter, intervint Else, qui était sortie de son somme et avait écouté la conversation. Ils font un joli couple, Liesel et Christian. Je te félicite, Augusta, t'auras un très gentil gendre.

Augusta la regarda comme si elle avait vu un fantôme. Est-ce qu'Else se moquait d'elle ou devenait-elle gâteuse avec l'âge ? Il faut dire qu'elle n'avait jamais été particulièrement finaude.

Augusta en eut assez. Les mauvaises nouvelles n'avaient cessé de se succéder, lui gâchant tous ses rêves, tous ses espoirs de sortir un jour de la misère et d'avoir une vie agréable. *Mais j'ai pas dit mon dernier mot,* songea-t-elle. *Moi aussi, j'ai quelque chose à vous apprendre qui sera pas du goût de tout le monde.*

— Il faut que j'y retourne, les gamins vont rentrer de l'école, dit-elle en se levant. Hanna, tu veux bien venir avec moi jusqu'à la petite porte ? J'ai perdu mes clés en venant tellement que j'ai marché vite. T'as de meilleurs yeux que moi.

— Ah, ma pauvre, répondit Hanna avec compassion. Bien sûr que je t'accompagne, je retrouve presque toujours les objets qu'ont été perdus.

La jeune fille enfila son manteau et conseilla à la cuisinière de rester assise, elle serait de retour dans un instant et s'occuperait de la vaisselle.

Augusta se sentit mauvaise conscience. Elle aurait de loin préféré annoncer une mauvaise nouvelle à la cuisinière ou à Else plutôt qu'à Hanna, qui avait un cœur d'or. Cela étant, c'était un service à lui rendre que de lui ouvrir les yeux.

— Quand est-ce que tu t'es aperçue que t'avais plus ta clé ? demanda la jeune fille lorsqu'elles furent à une courte distance de la porte.

— Écoute, dit Augusta en s'arrêtant. Je l'ai pas perdue, je voulais être seule avec toi, parce que j'ai quelque chose à te dire.

Hanna lui jeta un regard ébahi. Jamais il ne lui serait venu à l'idée qu'Augusta ait pu lui raconter des bobards.

— Tu n'as pas perdu ta clé ?

— Non. Il faut que je te parle de Grigori. Parce que c'est un sacré menteur et qu'il fait du gringue à toutes les femmes qu'il rencontre.

Elle lui rapporta alors que Grigori avait essayé de séduire Riecke Gebauer et Mme Grünling, et avoua même que le beau Russe avait jeté un œil sur elle.

— Il m'a dit qu'il était amoureux de moi, que j'étais l'étoile de ses rêves, ce genre de chose. Je me suis moquée de lui, tu imagines bien. Mais je voulais te le dire, parce que je sais qu'il te fait la cour. Pour que tu saches la vérité, Hanna, et que tu te fasses pas des illusions.

Hanna l'avait écoutée en silence avec de grands yeux inquiets. Quand Augusta se tut et la fixa avec un air d'expectative, elle baissa le regard, remua les gravillons du bout du pied et poussa un soupir.

— C'est très gentil à toi de m'avertir, Augusta, dit-elle enfin à voix basse. Humbert m'a dit la même chose, mais j'ai pas voulu le croire. Maintenant, je sais que c'était vrai.

Elle observa un moment de silence et Augusta éprouva pour elle une compassion sincère. Elle n'avait aucune peine à comprendre les sentiments de la pauvre Hanna, il était triste et humiliant de se voir ainsi tromper.

Hanna triturait un des boutons de son manteau.

— De toute façon, c'est fini, Augusta. Il m'a pas fallu longtemps pour comprendre ce que je voulais. J'ai toujours su que Humbert était mon ami le plus cher et que je ne voulais le perdre pour rien au monde. Mais ça m'a quand même fait horriblement mal de le dire à Grigori. Parce qu'il a été mon premier grand amour.

Elle se mit à pleurer et Augusta l'imita. Quel filou. Pourtant, elles ne pouvaient s'empêcher de verser des larmes. Ce n'était peut-être pas tant à cause de lui, le Russe Grigori à la voix de velours et aux beaux yeux noirs. Elles pleuraient sur le rêve qu'il avait éveillé en elles, sur le merveilleux, le grand amour enivrant qu'il avait fait naître dans leur imagination et qui avait éclaté comme une baudruche.

— Il a retrouvé du travail à l'usine, reprit Hanna en reniflant. Maintenant qu'ils ont rouvert l'atelier de filage. Je lui souhaite bonne chance, qu'il rencontre une gentille femme et qu'il soit heureux.

Augusta prit Hanna dans ses bras, elles pleurèrent encore un petit moment de concert, puis se séparèrent. Hanna regagna la villa pour faire la vaisselle. Et Augusta se hâta de rentrer afin d'ôter ces maudits scellés.

Une gentille femme, songea-t-elle avec dérision. *Une sorcière, oui ! Une mégère qui lui rende la monnaie de sa pièce. Qui lui donne ce qu'il mérite à ce saligaud !*

38

— Le mariage est l'union fidèle d'un homme et d'une femme qui se donnent l'un à l'autre sans restriction. Le mariage est conclu devant Dieu et béni par le Créateur.

Depuis son siège sur l'estrade, le juge leur faisait un discours sur le mariage qu'il paraissait adresser plus particulièrement à Tilly. Assis à côté d'elle, Ernst ne cessait d'acquiescer d'un air grave. Tilly se sentait mal dans cette pièce sombre, aux murs couverts de boiseries, qui sentait l'encaustique et le papier. Toute la culpabilité reposait sur ses épaules, parce que c'était elle qui avait détruit cette union voulue par Dieu.

Le juge repoussa ses lunettes, feuilleta le dossier qu'il avait devant lui et se racla la gorge.

— Vous êtes venus aujourd'hui pour tenter une dernière fois de préserver cette communauté de vie dans laquelle vous vous êtes engagés il y a six ans. C'est la raison pour laquelle, Tilly von Klippstein, je vous demande d'examiner très sérieusement s'il ne reste pas entre votre époux et vous des points communs qui vous lient. Dans une vie de couple, il survient parfois des malentendus qui peuvent être dissipés par une discussion bienveillante et raisonnable.

La main de Tilly se posa sur le petit pendentif qu'elle avait mis ce jour-là sans savoir pourquoi. *Ce n'est pas du tout de circonstance,* se dit-elle en touchant le cœur rouge. Sa vieille patiente avait vécu en bonne entente avec son mari avant que la guerre ne le lui arrache. Elle, au contraire…

— Nous en avons déjà parlé, votre honneur, répondit-elle. Et nous sommes l'un et l'autre d'accord pour divorcer.

Le juge essaya une nouvelle fois de la faire changer d'avis en la transperçant du regard. Comme Tilly ne réagissait pas, il se tourna vers l'époux.

— Alors je vous demande, Ernst von Klippstein, de voir si vous pouvez accorder chrétiennement votre pardon à votre épouse afin de préserver cette union matrimoniale voulue par Dieu.

Décidément, il insistait. Les pensées de Tilly dérivèrent. Demain, ce serait Vendredi saint. Un service de garde avait été mis en place au cabinet pour les journées de Pâques. Tilly avait proposé d'assurer les après-midi alors même qu'elle avait déjà présenté sa démission. La poste avait envoyé le contrat de travail de l'hôpital plus vite que prévu et elle l'avait signé. Sa vie avait pris un tournant qui lui faisait augurer des lendemains passionnants. Un nouvel avenir s'ouvrait à elle. Désormais, elle était libre, financièrement indépendante, et divorcée.

« Tu es une veinarde, Tilly ! s'était exclamée Kitty en la prenant dans ses bras. Je suis si contente pour toi ! »

Pour sa part, elle était loin d'être vraiment heureuse. Au contraire, elle avait mauvaise conscience. La veille, elle s'était rendue à midi au cabinet afin d'avoir la discussion prévue et d'annoncer sa démission. Elle ne voulait pas se laisser embarquer dans de longues explications et espérait pouvoir régler les choses vite fait. Mais, bien sûr, il en était allé tout autrement. À peine avait-elle ouvert la porte et jeté comme d'habitude un coup d'œil dans la salle d'attente que Jonathan Kortner était venu à sa rencontre.

« Madame von Klippstein, avait-il dit en lui prenant la main, je vous dois une explication. C'est une sotte et embarrassante affaire, je ne sais même pas comment vous le dire... »

Il avait l'air désemparé et la regardait avec une expression de culpabilité si juvénile qu'elle avait eu de la peine à résister à la tempête de sentiments qui s'était levée en elle. Aucun doute, il était attirant, tout particulièrement dans cet état de confusion. Son sourire lui allait droit au cœur, son regard semblait vouloir l'étreindre avec tendresse. Cependant Tilly était restée ferme. Elle ne ferait pas deux fois la même erreur.

« J'en suis navrée, avait-elle répondu en lui retirant sa main. Vous ne me devez rien du tout, docteur Kortner. Je suis seule responsable de cette méprise. »

Sur quoi elle s'était réfugiée dans sa petite pièce, avait fermé la porte et s'était adossée au mur, le souffle court. Allait-il se rendre dans la salle d'attente pour appeler le patient suivant ? Elle avait tendu l'oreille, n'avait perçu aucun bruit de pas. Soudain, il avait frappé à la porte d'une manière hésitante.

« Madame von Klippstein, encore un mot... »

Que faire ? Il considérait que la discussion n'était pas close.

Une voix masculine venant de la salle d'attente l'avait tirée de son dilemme.

« Excusez-moi, docteur, ma fille s'est trouvée mal. Vous pourriez l'aider, s'il vous plaît ?

— J'arrive », avait répondu le médecin.

Il était reparti en direction de la salle d'attente.

Tilly s'était reproché sa lâcheté. Après avoir pris une profonde inspiration, elle l'avait rejoint dans la salle d'attente, où il était agenouillé auprès d'une jeune femme évanouie. Elle l'avait aidé à la transporter dans la salle de soins. Puis elle avait commencé ses consultations.

Vers 2 heures, après le départ du dernier patient, elle avait enfin osé se rendre chez lui pour régler de façon satisfaisante cette fâcheuse histoire.

Elle avait été accueillie par l'habituelle odeur d'infusion à la menthe. Assis à son bureau, le menton dans les mains, Kortner lui avait adressé un regard étrangement résigné. Doris était en train de changer la housse de la couchette et ne s'était retournée qu'une fois sa tâche terminée.

« Enfin vous voilà. Je pense qu'il est temps de clarifier les choses. Voici comment…

— Attends, Doris, l'avait freinée son frère. Je vous en prie, madame von Klippstein, asseyez-vous.

— Non, merci, je préfère rester debout », avait répondu Tilly.

Doris Kortner avait jeté un regard réprobateur à son frère et poursuivi son explication avec sa sécheresse habituelle.

« Nous avons remarqué très vite votre méprise. J'ai pu convaincre Jonathan qu'il était commode de donner l'impression qu'il était marié. C'est ce que croient presque tous les patients. Nous voulions attendre que le malentendu se dissipe de lui-même. C'est bien ce qui s'est passé, n'est-ce pas ? À présent, vous êtes au courant, tout va bien. »

Elle avait adressé à Tilly un sourire satisfait, puis avait tourné les yeux vers son frère, qui avait enfoui sa figure dans ses mains. Tilly n'avait pas compris ce qui se passait dans la tête de cette femme, mais désormais une chose était claire : le cher Dr Kortner était entièrement sous la coupe de sa sœur aînée. Une découverte décevante, mais qui lui faciliterait les choses : elle ne pouvait plus le voir que comme un esprit faible gouverné par Doris.

« Vous avez raison, avait-elle répondu obligeamment. Tout va bien. Nous nous quitterons le 15 avril, car on m'a offert un poste à l'hôpital et j'ai décidé de l'accepter. Jusque-là, je resterai bien entendu à la disposition du cabinet aux conditions habituelles. »

Elle avait déjà rédigé sa lettre de démission et avait posé l'enveloppe sur le bureau. Kortner avait relevé la tête, non pour la regarder, mais pour fixer le papier devant lui.

« Demain matin, hélas, je ne serai pas libre, parce que j'ai un rendez-vous administratif, avait-elle ajouté avant de s'en aller. Mais, si cela vous convient, l'après-midi, je m'occuperai des visites à domicile. »

Ne recevant pas de réponse, elle avait quitté la pièce et fermé la porte derrière elle. Elle s'était rendue en ville et offert une pâtisserie et un moka dans un café de la rue Maximilien. C'était la première fois qu'elle faisait cela. Être seule dans un café lui apparaissait comme un acte scandaleux, sa mère en aurait été épouvantée. Cela laissait penser qu'elle n'attendait qu'une chose : se faire aborder. Kitty, au contraire, se serait moquée d'elle et aurait dit : « Mais pas du tout ! » De fait, personne n'avait paru s'étonner de la présence de cette jeune dame non accompagnée. Seules deux femmes d'un certain âge qui mangeaient du gâteau aux pommes l'avaient considérée avec curiosité, mais elle n'y avait pas prêté attention.

Le lendemain, elle était donc au tribunal, qui se trouvait dans l'hôtel de ville. Une mouche bourdonnait dans la pièce, se cogna à plusieurs reprises contre les murs et fonça sur le dossier ouvert qui se trouvait devant le juge. Celui-ci fit un geste involontaire pour écraser l'importune, la manqua, et la mouche repartit en bourdonnant vers la fenêtre.

— Résumons, reprit le juge en consultant l'horloge fixée sur le mur à côté de lui. Une dernière tentative de conciliation a été menée pour inviter les époux von Klippstein à poursuivre leur vie commune, mais elle a malheureusement échoué. Aussi le tribunal fixera-t-il sous peu une date pour le divorce. Les frais afférents seront envoyés aux deux partenaires.

Enfin ! Tilly se leva de son siège dur et s'empressa de quitter la salle sombre, où le juge appelait déjà l'affaire suivante. Une fois dans le couloir, elle attendit Ernst, que ses blessures rendaient moins mobile.

— Bon, tu as ce que tu voulais, dit-il quand il l'eut rejointe. Tu es satisfaite ?

Son ton était plus moqueur qu'accusateur. Tilly s'était attendue à des reproches plus durs.

— C'est mieux comme ça, Ernst. Pour moi, mais aussi pour toi.

— Ah oui ? répliqua-t-il avec ironie. Alors il faudrait peut-être que je te remercie de me donner la possibilité de mener désormais une existence meilleure ?

— Ce que sera cette existence dépend de toi.

Ils suivirent en silence les couloirs tortueux du tribunal et descendirent le large escalier en direction de la sortie. Dehors, ils furent accueillis par une claire journée annonciatrice de printemps. La place de l'hôtel de ville était baignée de soleil, des étals de marché avaient été installés autour de la fontaine d'Auguste, l'éclat des premières fleurs printanières brillait au milieu des légumes. Ceux qui en avaient les moyens faisaient des achats en prévision de Pâques. Ceux qui n'avaient pas d'argent ou ne disposaient que de quelques groschens se bornaient à admirer les denrées convoitées, avec l'espoir de dégoter ici ou là un produit gratuit.

— Ma voiture est là-bas, dit Ernst en montrant du doigt la rue de la Pierre. Bon, je te dis au revoir. Nous nous reverrons pour le divorce, et ce sera sans doute la dernière fois.

Il lui tendit la main. Son regard trahissait encore de l'amertume, mais ne montrait plus trace de colère ni de haine. Il semblait s'être repris. Soulagée et un peu triste, Tilly le suivit des yeux tandis qu'il se frayait un chemin parmi les étals de sa démarche raide. Ils avaient tout de même connu de bons moments, surtout au début de leur mariage, quand ils avaient besoin l'un de l'autre et éprouvaient une affection mutuelle. C'était de cela qu'elle voulait désormais se souvenir lorsqu'elle penserait à Ernst von Klippstein.

Elle éprouva une vive surprise en voyant Ernst s'arrêter devant un stand de fleurs et adresser la parole à une jeune femme vêtue d'un manteau vert en loden et coiffée d'un chapeau bavarois. À ses pieds elle avait une valise, qu'elle ramassa pour suivre son interlocuteur. D'où connaissait-elle cette personne ? Lorsque l'inconnue tourna la tête, elle vit qu'il s'agissait de la blonde Gertie, la femme de chambre d'Elisabeth. Ernst l'avait-il débauchée ? En tout cas, la jeune fille trottinait tout excitée à son côté en parlant sans discontinuer ; elle paraissait ravie.

Comme c'est étrange, se dit Tilly, égayée. Si Ernst repartait avec Gertie à Munich, Lisa serait sans doute furieuse.

Elle regarda l'heure à la tour de Perlach et constata qu'il lui restait encore un peu de temps avant ses visites.

Pourquoi ne pas acheter quelques pommes d'hiver ou des pruneaux ? Non, plutôt un petit pot de pensées pour Kitty, qui faisait de si ravissants tableaux de fleurs.

— Excusez-moi de vous aborder de la sorte, madame von Klippstein, dit derrière elle une voix bien connue.

Tilly se retourna en sursaut. Qu'est-ce que le Dr Kortner pouvait bien lui vouloir ?

— J'espère que vous n'avez pas laissé vos patients en plan ? répliqua-t-elle sur un ton qu'elle souhaitait enjoué et qui ne parvint à être que légèrement désobligeant.

— Il faut que je vous parle, madame von Klippstein, dit-il avec gêne en faisant tourner son chapeau dans ses mains. Nous ne pouvons pas en rester là. S'il vous plaît…

Tilly craignit qu'il ne veuille la convaincre de renoncer à son nouveau poste à l'hôpital et de continuer à travailler au cabinet, et ce à l'instigation de sa sœur.

— Ça va être difficile, éluda-t-elle. Je ne vais pas tarder à commencer mes visites.

— Nous avons le temps, objecta-t-il. Puis-je vous inviter à prendre un café et une pâtisserie ?

Rien à faire, il était vraiment trop charmant, elle ne se sentait pas le cœur de l'envoyer sur les roses.

— Bien, j'accepte… Au fait, comment avez-vous su où me trouver ?

— Ce n'était pas difficile à deviner. Votre rendez-vous administratif de ce matin devait être en rapport avec votre divorce. J'ai pensé que vous seriez dans les environs de l'hôtel de ville. Je connais un café très agréable, rue Maximilien. Si cela vous convient…

Elle s'abstint de lui demander qui avait eu cette judicieuse idée, lui ou sa sœur ?

— Pourquoi pas ?

Ils marchèrent en silence l'un à côté de l'autre, évitant les passants qui arrivaient en sens inverse. De temps en temps, Kortner jetait un regard en coulisse à Tilly, comme s'il craignait qu'elle puisse s'enfuir. Cependant la jeune femme dut reconnaître que sa compagnie ne lui était pas du tout désagréable, bien au contraire.

Quelle coïncidence – c'était le café dans lequel elle s'était rendue la veille. À présent, il était bondé car, le midi, on pouvait aussi y manger une soupe. Il ne restait qu'une seule table libre au fond de la salle : celle qu'elle avait occupée le jour précédent.

— Est-ce que cette table vous convient ? Ou préférez-vous que nous allions ailleurs ?

— Non, restons ici.

Il l'aida à ôter son manteau, tira la chaise pour qu'elle puisse s'asseoir et s'installa en face d'elle. Il était si nerveux qu'il heurta le portemanteau avec son menu.

— Excusez-moi.

— Il n'y a pas de mal, répondit-elle en souriant.

La serveuse était rondelette et maternelle. Le Dr Kortner commanda deux cafés et deux parts de gâteau aux pommes. Il n'y avait malheureusement plus de strudel aux cerises ni de crème Chantilly.

— Ce n'est pas grave, le rassura Tilly. Nous ne sommes pas là pour manger du gâteau, mais pour discuter, n'est-ce pas ?

— Vous avez raison.

L'animation et les conversations bruyantes autour d'eux semblaient le gêner. Il paraissait embarrassé, se frotta les mains, le regard fixé devant lui.

— Pour commencer, je voudrais vous féliciter pour votre nouveau poste, commença-t-il. Vous avez mérité de pouvoir occuper une position en accord avec vos compétences. De toute façon, je voyais votre travail au cabinet plutôt comme une transition. Je vais donc chercher un autre partenaire, mais je dois avouer qu'il ne m'est pas facile de vous remplacer. Pour diverses raisons…

Il s'interrompit, détourna le regard. Tilly attendit en silence qu'il poursuive.

— Il n'est pas facile de dire certaines choses ici, dans cet environnement, madame von Klippstein, avoua-t-il. Cela vous paraîtra peut-être peu crédible et vous vous moquerez de moi. Mais je vais essayer.

Elle dut patienter car, à cet instant, la serveuse revint avec leur commande et leur présenta l'addition dans la foulée.

D'une certaine façon, il lui faisait de la peine. L'enthousiasme et l'allant, son aspect rayonnant, tout ce qui l'avait tant fascinée chez lui au début avait disparu. Il semblait accablé et désemparé, mais il lui plaisait toujours. Elle avait un faible pour les hommes vulnérables. C'était bien ainsi que lui était apparu Ernst lorsqu'elle avait fait sa connaissance à l'hôpital de la villa. Une raison de se montrer très, très prudente dans le cas présent.

Ils sirotèrent leur café insipide et goûtèrent le gâteau pour la confection duquel on s'était montré économe en sucre et en pommes. Au bout d'un instant, Kortner fit une nouvelle tentative.

— J'ai dit qu'il me serait difficile de vous remplacer, madame von Klippstein. Et pas seulement parce que vous êtes un médecin remarquable et exceptionnellement dévoué. J'ai aussi beaucoup aimé travailler avec vous. Dès le début, j'ai éprouvé pour vous une profonde sympathie, une sorte d'affinité d'âme. Les discussions que nous avons eues sur nos patients m'ont prouvé que nous ressentions les choses de la même façon dans notre travail. Ça vous paraît très grandiloquent, n'est-ce pas ?

Tilly n'avait pu s'empêcher de sourire en l'entendant parler d'« affinité d'âme » ; à présent elle s'en voulait.

— Non, non, s'empressa-t-elle de répondre. Vous avez tout à fait raison, je suis d'accord avec vous. Nos discussions ont toujours été très éclairantes pour moi.

Il acquiesça et tritura son gâteau de sa fourchette.

— Je voulais vous expliquer quelque chose, et voilà que je ne sais plus par où commencer. Il s'agit de ma sœur Doris. Je lui dois énormément.

Seigneur, songea Tilly. Elle allait maintenant avoir droit à l'histoire émouvante de la grande sœur qui avait toujours été une mère pour lui. Avait-elle vraiment envie d'entendre ça ?

Mais elle se trompait. Jonathan avait été mobilisé alors qu'il était jeune étudiant en médecine et avait vu quatre ans durant des choses terribles dans son travail d'infirmier. À la fin de la guerre, il avait repris ses études et était tombé fou amoureux d'une femme qu'il avait épousée. Une union désastreuse, qui s'était soldée par un divorce et l'avait laissé démuni et très secoué. À la même époque, il avait dû affronter la mort de ses parents, que l'inflation avait ruinés.

— Je ne sais pas ce que je serais devenu sans Doris, avoua-t-il. J'en étais au point où je voulais tout laisser tomber. Elle s'est donnée à fond pour moi, elle a travaillé pour financer mes études, elle me faisait réviser, me rendait courage quand je me croyais incapable d'avoir mes examens.

Il marqua une pause avant d'en venir au plus important.

— Mais, surtout, ma sœur voulait éviter que je ne me précipite une deuxième fois dans un mariage malheureux. Elle pensait que j'écoutais trop mes sentiments au lieu de me montrer rationnel. C'était ça la raison, vous comprenez ? Elle craignait que je fasse quelque chose d'irréfléchi, du coup ce malentendu est arrivé à point nommé. Il instaurait une certaine distance, ce qui offrait à Doris la possibilité de se faire une idée des personnes qui m'entouraient. Dont vous.

— Je comprends, répondit Tilly, émue par son histoire.

Elle lui posa la question qui lui brûlait les lèvres.

— Pour quelle raison votre sœur en est-elle venue à m'observer et à me tester ? Quels étaient ses motifs ?

Ses grands yeux malheureux cherchèrent le regard de Tilly.

— Ne l'ai-je pas dit ? Je suis tombé éperdument amoureux de vous, madame von Klippstein. En un clin d'œil. Dès notre première rencontre à la villa aux étoffes. Le coup de foudre…

Tilly en eut le souffle coupé. Était-ce une ruse ? Non, assurément pas, et encore moins un de ces mensonges sournois dont elle avait une crainte constante. Non, étant donné la façon dont il la regardait, dont il cherchait ses mots, cela ne pouvait être une feinte. Il était sincère. Tilly sentit pointer en elle un timide sentiment de bonheur. Un homme s'était épris d'elle. À quand remontait la dernière fois ? Seigneur, cela faisait si longtemps !

— Je ne peux pas espérer que vous répondiez à mes sentiments, poursuivit-il à voix basse. D'ailleurs ce n'est pas pour cela que je vous ai fait cet aveu. Je voulais vous expliquer pourquoi ma sœur s'était comportée de la sorte. Hélas, j'ai joué le jeu quelque temps pour lui complaire, c'était maladroit de ma part. Mais, à ce moment-là, je pensais que je n'avais aucun espoir et qu'il fallait que je voie en vous une collègue compétente et rien de plus.

Tilly fut comme assommée par cet aveu. Elle se sentit désemparée. Devait-elle parler à son tour ? Ici, dans ce café bruyant ? Non, ce n'était pas le lieu adapté. Certes, elle était amoureuse. Même à présent qu'elle en savait plus sur lui – ou précisément pour cette raison. Cependant elle était devenue prudente. C'était un charmant exalté, un excellent médecin et un homme délicieux. Elle voulait bien croire qu'il avait eu le coup de foudre pour elle. Mais s'il s'enflammait pour une autre femme dans quelques années ? Et puis il y avait cette dépendance à l'égard de sa sœur qui ne lui plaisait pas du tout. Cela étant, elle ne souhaitait pas lui laisser penser qu'il lui était indifférent. Elle risquerait de le perdre et, cela, elle ne le voulait surtout pas. Elle ne l'aurait pas supporté.

— Vous avez été très sincère avec moi, docteur Kortner, répondit-elle avec hésitation, en pesant chaque mot. Voilà pourquoi je le serai également. Dès les premiers jours, j'ai ressenti pour vous de la sympathie…

Il eut un sourire résigné. La sympathie ne lui suffisait pas, cela se voyait à son expression déçue.

— Beaucoup de sympathie. Je veux dire : plus que de la sympathie… S'il vous plaît, ne vous méprenez pas. Je suis dans une situation difficile, je serai bientôt divorcée après six ans de mariage, ce qui m'incite à être très prudente.

Jonathan Kortner s'illumina. Il la regarda d'un air radieux, voulut lui prendre la main, mais n'osa pas, il y avait trop de monde autour d'eux.

— Je comprends très bien. Ainsi je ne me suis pas trompé, je ne me suis pas laissé abuser par mes sentiments… Savez-vous à quel point vous me rendez heureux ?

Tilly le savait, elle venait d'éprouver le même bonheur. À présent, il s'agissait de trouver une manière harmonieuse de procéder.

— Même si nos chemins professionnels se séparent, il ne faut pas que nous nous perdions de vue. Je pense qu'il se présentera ici ou là une occasion de… se rencontrer en toute amitié. Pensez-vous que nous pourrions nous fréquenter sur ces bases ?

Il s'était attendu à mieux, elle le vit à son regard peiné.

— Je ferai comme vous le souhaitez, chère Tilly, dit-il d'une voix douce. Je suis votre humble serviteur.

En l'aidant à mettre son manteau, il lui prit la main et la retint. Tilly n'osa pas la lui retirer et attendit, le cœur battant, de voir ce qu'il allait faire. Il la souleva lentement jusqu'à ses lèvres et la baisa. Cet innocent contact provoqua en elle comme une décharge électrique, elle fut parcourue par un violent frisson. Tilly comprit qu'elle était perdue. En amour, il n'y avait pas de demi-mesure. C'était tout ou rien. Pour le meilleur et pour le pire. La vie ou la mort.

Kitty ! Seigneur, il fallait absolument qu'elle parle à Kitty !

39

— IL FAUDRA QUE TU TE COUCHES, Paul, dit Marie sur un ton de reproche. Dès que nous serons rentrés à la maison, tu devras te reposer, c'est ce que le médecin a dit.

Paul était assis à côté d'elle sur la banquette arrière de la voiture. Il était vêtu du costume qu'on lui avait apporté à l'hôpital, mais avait refusé le manteau. Il faisait beau, les parterres étaient fleuris, le printemps arrivait à grands pas – pourquoi aurait-il dû s'habiller comme en plein hiver, qui plus est dans une limousine fermée ?

— Faisons d'abord un crochet par l'usine, chérie, répondit-il en souriant. Je voudrais voir tourner les machines.

— Je t'en prie, Paul, il sera toujours temps d'y aller ce après-midi. Tu ne dois surtout pas trop solliciter ton cœur

Paul l'entoura de son bras et l'attira à elle.

— Les palpitations de joie sont permises, c'est le médecin qui l'a dit, lui glissa-t-il à l'oreille. Nous verrons ça ce soir, hein, mon amour ?

Marie rougit à l'idée que Humbert ait pu l'entendre.

— Tu es et seras toujours un être déraisonnable, répliqua-t-elle en secouant la tête. Dans les prochaines semaines, ce sera repos absolu, chéri. Et j'y veillerai.

Il lui adressa le sourire espiègle qu'elle aimait tant.

— Attention, mon trésor, il a également dit que je devais éviter les contrariétés et les émotions… Humbert, tout droit et puis à gauche ! Non mais !

Marie soupira. Si elle ne prenait pas soin de lui, il recommencerait à travailler comme un fou et la prochaine syncope ne se ferait pas attendre. Le médecin avait recommandé un séjour de convalescence au bord de la mer Baltique, un petit hôtel, bonne nourriture, promenades quotidiennes sur le rivage et présence aimante et attentive de sa femme. Un beau rêve. Mais en ce moment il y avait des décisions importantes à prendre, le destin de la famille était en jeu, et les vacances n'étaient pas d'actualité.

Au portail de l'usine, le vieux Gruber souleva son chapeau et leur fit un sourire ravi.

— Monsieur le directeur, vous êtes de retour parmi nous ! Je suis si content que je pourrais grimper aux arbres malgré mon grand âge !

Il leur ouvrit si précipitamment qu'il faillit trébucher.

— Mon cher Gruber, répondit Paul, ému. Vous le savez bien : il n'y a rien de plus résistant que le chiendent.

— Et la demoiselle Dorothea, reprit Gruber. C'est incroyable ! Dix hommes n'ont pas réussi à réparer les machines et voilà que la jeune dame se glisse dans l'usine pendant la nuit et les remet en route. Ça, elle en a dans la cervelle, monsieur le directeur. Elle a hérité ça de son grand-père Burkard. Pour les machines c'était un génie.

Marie avait évidemment parlé à Paul de l'expédition nocturne des jumeaux. Celui-ci avait d'abord cru que cette remarquable performance était due à Leo.

« Non, Paul, avait répliqué Marie. C'est notre Dodo qui a accompli cet exploit. Elle a subtilisé les plans de mon père que j'avais sortis et les a étudiés avec attention. Après quoi elle a convaincu Leo de l'accompagner et ils se sont rendus tous les deux en cachette à l'atelier de filage. Dodo a effectivement réussi à trouver ce qui coinçait et à remettre les machines en route. C'est donc aux talents techniques de notre fille que nous devons de pouvoir tenir les délais de production. Et moi qui l'avais grondée et même privée de sortie… »

Ah, elle avait manqué de confiance en son enfant. Pourtant elle connaissait ses capacités. Ses dons pour la technique et les sciences de la nature s'étaient révélés très tôt. Hélas, la passion excessive de Dodo pour l'aviation l'avait amenée à considérer sa fille comme une rêveuse invétérée. À présent, elle s'inquiétait. Si, dans quelques années, Dodo voulait prendre des cours de pilotage, sa mère pourrait difficilement s'opposer à son désir en dépit de ses craintes – l'aviation était une passion dangereuse, qui avait déjà coûté la vie à beaucoup.

Pour le moment, en tout cas, la réparation des métiers à filer représentait son exploit le plus remarquable et c'était ce que son père souhaitait voir en premier. Plusieurs ouvrières étaient occupées à retirer les bobines pleines, à en insérer des vides ou à renouer en toute hâte les fils déchirés. Les chariots contenant le fil produit étaient acheminés vers l'atelier de teinture. Assis sur une chaise, Mittermayer surveillait le travail en se régalant d'un sandwich arrosé de bière. Dodo s'était installée à côté de lui sur une caisse, une boîte de biscuits sur les genoux – Fanny Brunnenmayer avait insisté pour lui confectionner ses gâteaux préférés.

— Papa ! s'écria Dodo en voyant ses parents entrer dans l'atelier.

La boîte de biscuits tomba par terre, Dodo se précipita dans les bras de son père et l'assaillit d'un flot de paroles.

— Tu vois, ça marche, Papa ! C'était tout simple. J'ai tout de suite pensé que ça devait être parce qu'ils avaient tout démonté et nettoyé. Alors j'ai emprunté les plans et…

— Je sais, ma petite fille, répondit Paul avec douceur. Je sais, Maman m'a raconté. C'est vraiment incroyable. Nous t'avons tous sous-estimée, ma chérie.

Marie les observait avec un sourire heureux, Dodo buvait littéralement les paroles de son père. Elle n'arrêtait pas de parler, le tirait à sa suite, faisait avec lui le tour des machines en lui expliquant leur fonctionnement.

— On met le pré-fil sur les grandes bobines, où on le fait tourner avant qu'il n'aille sur les petites. Les grandes sont plus lentes que les petites et, si l'interaction ne se fait pas dans les règles de l'art, les fils se déchirent…

Paul, qui savait évidemment tout cela, l'écoutait en échangeant des regards amusés et approbateurs avec Josef Mittermayer. Il demanda combien il y avait de bobines à l'atelier de teinture. On en était à un cinquième de la quantité à produire. Ce serait juste, mais, s'il n'y avait pas de problème, ils pourraient livrer dans les délais.

Marie avait espéré que Paul s'estimerait satisfait et qu'ils rentreraient à la villa afin qu'il puisse se reposer une petite heure. Grossière erreur. Il tint ensuite à faire une visite de contrôle à l'atelier de teinture, où travaillaient quatre ouvriers. Puis il se rendit dans la salle de conditionnement pour voir s'il y avait assez de matériel d'emballage. Après quoi il ne voulut pas se priver du plaisir de monter au premier étage du bâtiment administratif afin de saluer le comptable Stollhammer, qui en fut heureux comme un enfant. Et – aurait-il pu en être autrement – il gravit un étage de plus pour vérifier que tout se passait bien au bureau et saluer la secrétaire présente. Pourtant il n'avait le droit de monter les escaliers que très lentement et en marquant des pauses pour souffler.

En ce samedi de Pâques, les deux dames étaient présentes. Elles étaient venues après avoir appris que monsieur le directeur allait sortir de l'hôpital. Ottilie Lüders et Henriette Hoffmann avaient apporté du jus de fruits et des biscuits faits maison afin de fêter avec dignité ce grand événement. Elles avaient évité le café pour ménager le cœur de leur chef.

— Quelle joie, monsieur le directeur ! Nous sommes si heureuses de vous voir de retour parmi nous... Nous permettez-vous de vous offrir un petit verre de jus de fruits tout frais ? Et des biscuits au miel ? Votre fille les aime beaucoup.

Assis au bureau de Paul, Sebastian triait le courrier. Il se leva en toute hâte pour libérer la place.

— Cher Paul, j'ai fait de mon mieux, expliqua-t-il avec empressement. Nous avons reçu deux commandes, de moindre importance. Nous avons payé les salaires, mais pas de primes, la situation ne le permet pas. Les gens sont contents de pouvoir travailler, nous devons faire en sorte que ça continue. On dit que le konzern de la Nordwolle a des difficultés, mais on entend chaque jour autre chose...

Il se tut en voyant Marie lui lancer des regards d'avertissement derrière le dos de Paul. Les bruits qui couraient sur le groupe de peignage de la laine et de filature de laine peignée n'étaient pas nouveaux, mais ce n'était pas le moment d'importuner Paul avec ça.

— Deux commandes ? fit gaiement Paul. Mais c'est mieux que rien. Je te remercie beaucoup, Sebastian, et je serais très heureux que tu puisses aussi me seconder au cours des prochaines semaines.

C'était une offre de réconciliation que Sebastian accepta avec un grand enthousiasme. Ils se serrèrent la main. Paul avait abandonné ses réserves et Sebastian paraissait avoir temporairement laissé de côté la lutte contre le capitalisme. Pas d'usine, pas de travail. Même un communiste convaincu était contraint de s'incliner devant ce simple fait.

— Paul, il est temps de repartir, le pressa Marie. Maman et Lisa nous attendent.

Elle ne parlait plus de repos, son mari ne voulait pas être traité en malade. Il valait mieux se montrer diplomate.

— Tu as raison, chérie, comme toujours.

Lorsqu'ils s'engagèrent dans l'allée, ils virent le parterre rond situé devant la villa resplendir de couleurs – les tulipes et les narcisses avaient éclos, il s'y mêlait des pensées jaunes et mauves et, au milieu, des jacinthes blanches et roses.

— Comme c'est beau, chuchota Paul à Marie. Tu sais, c'est seulement maintenant que j'apprends à me réjouir de ces choses. Avant, je passais devant sans les voir.

Hanna s'était postée sur l'escalier pour leur ouvrir, elle sourit avec un air de conspiratrice et s'écarta afin de leur laisser voir l'intérieur du vestibule. Les domestiques avaient accroché en toute hâte une guirlande de rameaux de sapin ornée de fleurs en papier rouges et blanches à la rampe du grand escalier. Johann, Hanno et Kurti étaient accroupis sur le palier pour suivre les événements, même si Hanno paraissait plus intéressé par les fleurs colorées que par ce qui se passait en bas.

— Cher Monsieur, dit Humbert avec un léger embarras, nous voulions faire ce petit geste de bienvenue pour vous dire à quel point vous nous avez manqué. Nous ferons tous de notre mieux pour que vous vous rétablissiez…

La suite de ses paroles ne fut pas compréhensible parce que Kurti dévala l'escalier pour embrasser son papa. À la grande frayeur de Marie, Paul le prit dans ses bras. Pourtant les médecins lui avaient formellement interdit le moindre effort physique.

— Je vous remercie de tout cœur pour cette merveilleuse surprise, dit Paul en reposant Kurti par terre. Ça fait du bien d'être de retour à la villa.

Cependant Marie se sentit inquiète de le voir pâle et tremblant. Il avait trop présumé de ses forces. Elle lui permit encore de saluer Lisa et Alicia, puis déclara qu'il avait besoin de repos et l'accompagna dans leur chambre.

— Rien qu'une petite heure, Marie, dit-il en se laissant tomber tout habillé sur le lit. Réveille-moi pour le déjeuner, d'accord ?

Il s'endormit aussitôt et Marie sortit de la pièce sans faire de bruit. Elle alla frapper chez Leo, qui avait invité Walter à faire de la musique avec lui pour la matinée. Penchés sur une pile de papier à musique, les deux garçons levèrent vers Marie un regard de conspirateurs.

— Ne vous dérangez pas, dit Marie en souriant. Je vous demanderai juste d'être discrets, Papa s'est couché.

— Bien sûr, Maman, on y avait pensé. Quand est-ce qu'on pourra recommencer à jouer ?

— Quand il sera réveillé, Leo. Qu'est-ce que c'est que ces partitions ?

— Euh... Des trucs qu'on a recopiés. Sur des partitions de la bibliothèque qu'on n'a pas le droit d'emprunter.

— Alors vous avez de quoi vous occuper, déclara Marie, soulagée.

Quand le gong du déjeuner retentit, Paul dormait profondément. Marie décida de ne pas le réveiller.

— Qu'est-ce qu'on va dire à Maman ? répondit Elisabeth lorsque Marie l'en informa. Elle va s'inquiéter. Elle croit que Paul était à l'hôpital pour un examen anodin et qu'il est en parfaite santé.

— Nous lui dirons que le médecin lui a prescrit de dormir, décida Marie.

— Ça ne va pas lui plaire !

Ce jour-là, toutefois, Alicia avait de nouveau la migraine. Elle ne fit qu'une brève apparition pour manger un peu de soupe. Puis elle resta à table, la mine souffrante, sans poser de questions et se retira dans sa chambre avant le dessert.

— Un télégramme pour vous, Madame, dit Humbert en lui tendant le pli alors qu'elle sortait de la salle à manger.

— Pas maintenant, Humbert, chuchota-t-elle. Posez-le sur la commode, s'il vous plaît. Je le lirai plus tard.

Paul ne se réveilla que dans l'après-midi. Marie s'était étendue à son côté pour être près de lui.

— Pourquoi tu ne m'as pas réveillé ?

— Tu avais besoin de sommeil.

Il inspira avec difficulté et se redressa dans son lit.

— Il n'y a rien à faire, Marie. C'est cette situation d'incertitude qui m'oppresse. Ça ne peut pas continuer. J'écoute nos fidèles domestiques me souhaiter la bienvenue pendant que de mon côté je songe à mettre la villa en vente. Ce n'est pas honnête.

— Alors il faut prendre une décision concernant l'avenir de la maison et de notre famille, déclara Marie avec détermination. Convoquons tous les intéressés pour demain afin de rediscuter de tout ça.

— Non, répliqua-t-il en saisissant sa main. Je veux le faire aujourd'hui, Marie.

Celle-ci n'en fut pas ravie. Elle lui suggéra de laisser passer la nuit, il fallait qu'il reprenne des forces. Cependant Paul ne voulait pas en démordre.

— Parlons-en avec Lisa et Sebastian, dit-il. Kitty et Robert sont moins concernés. Si la villa est vendue, ça ne changera pas grand-chose pour eux. Malheureusement, il va falloir mettre Maman au courant.

— Elle a la migraine, Paul.

Avec un soupir, il se leva pour se changer.

— Alors juste Lisa et Sebastian. Envoie Hanna leur dire qu'on les attend dans la salle à manger.

On se retrouva une demi-heure plus tard. Sebastian promit avec empressement de travailler les jours fériés de Pâques pour qu'on puisse tenir les délais de livraison. Marie était moins optimiste. Elle savait que la grosse commande ne pourrait sauver l'usine plus de quelques mois. Les commandes qui suivaient étaient moins importantes et leur coûteraient plus qu'elles ne rapporteraient. Le commerce redémarrerait lorsque l'union douanière avec l'Autriche serait signée. Alors il y aurait un peu d'espoir. Hélas, les négociations traînaient en longueur et l'accord n'avait toujours pas été conclu.

L'emprunt contracté pour la villa et dont la banque réclamait le remboursement constituait une grave menace. Il fallait agir avant que l'établissement de crédit ne mette la main sur le bâtiment, sinon il serait trop tard.

— En ce moment, il y a beaucoup de maisons et de propriétés en vente, dit Paul, ça tire les prix vers le bas.

À l'époque, notre père a fait bâtir la villa pour plus de un million de marks or. Aujourd'hui, elle ne vaut pas plus de cent mille Reichsmarks et sa valeur diminue chaque jour.

— Il ne faut surtout pas brader la villa ! se récria Elisabeth, horrifiée. Notre père se retournerait dans sa tombe. Si on ne peut vraiment pas faire autrement, vendons le parc. Au moins nous aurons encore un toit au-dessus de la tête.

À quoi Marie objecta que la somme résultant de la vente permettrait tout juste de rembourser le crédit et qu'il ne resterait rien. L'usine ne rapportait pas, on ne pourrait plus payer les domestiques et l'on devrait sans doute contracter de nouveaux emprunts.

— Sans compter qu'il n'y a toujours qu'un seul acquéreur potentiel qui serait prêt à acheter le parc sans la villa, ajouta Paul.

— Laisse-moi deviner, dit Elisabeth. Ce ne serait pas…

— Le zélé et respectable avocat Grünling !

— Qu'il aille au diable ! Je préférerais encore émigrer que de voir Serafina construire un palais sur notre terrain juste à côté de la villa.

On tournait en rond, mais pour Marie c'était clair : il n'y avait qu'une seule solution sensée. Il fallait sacrifier la villa et une petite partie du parc pour sauver l'essentiel de la propriété et se maintenir à flot sur le plan financier. Et, quand la situation s'améliorerait, on pourrait construire un nouveau bâtiment sur ce qui restait du terrain.

— Et si nous vendions les meubles et tout ce qui a de la valeur ? suggéra Elisabeth, qui ne parvenait pas à se faire à cette idée.

— Ça ne suffira pas…

Paul fut interrompu par Humbert, qui ouvrit la porte à Alicia.

— Pourquoi ne m'a-t-on pas dit que la famille prenait le café ? se plaignit-elle. Est-ce que je n'en ferais plus partie par hasard ? Et où sont les enfants ?

Elle regardait Paul avec indignation, mais Marie intervint avant qu'il ait pu répondre.

— Assieds-toi donc avec nous, chère maman. Nous avons des choses graves à voir ensemble. Ta migraine va mieux ?

— Ma migraine va très bien. Il n'y a pas de café ?

— Plus tard, Maman, dit Paul. Je crois qu'après nous aurons tous besoin d'une petite tasse.

— Il me la faut tout de suite, décréta Alicia avec mauvaise humeur. Humbert, apportez donc du café, du thé et des biscuits, je vous prie. Et maintenant, j'aimerais savoir ce qui se passe. Je ne suis pas gâteuse au point de ne pas avoir remarqué vos perpétuelles cachoteries.

Elisabeth et Marie échangèrent un regard gêné. Sebastian voulut dire quelque chose, mais Paul le devança.

— Ma chère maman, je suis navré de devoir t'exposer notre situation sans le moindre ménagement. Mais tel que les choses se présentent, je n'ai pas le choix...

Alicia fut exemplaire. Marie la regarda avec admiration écouter les explications de Paul sans l'interrompre. De temps à autre, elle fermait les yeux un instant et ses mains, posées l'une sur l'autre, tremblaient légèrement, signe qu'elle comprenait la gravité de la situation.

— Il y aura quelques désagréments, Maman, mais tu pourras emporter tous les meubles auxquels tu tiens. Rue Caroline, nous serons plus près de l'animation de la ville. Tu pourras aller au théâtre, flâner au marché ou te promener avec les enfants.

À ces mots, la vieille dame se ranima. Elle frappa sur la table du plat de la main et jeta à son fils un regard furieux.

— Suffit ! N'oublie pas, Paul, que j'ai un droit de résidence dans cette maison jusqu'à ma mort. Mon cher Johann l'avait fait inscrire dans son testament. À ma demande. À combien se monte le crédit que ces vautours nous demandent de rembourser en une fois ?

— À un peu plus de quatre-vingt mille marks, avoua Paul.

— Mais c'est ridicule ! À l'époque, la villa valait plus de dix fois cette somme. Je t'interdis formellement de brader l'héritage de ton père !

Marie vit Paul, épuisé, se renfoncer dans son siège. Il faudrait expliquer à Alicia que, depuis, la valeur du bâtiment avait considérablement baissé, ce qui serait pour elle un choc supplémentaire. Il n'y avait hélas pas d'alternative. Elle posa avec précaution sa main sur le bras de Paul pour lui indiquer qu'elle prenait la parole.

Elle n'en eut pas le temps.

— S'il ne s'agit que de se débarrasser de ce crédit ridicule, reprit Alicia, la tête haute et le regard étincelant, je sacrifierai mes diamants.

Paul fit un sourire forcé.

— C'est très généreux de ta part, Maman. Mais la vente de tes bijoux ne permettra pas de réunir la somme nécessaire.

— Tu ne sais pas de quoi tu parles, répliqua Alicia. Il ne s'agit pas des bijoux que je porte à l'occasion, mais des diamants que ton père m'a offerts pour notre mariage. Je ne les ai jamais remis depuis, parce qu'ils sont trop précieux. Johann considérait ce collier comme un placement financier, il est composé de pierres d'une pureté parfaite, dont les plus grosses font entre trois et cinq carats.

— Tu ne nous en as jamais parlé, Maman, s'étonna Elisabeth. Tu étais au courant, Paul ?

Celui-ci savait qu'après la mort de leur père Alicia avait conservé la propriété de cette parure de mariage, mais il ne l'avait jamais vue.

— Ton père conservait ce collier dans un coffre à la banque. Pour ma part, je ne fais pas confiance aux banques, si bien qu'après sa mort je l'ai repris. Je pensais le léguer à une de mes filles, mais Kitty ne le portera pas plus que moi. Quant à Lisa, il ne lui irait pas.

Elisabeth se figea.

— Qu'est-ce que tu veux dire par là ? demanda-t-elle dans un souffle.

— Parce que tu es trop enveloppée, répondit sa mère sans pitié. Avec ça, tu aurais l'air de porter un collier étrangleur. Voilà pourquoi je le mets à votre disposition pour conserver cette maison où vit notre famille.

Il y eut un silence. Indécis, Paul tourna les yeux vers Marie. L'offre d'Alicia était généreuse. Cependant il faudrait d'abord faire évaluer la valeur du bijou par un expert. Il se pouvait que leur mère soit trop optimiste.

— Où le gardes-tu ? s'enquit Paul.

Alicia jeta un regard autour d'elle comme si des espions pouvaient être cachés derrière le buffet ou le vaisselier.

— Dans une niche murale juste à côté de mon lit, chuchota-t-elle. Si tu veux, demain j'irai porter le collier chez le bijoutier de la rue de la Pierre et je lui demanderai combien il vaut.

— Il est hors de question que tu le fasses sans être accompagnée, Maman. Marie et moi nous irons avec toi…

À cet instant, Humbert frappa à la porte et entrouvrit le battant.

— Excusez-moi, Monsieur, mais il y a deux personnes qui souhaiteraient pouvoir vous parler.

— Plus tard, Humbert, répliqua Paul, légèrement irrité. Nous ne voulons pas être dérangés.

— Ce ne sera pas long, Monsieur, intervint Fanny Brunnenmayer, qui attendait dans le couloir. Et ça me paraît important, pour nous tous.

On échangea des regards surpris. En temps normal, la Brunnenmayer ne quittait sa cuisine qu'une fois par semaine pour discuter du menu avec Elisabeth. Et Else, qui se tenait à côté d'elle avec un sourire gêné, n'avait jamais osé pénétrer dans la salle à manger en dehors de son service.

Marie avait une vague idée de la raison de leur présence : elle connaissait Fanny Brunnenmayer, qui était une âme fidèle et un tempérament énergique.

— Entrez donc, les invita-t-elle. Et asseyez-vous.

Mais les deux femmes refusèrent de prendre place à la table des maîtres, cela ne se faisait pas.

— Voilà de quoi il s'agit, commença la cuisinière, qui avait ôté son tablier blanc et arborait une robe à fleurs bleu foncé d'une élégance inhabituelle. Else et moi, on n'a jamais dépensé beaucoup d'argent. On a toujours eu ce dont on avait besoin à la villa. On a économisé. Else a quinze mille marks, et moi vingt mille. Cet argent, on veut vous le prêter pour que la villa ne soit pas vendue.

Profondément touché, Paul refusa d'un geste.

— Je ne peux pas accepter, ce sont les économies de toute une vie. Et je ne sais pas si je pourrai jamais vous rembourser.

Alicia ne disait rien, mais Marie savait qu'elle était émue, elle aussi. En même temps, la vieille dame jugeait inconcevable d'accepter des sommes pareilles de ses domestiques. Sebastian, en revanche, se serait volontiers levé pour serrer la main aux deux femmes. Elisabeth regarda son frère en fronçant les sourcils.

— Et pourquoi pas, Paul ? Ça nous rendrait service à tous, non ? Vous gardez cet argent à la banque, madame Brunnenmayer ? En ce moment, ce n'est pas très indiqué.

— Mais qu'est-ce que vous croyez, Madame ? s'exclama la cuisinière en éclatant de rire. Les banques, je leur fais pas confiance. Mon argent, il est dans ma chambre, bien caché. Et Else, c'est pareil.

Marie eut un léger sourire. Paul, bouleversé, ne savait que dire.

— Prenez donc cet argent, Monsieur, intervint alors Else timidement. Quand j'ai été si malade, vous m'avez emmenée à l'hôpital dans vos bras et vous m'avez sauvé la vie. Je l'ai jamais oublié. La villa, c'est mon foyer. Ça fait plus de quarante ans que je vis ici et c'est ici que je veux un jour pousser mon dernier soupir. Et Fanny, c'est pareil.

— Mais pas tout de suite, repartit la cuisinière. Je veux avoir encore quelques belles années et pas être obligée de servir des gens que je connais pas.

— Dans ce cas, il va peut-être falloir envisager les choses de façon différente, répondit Paul, qui avait retrouvé sa voix. Cependant je vous demande à toutes les deux de réfléchir très sérieusement à…

— Y a pas à réfléchir, répliqua la Brunnenmayer. On a dit ce qu'on avait à dire. Et maintenant, il faut que je redescende à la cuisine, sinon mon fourneau va s'éteindre.

Après leur départ, il y eut un silence. Puis Alicia fit remarquer qu'il n'était pas acceptable d'emprunter de l'argent aux domestiques. Elisabeth n'était pas de cet avis et Sebastian fit l'éloge de la bonté et de l'abnégation de la bonne et de la cuisinière, sans oublier d'ajouter qu'il s'agissait de gens simples qui, à l'inverse de nombre d'exploiteurs capitalistes, avaient le cœur sur la main.

Marie vit que Paul faisait des calculs dans sa tête, qu'il réfléchissait aux formalités juridiques, examinait diverses possibilités, puis les écartait. Une sortie de crise se dessinait, encore fallait-il s'assurer que les options envisagées tenaient la route.

— Je suggère de repousser la décision, dit Sebastian. Dans ces conditions, il serait prématuré de vendre la villa, n'est-ce pas ?

— Tout à fait, répondit Alicia avec détermination, soutenue par Lisa.

— Qu'en penses-tu, chérie ? demanda Paul.

— Je suis profondément émue, avoua Marie. Nous avions oublié à quel point cette grande communauté qui vit à la villa est formidable. Peut-être a-t-on raison de dire que c'est dans le besoin qu'on reçoit l'aide nécessaire.

— Alors attendons, trancha Paul, qui ne paraissait pas tout à fait convaincu. Et maintenant, j'aurais besoin d'un café. Humbert, vous nous avez oubliés ?

Le domestique apporta le plateau préparé et distribua les tasses. Marie voulut empêcher Paul de prendre du café, mais le patient était réfractaire.

— Juste une petite tasse, c'est tout ce que je demande, Marie.

Tout en avalant avec délices une première gorgée, Alicia jeta un regard distrait en direction du buffet.

— Qu'est-ce que c'est que ce papier ? Ah oui, je me souviens. Un télégramme pour moi, arrivé à midi. Tu veux bien me le passer, Marie ?... Il est d'Elvira. Grands dieux, j'espère que ce n'est pas une mauvaise nouvelle de plus.

Elle éloigna le télégramme de ses yeux afin de mieux voir.

— Elvira vient nous rendre visite. Elle écrit : *Arrive mercredi avec Liesel et cinq trakehners.*

— Avec cinq trakehners ? s'étonna Elisabeth. Tu as dû mal lire.

Alicia lui tendit le télégramme par-dessus la table.

— Regarde toi-même si tu crois que j'ai de mauvais yeux.

Les sourcils froncés, Lisa examina le texte du télégramme, puis posa la feuille à côté de son assiette.

— C'est effectivement ce qui est écrit. Tante Elvira serait-elle devenue folle ?

40

Le chagrin qu'elle avait dans le cœur lui resterait à tout jamais. Elle n'avait personne à qui parler de sa souffrance. Assise dans la charrette brinquebalante, elle contemplait d'un regard voilé de larmes les prémices du printemps. Vastes prairies verdoyantes où s'épanouissaient des îlots jaunes de pissenlits, contours sombres des forêts à l'horizon, scintillement d'un ruisseau sous la lumière du soleil.

— Tu n'es pas contente de rentrer chez toi ? demanda Lechyk en se tournant vers elle. Tu vas retrouver ta mère et tes frères.

— Si, si, s'empressa de répondre Liesel. Je suis contente.

Elle ne semblait pas très convaincue. Perplexe, le palefrenier reprit sa position initiale et stimula la vieille jument. Il avait décidé de rester au domaine de Maydorn, mais la séparation d'avec sa chère maîtresse lui était difficile. À côté de Liesel s'empilaient des caisses, des valises et des ballots. Et, cette fois, son sac de voyage était rempli de linge et de vêtements, de bas de soie et de chaussures. La jolie bague que lui avait offerte Mme von Maydorn était soigneusement rangée dans un écrin de cuir, enveloppée d'ouate blanche. La fourrure de Fanny Brunnenmayer, qui lui avait rendu de si grands services au cours des premiers mois éprouvants qu'elle avait passés au domaine, était enroulée dans une valise. Elle n'en avait plus besoin pour le moment. La froidure avait cédé la place à une brise printanière, des lapereaux s'ébattaient dans les prairies, des hérons gris-blanc se tenaient au bord des cours d'eau, immobiles tels des bâtons, et des rapaces tournoyaient dans le ciel clair.

Elvira von Maydorn chevauchait devant la charrette. Elle avait envoyé l'étalon au pré avec les juments pendant quelques jours afin qu'il puisse se défouler et se calmer. Sans cela, elle n'aurait pu le monter jusqu'à Kolberg. Son dos restait endolori, mais se portait tout de même nettement mieux. Quand on avait passé presque cinquante ans en selle, on ne flanchait pas sur les derniers mètres.

— La paysanne a voulu se débarrasser de moi, gronda-t-elle. Mais le Seigneur en a décidé autrement et m'a remboîté le dos. Le ciel est juste !

Deux jeunes juments avec leurs yearlings étaient du voyage. La maîtresse du domaine les avait choisis avec soin, et sa plus vive inquiétude du moment était d'avoir dû laisser provisoirement le reste du troupeau à Maydorn. Tant que la femme de Hagemann traînait encore au domaine ou dans les environs, elle craignait un deuxième acte de violence susceptible de causer de grands dommages à ses chevaux, voire de leur coûter la vie.

— Elle va sans doute réessayer et lui l'en empêchera, supputa-t-elle. Il sera furieux contre elle, ça lui servira peut-être de leçon au Hagemann.

Elvira avait discuté avec le notaire chargé de sa succession. Pendant qu'à la poste de Kolberg Liesel téléphonait à Augsbourg pour faire savoir au malheureux Christian qu'elle ne l'avait pas oublié, elle avait eu un long et sérieux entretien qui l'avait éclairée sur ses droits.

« Klaus von Hagemann héritera de moi, avait-elle expliqué à Liesel sur le chemin du retour. On ne peut plus rien y changer, ce sont les dispositions que j'ai prises, sotte que je suis, à l'époque du divorce de Lisa. Mais ce que je lui lègue, ça, c'est mon affaire. Le domaine est depuis plus de deux cents ans la propriété des Maydorn, dont mon cher Rudolf était le dernier héritier mâle. Alicia n'en a pas voulu, et Lisa, l'héritière suivante, s'en est dessaisie au profit de Hagemann. Est-ce que quelqu'un m'a demandé mon avis ? Personne ! Elle m'a pris le domaine comme elle m'aurait ôté une chaise de sous les fesses et elle l'a filé à son ex. Et lui, il s'acoquine avec une garce, qui en plus s'est mis en tête d'avoir ma peau. Mais ils ne me connaissent pas. Je vais les faire chialer et grincer des dents, ces deux-là ! »

Liesel était habituée aux colères de sa mère, mais ce n'était rien face à la rage incontrôlée qui s'était emparée d'Elvira après l'agression dont elles avaient été victimes dans l'écurie. Car il s'agissait bien d'un acte de malveillance : en témoignait, entre autres, le fait que quelqu'un avait déverrouillé le box de Gengis Khan. La veille au soir, tous les box avaient été contrôlés sans qu'on remarque quoi que ce soit d'anormal, ainsi que le lui avait assuré Lechyk, qui aimait les trakehners comme s'ils avaient été ses enfants. Sans doute ne saurait-on jamais qui s'était introduit dans l'écurie avant l'aube – sans doute la personne qui, peu après, avait lancé de gros cailloux dans les fenêtres.

« Imagine un peu, fillette, avait dit Elvira. Dans toute cette panique, une des lampes à pétrole aurait pu se décrocher. Elle aurait mis le feu à l'écurie avec tout ce qu'il y a dedans et nous aurions brûlé avec les chevaux. L'incendie aurait même pu gagner les autres bâtiments. Dans notre malchance nous avons eu beaucoup de chance ! »

Lorsqu'elles étaient rentrées de Kolberg cet après-midi-là, Elvira von Maydorn avait pris la ferme décision de vendre le domaine. Klaus von Hagemann n'en conservait pas moins un droit sur le produit de la vente, mais la vieille dame avait trouvé une parade.

« Je vais le dépenser, fillette. À Augsbourg, chez ma belle-sœur Alicia, la seule qui reste encore de ma génération. Je chercherai un bon pré pour mes chevaux et je louerai une écurie. Et je ne m'oublierai pas. Cet argent, je le claquerai, je le flamberai jusqu'à ce qu'il n'en reste plus rien. Ils n'hériteront pas un centime de ma part. »

Elle avait immédiatement trouvé un agent immobilier, qui était arrivé le lendemain en automobile décapotable au domaine afin de tout passer en revue et de prendre des notes. Le petit homme affairé en manteau et chapeau sombres n'avait bien entendu pas manqué d'attirer l'attention de Klaus von Hagemann, qui l'avait interpellé avec irritation et avait découvert ainsi les projets de la propriétaire. Cela avait dû lui faire un choc car Liesel, qui observait la scène depuis la fenêtre, cachée derrière le rideau, avait vu son père se figer sur place et regarder son interlocuteur comme s'il avait affaire à un fantôme. Il avait beuglé quelque chose qu'elle n'avait pas compris, avait brandi son fouet et marché sur l'homme, lequel, ébahi, s'était replié en toute hâte. L'agent immobilier était remonté en pestant dans son automobile, avait chassé deux poules qui avaient élu domicile sur les sièges et était reparti sans demander son reste.

« Ça ne te servira à rien, Klaus von Hagemann ! avait crié Elvira von Maydorn, qui se tenait également à l'une des fenêtres. Tu peux en chasser un, il en viendra trois autres ! Nous verrons bien qui est le maître en cette maison ! »

Peu après, Liesel avait entendu son père monter l'escalier avec ses lourdes bottes. Un bref coup à la porte et il était entré dans la pièce, avec sa veste maculée de taches et ses pieds crottés par les excréments de porc tombés de la brouette des filles de ferme.

« Qu'est-ce que ça veut dire ? avait-il aboyé. Qu'est-ce que ce pantin d'agent immobilier vient fiche à Maydorn ? »

Liesel s'était réfugiée derrière le fauteuil, mais Elvira s'était levée sans crainte pour s'approcher de Klaus.

« Je ne me souviens pas de vous avoir invité dans mes appartements », avait-elle lâché.

Sous l'effet de la colère, les cicatrices de Hagemann s'étaient dilatées, saillant telles de grosses lignes rouges qui le défiguraient encore plus que d'habitude.

« Laissons le formalisme de côté, avait-il répliqué en s'efforçant de recouvrer son calme. Ce domaine m'a été attribué en héritage, cela a été acté devant notaire. Vous ne pouvez pas le vendre ! »

La vieille dame était obligée de lever légèrement la tête pour pouvoir regarder son interlocuteur dans les yeux. Elle lui avait adressé un sourire sarcastique.

« Un héritier n'est un héritier qu'après la mort du testateur. Et, comme je suis encore en vie, il n'y a pas d'héritage. Le domaine m'appartient et j'en fais ce que j'en veux. »

Le menton de Hagemann s'était mis à trembler de fureur.

« Ça ne tiendra pas devant un juge, madame von Maydorn. Il y a un document notarié.

— J'ai parlé hier avec mon notaire, c'est légal. Que ça vous plaise ou non, le domaine changera de mains et, si vous avez de la chance, vous conserverez votre poste d'intendant. Pour ma part, je ne vous recommanderai pas au nouveau propriétaire.

— Mais c'est de la démence ! avait-il hurlé. Pourquoi vous imaginez-vous qu'on en ait eu après vous ? C'est ridicule. Ce qui s'est passé dans l'écurie était un regrettable incident. Un fou a jeté des cailloux et vous vous en prenez à moi et à ma famille !

— Je ne veux plus rien entendre, avait rétorqué la vieille femme énergiquement. Sortez de cette pièce, monsieur von Hagemann ! »

La vue des grands yeux effrayés de sa fille l'avait dissuadé de continuer à discuter.

« Prenez le temps de réfléchir à tout ça, madame von Maydorn, avait-il dit, la voix tremblante. Vous vous causez du tort à vous-même. »

Sur quoi il s'était détourné et avait quitté les lieux, ne laissant sur le sol que quelques restes de fumier.

« La paysanne va en entendre de belles », s'était réjouie Elvira en s'asseyant dans son fauteuil avec son journal.

De fait, une violente dispute avait éclaté le soir même un étage plus bas. Cette fois, la voix d'homme avait eu le dessus. La voix de femme avait poussé quelques glapissements, puis s'était mise à geindre. Liesel s'était bouché les oreilles, ne voulant pas imaginer ce qui se passait. Sa bienfaitrice, en revanche, souriait avec satisfaction et semblait savourer ce concert.

L'agent immobilier avait fait sa réapparition le lendemain, cette fois en compagnie de deux solides gaillards qui l'avaient escorté durant sa visite. Il avait négocié avec la propriétaire, examiné les plans du terrain et des bâtiments, puis était reparti dans son automobile. Il avait promis de passer des annonces dans tous les grands journaux à Berlin, Munich et Hambourg. Désormais, les choses étaient officielles.

Les jours avaient passé, un grand calme régnait dans la maison. Seuls les trois enfants faisaient parfois du bruit, mais alors on les faisait taire promptement. Klaus von Hagemann était aux champs et auprès des bêtes. On hersait et semait, vaches, truies et juments mettaient bas. L'intendant était d'une sévérité inhabituelle, il usait de son fouet sans prévenir, valets et filles de ferme rentraient la tête dans les épaules et faisaient des messes basses. Le bruit s'était répandu que le domaine allait être vendu et qu'il y aurait peut-être un nouvel intendant. Quand Liesel descendait à la cuisine, les servantes se montraient aimables. Elles lui parlaient, l'interrogeaient pour savoir s'il était vrai que l'intendant et sa femme seraient contraints de partir. Liesel répondait en haussant les épaules qu'elle n'en savait rien. Mais, lorsqu'elle quittait la cuisine, elle les entendait chuchoter que ce serait une bénédiction que la femme de l'intendant fiche le camp.

Il régnait une tension désagréable. La nuit, Liesel croyait entendre des pas dans le couloir et des craquements dans l'escalier. Comme si quelqu'un montait en chaussettes au deuxième étage. Inquiète elle aussi, Mme von Maydorn verrouillait soigneusement la porte et coinçait la poignée à l'aide d'un dossier de chaise.

« Par précaution, avait-elle expliqué à Liesel. Tu n'as rien à craindre, fillette. Je garde le sabre de mon défunt frère à côté de mon lit. Il était officier. La lame est lisse et tranchante. »

Ce propos n'avait pas rassuré Liesel, qui continuait de dormir sur le canapé du salon. Elle se pelotonnait sous le manteau de fourrure de Fanny Brunnenmayer, espérant que, le cas échéant, on ne la verrait pas.

Cependant la mort ne s'était pas laissé arrêter par des portes fermées. Telle une ombre noire, elle avait gravi les marches sans se faire remarquer et avait accompli son œuvre. Un matin que Liesel apportait une tasse de lait chaud au miel à sa grand-mère Riccarda von Hagemann, elle l'avait trouvée sans vie dans son lit.

« Elle a cessé de souffrir, avait dit Elvira von Maydorn lorsqu'elle était entrée dans la chambre de la défunte pour lui faire ses adieux. Ce n'était pas quelqu'un de difficile, Riccarda. Quand elle avait toute sa tête, je me suis bien entendue avec elle. Que Dieu ait son âme et lui donne la vie éternelle. »

Liesel n'avait pas eu l'occasion de savoir si son père avait éprouvé du chagrin. L'après-midi, deux valets avaient descendu la morte dans un drap et l'avaient placée dans le cercueil en bois qu'on avait apporté sur une charrette. L'enterrement aurait lieu après Pâques, mais Liesel n'y assisterait pas. À cette date, ainsi qu'en avait décidé Elvira, elles auraient déjà quitté le domaine.

L'après-midi du même jour, on avait vu la femme de l'intendant, qui s'était comportée en maîtresse des lieux pendant des années, monter sur une charrette avec ses enfants et deux servantes. On avait chargé des caisses et des valises sur le véhicule. La « paysanne », comme Mme von Maydorn continuait de l'appeler avec mépris, portait un ample manteau de laine sombre et avait noué un châle autour de ses cheveux. Elle avait gardé le regard fixé droit devant elle tandis qu'on faisait sortir la charrette de la cour. Plantés devant les bâtiments de la ferme, valets et servantes l'observaient avec ébahissement. Liesel et sa bienfaitrice suivaient la scène des fenêtres de leurs appartements. La vieille dame n'avait pas dit un mot.

Le soir, Klaus von Hagemann avait frappé à leur porte et l'entretien qu'il avait eu avec Elvira von Maydorn allait demeurer gravé dans la mémoire de sa fille.

« J'aurais souhaité vous parler, si vous le voulez bien, madame von Maydorn, avait-il dit aimablement. Je pense avoir le droit de vous exposer cette affaire de mon point de vue. »

Elvira l'avait fait entrer, notant avec satisfaction que, cette fois, il était en costume et avait quitté ses bottes pour des chaussures normales. Et, surtout, il s'était exprimé sur un ton poli et mesuré. Cependant elle ne l'avait pas invité à s'asseoir ; il avait dû rester debout tandis qu'elle-même était dans son fauteuil, l'observant par en dessous.

« Je vous présente mes condoléances pour la mort de votre mère, avait-elle dit. C'est par affection pour elle que je consens à vous écouter. »

Liesel était sur le canapé. Elle savait très bien que sa présence était désagréable à son père, mais, comme Mme von Maydorn ne lui avait pas demandé de quitter la pièce, elle était demeurée assise.

Klaus von Hagemann avait commencé par vanter le zèle dont il avait fait preuve dans ses tâches d'intendant ainsi que le succès de ses efforts.

« Lorsque j'ai pris ce poste il y a plus de dix ans, le rendement agricole et forestier était très faible, il régnait une grande négligence, la gestion était exécrable, les valets et les filles de ferme faisaient ce que bon leur semblait, les étables et les écuries étaient dans un état de saleté repoussante, les outils n'étaient pas entretenus. Bref : en dehors de l'élevage de chevaux, tout était à l'abandon. C'est moi qui ai remis la ferme à flot. »

Elvira von Maydorn l'avait écouté avec patience et, à la fin de son discours, elle avait hoché la tête.

« C'est un peu exagéré, mais dans l'ensemble c'est juste. Vous vous êtes révélé un bon intendant, Hagemann. Cependant, vous avez choisi la mauvaise femme. »

Klaus von Hagemann avait mollement essayé de défendre son épouse, puis avait fini par reconnaître que son interlocutrice avait raison.

« Je l'ai renvoyée dans son village, avait-il repris. Elle ne vous importunera plus. Je me séparerai d'elle, je lui ai interdit de remettre les pieds au domaine. »

Elvira von Maydorn ne s'était guère montrée impressionnée par ce sacrifice. Au contraire.

« Elle a donc avoué être à l'origine de l'agression ? » avait-elle demandé avec un air inquisiteur.

Klaus von Hagemann n'avait rien répondu – un silence éloquent.

« Je n'en savais rien, madame von Maydorn, avait-il dit ensuite à voix basse. Je vous le jure. »

Il y avait eu un petit moment de silence. Hagemann attendait une réponse et Liesel lui avait vu une expression implorante. Son regard trahissait la crainte qu'on le prive de tous ses espoirs. Elle avait eu peine à croire qu'il s'agissait de l'homme qui avait voulu la renvoyer chez elle avec tant de froideur. Son humiliation lui avait été presque plus douloureuse que son indifférence. La jeune fille avait amèrement regretté de n'avoir pas quitté la pièce avant le début de l'entretien. Mais le pire était encore à venir.

« Je veux bien croire que vous n'y êtes pour rien, avait répondu Mme von Maydorn. En revanche, vous pouvez vous dispenser de votre numéro à propos de votre paysanne. Je sais très bien comment ça finira.

— Mais je parle très sérieusement. Pourquoi ne voulez-vous pas me croire ?

— Parce que je sais que vous n'arriverez plus à vous débarrasser de cette personne, avait répondu Elvira avec calme. Dès que je serai partie avec Liesel et les chevaux, elle reviendra. Même contre votre volonté.

— Vous voulez partir ? s'était-il écrié avec frayeur.

— En effet. L'agent immobilier s'occupera de la vente, je n'ai pas besoin d'assister à la remise de la propriété à l'acquéreur. Notre départ est prévu pour demain. »

Il n'y avait plus rien à espérer. Klaus von Hagemann avait secoué la tête, s'était tordu les mains. Son regard était tombé sur sa fille, qui avait suivi la scène avec effroi.

« Liesel, avait-il lancé, dis quelque chose ! Tu es mon enfant, je suis ton père. Interviens en ma faveur ! »

Liesel s'était trouvée face à un dilemme. Elle aurait bien aimé l'aider, mais c'était impossible, elle ne pouvait rien contre la volonté de sa bienfaitrice.

« Laissez cette jeune fille tranquille, avait répliqué Elvira avec colère. Vous ne vous êtes jamais occupé d'elle, vous n'avez pas honte de venir mendier auprès d'elle ? Et maintenant, je suis fatiguée, je voudrais me coucher. Demain sera une dure journée. Bonne nuit, monsieur von Hagemann ! »

Il était sorti sans un mot, sans même un dernier regard pour sa fille, et avait claqué la porte. Fin de l'histoire. Fin d'une quête pour Liesel et début d'un chagrin qui ne la quitterait plus.

Lorsque, le lendemain, la silhouette massive du phare de Kolberg se profila à l'horizon, Liesel essuya ses larmes et prit la résolution de ne plus penser à son père. Il valait mieux regarder devant soi, d'autres problèmes l'attendaient très certainement. Sa mère ne serait pas ravie de la voir revenir, elle qui avait nourri de grandes espérances. Et puis elle ignorait si elle retrouverait son emploi à la villa aux étoffes. Durant son absence, on avait peut-être embauché quelqu'un d'autre. Dans ce cas, elle serait obligée dans un premier temps d'habiter chez sa mère et de travailler à la jardinerie. Et Christian ? Voudrait-il bien croire qu'elle ne l'avait pas oublié ? Peut-être avait-il chassé l'infidèle Liesel de ses pensées depuis longtemps et ne voulait-il plus entendre parler d'elle ?

L'arrivée à la gare dissipa un temps ses soucis. Il fallait s'occuper des bagages et installer les chevaux dans les wagons prévus à cet effet. Les caisses et les valises furent rapidement chargées dans le train grâce à l'aide de deux porteurs accourus avec empressement dans l'espoir d'un bon pourboire. Avec les chevaux, ce fut moins facile. Lechyk et Mme von Maydorn durent déployer des trésors de patience pour faire monter aux juments accompagnées de leurs poulains la rampe en bois conduisant dans le wagon fermé.

Même lorsque les deux poulains furent à l'intérieur, dûment retenus par Lechyk, leurs mères hésitèrent avec méfiance à pénétrer dans cet endroit obscur.

— C'est pour aujourd'hui ou pour demain ? demanda avec impatience le chef de gare. Le train part dans une demi-heure.

— Vous voyez bien qu'on fait tout ce qu'on peut, rétorqua Elvira. Ce ne sont pas des chevaux de l'armée mais des animaux d'élevage. Ils n'ont jamais vu un wagon de leur vie.

— Ben, j'espère qu'ils apprendront vite, pesta l'homme. Et si l'étalon fait du grabuge pendant le voyage, le chef de train le flanquera dehors.

Mme von Maydorn le regarda avec indignation et redressa le dos.

— S'il touche à mon étalon, je lui ferai son affaire !

— Je vous donne une demi-heure, pas une seconde de plus, rétorqua l'homme sans se démonter.

Sur quoi il se détourna pour aller s'occuper du train de voyageurs pour Köstlin.

Gengis Khan devait voyager seul dans un autre wagon afin de ne pas causer de problèmes avec les juments. Cependant il refusa catégoriquement d'entrer dans son compartiment de luxe. Friandises, belles paroles, rien ne l'incita ne serait-ce qu'à s'approcher du wagon. Il restait planté devant celui où se trouvaient ses juments et leurs poulains, secouant sa crinière avec colère et réclamant ses dames.

— Bon, il va falloir dételer Cora et la faire monter dans le wagon, déclara Lechyk. C'est une brave bête, elle obéira, et Gengis Khan la suivra. Je la ferai ressortir et vous fermerez vite la porte.

— Seigneur, soupira Elvira. Hâtez-vous, le type à casquette a l'œil rivé sur l'horloge.

Liesel suivit Lechyk afin de récupérer les deux seaux de nourriture pour les chevaux. Mais, au bout de quelques pas, elle s'immobilisa, comme figée sur place.

— Excusez-moi, dit quelqu'un à Lechyk. On m'a dit que vous alliez au domaine de Maydorn.

— C'est juste, répondit le palefrenier, qui s'occupait de dételer la jument. Mais pas avant un petit moment. Vous voulez que je vous emmène ?

— Oui, c'est là que je vais. J'ai de la chance de vous avoir rencontré.

De fait, c'était le jour de chance de Christian. Il sursauta en entendant le cri de surprise de Liesel.

— Christian ! Christian ! Ça alors ! C'est vraiment toi ?

Stupéfait, il resta planté là, incapable de dire un mot, tandis que Liesel se précipitait vers lui pour lui sauter au cou.

— Liesel... bafouilla-t-il sans parvenir à croire qu'elle était dans ses bras. Liesel, tu es là...

— Et toi, Christian ? Qu'est-ce que tu fais ici ? Je croyais que tu étais à Augsbourg et que tu voulais plus entendre parler de moi !

Le jeune homme avait enfin compris qu'il avait atteint son but. Plus vite et plus facilement qu'il ne l'avait attendu. Et ces retrouvailles étaient bien plus merveilleuses qu'il n'aurait pu le rêver.

— Je comptais te ramener à la maison, répondit-il avec gêne. Parce que j'en avais assez d'attendre. Et que je veux pas que tu épouses un comte ou un prince et que tu sois malheureuse avec lui.

Liesel ne put s'empêcher de rire en l'écoutant raconter ces sornettes. Un comte ! Un prince ! Comment cette idée avait-elle pu lui venir ?

— J'ai appelé exprès à la villa et demandé à Humbert de te dire que je t'avais pas oublié !

Il secoua la tête, il n'était pas au courant. Mais, comme la Liesel ne faisait pas mine de vouloir s'écarter de lui, il l'embrassa très tendrement sur la joue.

— Liesel ? fit la voix énergique d'Elvira von Maydorn. Où est-ce que tu es fourrée, ma fille ? L'étalon est dans le wagon, le train va partir. Où sont les seaux ?

Effrayés, les deux jeunes gens sursautèrent. Liesel prit un des seaux, Christian se chargea de l'autre, et tous deux coururent jusqu'au quai où s'impatientaient Mme von Maydorn et le chef de gare.

— Tiens donc ! s'étonna la vieille dame. Tu t'es fait un nouvel ami ?

— C'est Christian Torberg, d'Augsbourg, madame von Maydorn. Est-ce qu'il peut prendre le train avec nous, s'il vous plaît ?

Sa bienfaitrice examina le nouveau venu, lui trouva l'air vigoureux.

— Il s'y connaît en chevaux ?

— Pour ça oui, répondit hardiment Liesel.

— Alors monte, Christian.

Le voyage fut long et fatigant pour les passagers et les animaux. À chaque arrêt, il fallait s'assurer que les chevaux allaient bien, leur donner de l'eau fraîche, évacuer le crottin et remettre de la paille. Pendant le trajet, Liesel resta dans le compartiment avec Mme von Maydorn. Elle discutait avec elle, lui proposait de quoi se restaurer, lui donnait le journal ou jouait aux cartes avec elle. Debout dans le couloir, Christian regardait le paysage. Quand la vieille dame faisait un somme, Liesel sortait le rejoindre pour lui apporter à manger et échanger quelques mots avec lui. Ils avaient beaucoup à se raconter. On se fit de doux aveux et, quand il n'y avait ni contrôleur ni autre voyageur pour les voir, Christian passait son bras autour de la taille de son amie et lui prouvait par des baisers combien elle lui avait manqué.

41

Leo détestait les adieux larmoyants. Jamais il n'aurait pleuré ni sangloté devant d'autres comme le faisaient les femmes. Il préférait afficher une mine furibonde et croiser les mains dans le dos.

— Je vous souhaite bonne chance, dit Marie à Mme Ginsberg en prenant celle-ci dans ses bras.

Elles avaient toutes les deux les larmes aux yeux et restèrent un instant enlacées.

— Nous nous reverrons, je suis certaine que nous nous reverrons un jour. N'oubliez pas d'écrire dès que vous serez arrivés en Amérique.

Elles se tenaient sur le palier du premier étage de la villa. Humbert attendait déjà dans le vestibule pour conduire les Ginsberg à la gare. Ils se rendraient d'abord à Hambourg, puis de là à Bremerhaven, où leur paquebot appareillerait le surlendemain. Pour les emmener à New York. Dans le pays de tous les possibles.

Walter avait rangé son violon dans son étui, l'archet détendu soigneusement coincé le long de l'instrument. Il ajouta les partitions et referma la boîte. Leo se tenait à côté de son ami. Il déglutit à plusieurs reprises, mais dans sa gorge la boule ne voulait pas disparaître. Ils avaient joué plusieurs fois la petite sonate pour violon que Leo avait composée pour Walter. À présent, le moment était venu de prendre congé l'un de l'autre. Pour très longtemps. Peut-être pour toujours.

— Bon... je vais y aller, dit Walter d'une voix enrouée. Salut, Leo. Et écris-moi, d'accord ? Ne m'oublie pas.

Leo secoua énergiquement la tête. Comment pourrait-il oublier son seul et unique ami ?

— C'est à toi d'écrire en premier, Walter, parce que je ne connais pas ton adresse.

— Ouais, promis.

Les deux mères descendirent l'escalier pour rejoindre le vestibule, où Hanna attendait avec le manteau et la veste des Ginsberg. Walter et Leo continuaient de se regarder sans bouger.

— Allez, chuchota Walter. Au revoir...

— Au revoir, dit Leo à voix basse.

Ils se serrèrent dans les bras, ce qu'ils n'auraient jamais fait en d'autres circonstances. Ils ne purent se défendre d'un petit sourire, puis ils se séparèrent, et Walter dévala l'escalier avec son étui à violon comme s'il avait le diable aux trousses.

Sur le seuil, Mme Ginsberg se retourna une dernière fois et fit un signe de main à ceux qui restaient. Puis elle rejoignit Walter dans la voiture et Humbert démarra. Ils descendirent l'allée jusqu'au portail de la villa et s'engagèrent dans la rue Haag en direction de la ville. Vers la gare, où Walter débuterait une nouvelle vie, dans laquelle Leo n'aurait plus de place.

— Tu es triste, Leo, n'est-ce pas ? demanda Marie en lui entourant les épaules de son bras. Dis-toi bien que ça valait mieux pour eux.

— Oui, Maman.

Il n'était pas sûr qu'elle ait raison. Mais les adultes avaient pris une décision à laquelle il avait fallu se plier. Il se dégagea et dit à sa mère qu'il voulait sortir un petit moment dans le parc et aller voir les chevaux.

— Ne reste pas trop longtemps, Leo. On a prévu une collation avec toutes les bonnes choses que tante Elvira a apportées de Poméranie. Tante Tilly sera là, ainsi que tante Kitty et oncle Robert.

Aïe, pensa-t-il. Cela voulait dire que Henni serait de la partie. Or il n'avait pas du tout envie de l'avoir dans les pattes alors qu'il avait l'esprit tout occupé de Walter.

— Je serai de retour à temps, Maman.

Mais, bien sûr, une fois de plus, il joua de malchance. Alors qu'il dévalait le perron, la voiture de la tante Kitty arriva gaillardement dans la cour, enveloppant le parterre en fleurs d'un nuage sombre et nauséabond, et s'arrêta devant l'entrée.

— Aurais-tu une fois de plus oublié le frein à main, ma chérie ? demanda avec malice l'oncle Robert.

— Qu'est-ce qui te fait croire ça ? répliqua Kitty avec un air innocent. Moi, je crois plutôt qu'il faudrait conduire la voiture au garage. Les freins ne répondent presque plus. Il faut que j'appuie comme une folle quand je veux m'arrêter.

Leo voulut s'éclipser en prenant à droite par les pelouses, mais Henni l'avait aperçu. Elle avait l'œil à tout, sa cousine Henni.

— Où est-ce que tu vas, Leo ? On va servir le café. Mamie Gertrude a fait du streusel aux cerises.

Il se retourna et lança :

— J'arrive un peu plus tard.

— Tu as lu ma lettre ? cria-t-elle.

Une lettre ? Quelle lettre ? Ah, oui, elle devait encore être dans son cartable. Sans doute une invitation à son anniversaire. C'était typique de Henni, ça. Il n'avait lieu qu'en mai, mais elle en faisait déjà tout un plat.

Sans répondre, il s'éloigna à grands pas en priant le ciel qu'elle ne se mette pas en tête de le suivre. Arrivé à la petite maison du jardinier, il se retourna. Il avait de la chance, elle était sans doute entrée dans la villa avec les autres. Elle pourrait bavarder avec Dodo, qui ne tarderait pas à rentrer de l'usine avec leur père. Désormais, elle s'y rendait chaque jour avec lui, se baladait un peu partout, expliquait aux ouvriers ce qu'ils devaient faire et se prenait très au sérieux. Leo aimait beaucoup sa sœur, mais trouvait douloureux que son père fasse soudain si grand cas d'elle et ne se soucie plus de lui.

Derrière la maisonnette se tenait le pâturage des chevaux qu'on avait délimité la veille en hâte à l'aide de bâtons et de rubans, parce que tante Elvira était arrivée avec ses trakehners. Quelle affaire ! Elle avait appelé de la gare pour expliquer qu'elle avait besoin de deux personnes pour les chevaux et qu'il y avait une foule de bagages à transporter. La tante Lisa et la grand-maman avaient failli avoir une syncope. C'était Marie qui avait pris les choses en main et tout organisé. On avait envoyé deux ouvriers de l'usine à la gare, tandis que Humbert et la tante Kitty avaient pris chacun leur voiture pour récupérer les valises et les rapporter à la villa. Les chevaux avaient été acheminés hors de la ville par les prairies jusqu'au parc. Elvira était venue avec Christian et, bien sûr, avec Liesel. Leo en avait été particulièrement content, parce qu'il aimait bien la jeune fille.

À présent, elle était là, distribuant des sandwichs au jambon et du cidre aux gens qui montaient une vraie clôture. Le pâturage serait divisé en trois parcelles. Elvira avait aussi le projet de faire bâtir une écurie. Leo resta à bonne distance et regarda les chevaux. C'étaient de belles bêtes, surtout l'étalon, plus grand que les juments et fort turbulent. Quand il galopait, il faisait voler les touffes d'herbe tant il était puissant. Parfois, les juments le suivaient, et alors les poulains cabriolaient de joie. Sans doute étaient-ils tous heureux de ne plus être enfermés dans un wagon.

S'étant aperçue de sa présence, Liesel saisit son panier et se dirigea vers lui.

— Bonjour, Leo, dit-elle, puis, se reprenant immédiatement : Ah, non, il faut que je dise « Monsieur » ou « monsieur Melzer ».

— Qu'est-ce que tu racontes ? Arrête, Liesel, je suis toujours Leo.

Avec un sourire, elle expliqua que c'était l'usage. Elle avait repris son poste de fille de cuisine à la villa, aussi n'était-il pas convenable qu'elle tutoie un de ses maîtres.

— Bon, d'accord, mais quand on est entre nous, tu peux continuer à m'appeler Leo, non ?

— Si tu y tiens, je le ferai, Leo.

Il rougit devant son sourire espiègle et un peu supérieur. Elle était restée absente quelques mois seulement mais, durant ce laps de temps, elle avait changé. Elle était devenue plus féminine, plus adulte et plus jolie. Et ses yeux avaient une expression différente. Leo sentit qu'elle avait connaissance de choses qui ne lui étaient pas encore accessibles. De ces choses qui gouvernaient ses rêves, la nuit, et lui inspiraient de douces et insistantes mélodies.

— Comment ça va à la maison ? s'enquit-il pour dire quelque chose.

— Bien. Maxl s'occupe maintenant de tout, aussi de l'argent. Hansl va à l'école supérieure de garçons et Fritz va entrer en CE1. Il n'en fiche pas une rame, il préfère gratter la terre.

Elle se mit à rire et Leo l'imita. Christian, qui aidait à construire la clôture, adressa de loin un signe de main à la jeune fille.

— Bon, il va falloir que je retourne à la cuisine, soupira-t-elle. Fanny Brunnenmayer doit déjà se demander ce que je fais.

Leo la suivit du regard tandis qu'elle repartait d'un pas léger et pensa un instant qu'il devrait rentrer avec elle. Mais il préféra rester encore un peu à contempler les chevaux. Rassemblés, ils broutaient. Par moments, l'étalon relevait la tête et jetait un coup d'œil méfiant aux ouvriers qui enfonçaient des poteaux dans le sol. Cependant ils ne semblaient pas lui inspirer de crainte, car il se remettait tranquillement à arracher les brins d'herbe.

Leo reprit le chemin de la villa, la tête pleine de sons et de mélodies, monta le perron et ouvrit la porte. Tout le monde semblait être dans la salle à manger. On entendait le bavardage de la tante Kitty jusque dans le vestibule, on percevait aussi les voix de la tante Lisa et, surtout, de Henni et de Dodo. Leo n'avait guère envie de se joindre à cette bruyante réunion de famille, il aurait de loin préféré filer dans sa chambre pour noter quelques-unes des nouvelles mélodies. Mais sa mère en aurait été triste, et puis son père était rentré de l'usine. En soupirant, il ôta ses chaussures et chercha ses pantoufles. Alors qu'il venait de mettre la main dessus, la porte de la cuisine s'ouvrit soudain derrière lui.

— Leo, s'exclama la Brunnenmayer, pourquoi tu n'es pas là-haut, mon garçon ? T'es encore triste que

Walter soit parti ? Tiens, je t'ai fait tes biscuits préférés. C'est pour toi et ta sœur.

Cette bonne Fanny Brunnenmayer ! C'étaient les mêmes biscuits que ceux que Dodo et lui allaient autrefois chercher en cachette à la cuisine parce que la gouvernante, cette affreuse bonne femme, leur interdisait les sucreries.

— Merci, madame Brunnenmayer, répondit-il, ému, en plongeant la main dans la boîte qu'elle lui tendait. Vous devez être contente que la Liesel soit revenue, non ?

— Tu dis vrai, mon garçon, approuva-t-elle avec un grand sourire. Je remercie le Seigneur chaque soir et chaque matin qu'elle soit rentrée saine et sauve. Moi, j'étais contre ce voyage depuis le début, mais y fallait sans doute qu'elle parte, en tout cas ça lui a donné plus de jugeote. Et entre elle et Christian, c'est du sérieux maintenant, il y a des fiançailles dans l'air.

Leo reprit un biscuit. Il n'avait pas souvenir d'avoir jamais vu la cuisinière si bavarde. C'était peut-être l'effet de l'âge, elle n'était plus de prime jeunesse. Ainsi, la Liesel allait se fiancer avec Christian ? Cette nouvelle lui provoqua un léger pincement au cœur. Christian était un gentil garçon, mais Leo trouvait que Liesel était trop bien pour épouser un jardinier.

Il monta dans sa chambre se changer rapidement et jeta un regard mélancolique sur son bureau et le papier à musique qui s'y trouvait. Il songea alors que Walter, qui était à présent dans le train avec sa mère, devait être aussi triste que lui. Dans deux jours, ils embarqueraient sur le paquebot à destination de New York. Avec un soupir, il descendit dans la salle à manger.

— Leo ! s'exclama sa mère. J'allais monter voir si tu ne t'étais pas terré dans ta chambre.

Dodo et Henni n'étaient plus là – quelle chance ! Son père, l'oncle Robert et l'oncle Sebastian s'étaient retirés au fumoir. La tante Lisa prit Leo en main et lui passa le plat de jambon et de saucisse fumée, avec du pain frais, des cornichons et ces bouchées de courge aigre-douce dont il avait horreur.

— Ce jambon est un poème, Leo, dit-elle sur un ton extasié. Quel dommage, on va sans doute devoir s'en passer maintenant que tante Elvira a pris la décision absurde de vendre le beau domaine de Maydorn.

Leo choisit un peu de pain et de jambon et grignota sans plaisir. Assise avec mamie Gertrude et Grand-maman Alicia, sa grand-tante Elvira racontait de drôles de choses à propos d'une paysanne qui était une sorcière et avait essayé de les tuer, Liesel et elle. Leo fut saisi de frayeur, surtout en pensant à Liesel, mais la grand-maman ne paraissait pas ajouter foi à son récit et mamie Gertrude se mit à rire. Elvira avait probablement inventé tout ça. Leo ne l'avait vue qu'une ou deux fois dans sa vie, à l'époque il était petit. Elle avait les cheveux gris, était un peu plus grande qu'Alicia et, surtout, elle avait une tout autre façon de bouger et de parler. Elle était bien plus énergique et plus bruyante et utilisait des mots que sa grand-mère n'aurait jamais prononcés. Ni même Gertrude, qui pourtant n'avait pas sa langue dans sa poche.

— Cette femme, elle sait y faire au lit, il l'avait dans la peau.

— Je t'en prie, Elvira, il y a des mineurs dans la pièce !

— Allons bon ! s'exclama la baronne de Poméranie en jetant un regard à Leo. Il a déjà une voix d'homme, ça peut pas lui faire de mal d'apprendre tôt à se méfier de ce genre de bonne femme.

Leo ne comprit pas très bien de quoi elle parlait, mais il fut gêné de se voir ainsi dévisager. L'allusion à sa mue lui fut également très désagréable. Ces derniers temps, en effet, il avait souvent la voix enrouée et parlait parfois une octave plus bas que d'ordinaire. Dans sa classe, quelques-uns de ses camarades avaient déjà mué depuis des mois et, en cour de récréation, essayaient leur nouvelle voix en beuglant. Deux d'entre eux avaient d'ailleurs écopé d'un avertissement.

— Est-ce que ton agent immobilier s'est manifesté ? demanda la tante Lisa.

— Pas encore, ça bougera sans doute dans les prochains jours, répondit Elvira.

Alicia poussa un soupir désolé et termina son café.

— Quand je pense qu'un parfait inconnu pourra acheter mon cher Maydorn en deux temps trois mouvements, déplora-t-elle.

Elvira se mit à rire et dit que, tant que Klaus von Hagemann serait l'intendant du domaine, la nouvelle propriétaire devrait s'accommoder de la paysanne. Que celle-ci était un sacré morceau et pouvait vous rendre la vie infernale.

— Dans ce cas, le nouveau propriétaire ferait sans doute mieux de renvoyer Hagemann, dit Marie. Ce qui serait dommage. C'est un bon intendant, non ?

— C'est tout à fait vrai, ma chère Marie, confirma Elvira sur un ton de regret.

La tante Lisa pinça les lèvres et plissa les paupières.

— J'aurais peut-être un acquéreur potentiel, tante Elvira, dit-elle avec un petit rire.

— Vraiment ? S'il offre un bon prix, nous pouvons en discuter.

— En tout cas, la nouvelle propriétaire serait de taille à se mesurer à ta paysanne.

— Tu ne penses tout de même pas à M. Grünling ? intervint Alicia avec indignation. Non, je ne peux même pas l'imaginer. Pourquoi voudrait-il acheter une ferme domaniale ?

— Autrefois, la famille de Serafina avait des terres à l'est, qu'elle a perdues après la guerre à cause de l'inflation. Serafina serait sûrement ravie de pouvoir jouer la maîtresse de domaine.

— Je ne sais pas trop, Lisa, ton idée me paraît assez étrange.

Leo avala sa dernière bouchée de jambon en se demandant pourquoi il était obligé de rester là à écouter toutes ces sottises. Personne ne s'occupait de lui, il pouvait aussi bien remonter dans sa chambre. Mais sa mère lui resservit de la saucisse fumée et lui glissa tout bas que son père voulait lui parler.

— Il est au fumoir. Termine ton assiette et va le voir, s'il te plaît.

— Oui, Maman.

Il coupa avec indifférence la saucisse rougeâtre et odorante en petits morceaux dans lesquels il piqua sa fourchette. La voix de sa tante Kitty lui parvint alors aux oreilles. Ce jour-là, elle parlait exceptionnellement bas. Elle était assise de l'autre côté de la table avec la tante Tilly, et il semblait se dire des choses que la grand-maman n'avait pas à entendre. Leo en fut l'auditeur bien malgré lui.

— Alors comme ça tu as un rendez-vous galant ? demanda Kitty. Seigneur, ce que je suis contente ! Tu as déjà un air très différent, Tillylein. Tu es devenue une belle femme séduisante, pas étonnant qu'il ait mordu.

Leo ne trouva pas que Tilly ait vraiment changé. À la rigueur, elle s'était coiffée avec un peu plus de soin que d'habitude, et le petit pendentif en pierre rouge qu'elle portait au cou ressortait bien sur sa robe grise.

— S'il te plaît, Kitty, parle moins fort. Oui, j'ai rendez-vous avec lui. Nous voulons aller au bord du Rhin faire une petite promenade. Rien de plus.

— Ma chère Tilly, il faut que tu emportes un préservatif, on ne sait jamais. Ne me regarde pas comme ça, tu es médecin, tu devrais être au courant de ces choses, non ? Ou bien veux-tu tomber enceinte dès la première fois ?

Leo en laissa échapper son bout de saucisse et dut s'y reprendre à trois fois avant de réussir à planter sa fourchette dedans. Un préservatif ! Ses camarades de classe en avaient parlé dernièrement, utilisant aussi d'autres termes. Quand il leur avait posé une question, ils avaient hurlé de rire et s'étaient débinés. Parce qu'il n'était pas des leurs. Cela devait être quelque chose d'interdit, de terriblement immoral. Il interrogerait Maxl à l'occasion, il devait savoir ce genre de chose.

— Comment peux-tu penser que j'irais coucher avec lui ? s'emporta la tante Tilly. C'est une promenade tout ce qu'il y a d'innocent, Kitty. Ton imagination t'égare.

— Tu ne crois tout de même pas m'apprendre de quelle manière fonctionnent les hommes ? fit la tante Kitty en riant. Tu n'auras pas le temps de dire ouf qu'il t'aura emmenée dans un hôtel et que tu connaîtras le paradis sur Terre.

— Certainement pas !

— Tu comptes rester vieille fille, Tillylein ? Ne sois pas stupide. La vie nous réserve tant de moments précieux, irremplaçables et merveilleux, mais toi, tu refuses tout ça. Quand tu seras vieille et chenue, tu pleureras en pensant à toutes ces occasions manquées.

— Ça m'étonnerait.

Tilly prit le petit pendentif entre ses doigts.

— Je ne veux rien d'autre qu'un seul homme. Celui que j'aime. Et c'est avec lui que je souhaite connaître le bonheur. Voilà ma façon de penser.

— Dans ce cas, j'espère que tu trouveras tout de suite le bon, soupira Kitty avec un air sceptique. Moi, il a fallu que je m'y reprenne à plusieurs fois... Ah, Leolein ! Monte voir Henni, je crois qu'elle a quelque chose à te demander.

Leo se racla la gorge avec embarras. Ce qu'il venait d'entendre l'avait passablement perturbé. Il existait donc des femmes qui aimaient plusieurs hommes. Et qui ne voulaient pas se marier, qui essayaient les hommes en quelque sorte jusqu'à ce qu'elles en trouvent un qui leur plaise. C'était intimidant. Pour sa part, il s'était fait une tout autre idée de l'amour. À l'exemple de ses parents. Tomber amoureux et être heureux pour toujours.

— Henni ? Oui, je sais, répondit-il. Elle me l'a déjà dit. Merci de m'avoir transmis le message.

— Ta voix a mué, Leolein, susurra Kitty en se mettant à rire. Grands dieux, tu es devenu un séduisant jeune homme sans même que ta vieille tante Kitty s'en aperçoive !

Leo aurait voulu disparaître sous terre. Sa tante était presque pire que Henni quand il s'agissait de vous mettre dans l'embarras. Comme elle se moquait de lui ! « Vieille tante », mon œil ! Elle était coquette et encore terriblement attirante.

— Je vais au fumoir, dit-il en se levant de table. Papa voudrait me parler.

Il fit une petite courbette et se réfugia dans le couloir. Le rire clair de la tante Kitty le suivit jusqu'à l'autre extrémité. Dans le fumoir, il fut accueilli par la fumée des cigares, à laquelle il trouvait un parfum masculin et adulte qui lui plaisait. Son père ne fumait pas, il buvait posément son cognac et reposa son verre en voyant entrer Leo.

— Ton père a acquis une petite fortune en diamants, déclara l'oncle Robert, qui n'avait pas remarqué l'arrivée de l'adolescent. Hélas, tu n'en obtiendras pas la valeur réelle si tu les vends maintenant, mais ce sera tout de même plus qu'appréciable. En additionnant le tout, ça devrait suffire…

— Te voilà, Leo, dit Paul en désignant un siège libre. Viens donc t'asseoir avec nous.

On parla alors des Ginsberg et Leo apprit que, dans un premier temps, Walter ne pourrait pas prendre de leçons de violon parce que Mme Ginsberg ne gagnerait pas assez bien sa vie.

— C'est très dommage, répondit Leo. Walter a fait de grands progrès, il veut devenir soliste.

L'oncle Sebastian tira sur son cigare et opina du chef avec compassion. L'oncle Robert déclara qu'il y avait plus important pour l'heure qu'une carrière de soliste.

— Ce qui se passe en ce moment dans notre pays m'inspire les plus vives inquiétudes, dit-il à Paul. D'après ce qu'on peut lire sur les affiches du parti national-socialiste, ils rendent les Juifs responsables de la défaite de 1918, du chômage et aussi, bien sûr, de la crise économique mondiale. Pour sauver l'Allemagne, affirment-ils, il faut combattre les Juifs. Et ces provocateurs qui racontent n'importe quoi trouvent de plus en plus d'adeptes.

— Oui, et j'ai lu récemment qu'ils faisaient du marxisme une invention juive, contre laquelle il fallait lutter, renchérit l'oncle Sebastian, indigné. C'est terrible de voir comme on peut abêtir les gens.

— Quand on est au chômage et qu'on ne sait pas comment nourrir sa famille, on est enclin à croire n'importe quel charlatan qui vous promet un avenir meilleur, fit remarquer Paul.

Robert se pencha en avant pour faire tomber la cendre de son cigare dans le cendrier en pierre verte.

— Il paraît, reprit-il en tenant son cigare entre le pouce et l'index, que ce Hitler aurait dit à Leipzig que d'ici deux ou trois élections ils obtiendraient la majorité et qu'alors ils pourraient façonner l'État à leur idée.

— Que Dieu nous en préserve ! s'exclama Paul, épouvanté.

Une fumée bleuâtre et odorante enveloppait les trois hommes, et Leo eut soudain très envie de prendre lui aussi une bouffée de cigare, mais le coffret en bois, avec son couvercle en marqueterie d'ivoire et d'ébène, lui était formellement interdit. Il trouvait intéressant d'être en compagnie des hommes, même si leurs propos sur la politique et l'inflation n'auguraient rien de bon. Personne à la villa n'était satisfait de la République, pas même l'oncle Sebastian, qui aurait voulu que les communistes obtiennent la majorité au Parlement dans l'idée que cela améliorerait le sort des ouvriers. Ses parents penchaient plutôt pour le parti social-démocrate, enfin la plupart du temps. Personne, ici, ne voulait du parti nazi. Maxl Bliefert avait dit récemment que, de toute façon, tant que le vieil Hindenburg serait vivant, Hitler n'avait aucune chance.

L'oncle Robert prit une gorgée de cognac et adressa un sourire à Leo.

— Est-ce que je pourrais goûter au cognac, Papa ? demanda l'adolescent.

Paul fronça les sourcils et parut réfléchir. L'oncle Robert trouva qu'il n'y avait là rien à objecter.

— Tu as 15 ans, n'est-ce pas ? demanda-t-il à Leo.

Et, s'adressant à Paul, il ajouta :

— Et il est déjà presque aussi grand que toi, Paul. Encore quelques petits centimètres et il t'aura rattrapé.

Paul sourit, cette perspective semblait lui faire plaisir.

— Bon, monte dans ta chambre et rapporte-moi ton bulletin, Leo, dit-il. Je n'ai même pas encore eu le temps de le regarder. Et, si je suis satisfait de tes résultats, il y aura peut-être une petite gorgée entre hommes.

Leo ne se le fit pas dire deux fois. C'était déjà ça. Même si ce fichu bulletin l'agaçait, son père serait ravi de sa troisième place. Une fois dans sa chambre, il chercha le document. Ne l'avait-il pas posé sur son bureau ? Peut-être s'était-il glissé entre les partitions ? Non, il n'était pas là. Dans ce cas, il avait dû le ranger dans son cartable. Mais où était-il donc fourré ? Else avait de nouveau fait le ménage dans la pièce et mis le bazar. Il finit par le dénicher au bas de la penderie et en sortit le bulletin. Ah, il y avait aussi la lettre de Henni. Toute froissée parce qu'elle se trouvait sous son manuel de géographie. Il déchira l'enveloppe pour la lire rapidement et s'interrompit, surpris. Le courrier avait été écrit par une main inconnue. Qu'est-ce que sa cousine était encore allée inventer ? C'était sans doute une blague.

Cher jeune artiste,

C'est avec un immense plaisir que j'ai examiné vos compositions. Elles montrent une inventivité et une originalité exceptionnelles, ainsi qu'un sens très sûr des différentes voix. Si ce que vous écrivez dans votre lettre d'accompagnement est vrai et que vous avez seulement 14 ans, alors ces premiers essais vous permettent de nourrir les plus grands espoirs.
Si l'occasion s'en présente, j'aimerais vous rencontrer pour vous donner quelques conseils sur la suite de votre formation musicale.
Je vous adresse mes salutations les plus cordiales.

Votre RichardStrauss

Mais bien sûr ! Il s'en était douté. Une blague stupide et méchante. Il plissa les yeux et reporta son regard sur la signature. Henni s'était vraiment donné du mal. Avait appuyé fort la plume sur le papier pour tracer des lettres anguleuses et énergiques. Prénom et nom d'un seul tenant. RichardStrauss. Elle dessinait bien, la tâche n'avait pas dû être difficile pour elle. L'intention de Leo avait été de redescendre au fumoir avec son bulletin, mais il était si furieux qu'il ressortit dans le couloir avec la lettre et alla tambouriner à la porte de la chambre de Dodo.

— Qu'est-ce qu'il y a ? fit la voix de Dodo.

— Il l'a lue, dit Henni. Attention au choc.

Assises sur le lit de Dodo, les deux adolescentes regardaient des photos. Quand Leo entra, fou de rage, Dodo repoussa l'album et lui adressa un grand sourire.

— Alors ? demanda-t-elle toute fière. Qu'est-ce que tu en dis ?

Il la fixa avec stupéfaction, n'arrivant pas à croire qu'elle était mêlée à cette vilaine plaisanterie.

— Bien joué, répondit-il avec mépris en jetant la lettre par terre. Très drôle. Vous savez quoi, vous deux ? Allez vous faire voir !

Sur quoi il se détourna et voulut ressortir en claquant la porte, mais Dodo bondit de son lit et le retint par le bras.

— Qu'est-ce que tu racontes, Leo ? protesta-t-elle, tout excitée. Ce n'est pas une blague, c'est vrai. Ne t'en va pas ! J'ai récupéré tes compositions dans la corbeille à papier, et Henni les a envoyées au chef d'orchestre Richard Strauss. Pour de vrai !

Leo s'était immobilisé. Henni était une menteuse, il le savait, mais Dodo avait toujours été de son côté à lui.

— Mes compositions ? Dans la corbeille à papier ?

— Oui, Else l'avait posée sur le palier pour la vider dans la poubelle.

Else, toujours Else ! Elle faisait vraiment n'importe quoi !

— Comment ça ? s'échauffa-t-il. Les trucs que j'ai composés sont dans la petite valise en cuir sous mon lit. Ce qui était dans la corbeille, ce sont les premières versions que j'ai jetées parce qu'elles n'étaient pas bonnes.

Ses paroles ranimèrent Henni, qui jusque-là était restée assise sur le lit de Dodo sans rien dire.

— Quoi ? s'écria-t-elle, horrifiée, en bondissant du lit. Ce n'étaient pas tes partitions finales ? Et dire qu'il nous a fallu des semaines pour tout recopier comme il fallait !

Le regard de Leo se posait alternativement sur sa sœur et sa cousine. Se pouvait-il qu'il y ait du vrai dans cette histoire ?

— Je n'ai jamais rien envoyé à Richard Strauss, bredouilla-t-il, désorienté. Je n'aurais jamais osé m'adresser à un homme si célèbre.

— Moi je l'ai fait, rétorqua Henni comme si c'était la chose la plus simple du monde. J'ai recopié tes morceaux et je les ai postés. Enfin, je les ai fait recopier par Anton et Emil. Et il a répondu. Tu vois, Leo ? C'est comme ça que ça marche. Pour devenir célèbre, il faut avoir des contacts, connaître des gens importants qui puissent t'aider. Sinon, tu ne peux rien faire.

Dodo ramassa la lettre, la lissa de la main et la tendit à son frère.

— Parole d'honneur, tout ça est vrai, Leo. Tu peux « nourrir les plus grands espoirs », c'est écrit là. C'est pas formidable ?

Il reprit la feuille et la relut depuis le début. Il n'arrivait toujours pas à le croire, pourtant c'était inscrit noir sur blanc. Il voulait le rencontrer ! Grands dieux ! L'immense compositeur et chef d'orchestre

Richard Strauss souhaitait faire la connaissance de l'élève Leo Melzer !

Leo se sentit pris de vertige, il eut juste le temps de s'asseoir sur le lit. L'espace d'un instant, tout devint noir devant ses yeux.

Je suis un musicien, se dit-il. *Walter avait raison. Je suis un musicien. Ah, si seulement il était là ! Si je pouvais lui montrer cette lettre !*

Henni et Dodo s'installèrent à ses côtés. Sa sœur l'entoura de ses bras et l'embrassa sur la joue. Henni fit de même.

— Il faut que tu m'embrasses toi aussi, Leo, exigea-t-elle. C'est pour toi que j'ai fait ça. Et ç'a été très laborieux, tu peux me croire.

Elle lui tendit sa joue. Leo était si heureux qu'il consentit à répondre à sa sollicitation. Mais la rusée petite personne tourna la tête en un éclair si bien qu'il se retrouva à lui donner un baiser sur les lèvres sans l'avoir voulu.

— C'est un très bon début, dit Henni, radieuse, tandis que Leo, horrifié, pressait le dos de sa main sur sa bouche. Plus tard, quand tu seras un célèbre compositeur, je t'épouserai et je deviendrai ton agente.

— Et moi, je reprendrai l'usine, déclara Dodo. Mais après être allée en avion en Amérique et en Sibérie. En solo, bien sûr.

Henni fit la moue, elle n'était pas d'accord.

— Non, c'est moi qui reprendrai l'usine, Dodo. Je ferai ça à côté.

Leo relisait sa lettre pour la énième fois en essayant de faire abstraction du bavardage des deux filles qui se parlaient par-dessus sa tête.

— Dans ce cas, tu t'occuperas de la partie commerciale et moi de la technique, proposa Dodo.

— D'accord, concéda Henni. Je veux aussi avoir des enfants, bien sûr. À ton avis, Leo ? Deux ça devrait nous suffire, non ? Une fille et un garçon.

— Vous débloquez.

Leo se leva, il fallait qu'il aille montrer son bulletin à son père. Dans l'immédiat, il garderait la lettre par-devers lui. C'était trop nouveau, trop grand, trop irréel. Leo Melzer était un musicien. Il l'avait toujours su. Et, maintenant, il avait enfin le droit de l'être.

Ce roman vous a plu ? Dites-le-nous !

Rejoignez la communauté Charleston
et échangez sur vos lectures

Retrouvez-nous sur
editionscharleston.fr
et sur

Inscrivez-vous à notre newsletter et recevez
des informations sur nos nouveautés, nos événements,
nos jeux-concours... et des cadeaux !

CHARLESTON
L'ÉDITEUR DU FÉMININ

Certifié PEFC

Ce produit est issu
de forêts gérées
durablement et de
sources
contrôlées.

PEFC™

10-31-3068

pefc-france.org

Cet ouvrage est composé de matériaux issus de forêts gérées durablement certifiées PEFC™. Le Programme de reconnaissance des certifications forestières (PEFC™) est le plus grand organisme mondial indépendant de contrôle pour une gestion durable des forêts. Pour en savoir plus, consultez le site www.pefc-france.org

Achevé d'imprimer en août 2021
par CPI Bussière
À Saint-Amand-Montrond (18)
Dépôt légal : septembre 2021
N° d'impression : 2058991
Imprimé en France